拍案惊奇

【明】凌濛初 编著

中国古典文学名著

齊魯書社

图书在版编目(CIP)数据

拍案惊奇/【明】凌濛初编著．—济南：齐鲁书社，1995.2(2008.4 重印)

ISBN 978-7-5333-0394-5

Ⅰ．拍…　Ⅱ．凌…　Ⅲ．话本小说—中国—明代
Ⅳ．I242.3

中国版本图书馆 CIP 数据核字(2008)第 030616 号

拍案惊奇

【明】凌濛初 编著

出版发行	齊魯書社
地　　址	济南经九路胜利大街 39 号
邮　　编	250001
网　　址	www.qlss.com.cn
电子邮箱	qlss@sdpress.com.cn
印　　刷	北京山华苑印刷有限责任公司
开　　本	787×1092 毫米　16 开
印　　张	35
字　　数	505 千
版　　次	2008 年 4 月第 2 版
印　　次	2008 年 4 月第 2 次印刷
标准书号	ISBN 978-7-5333-0394-5
定　　价	48.00 元

前　言

章培恒

明代末叶，在我国小说史上先后出现了五部很重要的短篇作品集，冯梦龙编的《喻世明言》（《古今小说》）、《警世通言》、《醒世恒言》和凌濛初编著的《拍案惊奇》、《二刻拍案惊奇》。它们被合称为“三言二拍”（也作“三言两拍”）。若就我国短篇小说的发展来说，它们实具有里程碑的性质。

这种成就的取得，首先与当时的社会思潮和作家本人的思想有关。

凌濛初（1580—1644），字玄房，号初成，别号即空观主人，浙江乌程（今吴兴）人。出身世家，颇有才情，但科举不利，仅为副贡生。崇祯初年，授上海县丞。后升徐州通判。在李自成所统属的部队进攻徐州时，曾竭力守御，最终呕血而死。著有诗文集《国门集》（已佚）及杂剧剧本《北红拂》、《虬髯翁》等。又编有散曲戏曲选集《南音三籁》。他既是小说家，也是戏曲家。

在明代后期，以李贽（1527—1602）的思想为代表的进步思潮曾风行一时。李贽非常重视作为自然属性的人的本性，他把那称为“童心”。他说：“夫童心者，绝假纯真，最初一念之本心也。若失却童心，便失却真心。失却真心，便失却真人。人而非真，全不复有初矣。”（李贽《童心说》）而且，他认为好货、好色、勤学、进取、多积金帛、多买田宅为子孙谋、博采风水为儿孙福荫等追求个人利益的行为，都是符合人类天性的，因而是善的。他还对束缚人类天性的德礼刑政加以否定（参见李贽《答邓明府》、《明灯道古录》等）。与长期桎梏人心的、越来越严酷的封建道德相比较，李贽的上述观念蕴含着一种新的生活原则，这是跟当时已经存在的资本主义萌芽争取进一步发展的历史潮流相适应的。李贽去世时，凌濛初已经23岁（虚岁）。他就是在李贽思想风行一时这样的社会氛围里接受教育而进入青年时代的。何况江浙原是当时资本主义萌芽最为壮盛的省分。凌濛初的家乡又是江浙的发达地区之一。所以，以李贽思想为代表的进步思潮也在他的身上打下了深刻的烙印。这在“两拍”中经常可以看到。现在举三个例子。

一个是《二刻拍案惊奇》卷二十六《懵教官爱女不受报，穷庠士助师得令终》。其中说教官高愚溪年老还乡以后，因没有儿子，把一生的积蓄都分给了三个已出嫁的女儿，每人二百两银子。他自己就轮流在三个女儿家里过活。“且说高愚溪初时在女婿家里过日，甚是热落，家家如此。以后手中没了东西，要做些事体也不得自由，渐渐有些不便当起来。亦且老人家心性，未免有些嫌长嫌短，左不是、右不是的难为人。略不象意，口里便恨恨毒毒的说道：‘我还是吃用自家的，不吃用你们的。’聒絮个不住。到一家，一家如此。那些女婿家里，未免有些厌倦起来。况且身边无物，没什么想头了，就是至亲如女儿，心里较前也懈了好些。说不得个推出门，却是巴不得转过别家去了，眼前清净几时。”“高愚溪恼怒不过，只是寻是寻非的吵闹，合家不宁。数年之间，弄做个老厌物，推来攮去。有了三家，反无一个归根着落之处了。”对这种现象，凌濛初评论道：“看官，若是女儿女婿说起来，必定是老人家不达时务，惹人憎嫌。若是据着公道评论，其实他分散了好些本钱，把这三家做了靠傍，凡事也该体贴他意思一分，才有人心天理。”凌濛初虽对女儿女婿作了批评，但从上引的叙述本身来看，他显然认为高愚溪自己也有不小责任：他的“嫌长嫌短，左不是、右不是的难为人”和“略不象意”就“聒絮个不住”的行为对导致双方矛盾的加深起着重要作用。这就突破了“天下无不是的父母”的传统观念；而更其值得注意的是：他所用来批评其女儿女婿的，并非“父母之恩，天地罔极”，因而子女必须孝顺父母的封建道德，而是说高愚溪住在女儿女婿家之初，已把一笔数目不小的银钱——而且是他仅有的积蓄——给了他们，所以他们应该“体贴他意思”，这是一种“既已收取了报酬就应尽自己职责”的道德信念，而且此类“报酬”显然并不是指子女未成年时父母对他们的养育。这一道德信念，是把双方置于平等地位来考虑利害关系的结果，本身就是对封建孝道的背叛；它已较多地肯定了子女的个人利益，因而跟资本主义社会中关于父母与子女关系的道德原则具有某些相通之处。同时，它跟李贽批判“德礼刑政”的言论也是相通的，因为“孝”既是“德”的重要内容之一，又与“礼”密切联系。

另一个例子见于《二刻拍案惊奇》卷三十四《任君用恣乐深闺，杨太尉戏宫馆客》。在作品的一开头，凌濛初就写道：“且说世间富贵人家，没一个不广蓄姬妾。”“岂知男女大欲，彼此一般，……枕席之事，三分四路，怎能够满得他们（指大家姬妾，下同——引者）的意，尽得他们的兴？所以满闺中不是怨气，便是丑声。总有家法极严的，铁壁铜墙，提铃喝号，防得一个水泄不通，也只禁得他们的身，禁不得他们的心。略有空隙，就思量弄一场把戏，那有情趣到你身上来？只把做一个厌物看承而已。似此有何好处？费了钱财，用了心机，单买了这些人的憎嫌。试看红拂离了越公之宅，红绡逃了勋臣之家，此等之事，不一而足。”在这里，他把“男女大欲”当作一种巨大的、连“铁壁铜墙，提铃喝号”也阻遇不了的自然力量。在这样的描述中，大家姬妾的不忠于自己的夫君——这是封建道德所竭力反对、并为律法所不容的事件——就成了具有普遍性的、至少是可以理解的行为。他把红拂作为这类姬妾的代表，也很值得玩味。在他以前肯定红拂的人，都将红拂的私奔李靖视为慧眼识英雄，至如张凤翼的剧曲《红拂记》更说红拂本有建功立业的大志，不愿以歌舞终其身。而凌濛初却认为红拂的私奔是由于在杨素府中满足不了“男女大欲”，跟那些由于不能“满意”、“尽兴”而“弄一场把戏”的大家姬妾并无本质的不同。但他对红拂仍是赞扬的。这从其现存的杂剧《虬髯翁》中也可看出。把他对红拂私奔原因所作的解释和他对红拂的评价联系起来，就可以知道他对大家姬妾在上述处境下所做的那些事情并不采取严厉、苛刻的态度。这跟李贽把“好色”肯定为人类“善”的本性的体现之一，也是相通的。

第三个例子是《二刻拍案惊奇》卷十一《满少卿饥附饱飏，焦文姬生仇死报》中的这一段话：“大凡人只有初起这一念是有天理的，依着行去，好事尽多。若是多转了两个念头，便有许多奸贪诈伪没天理的心来了。”他之肯定人的“初起这一念”，跟李贽把人的“最初一念之本心”作为“童心”大加赞扬，正相一致。为什么他们如此重视这初起的"一念"呢？因为他们都认为这"一念"是基于人的本性——先天的属性，是以李贽称之为"童心"，而凌濛初谓其"有天理"。在这里需要说明的是：凌濛初所说的"天理"，与程朱理学倡导的"存天理，去人欲"的"天理"很不一样。因为从"两拍"看来，作品中人物的"初起这一念"倒往往是程朱理学所排斥的"人欲"。例如《拍案惊奇》卷十《韩秀才乘乱聘娇妻，吴太守怜才主姻簿》，写秀才韩子文因家道贫穷，娶不到合适的妻子，恰好民间讹传皇帝要点绣女，有钱的金朝奉怕女儿被选到宫里去，就要他做女婿，说是"官人若肯俯从，便是救人一命"。"说罢，便思量要拜下去。子文分明晓得没有此事（指点绣女之事——引者），他心中正要妻子，却不说破，慌忙一把搀起道：'小生囊中只有四五十金，就是不嫌孤寒，聘下令爱时，也不能够就完姻事。'"等金朝奉同意先订婚，"待事平之后慢慢的做亲"，韩子文就把婚事答应了下来，并采取了若干措施以防金朝奉事后翻悔。在这整个过程中，我们看不出韩子文曾有过要向金朝奉说明事实真相的"初起这一念"；而且，当他知道金朝奉上了谣言的当，求他娶自己的女儿时，他就"慌忙一把搀起"，并说了上引的那些话，这些显然是在匆促间一气呵成的，也实无思想斗争——"多转了两个念头"以否定"初起这一念"——的余暇。所以，他的这些言行应是"初起这一念"的结果，从而也就是"有天理的"。但是，因为"心中正要妻子"，看到别人上当，不但不说破，反而将错就错，顺水推舟，这跟程朱理学所提倡的"天理"并不合拍，跟李贽把"好货好色"作为符合人类天性的善的东西来肯定，倒是一致的。此外，《拍案惊奇》卷十二《陶家翁大雨留宾，蒋震卿片言得妇》中的蒋震卿误以为他的两个朋友从居停人家偷了东西出来，他虽觉得他们"白白打扰了他（指居停主人——引者）一餐，又拿了他的什么东西，忒煞欺心"，但自己也毫不犹豫地参与了进去，恐怕那人家开出门来追寻，将赃物"急负在背上，望前便走"。走了一会，又"心下想道：'趁他们还在后边，我且开囊看看，总是不义之物，落得先藏起他些好的。'"最后，他发现从那人家拿着东西出来的，并不是他的朋友，而是两个他所不认识的青年女子，于是，"蒋震卿上前，一把将美貌的女人劫住道：‘你走那里去？快快跟了我去，倒有商量。若是不从，我同到你家去出首。’女子低首无言，只得跟了他走。”结果那女子成了他的妻子。他之感到那两个朋友“忒煞欺心”，而他自己也照样拿人家的东西；也许是因为他没有“白白打扰了他一餐”，反而受了那家主人的奚落，被关在门外，所以他认为自己拿他的东西并非欺心；但无论怎样，他的这一系列行为都是违背了传统道德和程朱理学的所谓“天理”的。而他在做这一切时，又绝无“多转了两个念头”以致否定了“初起这一念”的任何痕迹，并且其结果相当美满，跟凌濛初所说“依着（初起这一念）行去，好事尽多”的话也正相合。从这些地方我们都可看出被他视为“有天理”的“初起这一念”包含着怎样的内容，也可看出他所目为的“天理”跟李贽所称道的，以“好货”“好色”等为核心的“善”颇为接近，而与程朱理学鼓吹的“天理”存在明显的歧异。因此，他之宣扬“初起这一念”和李贽倡导的“最初一念之本心”——“童心”也是相通的。

凌濛初的这一系列与李贽思想相通的生活原则与道德原则在今天势必受到批判，在当时却具有明显的进步意义。这就其根本来说，固然是由于当时面临着发展资本主义萌芽以建立资本主义生产关系的历史任务，而个人主义正是资本主义不可或缺的思想武器；同时，跟传统的封建观念相比较，这些原则在当时至少可减轻人们的许多痛苦。以蒋震卿遇到的那个女子为例。她是因父亲将她许配给了一个瞎子，她不满这种婚姻，想跟表哥私奔。那天，她把门外的蒋震卿误认为表哥，就携着一个丫头、带了若干财物从家里逃出来了；蒋震卿又把她们误认为自己的朋友，便代她们背着财物向前走。在黑暗中，三个人一前两后地走了一夜，到天亮时才彼此看清楚。若按传统的道德观念，蒋震卿自应到她家去举报或押送她回家，这样一来，即使父母溺爱，不给予严厉处分，但她也已身败名裂，一辈子都陷入悲惨的处境了。倘若对她掉头不顾，那么，她或者被家里抓回去，或者落入坏人之手，其结果仍很可悲。当然，最好是把她送到表哥那里去，让有情人终成眷属。但那在实际上是行不通的。这里只举一点：她表哥的住处与她家距离不远，蒋震卿若不赶快带着她远走高飞，反而带她返回去找表哥，很可能在路上就被追寻她的人双双抓住，蒋震卿自己也难免沦为拐带妇女犯而进入监狱。诸如此类的困难不知有多少。何况好几百年以前的明朝人也不可能有那么高的思想觉悟，竟会帮助一个素不相识的私奔的女人去找她的情人。所以，蒋震卿肯带着她走并娶她为妻，在当时实已是她的最好结局。由此可见，凌濛初所肯定的这些生活原则与道德原则实有其历史的合理性。

凌濛初自己在现实生活中对这些原则贯彻到了何等程度，现在并不清楚。但就其撰写短篇小说而言，这些原则却起了重大的积极作用。

“两拍”给人的第一个印象，是故事的丰富多采、生动有趣。这当然有赖于作者的想象力与创造力，但更有赖于思想的解放。在“两拍”的最有吸引力的篇章中，大部分都是跟“德礼刑政”存在矛盾的，如《转运汉遇巧洞庭红，波斯胡指破鼍龙壳》，以赞赏的笔调写海外贸易，而海外贸易在当时是违法的；《姚滴珠避羞惹羞，郑月娥将错就错》，对一个由于受了公婆的气私自出走、并为了摆脱夫家的恶劣环境擅自跟另一个男子长期同居的青年妇女深为同情，这当然跟封建道德直接相抵触；《酒下酒赵尼媪迷花，机中机贾秀才报怨》，写一个青年妇女因陷入别人圈套，在醉中受到奸污，之后在其丈夫的帮助下，假装与那人亲热，乘机咬断了他的舌头，终于报仇雪恨，她的这种与男子如此亲热的行为也是为封建道德所不容的，尽管是为了报仇雪恨。又如《丹客半黍九还，富翁千金一笑》、《沈将仕三千买笑钱，王朝议一夜迷魂阵》和《赵县君乔送黄柑，吴宣教干偿白镪》都写骗局，但既非指责骗子的罪恶，更不是写这些骗子终于难逃法网，其重点倒是在渲染他们骗术的高明巧妙，衡以传统观念，实难逃“诲盗”之讥；《通闺闼坚心灯火，闹囹圄捷报旗铃》、《闻人生野战翠浮庵，静观尼昼锦黄沙衖》、《错调情贾母置女，误告状孙郎得妻》，都写青年男女在追求爱情过程中的越轨行为，并让他们得到美满的结局，这些更可被斥为“诲淫”。至如《乌将军一饭必酬，陈大郎三人重会》的称许强盗乌将军，《卫朝奉狠心盘贵产，陈秀才巧计赚原房》的颂扬陈秀才栽赃诬陷手段，《权学士权认远乡姑，白孺人白嫁亲生女》的赞美权学士冒名顶替、骗成婚姻，也都有悖于当时的“正道”。诸如此类的例子还可举出不少。倘不是凌濛初思想中已经有了上述新的因素，他能够并敢于写出这样的作品么？以《通闺闼坚心灯火，闹囹圄捷报旗铃》来说，作品中的罗惜惜与张幼谦出生的年月日都相同，从小在一起读书，“傍人见他年貌相当，戏道：‘同日生的，合该做夫妻。’他两个多是娃子家心性，见人如此说，便信杀道是真，私下密自相认，又各写了一张契约，罚誓必同心到老。”到了十四岁上，“情窦渐渐有些开了，见人说做夫妻的，要做那些事，便两个合了伴，商议道：‘我们既是夫妻，也学着他每做做。’两个你欢我爱，亦且不晓得些利害，有甚么不肯？”就此发生了性关系。到得明年，罗惜惜家见女儿已经长大，就不让她来上学了。两人彼此都很想念。经过一段时期的隔绝，由罗惜惜设法，引张幼谦夜间到自己的卧室相见，以后两人就常相欢会。其间张家虽向罗家求婚，惜惜父母却嫌张家穷，表面上说要等幼谦及第后才结亲，过了些时候，却把惜惜许给了另一家。过门的日子近了，惜惜向幼谦提出：“我与你就是无夜不会，也只两月多，有限的了。当与你极尽欢娱而死，无所遗恨。”自此夜夜相会。过了半月多，幼谦有些胆怯了，生怕被她父母发觉。惜惜却说：“我此身早晚拚是死的，且尽着快活。就败露了，也只是一死，怕他什么？”果然不久就被她父母捉获。惜惜求死不成，幼谦被投入了牢狱。幸而这时乡试发榜，幼谦高中第三名，又经过有势力的亲友的疏通，两人终于成了眷属。这是一个颇为动人的爱情故事。但如果按照传统的封建道德，可以说罗惜惜是个极下流的淫荡女子：从小就与男孩子勾勾搭搭，十四岁就与人通奸，其后又色胆如天，贪图淫乐，要奸夫夜夜来与自己偷情，“极尽欢娱而死”。哪里还知世间有羞耻事？让我们设想一下：一个为上述道德观念支配的作者，如果知道了世间有一对青年男女从小就有私情，长大后由女方约男方不断私会，终于有一天被其父母当场抓住，他一定把这对男女——特别是女方——想得极其不堪，写成小说，出现在作品里的便是一对十恶不赦的狗男女。倘是一个思想稍微开通一些、但并不具备那些新因素的作者，虽会对由于婚姻不自由导致的许多青年男女的悲剧给予同情，却不会接受罗惜惜的这种做法，如果要他来构思一篇类似的小说，那么，罗惜惜一定守身如玉，既不会在与张幼谦同学时就干那些荒唐事，更不会在夜间约他来欢晤，只是在闺阁中长吁短叹

（也许会有一些传书递简的事），悲郁而死；再不然，或者张幼谦得到了功名富贵（甚至奉旨完婚），或者罗家没落，改变了罗富张贫的格局，于是两人光明正大地成婚。总之，绝不会使他们偷情被获再团圆，更不会让罗惜惜成为一个如此大胆的女性。所以，凌濛初能写出那样的情节，那样的人物，实有赖于他思想中的异端因素，而不只是依靠想象力。

关于这一点，我们还可以从中国小说发展的过程来考察。中国自觉的小说创作是从唐代开始的。唐代人的思想受束缚较少，他们写的短篇小说——传奇——虽还留有幼稚的印痕，不能充分把握小说与一般的叙事、抒情文章之间的区别，但在总体上却具有想象丰富、优美动人的特点。当然，它们也有自己思想上的局限。例如，反抗父母之命而终偕连理的婚姻故事是不写的。《离魂记》中随着男主人公私奔的，只是女主人公的灵魂。《莺莺传》里的莺莺虽与张生相爱，但张生不只不娶她为妻，最终还把她抛掉了；《李娃传》里的李娃之与郑生成为夫妇，是男方父亲之命；其他如《任氏传》里的任氏与郑生、《霍小玉传》里的霍小玉与李益，都不是正式的夫妇关系（霍小玉也不认为自己有成为李益妻子的可能）。这是因为传奇本为士大夫的创作，其所体现的也是士大夫的情趣，而唐代士大夫把婚、宦作为评量人品高下的二大标准（参见陈寅恪先生《元白诗笺证稿》中华书局1959年新1版112页），并往往由此决定其一生的通塞，所以，他们在非婚姻范畴的男女关系方面可以倜傥不羁，在婚姻问题上却不敢违抗礼教。但尽管如此，在他们所能涉及的范围内，还有勇气在一定程度上逾越常轨，故其所描叙能与一般人的喜怒哀乐相通。也正因为思想上的枷锁不太沉重，其想象的翅膀也较少受到阻滞。到了宋代，礼教和理学严重桎梏人心，结果，不仅传奇中的封建道德观念十分严重，想象力也变得很贫乏，作品毫无精采。直到元末明初，思想又活跃起来，于是不仅有了《水浒传》那样的杰构，在文言短篇小说中也出现了《剪灯新话》，重又回到了唐传奇的传统，而且在某些方面有所发展，如《联芸楼记》中那种“秋月春花，每伤虚度；云情水性，失于自持”、因而主动把一个青年男子弄到自己卧室来的闺女，是唐传奇所未见的女性，由此产生的爱情故事，较之唐传奇也是一种新的格局。

在这样的过程里，我们可以较清楚地看到中国的思想变迁与小说创作的演变之间的关系，也可以明白凌濛初之得以在晚明时期写出“两拍”自有其深刻的思想背景。

“两拍”给人的第二个印象，是对情景的描绘——特别是人物心理活动的刻划——远较以前细腻，作品矛盾的展开也较以前充分。

处于自觉的小说创作最初阶段的唐代传奇，对情景的描绘、心理活动的刻划，远不如其对情节构思的重视；因其用来打动读者的，首在情节之奇，小说的其他要素就退居次要地位了。只要看名作《莺莺传》对人物的感情和心理活动除了极少量粗线条的勾勒外即付阙如，就可见一斑。宋传奇在这方面更后退了一步。元末明初的《剪灯新话》虽有较大的进展，但与“两拍”相比，仍有上下床之别。

“两拍”中的有些作品是据《剪灯新话》重写的。我们如把其有关部分比较一下，对此就会有较具体的理解。这里举《拍案惊奇》卷二十三《大姊魂游完宿愿，小姨病起续前缘》中一段文字为例。《拍案惊奇》此篇是以《剪灯新话》的《金凤钗记》为依据而进行再创作的。其中说崔生寄居岳家，其未婚妻兴娘已死，但岳丈吴防御待之甚厚。一天傍晚，崔生在大门口拾得一只金凤钗，他知道是吴家女眷坐轿经过时掉下的，想去归还，则中门已关，只好先回居室。当夜就发生了一件奇事。对此，《金凤钗记》是这样写的：

> ……方欲就枕，忽闻剥啄扣门声。问之不答，斯须复扣。如是者三度，乃启关视之。则一美姝立于门外，见户开，遽褰裙而入。生大惊。女低容敛气，向生细语曰：‘郎不识妾耶？妾即兴娘之妹庆娘也。向者投钗轿下，郎拾得否？’即挽生就寝。生以其父待之厚，辞曰不敢，拒之甚厉，至于再三。

到了《拍案惊奇》，就成为如下的样子：

> ……上了床，正要就枕，忽听得有人扣门响。崔生问道：“是哪个？”不见回言。崔生道是错听了，方要睡下去。又听得敲的毕毕剥剥。崔生高声又问，又不见声响了。崔生心疑，坐在床沿，正要穿鞋到门边静听，只

听得又敲响了，却只不见则声。崔生忍耐不住，立起身来，幸得残灯未熄，重添亮了，拿在手里，开出门来一看。灯却明亮，见得明白，乃是十七八岁一个美貌女子，立在门外。看见门开，即便褰起布帘走将进来。

崔生大惊，吓得倒退了两步。那女子笑容可掬，低声对生道："郎君不认得妾耶？妾即兴娘之妹庆娘也。适才进门时，坠钗轿下，故此乘夜来寻。郎君曾拾得否？"崔生见说是小姨，恭恭敬敬答应道："适才娘子乘轿在后，果然落钗在地。小生当时拾得，即欲奉还。见中门已闭，不敢惊动，留待明日。今娘子亲寻至此，即当持献。"就在书箱取出，放在桌上道："娘子请拿了去。"

女子出纤手来取钗，插在头上了，笑嘻嘻的，对崔生道："早知道郎君拾得，妾亦不必乘夜来寻了。如今已是更阑时候，妾身出来了，不可复进。今夜当借郎君枕席，侍寝一宵。"崔生大惊道："娘子说那里话？令尊令堂，待小生如骨肉，小生怎敢胡行，有污娘子清德？娘子请留步，誓不敢从命的。"女子道："如今合家睡熟，并无一个人知道的。何不趁此良宵，完成好事！你我悄悄往来，亲上加亲，有何不可？"崔生道："欲人不知，莫若勿为。虽承娘子美情，万一后边有些风吹草动，被人发觉，不要说得无颜面见令尊，传将出去，小生如何做得人成？不是把一生行止多坏了！"女子道："如此良宵，又兼夜深。我既寂寥，你亦冷落。难得这个机会，同在一个房中，也是一生缘分。且顾眼前好事，管什么发觉不发觉？况妾自能为郎君掩遮，不至败露。郎君休得疑虑，错过了佳期。"

崔生见他言词娇媚，美艳非常，心里也禁不住动火。只是想着防御相待之厚，不敢造次。好象个小儿放纸炮，真个又爱又怕。却待依从，转了一念，又摇头道："做不得，做不得。"……

《金凤钗记》中"忽闻剥啄扣门声，问之不应，斯须复扣，如是者三度。乃启关视之，则一美姝立于门外，"这样简单的几句话，在《拍案惊奇》中却成了一百好几十字的一段具体的描述，把他听到三次扣门声的具体情况及心情（"崔生心疑"、"忍耐不住"），和他为什么能一开门就看出对方是"十七八岁一个美貌女子”的原因都写得很清楚与生动；《金凤钗记》中“即挽生就寝。生以其父待之厚，辞回不敢。拒之甚厉，至于再三”这样很笼统的交代，在《拍案惊奇》中却成了段落分明的、相当详细的过程，而且突出了崔生在这过程中的内心矛盾。至于《金凤钗记》在“郎拾得否”后就接以“即挽生就寝”，更突兀得出人意外，难道这女子竟不等崔生回答是否拾到了钗就立即要他上床？这二者之间是怎么过渡的？《拍案惊奇》在这方面就衔接得十分自然。

在这种较为细腻、具体的描绘中，“情”与“景”是相互配合的两翼。如写三次敲门，同时也就衬出了崔生的“心疑”和“忍耐不住”；写那女子与崔生的对话，与下文的“崔生见他言词娇媚，……心里也禁不住动火”，也是密切联系的。不过，就总体来看，作者所更看重的还是情。如果在《拍案惊奇》的那段引文中这点还不清楚，不妨另看一段：

> 却说文若虚见众人不去，偏要发个狠，扳藤附葛，直走到岛上绝顶。那岛也苦（若）不甚高，不费甚大力，只是荒草蔓延，无好路径。到得上边，打一看时，回望漫漫，身如一叶，不觉凄然吊下泪来。心里道：“想我如此聪明，一生命蹇，家业消亡，剩得只身，直到海外。虽然侥倖，有得千来个银钱在囊中，知他命里是我的不是我的？——今在绝岛中间，未到实地，性命也还是与海龙王合着的哩。”

这是《拍案惊奇》卷一《转运汉遇巧洞庭红，波斯胡指破鼍龙壳》里文若虚到海外登上一个荒岛时的一段。文若虚在这岛上得到鼍龙壳，是书中的一个关键性事件，但上引那一段中所写的心理活动与其得到鼍龙壳并无必然的联系；换言之，不写这一段丝毫不妨碍接写其得鼍龙壳的事。由此可见，凌濛初已不再把写人物的思想感情作为开展情节的工具，而使它成了可以脱离情节开展的需要的极其重要的成分。不过，写小说而把情节和人物的思想感情作为并列的、不相统属的两种要素是很难想象的。所以，比较起来，凌濛初应把人物的思想感情看得比情节还重要，从而在“情”与“景”的两翼中，情也是更重要的一翼。写景物是为写感情服务的。

这就进一步说明：凌濛初之把情与景写得较为具体、细腻，首先是因为他觉得有必要把感情写得具体细腻。这也跟以李贽思想为代表的当时的进步思潮有关。李贽之倡导“童心”和“最初一念之本心”，凌濛初之倡导“大凡人只有初起这一念是有天理的，……若是多转了两个念头，便有许多奸贪诈伪没天理的心来了”，都意味着他们已对人的内心世界的复杂性有较深的体认。所以，凌濛初之在思想上肯定“初起这一念”与他在创作中较具体细腻地描写人物的思想感情，原本是相通的。而且，他所描写的思想感情，有许多也是与传统的封建道德有矛盾的，如吴生受到那女子挑逗时的“又爱又怕”，他之敢于这样描写，仍是当时的进步思潮在起作用。

与此相联系，凌濛初的作品也就能较充分地展开矛盾。例如《通闺闼坚心灯火，闹囹圄捷报旗铃》写罗惜惜父母把惜惜许配给别人，而惜惜违抗父母的意志，誓为其与张幼谦的恋情而死，在死前还要尽情欢娱，这就把罗惜惜与其父母置于尖锐的对立中。这样的描写是很突出的。以前的短篇小说处理这种事件都采用较缓和的方式。如《剪灯新话》中《联芸楼记》里的女子虽也与其所爱男子有私情，但其父亲发现后就成全了他们。要象凌濛初这样写，必须有较多的反抗封建家长制的勇气，不恤使其所肯定的人物与封建家长进一步对立。而在这样的对立中，也就能进一步揭示人物的内心世界。

总之，由于凌濛初在当时的进步思想，“两拍”具有许多生动、有趣的故事。在这样的故事中，矛盾得以较充分地展开，对人物和事件都有较细腻具体的描写，因而，与略早于它们的“三言”共同把我国短篇小说的创作提高到了一个新的阶段。今天将它们重印，是一件很有意义的事。

最后，简单地说一说“两拍”的版本。“两拍”的最早刻本，是明末尚友堂刊本。不过，现存的尚友堂刊《二刻拍案惊奇》已少了两卷，书商为了使它不显得残缺，就用《拍案惊奇》的二十三卷与凌濛初的一个杂剧《宋公明闹元宵》来凑补，以致今天看到的《二刻拍案惊奇》第二十三卷与《拍案惊奇》的第二十三卷完全一样，而《二刻拍案惊奇》的最后一卷却不是小说而是杂剧。

拍案惊奇序

语有之："少所见，多所怪。"今之人，但知耳目之外，牛鬼蛇神之为奇，而不知耳目之内，日用起居其为谲诡幻怪非可以常理测者固多也。昔华人至异域，异域咤以牛粪金；随诘华之异者，则曰："有虫蠕蠕，而吐为彩缯锦绮，衣被天下。"彼舌挢而不信，乃华人未之或奇也。则所谓必向耳目之外，索谲诡幻怪以为奇，赘矣。

宋元时，有小说家一种，多采闾巷新事，为宫闱承应谈资。语多俚近，意存劝讽。虽非博雅之派，要亦小道可观。近世承平日久，民佚志淫。一二轻薄恶少，初学拈笔，便思污蔑世界，广摭诬造，非荒诞不足信，则亵秽不忍闻。得罪名教，种业来生，莫此为甚！而且纸为之贵，无翼飞，不胫走。有识者为世道忧之，以功令厉禁，宜其然也。

独龙子犹氏所辑《喻世》等诸言，颇存雅道，时著良规，一破今时陋习，而宋元旧种，亦被搜括殆尽。肆中人见其行世颇捷，意余当别有秘本图出而衡之。不知一二遗者，皆其沟中之断芜，略不足陈已。因取古今来杂碎事可新听睹、佐谈谐者，演而畅之，得若干卷。其事之真与饰，名之实与赝，各参半。文不足征，意殊有属。凡耳目前怪怪奇奇，当亦无所不有，总以言之者无罪，闻之者足以为戒，则可谓云尔已矣。若谓此非今小史家所奇，则是舍吐丝蚕而问粪金牛，吾恶乎从罔象索之？

即空观主人题于浮樽

拍案惊奇凡例　计五则

一、每回有题，旧小说造句皆妙，故元人即以之为剧。今《太和正音谱》所载剧名，半犹小说句也。近来必欲取两回之不侔者，比而偶之，遂不免窜削旧题，亦是点金成铁。今每回用二句自相对偶，仿《水浒》、《西游》旧例。

一、是编矢不为风雅罪人，故回中非无语涉风情，然止存其事之有者，蕴藉数语，人自了了；绝不作肉麻秽口，伤风化，损元气。此自笔墨雅道当然，非迂腐道学态也。

一、小说中诗词等类，谓之蒜酪，强半出自新构；间有采用旧者，取一时切景而及之，亦小说家旧例，勿嫌剽窃。

一、事类多近人情日用，不甚及鬼怪虚诞。正以画犬马难，画鬼魅易，不欲为其易而不足征耳。亦有一二涉于神鬼幽冥，要是切近可信，与一味驾空说谎、必无是事者不同。

一、是编主于劝戒，故每回之中，三致意焉。观者自得之，不能一一标出。

崇祯戊辰初冬　即空观主人识

目　录

卷之一 转运汉遇巧洞庭红 波斯胡指破鼍龙壳

词云：

日日深杯酒满，朝朝小圃花开。自歌自舞自开怀，且喜无拘无碍。

青史几番春梦，红尘多少奇才。不须计较与安排，领取而今见在。

这首词乃宋朱希真所作，词寄《西江月》，单道着人生功名富贵，总有天数，不如图一个见前快活。试看往古来今，一部十七史中，多少英雄豪杰，该富的不得富，该贵的不得贵。能文的倚马千言，用不着时几张纸盖不完酱瓿；能武的穿杨百步，用不着时几竿箭煮不熟饭锅①。极至那痴呆懵董、生来有福分的，随他文学低浅，也会发科发甲；随他武艺庸常，也会大请大受。真所谓时也，运也，命也！俗语有两句道得好："命若穷，掘着黄金化做铜；命若富，拾着白纸变成布。"总来只听掌命司颠之倒之②。所以吴彦高又有词云："造化小儿无定据，翻来覆去，倒横直竖，眼见都如许！"僧晦庵亦有词云："谁不愿黄金屋？谁不愿千钟粟？算五行不是这般题目。枉使心机闲计较，儿孙自有儿孙福。"苏东坡亦有词云："蜗角虚名，蝇头微利，算来着甚干忙？事皆前定，谁弱又谁强？"这几位名人说来说去，都是一个意思，总不如古语云："万事分已定，浮生空自忙。"

说话的，依你说来，不须能文善武，懒惰的也只消天掉下前程；不须经商立业，败坏的也只消天挣与家缘，却不把人间向上的心都冷了③？看官有所不

---

① 眉批：能使英雄泪出。

② 眉批：彻语。

③ 眉批：一问，有波澜，没破绽。

知。假如人家出了懒惰的人，也就是命中该贱；出了败坏的人，也就是命中该穷，此是常理[①]。却又自有转眼贫富出人意外，把眼前事分毫算不得准的哩！

且听说一人，乃是宋朝汴京人氏，姓金，双名维厚，乃是经纪行中人。少不得朝晨起早，晚夕眠迟。睡醒来，千思想，万算计，拣有便宜的才做[②]。后来家事挣得从容了，他便思想一个久远方法[③]：手头用来用去的，只是那散碎银子；若是上两块头好银，便存着不动。约得百两，便熔成一大锭。把一综红线结成一绦，系在锭腰，放在枕边。夜来摩弄一番[④]，方才睡下。积了一生，整整熔成八锭，以后也就随来随去，再积不成百两，他也罢了。

金老生有四子。一日，是他七十寿旦，四子置酒上寿。金老见了四子跻跻跄跄，心中喜欢[⑤]，便对四子说道："我靠皇天覆庇，虽则劳碌一生，家事尽可度日。况我平日留心，有熔成八大锭银子永不动用的，在我枕边，见将绒线做对儿结着。今将拣个好日子分与尔等，每人一对，做个镇家之宝。"四子喜谢，尽欢而散。

是夜，金老带些酒意，点灯上床。醉眼模糊，望去八个大锭白晃晃排在枕边。摸了几摸，哈哈地笑了一声，睡下去了[⑥]。睡未安稳，只听得床前有人行走脚步响，心疑有贼。又细听看，恰像欲前不前相让一般。床前灯火微明，揭帐一看，只见八个大汉，身穿白衣，腰系红带，曲躬而前曰："某等兄弟，天数派定，宜在君家听令。今蒙我翁过爱，抬举成人，不烦役使，珍重多年。冥数将满，待翁归天后，再觅去向。今闻我翁目下将以我等分役诸郎君。我等与郎君辈原无前缘[⑦]，故此先来告别，往某县某村王姓某者投托。后缘未尽，还可一面。"语毕，回身便走。金老不知何事，吃了一惊。翻身下床，不及穿鞋，赤

---

① 旁批：所谓君子道其常。
② 眉批：闲语有致。
③ 旁批：千年计。
④ 旁批：痴景。
⑤ 眉批：所谓为儿孙作马牛。
⑥ 旁批：痴景。
⑦ 眉批：无儿孙福。

脚赶去。远远见八人出了房门。金老赶得性急，绊了房槛，扑的跌倒。飒然惊醒，乃是南柯一梦。急起挑灯明亮，点照枕边，已不见了八个大锭。细思梦中所言，句句是实。叹了一口气，哽咽了一会道："不信我苦积一世，却没分与儿子每受用，到是别人家的。明明说有地方、姓名，且慢慢跟寻下落则个。"一夜不睡①。

次早起来与儿子每说知。儿子中也有惊骇的，也有疑惑的②。惊骇的道："不该是我们手里东西，眼见得作怪。"疑惑的道："老人家欢喜中说话，失许了我们。回想转来，一时间就不割舍得分散了，造此鬼话，也不见得。"

金老见儿子们疑信不等，急急要验个实话。遂访至某县某村，果有王姓某者。叩门进去，只见堂前灯烛荧煌，三牲福物，正在那里献神③。金老便开口问道："宅上有何事如此?"家人报知，请主人出来。主人王老见金老，揖坐了，问其来因。金老道："老汉有一疑事，特造上宅来问消息。今见上宅正在此献神，必有所谓，敢乞明示。"王老道："老拙偶因寒荆小恙买卜，先生道：'移床即好。'昨寒荆病中，恍惚见八个白衣大汉，腰系红束，对寒荆道：'我等本在金家，今在彼缘尽，来投身宅上。'言毕，俱钻入床下。寒荆惊出了一身冷汗，身体爽快了。及至移床④，灰尘中得银八大锭，多用红绒系腰，不知是那里来的。此皆神天福祐，故此买福物酬谢。今我丈来问，莫非晓得些来历么?"金老跌跌脚道："此老汉一生所积，因前日也做了一梦，就不见了。梦中也道出老丈姓名、居址的确，故得访寻到此。可见天数已定，老汉也无怨处⑤。但只求取出一看，也完了老汉心事⑥。"王老道："容易。"笑嘻嘻地走进去，叫安童四人托出四个盘来。每盘两锭，多是红绒系束，正是金家之物。金老看了，

---

① 旁批：也是痴景，有前之痴，所以有今之痴。

② 眉批：愚贤不等，人情也。

③ 旁批：也是痴景。

④ 旁批：移床果好，先生有验。

⑤ 旁批：怨也无用。

⑥ 眉批：痴心不变。

眼睁睁无计所奈，不觉扑簌簌吊下泪来①。抚摩一番道："老汉直如此命薄，消受不得！"王老虽然叫安童仍旧拿了进去，心里见金老如此，老大不忍②。另取三两零银封了，送与金老作别。金老道："自家的东西尚无福，何须尊惠！"再三谦让，必不肯受。王老强纳在金老袖中。金老欲待摸出还了，一时摸个不着，面儿通红。又被王老央不过，只得作揖别了。

直至家中，对儿子们一一把前事说了，大家叹息了一回。因言王老好处，临行送银三两。满袖摸遍，并不见有，只说路中掉了。却元来金老推逊时，王老往袖里乱塞，落在着外面一层袖中。袖有断线处，在王老家摸时，已自在脱线处落出在门槛边了。客去扫门，仍旧是王老拾得。可见一饮一啄，莫非前定。不该是他的东西，不要说八百两，就是三两也得不去。该是他的东西，不要说八百两，就是三两也推不出。原有的到无了，原无的到有了，并不由人计较。

而今说一个人在实地上行，步步不着，极贫极苦的，却在渺渺茫茫做梦不到的去处，得了一主没头没脑钱财，变成巨富。从来希有，亘古新闻。有诗为证，诗曰：

分内功名匣里财，不关聪慧不关呆。
果然命是财官格，海外犹能送宝来。

话说国朝成化年间，苏州府长洲县阊门外有一人，姓文，名实，字若虚。生来心思慧巧，做着便能，学着便会。琴棋书画，吹弹歌舞，件件粗通。幼年间，曾有人相他有巨万之富③。他亦自恃才能，不十分去营求生产，坐吃山空，将祖上遗下千金家事，看看消下来。以后晓得家业有限，看见别人经商图利的，时常获利几倍，便也思量做些生意，却又百做百不着。

一日，见人说北京扇子好卖，他便合了一个伙计置办扇子起来。上等金面精巧的，先将礼物求了名人诗画，免不得是沈石田、文衡山、祝枝山搨了几笔，便值上两数银子。中等的，自有一样乔人，一只手学写了这几家字画，也就哄

---

① 旁批：痴景不了。
② 旁批：忠厚人宜其有此。
③ 旁批：不差。

得人过，将假当真的买了，他自家也兀自做得来的。下等的，无金无字画，将就卖几十钱，也有对合利钱，是看得见的。拣个日子装了箱儿，到了北京。

岂知北京那年，自交夏来，日日淋雨不晴，并无一毫暑气，发市甚迟。交秋早凉，虽不见及时，幸喜天色却晴。有妆晃子弟要买把苏做的扇子，袖中笼着摇摆。来买时，开箱一看，只叫得苦。元来北京历沴却在七八月，更加日前雨湿之气，斗着扇上胶墨之性，弄做了个“合而言之”，揭不开了①。用力揭开，东粘一层，西缺一片，但是有字有画值价钱者，一毫无用。止剩下等没字白扇，是不坏的，能值几何？将就卖了做盘费回家。本钱一空。频年做事，大概如此。不但自己折本，但是搭他做伴，连伙计也弄坏了。故此人起他一个混名，叫做“倒运汉”。

不数年，把个家事干圆洁净了，连妻子也不曾娶得。终日间靠着些东涂西抹，东挨西撞，也济不得甚事。但只是嘴头子谄得来，会说会笑，朋友家喜欢他有趣，游耍去处少他不得；也只好趁口，不是做家的。况且他是大模大样过来的，帮闲行里，又不十分入得队。有怜他的，要荐他坐馆教学。又有诚实人家嫌他是个杂板令。高不凑，低不就。打从帮闲的、处馆的两项人见了他，也就做鬼脸，把“倒运”两字笑他，不在话下。

一日，有几个走海泛货的邻近，做头的无非是张大、李二、赵甲、钱乙一班人，共四十余人，合了伙将行。他晓得了，自家思忖道：“一身落魄，生计皆无，便附了他们航海，看看海外风光，也不枉人生一世②。况且他们定是不却我的，省得在家忧柴忧米，也是快活。”正计较间，恰好张大踱将来。元来，这个张大名唤张乘运，专一做海外生意，眼里认得奇珍异宝，又且秉性爽慨，肯扶持好人，所以乡里起他一个混名，叫“张识货”。文若虚见了，便把此意一一与他说了。张大道：“好，好。我们在海船里头不耐烦寂寞，若得兄去，在船中说说笑笑，有甚难过的日子？我们众兄弟，料想多是喜欢的。只是一件，我

---

① 眉批：字画作祟也。

② 眉批：无聊之极，造化来了。

们多有货物将去，兄并无所有，觉得空了一番往返，也可惜了。待我们大家计较，多少凑些出来助你①，将就置些东西去也好。”文若虚便道：“多谢厚情，只怕没人如兄肯周全小弟。”张大道：“且说说看。”一竟自去了。

恰遇一个瞽目先生，敲着报君知走将来。文若虚伸手顺袋里摸了一个钱，扯他一卦问问财气看。先生道：“此卦非凡，有百十分财气，不是小可。”文若虚自想道：“我只要搭去海外耍耍，混过日子罢了，那里是我做得着的生意？要甚么赍助？就赍助得来，能有多少？便直恁地财爻动？这先生也是混帐。”只见张大气忿忿走来，说道：“说着钱，便无缘。这些人好笑，说道你去，无不喜欢；说到助银，没一个则声②。今我同两个好的弟兄，拚凑得一两银子在此，也办不成甚货，凭你买些果子，船里吃罢。口食之类，是在我们身上。”若虚称谢不尽，接了银子。张大先行，道：“快些收拾，就要开船了。”若虚道：“我没甚收拾，随后就来。”手中拿了银子，看了又笑，笑了又看，道：“置得甚货么?”

信步走去，只见满街上筐篮内盛着卖的：

> 红如喷火，巨若悬星。皮未皴，尚有余酸；霜未降，不可多得。元殊苏井诸家树，亦非李氏千头奴。较广似曰难兄，比福亦云具体。

乃是太湖中有一洞庭山，地暖土肥，与闽广无异。所以广橘、福橘，播名天下。洞庭有一样橘树绝与他相似，颜色正同，香气亦同。止是初出时味略少酸；后来熟了，却也甜美，比福橘之价十分之一，名曰“洞庭红”。若虚看见了，便思想道：“我一两银子买得百斤有余，在船可以解渴，又可分送一二，答众人助我之意。”买成，装上竹篓，雇一闲的，并行李挑了下船。众人都拍手笑道：“文先生宝货来也!”文若虚羞惭无地，只得吞声上船，再也不敢提起买橘的事。

开得船来，渐渐出了海口，只见：银涛卷雪，雪浪翻银。湍转则日月似惊，

---

① 眉批：难得此人。

② 旁批：人情也。

浪动则星河如覆。三五日间，随风漂去，也不觉过了多少路程。

忽至一个地方，舟中望去，人烟凑聚，城郭巍峨，晓得是到了甚么国都了。舟人把船撑入藏风避浪的小港内，钉了桩橛，下了铁锚，缆好了。船中人多上岸，打一看，元来是来过的所在，名曰吉零国。元来，这边中国货物拿到那边，一倍就有三倍价。换了那边货物，带到中国也是如此。一往一回，却不便有八九倍利息？所以人都拚死走这条路。众人多是做过交易的，各有熟识经纪、歇家、通事人等，各自上岸找寻、发货去了，只留文若虚在船中看船。路径不熟，也无走处。

正闷坐间，猛可想起道："我那一篓红橘，自从到船中，不曾开看，莫不人气蒸烂了！趁着众人不在，看看则个。"[①] 叫那水手在舱板底下翻将起来。打开了篓看时，面上多是好好的。放心不下，索性搬将出来，都摆在艎板上面。也是合该发迹，时来福凑。摆得满船红焰焰的，远远望来，就是万点火光，一天星斗。岸上走的人，都拢将来问道："是甚么好东西呀？"文若虚只不答应。看见中间有个把一点头的，拣了出来，掐破就吃。岸上看的一发多了，惊笑道："元来是吃得的！"就中有个好事的便来问价："多少一个？"文若虚不省得他们说话。船上人却晓得，就扯个谎哄他，竖起一个指头，说："要一钱一颗。"那问的人揭开长衣，露出那兜罗绵红裹肚来，一手摸出银钱一个来道："买一个尝尝。"文若虚接了银钱，手中等等看，约有两把重，心下想道："不知这些银子要买多少？也不见秤秤，且先把一个与他看样。"拣个大些的、红得可爱的，递一个上去。只见那个人接上手，攧了一攧道："好东西呀！"扑地就劈开来，香气扑鼻。连旁边闻着的许多人，大家喝一声采。那买的不知好歹，看见船上吃法，也学他去了皮，却不分囊，一块塞在口里，甘水满咽喉，连核都不吐，吞下去了[②]，哈哈大笑道："妙哉！妙哉！"又伸手到裹肚里摸出十个银钱来，说："我要买十个进奉去。"文若虚喜出望外，拣十个与他去了。那看的人见那人如

① 旁批：可怜！

② 旁批：好吃法。

此买去了，也有买一个的，也有买两个、三个的，都是一般银钱。买了的，都千欢万喜去了。

元来彼国以银为钱，上有文采。有等龙凤文的最贵重，其次人物，又次禽兽，又次树木，最下通用的是水草。却都是银铸的，分两不异。适才买橘的，都是一样水草纹的，他道是把下等钱买了好东西去了，所以欢喜，也只是要小便宜心肠，与中国人一样。

须臾之间，三停里卖了二停。有的不带钱在身边的，老大懊悔，急忙取了钱转来。文若虚已此剩不多了，拿一个班道："而今要留着自家用，不卖了。"其人情愿再增一个钱，四个钱买了二颗。口中哓哓说："悔气！来得迟了。"旁边人见他增了价，就埋怨道："我每还要买个，如何把价钱增长了他的？"买的人道："你不听他方才说，兀自不卖了？"

正在议论间，只见首先买十颗的那一个人，骑了一匹青骢马，飞也似奔到船边，下了马，分开人丛，对船上大喝道："不要零卖！不要零卖！是有的俺多要买。俺家头目要买去进克汗哩！"看的人听见这话，便远远走开，站住了看。文若虚是个伶俐的人，看见来势，已此瞧科在眼里，晓得是个好主顾了。连忙把篓里尽数倾出来，止剩五十余颗。数了一数，又拿起班来说道："适间讲过要留着自用，不得卖了。今肯加些价钱，再让几颗去罢。适间已卖出两个钱一颗了。"其人在马背上拖下一大囊，摸出钱来，另是一样树木纹的，说道："如此钱一个罢了。"文若虚道："不情愿。只照前样罢了。"那人笑了一笑，又把手去摸出一个龙凤纹的来道："这样的一个如何？"文若虚又道："不情愿。只要前样的。"那人又笑道："此钱一个抵百个，料也没得与你，只是与你耍。你不要俺这一个，却要那等的，是个傻子！你那东西，肯都与俺了，俺再加你一个那等的，也不打紧。"文若虚数了一数，有五十二颗，准准的要了他一百五十六个水草银钱。那人连竹篓都要了，又丢了一个钱，把篓拴在马上，笑吟吟地一鞭去了。看的人见没得卖了，一哄而散。

文若虚见人散了，到舱里把一个钱秤一秤，有八钱七分多重。秤过数个，都是一般。总数一数，共有一千个差不多[①]。把两个赏了船家，其余收拾在包里了。笑一声道："那盲子好灵卦也[②]！"欢喜不尽，只等同船人来对他说笑则个。

说话的，你说错了！那国里银子这样不值钱，如此做买卖，那久惯漂洋的带去多是绫罗段匹，何不多卖了些银钱回来，一发百倍了？看官有所不知。那国里见了绫罗等物，都是以货交兑。我这里人也只是要他货物，才有利钱。若是卖他银钱时，他都把龙凤、人物的来交易，作了好价钱，分两也只得如此，反不便宜。如今是买吃口东西，他只认做把低钱交易，我却只管分两，所以得利了[③]。

说话的，你又说错了。依你说来，那航海的何不只买吃口东西，只换他低钱，岂不有利？用着重本钱置他货物怎地？看官，又不是这话。也是此人偶然有此横财，带去着了手。若是有心第二遭再带去，三五日不遇巧，等得希烂。那文若虚运未通时卖扇子就是榜样。扇子还是放得起的，尚且如此，何况果品？是这样执一论不得的[④]。

闲话休题。且说众人领了经纪主人到船发货，文若虚把上头事说了一遍。众人都惊喜道："造化！造化！我们同来，到是你没本钱的先得了手也！"张大便拍手道："人都道他倒运，而今想是运转了！[⑤]"便对文若虚道："你这些银钱此间置货，作价不多，除是转发在伙伴中，回他几百两中国货物，上去打换些土产珍奇，带转去，有大利钱，也强如虚藏此银钱在身边，无个用处。"文若虚道："我是倒运的，将本求财，从无一遭不连本送的。今承诸公挈带，做此无本钱生意，偶然侥幸一番，真是天大造化了，如何还要生利钱，妄想甚么？万一如前再做折了，难道再有洞庭红这样好卖不成？"众人多道："我们用得着的是

① 旁批：毕竟是有福人手段。
② 旁批：照应妙。
③ 眉批：驳得细，方知近实。
④ 眉批：透极。
⑤ 旁批：又准。

银子，有的是货物。彼此通融，大家有利，有何不可?”文若虚道：“一年吃蛇咬，三年怕草索。说着货物，我就没胆气了。只是守了这些银钱回去罢。①”众人齐拍手道：“放着几倍利钱不取，可惜！可惜!”

随同众人一齐上去，到了店家，交货明白，彼此兑换。约有半月光景，文若虚眼中看过了若干好东好西，他已自志得意满，不放在心上。

众人事体完了，一齐上船，烧了神福，吃了酒，开洋。行了数日，忽然间天变起来。但见：

> 乌云蔽日，黑浪掀天。蛇龙戏舞起长空，鱼鳖惊惶潜水底。艨艟泛泛，只如栖不定的数点寒鸦；岛屿浮浮，便似没不煞的几双水鹈。舟中是方扬的米簸，舷外是正熟的饭锅。总因风伯太无情，以致篙师多失色。

那船上人见风起了，扯起半帆，不问东西南北，随风势漂去。隐隐望见一岛，便带住篷脚，只看着岛边使来。看看渐近，恰是一个无人的空岛。但见：

> 树木参天，草莱遍地。荒凉径界，无非些兔迹狐踪；坦迤土壤，料不是龙潭虎窟。混茫内，未识应归何国辖；开辟来，不知曾否有人登。

船上人把船后抛了铁锚，将桩橛泥犁上岸去钉停当了，对舱里道：“且安心坐一坐，候风势则个。”

那文若虚身边有了银子，恨不得插翅飞到家里，巴不得行路，却如此守风呆坐，心里焦燥。对众人道：“我且上岸去岛上望望则个。”众人道：“一个荒岛，有何好看?”文若虚道：“总是闲着，何碍?”众人都被风颠得头晕，个个是呵欠连天的，不肯同去。文若虚便自一个抖擞精神，跳上岸来。只因此一去，有分交：千年败壳精灵显，一介穷神富贵来。若是说话的同年生，并时长，有个未卜先知的法儿，便双脚走不动，也拄个拐儿随他同去一番，也不枉的。

却说文若虚见众人不去，偏要发个狠，扳藤附葛，直走到岛上绝顶。那岛也苦不甚高，不费甚大力。只是荒草蔓延，无好路径。到得上边打一看时，四望漫漫，身如一叶，不觉凄然吊下泪来，心里道：“想我如此聪明，一生命蹇，

---

① 眉批：知足之人，宜其有后福。

家业消亡，剩得只身，直到海外，虽然侥幸有得千来个银钱在囊中，知他命里是我的不是我的？今在绝岛中间，未到实地，性命也还是与海龙王合着的哩！”

正在感怆，只见望去远远草丛中一物突高。移步往前一看，却是床大一个败龟壳。大惊道：“不信天下有如此大龟！世上人哪里曾看见？说也不信的。我自到海外一番，不曾置得一件海外物事。今我带了此物去，也是一件希罕的东西，与人看看，省得空口说着，道是苏州人会调谎。又且一件：锯将开来，一盖一板，各置四足，便是两张床，却不奇怪！①”遂脱下两只裹脚接了，穿在龟壳中间，打个扣儿，拖了便走②。

走至船边，船里人见他这等模样，都笑道：“文先生那里又跎了纤来？”文若虚道：“好教列位得知，这就是我海外的货了。”众人抬头一看，却便似一张无柱有底的硬脚床。吃惊道：“好大龟壳！你拖来何干？”文若虚道：“也是罕见的，带了他去。”众人笑道：“好货不置一件，要此何用？”有的道：“也有用处。有甚么天大的疑心事，灼他一卦。只没有这样大龟药。③”又有的道是：“医家要煎龟膏，拿去打碎了煎起来，也当得几百个小龟壳。”文若虚道：“不要管有用没有，只是希罕，又不费本钱便带了回去。”当时叫个船上水手，一抬抬下舱来。

初时山下空阔，还只如此；舱中看来，一发大了。若不是海船，也着不得这样狼犺东西。众人大家笑了一回，说道：“到家时有人问，只说文先生做了偌大的乌龟买卖来了。”文若虚道：“不要笑我。好歹有一个用处，决不是弃物。”随他众人取笑，文若虚只是得意。取些水来内外洗一洗净，抹干了，却把自己钱包、行李都塞在龟壳里面，两头把绳一绊，却当了一个大皮箱子。自笑道：“兀的不眼前就有用起了？”众人都笑将起来，道：“好算计！好算计！文先生到底是个聪明人。”当夜无词。

次日，风息了，开船一走。不数日，又到了一个去处，却是福建地方了。

---

① 旁批：奇想。非苏州人不能。

② 旁批：又巧。

③ 眉批：浑语俱趣。

才住定了船，就有一伙惯伺候接海客的小经纪牙人，攒将拢来，你说张家好，我说李家好，拉的拉，扯的扯，嚷个不住。海船上众人拣一个一向熟识的跟了去，其余的也就住了。

众人到了一个波斯胡大店中坐定。里面主人见说海客到了，连忙先发银子，唤厨户包办酒席几十桌。分付停当，然后踱将出来。这主人是个波斯国里人，姓个古怪姓，是玛瑙的“玛”字，叫名玛宝哈，专一与海客兑换珍宝货物，不知有多少万数本钱。众人走海过的，都是熟主熟客，只有文若虚不曾认得。抬眼看时，元来波斯胡住得在中华久了，衣帽言动都与中华不大分别，只是剃眉剪须，深目高鼻，有些古怪。出来见了众人，行宾主礼，坐定了。两杯茶罢，站起身来，请到一个大厅上。只见酒筵多完备了，且是摆得济楚。元来旧规海船一到，主人家先折过这一番款待，然后发货讲价的。主人家手执着一付法浪菊花盘盏，拱一拱手道：“请列位货单一看，好定坐席。”

看官，你道这是何意？元来波斯胡以利为重，只看货单上有奇珍异宝值得上万者，就送在先席；余者看货轻重，挨次坐去。不论年纪，不论尊卑，一向做下的规矩①。船上众人，货物贵的贱的、多的少的，你知我知，各自心照，差不多领了酒杯，各自坐了。单单剩得文若虚一个，呆呆站在那里②。主人道：“这位老客长不曾会面，想是新出海外的，置货不多了。”众人大家说道：“这是我们好朋友，到海外耍去的。身边有银子，却不曾肯置货。今日没奈何，只得屈他在末席坐了。”文若虚满面羞惭，坐了末位。主人坐在横头。

饮酒中间，这一个说道，我有猫儿眼多少；那一个说道，我有祖母绿多少；你夸我逞。文若虚一发嘿嘿无言，自心里也微微有些懊悔，道：“我前日该听他们劝，置些货来的是。今枉有几百银子在囊中，说不得一句说话。”又自叹了口气道：“我原是一些本钱没有的，今已大幸，不可不知足。”自思自忖，无心发兴吃酒。众人却猜拳行令，吃得狼藉。主人是个积年，看出文若虚不快活的意

---

① 眉批：当今之世，不独波斯胡为然矣！

② 旁批：可怜！

思来，不好说破，虚劝了他几杯酒。众人都起身道：“酒勾了。天晚了，趁早上船去，明日发货罢。”别了主人去了。

主人撤了酒席，收拾睡了。明日起个清早，先走到海岸船边来拜这伙客人。主人登舟，一眼瞅去，那舱里狼狼犺犺这件东西，早先看见了，吃了一惊道：“这是那一位客人的宝货？昨日席上并不曾见说起。莫不是不要卖的？”众人都笑指道：“此敝友文兄的宝货。”中有一人衬道：“又是滞货。”主人看了文若虚一看，满目挣得通红，带了怒色埋怨众人道：“我与诸公相处多年，如何恁地作弄我？教我得罪于新客，把一个末坐屈了他，是何道理！”一把扯住文若虚，对众客道：“且慢发货，容我上岸谢过罪着。”

众人不知其故。有几个与文若虚相知些的，又有几个喜事的，觉得有些古怪，共十余人，赶了上来，重到店中，看是如何。只见主人拉了文若虚，把交椅整一整，不管众人好歹，纳他头一位坐下了，道：“适间得罪，得罪！且请坐一坐。”文若虚也心中镬铎，忖道：“不信此物是宝贝，这等造化不成？”主人走了进去，须臾出来，又拱众人到先前吃酒去处。又早摆下几桌酒，为首一桌，比先更齐整。把盏向文若虚一揖，就对众人道：“此公正该坐头一席。你每枉自一船的货，也还赶他不来。先前失敬，失敬！”众人看见，又好笑，又好怪，半信不信的，一带儿坐了。

酒过三杯，主人就开口道：“敢问客长，适间此宝可肯卖否？”文若虚是个乖人，趁口答应道：“只要有好价钱，为甚不卖？”那主人听得肯卖，不觉喜从天降，笑逐颜开，起身道：“果然肯卖，但凭分付价钱，不敢吝惜。”文若虚其实不知值多少。讨少了，怕不在行；讨多了，怕吃笑。忖了一忖，面红耳热，颠倒讨不出价钱来。张大便与文若虚丢个眼色，将手放在椅子背后，竖着三个指头；再把第二个指空中一撇，道：“索性讨他这些。”文若虚摇头，竖一指道：“这些我还讨不出口在这里。”却被主人看见道：“果是多少价钱？”张大捣一个鬼道：“依文先生手势，敢像要一万哩！”主人呵呵大笑道：“这是不要卖，哄我而已。此等宝物，岂止此价钱！”众人见说，大家目睁口呆，都立起了身来，扯文若虚去商议道：“造化！造化！想是值得多哩。我们实实不知如何定价。文先生不如开个大口，凭他还罢。”文若虚终是碍口识羞，待说又止。众人道：“不要不老气！”主人又催道：“实说说何妨？”文若虚只得讨了五万两。主人还摇头道：“罪过！罪过！没有此话。”扯着张大私问他道：“老客长们海外往来，不是一番了。人都叫你是张识货，岂有不知此物就里的？必是无心卖他，奚落小肆罢了。”张大道：“实不瞒你说，这个是我的好朋友，同了海外玩耍的，故此不曾置货。适间此物，乃是避风海岛，偶然得来，不是出价置办的，故此不识得价钱。若果有这五万与他，勾他富贵一生，他也心满意足了。”主人道：“如此说，要你做个大大保人，当有重谢，万万不可翻悔！”遂叫店小二拿出文房四宝来。

主人家将一张供单绵料纸折了一折，拿笔递与张大道：“有烦老客长做主，写个合同文书，好成交易。”张大指着同来一人道：“此位客人褚中颖，写得好。”把纸笔让与他。褚客磨得墨浓，展好纸，提起笔来写道：

> 立合同议单张乘运等。今有苏州客人文实，海外带来大龟壳一个，投至波斯玛宝哈店。愿出银五万两买成。议定立契之后，一家交货，一家交银，各无翻悔。有翻悔者，罚契上加一。合同为照。

一样两纸。后边写了年月日，下写张乘运为头，一连把在坐客人十来个写去。褚中颖因自己执笔，写了落末。年月前边，空行中间，将两纸凑着，写了骑缝，一行两边各半，乃是“合同议约”四字。下写“客人文实，主人玛宝哈”，各押了花押。单上有名，从后头写起，写到张乘运，道：“我们押字钱重些，这买卖才弄得成。”主人笑道：“不敢轻，不敢轻。”

写毕，主人进内，先将银一箱抬出来道：“我先交明白了用钱，还有说话。”众人攒将拢来。主人开箱，却是五十两一包，共总二十包，整整一千两，双手交与张乘运道：“凭老客长收明，分与众位罢。”众人初然吃酒、写合同，大家撺哄鸟乱，心下还有些不信的意思；如今见他拿出精晃晃白银来做用钱，方知是实。文若虚恰像梦里醉里，话都说不出来，呆呆地看[①]。张大扯他一把

① 旁批：逼真光景。得意事乍来，都如此。

道："这用钱如何分散，也要文兄主张。"

文若虚方说一句道："且完了正事慢处。"只见主人笑嘻嘻的对文若虚说道："有一事要与客长商议。价银现在里面阁儿上，都是向来兑过的，一毫不少，只消请客长一两位进去，将一包过一过目，兑一兑为准，其余多不消兑得。却又一说：此银数不少，搬动也不是一时功夫。况且文客官是个单身，如何好将下船去？又要泛海回还，有许多不便处。"文若虚想了一想道："见教得极是。而今却待怎么？"主人道："依着愚见，文客官目下回去未得。小弟此间有一个段匹铺，有本三千两在内。其前后大小厅屋楼房，共百余间，也是个大所在，价值二千两，离此半里之地。愚见就把本店货物及房屋文契，作了五千两，尽行交与文客官，就留文客官在此住下了，做此生意。其银也做几遭搬了过去，不知不觉。日后文客官要回去，这里可以托心腹伙计看守，便可轻身往来。不然，小店交出不难，文客官收贮却难也。愚意如此。"说了一遍，说得文若虚与张大跌足道："果然是客纲客纪，句句有理。"文若虚道："我家里原无家小，况且家业已尽了，就带了许多银子回去，没处安顿。依了此说，我就在这里，立起个家缘来，有何不可？此番造化，一缘一会，都是上天作成的，只索随缘做去。便是货物、房产价钱未必有五千，总是落得的。"便对主人说："适间所言，诚是万全之算，小弟无不从命。"

主人便领文若虚进去阁上看，又叫张、褚二人："一同来看看。其余列位不必了，请略坐一坐。"他四人去了。众人不进去的，个个伸头缩颈，你三我四说道："有此异事！有此造化！早知这样，懊悔岛边泊船时节也不去走走，或者还有宝贝也不见得①。"有的道："这是天大的福气，撞将来的，如何强得？"正欣羡间，文若虚已同张、褚二客出来了。众人都问："进去如何了？"张大道："里边高阁是个土库，放银两的所在，都是桶子盛着。适间进去看了十个大桶，每桶四千；又五个小匣，每个一千，共是四万五千。已将文兄的封皮记号封好

① 旁批：愚人事后之见，大率如此。

了，只等交了货，就是文兄的了①。”主人出来道：“房屋文书、段匹帐目，俱已在此，凑足五万之数了。且到船上取货去。”一拥都到海船来。

文若虚于路对众人说：“船上人多，切勿明言！小弟自有厚报。”众人也只怕船上人知道，要分了用钱去，各各心照。文若虚到了船上，先向龟壳中把自己包裹、被囊取出了。手摸一摸壳，口里暗道：“侥幸！侥幸！”主人便叫店内后生二人来抬此壳，分付道：“好生抬进去，不要放在外边。”船上人见抬了此壳去，便道：“这个滞货也脱手了，不知卖了多少？”文若虚只不做声，一手提了包裹，往岸上就走。这起初同上来的几个，又赶到岸上，将龟壳从头至尾细细看了一遍，又向壳内张了一张，捽了一捽，面面相觑道：“好处在那里？”

主人仍拉了这十来个一同上去，到店里说道：“而今且同文客官看了房屋铺面来。”众人与主人一同走到一处，正是闹市中间，一所好大房子。门前正中是个铺子，旁有一弄；走进转个湾，是两扇大石板门，门内大天井，上面一所大厅，厅上有一匾，题曰“来琛堂”。堂旁有两楹侧屋，屋内三面有橱，橱内都是绫罗各色段匹。以后内房，楼房甚多。文若虚暗道：“得此为住居，王侯之家不过如此矣！况又有段铺营生，利息无尽，便做了这里客人罢了，还思想家里做甚？”就对主人道：“好却好，只是小弟是个孤身，毕竟还要寻几房使唤的人才住得。”主人道：“这个不难，都在小店身上。”

文若虚满心欢喜，同众人走归本店来。主人讨茶来吃了，说道：“文客官今晚不消船里去，就在铺中下了。使唤的人，铺中现有，逐渐再讨便是。”众客人多道：“交易事已成，不必说了，只是我们毕竟有些疑心，此壳有何好处，值价如此？还要主人见教一个明白。”文若虚道：“正是，正是。”

主人笑道：“诸公枉了海上走了多遭，这些也不识得！列位岂不闻说龙有九子乎？内有一种是鼍龙，其皮可以幔鼓，声闻百里，所以谓之鼍鼓。鼍龙万岁，到底蜕下此壳成龙。此壳有二十四肋，按天上二十四气。每肋中间节内有大珠一颗。若是肋未完全时节，成不得龙，蜕不得壳。也有生捉得他来，只好将皮

---

① 旁批：垂涎。

幔鼓，其肋中也未有东西。直待二十四肋，肋肋完全，节节珠满，然后蜕了此壳变龙而去。故此是天然蜕下、气候俱到、肋节俱完的，与生擒活捉、寿数未满的不同，所以有如此之大。这个东西，我们肚中虽晓得，知他几时蜕下？又在何处地方守得他着？壳不值钱，其珠皆有夜光，乃无价宝也！今天幸遇巧，得之无心耳。”众人听罢，似信不信。

只见主人走将进去了一会，笑嘻嘻的走出来，袖中取出一西洋布的包来，说道：“请诸公看看。”解开来，只见一团绵裹着寸许大一颗夜明珠，光彩夺目。讨个黑漆的盘放在暗处，其珠滚一个不定，闪闪烁烁，约有尺余亮处。众人看了，惊得目睁口呆，伸了舌头，收不进来。主人回身转来，对众客逐个致谢道：“多蒙列位作成了。只这一颗，拿到咱国中，就值方才的价钱了；其余多是尊惠。”众人个个心惊，却是说过的话又不好翻悔得。主人见众人有些变色，取了珠子，急急走到里边。又叫抬出一个段箱来。除了文若虚，每人送与段子二端，说道：“烦劳了列位，做两件道袍穿穿，也见小肆中薄意。”袖中又摸出细珠十数串，每送一串道：“轻鲜，轻鲜，备归途一茶罢了。”文若虚处另是粗些的珠子四串，段子八匹，道是：“权且做几件衣服。”文若虚同众人欢喜作谢了。

主人就同众人送了文若虚到段铺中，叫铺里伙计后生们都来相见，说道：“今番是此位主人了。”主人自别了去，道：“再到小店中去去来。”只见须臾间数十个脚夫扛了好些扛来，把先前文若虚封记的十桶五匣都发来了。

文若虚搬在一个深密谨慎的卧房里头去处，出来对众人道：“多承列位挈带，有此一套意外富贵，感谢不尽。”走进去把自家包裹内所卖洞庭红的银钱倒将出来，每人送他十个；止有张大与先前出银助他的两三个，分外又是十个①，道：“聊表谢意。”此时，文若虚把这些银钱看得不在眼里了。众人却是快活，称谢不尽。文若虚又拿出几十个来，对张大说道：“有烦老兄将此分与船上同行

① 眉批：此人元不酸。

的人，每位一个，聊当一茶[1]。小弟住在此间，有了头绪，慢慢到本乡来。此时不得同行，就此为别了。”张大道：“还有一千两用钱，未曾分得，却是如何？须得文兄分开，方没得说。”文若虚道：“这到忘了。”就与众人商议：将一百两散与船上众人。余九百两照现在人数，另外添出两股，派了股数，各得一股；张大为头的，褚中颖执笔的，多分一股。众人千欢万喜，没有说话。内中一人道：“只是便宜了这回回。文先生还该起个风，要他些不敷才是。”文若虚道：“不要不知足。看我一个倒运汉，做着便折本的，造化到来，平空地有此一主财爻。可见人生分定，不必强求。我们若非这主人识货，也只当得废物罢了。还亏他指点晓得，如何还好昧心争论？[2]”众人都道：“文先生说得是。存心忠厚，所以该有此富贵。”大家千恩万谢，各各赍了所得东西，自到船上发货。

从此，文若虚做了闽中一个富商，就在那边取了妻小，立起家业。数年之间，才到苏州走一遭，会会旧相识，依旧去了。至今子孙繁衍，家道殷富不绝。正是：

运退黄金失色，时来顽铁生辉。
莫与痴人说梦，思量海外寻龟。

---

① 眉批：忠厚甚，宜其有此福也。
② 眉批：平心甚！

卷之二　姚滴珠避羞惹羞　郑月娥将错就错

诗云：

自古人心不同，尽道有如其面。

假饶容貌无差，毕竟心肠难变。

话说人生只有面貌最是不同，盖因各父母所生，千支万派，那能勾一模一样的？就是同父合母的兄弟，同胞双生的儿子，道是相像得紧，毕竟仔细看来，自有些少不同去处。却又作怪，尽有途路各别、毫无干涉的人，蓦地有人生得一般无二、假充得真的。从来正书上面，说孔子貌似阳虎，以致匡人之围，是恶人像了圣人；传奇上边，说周坚死替赵朔，以解下宫之难，是贱人像了贵人，是个解不得的道理。

按《西湖志余》上面，宋时有一事，也为面貌相像，骗了一时富贵，享用十余年，后来事败了的。却是靖康年间，金人围困汴梁，徽、钦二帝蒙尘北狩，一时后妃、公主被虏去的甚多。内中有一公主，名曰柔福，乃是钦宗之女，当时也被掳去。后来高宗南渡称帝，改号建炎。四年，忽有一女子诣阙自陈，称是柔福公主，自虏中逃归，特来见驾。高宗心疑道："许多随驾去的臣宰尚不能逃，公主鞋弓袜小，如何脱离得归来？"颁诏令旧时宫人看验，个个说道："是真的，一些不差。"及问他宫中旧事，对答来皆合。几个旧时的人，他都叫得姓名出来。只是众人看见一双足，却大得不像样，都道："公主当时何等小足，今却这等，止有此不同处。"以此回复圣旨。

高宗临轩亲认，却也认得，诘问他道："你为何恁般一双脚了？"女子听得，啼哭起来道："这些臊羯奴聚逐便如牛马一般。今乘间脱逃，赤脚奔走，到此将有万里，岂能尚保得一双纤足如旧时模样耶？"[1] 高宗听得，甚是惨然，颁诏特加号福国长公主，下降高世綮，做了驸马都尉。其时汪龙溪草制词曰：

彭城方急，鲁元尝困于面驰；江左既兴，益寿宜充于禁脔。

那鲁元是汉高帝的公主，在彭城失散，后来复还的。益寿是晋驸马谢混的小名，江左中兴，元帝公主下降的。故把来比他两人，甚为切当。自后夫荣妻贵，恩赉无算。

其时，高宗为母韦贤妃在虏中，年年费尽金珠求赎，遥尊为显仁太后。和议既成，直到绍兴十二年自虏中回銮，听见说道："柔福公主进来相见。"太后大惊道："那有此话？柔福在虏中受不得苦楚，死已多年，是我亲看见的，那得又有一个柔福？是何人假出来的？"发下旨意，着法司严刑究问。法司奉旨，提到人犯，用起刑来。那女子熬不得，只得将真情招出道："小的每本是汴梁一个女巫。靖康之乱，有宫中女婢逃出民间，见了小的每，误认做了柔福娘娘，口中厮唤。小的每惊问，他便说小的每与娘娘面貌一般无二。因此小的每有了心，日逐将宫中旧事问他，他日日衍说得心下习熟了，故大胆冒名自陈，贪享这几时富贵，道是永无对证的了。谁知太后回銮，也是小的每福尽灾生，一死也不枉了。"问成罪名。高宗见了招伏，大骂"欺君贼婢"。立时押付市曹处决，抄没家私入官。总算前后锡赉之数，也有四十七万缗钱。虽然没结果，却是十余年间也受用得勾了。只为一个容颜厮像，一时骨肉旧人都认不出来。若非太后复还，到底被他瞒过，那个再有疑心的？就是死在太后未还之先，也是他便宜多了。天理不容，自然败露。

今日再说一个容貌厮像弄出好些奸巧希奇的一场官司来。正是：

自古唯传伯仲偕，谁知异地巧安排。

试看一样滴珠面，惟有人心再不谐。

话说国朝万历年间，徽州府休宁县荪田乡姚氏有一女，名唤滴珠，年方十六，生得如花似玉，美冠一方。父母俱在，家道殷富，宝惜异常，娇养过度。

---

① 眉批：说得惨痛有理。

凭媒说合，嫁与屯溪潘甲为妻。看来世间听不得的最是媒人的口。他要说了穷，石崇也无立锥之地；他要说了富，范丹也有万顷之财。正是：富贵随口定，美丑趁心生。再无一句实话的。那屯溪潘氏虽是个旧姓人家，却是个破落户，家道艰难，外靠男子出外营生，内要女人亲操井臼，吃不得闲饭过日的了。这个潘甲虽是人物也有几分像样，已自弃儒为商；况且公婆甚是狠戾，动不动出口骂詈，毫没些好歹。滴珠父母误听媒人之言，道他是好人家，把一块心头的肉嫁了过来。少年夫妻，却也过得恩爱，只是看了许多光景，心下好生不然，如常偷掩泪眼。潘甲晓得意思，把些好话偎他过日子。

却早成亲两月，潘父就发作儿子道："如此你贪我爱，夫妻相对，白白过世不成？如何不想去做生意?"潘甲无奈，与妻滴珠说了，两个哭一个不住，说了一夜话。

次日潘父就逼儿子出外去了。滴珠独自一个，越越凄惶，有情无绪。况且是个娇养的女儿，新来的媳妇，摸头路不着，没个是处，终日闷闷过了。潘父、潘母看见媳妇这般模样，时常急聒，骂道："这婆娘想甚情人？害相思病了！"滴珠生来在父母身边，如珠似玉，何曾听得这般声气？不敢回言，只得忍着气。背地哽哽咽咽，哭了一会罢了。

一日，因滴珠起得迟了些个，公婆朝饭要紧，猝地答应不迭，潘公开口骂道："这样好吃懒做的淫妇，睡到这等日高才起来！看这自由自在的模样，除非去做娼妓，倚门卖俏，撺哄子弟，方得这样快活像意。若要做人家，是这等不得！"滴珠听了，便道："我是好人家儿女，便做道有些不是，直得如此作贱说我？"大哭一场，没分诉处。

到得夜里睡不着，越思量越恼，道："老无知这样说话，须是公道上去不得。我忍耐不过，且跑回家去告诉爹娘。明明与他执论，看这话是该说的不该说的！亦且借此为名，赖在家多住几时，也省了好些气恼。"算计定了，侵晨未及梳洗，将一个罗帕兜头扎了，一口气跑到渡口来。

说话的若是同时生，并年长，晓得他这去不尴尬，拦腰抱住，擗胸扯回，也不见得后边若干事件来。只因此去，天气却早，虽是已有行动的了，人踪尚

稀，渡口悄然。这地方有一个专一做不好事的光棍，名唤汪锡，绰号“雪里蛆”，是个冻饿不怕的意思。也是姚滴珠合当悔气，撞着他独自个溪中乘了竹筏。未到渡口，望见了个花朵般后生妇人，独立岸边；又且头不梳裹，满面泪痕，晓得有些古怪。在筏上问道：“娘子要渡溪么？”滴珠道：“正要过去。”汪锡道：“这等，上我筏来。”一口叫：“放仔细些！”一手去接他下来。上得筏，一篙撑开，撑到一个僻静去处，问道：“娘子，你是何等人家？独自一个要到那里去？”滴珠道：“我自要到苏田娘家去。你只送我到渡口上岸，我自认得路，管我别事做甚？”汪锡道：“我看娘子头不梳，面不洗，泪眼汪汪，独身自走，必有跷蹊作怪的事。说得明白，才好渡你。”滴珠在个水中央了，又且心里急要回去，只得把丈夫不在家了，如何受气的上项事，一头说，一头哭，告诉了一遍。汪锡听了，便心下一想，转身道：“这等说，却渡你去不得。你起得没好意了，放你上岸，你或是逃去，或是寻死，或是被别人拐了去，后来查出是我渡你的，我却替你吃没头官司。”滴珠道：“胡说！我自是娘家去，如何是逃去？若我寻死路，何不投水，却过了渡去自尽不成？我又认得娘家路，没得怕人拐我！”汪锡道：“却是信你不过。你既要娘家去，我舍下甚近，你且上去我家中坐了。等我走去对你家说了，叫人来接你去，却不两边放心得下？”滴珠道：“如此也好。”正是女流之辈，无大见识，亦且一时无奈，拗他不过；还只道好心，随了他来。

上得岸时，转湾抹角，到了一个去处。引进几重门户里头，房室甚是幽静清雅。但见：

> 明窗静几，锦帐文茵。庭前有数种盆花，座内有几张素椅。壁间纸画周之冕，桌上沙壶时大彬。窄小蜗居，虽非富贵王侯宅；清闲螺径，也异寻常百姓家。

元来这个所在，是这汪锡一个囮子，专一设法良家妇女到此，认作亲戚。拐那一等浮浪子弟，好扑花行径的，引他到此，勾搭上了，或是片时取乐，或是迷了的，便做个外宅居住，赚他银子无数。若是这妇女无根蒂的，他等有贩水客人到，肯出一主大钱，就卖了去为娼。已非一日。今见滴珠行径，就起了个不良之心，骗他到此。

那滴珠是个好人家儿女，心里尽爱清闲。只因公婆凶悍，不要说日逐做烧火、煮饭、熬锅、打水的事，只是油盐酱醋，他也拌得头疼了[①]；见了这个干净精致所在，不知一个好歹，心下到有几分喜欢。那汪锡见他无有慌意，反添喜状，便觉动火。走到跟前，双膝跪下求欢。滴珠就变了脸起来："这如何使得！我是好人家儿女，你元说留我到此坐着，报我家中。青天白日，怎地拐人来家，要行局骗？若逼得我紧，我如今真要自尽了！"说罢，看见桌上有点灯铁签，捉起来望喉间就刺。汪锡慌了手脚，道："再从容说话，小人不敢了。"元来，汪锡只是拐人骗财，利心为重，色上也不十分要紧，恐怕真个做出事来，没了一场好买卖。吃这一惊，把那一点勃勃的春兴，丢到爪哇国里去了。

他走到后头去好些时，叫出一个老婆子来，道："王嬷嬷，你陪这里娘子坐坐，我到他家去报一声就来。"滴珠叫他转来，说明白了地方及父母名姓，叮嘱道："千万早些叫他们来，我自有重谢。[②]"

汪锡去了。那老嬷嬷去掇盆脸水、拿些梳头家火出来，叫滴珠梳洗，立在旁边呆看，插口问道："娘子何家宅眷？因何到此？"滴珠把上项事是长是短，说了一遍。那婆子就故意跌跌脚道："这样老杀才不识人！有这样好标致娘子做了媳妇[③]，折杀了你不羞？还舍得出毒口骂他，也是个没人气的！如何与他一日相处？"滴珠说着心事，眼中滴泪。婆子便问道："今欲何往？"滴珠道："今要到家里告诉爹娘一番，就在家里权避几时，待丈夫回家再处。"婆子就道："官人几时回家？"滴珠又垂泪道："做亲两月，就骂着逼出去了，知他几时回来？没个定期。"婆子道："好没天理！花枝般一个娘子，叫他独守[④]，又要骂他。娘子，你莫怪我说，你而今就回去得几时，少不得要到公婆家去的。你难道躲得在娘家一世不成？这腌臜烦恼，是日长岁久的，如何是了？"滴珠道：

① 眉批：可怜甚！
② 旁批：可怜甚！
③ 旁批：来了！
④ 旁批：来了！

"命该如此，也没奈何了。"婆子道："依老身愚见，只教娘子快活享福，终身受用。"滴珠道："有何高见？"婆子道："老身往来的是富家大户，公子王孙，有的是斯文俊俏少年子弟。娘子，你不消问得的，只是看得中意的，拣上一个。等我对他说成了，他把你似珍宝一般看待，十分爱惜。吃自在食，着自在衣；纤手不动，呼奴使婢，也不枉了这一个花枝模样，强如守空房、做粗作、淘闲气万万倍了。"

那滴珠是受苦不过的人，况且小小年纪，妇人水性；又想了夫家许多不好处，听了这一片话，心里动了[1]，便道："使不得！有人知道了怎好？[2]"婆子道："这个所在，外人不敢上门，神不知，鬼不觉，是个极密的所在。你住两日起来，天上也不要去了。"滴珠道："适间已叫那撑筏的报家里去了。"婆子道："那是我的干儿，恁地不晓事，去报这样冷信。"正说之间，只见一个人在外走进来，一手揪住王婆道："好！好！青天白日，要哄人养汉。我出首去！[3]"滴珠吃了一惊，仔细看来，却就是撑筏的那一个汪锡。滴珠见了道："曾到我家去报不曾？[4]"汪锡道："报你家的鸟！我听得多时了也。王嬷嬷的言语，是娘子下半世的受用，万全之策，凭娘子斟酌。"滴珠叹口气道："我落难之人，走入圈套，没奈何了。只不要误了我的事。[5]"婆子道："方才说过的，凭娘子自拣。两相情愿，如何误得你？"滴珠一时没主意，听了哄语，又且房室精致，床帐齐整，恰便似："因过竹院逢僧话"，"偷得浮生半日闲"。放心的悄悄住下。那婆子与汪锡两个殷殷勤勤，代替伏侍。要茶就茶，要水就水，惟恐一些不到处。那滴珠一发喜欢忘怀了。

过得一日，汪锡走出去，撞见本县商山地方一个大财主，叫得吴大郎。那大郎有百万家私，极是个好风月的人。因为平日肯养闲汉，认得汪锡，便问道："这几时有甚好乐地么？"汪锡道："好教朝奉得知。我家有个表侄女新寡，且

---

① 旁批：不由不动，可怜之甚。
② 旁批：软了！
③ 旁批：有妆点。
④ 旁批：可怜！
⑤ 旁批：软了。

是生得娇媚，尚未有个配头。这却是朝奉店里货，只是价钱重哩!”大郎道：“可肯等我一看否?”汪锡道：“不难。只是好人家害羞。待我先到家，与他堂中说话，你劈面撞进来，看个停当便是。”吴大郎会意了。

汪锡先回来，见滴珠坐在房中默默呆想。汪锡便道：“娘子便到堂中走走，如何闷坐在房里?”王婆子在后面听得了，也走出来道：“正是。娘子外头来坐。”滴珠依言，走在外边来。汪锡就把房门带上了。滴珠坐了道：“嬷嬷，还不如等我归去休。①”嬷嬷道：“娘子不要性急，我们只是爱惜娘子人材，不割舍得你吃苦，所以劝你②。你再耐烦些，包你有好缘分到也。”

正说之间，只见外面闯进一个人来。你道他怎生打扮？但见：

头戴一顶前一片、后一片的竹筒巾儿，旁缝一对左一块、右一块的蜜蜡金儿；身上穿一件细领大袖青绒道袍儿，脚下着一双低跟浅面红绫僧鞋儿。若非宋玉墙边过，定是潘安车上来。

一直走进堂中道：“小汪在家么?”滴珠慌了，急掣身起，已打了个照面。急奔房门边来，不想那门先前出来时已被汪锡暗拴了，急没躲处。那王婆笑道：“是吴朝奉，便不先开个声!③”对滴珠道：“是我家老主顾，不妨。”又对吴大郎道：可相见这位娘子。”吴大郎深深唱个喏下去，滴珠只得回了礼。偷眼看时，恰是个俊俏可喜的少年郎君，心里早看上了几分了。吴大郎上下一看，只见不施脂粉，淡雅梳妆，自然内家气象，与那胭花队里的迥别。他是个在行的，知轻识重，如何不晓得？也自酥了半边，道：“娘子请坐。”那滴珠终久是好人家出来的，有些羞耻，只叫王嬷嬷道：“我们进去则个。”嬷嬷道：“慌做甚么?”就同滴珠一面进去了④。

出来对吴大郎道：“朝奉看得中意否?”吴大郎道：“嬷嬷作成作成，不敢有忘。”王婆道：“朝奉有的是银子，兑出千把来，娶了回去就是。”大郎道：

---

① 旁批：迟了。

② 旁批：好语动人。

③ 旁批：虔婆腔。

④ 旁批：妙在再不逆他。

"又不是衕衕人家，如何要得许多?"嬷嬷道："不多。你看了这个标致模样，今与你做个小娘子，难道消不得千金?"大郎道："果要千金，也不打紧。只是我大孺人狠，专会作贱人。我虽不怕他，怕难为这小娘子，有些不便，取回去不得。①"婆子道："这个何难?另税一所房子住了，两头做大，可不是好?前日江家有一所花园空着，要典与人。老身替你问问看，如何?"大郎道："好便好，只是另住了，要家人使唤，丫嬛伏侍，另起烟爨，这还小事；少不得瞒不过家里了，终日厮闹，赶来要同住，却了不得。"婆子道："老身更有个见识。朝奉拿出聘礼，娶下了，就在此间成了亲。每月出几两盘缠，替你养着，自有老身伏侍陪伴。朝奉在家，推个别事出外，时时到此来往，密不通风，有何不好?"大郎笑道："这个却妙，这个却妙。"议定了财礼银八百两，衣服首饰办了送来自不必说，也合着千金。每月盘费连房钱银十两，逐月交付。大郎都应允，慌忙去拿银子了。

王婆转进房里来，对滴珠道："适才这个官人，生得如何?"元来，滴珠先前虽然怕羞，走了进去，心中却还舍不得，躲在黑影里张来张去，看得分明。吴大郎与王婆一头说话，一眼觑着门里，有时露出半面，若非是有人在面前，又非是一面不曾识，两下里就做起光来了。滴珠见王婆问他，他就随口问道："这是那一家?"王婆道："是徽州府有名的商山吴家，他又是吴家第一个财主'吴百万'吴大朝奉。他看见你，好不喜欢哩！他要娶你回去，有些不便处。他就要娶你在此间住下，你心下如何?"滴珠一了喜欢这个干净卧房，又看上了吴大郎人物，听见说就在此间住，就像是他家里一般的，心下到有十分中意了，道："既到这里，但凭妈妈。只要方便些，不露风声便好。②"婆子道："如何得露风声?只是你久后相处，不可把真情与他说，看得低了。只认我表亲，暗地快活便了。"

只见吴大郎抬了一乘轿，随着两个俊俏小厮，捧了两个拜匣，竟到汪锡家来。把银子交付停当了，就问道："几时成亲?"婆子道："但凭朝奉尊便。或

① 旁批：是怕老婆人声口。

② 旁批：要紧。

是拣个好日，或是不必拣日，就是今夜也好。”吴大郎道：“今日我家里不曾做得工夫，不好造次住得。明日我推说到杭州进香取帐，过来住起罢了。拣甚么日子？”吴大郎只是色心为重，等不得拣日。若论婚姻大事，还该寻一个好日辰[①]。今卤莽乱做，不知犯何凶煞，以致一两年内，就拆散了。这是后话。

却说吴大郎交付停当，自去了，只待明日快活。婆子又与汪锡计较定了，来对滴珠说：“恭喜娘子，你事已成了。”就拿了吴家银子四百两[②]，笑嘻嘻的道：“银八百两，你取一半，我两人分一半做媒钱。”摆将出来，摆得桌上白晃晃的。滴珠可也喜欢。

说话的，你说错了。这光棍、牙婆见了银子，如苍蝇见血，怎还肯人心天理，分这一半与他？看官，有个缘故。他一者要在滴珠面前夸耀富贵，卖下他心；二者总是在他家里，东西不怕走趱那里去了，少不得逐渐哄的出来，仍旧元在。若不与滴珠些东西，后来吴大郎相处了，怕他说出真情，要倒他们的出来，反为不美。这正是老虔婆神机妙算。

吴大郎次日果然打扮得一发精致，来汪锡家成亲。他怕人知道，也不用傧相，也不动乐人，只托汪锡办下两桌酒，请滴珠出来同坐，吃了进房。滴珠起初害羞，不肯出来。后来被强不过，勉强略坐得一坐，推个事故走进房去，扑地把灯吹息，先自睡了，却不关门。婆子道：“还是女儿家的心性，害羞。须是我们凑他趣则个。”移了灯，照吴大郎进房去，仍旧把房中灯点起了，自家走了出去，把门拽上。

吴大郎是个精细的人，把门拴了，移灯到床边。揭帐一看，只见兜头面睡着，不敢惊动他[③]。轻轻的脱了衣服，吹息了灯，衬进被窝里来。滴珠叹了一口气，缩做一团[④]，被吴大郎甜言媚语，轻轻款款，扳将过来，腾的跨上去。滴珠颤笃笃的承受了。高高下下，往往来来，弄得滴珠浑身快畅，遍体酥麻。

① 旁批：冷话。有致有谑趣。
② 旁批：妙在此。
③ 旁批：老手。
④ 旁批：如画。

元来滴珠虽然嫁了丈夫两月，那是不在行的新郎，不曾得知这样趣味。吴大郎风月场中招讨使，被窝里事多曾占过先头的。温柔软款，自不必说。滴珠只恨相见之晚。两个千恩万爱，过了一夜。

明日起来，王婆、汪锡都来叫喜。吴大郎各各赏赐了他。自此与姚滴珠快乐，隔个把月才回家去走走，又来住宿不题。

说话的，难道潘家不见了媳妇就罢了？凭他自在那里快活不成？看官，话有两头，却难这边说一句，那边说一句。如今且听说那潘家。

自从那日早起不见媳妇煮朝饭，潘婆只道又是晏起，走到房前厉声叫他，见不则声。走进房里，把窗推开了，床里一看，并不见滴珠踪迹，骂道："这贼淫妇那里去了？"出来与潘公说了。潘公道："又来作怪！"料道是他娘家去，急忙走到渡口问人来。有人说道："绝大清早，有一妇人渡河去。有认得的，道是潘家媳妇上筏去了。"潘公道："这妮子！昨日说了他几句，就待告诉他爹娘去。恁般心性泼剌！且等他娘家住，不要去接他采他，看他待要怎的！"忿忿地跑回去与潘婆说了。

将有十来日，姚家记挂女儿，办了几个盒子，做了些点心，差一男一妇到潘家来问一个信。潘公道："他归你家十来日了，如何到来这里问信？"那送礼的人吃了一惊道："说那里话？我家姐姐自到你家来，才得两月多。我家又不曾来接他，为何自归？因是放心不下，叫我们来望望。如何反如此说？"潘公道："前日因有两句口面，他使一个性子跑了回家。有人在渡口见他的。他不到你家，到那里去？"那男女道："实实不曾回家，不要错认了。"潘公炮燥道："想是他来家说了甚么谎，您家要悔赖了别嫁人，故妆出圈套，反来问信么？"那男女道："人在你家不见了，颠倒这样说，这事必定跷蹊。"潘公听得"跷蹊"两字，大骂："狗男女！我少不得当官告来，看你家赖了成！"

那男女见不是势头，盒盘也不出，仍旧挑了，走了回家，一五一十的对家主说了。姚公、姚妈大惊，啼哭起来道："这等说，我那儿敢被这两个老杀才逼死了？打点告状，替他要人去！"一面来与个讼师商量告状。

那潘公、潘婆死认定了姚家藏了女儿，叫人去接了儿子来家。两家都进状，都准了。

那休宁县李知县行提一干人犯到官。当堂审问时，你推我，我推你。知县大怒，先把潘公夹起来。潘公道："现有人见他过渡的。若是投河身死，须有尸首。明白是他家藏了赖人。"知县道："说得是。不见了人十多日，若是死了，岂无尸首踪影？毕竟藏着的是。"放了潘公，再把姚公夹起来。姚公道："人在他家，去了两月多，自不曾归家来。若是果然当时走回家，这十来日间潘某何不着人来问一声，看一看下落？人长六尺，天下难藏。小的若是藏过了，后来就别嫁人，也须有人知道，难道是瞒得过的？老爷详察则个。"知县想了一想，道："也说得是，如何藏得过？便藏了，也成何用？多管是与人有奸，约的走了。①"潘公道："小的媳妇虽是懒惰娇痴，小的闺门也严谨，却不曾有甚外情。"知县道："这等，敢是有人拐的去了②？或是躲在亲眷家，也不见得。"便对姚公说："是你生得女儿不长进；况来踪去迹毕竟是你做爷的晓得，你推不得干净。要你跟寻出来，同缉捕人役五日一比较。"就把潘公父子讨了个保，姚公肘押了出来③。

姚公不见了女儿，心中已自苦楚；又经如此冤枉，叫天叫地，没个道理，只得帖个寻人招子，许下赏钱，各处搜求，并无影响。且是那个潘甲不见了妻子，没出气处，只是逢五逢十就来禀官，比较捕人，未免连姚公陪打了好些板子④。此事闹动了一个休宁县。城郭乡村，无不传为奇谈。亲戚之间，尽为姚公不平，却没个出豁。

却说姚家有个极密的内亲，叫做周少溪。偶然在浙江衢州做买卖，闲游柳陌花街，只见一个娼妇，站在门首献笑，好生面染。仔细一想，却与姚滴珠一般无二⑤。心下想道："家里打了两年没头官司，他却在此！⑥"要上前去问个的

---

① 旁批：也疑得是。

② 旁批：更是。

③ 眉批：不该放松潘公。

④ 旁批：冤哉！

⑤ 眉批：有此天然奇巧！

⑥ 眉批：亦宿因也！

确。却又忖道："不好，不好。问他未必肯说真情。打破了网，娼家行径没根蒂的，连夜走了，那里去寻？不如报他家中知道，等他自来寻访。①"

元来衢州与徽州虽是分个浙、直，却两府是联界的。苦不多日，到了，一一与姚公说知。姚公道："不消说得，必是遇着歹人，转贩为娼了。"叫其子姚乙密地拴了百来两银子，到衢州去赎身。又商量道："私下取赎，未必成事。"又在休宁县告明缘由，使用些银子，给了一张广缉文书在身，倘有不谐，当官告理②。姚乙听命，姚公就央了周少溪作伴，一路往衢州来。

那周少溪自有旧主人，替姚乙另寻了一个店楼，安下行李。周少溪指引他到这家门首来，正值他在门外。姚乙看见，果然是妹子，连呼他小名数声。那娼妇只是微微笑看，却不答应。姚乙对周少溪道："果然是我妹子。只是连连叫他，并不答应，却像不认得我的。难道他在此快乐了，把个亲兄都不招揽了？"周少溪道："你不晓得。凡娼家龟鸨，必是生狠的。你妹子既来历不明，他家必紧防漏泄，训戒在先，所以他怕人知道，不敢当面认帐。"姚乙道："而今却怎么通得个信？"周少溪道："这有何难？你做个要闝他的，设了酒，将银一两送去，外加轿钱一包，抬他到下处来，看个备细。是你妹子，密地相认了，再做道理；不是妹子，睡他娘一晚，放他去罢。③"姚乙道："有理，有理。"

周少溪在衢州久做客人，都是熟路，去寻一个小闲来，拿银子去，霎时一乘轿抬到下处。那周少溪忖道："果是他妹子，不好在此陪得。"推个事故，走了出去④。姚乙也道是他妹子，有些不便，却也不来留周少溪。只见那轿里袅袅婷婷，走出一个娼妓来。但见：

> 一个道是妹子来，双眸注望；一个道是客官到，满面生春。一个疑道："何不见他走近身，急认哥哥？"一个疑道："何不见他迎着轿，忙呼姐姐？"

---

① 旁批：此人去得。

② 眉批：周到，亦是周少溪之教也。

③ 眉批：此人去得。

④ 眉批：此人事事精密，真老江湖！

却说那姚乙向前看看，分明是妹子。那娼妓却笑容可鞠，佯佯地道了个万福。姚乙只得请坐了，不敢就认，问道："姐姐尊姓大名，何处人氏?"那娼妇答道："姓郑，小字月娥，是本处人氏。"姚乙看他说出话来一口衢音，声气也不似滴珠，已自疑心了。那郑月娥就问姚乙道："客官何来?"姚乙道："在下是徽州府休宁县荪田姚某。父某人，母某人。"恰像那个查他的脚色，三代籍贯都报将来。也还只道果是妹子，他必然承认，所以如此。那郑月娥见他说话牢叨，笑了一笑道："又不曾盘问客官出身，何故通三代脚色?[①]"姚乙满面通红，情知不是滴珠了。

摆上酒来，三杯两盏，两个对吃。郑月娥看见姚乙只管相他面庞一会，又自言自语一会，心里好生疑惑，开口问道："奴自不曾与客官相会，只是前日门前见客官走来走去，见了我指手点脚的，我背地同姊妹暗笑。今承宠召过来，却又屡屡相觑，却像有些委决不下的事，是什么缘故?"姚乙把言语支吾，不说明白。那月娥是个久惯接客、乖巧不过的人，看此光景，晓得有些尴尬，只管盘问。姚乙道："这话也长，且到床上再说。"

两个人各自收拾上床睡了，免不得云情雨意，做了一番的事。那月娥又把前话提起，姚乙只得告诉他：家里事如此如此，这般这般，"因见你厮像，故此假做请你，认个明白，那知不是。"月娥道："果然像否?"姚乙道："举止外像，一些不差。就是神色里边，有些微两样处。除是至亲骨肉，终日在面前的，用意体察，才看得出来，也算是十分像的了。若非是声音各别，连我方才也要认错起来。"月娥道："既是这等厮像，我就做你妹子罢。[②]"姚乙道："又来取笑。"月娥道："不是取笑，我与你熟商量。你家不见了妹子，如此打官司，不得了结，必竟得妹子到了官方住。我是此间良人家儿女，在姜秀才家为妾，大娘不容。后来，连姜秀才贪利忘恩，竟把来卖与这郑妈妈家了。那龟儿、鸨儿不管好歹，动不动非刑拷打。我被他摆布不过，正要想个计策脱身。你如今认定我是你失去的妹子，我认定你是哥哥，两口同声，当官去告理，一定断还归

---

① 眉批：姊妹声口。

② 眉批：月娥亦是奇人，有此奇想、奇见。

宗。我身既得脱，仇亦可雪。到得你家，当了你妹子，官事也好完了，岂非万全之算？”姚乙道：“是到是，只是声音大不相同。且既到吾家，认做妹子，必是亲戚族属逐处明白，方像真的，这却不便。”月娥道：“人只怕面貌不像，那个声音随他改换，如何做得准？你妹子相失两年，假如真在衢州，未必不与我一般乡语了。亲戚族属，你可教导得我的。况你做起事来，还等待官司发落，日子长远，有得与你相处，乡音也学得你些。家里事务，日逐教我熟了，有甚难处？①”

姚乙心里先只要家里息讼要紧，细思月娥说话，尽可行得，便对月娥道：“吾随身带有广缉文书，当官一告，断还不难。只是要你一口坚认到底，却差池不得的。”月娥道：“我也为自身要脱离此处②，趁此机会，如何好改得口？只是一件，你家妹夫是何等样人？我可跟得他否③？姚乙道：“我妹夫是个做客的人，也还少年老实，你跟了他也好。④”月娥道：“凭他怎么，毕竟还好似为娼。况且一夫一妻，又不似先前做妾，也不误了我事了。”姚乙又与他两个赌一个誓信，说：“两个同心做此事，各不相负。如有破泄者，神明诛之！⑤”两人说得着，已觉道快活，又弄了一火，搂抱了睡到天明⑥。

姚乙起来，不梳头就走去寻周少溪，连他都瞒了，对他说道：“果是吾妹子。如今怎处？”周少溪道：“这衏衙人家不长进，替他私赎，必定不肯。待我去纠合本乡人在此处的十来个，做张呈子到太守处呈了，人众则公，亦且你有本县广缉滴珠文书可验，怕不立刻断还？只是你再送几两银子过去，与他说道：‘还要留在下处几日。’使他不疑，我们好做事。”姚乙一一依言停当了。

周少溪就合着一伙徽州人同姚乙到府堂，把前情说了一遍。姚乙又将县间广缉文书当堂验了。太守立刻签了牌，将郑家乌龟、老妈都拘将来。郑月娥也

---

① 眉批：俱绝顶议论。
② 旁批：主意。
③ 旁批：要紧！
④ 旁批：混帐话！
⑤ 旁批：要紧！
⑥ 眉批：忙中冷趣亦热趣。

到公庭。一个认哥哥，一个认妹子。那众徽州人除周少溪外，也还有个把认得滴珠的，齐声说道："是"。那乌龟分毫不知一个情由，劈地价来，没做理会，口里乱嚷。太守只叫："掌嘴！"又研问他是那里拐来的。乌龟不敢隐讳，招道："是姜秀才家的妾，小的八十两银子讨的是实，并非拐的。"太守又去拿姜秀才。姜秀才情知理亏，躲了不出见官。太守断姚乙出银四十两，还他乌龟身价，领妹子归宗。那乌龟买良为娼，问了应得罪名，连姜秀才前程都问革了。郑月娥一口怨气先发泄尽了①。

姚乙欣然领回下处，等衙门文卷叠成，银子交库给主，及零星使用，多完备了，然后起程。这几时落得与月娥同眠同起，见人说是兄妹，背地自做夫妻②。枕边絮絮叨叨，把说话见识都教道得停停当当了。

在路不则一日，将到苏田。有人见他兄妹一路来了，拍手道："好了，好了，这官司有结局了。"有的先到他家里报了的，父母俱迎出门来。那月娥妆做个认得的模样，大剌剌走进门来，呼爷叫娘，都是姚乙教熟的。况且娼家行径，机巧灵变，一些不错。姚公道："我的儿！那里去了这两年？累煞你爹也！"月娥假作哽咽痛哭，免不得说道："爹妈这几时平安么？"姚公见他说出话来，便道："去了两年，声音都变了。"姚妈伸手过来，拽他的手出来，捻了两捻道："养得一手好长指甲了，去时没有的。"大家哭了一会，只有姚乙与月娥心里自明白。姚公是两年间官司累怕了，他见说女儿来了，心里放下了一个大跎搭，那里还辨仔细？况且十分相像，分毫不疑。至于来踪去迹，他已自晓得在娼家赎归，不好细问得③。

巴到天明，就叫儿子姚乙同了妹子到县里来见官。知县升堂，众人把上项事说了一遍。知县缠了两年，已自明白，问滴珠道："那个拐你去的是何等人？"假滴珠道："是一个不知姓名的男子，不由分说，逼卖与衢州姜秀才家。姜秀才转卖了出来，这先前人不知去向。"知县晓得事在衢州，隔省难以追求，

---

① 旁批：乐哉！

② 旁批：乐哉！

③ 旁批：体悉尽情。

只要完事，不去根究了[①]。就抽签去唤潘甲并父母来领。那潘公、潘婆到官来，见了假滴珠道："好媳妇呀！就去了这些时。"潘甲见了道："惭愧！也还有相见的日子。"各各认明了，领了回去。出得县门，两亲家、两亲妈各自请罪，认个悔气，都道一桩事完了。

隔了一晚，次日，李知县升堂，正待把潘甲这宗文卷注销立案，只见潘甲又来告道："昨日领回去的，不是真妻子。"那知县大怒道："刁奴才！你累得丈人家也勾了，如何还不肯休歇？"喝令扯下去打了十板[②]。那潘甲只叫冤屈。知县道："那衢州公文明白，你舅子亲自领回；你丈人、丈母认了不必说，你父母与你也当堂认了领去的，如何又有说话？"潘甲道："小人争讼，只要争小人的妻，不曾要别人的妻[③]。今明明不是小人的妻，小人也不好要得，老爷也不好强小人要得。若必要小人将假作真，小人情愿不要妻子了。"知县道："怎见得不是？"潘甲道："面貌颇相似，只是小人妻子相与之间有好些不同处了。"知县道："你不要呆！敢是做过了娼妓一番，身分不比良家了。"潘甲道："老爷，不是这话。不要说日常夫妻间私语一句也不对；至于肌体隐微，有好些不同。小人心下自明白，怎好与老爷说得？若果然是妻子，小人与他才得两月夫妻，就分散了，巴不得见他，难道到说不是来混争闲非不成？老爷青天详察，主鉴不错。"知县见他说这一篇有情有理，大加惊诧，又不好自认断错，密密分付潘甲道："你且从容，不要性急。就是父母、亲戚面前，俱且糊涂，不可说破，我自有处。[④]"

李知县分付该房，写告示出去遍贴，说道："姚滴珠已经某月某日追寻到官，两家各息词讼，无得再行告扰！[⑤]"却自密地悬了重赏，着落应捕十余人，四下分缉。若看了告示，有些动静，即便体察，拿来回话。

不说这里探访，且说姚滴珠与吴大郎相处两年，大郎家中看看有些知道，

---

① 旁批：也是。
② 旁批：冤哉！
③ 旁批：其词甚直！
④ 旁批：妙！妙！
⑤ 旁批：好着！

不肯放他等闲出来，踪迹渐来得稀了。滴珠身伴要讨个丫鬟伏侍，曾对吴大郎说，转托汪锡。汪锡拐带惯了的，那里想出银钱去讨？因思个便处，要弄将一个来。日前见歙县汪汝鸾家，有个丫头，时常到溪边洗东西，想在心里。

一日，汪锡在外行走，闻得县前出告示，道滴珠已寻见之说，急忙里来对王婆说："不知那一个顶了缺，我们这个货，稳稳是自家的了。"王婆不信，要看个的实。一同来到县前，看了告示。汪锡未免指手划脚，点了又点，念与王婆听。早被旁边应捕看在眼里，尾了他去①。到了僻静处，只听得两个私下道："好了，好了，而今睡也睡得安稳了。"应捕魆地跳将出来道："你们干得好事！今已败露了，还走那里去！"汪锡慌了手脚道："不要恐吓我！且到店中坐坐去。"

一同王婆邀了应捕，走到酒楼上坐了吃酒。汪锡推讨嗄饭，一道烟走了。单剩个王婆与应捕坐了多时，酒肴俱不见来。走下问时，汪锡已去久了。应捕就把王婆拴将起来道："我与你去见官。"王婆跪下道："上下饶恕，随老身到家中取钱谢你。"那应捕只是见他们行迹跷蹊，故把言语吓着，其实不知甚么根由。怎当得虚心病的，露出马脚来。应捕料得有些滋味，押了他不舍。随去到得汪锡家里叩门。一个妇人走将出来开了。那应捕一看，着惊道："这是前日衢州解来的妇人！"猛然想道："这个必是真姚滴珠了。"也不说破，吃了茶，凭他送了些酒钱罢了。王婆自道无事，放下心了。

应捕明日竟到县中出首。知县添差应捕十来人，急命拘来。公差如狼似虎，到汪锡家里，门口发声喊，打将进去。急得王婆悬梁高了，把滴珠登时捉到公庭。知县看了道："便是前日这一个。"又飞一签，令唤潘甲与妻子同来。那假的也来了，同在县堂，真个一般无二。知县莫辨，因令潘甲自认。潘甲自然明白，与真滴珠各说了些私语。知县唤起来研问明白。真滴珠从头供称被汪锡哄骗情由，说了一遍。知县又问："曾引人奸骗你不？"滴珠心上有吴大郎，只不说出，但道："不知姓名。"又叫那假滴珠上来，供称道："身名郑月娥。自身

---

① 眉批：正中妙计。

要报私仇，姚乙要完家讼，因言貌像伊妹，商量做此一事。”知县急拿汪锡，已此在逃了。做个照提，叠成文卷，连人犯解府。

却说汪锡自酒店逃去之后，撞着同伙程金，一同作伴。走到歙县地方，正见汪汝鸾家丫头在溪边洗裹脚，一手扯住他道：“你是我家使婢，逃了出来，却在此处！”便夺他裹脚，拴了就走。要扯上竹筏，那丫头大喊起来。汪锡将袖子掩住他口，丫头尚自呜哩呜喇的喊。程金便一把叉住喉咙。叉得手重，口头又不通气，一霎呜呼哀哉了。地方人走将拢来，两个都擒住了，送到县里。那歙县方知县问了程金绞罪，汪锡充军，解上府来。

正值滴珠一起也解到。一同过堂之时，真滴珠大喊道：“这个不是汪锡？”那太守姓梁，极是个正气的，见了两宗文卷都为汪锡，大怒道：“汪锡是首恶，如何只问充军？”喝交皂隶重责六十板，当下绝气。真滴珠给还原夫宁家，假滴珠官卖。姚乙认假作真，倚官拐骗人口，也问了一个太上老。只有吴大郎广有世情，闻知事发，上下使用，并无名字干涉，不致惹着，朦胧过了。

潘甲自领了姚滴珠，仍旧完聚。那姚乙定了卫所，发去充军，拘妻签解。姚乙未曾娶妻。只见那郑月娥晓得了，大哭道：“这是我自要脱身泄气，造成此谋，谁知反害了姚乙。今我生死跟了他去，也不枉了一场话𣠽。①”姚公心下不舍得儿子，听得此话，即便买出人来，诡名纳价，赎了月娥，改了姓氏，随了儿子做军妻解去②。后来遇赦还乡，遂成夫妇。这也是郑月娥一点良心不泯处。姑嫂两个到底有些厮像，徽州至今传为笑谈。有诗为证：

一样良家走岐路，又同岐路转良家。
面庞怪道能相似，相法看来也不差。

---

① 眉批：好个郑月娥！
② 旁批：也快活。

卷之三　刘东山夸技顺城门　十八兄奇踪村酒肆

诗云：

弱为强所制，不在形巨细。

蝍蛆带是甘，何曾有长喙？

话说天地间有一物，必有一制，夸不得高，恃不得强。这首诗所言“蝍蛆”是甚么？就是那赤足蜈蚣，俗名“百脚”，又名“百足之虫”。这“带”又是甚么？是那大蛇，其形似带一般，故此得名。岭南多大蛇，长数十丈，专要害人。那边地方里居民，家家蓄养蜈蚣，有长尺余者，多放在枕畔或枕中。若有蛇至，蜈蚣便啧啧作声。放他出来，他鞠起腰来，首尾着力，一跳有一丈来高，便搭住在大蛇七寸内，用那铁钩也似一对钳来钳住了，吸他精血，至死方休。这数十丈长、斗来大的东西，反缠死在尺把长、指头大的东西手里，所以古语道“蝍蛆甘带”，盖谓此也。

汉武帝延和三年，西胡月支国献猛兽一头，形如五六十日新生的小狗，不过比狸猫般大，拖一个黄尾儿。那国使抱在手里，进门来献。武帝见他生得猥琐，笑道：“此小物，何谓猛兽？”使者对曰：“夫威加于百禽者，不必计其大小。是以神麟为巨象之王，凤凰为大鹏之宗，亦不在巨细也。”武帝不信，乃对使者说：“试叫他发声来朕听。”使者乃将手一指。此兽舐唇摇首一会，猛发一声，便如平地上起一个霹雳；两目闪烁，放出两道电光来。武帝登时颠出亢金椅子，急掩两耳，颤一个不住。侍立左右及羽林摆立仗下军士手中所拿的东西，悉皆震落。武帝不悦，即传旨意，教把此兽付上林苑中，待群虎食之。上林苑令遵旨。只见拿到虎圈边放下，群虎一见，皆缩做一堆，双膝跪倒。上林苑令奏闻。武帝愈怒，要杀此兽。明日连使者与猛兽皆不见了。猛悍到了虎豹，却乃怕此小物。所以人之膂力强弱，智术长短，没个限数。正是：强中更有强中手，莫向人前夸大口。

当时有一个举子，不记姓名地方。他生得膂力过人，武艺出众。一生豪侠好义，真正路见不平，拔刀相助。他进京会试，不带仆从，恃着一身本事，鞴着一匹好马，腰束弓箭短剑，一鞭独行①。一路收拾些雉兔野味，到店肆中宿歇，便安排下酒。

一日，在山东路上，马跑得快了，赶过了宿头。至一村庄，天已昏黑，自度不可前进。只见一家人家开门在那里，灯光射将出来。举子下了马，一手牵着。挨进看时，只见进了门，便是一大空地，空地上有三四块太湖石叠着。正中有三间正房，有两间厢房，一老婆子坐在中间绩麻。听见庭中马足之声，起身来问。举子高声道："妈妈，小生是失路借宿的。"那老婆子道："官人，不方便，老身做不得主。"听他言词中间，带些凄惨，举子有些疑心，便问道："妈妈，你家男人多在那里去了？如何独自一个在这里？"老婆子道："老身是个老寡妇，夫亡多年，只有一子，在外做商人去了。"举子道："可有媳妇?"老婆子蹙着眉头道："是有一个媳妇，赛得过男子，尽挣得家住。只是一身大气力，雄悍异常。且是气性粗急，一句差池，经不得一指头，擦着便倒。老身虚心冷气，看他眉头眼后，常是不中意，受他凌辱的。所以官人借宿，老身不敢做主。"说罢，泪如雨下。举子听得，不觉双眉倒竖，两眼圆睁，道："天下有如此不平之事！恶妇何在？我为尔除之。"遂把马拴在庭中太湖石上了，拔出剑来。老婆子道："官人不要太岁头上动土，我媳妇不是好惹的。他不习女工针指，每日午饭已毕，便空身走去山里寻几个獐鹿兽兔还家，腌腊起来，卖与客人，得几贯钱。常是一二更天气才得回来。日逐用度，只靠着他这些，所以老身不敢逆他。"举子按下剑，入了鞘，道："我生平专一欺硬怕软，替人出力。谅一个妇女，到得那里？既是妈妈靠他度日，我饶他性命，不杀他，只痛打他

① 眉批：亦是豪人本色。

一顿[1]，教训他一番，使他改过性子便了。”老婆子道：“他将次回来了，只劝官人莫惹事的好。”

举子气忿忿地等着。只见门外一大黑影，一个人走将进来，将肩上叉口也似一件东西往庭中一摔，叫道：“老嬷，快拿火来，收拾行货！”老婆子战兢兢地道：“是甚好物事呀？”把灯一照，吃了一惊，乃是一只死了的斑斓猛虎。说时迟，那时快，那举子的马在火光里看见了死虎，惊跳不住起来。那人看见便道：“此马何来？”举子暗里看时，却是一个黑长妇人。见他模样，又背了个死虎来，忖道：“也是个有本事的。”心里就有几分惧他。忙走去带开了马，缚住了，走向前道：“小生是失路的举子，趱过宿头，幸到宝庄。见门尚未阖，斗胆求借一宿。”那妇人笑道：“老嬷好不晓事！既是个贵人，如何更深时候，叫他在露天立着？”指着死虎道：“贱婢今日山中，遇此泼花团，争持多时，才得了当。归得迟些个，有失主人之礼，贵人勿罪。”举子见他语言爽恺，礼度周全，暗想道：“也不是不可化诲的。”连声道：“不敢，不敢。”

妇人走进堂，提一把椅来，对举子道：“该请进堂里坐。只是妇姑两人都是女流，男女不可相混，屈在廊下一坐罢。”又掇张桌来，放在面前，点个灯来安下。然后下庭中来，双手提了死虎，到厨下去了。须臾之间，烫了一壶热酒，托出一个大盘来，内有热腾腾的一盘虎肉，一盘鹿脯，又有些腌腊雉兔之类五六碟，道：“贵人休嫌轻亵则个。”举子见他殷勤，接了自斟自饮。须臾间酒尽肴完，举子拱手道：“多谢厚款。”那妇人道：“惶愧，惶愧。”便将了盘来，收拾桌上碗盏。举子乘间便说道：“看娘子如此英雄，举止恁地贤明，怎么尊卑分上觉得欠些个？”那妇人将盘一搠，且不收拾，怒目道：“适间老死魅曾对贵人说些甚谎么？”举子忙道：“这是不曾。只是看见娘子称呼词色之间，甚觉轻倨，不像个婆媳妇道理。及见娘子待客周全，才能出众，又不像个不近道理的，故此好言相问一声。[2]”

---

① 眉批：好货。

② 眉批：看此光景，必是老婆子无眼珠，不识豪杰性，非其妇之过也。举子元觉多事，饶舌矣。

那妇人见说，一把扯了举子的衣袂，一只手移着灯，走到太湖石边来，道："正好告诉一番。"举子一时间挣扎不脱，暗道："等他说得没理时，算计打他一顿。"只见那妇人倚着太湖石，就在石上拍拍手道："前日有一事，如此如此，这般这般，是我不是，是他不是?"道罢，便把一个食指向石上一划道："这是一件了。"划了一划，只见那石皮乱爆起来，已自抠去了一寸有余深。连连数了三件，划了三划，那太湖石上便似锥子凿成一个"川"字，斜看来又是"三"字，足足皆有寸余，就像镵刻的一般。那举子惊得浑身汗出，满面通红，连声道："都是娘子的是。"把一片要与他分个皂白的雄心，好像一桶雪水淋头一淋，气也不敢抖了。妇人说罢，擎出一张匡床来，与举子自睡。又替他喂好了马。却走进去与老婆子关了门，息了火睡了。

举子一夜无眠，叹道："天下有这等大力的人！早是不曾与他交手，不然，性命休矣。"巴到天明，鞴了马，作谢了，再不说一句别的话，悄然去了。自后收拾了好些威风，再也不去惹闲事管，也只是怕逢着哞嗻似他的吃了亏。

今日说一个恃本事说大话的，吃了好些惊恐，惹出一场话柄来。正是：

虎为百兽尊，百兽伏不动。

若逢狮子吼，虎又全没用。

话说国朝嘉靖年间，北直隶河间府交河县一人，姓刘名嵚，叫做刘东山，在北京巡捕衙门里当一个缉捕军校的头。此人有一身好本事，弓马熟闲，发矢再无空落，人号他连珠箭。随你异常狠盗，逢着他便如瓮中捉鳖，手到拿来，因此也积趱得有些家事。年三十余，觉得心里不耐烦做此道路，告脱了，在本县去别寻生理。

一日，冬底残年，赶着驴马十余头到京师转卖，约卖得乙百多两银子。交易完了，至顺城门（即宣武门）雇骡归家。在骡马主人店中，遇见一个邻舍张二郎入京来，同在店买饭吃。二郎问道："东山何往?"东山把前事说了一遍，道："而今在此雇骡，今日宿了，明日走路。"二郎道："近日路上好生难行，良乡、鄚州一带，盗贼出没，白日劫人。老兄带了偌多银子，没个做伴，独来独往，只怕着了道儿，放仔细些！"东山听罢，不觉须眉开动，唇齿奋扬，把两只手捏了拳头，做一个开弓的手势[1]，哈哈大笑道："二十年间，张弓追讨，矢无虚发，不曾撞个对手。今番收场买卖，定不到得折本。"店中满座听见他高声大喊，尽回头来看。也有问他姓名的，道："久仰，久仰。"二郎自觉有些失言[2]，作别出店去了。

东山睡到五更头，爬起来，梳洗结束，将银子紧缚裹肚内，扎在腰间，肩上挂一张弓，衣外跨一把刀，两膝下藏矢二十簇，拣一个高大的健骡，腾地骑上，一鞭前走。走了三四十里，来到良乡。只见后头有一人奔马赶来，遇着东山的骡，便按辔少驻。东山举目觑他，却是一个二十岁左右的美少年，且是打扮得好。但见：

黄衫毡笠，短剑长弓。箭房中新矢二十余枝，马额上红缨一大簇。裹腹闹装灿烂，是个白面郎君；恨人紧辔喷嘶，好匹高头骏骑！

东山正在顾盼之际，那少年遥叫道："我们一起走路则个。"就向东山拱手道："造次行途，愿问高姓大名。"东山答道："小可姓刘名嵚，别号东山，人只叫我是刘东山。"少年道："久仰先辈大名，如雷贯耳，小人有幸相遇。今先辈欲何往？"东山道："小可要回本籍交河县去。"少年道："恰好，恰好。小人家住临淄，也是旧族子弟。幼年颇曾读书，只因性好弓马，把书本丢了。三年前带了些资本，往京贸易，颇得些利息，今欲归家婚娶，正好与先辈作伴同路行去，放胆壮些。直到河间府城，然后分路。有幸，有幸。"东山一路看他腰间沉重，语言温谨，相貌俊逸，身才小巧，谅道不是歹人。且路上有伴，不至寂寞，心上也欢喜，道："当得相陪。"是夜一同下了旅店，同一处饮食歇宿，如兄若弟，甚是相得。

明日，并辔出涿州。少年在马上问道："久闻先辈最善捕贼，一生捕得多少？也曾撞着好汉否？"东山正要夸逞自家手段[3]，这一问揉着痒处，且量他年小可欺，便侈口道："小可生平，两只手，一张弓，拿尽绿林中人，也不记其

---

① 眉批：亦是豪人本色。

② 旁批：到未必失言。

③ 旁批：小伎俩破绽。

数，并无一个对手。这些鼠辈，何足道哉！而今中年心懒，故弃此道路。倘若前途撞着，便中拿个把儿你看手段！”少年但微微冷笑道：“元来如此。”就马上伸手过来，说道：“借肩上宝弓一看。”东山在骡上递将过来。少年左手把住，右手轻轻一拽就满，连放连拽，就如一条软绢带。东山大惊失色，也借少年的弓过来看看。那少年的弓约有二十斤重，东山用尽平生之力，面红耳赤，不要说扯满，只求如初八夜头的月，再不能勾。东山惶恐无地，吐舌道：“使得好硬弓也！”便向少年道：“老弟神力，何至于此！非某所敢望也。”少年道：“小人之力，何足称神？先辈弓自太软耳。”东山赞叹再三，少年极意谦谨。晚上又同宿了。

至明日又同行，日西时过雄县。少年拍一拍马，那马腾云也似前面去了。东山望去，不见了少年。他是贼窠中弄老了的，见此行止，如何不慌？私自道：“天教我这番倒了架也！倘是个不良人，这样神力，如何敌得？势无生理。”心上正如十五个吊桶打水，七上八落的。没奈何，迍迍行去。

行得一二铺，遥望见少年在百步外，正弓挟矢，扯个满月，向东山道：“久闻足下手中无敌，今日请先听箭风。”言未罢，飕的一声，东山左右耳根但闻肃肃如小鸟前后飞过，只不伤着东山。又将一箭引满，正对东山之面，大笑道[1]：“东山晓事人，腰间骡马钱快送我罢，休得动手。”东山料是敌他不过，先自慌了手脚，只得跳下鞍来，解了腰间所系银袋，双手捧着，膝行至少年马前[2]，叩头道：“银钱谨奉，好汉将去，只求饶命！[3]！”少年马上伸手提了银包，大喝道：“要你性命做甚？快走！快走！你老子有事在此，不得同儿子前行了。[4]”掇转马头，向北一道烟跑。但见一路黄尘滚滚，霎时不见踪影。

东山呆了半晌，捶胸跌足起来，道：“银钱失去也罢，叫我如何做人？一生

---

① 眉批：笑者不可测也。
② 眉批：趣甚。
③ 旁批：可怜，可羞。
④ 旁批：趣甚。

好汉名头，到今日弄坏，真是张天师吃鬼迷了。可恨！可恨！①”垂头丧气，有一步没一步的，空手归交河。

到了家里，与妻子说知其事，大家懊恼一番。夫妻两个商量，收拾些本钱，在村郊开个酒铺，卖酒营生，再不去张弓挟矢了。又怕有人知道，坏了名头，也不敢向人说着这事，只索罢了②。

过了三年，一日正值寒冬天道，有词为证：

霜瓦鸳鸯，风帘翡翠，今年早是寒少。矮钉明窗，侧开朱户，断莫乱教人到。重阴未解，云共雪商量不少。青帐垂毡要密，红幕放围宜小。

——词寄《天香前》

却说冬日间东山夫妻正在店中卖酒，只见门前来了一伙骑马的客人，共是十一个。个个骑的是自鞴的高头骏马，鞍辔鲜明；身上俱紧束短衣，腰带弓矢刀剑。次第下了马，走入肆中来，解了鞍舆。刘东山接着，替他赶马归槽。后生自去剉草煮豆，不在话下。内中只有一个未冠的人，年纪可有十五六岁，身长八尺，独不下马，对众道：“弟十八自向对门住休。”众人都答应一声道：“咱们在此少住，便来伏侍。”只见其人自走出门去了。

十人自来吃酒。主人安排些鸡、豚、牛、羊肉来做下酒。须臾之间，狼飧虎咽，算来吃勾有六七十觔的肉，倾尽了六七坛的酒，又教主人将酒肴送过对门楼上，与那未冠的人吃。

众人吃完了店中东西，还叫未畅，遂开皮囊，取出鹿蹄、野雉、烧兔等物，笑道：“这是我们的东道，可叫主人来同酌。”东山推逊一回，才来坐下。把眼去逐个瞧了一瞧，瞧到北面左手那一人，毡笠儿垂下，遮着脸不甚分明。猛见他抬起头来，东山仔细一看，吓得魂不附体，只叫得苦。你道那人是谁？正是在雄县劫了骡马钱去的那一个同行少年③。东山暗想道：“这番却是死也！我些些生计，怎禁得他要起？况且前日一人尚不敢敌，今人多如此，想必个个是一

---

① 旁批：也是豪人本色。

② 旁批：名根重如此，其意亦可怜。

③ 眉批：塞翁祸福。

般英雄，如何是了？”心中忒忒的跳，真如小鹿儿撞。面向酒杯，不敢则一声。众人多起身与主人劝酒。

坐定一会，只见北面左手坐的那一个少年把头上毡笠一掀，呼主人道：“东山别来无恙么①？往昔承挈同行周旋，至今想念。”东山面如土色，不觉双膝跪下道②：“望好汉恕罪！”少年跳离席间，也跪下去，扶起来，挽了他手道：“快莫要作此状！快莫要作此状！羞死人。昔年俺们众兄弟在顺城门店中，闻卿自夸手段天下无敌。众人不平，却教小弟在途间作此一番轻薄事，与卿作耍，取笑一回。然负卿之约，不到得河间。魂梦之间，还记得与卿并辔任丘道上。感卿好情，今当还卿十倍。”言毕，即向囊中取出千金，放在案上③，向东山道：“聊当别来一敬，快请收进。”东山如醉如梦，呆了一晌，怕又是取笑，一时不敢应承④。那少年见他迟疑，拍手道：“大丈夫岂有欺人的事？东山也是个好汉，直如此胆气虚怯！难道我们弟兄直到得真个取你的银子不成？快收了去。”刘东山见他说话说得慷慨，料不是假，方才如醉初醒，如梦方觉，不敢推辞。走进去与妻子说了，就叫他出来同收拾了进去。

安顿已了，两人商议道：“如此豪杰，如此恩德，不可轻慢。我们再须杀牲开酒，索性留他们过宿，顽耍几日则个。”东山出来称谢，就把此意与少年说了，少年又与众人说了。大家道：“既是这位弟兄故人，有何不可？只是还要去请问十八兄一声。”便一齐走过对门与未冠的那一个说话。

东山随了去，看这些人见了那个未冠的，甚是恭谨。那未冠的待他众人，甚是庄重。众人把主人要留他们过宿顽耍的话说了，那未冠的说道：“好，好，不妨。只是酒醉饭饱，不要贪睡，负了主人殷勤之心。少有动静，俺腰间两刀有血吃了。”众人齐声道：“弟兄们理会得。”东山一发莫测其意。

众人重到肆中，开怀再饮。又携酒到对门楼上。众人不敢陪，只是十八兄

---

① 眉批：趣甚。
② 旁批：可怜。
③ 旁批：到底也为东山是好汉，相借耳，非真以途间之情也。
④ 旁批：吓怕了。

自饮。算来他一个吃的酒肉，比得店中五个人。十八兄吃阑，自探囊中取出一个纯银笊篱来，煽起炭火，做煎饼自啖，连啖了百余个。收拾了，大踏步出门去，不知所向。直到天色将晚，方才回来，重到对门住下，竟不到刘东山家来。众人自在东山家吃耍，走去对门相见，十八兄也不甚与他们言笑，大是倨傲。

东山疑心不已，背地扯了那同行少年，问他道："你们这个十八兄，是何等人？"少年不答应，反去与众人说了，各各大笑起来。不说来历，但高声吟诗曰："杨柳桃花相间出，不知若个是春风？"吟毕，又大笑。

住了三日，俱各作别了，结束上马。未冠的在前，其余众人在后，一拥而去。东山到底不明白。却是骤得了千来两银子，手头从容；又怕生出别事来，搬在城内另做营运去了①。后来见人说起此事，有识得的道："详他两句语意，是个'李'字；况且又称十八兄。想必未冠的那人，姓李，是个为头的了。看他对众的说话，他恐防有人暗算，故在对门，两处住了，好相照察。亦且不与十人作伴同食，有个尊卑的意思。夜间独出，想又去做甚么勾当来，却也没处查他的确。"

那刘东山一生英雄，遇此一番，过后再不敢说一句武艺上头的话，弃弓折箭，只是守着本分营生度日，后来善终。可见人生一世，再不可自恃高强。那自恃的，只是不曾逢着狠主子哩！有诗单说这刘东山道：

生平得尽弓矢力，直到下场逢大敌。
人世休夸手段高，霸王也有悲歌日。

又有诗说这少年道：

英雄从古轻一掷，盗亦有道真堪述。
笑取千金偿百金，途中竟是好相识。

---

① 旁批：吓怕了。

卷之四　程元玉店肆代偿钱　十一娘云冈纵谭侠

赞曰：

红线下世，毒哉仙仙。隐娘出没，跨黑白卫。香丸袅袅，游刃香烟。崔妾白练，夜半忽失。侠妪条裂，宅众神耳。贾妻断婴，离恨以豁。解洵娶妇，川陆毕具。三鬟携珠，塔户严扃。车中飞度，尺余一孔。

这一篇赞，都是序着从前剑侠女子的事。从来世间有这一家道术，不论男女，都有习他的。虽非真仙的派，却是专一除恶扶善；功行透了的，也就借此成仙。所以好事的，类集他做《剑侠传》；又有专把女子类成一书，做《侠女传》。前面这赞上说的，都是女子。

那红线就是潞州薛嵩节度家小青衣。因为魏博节度田承嗣养三千外宅儿男，要吞并潞州，薛嵩日夜忧闷。红线问知，弄出剑术手段，飞身到魏博，夜漏三时，往返七百里，取了他床头金盒归来。明日，魏博搜捕金盒，一军忧疑，这里却教了使人送还他去。田承嗣一见惊慌，知是剑侠，恐怕取他首级，把邪谋都息了。后来，红线说出前世是个男子，因误用医药杀人，故此罚为女子。今已功成，修仙去了。这是红线的出处。

那隐娘性聂，魏博大将聂锋之女。幼年撞着乞食老尼，摄去教成异术。后来嫁了丈夫，各跨一蹇驴，一黑一白。蹇驴是卫地所产，故又叫做“卫”。用时骑着，不用时就不见了，元来是纸做的。他先前在魏帅左右，魏帅与许帅刘昌裔不和，要隐娘去取他首级。不想那刘节度善算，算定隐娘夫妻该入境，先叫卫将早至城北候他，约道：“但是一男一女，骑黑白二驴的便是。可就传我命拜迎。”隐娘到许，遇见如此，服刘公神明，便弃魏归许。魏帅知道，先遣精精儿来杀他，反被隐娘杀了。又使妙手空空儿来。隐娘化为蠛蠓，飞入刘节度口中，教刘节度将于阗国美玉围在颈上。那空空儿三更来到，将匕首项下一划，被玉遮了，其声铿然，划不能透。空空儿羞道："不中。"一去千里，再不来了。刘节度与隐娘俱得免难。这是隐娘的出处。

那香丸女子同一侍儿住观音里。一书生闲步，见他美貌心动。傍有恶少年数人，就说他许多淫邪不美之行。书生贱之。及归家与妻言及，却与妻家有亲，是个极高洁古怪的女子，亲戚都是敬畏他的。书生不平，要替他寻恶少年出气。未行，只见女子叫侍儿来谢道："郎君如此好心，虽然未行，主母感恩不尽。"就邀书生过去，治酒请他独酌。饮到半中间，侍儿负一皮袋来，对书生道："是主母相赠的。"开来一看，乃是三四个人头，颜色未变，都是书生平日受他侮害的仇人。书生吃了一惊，怕有累及，急要逃去。侍儿道："莫怕，莫怕！"怀中取出一包白色有光的药来，用小指甲挑些些，弹在头断处。只见头渐缩小，变成李子大。侍儿一个个撮在口中吃了，吐出核来，也是李子。侍儿吃罢，又对书生道："主母也要郎君替他报仇，杀这些恶少年。"书生谢道："我如何干得这等事？"侍儿进一香丸道："不劳郎君动手，但扫净书房，焚此香于炉中，看香烟那里去，就跟了去，必然成事。"又将先前皮袋与他道："有人头尽纳在此中，仍旧随烟归来，不要惧怕。"书生依言做去。只见香烟袅袅，行处有光，墙壁不碍。每到一处，遇一恶少年，烟绕颈三匝，头已自落，其家不知不觉，书生便将头入皮袋中。如此数处。烟袅袅归来，书生已随了来。到家尚未三鼓，恰如做梦一般。事完，香丸飞去。侍儿已来取头弹药，照前吃了，对书生道："主母传语郎君：这是畏关。此关一过，打点共做神仙便了。"后来不知所住。这女子、书生，都不知姓名，只传得有《香丸志》。

那崔妾，是唐贞元年间，博陵崔慎思应进士举，京中赁房居住。房主是个没丈夫的妇人，年止三十余，有容色。慎思遣媒道意，要纳为妻。妇人不肯，道："我非宦家之女，门楣不对，他日必有悔，只可做妾。"遂随了慎思二年，生了一子。问他姓氏，只不肯说。一日，崔慎思与他同上了床。睡至半夜，忽然不见。崔生疑心有甚奸情事了，不胜忿怒，遂走出堂前。走来走去，正自徬徨，忽见妇人在屋上走下来，白练缠身，右手持匕首，左手提一个人头，对崔生道："我父昔年被郡守枉杀，求报数年未得。今事已成，不可久留。"遂把宅子赠了崔生，逾墙而去。崔生惊惶。少顷又来，道是再哺孩子些乳去。须臾出来道："从此永别。"竟自去了。崔生回房看看，儿子已被杀死。他要免心中记挂，故如此。所以说"崔妾白练"的话。

那侠妪的事，乃元雍妾修容自言：小时里中盗起，有一老妪来对他母亲说道："你家从来多阴德，虽有盗乱，不必惊怕，吾当藏过你等。"袖中取出黑绫二尺，裂作条子，教每人臂上系着一条，道："但随我来！"修容母子随至一道院。老妪指一个神像道："汝等可躲在他耳中。"叫修容母子闭了眼，背了他进去。小小神像，他母子住在耳中，却像一间房子，毫不窄隘。老妪朝夜来看，饮食都是他送来。这神像耳孔只有指头大小，但是饮食到来，耳孔便大起来。后来盗平，仍如前负了归家。修容要拜为师，誓修苦行，报他恩德。老妪说："仙骨尚微。"不肯收他。后来不知那里去了。所以说"侠妪神耳"的说话。

那贾人妻的，与崔慎思妾差不多。但彼是余干县尉王立，调选流落，遇着美妇，道是元系贾人妻子，夫亡十年，颇有家私，留王立为婿，生了一子。后来，也是一日，提了人头回来，道："有仇已报，立刻离京。"去了复来，说是："再乳婴儿，以豁离恨。"抚毕便去。回灯褰帐，小儿身首已在两处。所以说"贾妻断婴"的话，却是崔妾也曾做过的。

那解洵是宋时武职官，靖康之乱，陷在北地，孤苦零落。亲戚怜他，替他另娶一妇为妻。那妇人妆奁丰厚，洵得以存活。偶重阳日，想起旧妻坠泪。妇人问知欲归本朝，便替他备办水陆之费毕具，与他同行。一路水宿山行，防闲营护，皆得其力。到家，其兄解潜军功累积，已为大帅，相见甚喜，赠以四婢。解洵宠爱了，与妇人渐疏。妇人一日酒间责洵道："汝不记昔年乞食赵魏时事乎？非我，已为饿莩。今一旦得志，便尔忘恩，非大丈夫所为。"洵已有酒意，听罢大怒，奋起拳头，连连打去。妇人忍着冷笑。洵又唾骂不止。妇人忽然站起，灯烛皆暗，冷气袭人，四妾惊惶仆地。少顷，灯烛复明，四妾才敢起来。看时，洵已被杀在地上，连头都没了。妇人及房中所有，一些不见踪影。解潜闻知，差壮勇三千人各处追捕，并无下落。这叫做“解洵娶妇”。

那三鬟女子，因为潘将军失却玉念珠，无处访寻，却是他与朋侪作戏，取来挂在慈恩寺塔院相轮上面。后潘家悬重赏，其舅王超问起，他许取还。时寺门方开，塔户尚锁。只见他势如飞鸟，已在相轮上，举手示超，取了念珠下来。王超自去讨赏。明日，女子已不见了。

那车中女子又是怎说？因吴郡有一举子入京应举，有两少年引他到家。坐定，只见门迎一车进内，车中走出一女子，请举子试技。那举子只会着靴在壁上行得数步。女子叫座中少年各呈妙技。有的在壁上行，有的手撮椽子行，轻捷却像飞鸟。举子惊服，辞去。数日后，复见前两少年来借马，举子只得与他。明日，内苑失物，唯收得驮物的马。追问马主，捉举子到内侍省勘问。驱入小门，吏自后一推，倒落深坑数丈。仰望屋顶七八丈，唯见一孔，才开一尺有多。举子苦楚间，忽见一物如鸟，飞下到身边。看时，却是前日女子。把绢重系举子肐膊讫，绢头系女子身上。女子腾身飞出宫城，去门数十里乃下，对举子云：“君且归，不可在此！”举人乞食寄宿，得达吴地。

这两个女子，便都有些盗贼意思，不比前边这几个报仇雪耻，救难解危，方是修仙正路。然要晓世上有此一种人，所以历历可纪，不是脱空的说话。

而今再说一个有侠术的女子，救着一个落难之人，说出许多剑侠的议论，从古未经人道的，真是精绝。有诗为证：

念珠取却犹为戏，若似车中便累人。

试听韦娘一席话，须知正直乃为真。

话说徽州府有一商人，姓程名德瑜，表字元玉。禀性简默端重，不妄言笑，忠厚老成。专一走川、陕做客贩货，大得利息。一日，收了货钱，待要归家，与带去仆人收拾停当，行囊丰满，自不必说。自骑一匹马，仆人骑了牲口，起身行路。来过文、阶道中，与一伙做客的人同落一个饭店，买酒饭吃。

正吃之间，只见一个妇人骑了驴儿，也到店前下了，走将进来。程元玉抬头看时，却是三十来岁的模样，面颜也尽标致，只是装束气质，带些武气，却是雄纠纠的。饭店中客人个个颠头耸脑，看他说他，胡猜乱语；只有程元玉端坐不瞧。那妇人都看在眼里，吃罢了饭，忽然举起两袖，抖一抖道："适才忘带了钱来。今饭多吃过了主人的，却是怎好？"那店中先前看他这些人，都笑将起来。有的道："元来是个骗饭吃的。"有的道："敢是真个忘了。"有的道："看他模样，也是个江湖上人，不像个本分的①。骗饭的事也有。"那店家后生，见说没钱，一把扯住不放。店主又发作道："青天白日，难道有得你吃了饭不还钱不成！"妇人只说："不带得来，下次补还。"店主道："谁认得你！"

正难分解，只见程元玉便走上前来说道："看此娘子光景，岂是要少这数文钱的？必是真失带了出来。如何这等逼他②？"就把手腰间去摸出一串钱来道："该多少，都是我还了就是。"店家才放了手。算一算帐，取了钱去。那妇人走到程元玉跟前，再拜道："公是个长者，愿闻高姓大名，好加倍奉还。"程元玉道："些些小事，何足挂齿！还也不消还得，姓名也不消问得③。"那妇人道："休如此说！公去前面，当有小小惊恐，妾将在此处出些力气报公，所以必要问姓名，万勿隐讳。若要晓得妾的姓氏，但记着韦十一娘便是。"程元玉见他说话有些尴尬，不解其故，只得把名姓说了。妇人道："妾在城西去探一个亲眷，少刻就到东来。"跨上驴儿，加上一鞭，飞也似去了。

程元玉同仆人出了店门，骑了牲口，一头走，一头疑心。细思适间之话，好不蹊跷。随又忖道："妇人之言，何足凭准！况且他一顿饭钱尚不能预备；就有惊恐，他何如出力相报得？"以口问心。行了几里，只见途间一人，头带毡笠，身背皮袋，满身灰尘，是个惯走长路的模样。或在前，或在后，参差不一，时常撞见。程元玉在马上问他道："前面到何处可以宿歇？"那人道："此去六十里，有杨松镇，是个安歇客商的所在。近处却无宿头。"程元玉也晓得有个杨松镇，就问道："今日晏了些，还可到得那里么？"那人抬头把日影看了一看道："我到得，你到不得。"程元玉道："又来好笑了。我每是骑马的，反到不得；你是步行的，反说到得，是怎的说？"那人笑道："此间有一条小路，斜抄

---

① 眉批：皮相者多。
② 眉批：知己。
③ 眉批：果是长者。

去二十里，直到河水湾；再二十里，就是镇上。若你等在官路上走，迂迂曲曲，差了二十多里，故此到不及。”程元玉道：“果有小路快便，相烦指示同行。到了镇上，买酒相谢。”那人欣然前行，道：“这等，都跟我来。”

那程元玉只贪路近①，又见这厮是个长路人，信着不疑，把适间妇人所言惊恐都忘了。与仆人策马，跟了那人，前进那一条路来。初时平坦好走，走得一里多路，地上渐渐多是山根顽石，驴马走甚不便。再行过去，有陡峻高山，遮在面前；绕山走去，多是深密林子，仰不见天。程元玉主仆俱慌，埋怨那人道：“如何走此等路?”那人笑道：“前边就平了。”程元玉不得已，又随他走。再度过一个岗子，一发比前崎岖了。程元玉心知中计，叫声“不好！不好!”急掣转马头回路。忽然那人嗯哨一声，山前涌出一干人来：

> 狰狞相貌，劣撅身躯。无非月黑杀人，不过风高放火。盗亦有道，大曾偷习儒者虚声；师出无名，也会剽窃将家实用。人间偶尔呼为盗，世上于今半是君。

程元玉见不是头，自道必不可脱，慌慌忙忙，下了马，躬身作揖道：“所有财物，但凭太保取去。只是鞍马衣装，须留下做归途盘费则个。”那一伙强盗听了说话，果然只取包裹来，搜了银两去了。程元玉急回身寻时，那马散了缰，也不知那里去了。仆人躲避，一发不知去向。凄凄惶惶，剩得一身，拣个高岗立着。四围一望，不要说不见强盗出没去处，并那仆马消息，杳然无踪。四无人烟，且是天色看看黑将下来②，没个道理，叹一声道：“我命休矣!”

正急得没出豁，只听得林间树叶窣窣价声响。程元玉回头看时，却是一个人，攀藤附葛而来，甚是轻便。走到面前，是个女子。程元玉见了个人，心下已放下了好些惊恐。正要开口问他，那女子忽然走到程元玉面前来，稽首道：“儿乃韦十一娘弟子青霞是也。吾师知公有惊恐，特教我在此等候。吾师只在前面，公可往会。”程元玉听得说是韦十一娘，又是惊恐之说相合，心下就有些望

---

① 眉批：小贪极误大事。
② 旁批：急景。

他救答意思，略放胆大些了，随着青霞前往。行不到半里，那饭店里遇着的妇人来了，迎着道："公如此大惊，不早来相接，甚是有罪！公货物已取还，仆马也在，不必忧疑。"程元玉是惊坏了的，一时答应不出。十一娘道："公今夜不可前去。小庵不远，且到庵中一饭，就在此寄宿罢了。前途也去不得。"程元玉不敢违，随了去。

过了两个岗子，前见一山陡绝，四周并无联属，高峰插于云外①。韦十一娘以手指道："此是云冈，小庵在其上。"引了程元玉，攀萝附木，一路走上。到了陡绝处，韦与青霞共来扶掖，数步一歇。程元玉气喘当不得，他两个就如平地一般。程元玉抬头看高处，恰似在云雾里。及到得高处，云雾又在下面了。约莫有十数里，方得石磴。磴有百来级，级尽方是平地。有茅堂一所，甚是清雅。请程元玉坐了，十一娘又另唤一女童出来，叫做缥云，整备茶果、山簌、松醪，请元玉吃。又叫整饭，意甚殷勤。

程元玉方才性定，欠身道："程某自不小心，落了小人圈套。若非夫人相救，那讨性命？只是夫人有何法术制得他，讨得程某货物转来？"十一娘道："吾是剑侠，非凡人也。适间在饭店中，见公修雅，不像他人轻薄，故此相敬。及看公面上气色有滞，当有忧虞，故意假说乏钱还店，以试公心。见公颇有义气，所以留心在此相候，以报公德。适间鼠辈无礼，已曾晓谕他过了。"

程元玉见说，不觉欢喜敬羡。他从小颇看史鉴，晓得有此一种法术，便问道："闻得剑术起自唐时，到宋时绝了，故自元朝到国朝，竟不闻有此事。夫人在何处学来的？"十一娘道："此术非起于唐，亦不绝于宋。自黄帝受兵符于九天玄女，便有此术。其臣风后习之，所以破得蚩尤。帝以此术神奇，恐人妄用，且上帝立戒甚严，不敢宣扬，但拣一二诚笃之人，口传心授，故此术不曾绝传，也不曾广传。后来张良募来击秦皇，梁王遣来刺袁盎，公孙述使来杀来、岑，李师道用来杀武元衡，皆此术也。此术既不易轻得，唐之藩镇，羡慕仿效，极力延致奇踪异迹之人，一时罔利之辈，不顾好歹，皆来为其所用，所以独称唐

① 眉批：非有术，也住此地面不得。

时有此。不知彼辈诸人，实犯上帝大戒，后来皆得惨祸。所以彼时先师，复申前戒，大略不得妄传人，妄杀人；不得替恶人出力害善人①；不得杀人而居其名。此数戒最大，故赵元昊所遣刺客，不敢杀韩魏公；苗傅、刘正彦所遣刺客，不敢杀张德远，也是怕犯前戒耳。”

程元玉道：“史称黄帝与蚩尤战，不说有术；张良所募力士，亦不说术；梁王、公孙述、李师道所遣，皆说是盗，如何是术？”十一娘道：“公言差矣！此正吾道所谓‘不居其名’也。蚩尤生有异像，且挟奇术，岂是战阵可以胜得？秦始皇万乘之主，仆从仪卫，何等威焰？且秦法甚严，谁敢击他？也没有击了他可以脱身的。至如袁盎官居近侍，来、岑身为大帅，武相位在台衡，或取之万众之中，直戕之辇毂之下，非有神术，怎做得成？且武元衡之死，并其颅骨也取了去。那时慌忙中，谁人能有此闲工夫？史传元自明白，公不曾详玩其旨耳②。”

程元玉道：“史书上果是如此。假如太史公所传刺客，想正是此术？至荆轲刺秦王，说他剑术疏，前边这几个刺客，多是有术的了？”十一娘道：“史迁非也。秦诚无道，亦是天命真主。纵有剑术，岂可轻施？至于专诸、聂政诸人，不过义气所使，是个有血性好汉，原非有术。若这等都叫做剑术，世间拚死杀人、自身不保的，尽是术了！”程元玉道：“昆仑摩勒如何？”十一娘道：“这是粗浅的了。聂隐娘、红线方是至妙的。摩勒用形，但能涉历险阻，试他矫健手段。隐娘辈用神，其机玄妙，鬼神莫窥，针孔可度，皮郛可藏，倏忽千里，往来无迹，岂得无术？”

程元玉道：“吾看《虬髯客传》，说他把仇人之首来吃了，剑术也可以报得私仇的？”十一娘道：“不然。虬髯之事寓言，非真也。就是报仇，也论曲直。若曲在我，也是不敢用术报得的③。”程元玉道：“假如术家所谓仇，必是何等为最？”十一娘道：“仇有几等，皆非私仇。世间有做守令官虐使小民、贪其贿

---

① 旁批：右押衙所以不从卢杞也。

② 眉批：真是绝顶议论。

③ 眉批：才见此道可以修仙，正以平心故。

又害其命的，世间有做上司官张大威权、专好谄奉、反害正直的，世间有做将帅只剥军饷、不勤武事、败坏封疆的，世间有做宰相树置心腹、专害异己、使贤奸倒置的，世间有做试官私通关节、贿赂徇私、黑白混淆、使不才侥幸才士屈抑的：此皆吾术所必诛者也[①]。至若舞文的滑吏，武断的土豪，自有刑宰主之；忤逆之子，负心之徒，自有雷部司之，不关我事。”程元玉曰：“以前所言几等人，曾不闻有显受刺客、剑仙杀戮的。”十一娘笑道：“岂可使人晓得的？凡此之辈，杀之之道非一。重者或径取其首领及其妻子，不必说了。次者或入其咽、断其喉，或伤其心腹，其家但知为暴死，不知其故。又或用术摄其魂，使他颠蹶狂谬，失志而死；或用术迷其家，使他丑秽迭出，愤郁而死。其有时未到的，但假托神异梦寐，使他惊惧而已。”

程元玉道：“剑可得试令吾一看否？”十一娘道：“大者不可妄用，且怕惊坏了你。小者不妨试试。”乃呼青霞、缥云二女童至，分付道：“程公欲观剑，可试为之。就此悬崖旋制便了。”二女童应诺。十一娘袖中摸出两个丸子，向空一掷，其高数丈。才坠下来，二女童即跃登树枝稍上，以手接着，毫发不差。各接一丸来一拂，便是雪亮的利刃。程元玉看那树枝，樛曲倒悬，下临绝壑，窅不可测。试一俯瞯，神魂飞荡，毛发森竖，满身生起寒粟子来。十一娘言笑自如，二女童运剑为彼此击刺之状。初时犹自可辨，到得后来，只如两条白练，半空飞绕，并不看见有人。有顿饭时候，然后下来。气不喘，色不变。程元玉叹道：“真神人也！”

时已夜深，乃就竹榻上施衾褥，命程在此宿卧，仍加以鹿裘覆之。十一娘与二女童作礼而退，自到石室中去宿了。时方八月天气，程元玉拥裘覆衾，还觉寒凉，盖缘居处高了。

天未明，十一娘已起身，梳洗毕。程元玉也梳洗了，出来与他相见了，谢他不尽。十一娘道：“山居简慢，恕罪则个。”又供了早膳。复叫青霞操弓矢，下山寻野味作昼馔。青霞去了一会，无一件将来，回说：“天气早没有。”再叫

---

① 眉批：恐世间再不诛之人也少。

缥云去。坐谭未久，缥云提了一雉一兔上山来。十一娘大喜，叫青霞快整治供客。程元玉疑问道："雉兔山中岂少？何乃难得如此？"十一娘道："山中元不少，只是潜藏难求。"程元玉笑道："夫人神术，何求不得，乃难此雉兔？"十一娘道："公言差矣！吾术岂可用来伤物命以充口腹乎？不唯神理不容，也如此小用不得。雉兔之类，原要挟弓矢、尽人力取之方可。"程元玉深加叹服。

须臾，酒至数行。程元玉请道："夫人家世，愿得一闻。"十一娘踧踖沉吟道："事多可愧。然公是忠厚人，言之亦不妨。妾本长安人，父母贫，携妾寄寓平凉，手艺营生。父亡，独与母居。又二年，将妾嫁同里郑氏子。母又转嫁了人去。郑子佻达无度，喜侠游。妾屡屡谏他，遂至反目。因弃了妾，同他一伙无籍人到边上立功去，竟无音耗回来了。伯子不良，把言语调戏我，我正色拒之。一日，潜走到我床上来。我提床头剑刺之，着了伤走了。我因思我是一个妇人，既与夫不相得，弃在此间；又与伯同居不便，况且今伤了他，住在此不得了。曾有个赵道姑自幼爱我，他有神术，道我可传得。因是父母在，不敢自由；而今只索投他去。次日往见道姑，道姑欣然接纳。又道：'此地不可居。吾山中有庵，可往住之。'就挈我登一峰巅，较此处还险峻。有一团瓢在上，就住其中，教我法术。至暮，径下山去，只留我独宿。戒我道：'切勿饮酒及淫色。'我想道：'深山之中，那得有此两事？'口虽答应，心中不然，遂宿在团瓢中床上。至更余，有一男子逾墙而入，貌绝美。我遽惊起，问他不答，叱他不退。其人直前将拥抱我。我不肯从，其人求益坚。我抽剑欲击他，他也出剑相刺。他剑甚精利，我方初学，自知不及，只得丢了剑，哀求他道：'妾命薄，久已灰心，何忍乱我？且师有明戒，誓不敢犯。'其人不听，以剑加我颈，逼要从他。我引颈受之，曰：'要死便死，吾志不可夺！'其人收剑，笑道：'可知子心不变矣！'仔细一看，不是男子，元来就是赵道姑，作此试我的。因此道我心坚，尽把术来传了。我术已成，彼自远游。我便居此山中了。"程元玉听罢，愈加钦重。

日已将午，辞了十一娘要行。因问起昨日行装仆马，十一娘道："前途自有人送还，放心前去。"出药一囊送他，道："每岁服一丸，可保一年无病。"送程下山，直到大路方别。才别去，行不数步，昨日群盗将行李仆马已在路傍等候奉还。程元玉将银钱分一半与他[①]，死不敢受；减至一金做酒钱，也必不肯。问是何故？群盗道："韦家娘子有命，虽千里之外，不敢有违。违了他的，他就知道。我等性命要紧，不敢换货用[②]。"程元玉再三叹息。仍旧装束好了，主仆取路前进。此后不闻十一娘音耗，已是十余年。

一日，程元玉复到四川，正在栈道中行。有一少年妇人，从了一个秀士行走，只管把眼来瞧他。程元玉仔细看来，也像个素相识的，却是再想不起，不知在那里会过。只见那妇人忽然叫道："程丈别来无恙乎？还记得青霞否？"程元玉方悟是韦十一娘的女童，乃与青霞及秀士相见。青霞对秀士道："此间便是吾师所重程丈，我也多曾与你说过的。"秀士再与程叙过礼。程问青霞道："尊师今在何处？此位又是何人？"青霞道："吾师如旧。吾丈别后数年，妾奉师命嫁此士人。"程问道："还有一位缥云何在？"青霞道："缥云也嫁人了。吾师又另有两个弟子了。我与缥云但逢着时节才去问省一番。"程又问道："娘子今将何往？"青霞道："有些公事在此要做，不得停留。"说罢作别。看他意态甚是匆匆，一竟去了。

过得数日，忽传蜀中某官暴卒。某官性诡激好名，专一暗地坑人夺人。那年进场做房考，又暗通关节，卖了举人，屈了真才，有像十一娘所说必诛之数。程元玉心疑道："分明是青霞所说做的公事了。"却不敢说破。此后再也无从相闻。

此是吾朝成化年间事。秣陵胡太史汝嘉有《韦十一娘传》。诗云：

侠客从来久，韦娘论独奇。
双丸虽有术，一剑本无私。
贤佞能精别，恩仇不浪施。
何当时假腕，划尽负心儿！

---

① 眉批：元玉到底是个好人。

② 眉批：疑此辈即其帐下人耳。

卷之五　感神媒张德容遇虎　凑吉日裴越客乘龙

诗曰：

每说婚姻是宿缘，定经月老把绳牵。

非徒配偶难差错，时日犹然不后先。

话说婚姻事皆系前定，从来说月下老赤绳系足，虽千里之外，到底相合。若不是因缘，眼面前也强求不得的。就是是因缘了，时辰未到，要早一日，也不能勾；时辰已到，要迟一日，也不能勾。多是氤氲大使暗中主张，非人力可以安排也。

唐朝时有一个弘农县尹，姓李。生一女，年已及笄，许配卢生。那卢生生得伟貌长髯，风流倜傥，李氏一家尽道是个快婿。一日，选定日子，赘他入宅。

当时有一个女巫，专能说未来事体，颇有灵验，与他家往来得熟，其日因为他家成婚行礼，也来看看耍子。李夫人平日极是信他的，就问他道："你看我家女婿卢郎，官禄厚薄如何？"女巫道："卢郎不是那个长须后生么？"李母道："正是。"女巫道："若是这个人，不该是夫人的女婿。夫人的女婿，不是这个模样。"李夫人道："吾女婿怎么样的？"女巫道："是一个中形白面、一些髭髯也没有的。"李夫人失惊道："依你这等说起来，我小姐今夜还嫁人不成哩！"女巫道："怎么嫁不成？今夜一定嫁人。"李夫人道："好胡说！既是今夜嫁得成，岂有不是卢郎的事？"女巫道："连我也那晓得缘故？"

道言未了，只听得外边鼓乐喧天，卢生来行纳采礼，正在堂前拜跪。李夫人拽着女巫的手，向后堂门缝里指着卢生道："你看这个行礼的，眼见得今夜成亲了，怎么不是我女婿？好笑！好笑！"那些使数养娘们见夫人说罢，大家笑道："这老妈妈惯扯大谎，这番不准了。"女巫只不做声。

须臾之间，诸亲百眷，都来看成婚盛礼。元来唐时衣冠人家，婚礼极重。合卺之夜，凡属两姓亲朋，无有不来的。就中有引礼、赞礼之人，叫做“傧相”，都不是以下人做，就是至亲好友中间，有礼度熟闲、仪容出众、声音响亮的，众人就推举他做了，是个尊重的事。其时卢生同了两个傧相，堂上赞拜。礼毕，新人入房。卢生将李小姐灯下揭巾一看，吃了一惊，打一个寒噤，叫声“啊呀”，往外就走。亲友问他，并不开口，直走出门，跨上了马，连加两鞭，飞也似去了①。

宾友之中，有几个与他相好的，要问缘故。又有与李氏至戚的，怕有别话，错了时辰。要成全他的，多来追赶。有的赶不上罢了；有赶着的，问他劝他，只是摇手道：“成不得！成不得！”也不肯说出缘故来，抵死不肯回马。

众人计无所出，只得走转来，把卢生光景，说了一遍。那李县令气得目睁口呆，大喊道：“成何事体！成何事体！”自思女儿一貌如花，有何作怪？今且在众亲友面前说明，好教他们看个明白。因请众亲戚都到房门前，叫女儿出来拜见。就指着道：“这个便是许卢郎的小女，岂有惊人丑貌？今卢郎一见就走，若不教他见见众位，到底认做个怪物了！”众人抬头一看，果然丰姿冶丽，绝世无双。这些亲友，也有说是卢郎无福的，也有说卢郎无缘的，也有道日子差池犯了凶煞的，议论一个不定。

李县令气忿忿地道：“料那厮不能成就，我也不伏气与他了。我女儿已奉见宾客，今夕嘉礼，不可虚废。宾客里面有愿聘的，便赴今夕佳期。有众亲在此作证明，都可做大媒。”只见傧相之中，有一人走近前来，不慌不忙道：“小子不才，愿事门馆。②”众人定睛看时，那人姓郑，也是拜过官职的了。面如傅粉，唇若涂朱，下颏上真个一根髭须也不曾生，且是标致。众人齐喝一声采道：“如此小姐，正该配此才郎！况且年貌相等，门阀相当。”就中推两位年高的为媒，别择一个年少的代为傧相。请出女儿，交拜成礼，且应佳期。一应未备礼仪，婚后再补。是夜竟与郑生成了亲。郑生容貌果与女巫之言相合，方信女巫

① 眉批：来得可骇可愕。

② 眉批：太便宜了。

神见。

成婚之后，郑生遇着卢生，他两个原相交厚的，问其日前何故如此。卢生道："小弟揭巾一看，只见新人两眼通红，大如朱盏。牙长数寸，爆出口外两边。那里是个人形？与殿壁所画夜叉无二。胆俱吓破了，怎不惊走？"郑生笑道："今已归小弟了。"卢生道："亏兄如何熬得？"郑生道："且请到弟家，请出来与兄相见则个。"

卢生随郑生到家。李小姐梳妆出拜，天然绰约，绝非房中前日所见模样，懊悔无及。后来闻得女巫先曾有言，如此如此，晓得是有个定数，叹住罢了。正合着古语两句道：

　　有缘千里能相会，无缘对面不相逢。

而今再说一个唐时故事。乃是乾元年间，有一个吏部尚书，姓张名镐。有第二位小姐，名唤德容。那尚书在京中任上时，与一个仆射姓裴名冕的，两个往来得最好。裴仆射有第三个儿子，曾做过蓝田县尉的，叫做裴越客。两家门当户对，张尚书就把这个德容小姐许下了他亲事，已拣定日子成亲了。

却说长安西市中有个算命的老人，是李淳风的族人，叫做李知微，星数精妙。凡看命起卦，说人吉凶祸福，必定断下个日子，时刻不差。

一日，有个姓刘的，是个应袭赁子，到京理荫求官，数年不得。这一年已自钻求要紧关节，叮嘱停当。吏部试判已毕，道是必成。闻西市李老之名，特来请问。李老卜了一卦，笑道："今年求之不得，来年不求自得。"刘生不信。只见吏部出榜，为判上落了字眼，果然无名。

到明年又在吏部考试，他不曾央得人情，抑且自度书判中下，未必合式，又来西市问李老。李老道："我旧岁就说过的，君官必成，不必忧疑。"刘生道："若得官，当在何处？"李老道："禄在大梁地方。得了后，你可再来见我，我有话说。"吏部榜出，果然选授开封县尉。

刘生惊喜，信之如神，又去见李老。李老道："君去为官，不必清俭，只消恣意求取，自不妨得[1]。临到任满，可讨个差使，再人京城，还与君推算。"刘

---

[1] 眉批：贪人正中下怀。

生记着言语，别去到任。那边州中刺史见他旧家人物，好生委任他。刘生想着李老之言，广取财贿，毫无避忌。上下官吏都喜欢他，再无说话。到得任满，贮积千万。遂见刺史，讨个差使。刺史依允，就教他部着本州租税解京。

到了京中，又见李老。李老道："公三日内即要迁官。"刘生道："此番进京，实要看个机会，设法迁转。却是三日内如何能勾？况未是那升迁日期，这个未必准了。"李老道："决然不差。迁官也就在彼郡。得了后可再来相会，还有说话。"刘生去了。明日将州中租赋到左藏库交纳。正在库前，只见东南上偌大一只五色鸟飞来库藏屋顶住着，文彩辉煌。百鸟喧噪，弥天而来。刘生大叫："奇怪！奇怪！"一时惊动了内官宫监、大小人等，都来看嚷。有识得的道："此是凤凰也！"那大鸟住了一会，听见喧闹之声，即时展翅飞起，百鸟渐渐散去。此话闻至天子面前，龙颜大喜。传出敕命来道："那个先见的，于原身官职，加升一级改用。"内官查得真实，却是刘生先见，遂发下吏部，迁授浚仪县丞。果是三日，又就在此州。刘生愈加敬信李老，再来问此去为官之方。李老云："只须一如前政。①"刘生依言，仍旧恣意贪取，又得了千万。

任满赴京听调，又见李老。李老曰："今番当得一邑正官，分毫不可妄取了。慎之！慎之！"刘生果授寿春县宰。他是两任得惯了的手脚，那里忍耐得住？到任不久，旧性复发，把李老之言丢过一边。偏生前日多取之言好听，当得个谨依来命；今日不取之言迂阔，只推道未可全信②。不多时，上官论劾追赃，削职了。

又来问李老道："前两任只叫多取，今却叫不可妄取，都有应验，是何缘故？"李老道："今当与公说明。公前世是个大商，有二千万资财，死在汴州，其财散在人处。公去做官，原是收了自家旧物，不为妄取，所以一些无事③。那寿春一县之人，不曾欠公的，岂可过求？如今强要起来，就做坏了。"刘生大伏，惭悔而去。凡李老之验，如此非一，说不得这许多。而今且说正话。

---

① 眉批：又妙。

② 眉批：人情大抵然也。

③ 眉批：乃知今时之官，多是前世有得，散在人处的。

那裴仆射家拣定了做亲日期，叫媒人到张尚书家来通信道日。张尚书闻得李老许多神奇灵应，便叫人接他过来，把女儿八字与婚期，教他合一合看，怕有甚么冲犯不宜。李老接过八字，看了一看道："此命喜事不在今年，亦不在此方。"尚书道："只怕日子不利，或者另改一个也罢，那有不在今年之理？况且男女两家，都在京中；不在此方，更在何处？"李老道："据看命数已定；今年决然不得成亲，吉日自在明年三月初三日。先有大惊之后，方得会合，却应在南方。冥数已定，日子也不必选。早一日不成，迟一日不得。"尚书似信不信的道："那有此话？"叫管事人封个赏封谢了去。

刚出得门，裴家就来接了去，也为婚事将近，要看看休咎。李老到了裴家，占了一卦道："怪哉！怪哉！此卦恰与张尚书家的命数正相符合。"遂取文房四宝出来，写了一柬道：

　　三月三日，不迟不疾。水浅舟胶，虎来人得。惊则大惊，吉则大吉。

裴越客看了，不解其意，便道："某正为今年尚书府亲事，只在早晚，问个吉凶。这'三月三日'之说何也？"李老道："此正是婚期。"裴越客道："日子已定，眼见得不到那时了。不准！不准！"李老道："郎君不得性急。老汉所言，万无一误。"裴越客道："'水浅舟胶，虎来人得。'大略是不祥的说话了。"李老道："也未必不祥，应后自见。"作别过了。

正待要欢天喜地指日成亲，只见补阙拾遗等官，为选举不公，交章论劾吏部尚书。奉圣旨：谪贬张镐为扆州司户，即日就道。张尚书叹道："李知微之言验矣！"便教媒人回复裴家，约定明年三月初三，到扆州成亲。自带了家眷，星夜到贬处去了。元来唐时大官谪贬，甚是消条。亲眷避忌，不十分肯与往来的，怕有朝廷不测，时时忧恐。张尚书也不把裴家亲事在念了。裴越客得了张家之信，吃了一惊，暗暗道："李知微好准卦！毕竟要依他的日子了。"真是到手佳期，却成虚度。闷闷不乐，过了年节。一开新年，便打点束装，前赴扆州成婚。

那越客是豪奢公子，规模不小。坐了一号大座船，满载行李辎重，家人二十多房，养娘七八个，安童七八个，择日开船。越客恨不得肋生双翅，脚下腾云，一眨眼便到扆州。行了多日，已是二月尽边。皆因船只狼犺，行李沉重，一日行不上百来里路。还有搁着浅处，弄了几日才弄得动的。还差扆州三百里远近，越客心焦，恐怕张家不知他在路上，不打点得，错过所约日子。一面舟行，一面打发一个家人，在岸路驿中讨了一匹快马，先到泉州报信。家人星夜不停，报入泉州来。

那张尚书身在远方，时怀忧闷，况且不知道裴家心下如何，未知肯不嫌路远来赴前约否。正在思忖不定，得了此报，晓得裴郎已在路上将到，不胜之喜。走进衙中，对家眷说了，俱各欢喜不尽[①]。此时已是三月初二日了，尚书道："明日便是吉期，如何来得及？但只是等裴郎到了，再定日未迟。"是夜，因为德容小姐佳期将近，先替他簪了髻，设宴在后花园中，会集衙中亲丁女眷，与德容小姐添妆把盏。那花园离衙斋将有半里。泉州是个山深去处，虽然衙斋左右多是些丛林密箐，与山林之中无异，可也幽静好看。那德容小姐同了衙中姑姨姊妹，尽意游玩。

酒席既阑，日色已暮，都起身回衙。众女眷或在前，或在后，大家一头笑语，一头行走。正在喧哄之际，一阵风过，竹林中腾地跳出一个猛虎来，擒了德容小姐便走。众女眷吃了一惊，各各逃窜。那虎已自跳入翳荟之处，不知去向了。

众人性定，奔告尚书得知。合家啼哭得不耐烦[②]。那时夜已昏黑，虽然聚得些人起来，四目相视，束手无策。无非打了火把，四下里照得一照，知他在何路上可以救得？干闹嚷了一夜，一毫无干[③]。到得天晓，张尚书噙着泪眼，点起人夫，去寻骸骨。漫山遍野，无处不到，并无一些下落。张尚书又恼又苦，不在话下。

且说裴越客已到泉州界内石阡江中。那江中都是些山根石底，重船到处触碍，一发行不得。已是三月初二日了，还差几十里路。越客道："似此行去，如何赶得明日到？"心焦背热，与船上人发极嚷乱[④]。船上人道："这是用不得性的。我们也巴不得到了讨喜酒吃，谁耐烦在此延挨？"裴越客道："却是明日是

---

① 眉批：远客情死，自然如此。

② 眉批：要惊要哭。

③ 眉批：原无策可施。

④ 眉批：所谓老婆心急也。

吉期，这等担阁怎了？”船上人道：“只是船重得紧，所以只管搁浅。若要行得快，除非上了些岸，等船轻了好行。”越客道：“有理，有理。”他自家着了急的，叫住了船，一跳便跳上了岸，招呼众家人起来。那些家人见主人已自在岸上了，谁敢不上？一走就走了二十多人起来。那船早自轻了。越客在前，众家人在后，一路走去。那船好转动，不比先前，自在江中相傍着行。

行得四五里，天色将晚。看见岸傍有板屋一间，屋内有竹床一张。越客就走进屋内，叫安童把竹床上扫拂一扫拂，坐了歇一歇气再走。这许多僮仆，都站立左右，也有站立在门外的。

正在歇息，只听得树林中飕飕的风响。于时一线月痕和着星光，虽不甚明白，也微微看得见。约莫风响处，有一物行走甚快。将到近边，仔细看去，却是一个猛虎背负一物而来。众人惊惶，连忙都躲在板屋里来。其虎看看至近，众人一齐敲着板屋呐喊，也有把马鞭子打在板上，振得一片价响。那虎到板屋侧边，放下了背上的东西，抖抖身子，听得众人叫喊，像似也有些惧怕，大吼一声，飞奔入山去了①。众人在屋缝里张着，看那放下的东西，恰像个人一般，又恰像在那里有些动。等了一会，料虎去远了，一齐捏把汗。出来看时，却是一个人，口中还微微气喘。来对越客说了。越客分付众人救他，慌忙叫放船拢岸。众人扛扶其人，上了船，叫快快解了缆开去，恐防那虎还要寻来。

船开了半晌，越客叫点起火来看。舱中养娘们各拿蜡烛点起，船中明亮。看那人时，却是：

> 眉湾杨柳，脸绽芙蓉。喘吁吁吐气不齐，战兢兢惊神未定。头垂发乱，是个醉扶上马的杨妃；目闭唇张，好似死乍还魂的杜丽。面庞勾可十七八，美艳从来无二三。

越客将这女子上下看罢，大惊说道：“看他容颜衣服，决不是等闲村落人家的。”叫众养娘好生看视。众养娘将软褥铺衬，抱他睡在床上。解看衣服，尽被树林荆刺抓破，且喜身体毫无伤痕。一个养娘替他将乱发理清梳通了，挽起一髻，将一个手帕替他扎了。拿些姜汤灌他。他微微开口，咽下去了。又调些粥

---

① 眉批：这虎也枉辛苦了一番。

汤来灌他。弄了三四更天气，看看苏醒，神安气集。忽然抬起头来，开目一看，看见面前的人一个也不认得，哭了一声，依旧眠倒了。这边养娘们问他来历、缘故及遇虎根由，那女子只不则声，凭他说来说去，竟不肯答应一句。

渐渐天色明了，岸上有人走动，这边船上也着水夫上纤。此时离州城只有三十里了。听得前面来的人，纷纷讲说道："张尚书第二位小姐，昨夜在后花园中游赏，被虎扑了去，至今没寻尸骸处。"有的道："难道连衣服都吃尽了不成？"水夫闻得此言，想着夜来的事，有些奇怪，商量道："船中那话儿莫不正是？"就着一个下船来，把路上人来的说话，禀知越客。越客一发惊异道："依此说话，被虎害的正是我定下的娘子了。这船中救得的，可是不是？"连忙叫一个知事的养娘来，分付他道："你去对方才救醒的小娘子说，问可是张家德容小姐不是。"

养娘依言去问。只见那女子听得叫出小名来，便大哭将起来道："你们是何人，晓得我的名字？"养娘道："我们正是裴官人家的船，正为来赴小姐佳期[①]。船行的迟，怕赶日子不迭，所以官人只得上岸行走。谁知却救了小姐上船，也是天缘分定。"那小姐方才放下了心，便说："花园遇虎，一路上如腾云驾雾，不知行了多少路，自拚必死。被虎放下地时，已自魂不附体了。后来不知如何却在船上。"养娘把救他的始末说了一遍，来复越客道："正是这个小姐。"越客大喜，写了一书，差一个人飞报到州里尚书家来。

尚书正为女儿骸骨无寻，又且女婿将到，伤痛无奈。忽见裴家苍头有书到，愈加感切。拆开来看，上写道：

> 趋赴嘉礼，江行舟涩。从陆倍道，忽遇虎负爱女至。惊逐之顷，虎去而人不伤。今完善在舟，希示进止。子婿裴越客百拜[②]。

尚书看罢，又惊又喜。走进衙中说了，满门叹异。尚书夫人便道："从来罕闻奇事。想是为吉日赶不及了，神明所使。今小姐既在裴郎船上了，还可赶得今朝成亲。"尚书道："有理，有理。"就叫鞴一匹快马，带了仪从，不上一个时辰，

---

① 眉批：一点至诚可鉴。

② 眉批：写得简到。

赶到船上来。

翁婿相见，甚喜。见了女儿，又悲又喜，安慰了一番。尚书对裴越客道：“好教贤婿得知：今日之事，旧年间李知微已断定了，说成亲必竟要今日。昨晚老夫见贤婿不能勾就到，道是决赶不上今日这吉期。谁想有此神奇之事，把小女竟送到尊舟！如今若等尊舟到州城，水路难行，定不能勾。莫若就在尊舟结了花烛，成了亲事；明日慢慢回衙，这吉期便不挫过了。[①]”裴越客见说，便想道：“若非岳丈之言，小婿几乎忘了旧年李知微题下六句。首二句道：‘三月三日，不迟不疾。’若是小婿在舟行时，只疑迟了；而今虎送将来，正应着今日。中二句道：‘水浅舟胶，虎来人得。’小婿起初道不祥之言，谁知又应着这奇事。后来二句：‘惊则大惊，吉则大吉。’果然这一惊不小，谁知反因此凑着吉期。李知微真半仙了！”张尚书就在船边分派人，唤起傧相，办下酒席。先在舟中花烛成亲，合卺饮宴。

礼毕，张尚书仍旧鞴马先回，等他明日舟到，接取女儿女婿。是夜，裴越客遂同德容小姐就在舟中共入鸳帏欢聚。少年夫妇，极尽于飞之乐。

明日舟到，一同上岸，拜见丈母诸亲。尚书夫人及姑姨姊妹、合衙人等，看见了德容小姐，恰似梦中相逢一般，欢喜极了，反有堕下泪来的。人人说道：“只为好日来不及，感得神明之力，遣个猛虎做媒，把百里之程顷刻送到。从来无此奇事！”这话传出去，个个奇骇，道是亲闻。民间各处，立起个“虎媒之祠”。但是有婚姻求合的，虔诚祈祷，无有不应[②]。至今黔峡之间，香火不绝。于时有六句口号：

仙翁知微，判成定数。

虎是神差，佳期不挫。

如此媒人，东道难做。

---

① 眉批：极善体贴。

② 眉批：这又奇。

卷之六 酒下酒赵尼媪迷花 机中机贾秀才报怨

诗曰：

色中饿鬼是僧家，尼扮繇来不较差。

况是能通闺阁内，但教着手便勾叉。

话说三姑六婆，最是人家不可与他往来出入。盖是此辈功夫又闲，心计又巧，亦且走过千家万户，见识又多，路数又熟，不要说有些不正气的妇女，十个着了九个儿，就是一些针缝也没有的，他会千方百计弄出机关，智赛良、平，辨同何、贾，无事诱出有事来[①]。所以宦户人家有正经的，往往大张告示，不许出入。其间一种最狠的，又是尼姑。他借着佛天为由，庵院为囮，可以引得内眷来烧香，可以引得子弟来游耍。见男人问讯称呼，礼数毫不异僧家，接对无妨[②]；到内室念佛看经，体格终须是妇女，交搭更便。从来马泊六、撮合山，十桩事到有九桩是尼姑做成、尼庵私会的。

只说唐时有个妇人狄氏，家世显宦，其夫也是个大官，称为夫人。夫人生得明艳绝世，名动京师。京师中公侯戚里人家妇女，争宠相骂的，动不动便道："你自逞标致，好歹到不得狄夫人，乃敢欺凌我！"美名一时无比，却又资性贞淑，言笑不苟，极是一个有正经的妇人。

于时西池春游，都城士女欢集。王侯大家，油车帘幕，络绎不绝。狄夫人免不得也随俗出游。有个少年风流在京候选官的，叫做滕生，同在池上。看见了这个绝色模样，惊得三魂飘荡，七魄飞扬；随来随去，目不转睛。狄氏也抬

① 眉批：格言。

② 眉批：透极！

起眼来，看见滕生风流行动。他一边无心的，却不以为意。争奈滕生看得痴了，恨不得寻口冷水，连衣服都吞他的在肚里去。问着傍边人，知是有名美貌的狄夫人。车马散了，滕生怏怏归来，整整想了一夜。

自是行忘止，食忘飧，却像掉下了一件甚么东西的，无时无刻不在心上。熬煎不过，因到他家前后左右访问消息，晓得平日端洁，无路可通。滕生想道："他平日岂无往来亲厚的女眷？若问得着时，或者寻出机会来。"仔细探访，只见一日他门里走出一个尼姑来①。滕生尾着去问路上人，乃是静乐院主慧澄，惯一在狄夫人家出入的。滕生便道："好了，好了。"

连忙跑到下处，将银十两，封好了，急急赶到静乐院来。问道："院主在否？"慧澄出来，见是一个少年官人，请进奉茶。稽首毕，便问道："尊姓大名？何劳贵步？"滕生通罢姓名，道："别无他事，久慕宝房清德，少备香火之资，特来随喜。"袖中取出银两递过来。慧澄是个老世事，一眼瞅去，觉得沉重，料道有事相央，口里推托"不当"，手里已自接了，谢道："承蒙厚赐，必有所言。"滕生只推没有别话，表意而已，别了回寓。慧澄想道："却不奇怪！这等一个美少年，想我老尼什么？送此厚礼，又无别话。"一时也委决不下。

只见滕生每日必来院中走走，越见越加殷勤。往来渐熟了，慧澄一日便问道："官人含糊不决，必有什么事故。但有见托，无不尽力。"滕生道："说也不当，料是做不得的。但只是性命所关，或者希冀老师父万分之一出力救我；事若不成，拚个害病而死罢了。②"慧澄见说得尴尬，便道："做得做不得，且说来。"滕生把西池上遇见狄氏，如何标致，如何想慕，若得一了夙缘，万金不惜，说了一遍。慧澄笑道："这事却难。此人与我往来，虽是标致异常，却毫无半点瑕疵，如何动得手？"滕生想一想，问道："师父既与他往来，晓得他平日好些甚么？③"慧澄道："也不见他好甚东西。"滕生又道："曾托师父做些甚么否？"慧澄道："数日前托我寻些上好珠子，说了两三遍。只有此一端。"滕生

---

① 眉批：破绽来了。

② 眉批：滕生亦是有心人，宜其遂所愿。

③ 眉批：精细之极。

大笑道："好也！好也！天生缘分。我有个亲戚是珠商，有的是好珠。我而今下在他家，随你要多少是有的。"即出门雇马，如飞也似去了①。

一会带了两袋大珠来到院中，把与慧澄看道："珠值二万贯。今看他标致分上②，让他一半，万贯就与他了。"慧澄道："其夫出使北边，他是个女人在家，那能凑得许多价钱？"滕生笑道："便是四五千贯也罢。再不，千贯、数百贯也罢。若肯圆成好事，一个钱没有也罢了。③"慧澄也笑道："好痴话！既有此珠，我与你仗苏、张之舌，六出奇计，好歹设法来院中走走。此时再看机会，弄得与你相见一面。你自放出手段来，成不成看你造化，不关我事。"滕生道："全仗高手救命则个。"

慧澄笑嘻嘻地提了两囊珠子，竟望狄夫人家来。与夫人见礼毕，夫人便问："囊中何物？"慧澄道："是夫人前日所托寻取珠子。今有两囊上好的，送来夫人看看。"解开囊来，狄氏随将手就囊中取起来看，口里啧啧道："果然好珠！"看了一看，爱玩不已④，问道："要多少价钱？"慧澄道："讨价万贯。"狄氏惊道："此只讨得一半价钱，极是便宜的。但我家相公不在，一时凑不出许多来。怎么处？"慧澄扯狄氏一把道："夫人，且借一步说话。"狄氏同他到房里来。慧澄道："夫人爱此珠子，不消得钱。此是一个官人要做一件事的。"说话的，难道好人家女眷面前，好直说得道送此珠子求做那件事一场不成？看官不要性急。你看那尼姑巧舌，自有宛转。当时狄氏问道："此官人要做何事？"慧澄道："是一个少年官人。因仇家诬枉，失了官职，只求一关节到吏部，辨白是非。求得复任，情愿送此珠子。我想夫人兄弟及相公伯叔辈，多是显要。夫人想一门路指引他，这珠子便不消钱了。"狄氏道："这等，你且拿去还他。待我慢慢想一想，有了门路，再处。"慧澄道："他事体急了。拿去，他又寻了别人，那里还捞得他珠子转来？不如且留在夫人这里，对他只说有门路，明日来讨回音罢。"狄氏道："这个使得。"

---

① 眉批：真有心人。
② 旁批：妙甚！
③ 眉批：值得如此。
④ 眉批：鱼吞芳饵。

慧澄别了，就去对滕生一一说知。滕生道："今将何处？"慧澄道："他既看上珠子，收下了，不管怎地，明日定要设法他来看手段！[1]"滕生又把十两银子与他了，叫他明日早去。

那边狄氏别了慧澄，再把珠子细看，越看越爱，便想道："我去托弟兄们讨此分上不难，这珠眼见得是我的了。"元来人心不可有欲，一有欲心被人窥破，便要落人圈套[2]。假如狄氏不托尼姑寻珠，便无处生端；就是见了珠子，有钱则买，无钱便罢，一则一，二则二，随你好汉，动他分毫不得。只为欢喜这珠子，又凑不出钱，便落在别人机彀中，把一个冰清玉洁的，弄得没出豁起来。

却说狄氏明日正思量这事，那慧澄也来了，问道："夫人思量事体可成否？"狄氏道："我昨夜为他细想一番，门路都有，管取停当。"慧澄道："却有一件难处。动万贯事体，非同小可，只凭我一个贫姑，秤起来肉也不多几斤的。说来说去，宾主不相识，便道做得事来，此人如何肯信？"狄氏道："是到也是。却待怎么呢？"慧澄道："依我愚见，夫人只做设斋到我院中，等此官人，只做无心撞见，两下觌面照会，这使得么？"狄氏是个良人心性，见说要他当面见生人，耳根通红起来，摇手道："这如何使得！"慧澄也变起脸来道："有甚么难事？不过等他自说一番缘故，这里应承做得，使他别无疑心，方才的确。若夫人道见面使不得，这事便做不成，只索罢了，不敢相强。[3]"狄氏又想了一想道："既是老师父主见如此，想也无妨。后二日我亡兄忌日，我便到院中来做斋，但只叫他立谈一两句，就打发去，须防耳目不雅。"慧澄道："本意原只如此。说罢了正话，留他何干？自不须断当得。"

慧澄期约已定，转到院中，滕生已先在，把上项事一一说了。滕生拜谢道："仪、秦之辨，不过如此矣！"

巴到那日，慧澄清早起来，端正斋筵。先将滕生藏在一个人迹不到的静室中，桌上摆设精致酒肴，把门掩上了。慧澄自出来外厢支持，专等狄氏。正是：

---

① 眉批：狠手！

② 眉批：好格言！

③ 眉批：妙在淡他，使无可疑。

安排扑鼻香芳饵，专等鲸鲵来上钩。

狄氏到了这日晡时，果然盛妆而来。他恐怕惹人眼目，连僮仆都打发了去，只带一个小丫鬟进院来。见了慧澄，问道："其人来未？"慧澄道："未来。"狄氏道："最好。且完了斋事。"慧澄替他宣扬意旨，祝赞已毕，叫一个小尼领了丫鬟别去顽耍[①]。对狄氏道："且到小房一坐。"引狄氏转了几条暗衖，至小室前，搴帘而入。

只见一个美貌少年，独自在内，满桌都是酒肴，吃了一惊，便欲避去。慧澄便捣鬼道："正要与夫人对面一言，官人还不拜见！"滕生卖弄俊俏，连忙趋到跟前，劈面拜下去。狄氏无奈，只得答他。慧澄道："官人感夫人盛情，特备一卮酒谢夫人。夫人鉴其微诚，万勿推辞！[②]"狄氏欲待起身，抬起眼来，元是西池上曾面染过的。看他生得少年，万分清秀可喜，心里先自软了。带着半羞半喜，呐出一句道："有甚事，但请直说。"慧澄挽着狄氏衣袂道："夫人坐了好讲，如何彼此站着？"滕生满斟着一杯酒，笑嘻嘻的唱个肥偌，双手捧将过来安席。狄氏不好却得，只得受了，一饮而尽[③]。慧澄接着酒壶，也斟下一杯。狄氏会意，只得也把一杯回敬。眉来眼去，狄氏把先前矜庄模样都忘怀了。又问道："官人果要补何官？"滕生便把眼瞅慧澄一瞅道："师父在此，不好直说。"慧澄道："我便略回避一步。"跳起身来就走，扑地把小门关上了。

说时迟，那时快，滕生便移了己坐，挨到狄氏身边，双手抱住道："小子自池上见了夫人，朝思暮想，看看待死，只要夫人救小子一命。夫人若肯周全，连身躯性命也是夫人的了，甚么得官不得官放在心上？"双膝跪将下去。狄氏见他模样标致，言词可怜，千夫人、万夫人的哀求，真个又惊又爱。欲要叫喊，料是无益；欲要推脱，怎当他两手紧紧抱住。就跪的势里，一直抱将起来。走到床前，放倒在床里，便去乱扯小衣[④]。狄氏也一时动情，淫兴难遏，没主意了。虽也左遮右掩，终久不大阻拒，任他舞弄起来。

---

① 眉批：要紧！

② 眉批：紧紧慢慢，俱有绝妙胜着。

③ 旁批：已着手了。

④ 眉批：不由不动兴矣。

那滕生是少年在行，手段高强，弄得狄氏遍体酥麻，阴精早泄。元来狄氏虽然有夫，并不曾经着这般境界，欢喜不尽。云雨既散，挈其手道："子姓甚名谁？若非今日，几虚做了一世人。自此夜夜当与子会。"滕生说了姓名，千恩万谢。恰好慧澄开门进来，狄氏羞惭不语。慧澄道："夫人勿怪！这官人为夫人几死。贫姑慈悲为本，设法夫人救他一命，胜造七级浮图。①"狄氏道："你哄得我好！而今要在你身上，夜夜送他到我家来便罢。②"慧澄道："这个当得。"当夜散去。此后每夜便开小门放滕生进来，并无虚夕。狄氏心里爱得紧，只怕他心上不喜欢，极意奉承。滕生也尽力支陪，打得火块也似热的。

过得数月，其夫归家了，略略踪迹希些。然但是其夫出去了，便叫人请他来会。又是年余，其夫觉得有些风声，防闲严切，不能往来。狄氏思想不过，成病而死。

本等好好一个妇人，却被尼姑诱坏了身体，又送了性命。然此还是狄氏自己水性，后来有些动情，没正经了，故着了手。而今还有一个正经的妇人，中了尼姑毒计，到底不甘，与夫同心合计，弄得尼姑死无葬身之地。果是快心，罕闻罕见。正合着《普门品》云：

咒咀诸毒药，所欲害身者。

念彼观音力，还着于本人。

话说婺州有一个秀才，姓贾，青年饱学，才智过人。有妻巫氏，姿容绝世，素性贞淑。两口儿如鱼似水，你敬我爱，并无半句言语。那秀才在大人家处馆读书，长是半年不回来。巫娘子只在家里做生活，与一个侍儿叫做春花过日。那娘子一手好针线绣作，曾绣一幅观音大士，绣得庄严色相俨然如生。他自家十发得意，叫秀才拿到裱褙店里裱着，见者无不赞叹。裱成画轴，取回来挂在一间洁净房里，朝夕焚香供养。

只因一念敬奉观音，那条街上有一个观音庵，庵中有一个赵尼姑，时常到

---

① 眉批：好说话。

② 旁批：包送。

他家来走走[1]。秀才不在家时，便留他在家做伴两日。赵尼姑也有时请他到庵里坐坐。那娘子本分，等闲也不肯出门，一年也到不得庵里一两遭。

一日春间，因秀才不在，赵尼姑来看他。闲话了一会，起身送他去。赵尼姑道："好天气，大娘便同到外边望望。"也是合当有事。信步同他出到自家门首，探头门外一看，只见一个人谎子打扮的，在街上摆来，被他劈面撞见。巫娘子连忙躲了进来，掩在门边。赵尼姑却立定着。元来那人认得赵尼姑的，说道："赵师父，我那处寻你不到，你却在此。我有话和你商量则个。"尼姑道："我别了这家大娘，来和你说。"便走进与巫娘子作别了。这边巫娘子关着门，自进来了。

且说那叫赵尼姑这个谎子打扮的人，姓卜，名良，乃是婺州城里一个极淫荡不长进的，看见人家有些颜色的妇女，便思勾搭上场，不上手不休。亦且淫滥之性，不论美恶，都要到到。所以这些尼姑，多有与他往来的；有时做他牵头，有时趁着绰趣。这赵尼姑有个徒弟，法名本空，年方二十余岁，尽有姿容。那里算得出家？只当老尼养着一个粉头一般[2]。陪人歇宿，得人钱财，但只是瞒着人做。这个卜良就是赵尼姑一个主顾。

当日，赵尼姑别了巫娘子，赶上了他，问道："卜官人，有甚说话？"卜良道："你方才这家，可正是贾秀才家？"赵尼姑道："正是。"卜良道："久闻他家娘子生得标致，适才同你出来，掩在门里的，想正是他了。"赵尼姑道："亏你聪明，他家也再无第二个。不要说他家，就是这条街上，也没再有似他标致的。"卜良道："果然标致，名不虚传。几时再得见见，看个仔细便好。"赵尼姑道："这有何难！二月十九日，观音菩萨生辰。街上迎会，看的人山人海。你便到他家对门楼上，赁间房子住下了。他独自在家里，等我去约他出来，门首看会，必定站立得久。那时任凭你窗眼子张着，可不看一个饱？"卜良道："妙！妙！"

到了这日，卜良依计到对门楼上住下，一眼望着贾家门里。只见赵尼姑果

① 眉批：好笋缝。

② 眉批：往往有之，岂止一庵？

然走进去，约了出来。那巫娘子一来无心，二来是自己门首，只怕街上有人瞧见，怎堤防对门楼上暗地里张他[①]？卜良从头至尾看见，仔仔细细。直待进去了，方才走下楼来。恰好赵尼姑也在贾家出来了，两个遇着。赵尼姑笑道："看得仔细么？"卜良道："看到看得仔细了。空想无用，越看越动火，怎生到到手便好？"赵尼姑道："阴沟洞里思量天鹅肉吃！他是个秀才娘子，等闲也不出来。你又非亲不族，一面不相干，打从那里交关起[②]？只好看看罢了。"一头说，一头走到了庵里。

卜良进了庵，便把赵尼姑跪一跪道："你在他家走动，是必在你身上想一个计策，勾他则个。"赵尼姑摇头道："难，难，难！"卜良道："但得尝尝滋味，死也甘心。"赵尼姑道："这娘子不比别人，说话也难轻说的。若要引动他春心，与你往来，一万年也不能勾！若只要尝尝滋味，好歹硬做他一做[③]，也不打紧，却是性急不得。"卜良道："难道强奸他不成？"赵尼姑道："强是不强，不由得他不肯。"卜良道："妙计安在？我当筑坛拜将。"赵尼姑道："从古道：'慢橹摇船捉醉鱼。'除非弄醉了他，凭你施为，你道好么？"卜良道："好到好，如何使计弄他？"赵尼姑道："这娘子点酒不闻的。他执性不吃，也难十分强他。若是苦苦相劝，他疑心起来，或是嗔怒起来，毕竟不吃，就没奈他何[④]。纵然灌得他一杯两盏，易得醉，易得醒，也脱哄他不得。"卜良道："而今却是怎么？"赵尼姑道："有个法儿算计他，你不要管。"卜良毕竟要说明。赵尼姑便附耳低言，如此如此，这般这般，"你道好否？"卜良跌脚大笑道："妙计，妙计！从古至今，无有此法。"赵尼姑道："只有一件。我做此事哄了他，他醒后认真起来，必是怪我，不与我往来了，却是如何？"卜良道："只怕不到得手，既到了手，他还要认甚么真翻得转面孔？凭着一味甜言媚语哄他，从此做了长相交也不见得。倘若有些怪你，我自重重相谢罢了。敢怕替我滚热了，我还要替你讨分上哩。"赵尼姑道："看你嘴脸！"两人取笑了一回，各自散了。

---

① 眉批：可恨！
② 眉批：要知若肯出来，有一面便容易交关矣。其言可畏如此。
③ 眉批：狠甚。
④ 眉批：周到之极。

自此，卜良日日来庵中问信，赵尼姑日日算计要弄这巫娘子。隔了几日，赵尼姑办了两盒茶食，来贾家探望巫娘子。巫娘子留他吃饭。赵尼姑趁着机会，扯着些闲言语，便道："大娘子与秀才官人两下青春，成亲了多时，也该有喜信生小官人了。"巫娘子道："便是呢。"赵尼姑道："何不发个诚心，祈求一祈求？"巫娘子道："奴在自绣的观音菩萨面前，朝夕焚香，也曾暗暗祷祝①，不见应验。"赵尼姑道："大娘年纪小，不晓得求子法。求子嗣须求白衣观音，自有一卷《白衣经》，不是平时的观音，也不是《普门品观音经》。那《白衣经》有许多灵验，小庵请的这卷，多载在后边，可惜不曾带来与大娘看。不要说别处，只是我婺州城里城外，但是印施的、念诵的，无有不生子，真是千唤千应、万唤万应的。"巫娘子道："既是这般有灵，奴家有烦师父，替我请一卷到家来念。"赵尼姑道："大娘不曾晓得念，这不是就好念得起的。须请大娘到庵中，在白衣大士菩萨面前亲口许下卷数。待贫姑通了诚，先起个卷头，替你念起几卷；以后到大娘家，把念法传熟了，然后大娘逐日自念便是。"巫娘子道："这个却好。待我先吃两日素，到庵中许愿起经罢。"赵尼姑道："先吃两日素，足见大娘虔心。起经以后，但是早晨未念之先，吃些早素，念过了吃荤也不妨的。"巫娘子道："元来如此，这却容易。"巫娘子与他约定日期到庵中，先把五钱银子与他做经衬斋供之费。赵尼姑自去，早把这个消息通与卜良知道了。

那巫娘子果然吃了两日素②。到第三日起个五更，打扮了，领了丫鬟春花，趁早上人稀，步过观音庵来。

看官听着，但是尼庵、僧院，好人家儿女不该轻易去的，说话的若是同年生，并时长，在旁边听得，拦门拉住，不但巫娘子完名全节，就是赵尼姑也保命全躯。只因此一去，有分交：旧室娇姿，污流玉树。空门孽质，血染丹枫。这是后话，且听接上前因。

那赵尼姑接着巫娘子，千欢万喜，请了进来坐着。奉茶过了，引他参拜了白衣观音菩萨。巫娘子自己暗暗地祷祝，赵尼姑替他通诚，说道："贾门信女巫

---

① 眉批：有照应。
② 眉批：可怜一片真心。

氏，情愿持诵《白衣观音经》卷，专保早生贵子，吉祥如意者!”通诚已毕，赵尼姑敲动木鱼，就念起来。先念了《净口业真言》，次念《安土地真言》。启请过，先拜佛名号多时；然后念经，一气念了二十来遍。

说这赵尼姑奸狡，晓得巫娘子来得早，况且前日有了斋供，家里定是不吃早饭的，特地故意忘怀，也不拿东西出来，也不问起曾吃不曾吃，只管延挨，要巫娘子忍这一早饿，对付他①。那巫娘子是个娇怯怯的，空心早起，随他拜了佛多时，又觉劳倦，又觉饥饿，不好说得。只叫丫鬟春花，与他附耳低言道：“你看厨下有些热汤水斟一碗来。”赵尼姑看见，故意问道：“只管念经完正事，却忘了大娘曾吃早饭未?”巫娘子道：“来得早了，实是未曾。”赵尼姑道：“你看我老昏么！不曾办得早饭。办不及了，怎么处？把昼斋早些罢。”巫娘子道：“不瞒师父说，肚里实是饥了。随分甚么点心，先吃些也好。”

赵尼姑故意谦逊了一番，走到房里一会，又走到灶下一会②，然后叫徒弟本空托出一盘东西、一壶茶来。巫娘子已此饿得肚转肠鸣了。摆上一台好些时新果品，多救不得饿，只有热腾腾的一大盘好糕。巫娘子取一块来吃，又软又甜，况是饥饿头上，不觉一连吃了几块。小师父把热茶冲上，吃了两口。又吃了几块糕，再冲茶来吃。吃不到两三口，只见巫氏脸儿通红，天旋地转，打个呵欠，一堆软倒在椅子里面。赵尼姑假意吃惊道：“怎的来！想是起得早了，头晕了。扶他床上睡一睡起来罢。”就同小师父本空，连椅连人扛到床边，抱到床上，放倒了头，眠好了。

你道这糕为何这等利害？元来赵尼姑晓得巫娘子不吃酒，特地对付下这个糕。乃是将糯米磨成细粉，把酒浆和匀，烘得极干；再研细了，又下酒浆。如此两三度，搅入一两样不按君臣的药末，馆起成糕。一见了热水，药力、酒力俱发作起来，就是做酒的酵头一般。别人且当不起，巫娘子是吃糟也醉的人，况且又是清早空心，乘饿头上又吃得多了，热茶下去，发作上来，如何当得？正是：由你奸似鬼，吃了老娘洗脚水。

---

① 眉批：可恨极矣！
② 眉批：毒甚！

赵尼姑用此计较，把巫娘子放番了。那春花丫头见家主婆睡着，偷得浮生半日闲，小师父引着他自去吃东西顽耍去了，那里还来照管？赵尼姑忙在暗处叫出卜良来道来："雌儿睡在床上了，凭你受用去。不知怎么样谢我？"那卜良关上房门，揭开帐来一看，只见酒气喷人，巫娘子两脸红得可爱，就如一朵醉海棠一般，越看越标致了。

卜良淫兴如火，先去亲个嘴。巫娘子一些不知①。就便轻轻去了裤儿，露出雪白的下体来。卜良腾的爬上身去，急将两腿挨开，把阳物插入牝中，乱抽起来。自夸道："惭愧，也有这一日也！"巫娘子软得身体动惮不得，朦胧昏梦中，虽是略略有些知觉，还错认做家里夫妻做事一般②，不知一个皂白，凭他轻薄颠狂了一会。到得兴头上，巫娘子醉梦里也自哼哼嗽嗽。卜良乐极，紧紧抱住，叫声："心肝肉，我死也！"一泄如注。行事已毕，巫娘子兀自昏眠未醒③。卜良就一手搭在巫娘子身上，做一头偎着脸。

睡下多时，巫娘子药力已散，有些醒来，见是一个面生的人一同睡着，吃了一惊，惊出一身冷汗，叫道："不好了！"急坐起来。那时把害的酒意都惊散了。大叱道："你是何人？敢污良人！"卜良也自有些慌张，连忙跪下讨饶道："望娘子慈悲，恕小子无礼则个。"巫娘子见裤儿脱下，晓得着了道儿，口不答应，提起裤儿穿了。一头喊叫春花，一头跳下床便走。卜良恐怕有人见，不敢随来，元在房里躲着。

巫娘子开了门，走出房，又叫春花。春花也为起得早了，在小师父房里打盹，听得家主婆叫响，呵欠连天，走到面前。巫娘子骂道："好奴才！我在房里睡了，你怎不相伴我？"巫娘子没处出气，狠狠要打。赵尼姑走来相劝。巫娘子见了赵尼姑，一发恼恨，将春花打了两掌，道："快收拾回去！"春花道："还要念经。"巫娘子道："多嘴奴才！谁要你管！"气得面皮紫涨。也不理赵尼姑，也不说破，一径出庵，一口气同春花走到家里。

---

① 眉批：掩其不知，罪过更重，所以有杀身之报。

② 旁批：可怜！

③ 旁批：可怜！

开门进去，随手关了门，闷闷坐着。定性了一回，问春花道："我记得饿了吃糕，如何在床上睡着？"春花道："大娘吃了糕，呷了两口茶，便自倒在椅子上。是赵师父与小师父同扶上床去的。"巫娘子道："你却在何处？"春花道："大娘睡了，我肚里也饿。先吃了大娘剩的糕，后到小师父房里吃茶。有些困倦，打了一个盹。听得大娘叫，就来了。"巫娘子道："你看见有甚么人走进房来？"春花道："不见甚么人，无非只是师父们。"巫娘子嘿嘿无言，自想睡梦中光景，有些恍惚记得。又将手摸摸自己阴处，见是粘粘涎涎的，叹口气道："罢了！罢了！谁想这妖尼如此奸毒！把我洁净身体，与这个甚么天杀的点污了，如何做得人？"噙着泪眼，暗暗恼恨。欲要自尽，还想要见官人一面，割舍不下，只去对着自绣的菩萨哭告道："弟子有恨在心，望菩萨灵感报应则个。"祷罢，哽哽咽咽，思想丈夫，哭了一场，没情没绪睡了。春花正自不知一个头脑。

且不说这边巫娘子烦恼。那边赵尼姑见巫娘子带着怒色，不别而行，晓得卜良着了手。走进房来，见卜良还眠在床上，把指头咬在口里，呆呆地想着光景。赵尼姑见了行径，惹起老骚，连忙骑在卜良身上道："还不谢谢媒人！"连蹄是蹄，蹴将起来，伸手去摸他阳物。怎奈卜良方才泄得过，不能再举。老尼极了。把卜良咬了一口道："却便宜了你，倒急煞了我！"卜良道："感恩不尽，夜间尽情陪你罢。况且还要替你商量个后计。"赵尼姑道："你说只要尝滋味，又有甚么后计？"卜良道："既得陇，复望蜀，人之常情。既尝着了滋味，如何还好罢得？方才是勉强的，毕竟得他欢欢喜喜、自情自愿往来，方为有趣。"赵尼姑道："你好不知足！方才强做了他，他一天怒气，别也不别去了。不知他心下如何，怎好又想后会？直等再看个机会，他与我原不断往来，就有商量了①。"卜良道："也是，也是，全仗神机妙算。"是夜，卜良感激老尼，要奉承他欢喜，躲在庵中，与他纵其淫乐，不在话下。

却说贾秀才在书馆中，是夜得其一梦。梦见身在家中，一个白衣妇人走入门来。正要上前问他，见他竟进房里。秀才大踏步赶来，却走在壁间挂的绣观

---

① 眉批：可畏！

音轴上去了。秀才抬头看时，上面有几行字。仔细看了，从头念去，上写道：

口里来的口里去，报仇雪耻在徒弟。

念罢，掇转身来，见他娘子拜在地下。他一把扯起，撒然惊觉。自想道：“此梦难解，莫不娘子身上有些疾病事故，观音显灵相示？”次日就别了主人家，离了馆门。一路上来，详解梦语不出，心下忧疑。

到得家中叩门，春花出来开了。贾秀才便问：“娘子何在？”春花道：“大娘不起来，还眠在床上。”秀才道：“这早晚如何不起来？”春花道：“大娘有些不快活，口口叫着官人啼哭哩！”

秀才见说，慌忙走进房来。只见巫娘子望见官人来了，一毂辘跳将起来。秀才看时，但见蓬头垢面，两眼通红，走起来一头哭，一头扑地拜在地上。秀才吃了一惊道：“如何作此模样？”一手扶起来。巫娘子道：“官人与奴做主则个。”秀才道：“是谁人欺负你？”巫娘子打发丫头灶下烧茶做饭去了[1]，便哭诉道：“奴与官人匹配以来，并无半句口面、半点差池。今有大罪在身，只欠一死。只等你来说个明白，替奴做主，死也瞑目。”秀才道：“有何事故，说这等不祥的话？”巫娘子便把赵尼姑如何骗他到庵念经，如何哄他吃糕软醉，如何叫人乘醉奸他说了，又哭倒在地。

秀才听罢，毛发倒竖起来，喊道：“有这等异事！”便问道：“你晓得那个是何人？”娘子道：“我那晓得？”秀才把床头剑拔出来，在桌上一击道：“不杀尽此辈，何以为人！但只是既不晓得其人，若不精细，必有漏脱。还要想出计较来。”娘子道：“奴告诉官人已过，奴事已毕。借官人手中剑来，即此就死，更无别话。[2]”秀才道：“不要短见！此非娘子自肯失身。这是所遭不幸，娘子立志自明。今若轻身一死，有许多不便。”娘子道：“有甚不便，也顾不得了。”秀才道：“你死了，你娘家与外人都要问缘故。若说了出来，你落得死了丑名难免，抑且我前程罢了。若不说出来，你家里族人又不肯干休于我，我自身也理不直，冤仇何时而报？”娘子道：“若要奴身不死，除非妖尼、奸贼多死得在我

① 旁批：精细。

② 眉批：可怜！可敬！

眼里，还可忍耻偷生。”

秀才想了一会道：“你当时被骗之后，见了赵尼如何说了？”娘子道：“奴着了气，一径回来了，不与他开口。”秀才道：“既然如此，此仇不可明报。若明报了，须动官司口舌，毕竟难掩真情。众口喧传，把清名点污。我今心思一计，要报得无些痕迹，一个也走不脱方妙。①”低头一想，忽然道：“有了，有了。此计正合着观世音梦中之言。妙！妙！”娘子道：“计将安出？”秀才道：“娘子，你要明你心事，报你冤仇，须一一从我。若不肯依我，仇也报不成，心事也不得明白。”娘子道：“官人主见，奴怎敢不依？只是要做得停当便好。”秀才道：“赵尼姑面前，既是不曾说破，不曾相争，他只道你一时含羞来了，妇人水性，未必不动心。你今反要去赚得赵尼姑来，便有妙计。”附耳低言道：如此如此，这般这般，“此乃万全胜算。”巫娘子道：“计较虽好，只是羞人。今要报仇，说不得了。”夫妻计议已定。

明日，秀才藏在后门静处，巫娘子便叫春花到庵中去请赵尼姑来说话。赵尼姑见了春花，又见说请他，便暗道：“这雌儿想是尝着甜头，熬不过，转了风也。”摇摇摆摆，同春花飞也似来了。

赵尼姑见了巫娘子，便道：“日前得罪了大娘，又且简慢了，休要见怪！”巫娘子叫春花走开了，捏着赵尼姑的手轻问道：“前日那个是甚么人？②”赵尼姑见有些意思，就低低道：“是此间极风流底卜大郎，叫做卜良，有情有趣，少年女娘见了，无有不喜欢他的。他慕大娘标致得紧，日夜来拜求我。我怜他一点诚心，难打发他；又见大娘孤单在家，未免清冷。少年时节，便相处着个把，也不虚度了青春，故此做成这事。那家猫儿不吃荤③？多在我老人家肚里，大娘不要认真，落得便快活快活。等那个人菩萨也似敬你，宝贝也似待你，有何不可？”巫娘子道：“只是该与我熟商量，不该做作我④。而今事已如此，不必说了。”赵尼姑道：“你又不曾认得他。若明说，你怎么肯？今已是一番过了，

---

① 眉批：秀才也狠，其智数是可败赵尼而有余。
② 眉批：巫娘子光景，慧甚。
③ 眉批：说得动情。非有主意者，谁不为其所惑？
④ 旁批：妙甚！

落得图个长往来好。”巫娘子道：“枉出丑了一番，不曾看得明白。模样如何？情性如何？既然爱我，你叫他到我家再会会看。果然人物好，便许他暗地往来也使得①。”赵尼姑暗道中了机谋，不胜之喜，并无一些疑心②。便道：“大娘果然如此，老身今夜就叫他来便了。这个人物尽着看，是好的。”巫娘子道：“点上灯时，我就自在门内等他，咳嗽为号，领他进房。”

赵尼姑千欢万喜，回到庵中，把这消息通与卜良。那卜良听得头颠尾颠，恨不得金乌早坠，玉兔飞升。到得傍晚，已自在贾家门首探头探脑，恨不得就将那话儿拿下来，望门内撩了进去。

看看天晚，只见扑的把门关上了。卜良疑是尼姑捣鬼，却放心未下。正在踌躇，那门里咳嗽一声，卜良外边也接应咳嗽一声，轻轻的一扇门开了。卜良咳嗽一声，里头也咳嗽一声，卜良将身闪入门内。门内数步，就是天井。星月光来，朦胧看见巫娘子身躯。卜良上前，当面一把抱住道：“娘子恩德如山！”巫娘子怀着一天愤气，故意不行推拒，也将两手紧紧驱着，只当是拘住他。卜良急将口来亲着，将舌头伸过巫娘子口中乱搅。巫娘子两手越驱得紧了，咂吮他舌头不住。卜良兴高了，阳物翘然，舌头越伸过来。巫娘子性起，跄踔一口，咬住不放③。卜良痛极，放手急挣，已被巫娘子啃下五七分一段舌头来。卜良慌了，望外急走。

巫娘子吐出舌尖在手，急关了门。走到后门，寻着了秀才道：“仇人舌头咬在此了。”秀才大喜。取了舌头，把汗巾包了；带了剑，趁着星月微明，竟到观音庵来④。

那赵尼姑料道卜良必定成事，宿在贾家，已自关门睡了。只见有人敲门。那小尼是年纪小的，倒头便睡，任人擂破了门，也不会醒。老尼心上有事，想着卜良和巫娘子，欲心正炽，那里就睡得去？听得敲门，心疑卜良了事回来，忙呼小尼。不见答应，便自家爬起来开门。才开得门，被贾秀才拦头一刀，劈

---

① 旁批：妙，妙！

② 旁批：自然若无可疑。

③ 眉批：亦以掩其不知之法偿之。

④ 眉批：狠哉！

将下来。老尼望后便倒，鲜血直冒，呜呼哀哉了。贾秀才将门关了，提了剑，走将进来寻人。心里还道："倘若那卜良也走在庵里，一同结果他。"见佛前长明灯有火点着，四下里一照，不见一个外人。只见小尼睡在房里，也是一刀，早气绝了。连忙把灯掭亮，却就灯下解开手巾，取出那舌头来，将刀撬开小尼口里，放在里面①。打灭了灯，拽上了门，竟自归家。对妻子道："师徒皆杀，仇已报矣。"巫娘子道："这贼只损得舌头，不曾杀得。"秀才道："不妨，不妨！自有人杀他②。而今已后，只做不知，再不消题起了。"

却说那观音庵左右邻，看见日高三丈，庵中尚自关门，不见人动静，疑心起来。走去推门，门却不拴，一推就开了。见门内杀死老尼，吃了一惊。又寻进去，见房内又杀死小尼。一个是劈开头的，一个是斫断喉的。慌忙叫了地方坊长、保正人等，多来相视看验，好报官府。地方齐来检看时，只见小尼牙关紧闭，噙着一件物事。取出来，却是人的舌头。地方人道："不消说是奸情事了。只不知凶身是何人，且报了县间再处。"于是写下报单。正值知县升堂，当堂递了。知县说："这要挨查凶身不难，但看城内、城外有断舌的，必是下手之人。快行各乡各图，五家十家保甲，一挨查就见明白。"出令不多时，果然地方送出一个人来。

元来卜良被咬断舌头，情知中计，心慌意乱，一时狂走，不知一个东西南北，迷了去向。恐怕人追着，拣条僻巷躲去。住在人家门檐下，蹲了一夜。天亮了，认路归家。也是天理合该败，只在这条巷内，东认西认，走来走去，急切里认不得大路，又不好开口问得人③。街上人看见这个人踪迹可疑，已自瞧科了几分。须臾之间，喧传尼庵事体，县官告示，便有个把好事的人盘问他起来。口里含糊，满牙关多是血迹。地方人一时哄动，走上了一堆人，围住他道："杀人的不是他是谁?"不由分辨，一索子捆住了，拉到县里来。县前有好些人认得他的，道："这个人原是个不学好的人，眼见得做出事来。"

---

① 旁批：妙，妙！
② 旁批：妙，妙！
③ 旁批：妙！

县官升堂，众人把卜良带到。县官问他，只是口里呜哩呜喇，一字也听不出。县官叫掌嘴数下，要他伸出舌头来看，已自没有尖头了，血迹尚新①。县官问地方人道："那狗才姓甚名谁？"众人有平日恨他的，把他姓名及平日所为奸盗诈伪事，是长是短，一一告诉出来。县官道："不消说了，这狗才必是谋奸小尼。老尼开门时，先劈倒了，然后去强奸小尼。小尼恨他，咬断舌尖。这狗才一时怒起，就杀了小尼。有甚么得讲？"卜良听得，指手划脚，要辨时那里有半个字囫囵？县官大怒道："如此奸人，累甚么纸笔？况且口不成语，凶器未获，难以成招。选大样板子一顿打死罢！"喝教打一百。那卜良是个游花插趣的人，那里熬得刑惯？打至五十以上，已自绝了气了。县官着落地方，责令尸亲领尸。尼姑尸首，叫地方盛贮烧埋。立宗文卷上批云：

卜良，吾舌安在？知为破舌之缘。尼僧，好颈谁当？遂作刎颈之契。毙之足矣，情何疑焉？立案存照。

县官发落公事了讫，不在话下。

那贾秀才与巫娘子见街上人纷纷传说此事，夫妻两个暗暗称快。那前日被骗及今日下手之事，到底并无一个人晓得。此是贾秀才识见高强，也是观世音见他虔诚，显此灵通，指破机关。既得报了仇恨，亦且全了声名。那巫娘子见贾秀才干事决断，贾秀才见巫娘子立志坚贞，越相敬重。后人评论此事：虽则报仇雪耻，不露风声，算得十分好了，只是巫娘子清白身躯，毕竟被污。外人虽然不知，自心到底难过。只为轻与尼姑往来，以致有此②。有志女人不可不以此为鉴。

诗云：

好花零落损芳香，只为当春漏隙光。
一句良言须听取，妇人不可出闺房。

---

① 眉批：方知妙巧。

② 眉批：正经话，女人之良箴也。

卷之七　唐明皇好道集奇人　武惠妃崇禅斗异法

诗曰：

燕市人皆去，函关马不归。

若逢山下鬼，环上系罗衣。

这一首诗，乃是唐朝玄宗皇帝时节，一个道人李遐周所题。那李遐周是一个有道术的。开元年间，玄宗召入禁中，后来出住玄都观内。天宝末年，安禄山豪横，远近忧之。玄宗不悟，宠信反深。一日，遐周隐遁而去，不知所往。但见所居壁上题诗，如此如此。时人莫晓其意。直至禄山反叛，玄宗幸蜀，六军变乱，贵妃缢死，乃有应验。后人方解云："燕市人皆去"者，说禄山尽起燕蓟之众为兵也；"函关马不归"者，大将哥舒潼关大败、匹马不还也；"若逢山下鬼"者，"山下鬼"是"嵬"字，蜀中有马嵬驿也；"环上系罗衣"者，贵妃小字玉环，马嵬驿时，高力士以罗巾缢之也。道家能前知如此。盖因玄宗是孔升真人转世，所以一心好道，一时有道术的，如张果、叶法善、罗公远诸仙众异人，皆来聚会。往来禁内，各显神通，不一而足。那李遐周区区算术小数，不在话下。

且说张果是帝尧时一个侍中①，得了胎息之道，可以累日不食，不知多少年岁。直到唐玄宗朝，隐于恒州中条山中。出入常乘一个白驴，日行数万里。到了所在，住了脚，便把这驴似纸一般折叠起来，其厚也只比张纸，放在巾箱里面。若要骑时，把水一噀，即便成驴。至今人说八仙有张果老骑驴，正谓

① 眉批：张果见。

此也。

开元二十三年，玄宗闻其名，差一个通事舍人，姓裴名晤，驰驿到恒州来迎。那裴晤到得中条山中，看见张果齿落发白，一个掐搜老臾，有些嫌他，未免气质傲慢。张果早已知道。与裴晤行礼方毕，忽然一交跌去，只有出的气，没有入的气，已自命绝了①。裴晤着了忙，道："不争你死了，我这圣旨却如何回话？"又转想道："闻道神仙专要试人，或者不是真死，也不见得。我有道理。"便焚起一炉香来，对着死尸跪了，致心念诵。把天子特差求道之意，宣扬一遍②。只见张果渐渐醒转来。那裴晤被他这一惊，晓得有些古怪，不敢相逼，星夜驰驿，把上项事奏过天子。玄宗愈加奇异，道裴晤不了事，另命中书舍人徐峤赍了玺书，安车奉迎。那徐峤小心谨慎，张果便随峤到东都，于集贤院安置行李，乘轿入宫，见玄宗。

玄宗见是个老者，便问道："先生既已得道，何故齿发衰落如此？"张果道："衰朽之年，学道未得，故见此形相。可羞？可羞！今陛下见问，莫若把齿发尽去了还好。"说罢，即就御前把须发一顿捋拔干净。又捏了拳头，把口里乱敲，将几个半残不完的零星牙齿，逐个敲落，满口血出。玄宗大惊道："先生何故如此？且出去歇息一会。"张果出来了。玄宗想道："这老儿古怪。"即时传命召来。只见张果摇摇摆摆走将来，面貌虽是先前的，却是一头纯黑头发，须髯如漆，雪白一口好牙齿，比少年的还好看些。玄宗大喜，留在内殿赐酒。

饮过数杯，张果辞道："老臣量浅，饮不过二升。有一弟子，可吃得一斗。"玄宗命召来。张果口中不知说些甚的，只见一个小道士在殿檐上飞下来，约有十五六年纪，且是生得标致，上前叩头。礼毕，走到张果面前打个稽首，言词清爽，礼貌周备。玄宗命坐。张果道："不可，不可。弟子当侍立。"小道士遵师言，鞠躬傍站。玄宗愈看愈喜，便叫斟酒赐他。杯杯满，盏盏干，饮勾一斗，弟子并不推辞。张果便起身替他辞道："不可更赐，他加不得了。若过了

① 眉批：神仙戏人如此。

② 眉批：裴晤也通得。

度，必有失处，惹得龙颜一笑。”玄宗道：“便大醉何妨？恕卿无罪。”立起身来，手持一玉觥，满斟了，将到口边逼他。刚下口，只见酒从头顶涌出，把一个小道冠儿涌得歪在头上，跌了下来。道士去拾时，脚步踉跄，连身子也跌倒了。玄宗及在旁嫔御，一齐笑将起来。仔细一看，不见了小道士，止有一个金榼在地，满盛着酒。细验这榼，却是集贤院中之物，一榼止盛一斗。玄宗大奇。

明日要出咸阳打猎，就请张果同去一看。合围既罢，前驱擒得大角鹿一只，将付庖厨烹宰。张果见了道：“不可杀！不可杀！此是仙鹿，已满千岁。昔时汉武帝元狩五年，在上林游猎，臣曾侍从，生获此鹿。后来不忍杀，舍放了。”玄宗笑道：“鹿甚多矣，焉知即此鹿[①]？且时迁代变，前鹿岂能保猎人不禽过，留到今日？”张果道：“武帝舍鹿之时，将铜牌一片，扎在左角下为记。试看有此否？”玄宗命人验看。在左角下果得铜牌，有二寸长短，两行小字，已模糊黑暗，辨不出了。玄宗才信，就问道：“元狩五年是何甲子？到今多少年代了？”张果道：“元狩五年，岁在癸亥。武帝始开昆明池，到今甲戌岁，八百五十二年矣。”玄宗宣命太史官查推长历，果然不差。于是晓得张果是个千来岁的人，群臣无不钦服。

一日，秘书监王迥质、太常少卿萧华，两人同往集贤院拜访张果，迎着坐下。忽然笑对二人道：“人生娶妇，娶了个公主，好不怕人！”两人见他说得没头脑，两两相看，不解其意。正说之间，只见外边传呼：“有诏书到！”张果命人忙排香案等着。元来玄宗有个女儿，叫做玉真公主，从小好道，不曾下降于人。盖婚姻之事，民间谓之“嫁”，皇家谓之“降”；民间谓之“娶”，皇家谓之“尚”。玄宗见张果是个真仙出世，又见女儿好道，意思要把女儿下降张果。等张果尚了公主，结了仙姻仙眷，又好等女儿学他道术，可以双修成仙。计议已定，颁下诏书。中使赍了到集贤院张果处。开读已毕，张果只是哈哈大笑，不肯谢恩[②]。中使看见王、萧二公在旁，因与他说天子要降公主的意思，叫他

---

① 眉批：驳得也是。

② 眉批：原可笑。

两个撺掇。二公方悟起初所说，便道："仙翁早已得知，在此说过了的。"中使与二公大家相劝一番，张果只是笑不止。中使料道不成，只得去回复圣旨。

玄宗见张果不允亲事，心下不悦，便与高力士商量道："我闻堇汁最毒，饮之立死。若非真仙，必是下不得口。好歹把这老头儿试一试。"时值天大雪，寒冷异常。玄宗召张果进宫。把堇汁下在酒里，叫宫人满斟暖酒，与仙翁敌寒。张果举觞便饮，立尽三卮，醺然有醉色。四顾左右，咂咂舌道："此酒不是佳味！"打个呵欠，倒头睡下。玄宗只是瞧着，不作声。

过了一会，醒起来道："古怪！古怪！"袖中取出小镜子一照，只见一口牙齿都焦黑了。看见御案上有铁如意，命左右取来，将黑齿逐一击下，随收在衣带内了。取出药一包来，将少许擦在口中齿穴上，又倒头睡了①。这一觉不比先前，且是睡得安稳，有一个多时辰，才爬起来，满口牙齿多已生完，比先前更坚且自。玄宗越加敬异，赐号通玄先生，却是疑心他来历。

其时有个归夜光，善能视鬼。玄宗召他来。把张果一看，夜光并不见甚么动静。又有个邢和璞善算。有人问他，他把算子一动，便晓得这人姓名，穷通寿夭，万不失一。玄宗一向奇他，便教道："把张果来算算。"和璞拿了算子，拨上拨下，拨个不耐烦，竭尽心力，耳根通红，不要说算他别的，只是个寿数也算他不出。其时又有一个道士叫法善，也多奇术②。玄宗便把张果来私问他。法善道："张果出处，只有臣晓得，却说不得。③"玄宗道："何故？"法善道："臣说了必死，故不敢说。"玄宗定要他说。法善道："除非陛下免冠跣足救臣，臣方得活。"玄宗许诺。法善才说道："此是混沌初分时一个白蝙蝠精。"刚说得罢，七窍流血，未知性命如何，已见四肢不举。玄宗急到张果面前，免冠跣足，自称有罪。张果看见皇帝如此，也不放在心上，慢慢的说道："此儿多口过，不谪治他，怕败坏了天地间事。"玄宗哀请道："此朕之意，非法善之罪，望仙翁饶恕则个。"张果方才回心转意，叫取水来，把法善一噀，法善即时

---

① 眉批：第二番了。

② 眉批：叶法善见。

③ 眉批：接缝甚妙。

复活。

而今且说这叶法善，表字道元，先居处州松阳县，四代修道。法善弱冠时，曾游括苍白马山。石室内遇三神人，锦衣宝冠，授以太上密旨。自是诛荡精怪，扫馘凶妖，所在救人。入京师时，武三思擅权。法善时常察听妖祥，保护中宗、相王及玄宗，大为三思所忌，流窜南海。

玄宗即位，法善在海上乘白鹿，一夜到京。在玄宗朝，凡有吉凶动静，法善必预先奏闻。一日，吐番遣使进宝，函封甚固，奏称："内有机密，请陛下自开，勿使他人知之。"廷臣不知来意真伪，是何缘故，面面相觑，不敢开言。惟有法善密奏道："此是凶函，宜令番使自开。"玄宗依奏降旨。番使领旨，不知好歹，扯起函盖，函中弩发，番使中箭而死。乃是番家见识，要害中华天子，设此暗机于函中，连番使也不知道，却被法善参透，不中暗算，反叫番使自着了道儿。

开元初，正月元宵之夜，玄宗在上阳宫观灯。尚方匠人毛顺心，巧用心机，施逞技艺，结构彩楼三十余间。楼高一百五十尺，多是金翠珠玉镶嵌。楼下坐着，望去楼上，满楼都是些龙凤螭豹百般鸟兽之灯。一点了火，那龙凤螭豹百般鸟兽，盘旋的盘旋，跳踯的跳踯，飞舞的飞舞，千巧万怪，似是神工，不像人力。玄宗看毕大悦，传旨："速召叶尊师来同赏。"去了一会，才召得个叶法善楼下朝见。玄宗称夸道："好灯！"法善道："灯盛无比。依臣看将起来，西凉府今夜之灯也差不多如此。"玄宗道："尊师几时曾见过来？"法善道："适才在彼，因蒙急召，所以来了。"玄宗怪他说得咤异，故意问道："朕如今即要往彼看灯，去得否？"法善道："不难。"就叫玄宗闭了双目，叮嘱道："不可妄开，开时有失。"玄宗依从。法善喝声道："疾！"玄宗足下，云冉冉而起，已同法善在霄汉之中。

须臾之间，足已及地。法善道："而今可以开眼看了。"玄宗闪开龙目，只见灯影连亘数十里，车马骈阗，士女纷杂，果然与京师无异。玄宗拍掌称盛，猛想道："如此良宵，恨无酒吃。"法善道："陛下随身带有何物？"玄宗道："止有镂铁如意在手。"法善便持往酒家，当了一壶酒、几个碟来。与玄宗对吃完了，还了酒家家火。玄宗道："回去罢。"法善复令闭目，腾空而起。少顷，已在楼下御前。去时歌曲尚未终篇，已行千里有余。玄宗疑是道家幻术障眼法儿，未必真到得西凉。猛可思量道："却才把如意当酒，这是实事可验。"明日差个中使，托名他事，到凉州密访镂铁如意。果然在酒家，说道："正月十五夜有个道人，拿了当酒吃的。"始信看灯是真。

是年八月中秋之夜，月色如银，万里一碧。玄宗在宫中赏月，笙歌进酒。凭着白玉栏杆，仰面看着，浩然长想。有词为证：

桂花浮玉，正月满天街，夜凉如洗。风泛须眉透骨寒，人在水晶宫里，蛇龙偃蹇，观阙嵯峨，缥缈笙歌沸。霜华满地，欲跨彩云飞起。

——词寄《酹江月》

玄宗不觉襟怀旷荡，便道："此月普照万方，如此光灿，其中必有非常好处[①]。见说嫦娥窃药，奔在月宫。既有宫殿，定可游观。只是如何得上去？"急传旨宣召叶尊师。法善应召而至。玄宗问道："尊师有道术可使朕到月宫一游否？"法善道："这有何难？就请御驾启行。"说罢，将手中板笏一掷，现出一条雪练也似的银桥来，那头直接着月内。法善就扶着玄宗踱上桥去。且是平稳好走，随走过处，桥便随灭。走得不上一里多路，到了一个所在。露下沾衣，寒气逼人，面前有座玲珑四柱牌楼。抬头看时，上面有个大匾额，乃是六个大金字，玄宗认着是"广寒清虚之府"六字，便同法善从大门走进来。看时，庭前是一株大桂树，扶疏遮荫，不知覆着多少里数。桂树之下，有无数白衣仙女，乘着白鸾在那里舞。这边庭阶上，又有一伙仙女，也如此打扮，各执乐器一件在那里奏乐，与舞的仙女相应。看见玄宗与法善走进来，也不惊异，也不招接，吹的自吹，舞的自舞。玄宗呆呆看着，法善指道："这些仙女，名为'素娥'。身上所穿白衣，叫做'霓裳羽衣'，所奏之曲，名曰《紫云曲》。"玄宗素晓音律，将两手按节，把乐声一一嘿记了[②]。后来到宫中，传与杨太真，就名《霓裳羽衣

① 眉批：如此想头，原自玄幻。
② 眉批：好个趣皇帝。

曲》，流于乐府，为唐家希有之音，这是后话。

玄宗听罢仙曲，怕冷欲还。法善驾起两片彩云，稳如平地，不劳举步，已到人间。路过潞州城上，细听樵楼更鼓，已打三点。那月色一发明朗如昼，照得潞州城中纤毫皆见。但只夜深人静，四顾悄然。法善道："臣侍陛下夜临于此，此间人如何知道？适来陛下习听仙乐，何不于此试演一曲？"玄宗道："甚妙，甚妙。只方才不带得所用玉笛来。"法善道："玉笛何在？"玄宗道："在寝殿中。"法善道："这个不难。"将手指了一指，玉笛自云中坠下。玄宗大喜，接过手来，想着月中拍数，照依吹了一曲，又在袖中摸出数个金钱，洒将下去了，乘月回宫。至今传说唐明皇游月宫，正此故事。

那潞州城中有睡不着的，听得笛声嘹喨，似觉非凡。有爬起来听的，却在半空中吹响，没做理会。次日，又有街上拾得金钱的，报知府里。府里官员道是非常祥瑞，上表奏闻①。十来日，表到御前。玄宗看表道："八月望夜，有天乐临城，兼获金钱，此乃国家瑞兆，万千之喜。"玄宗心下明白，不觉大笑。自此敬重法善，与张果一般。时常留他两人在宫中，或下棋，或斗小法，赌胜负为戏。

一日，二人在宫中下棋。玄宗接得鄂州刺史表文一道，奏称本州有仙童罗公远，广有道术②。盖因刺史迎春之日，有个白衣人身长丈余，形容怪异，杂在人丛之中观看，见者多骇走。傍有小童喝他道："业畜！何乃擅离本处，惊动官司？还不速去？"其人并不敢则声，提起一把衣服，如飞走了。夜吏看见小童作怪，一把擒住。来到公燕之所，具白刺史。刺史问他姓名，小童答道："姓罗，名公远。适见守江龙上岸看春，某喝令回去。"刺史不信道："怎见得是龙？须得吾见真形方可信。"小童道："请待后日。"至期，于水边作一小坑，深才一尺，去江岸丈余，引江水入来。刺史与郡人毕集，见有一白鱼，长五六寸，随流至坑中，跳跃两遍，渐渐大了。有一道青烟如线，在坑中起。一霎时，

---

① 眉批：献谀者好扯谈。

② 眉批：罗公远见。

黑云满空，天色昏暗。小童道：“快都请上了津亭！”正走间，电光闪烁，大雨如泻。须臾少定，见一大白龙起于江心，头与云连，有顿饭时方灭。刺史看得真实，随即具表奏闻，就叫罗公远随表来朝见帝。玄宗把此段话与张、叶二人说了，就叫公远与二人相见。

二人见了大笑道：“村童晓得些甚么？”二人各取棋子一把，捏着拳头，问道：“此有何物？”公远笑道：“都是空手。”及开拳，两人果无一物，棋子多在公远手中①。两人方晓得这童儿有些来历。玄宗就叫他坐在法善之下。天气寒冷，团团围炉而坐。

此时剑南出一种果子，叫作“日熟子”。一日一熟，到京都是不鲜的了。张、叶两人，每日用仙法遣使取来，过午必至，所以玄宗常有新鲜的到口。是日，至夜不来，二人心下疑惑，商量道：“莫非罗君有缘故？”尽注目看公远。元来，公远起初一到炉边，便把火筯插在灰中。见他们疑心了，才笑嘻嘻的把火筯提了起来②。不多时，使者即到。法善诘问：“为何今日偏迟？”使者道：“方欲到京，火焰连天，无路可过。适才火息了，然后来得。”众人多惊伏公远之法。

却说当时杨妃未入宫之时，有个武惠妃专宠。玄宗虽崇奉道流，那惠妃却笃信佛教，各有所好。惠妃信的释子③，叫做金刚三藏，也是个奇人，道术与叶、罗诸人算得敌手。玄宗驾幸功德院，忽然背痒。罗公远折取竹枝，化作七宝如意，进上爬背。玄宗大悦，转身对三藏道：“上人也能如此否？”三藏道：“公远的幻化之术，臣为陛下取真物。”袖中摸出一个七宝如意来献上。玄宗一手去接得来，手中先所执公远的如意，登时仍化作竹枝。玄宗回宫与武惠妃说了，惠妃大喜。

玄宗要幸东洛，就对惠妃说道：“朕与卿同行。却叫叶罗二尊师、金刚三藏从去，试他斗法，以决两家胜负，何如？”武惠妃欢喜道：“臣妾愿随往观。”

---

① 眉批：不谓张、叶两人也皮相，岂其故欲试之乎？

② 眉批：神仙自相戏如此。

③ 眉批：妃好释子，岂武氏家风乎？

传旨排鸾驾。不则一日，到了东洛。

时方修麟趾殿，有大方梁一根，长四五丈，径头六七尺，眠在庭中。玄宗对法善道："尊师试为朕举起来。"法善受诏作法。方木一头揭起数尺，一头不起。玄宗道："尊师神力，何乃只举得一头？"法善奏道："三藏使金刚神众压住一头，故举不起。"元来法善故意如此说，要武妃面上好看①；等三藏自逞其能，然后胜他。果然，武妃见说，暗道佛法广大，不胜之喜。三藏也只道实话，自觉有些快活。惟罗公远低着头，只是笑。玄宗有些不伏气，又对三藏道："法师既有神力，叶尊师不能及。今有个澡瓶在此，法师能咒得叶尊师入此瓶否？"三藏受诏置瓶，叫叶法善依禅门法，敷坐起来，念动咒语。未及念完，法善身体欻欻就瓶。念得两遍，法善已至瓶嘴边，翕然而入。玄宗心下好生不悦。过了一会，不见法善出来，又对三藏道："法师既使其入瓶，能使他出否？"三藏道："进去烦难，出来是本等法。"就念起咒来。咒完不出②，三藏急了，不住口一气数遍，并无动静。玄宗惊道："莫不尊师没了？"变起脸来。武妃大惊失色，三藏也慌了，只有罗公远扯开口一味笑。玄宗问他道："而今怎么处？"公远笑道："不消陛下费心，法善不远。"三藏又念咒一会，不见出来。正无计较，外边高力士报道："叶尊师进。"玄宗大惊道："铜瓶在此，却在那里来？"急召进问之。法善对道："宁王邀臣吃饭。正在作法之际，面奏陛下，必不肯放③。恰好借入瓶机会，到宁王家吃了饭来。若不因法师一咒，须去不得。"玄宗大笑。武妃、三藏方放下心了。

法善道："法师已咒过了，而今该贫道还礼。"随取三藏紫铜钵盂，在围炉里面烧得内外都红④。法善捏在手里，弄来弄去，如同无物。忽然，双手捧起来，照着三藏光头扑地合上去。三藏失声而走。玄宗大笑。公远道："陛下以为

---

① 眉批：神仙也周全世情。

② 眉批：耍得趣甚。

③ 眉批：趣极！

④ 眉批：又趣极！

乐，不知此乃道家末技，叶师何必施逞！[1]”玄宗道：“尊师何不也作一法，使朕一快？”公远道：“请问三藏法师，要如何作法术？”三藏道：“贫僧请收固袈裟：试令罗公取之。不得，是罗公输；取得，是贫僧输。”玄宗大喜，一齐同到道场院，看他们做作。

三藏结立法坛一所，焚起香来。取袈裟贮在银盒内，又安数重木函。木函加了封锁，置于坛上。三藏自在坛上打坐起来。玄宗、武妃、叶师多看见坛中有一重菩萨，外有一重金甲神人，又外有一重金刚围着，贤圣比肩，环绕甚严。三藏观守，目不暂舍。公远坐绳床上，言笑如常，不见他作甚行径。众人都注目看公远，公远竟不在心上。有好多一会，玄宗道：“何太迟迟？莫非难取？”公远道：“臣不敢自夸其能，也不知取得取不得，只叫三藏开来看看便是。”玄宗闻言，便叫三藏开函取袈裟。三藏看见重重封锁，一毫不动，心下喜欢。及开到银盒，叫一声：“苦！”已不知袈裟所向，只是个空盒。三藏吓得面如土色，半晌无言。玄宗拍手大笑。公远奏道：“请令人在臣院内开柜取来，”中使领旨去取。须臾，袈裟取到了。玄宗看了，问公远道：“朕见菩萨尊神，如此森严，却用何法取出？”公远道：“菩萨力士，圣之中者；甲兵诸神，道之小者；至于太上至真之妙，非术士所知。适来使玉清神女取之，虽有菩萨金刚，连形也不得见他的。取若坦途，有何所碍？”玄宗大悦，赏赐公远无数。叶公、三藏皆伏公远神通。

玄宗欲从他学隐形之术，公远不肯，道：“陛下乃真人降化，保国安民，万乘之尊，学此小术何用[2]？”玄宗怒骂之。公远即走入殿柱中，极口数玄宗过失。玄宗愈加怒发，叫破柱取他。柱既破，又见他走入玉碣中。就把玉碣破为数十片，片片有公远之形，却没奈他何。玄宗谢了罪，忽然又立在面前。玄宗恳求至切，公远只得许了。虽则传授，不肯尽情。玄宗与公远同做隐形法时，果然无一人知觉。若是公远不在，玄宗自试，就要露出些形来。或是衣带，或

---

① 眉批：公远更胜在不自衒。

② 眉批：每见公远高处。

是幞头脚，宫中人定寻得出。玄宗晓得他传授不尽，多将金帛赏赉，要他喜欢。有时把威力吓他道："不尽传，立刻诛死！①"公远只不作准。玄宗怒极，喝令："绑出斩首！"刀斧手得旨，推出市曹斩讫。

隔得十来日，有个内官叫做辅仙玉，奉差自蜀道回京，路上撞遇公远骑驴而来，笑对内官道："官家作戏，忒没道理！"袖中出书一封道："可以此上闻。"又出药一包寄上，说道："官家问时，但道是'蜀当归'。"语罢，忽然不见。

仙玉还京奏闻。玄宗取书览看，上面写是"姓维名厶遅"。一时不解。仙玉退出，公远已至。玄宗方悟道："先生为何改了名姓？"公远道："陛下曾去了臣头，所以改了。"玄宗稽首谢罪。公远道："作戏何妨？"走出朝门，自此不知去向。直到天宝末禄山之难，玄宗幸蜀，又于剑门奉迎銮驾。护送至成都，拂衣而去。后来肃宗即位灵武，玄宗自疑不能归长安。肃宗以太上皇奉迎，然后自蜀还京。方悟"蜀当归"之寄，其应在此，与李遐周之诗，总是道家前知妙处。有诗为证：

好道秦王与汉王，岂知治道在经常。

纵然法术无穷幻，不救杨家一命亡。

① 眉批：玄宗呆处。

卷之八　乌将军一饭必酬　陈大郎三人重会

诗曰：

每讶衣冠多盗贼，谁知盗贼有英豪。

试观当日及时雨，千古流传义气高。

话说世人最怕的是个“强盗”二字，做个骂人恶语。不知这也只见得一边。若论起来，天下那一处没有强盗？假如有一等做官的，误国欺君，侵剥百姓，虽然官高禄厚，难道不是大盗①？有一等做公子的，倚靠着父兄势力，张牙舞爪，诈害乡民，受投献，窝赃私，无所不为，百姓不敢声冤，官司不敢盘问，难道不是大盗？有一等做举人、秀才的，呼朋引类，把持官府，起灭词讼，每有将良善人家拆得烟飞星散的，难道不是大盗？只论衣冠中，尚且如此，何况做经纪客商、做公门人役？三百六十行中人尽有狼心狗行、狠似强盗之人在内，自不必说。所以当时李涉博士遇着强盗，有诗云：

暮雨潇潇江上村，绿林豪客夜知闻。

相逢何用藏名姓？世上于今半是君。

这都是叹笑世人的话。世上如此之人，就是至亲切友，尚且反面无情，何况一饭之恩，一面之识？倒不如《水浒传》上说的人，每每自称好汉英雄，偏要在绿林中挣气，做出世人难到的事出来。盖为这绿林中也有一贫无奈、借此栖身的；也有为义气上杀了人，借此躲难的；也有朝廷不用，沦落江湖，因而结聚的。虽然只是歹人多，其间仗义疏财的，到也尽有。当年赵礼让肥，反得粟米之赠；张齐贤遇盗，更多金帛之遗，都是古人实事。

① 眉批：骂得痛快。

且说近来苏州，有个王生，是个百姓人家。父亲王三郎，商贾营生；母亲李氏；又有个婶母杨氏，却是孤孀无子的。几口儿一同居住。王生自幼聪明乖觉，婶母甚是爱惜他。不想年纪七八岁时，父母两口相继而亡。多亏得这杨氏殡葬完备，就把王生养为己子。渐渐长成起来，转眼间又是十八岁了。商贾事体，是件伶俐。

一日，杨氏对他说道："你如今年纪长大，岂可坐吃箱空？我身边有的家资，并你父亲剩下的，尽勾营运。待我凑成千来两，你到江湖上做些买卖，也是正经。"王生欣然道："这个正是我们本等。"杨氏就收拾起千金东西，交付与他。

王生与一班为商的计议定了，说南京好做生意，先将几百两银子置了些苏州货物。拣了日子，雇下一只长路的航船。行李包裹多收拾停当，别了杨氏起身，到船烧了神福利市，就便开船。一路无话。

不则一日，早到京口，趁着东风过江。到了黄天荡内，忽然起一阵怪风，满江白浪掀天，不知把船打到一个甚么去处。天已昏黑了，船上人抬头一望，只见四下里多是芦苇，前后并无第二只客船。王生和那同船一班的人正在慌张，忽然，芦苇里一声锣响，划出三四只小船来。每船上各有七八个人，一拥的跳过船来。王生等喘做一块，叩头讨饶，那伙人也不来和你说话，也不来害你性命，只把船中所有金银货物，尽数卷掳过船，叫声"聒噪"，双桨齐发，飞也似划将去了。满船人惊得魂飞魄散，目睁口呆。王生不觉的大哭起来，道："我直如此命薄！"就与同行的商量道："如今盘缠、行李俱无，到南京何干？不如各自回家，再作计较。"唧唧哝哝了一会，天色渐渐明了。那时已自风平浪静，拨转船头，望镇江进发。到了镇江，王生上岸，往一个亲眷人家借得几钱银子做盘费，到了家中。

杨氏见他不久就回，又且衣衫零乱，面貌忧愁，已自猜个八九了。只见他走到面前，唱得个喏，便哭倒在地。杨氏问他仔细，他把上项事说了一遍。杨氏慰安他道："儿呀，这也是你的命！又不是你不老成花费了，何须如此烦恼？且安心在家两日，再凑些本钱出去，务要趁出前番的来便是。"王生道："已后只在近处做些买卖罢，不担这样干系远处去了。"杨氏道："男子汉千里经商，怎说这话！”

住在家一月有余，又与人商量道：“扬州布好卖。松江置买了布到扬州，就带些银子粜了米豆回来，甚是有利。”杨氏又凑了几百两银子，与他到松江买了百来筒布，独自写了一只满风梢的船，身边又带了几百两粜米豆的银子，合了一个伙计，择日起行。

到了常州，只见前边来的船只只气叹口渴道：“挤坏了！挤坏了！”忙问缘故，说道：“无数粮船，阻塞住丹阳路。自青羊铺直到灵口，水泄不通。买卖船莫想得进。”王生道：“怎么好！”船家道：“难道我们上前去看他挤不成？打从孟河走他娘罢。”王生道：“孟河路怕恍惚。”船家道：“拚得只是日里行，何碍？不然守得路通，知在何日？”因遂依了船家，走孟河路。果然是天青日白时节。出了孟河，方欢喜道：“好了，好了。若在内河里，几时能挣得出来？[①]”

正在快活间，只见船后头水响，一只三橹八桨船飞也似赶来。看看至近，一挠钩搭住，十来个强人手执快刀、铁尺、金刚圈，跳将过来。元来孟河过东去就是大海，日里也有强盗的。惟有空船走得。今见是买卖船，又悔气恰好撞着了，怎肯饶过？尽情搬了去。怪船家手里还捏着橹，一铁尺打去，船家抛橹不及。王生慌忙之中把眼瞅去，认得就是前日黄天荡里一班人。王生口里喊道：“大王！前日受过你一番了，今日如何又在此相遇！我前世直如此少你的！[②]”那强人内中一个长大的说道：“果然如此，还他些做盘缠。”就把一个小小包裹撩将过来。掉开了船，一道烟反望前边江里去了。

王生只叫得苦，拾起包裹，打开看时，还有十来两零碎银子在内。噙着眼泪冷笑道：“且喜这番不要借盘缠。侥幸！侥幸！”就对船家说道：“谁叫你走此路，弄得我如此？回去了罢。”船家道：“世情变了，白日打劫，谁人晓得？”只得转回旧路，到了家中。

杨氏见来得快，又一心惊。王生泪汪汪地走到面前，哭诉其故。难得杨氏是个大贤之人，又眼里识人，自道侄儿必有发迹之日，并无半点埋冤，只是安

① 眉批：不要欢喜过了。
② 眉批：王生胆大，宜有后福

慰他，教他守命，再做道理。

过得几时，杨氏又凑起银子，催他出去道："两番遇盗，多是命里所招。命该失财，便是坐在家里，也有上门打劫的。不可因此两番堕了家传行业！①"王生只是害怕。杨氏道："侄儿疑心，寻一个起课的问个吉凶、讨个前路便是。"果然寻了一个先生到家。接连占卜了几处做生意，都是下卦，惟有南京是个上上卦。又道："不消到得南京，但往南京一路上去，自然财爻旺相。"杨氏道："我的儿，'大胆天下去得，小心寸步难行'。苏州到南京不上六七站路，许多客人往往来来。当初你父亲、你叔叔，都是走熟的路。你也是悔气，偶然撞这两遭盗，难道他们专守着你一个遭遭打劫不成？占卜既好，只索放心前去。"王生依言，仍旧打点动身。也是他前数注定，合当如此。正是：

簏底东西命里财，皆繇鬼使共神差。

强徒不是无因至，巧弄他们送福来。

王生行了两日，又到扬子江中。此日一帆顺风，真个两岸万山如走马，直抵龙江关口。然后天晚，上岸不及了，打点湾船。他每是惊弹的鸟，傍着一只巡哨号船边拴好了船，自道万分无事，安心歇宿。到得三更，只听一声锣响，火把齐明，睡梦里惊醒。急睁眼时，又是一伙强人，跳将过来，照前搬个罄尽。看自己船时，不在原泊处所，已移在大江阔处来了。火中仔细看他们抢掳，认得就是前两番之人。王生硬着胆，扯住前日还他包裹这个长大的强盗，跪下道："大王！小人只求一死！"大王道："我等誓不伤人性命，你去罢了，如何反来歪缠？"王生哭道："大王不知，小人幼无父母，全亏得婶娘重托，出来为商。刚出来得三次，恰是前世欠下大王的，三次都撞着大王夺了去，教我何面目见婶娘？也那里得许多银子还他？就是大王不杀我时，也要跳在江中死了，决难回去再见恩婶之面了。"说得伤心，大哭不住。那大王是个有义气的，觉得可怜他，便道："我也不杀你，银子也还你不成，我有道理。我昨晚劫得一只客船，不想都是打捆的苎麻，且是不少，我要他没用。我取了你银子，把这些与你做本钱去，也勾相当了。"王生出于望外，称谢不尽。那伙人便把苎麻乱抛过船

---

① 眉批：达识之妇。

来，王生与船家慌忙并叠，不及细看，约莫有二三百捆之数。强盗抛完了苎麻，已自胡哨一声，转船去了。船家认着江中小港门，依旧把船移进宿了。

候天大明，王生道：“这也是有人心的强盗，料道这些苎麻也有差不多千金了。他也是劫了去不好发脱，故此与我。我如今就是这样发行去卖，有人认出，反为不美①。不如且载回家有，打过了捆，改了样式，再去别处货卖么！”仍旧把船开江。下水船快，不多时，到了京口闸，一路到家。

见过婶婶，又把上项事一一说了。杨氏道：“虽没了银子，换了偌多苎麻来，也不为大亏。”便打开一捆来看。只见一层一层解到里边，捆心中一块硬的，缠束甚紧。细细解开，乃是几层绵纸包着成锭的白金。随开第二捆，捆捆皆同。一船苎蔴，共有五千两有余。乃是久惯大客商，江行防盗，假意货苎麻，暗藏在捆内，瞒人眼目的。谁知被强盗不问好歹劫来，今日却富了王生。那时，杨氏与王生叫声“惭愧”，虽然受了两三番惊恐，却平白地得此横财，比本钱加倍了，不胜之喜。

自此以后，出去营运，遭遭顺利。不上数年，遂成大富之家。这个虽是王生之福，却是难得这大王一点慈心。可见强盗中未尝没有好人。

如今再说一个，也是苏州人，只因无心之中，结得一个好汉，后来以此起家，又得夫妻重会。有诗为证：

说时侠气凌霄汉，听罢奇文冠古今。

若得世人皆仗义，贪泉自可表清心。

却说景泰年间，苏州府吴江县有个商民，复姓欧阳。妈妈是本府崇明县曾氏，生下一女一儿。儿年十六岁，未婚；那女儿二十岁了，虽是小户人家，到也生得有些姿色，就赘本村陈大郎为婿。家道不富不贫，在门前开小小的一爿杂货店铺。往来交易，陈大郎和小舅两人管理。他们翁婿、夫妻、郎舅之间，你敬我爱，做生意过日。

忽遇寒冬天道，陈大郎往苏州置些货物，在街上行走。只见纷纷洋洋，下着国家祥瑞。古人有诗说得好，道是：

---

① 眉批：亦精细，亦老成。

尽道丰年瑞，丰年瑞若何？

长安有贫者，宜瑞不宜多！

那陈大郎冒雪而行，正要寻一个酒店沽酒暖寒，忽见远远地一个人走将来。你道是怎生模样？但见：

身上紧穿着一领青服，腰间暗悬着一把钢刀。形状带些威雄，面孔更无细肉。两颊无非“不亦悦”，遍身都是“德辅如”。

那个人生得身长七尺，膀阔三停。大大一个面庞，大半被长须遮了。可煞作怪，没有须的所在，又多有毛，长寸许，剩却眼睛外，把一个嘴脸遮得缝地也无了。正合着古人笑话：髭髯不仁，侵扰乎其旁而不已，于是面之所余无几。

陈大郎见了，吃了一惊，心中想道：“这人好生古怪！只不知吃饭时如何处置这些胡须，露得个口出来？”又想道：“我有道理，拚得费钱把银子，请他到酒店中一坐，便看出他的行动来了。”他也只是见他异样，要作了耍，连忙躬身向前唱喏。那人还礼不迭。陈大郎道：“小可欲邀老丈酒楼小叙一杯。”那人是个远来的，况兼落雪天气，又饥又寒，听见说了，喜逐颜开，连忙道：“素昧平生，何劳厚意！”陈大郎捣个鬼道：“小可见老丈骨格非凡，必是豪杰，敢扳一话。”那人道：“却是不当。”口里如此说，却不推辞。两人一同上酒楼来。

陈大郎便问酒保打了几角酒，回了一腿羊肉，又摆上些鸡鱼肉菜之类①。陈大郎正要看他动口，就举杯来相劝。只见那人接了酒盏，放在桌上，向衣袖取出一对小小的银札钩来，挂在两耳，将须毛分开札起②，拔刀切肉，恣其饮啖。又嫌杯小，问酒保讨个大碗，连吃了几壶。然后讨饭。饭到，又吃了十来碗。陈大郎看得呆了。那人起身拱手道：“多谢兄长厚情，愿闻姓名乡贯。”陈大郎道：“在下姓陈名某，本府吴江县人。”那人一一记了。陈大郎也求他姓名，他不肯还个明白，只说：“我姓乌，浙江人。他日兄长有事到敝省，或者可以相会。承兄盛德，必当奉报，不敢有忘。”陈大郎连称“不敢”。当下算还酒钱，那人千恩万谢出门，作别自去了。陈大郎也只道是偶然的说话，那里认真？

---

① 眉批：陈大郎元自不酸。

② 眉批：好法！

归来对家中人说了，也有信他的，也有疑他说谎的，俱各笑了一场。不在话下。

又过了两年有余。陈大郎只为做亲了数年，并不曾生得男女。夫妻两个发心要往南海普陀落伽山观音大士处烧香求子，尚在商量未决。忽一日，欧公有事出去了，只见外边有一个人走进来叫道："老欧在家么?"陈大郎慌忙出来答应。却是崇明县的褚敬桥。施礼罢，便问："令岳在家否?"陈大郎道："少出。"褚敬桥道："令亲外太妈陆氏，身体违和，特地叫我寄信，请你令岳母相伴几时。"大郎闻言，便进来说与曾氏知道。曾氏道："我去便要去，只是你岳父不在，眼下不得脱身。"便叫过女儿、儿子分付道："外婆有病，你每姊弟两人，可到崇明去伏侍几日。待你父亲归家，我就来换你们便了。"当下商议已定，便留褚敬桥吃了午饭，央他先去回复。

又过了两日，姊弟二人收拾停当，叫下一只艖船起行。那曾氏又分付道："与我上复外婆，须要宽心调理。可说我也就要来的。虽则不多日路，你两人年小，各要小心。①"二人领诺，自望崇明去了。只因此一去，有分教：

绿林此日逢娇冶，红粉从今踏险危。

却说陈大郎自从妻、舅去后十日有余，欧公已自归来，只见崇明又央人寄信来说道："前日褚敬桥回复道，叫外甥们就来，如何至今不见?"那欧公夫妻和陈大郎，都吃了一大惊，便道："去已十日了，怎说不见?"寄信的道："何曾见半个影来?你令岳母到也好了，只是令爱、令郎是甚缘故?"陈大郎忙去寻那载去的船家问他，船家道："到了海滩边，船进去不得，你家小官人与小娘子说道：'上岸去，路不多远，我们认得的。你自去罢。'此时天色将晚，两个急急走了去，我自摇船回了。如何不见?"那欧公急得无计可施，便对妈妈道："我在此看家，你可同女婿探望丈母，就访访消息归来。"

他每两个心中慌得无措，听得说了，便一刻也迟不得，急忙备了行李，雇了船只。第二日早早到了崇明，相见了陆氏妈妈，问起缘由，才知病体已渐痊可。只是外甥儿女毫不知些踪迹。那曾氏便是"心肝肉"的放声大哭起来。陆氏及邻舍妇女们惊来问信的，也不知陪了多少眼泪。

---

① 眉批：既知年少，不宜使如此轻出。

陈大郎是个性急的人，敲桕拍凳的怒道："我晓得，都是那褚敬桥寄甚么鸟信！是他趁伙打劫，用计拐去了。"便不管三七二十一，忿气走到褚家①。那褚敬桥还不知甚么缘由，劈面撞着。正要问个来历，被他劈胸揪住，喊道："还我人来！还我人来！"就要扯他到官。

此时已闹动街坊人，齐拥来看。那褚敬桥面如土色，嚷道："有何得罪，也须说个明白！"大郎道："你还要白赖！我好好的在家里，你寄甚么信，把我妻子、舅子拐在那里去了？"褚敬桥拍着胸膛道："真是冤天屈地，要好成歉！吾好意为你寄信，你妻子自不曾到。今日这话，却不是祸从天上来！"大郎道："我妻、舅已自来十日了，怎不见到？"敬桥道："可又来！我到你家寄信时，今日算来十二日了。次日傍晚到得这里以后，并不曾出门。此时你家妻、舅还在家未动身。我在何时拐骗？如今四邻八舍都是证见，若是我十日内曾出门到那里，这便都算是我的缘故。"众人都道："那有这事！这不撞着拐子，就撞着强盗了。不可冤屈了平人！"

陈大郎情知不关他事，只得放了手，忍气吞声跑回曾家。就在崇明县进了状词，又到苏州府进了状词，批发本县捕衙缉访。又各处粉墙上贴了招子，许出赏银二十两。又寻着原载去的船家。也拉他到巡捕处讨了个保，押出挨查。仍旧到崇明，与曾氏共住了二十余日，并无消息。

不觉的残冬将尽，新岁又来，两人只得回到家中。欧公已知上项事了，三人哭做一堆，自不必说。别人家多欢欢喜喜过年，独有他家烦烦恼恼。

一个正月，又匆匆的过了，不觉又是二月初头，依先没有一些影响。陈大郎猛然想着道："去年要到普陀进香，只为要求儿女，如今不想连儿女的母亲都不见了。我直如此命蹇！今月十九日，是观音菩萨生日，何不到彼进香还愿？一来祈求的观音报应；二来看些浙江景致，消遣闷怀，就便做些买卖。"算计已定，对丈人说过，托店铺与他管了，收拾行李，取路望杭州来。

过了杭州钱塘江，下了海船，到普陀上岸。三步一拜，拜到大士殿前。焚香顶礼已过，就将分离之事通诚了一番，重复叩头道："弟子虔诚拜祷，伏望菩

---

① 眉批：无路可寻，不觉迁怒。

萨大慈大悲，救苦救难，广大灵感，使夫妻再得相见。”拜罢下船，就泊在岩边宿歇。睡梦中见观音菩萨口授四句诗道：

合浦珠还自有时，惊危目下且安之。

姑苏一饭酬须重，大海茫茫信可期。

陈大郎飒然惊觉，一字不忘。他虽不甚精通文理，这几句却也解得，叹口气道：“菩萨果然灵感！依他说话，相逢似有可望。但只看如此光景，那得能勾？”心下悒快，那一饭的事，早已不记得了。

清早起来，开船归家。行不得数里海面，忽地起一阵飓风，吹得天昏地暗，连东西南北都不见了。舟人牢把船舵，任风飘去。须臾之间，飘到一个岛边，早已风恬日朗。那岛上有小喽罗数百，正在那里使枪弄棒，比箭抡拳。一见有海船飘到，正是老鼠在猫口边过，如何不吃？便一伙的都抢下船来，将一船人身边银两、行李尽数搜出。那多是烧香客人，所有不多，不满众意，提起刀来吓他要杀。陈大郎情急了，大叫：“好汉饶命！”那些喽罗听得是东路声音，便问道：“你是那里人？”陈大郎战兢兢道：“小人是苏州人。”喽罗们便说道：“既如此，且绑到大王面前发落，不可便杀。”因此连众人都饶了，齐齐绑到聚义厅来。

陈大郎此时也不知是何主意，总之这条性命，一大半是阎家的了，闭着泪眼，口里只念“救苦救难观世音菩萨”。只见那厅上一个大王，慢慢地踱下厅来，将大郎细看了看，大惊道：“元来是吾故人到此，快放了绑！”陈大郎听得此话，才敢偷眼看那大王时节，正是那两年前遇着多须多毛、酒楼上请他吃饭这个人①。喽罗连忙解脱绳索，大王便扯一把交椅过来，推他坐了，纳头便拜道：“小孩儿每不知进退，误犯仁兄，望乞如罪！”陈大郎还礼不迭，说道：“小人触冒山寨，理合就戮，敢有他言！”大王道：“仁兄怎如此说？小可感仁兄雪中一饭之恩，于心不忘。屡次要来探访仁兄。只因山寨中多事不便。日前曾分付孩儿们，凡遇苏州客商，不可轻杀。今日得遇仁兄，天假之缘也！”陈大郎道：“既蒙壮士不弃小人时，乞将同行众人包裹、行李见还，早回家乡，誓当

---

① 眉批：日前东道做着了。

衔环结草。[1]”大王道：“未曾尽得薄情，仁兄如何就去？况且有一事要与仁兄慢讲。”回头分付小喽罗：“宽了众人的绑，还了行李、货物，先放还乡。”众人欢天喜地，分明是鬼门关上放将转来，把头似捣蒜的一般。拜谢了大王，又谢了陈大郎，只恨爹娘少生了两只脚，如飞的开船去了。

大王便叫摆酒与陈大郎压惊。须臾齐备，摆上厅来。那酒肴内山珍海错也有，人肝人脑也有。大王定席之后，饮了数杯。陈大郎开口问道：“前日仓卒有慢，不曾备细请教得壮士大名，伏乞详示。”大王道：“小可生在海边，姓乌名友，少小就有些膂力。众人推我为尊，权主此岛。因见我须毛太多，称我做‘乌将军’。前日由海道到崇明县，得游贵府，与仁兄相会。小可不是铺啜之徒，感仁兄一饭。盖因我辈钱财轻，意气重。仁兄若非尘埃之中深知小可[2]，一个素不相识之人，如何肯欣然款纳？所谓‘士为知己者死’，仁兄果我之知己耳！”大郎闻言，又惊又喜，心里想道：“好侥幸也！若非前日一饭，今日连性命也难保。”

又饮了数杯，大王开言道：“动问仁兄，宅上有多少人口？[3]”大郎道：“只有岳父母、妻子、小舅，并无他人。”大王道：“如今各平安否？”大郎下泪道：“不敢相瞒，旧岁荆妻、妻弟，一同往崇明探亲。途中有失，至今不知下落。”大王道：“既是这等，尊嫂定是寻不出了。小可这里有个妇女，也是贵乡人，年貌与兄正当。小可欲将他来奉仁兄箕帚，意下如何？”大郎恐怕触了大王之怒，不敢推辞。大王便大喊道：“请将来！请将来！”只见一男一女，走到厅上。大郎定睛看时，元来不是别人，正是妻子与小舅，禁不住相持痛哭了一场。

大王便教增了筵席。三人坐了客位，大王坐了主位，说道：“仁兄知尊嫂在此之故否？旧岁冬间，孩儿每往崇明海岸无人处，做些细商道路。见一男一女傍晚同行，拿着前来。小可问出根由，知是仁兄宅眷，忙令各馆别室，不敢相轻[4]。于今两月有余。急忙里无个缘便，心中想道：‘只要得邀仁兄一见，便可

---

① 眉批：大郎也有些义气。
② 眉批：岂知只是要看他吃饭耶？
③ 眉批：问得蹊跷。
④ 旁批：要紧！

用小力送还。’今日不期而遇，天使然也！”三人感谢不尽。

那妻子与小舅私对陈大郎说道：“那日在海滩上望得见外婆家了，打发了来船①。姊弟正走间，遇见一伙人，捆缚将来，道是性命休矣！不想一见大王，查问来历，我等一一实对，便把我们另眼相看。我们也不知其故。今日见说，却记得你前年间曾言苏州所遇，果非虚话了。”陈大郎又想道：“好侥幸也！前日若非一饭，今日连妻子也难保。”

酒罢起身，陈大郎道：“妻父母望眼将穿。既蒙壮士厚恩完聚，得早还家为幸。”大王道：“既如此，明日送行。”当夜送大郎夫妇在一个所在，送小舅在一个所在，各歇宿了。

次日，又治酒相饯。三口拜谢了要行。大王又教偻㑩托出黄金三百两，白金一千两，彩段、货物在外，不计其数。陈大郎推辞了几番道：“重承厚赐，只身难以持归。”大王道：“自当相送。”大郎只得拜受了。大王道：“自此每年当一至。”大郎应允。大王相送出岛边。偻㑩们已自驾船相等。他三人欢欢喜喜，别了登舟。那海中是强人出没的所在，怕甚风涛险阻！只两日，竟由海道中送到崇明上岸，海船自去了。

他三人竟走至外婆家来。见了外婆，说了缘故，老人家肉天肉地的叫，欢喜无极。陈大郎又叫了一只船，三人一同到家。欧公、欧妈见儿女、女婿都来，还道是睡里梦里！大郎便将前情告诉了一遍，各各悲欢了一场。欧公道：“此果是乌将军义气，然若不遇飓风，何缘得到岛中？普陀大士真是感应！”大郎又说着大士梦中四句诗，举家叹异。

从此，大郎夫妻年年到普陀进香，都是乌将军差人从海道迎送，每番多则千金，少则数百，必致重负而返。陈大郎也年年往他州外府，觅些奇珍异物奉承，乌将军又必加倍相答，遂做了吴中巨富之家，乃一饭之报也！后人有诗赞曰：

> 胯下曾酬一饭金，谁知剧盗有情深？
> 世间每说奇男子，何必儒林胜绿林！

---

① 眉批：船家不说谎。

卷之九　宣徽院仕女秋千会　清安寺夫妇笑啼缘

诗曰：

闻说氤氲使，专司夙世缘。

岂徒生作合，惯令死重还。

顺局不成幻，逆施方见权。

小儿称造化，于此信其然。

话说人世婚姻前定，难以强求。不该是姻缘的，随你用尽机谋，坏尽心术，到底没收场。及至该是姻缘的，虽是被人扳障，受人离间，却又散的弄出合来，死的弄出活来[①]。从来传奇小说上边，如《倩女离魂》，活的弄出魂去，成了夫妻；如《崔护渴浆》，死的弄转魂来，成了夫妻。奇奇怪怪，难以尽述。

只如《太平广记》上边说，有一个刘氏子，少年任侠，胆气过人。好的是张弓挟矢、驰马试剑、飞觞蹴鞠诸事。交游的人，总是些剑客、博徒、杀人不偿命的亡赖子弟。一日游楚中，那楚俗习尚，正与相合。就有那一班儿意气相投的人，成群聚党，如兄若弟往来。有人对他说道："邻人王氏女美貌，当今无比。"刘氏子就央座中人为媒，去求聘他。那王家道："虽然此人少年英勇，却闻得行径古怪，有些不务实，恐怕后来惹出事端，误了女儿终身。"坚执不肯。那女儿久闻得此人英风义气，到有几分慕他[②]，只碍着爹娘做主，无可奈何。那媒人回复了刘氏子。刘氏子是个猛烈汉子，道："不肯便罢。大丈夫怕没有好

① 眉批：此等话可息人妄想胡行。

② 眉批：姻缘在此。

妻！愁他则甚？”一些不放在心上。

又到别处闲游了几年。其间也就说过几家亲事，高不凑，低不就，一家也不曾成得，仍旧到楚中来。那邻人王氏女虽然未嫁，已许下人了。刘氏子闻知也不在心上。这些旧时朋友见刘氏子来了，都来访他，仍旧联肩叠背，日里合围打猎，猎得些獐、鹿、雉、兔，晚间就烹炮起来，成群饮酒①，没有三四鼓不肯休歇。

一日打猎归来，在郭外十余里一个林子里，下马少憩。只见树木阴惨，境界荒凉。有六七个土堆，多是雨淋泥落，尸棺半露；也有棺木毁坏，尸骸尽见的。众人看了道："此等地面，亏是日间。若是夜晚独行，岂不怕人！"刘氏子道："大丈夫神钦鬼伏，就是黑夜，有何怕惧？你看我今日夜间，偏要到此处走一遭。"众人道："刘兄虽然有胆气，怕不能如此。"刘氏子道："你看我今夜便是。"众人道："以何物为信？"刘氏子就在古墓上取墓砖一块，题起笔来，把同来众人名字多写在上面，说道："我今带了此砖去，到夜间我独自送将来。"指着一个棺木道："放在此棺上，明日来看便是。我送不来，我输东道，请你众位；我送了来，你众位输东道，请我。见放着砖上名字，挨名派分，不怕少了一个。"众人都笑道："使得，使得。"说罢，只听得天上隐隐雷响，一齐上马，回到刘氏子下处。又将射猎所得，烹宰饮酒。

霎时间，雷雨大作。几个霹雳，震得屋宇都是动的。众人戏刘氏子道："刘兄日间所言，此时怕铁好汉也不敢去。"刘氏子道："说那里话！你看我雨略住就走。"果然阵头过，雨小了，刘氏持了日间墓砖，出门就走。众人都笑道："你看他那里演帐演帐，回来捣鬼，我们且落得吃酒。"

果然，刘氏子使着酒性，一口气走到日间所歇墓边，笑道："你看这伙懦夫！不知有何惧怕，便道到这里来不得。"此时雷雨已息，露出星光微明。正要将砖放在棺上，只见棺上有一件东西蹲踞在上面。刘氏子摸了一摸道："奇怪！是甚物件？"暗中手捻捻看，却像是个衣衾之类裹着甚东西。两手合抱将来，约

---

① 眉批：豪举可想。

有七八十觔重[①]，笑道："不拘是甚物件，且等我背了他去与他们看看，等他们就晓得，省得直到明日才信。"他自恃膂力，要吓这班人，便把砖放了，一手拖来，背在背上，大踏步便走。

到得家来，已是半夜。众人还在那里呼红叫六的吃酒，听得外边脚步响，晓得刘氏子已归，恰像负着重东西走的。正在疑惑间，门开处，刘氏子直到灯前，放下背上所负在地。灯下一看，却是一个簇新衣服的女人死尸。可也奇怪，挺然卓立，更不僵仆。一座之人，猛然抬头见了，个个惊得屎滚尿流，有的逃躲不及。刘氏子再把灯细细照着死尸面孔，只见脸上脂粉新施，形容甚美，只是双眸紧闭，口中无气，正不知是甚么缘故。众人都怀惧怕道："刘兄恶取笑，不当人子！怎么把一个死人背在家里来吓人？快快仍背了出去！"刘氏子大笑道："此乃吾妻也！我今夜还要与他同衾共枕，怎么舍得负了出去？"说罢，就裸起双袖，一抱抱将上床来[②]。与他做了一头，口对了口，果然做一被睡下了。他也只要在众人面前卖弄胆壮，故意如此做作。众人又怕又笑，说道："好无赖贼，直如此大胆不怕！拚得输东道与你罢了，何必做出此渗濑勾当？"刘氏子凭众人自说，只是不理，自睡了。众人散去。

刘氏子与死尸睡到了四鼓。那死尸得了生人之气，口鼻里渐渐有起气来[③]。刘氏子骇异，忙把手摸他心头，却是温温的。刘氏子道："惭愧！敢怕还活转来？"正在疑虑间，那女人四肢已自动了。刘氏子越吐着热气接他，果然翻个身活将起来，道："这是那里？我却在此！"刘氏子问其姓名，只是含羞不说。

须臾之间，天大明了。只见昨夜同席这干人有几个走来道："昨夜死尸在那里？元来有这样异事！"刘氏子且把被遮着女人，问道："有何异事？"那些人道："元来昨夜邻人王氏之女嫁人，梳妆已毕，正要上轿，忽然急心疼死了。未及殡殓，只听得一声雷响，不见了尸首，至今无寻处[④]。昨夜兄背来死尸，敢

---

① 眉批：大胆！

② 眉批：顽皮极，亦趣极！

③ 眉批：奇事。

④ 旁批：雷震尸起，自是常事。

怕就是!”刘氏子大笑道:“我背来是活人，何曾是死尸![1]”众人道:“又来调喉!”刘氏子扯开被与众人看时，果然是一个活人。众人道“又来奇怪!”因问道:“小娘子谁氏之家?”那女子见人多了，便说出话来道:“奴是此间王家女。因昨夜一个头晕，跌倒在地。不知何缘在此?”刘氏子又大笑道:[2]“我昨夜元说道是吾妻，今说将来便是我昔年求聘的了。我何曾吊谎?”众人都笑将起来道:“想是前世姻缘，我等当为撮合。”

此话传闻出去，不多时王氏父母都来了，看见女儿是活的，又惊又喜。那女儿晓得就是前日求亲的刘生，便对父母说道:“儿身已死，还魂转来，却遇刘生。昨夜虽然是个死尸，已与他同寝半夜，也难另嫁别人了[3]，爹妈做主则个。”众人都撺掇道:“此是天意!不可有违。”王氏父母遂把女儿招了刘氏子为婿，后来偕老。

可见天意有定，如此作合。倘若这夜不是暴死、大雷，王氏女已是别家媳妇了。又非刘氏子试胆作戏，就是因雷失尸，也有何涉?只因是夙世前缘，故此奇奇怪怪，颠之倒之，有此等异事。

这是个父母不肯许的。又有一个父母许了又悔的，也弄得死了活转来，一念坚贞，终成夫妇。留下一段佳话，名曰《秋千会记》。正是:

精诚所至，金石为开。

贞心不寐，死后重谐。

这本话乃是元朝大德年间的事。那朝有个宣徽院使，叫做孛罗，是个色目人，乃故相齐国公之子。生自相门，穷极富贵。第宅宏丽，莫与为比。却又读书能文，敬礼贤士。一时公卿游，多称诵他好处。他家住在海子桥西，与佥判奄都剌、经历东平王荣甫三家相联，通家往来。宣徽私居后，有花园一所，名曰杏园，取“春色满园关不住，一枝红杏出墙来”之意。那杏园中花卉之奇，亭榭之好，诸贵人家所不能仰望。每年春，宣徽诸妹诸女，邀院判、经历两家

---

① 眉批：更趣!

② 眉批：一笑皆有豪趣。

③ 眉批：适遂所愿。

宅眷，于园中设秋千之戏，盛陈饮宴，欢笑竟日。各家亦隔一日设宴还答。自二月末至清明后方罢，谓之“秋千会”。

于时有个枢密院同佥帖木儿不花的公子，叫做拜住，骑马在花园墙外走过。只闻得墙内笑声，在马上欠身一望，正见墙内秋千兢就，欢哄方浓。遥望诸女，都是绝色。拜住勒住了马，潜身在柳阴中恣意偷觑，不觉多时。那管门的老园公听见墙外有马铃响，走出来看，只见这一个骑马郎君呆呆地对墙里觑着。园公认得是同佥公子，走报宣徽。宣徽急叫人赶出来。那拜住才撞见园公时，晓得有人知觉，恐怕不雅，已自打上一鞭，去得远了。

拜住归家来，对着母夸说此事，盛道宣徽诸女个个绝色。母亲解意，便道：“你我正是门当户对。只消遣媒求亲，自然应允，何必望空羡慕？”就央个媒婆到宣徽家来说亲。宣徽笑道：“莫非是前日骑马看秋千的？吾正要择婿，教他到吾家来看看。才貌若果好，便当许亲。”媒婆归报同佥，同佥大喜，便叫拜住盛饰仪服，到宣徽家来。

宣徽相见已毕，看他丰神俊美，心里已有几分喜欢。但未知内蕴才学如何，思量试他，遂对拜住道：“足下喜看秋千，何不以此为题，赋《菩萨蛮》一调？老夫要请教则个。”拜住请笔砚出来，一挥而就。词曰：

红绳画板柔荑指，东风燕子双双起。夸俊要争高，更将裙系牢。

牙床和困睡，一任金钗坠。推枕起来迟，纱窗月上时。

宣徽见他才思敏捷，韵句铿锵，心下大喜，分付安排盛席款待。筵席完备，待拜住以子侄之礼，送他侧首坐下，自己坐了主席。饮酒中间，宣徽想道：“适间咏秋千词，虽是流丽，或者是那日看过秋千，便已有此题咏，今日偶合着题目的。不然，如何恁般来得快？真个七步之才也不过如此。待我再试他一试看。”

恰好听得树上黄莺巧啭，就对拜住道：“老夫再欲求教，将《满江红》调赋莺一首。望不吝珠玉，意下如何？”拜住领命，即席赋成，拂拭剡藤，挥洒晋字，呈上宣徽。词曰：

嫩日舒晴，韶光艳、碧天新霁。正桃腮半吐，莺声初试。孤枕乍闻弦索悄，曲屏时听笙簧细。爱锦蛮柔舌韵东风，愈娇媚。　幽梦醒，闲愁泥。残杏褪，重门闭。巧音芳韵，十分流丽。入柳穿花来又去，欲求好友真无计。望上林，何日得双栖？心迢递。

宣徽看见词翰两工，心下已喜，及读到末句，晓得是见景生情，暗藏着求婚之意，不觉拍案大叫道："好佳作！真吾婿也！老夫第三夫人有个小女，名唤速哥失里，堪配君子。待老夫唤出相见则个。"就传云板，请三夫人与小姐上堂。

当下拜住拜见了岳母，又与小姐速哥失里相见了①，正是秋千会里女伴中最绝色者。拜住不敢十分抬头，已自看得较切，不比前日墙外影响，心中喜乐，不可名状。相见罢，夫人同小姐回步。

却说内宅女眷，闻得堂上请夫人、小姐时，晓得是看中了女婿。别位小姐都在门背后缝里张着看②，见拜住一表非俗，个个称羡。见速哥失里进来，私下与他称喜道："可谓'门阑多喜气，女婿近乘龙'也。"合家赞美不置。

拜住辞谢了宣徽，回到家中，与父母说知。就择吉日行聘。礼物之多，词翰之雅，喧传都下，以为盛事。

谁知好事多磨，风云不测。台谏官员看见同佥富贵豪宕，上本参论他赃私。奉圣旨发下西台御史勘问，免不得收下监中。那同佥是个受用的人，怎吃得牢狱之苦？不多几日，生起病来。元来元朝大臣，在狱有病，例许题请释放。同佥幸得脱狱，归家调治；却病得重了，百药无效。不上十日，呜呼哀哉，举家号痛。谁知这病是惹的牢瘟，同佥既死，阖门染了此症。没几日就断送一个，一月之内弄个尽绝，止剩得拜住一个不死。却又被西台追赃入官，家业不勾赔偿。真个转眼间冰消瓦解，家破人亡。

宣徽好生不忍，心里要收留拜住回家成亲，教他读书，以图出身。与三夫人商议。那三夫人是个女流之辈，只晓得炎凉世态，那里管甚么大道理？心里怫然不悦。元来宣徽别房虽多，惟有三夫人是他最宠爱的，家里事务都是他主持。所以前日看上拜住，就只把他的女儿许了，也是好胜处③。今日见别人的

---

① 眉批：此却是夷俗矣！

② 眉批：最是女眷要看得紧。

③ 眉批：前日以为私厚，今日以为下梢。

女儿多与了富贵之家，反是他女婿家里凋弊了，好生不伏气，一心要悔这头亲事，便与女儿速哥失里说知。速哥失里不肯，哭谏母亲道："结亲结义，一与订盟，终不可改。儿见诸姊妹家荣盛，心里岂不羡慕？但寸丝为定，鬼神难欺①。岂可因他贫贱，便想悔赖前言？非人所为。儿誓死不敢从命！"宣徽虽也道女儿之言有理，怎当得三夫人撒娇撒痴，把宣徽的耳朵掇了转来。那里管女儿肯不肯，别许了平章阔阔出之子僧家奴。拜住虽然闻得这事心中懊恼，自知失势，不敢相争。

那平章家择日下聘，比前番同佥之礼更觉隆盛。三夫人道："争得气来，心下方才快活。"只见平章家拣下吉期，花轿到门。速哥失里不肯上轿。众夫人、众姊妹各来相劝。速哥失里大哭一场，含着泪眼，勉强上轿。到得平章家里，宾相念了诗赋，启请新人出轿。伴娘开帘，等待再三，不见抬身。攒头轿内看时，叫声："苦也！"元来，速哥失里在轿中偷解缠脚纱带，缢颈而死，已此绝气了。慌忙报与平章。连平章没做道理处，叫人去报宣徽。那三夫人见说，儿天儿地哭将起来。急忙叫人追轿回来，急解脚缠，将姜汤灌下去。牙关紧闭，眼见得不醒。三夫人哭得昏晕了数次，无可奈何，只得买了一副重价的棺木，尽将平日房奁首饰珠玉及两番夫家聘物，尽情纳在棺内人殓②，将棺木暂寄清安寺中。

且说拜住在家，闻得此变，情知小姐为彼而死，晓得柩寄清安寺中，要去哭他一番。是夜来到寺中，见了棺柩，不觉伤心，抚膺大恸，真是哭得：三生诸佛都垂泪，满房禅侣尽长吁。哭罢，将双手扣棺道："小姐阴灵不远，拜住在此。"只听得棺内低低应道："快开了棺，我已活了。"拜住听得明白，欲要开时，将棺木四围一看，漆钉牢固，难以动手。乃对本房主僧说道："棺中小姐，元是我妻屈死。今棺中说道已活，我欲开棺。独自一人难以着力，须求师父们帮助。"僧道："此宣徽院小姐之棺，谁敢私开？开棺者须有罪。"拜住道，"开

---

① 眉批：好个女儿！即此立心，天缘定矣。

② 眉批：爱极生痴，何益于事？

棺之罪，我一力当之，不致相累；况且暮夜无人知觉。若小姐果活了，放了出来，棺中所有，当与师辈共分[1]；若是不活，也等我见他一面，仍旧盖上，谁人知道？”那些僧人见说共分所有，他晓得棺中随殓之物甚厚，也起了利心；亦且拜住兴头时与这些僧人也是门徒施主，不好违拗。便将一把斧头，把棺盖撬将开来。只听划然一声，棺盖开处，速哥失里便在棺内坐了起来。见了拜住，彼此喜极。拜住便说道：“小姐再生之庆，果是冥数，也亏得寺僧助力开棺。”小姐便脱下手上金钏一对及头上首饰一半，谢了僧人。剩下的还直数万两。拜住与小姐商议道：“本该报宣徽得知，只是恐怕有变。而今身边有财物，不如瞒着远去。只央寺僧买些漆来，把棺木仍旧漆好，不说出来。神不知，鬼不觉，此为上策。”寺僧受了重贿，无有不依，照旧把棺木漆得光净牢固，并不露一些风声。

拜住遂挈了速哥失里，走到上都寻房居住。那时身边丰厚，拜住又寻了一馆，教着蒙古生数人，复有月俸，家道从容，尽可过日。夫妻两个，你恩我爱，不觉已过一年。也无人晓得他的事，也无人晓得甚么宣徽之女、同佥之子。

却说宣徽自丧女后，心下不快，也不去问拜住下落。好些时不见了他，只说是流离颠沛，连存亡不可保了。一日，旨意下来，拜宣徽做开平尹。宣徽带了家眷赴任。那府中事体烦杂，宣徽要请一个馆客做记室，代笔札之劳。争奈上都是个极北夷方，那里寻得个儒生出来？访有多日，有人对宣徽道：“近有个士人，自大都挈家寓此，也是个色目人，设帐民间，极有学问。府君若要觅西宾，只有此人可以充得。”宣徽大喜，差个人拿帖去，快请了来。

拜住看见了名帖，心知正是宣徽，忙对小姐说知了。穿着整齐，前来相见。宣徽看见，认得是拜住，吃了一惊，想道：“我几时不见了他，道是流落死亡了，如何得衣服济楚，容色充盛如此？”不觉追念女儿，有些伤感起来[2]。便对拜住道：“昔年有负足下，反累爱女身亡，惭恨无极！今足下何因在此？曾有亲

① 眉批：有此语，便开棺得成了。

② 旁批：自然之情。

事未曾？”拜住道：“重蒙垂念，足见厚情。小婿不敢相瞒，令爱不亡，见同在此。”宣徽大惊道：“那有此话！小女当日自缢，今尸棺见寄清安寺中，那得有个活的在此间？”拜住道：“令爱小姐与小婿实是夙缘未绝，得以重生。今见在寓所，可以即来相见，岂敢有诳！”

宣徽忙走进去，与三夫人说了。大家不信[1]。拜住又叫人去对小姐说了，一乘轿竟抬入府衙里来，惊得合家人都上前来争看，果然是速哥失里。那宣徽与三夫人不管是人是鬼，且抱着头哭做了一团。哭罢，定睛再看，看去身上穿戴的，还是殓时之物，行步有影，衣衫有缝，言语有声，料想真是个活人了。那三夫人道：“我的儿，就是鬼，我也舍不得放你了！”

只有宣徽是个读书人见识，终是不信，疑心道：“此是屈死之鬼[2]，所以假托人形，幻惑年少。[3]”口里虽不说破，却暗地使人到大都清安寺问僧家的缘故。僧家初时抵赖，后见来人说道已自相逢厮认了，才把真心话一一说知。来人不肯便信，僧家把棺木撬开与他看。只见是个空棺，一无所有。回来报知宣徽道：“此情是实。”宣徽道：“此乃宿世前缘也！难得小姐一念不移，所以有此异事。早知如此，只该当初依我说收养了女婿，怎见得有此多般？”三夫人见说，自觉没趣，懊悔无极，把女婿越看待得亲热，竟赘他在家中终身。

后来速哥失里与拜住生了三子。长子教化，仕至辽阳等处行中省左丞；次子忙古歹，幼子黑厮，俱为内怯薛带御器械。教化与忙古歹先死，黑厮直做到枢密院使。天兵至燕，元顺帝御清宁殿，集三宫皇后太子同议避兵。黑厮与丞相失列门哭谏道：“天下者，世祖之天下也！当以死守。”顺帝不听，夜半开建德门遁去。黑厮随入沙漠，不知所终。

平章府轿抬死女，清安寺漆整空棺。

若不是生前分定，几曾有死后重欢！

---

① 眉批：原难信。

② 旁批：理亦有之。

③ 眉批：读书人拘疑如此。

卷之十　韩秀才乘乱聘娇妻 吴太守怜才主姻簿

诗曰：

嫁女须求女婿贤，贫穷富贵总由天。

姻缘本是前生定，莫为炎凉轻变迁。

话说人生一世，沧海变为桑田，目下的贵贱穷通都做不得准的。如今世人，一肚皮势利念头，见一个人新中了举人、进士，生得女儿，便有人抢来定他为媳；生得男儿，便有人捱来许他为婿[①]。万一官卑禄薄，一旦夭亡，仍旧是个穷公子、穷小姐，此时懊悔，已自迟了。尽有贫苦的书生，向富贵人家求婚，便笑他阴沟洞里思量天鹅肉吃。忽然青年高第，然后大家懊悔起来，不怨怅自己没有眼睛，便嗟叹女儿无福消受。所以古人会择婿的，偏拣着富贵人家不肯应允，却把一个如花似玉的爱女，嫁与那酸黄虀、烂豆腐的秀才，没有一人不笑他呆痴，道是："好一块羊肉，可惜落在狗口里了！"一朝天子招贤，连登云路。五花诰、七香车，尽着他女儿受用，然后服他先见之明。这正是：凡人不可貌相，海水不可斗量。只在论女婿的贤愚，不在论家势的贫富。当初韦皋、吕蒙正多是样子。

却说春秋时，郑国有一个大夫，叫做徐吾犯，父母已亡，止有一同胞妹子。那小姐年方十六，生得肌如白雪，脸似樱桃；鬓若堆鸦，眉横丹凤。吟得诗，作得赋；琴棋书画，女工针指，无不精通。还有一件好处，那一双娇滴滴的秋波，最会相人。大凡做官的与他哥哥往来，他常在帘中偷看，便识得那人贵贱

---

① 眉批：今时药石。

穷通，终身结果，分毫没有差错[①]，所以一发名重。当时却有大夫公孙楚聘他为妇，尚未成婚。

那公孙楚有个从兄，叫做公孙黑，官居上大夫之职，闻得那小姐貌美，便央人到徐家求婚。徐大夫回他已受聘了。公孙黑原是不良之徒，便倚着势力，不管他肯与不肯，备着花红酒礼，笙箫鼓乐，送上门来。徐大夫无计可施，次日备了酒筵，请他兄弟二人来，听妹子自择[②]。公孙黑晓得要看女婿，便浓妆艳服而来，又自卖弄富贵，将那金银彩段排列一厅。公孙楚只是常服，也没有甚礼仪。傍人观看的，都赞那公孙黑[③]，暗猜道："一定看中他了。[④]"酒散，二人谢别而去。小姐房中看过，便对哥哥说道："公孙黑官职又高，面貌又美，只是带些杀气，他年决不善终。不如嫁了公孙楚，虽然小小有些折挫，久后可以长保富贵。"大夫依允，便辞了公孙黑，许了公孙楚。择日成婚已毕。

那公孙黑怀恨在心，奸谋又起。忽一日，穿了甲胄，外边用便服遮着，到公孙楚家里来，欲要杀他，夺其妻子。已有人通风与公孙楚知道，疾忙执着长戈赶出。公孙黑措手不及，着了一戈，负疼飞奔出门，便到宰相公孙侨处告诉。

此时大夫都聚，商议此事。公孙楚也来了。争辨了多时，公孙侨道："公孙黑要杀族弟，其情未知虚实。却是论官职，也该让他；论长幼，也该让他。公孙楚卑幼，擅动干戈，律当远窜。"当时定了罪名，贬在吴国安置。公孙楚回家，与徐小姐抱头痛哭而行。公孙黑得意，越发耀武扬威了。外人看见，都懊怅徐小姐不嫁得他；就是徐大夫，也未免世俗之见。小姐全然不以为意，安心等守。

却说郑国有个上卿游吉，该是公孙侨之后轮着他为相。公孙黑思想夺他权位，日夜蓄谋，不时就要作起反来。公孙侨得知，便疾忙乘其未发，差官数了他的罪恶，逼他自缢而死。这正合着徐小姐"不善终"的话了。

---

① 眉批：常皋之妻母苗氏亦能相人。

② 眉批：有见识。

③ 旁批：一班肉眼。

④ 眉批：坦腹如不闻者正此好。

那公孙楚在吴国住了三载，赦罪还朝，就代了那上大夫职位，富贵已极，遂与徐小姐偕老。假如当日小姐贪了上大夫的声势，嫁着公孙黑，后来做了叛臣之妻，不免守几十年之寡。即此可见，目前贵贱都是论不得的。

说话的，你又差了。天下好人也有穷到底的，难道一个个为官不成？俗语道得好："赊得不如现得。"何如把女儿嫁了一个富翁，且享此目前的快活？看官有所不知，就是会择婿的，也都要根着命走。一饮一啄，莫非前定。却毕竟不如嫁了个读书人，到底不是个没望头的。

如今再说一个生女的富人，只为倚富欺贫，思负前约，亏得太守廉明，成其姻事。后来妻贵夫荣，遂成佳话。有诗一首为证：

当年红拂困闺中，有意相随李卫公。

日后荣华谁可及？只缘双目识英雄。

话说国朝正德年间，浙江台州府天台县有一秀士，姓韩，名师愈，表字子文。父母双亡，也无兄弟，只是一身。他十二岁上就游庠的，养成一肚皮的学问，真个是：

才过子建，貌赛潘安。胸中博览五车，腹内广罗千古。他日必为攀桂客，目前尚作采芹人。

那韩子文虽是满腹文章，却当不过家道消乏，在人家处馆，勉强糊口，所以年过二九，尚未有亲。一日，遇着端阳节近，别了主人家回来，住在家里了数日。忽然心中想道，"我如今也好议亲事了。据我胸中的学问，就是富贵人家把女儿匹配，也不冤屈了他。却是如今世人谁肯？"又想了一会道："是便是这样说，难道与我一样的儒家，我也还对他的女儿不过？"当下开了拜匣，称出束脩银伍钱，做个封筒封了。放在匣内，教书僮拿了随着，信步走到王媒婆家里来。

那王媒婆接着，见他是个穷鬼，也不十分动火他的。吃过了一盏茶，便开口问道："秀才官人几时回家的？甚风推得到此？"子文道："来家五日了。今日到此，有些事体相央。"便在家僮手中接过封筒，双手递与王婆道："薄意伏乞笑纳，事成再有重谢。"王婆推辞一番，便接了，道："秀才官人敢是要说亲么？”子文道：“正是。家下贫穷，不敢仰攀富户，但得一样儒家女儿，可备中馈、延子嗣足矣。积下数年束脩四五十金，聘礼也好勉强出得。乞妈妈与我访个相应的人家。”王婆晓得穷秀才说亲，自然高来不成、低来不就的，却难推拒他，只得回复道：“既承官人厚惠，且请回家，待老婢子慢慢的寻觅。有了话头，便来回报。”那子文自回家去了。

一住数日，只见王婆走进门来，叫道：“官人在家么？”子文接着，问道：“姻事如何？”王婆道：“为着秀才官人，鞋子都走破了。方才问得一家，乃是县前许秀才的女儿，年纪十七岁。那秀才前年身死，娘子寡居在家里。家事虽不甚富，却也过得。说起秀才官人，到也有些肯了。只是说道：‘我女儿嫁个读书人，尽也使得。但我们妇人家，又不晓得文字。目今提学要到台州岁考，待官人考了优等，就出吉帖便是。’①”子文自恃才高，思忖此事十有八九，对王婆道：“既如此说，便待考过议亲不迟。”当下买几杯白酒，请了王婆。自别去了。

子文又到馆中，静坐了一月有余，宗师起马牌已到。那宗师姓梁，名士范，江西人。不一日，到了台州。那韩子文头上戴了紫菜的巾，身上穿了腐皮的衫，腰间系了芋艿的绦，脚下穿了木耳的靴，同众生员迎接入城。行香讲书已过，便张告示，先考府学及天台、临海两县。

到期，子文一笔写完，甚是得意。出场来，将考卷誊写出来，请教了几个先达、几个朋友，无不叹赏。又自己玩了几遍，拍着桌子道：“好文字！好文字！就做个案元帮补也不为过，何况优等？”又把文字来鼻头边闻一闻道：“果然有些老婆香！”

却说那梁宗师是个不识文字的人，又且极贪，又且极要奉承乡官及上司②。前日考过杭、嘉、湖，无一人不骂他的，几乎吃秀才们打了。曾编着几句口号道：“道前梁铺，中人姓富。出卖生儒，不误主顾。”又有一个对道：“公子笑

---

① 眉批：何可凭准？真妇女之见。

② 眉批：好个“宗师”！

欣欣，喜弟喜兄都入学；童生愁惨惨，恨祖恨父不登科。”又把《四书》几语做着几股道：“君子学道公则说，小人学道尽信书。不学诗，不学礼，有父兄在，如之何其废之！诵其诗，读其书，虽善不尊，如之何其可也！”

那韩子文是个穷儒，那有银子钻刺？十日后发出案来，只见公子富翁都占前列了。你道那韩师愈的名字却在那里？正是：“似‘王’无一竖，如‘川’却又眠。”曾有一首《黄莺儿》词，单道那三等的苦处：

无辱又无荣，论文章是弟兄。鼓声到此如春梦。高才命穷，庸才运通。廪生到此便宜贡。且从容。一边站立，看别个赏花红。

那韩子文考了三等，气得眼睁口呆。把那梁宗师乌龟亡八的骂了一场，不敢提起亲事[①]。那王婆也不来说了。只得勉强自解，叹口气道：“娶妻莫恨无良媒，书中有女颜如玉。”发落已毕，只得萧萧条条，仍旧去处馆。见了主人家及学生，都是面红耳热的，自觉没趣。

又过了一年有余，正遇着正德爷爷崩了，遗诏册立兴王。嘉靖爷爷就藩邸召入登基，年方一十五岁。妙选良家子女，充实掖庭。那浙江纷纷的讹传道：“朝廷要到浙江各处点绣女。”那些愚民，一个个信了。一时间，嫁女儿的，讨媳妇的，慌慌张张，不成礼体。只便宜了那些卖杂货的店家，吹打的乐人，服侍的喜娘，抬轿的脚夫，赞礼的傧相[②]。还有最可笑的传说道：“十个绣女要一个寡妇押送。”赶得那七老八十的，都起身嫁人去了。但见：

十三四的男儿，讨着二十四五的女子；十二三的女子，嫁着三四十的男儿。粗蠢黑的面孔，还恐怕认做了绝世芳姿；宽定宕的东西，还恐怕认做了含花嫩蕊。自言节操凛如霜，做不得二夫烈女；不久形躯将就木，再拚个一度春风。

当时无名子有一首诗，说得有趣：

一封丹诏未为真，三杯淡酒便成亲。

---

① 眉批：好扫兴！

② 眉批：历来有之，然到底愚不可破，时时出一辙，何也？

夜来明月楼头望，唯有嫦娥不嫁人①。

那韩子文恰好归家，看民间如此慌张，便闲步出门来玩景。只见背后一个人，将子文忙忙的扯一把。回头看时，却是开典当的徽州金朝奉，对着子文施个礼，说道："家下有一小女，今年十六岁了。若秀才官人不弃，愿纳为室。"说罢，也不管子文要与不要，摸出吉帖，望子文袖中乱摔。子文道："休得取笑。我是一贫如洗的秀才，怎承受得令爱起?"朝奉掐着眉道："如今事体急了，官人如何说此懈话？若略迟些，恐防就点了去。我们夫妻两口儿，只生这个小女。若远远地到北京去了，再无相会之期，如何割舍得下？官人若肯俯从，便是救人一命。"说罢，便思量要拜下去。

子文分明晓得没有此事，他心中正要妻子，却不说破，慌忙一把搀起道："小生囊中只有四五十金，就是不嫌孤寒，聘下令爱时，也不能彀就完姻事。"朝奉道："不妨，不妨。但是有人定下的，朝廷也就不来点了。只须先行谢吉之礼，待事平之后，慢慢的做亲。"子文道："这倒也使得。却是说开，后来不要翻悔。②"那朝奉是情急的，就对天设起誓来道："若有翻悔，就在台州府堂上受刑。"子文道："设誓倒也不必，只是口说无凭。请朝奉先回，小生即刻去约两个敝友，同到宝铺来③，先请令爱一见，就求朝奉写一纸婚约。待敝友们都押了花字，一同做个证见。纳聘之后，或是令爱的衣裳，或是头发，或是指甲，告求一件，藏在小生处，才不怕后来变卦。④"那朝奉只要成事，满担应承道："何消如此多疑！使得，使得。一唯尊命，只求快些。"一头走，一头说道："专望！专望!"自回铺子里去了。

韩子文便望学中，会着两个朋友，乃是张四维、李俊卿。说了缘故，写着拜帖，一同望典铺中来。朝奉接着，奉茶寒温已罢，便唤出女儿朝霞到厅。你道生得如何？但见：

---

① 眉批：此元僧柏子庭之诗也，见《辍耕录》。

② 旁批：要紧！

③ 眉批：精细。

④ 旁批：此却不必。

眉如春柳，眼似秋波。几片夭桃脸上来，两枝新笋裙间露。即非倾国倾城色，自是超群出众人。

子文见了女子的姿容，已自欢喜，一一施礼已毕，便自进房去了。子文又寻个算命先生合一合婚，说道："果是大吉！只是将婚之前，有些闲气。"那金朝奉一味要成，说道："大吉便自十分好了，闲气自是小事。"便取出一幅全帖，上写着道：

立婚约金声，系徽州人。生女朝霞，年十六岁。自幼未曾许聘何人。今有台州府天台县儒生韩子文礼聘为妻，实出两愿。自受聘之后，更无他说。张、李二公，与闻斯言。　　嘉靖元年　月　日。

立婚约金声

同议友人张安国、李文才。

写罢，三人多用了花押，付子文藏了。这也是子文见自己贫困，作此不得已之防，不想他日果有负约之事，这是后话。

当时便先择个吉日，约定行礼。到期，子文将所积束脩五十余金，粗粗的置几件衣段首饰，其余的都是现银，写着："奉申纳币之敬，子婿韩师愈顿首百拜。"又送张、李二人银各一两，就请他为媒，一同行聘，到金家铺来。那金朝奉是个大富之家，与妈妈程氏见他礼不丰厚，虽然不甚喜欢，为是点绣女头里，只得收了。回盘甚是整齐。果然依了子文之言，将女儿的青丝细发，剪了一缕送来。子文一一收好，自想道："若不是这一翻哄传，连妻子也不知几时定得，况且又有妻财之分。"心中甚是快活不题。

光阴似箭，日月如梭。暑往寒来，又是大半年光景。却早嘉靖二年，点绣女的讹传，已自息了。金氏夫妻见安平无事，不舍得把女儿嫁与穷儒，渐渐的懊悔起来。那韩子文行礼了一番，已把囊中所积束脩用个罄尽，所以还不说起做亲。

一日，金朝奉正在当中算帐，只见一个客人跟着一个十七八岁孩子，走进铺来，叫道："姊夫，姊姊在家么？"原来是徽州程朝奉，就是金朝奉的舅子，领着亲儿阿寿，打从徽州来，要与金朝奉合伴开当的。金朝奉慌忙迎接，又引程氏、朝霞都相见了。叙过寒温，便教暖酒来吃。程朝奉从容问道："外甥女如此长成得标致了，不知曾受聘未？不该如此说，犬子尚未有亲，姊夫不弃时，做个中表夫妻也好。"金朝奉叹口气道："便是呢！我女儿若把与内侄为妻，有甚不甘心处？只为旧年点绣女时，心里慌张，草草的将来许了一个甚么韩秀才。那人是个穷儒。我看他满脸饿文，一世也不能彀发迹。前年梁学道来，考了一个三老官，料想也中不成[①]。教我女儿如何嫁得他？也只是我女儿没福，如今也没处说了。"程朝奉沉吟了半晌，问道："姊夫、姊姊果然不愿与他么？"金朝奉道："我如何说谎？"程朝奉道："姊夫若是情愿把甥女与他，再也休题；若不情愿时，只须用个计策，要官府断离，有何难处？"金朝奉道："计将安出？"程朝奉道："明日待我台州府举一状词，告着姊夫。只说从幼中表约为婚姻，近因我羁滞徽州，姊夫就赖婚改适，要官府断与我儿便了。犬子虽则不才，也强如那穷酸饿鬼。"金朝奉道："好便好，只是前日有亲笔婚书及女儿头发在彼为证，官府如何就肯断与你儿？况且我先有一款不是了。"程朝奉道："姊夫真是不惯衙门事体！我与你同是徽州人，又是亲眷，说道从幼结儿女姻，也是容易信的。常言道：'有钱使得鬼推磨。'我们不少的是银子，匡得将来买上买下。再央一个乡官，在太守处说了人情。婚约一纸，只须一笔勾消[②]。剪下的头发，知道是何人的？那怕他不如我愿！既有银子使用，你也自然不到得吃亏的。"金朝奉拍手道："妙哉！妙哉！明日就做。"当晚酒散，各自安歇了。

次日天明，程朝奉早早梳洗，讨些朝饭吃了。请个法家，商量定了状词。又寻一个姓赵的，写做了中证。同着金朝奉，取路投台州府来。这一来，有分教：

丽人指日归佳士，诡计当场受苦刑。

到得府前，正值新太守吴公弼升堂。不逾时，抬出放告牌来。程朝奉随着牌进去。太守教义民官接了状词，从头看道：

---

① 眉批：到此还受三等之累。

② 眉批：若是昏官，原只须如此。

告状人程元，为赖婚事：万恶金声，先年曾将亲女金氏，许元子程寿为妻，六礼已备。讵恶远徙台州，背负前约。于去年　月间，擅自改许天台县儒生韩师愈。赵孝等证。人伦所系，风化攸关，恳乞天台明断，使续前姻。上告。

原告：程元，徽州府歙县人。

被犯：金声，徽州府歙县人；韩师愈，台州府天台县人。

干证：赵孝，台州府天台县人。

本府大爷施行。

太守看罢，便叫程元起来，问道："那金声是你甚么人？"程元叩头道："青天爷爷，是小人嫡亲姊夫。因为是至亲至眷，恰好儿女年纪相若，故此约为婚姻。"太守道："他怎么就敢赖你？"程元道："那金声搬在台州住了，小的却在徽州，路途先自遥远了。旧年相传点绣女，金声恐怕真有此事，就将来改适韩生。小的近日到台州探亲，正打点要完姻事，才知负约真情。他也只为情急，一时错做此事[①]。小人却如何平白地肯让一个媳妇与别人了？若不经官府，那韩秀才如何又肯让与小人？万乞天台老爷做主！"太守见他说得有些根据，就将状子当堂批准。分付道："十日内听审。"程元叩头出去了。

金朝奉知得状子已准，次日便来寻着张、李二生，故意做个慌张的景，说道："怎么好？怎么好？当初在下在徽州的时节，妻弟有个儿子，已将小女许嫁他。后来到贵府，正值点绣女事急，只为远水不救近火，急切里将来许了贵相知，原是二公为媒说合的。不想如今妻弟到来，已将在下的姓名告在府间，如何处置？"那二人听得，便怒从心上起，恶向胆边生。骂道："不知生死的老贼驴！你前日议亲的时节，誓也不知罚了许多！只看婚约是何人写的？如今却放出这个屁来！我晓得你嫌韩生贫穷，生此奸计。那韩生是个才子，须不是穷到底的。我们动了三学朋友去见上司，怕不打断你这老驴的腿[②]！管教你女儿一

① 眉批：会说。

② 眉批：秀才风，却也利害！

世不得嫁人!”金朝奉却待分辨，二人毫不理他，一气走到韩家来，对子文说知缘故。

那子文听罢，气得呆了半晌，一句话也说不出。又定了一会。张、李二人只是气愤愤的，要拉了子文合起学中朋友见官，到是子文劝他道：“二兄且住。我想起来，那老驴既不愿联姻，就是夺得那女子来时，到底也不和睦①。吾辈若有寸进，怕没有名门旧族来结丝萝？这一个富商，又非大家，直恁希罕！况且他有的是钱财，官府自然为他的。小弟家贫，也那有闲钱与他打官司？他年有了好处，不怕没有报冤的日子。有烦二兄去对他说，前日聘金原是五十两，若肯加倍赔还，就退了婚也得。”二人依言。

子文就开拜匣，取了婚书、吉帖与那头发，一同的望着典铺中来。张、李二人便将上项的言语说了一遍。金朝奉大喜道：“但得退婚，免得在下受累，那在乎这几十两银子!”当时就取过天平，将两个元宝共兑了一百两之数，交与张、李二人收着；就要子文写退婚书，兼讨前日婚约、头发。子文道：“且完了官府的世情，再来写退婚书及奉还原约未迟。而今官事未完，也不好轻易就是这样还得。总是银子也未就领去不妨。”程朝奉又取二两银子，送了张、李二生，央他出名归息。二生就讨过笔砚，写了息词，同着原告、被告、中证一行人进府里来。

吴太守方坐晚堂，一行人就将息词呈上。太守从头念一遍道：

> 劝息人张四维、李俊卿，系天台县学生。切徽人金声，有女已受程氏之聘。因迁居天台，道途修阻，女年及笄，程氏音问不通，不得已，再许韩生，以致程氏斗争成讼。兹金声愿还聘礼，韩生愿退婚姻，庶不致寒盟于程氏。维等忝为亲戚，意在息争，为此上禀。

原来，那吴太守是闽中一个名家，为人公平正直，不爱那有“贝”字的“财”，只爱那无“贝”字的“才”②。自从前日准过状子，乡绅就有书来。他心中已晓

① 眉批：大见识。

② 眉批：何处得来？

得是有缘故的了。当下看过息词。抬头看了韩子文风彩堂堂，已自有几分欢喜。便教唤那秀才上来。韩子文跪到面前。太守道："我看你一表人才，决不是久困风尘的。就是我招你为婿，也不枉了。你却如何轻聘了金家之女？今日又如何就肯轻易退婚？"那韩子文是个点头会意的人。他本等不做指望了，不想着太守心里为他，便转了口道："小生如何舍得退婚！前日初聘的时节，金声朝天设誓，尤恐怕不足为信，复要金声写了亲笔婚约，张、李二生都是同议的。如今现有'不曾许聘他人'句可证。受聘之后，又回却青丝发一缕，小生至今藏在身边，朝夕把玩，就如见我妻子一般。如今一旦要把萧郎做个路人看待，却如何甘心得过？程氏结姻，从来不曾见说。只为贫不敌富，所以无端生出是非。"说罢，便噙下泪来。恰好那吉帖、婚书、头发都在袖中，随即一并呈上。

太守仔细看了，便教把程元、赵孝远远的另押在一边去。先开口问金声道："你女儿曾许程家么？"金声道："爷爷，实是许的。"又问道："既如此，不该又与韩生了。"金声道："只为点绣女事急，仓卒中不暇思前算后，做此一事，也是出于无奈。"又问道："那婚约可是你的亲笔？"金声道："是。"又问道："那上边写道'自幼不曾许聘何人'，却怎么说？"金声道："当时只要成事，所以一一依他，原非实话。"太守见他言词反复，已自怒形于色。又问道："你与程元结亲，却是几年几月几日？"金声一时说不出来，想了一回，只得扭捏道是某年某月某日。

太守喝退了金声，又叫程元起来问道："你聘金家女儿，有何凭据？"程元道："六礼既行，便是凭据了。"又问道："原媒何在？"程元道："原媒自在徽州，不曾到此。"又道："你媳妇的吉帖，拿与我看。"程元道："一时失带在身边。"太守冷笑了一声，又问道："你何年何月何日与他结姻的？"程元也想了一回，信口诌道是某年某月某日，与金声所说日期，分毫不相合了。

太守心里已自了然，便再唤那赵孝上来问道："你做中证，却是那里人？"赵孝道："是本府人。"又问道："既是台州人，如何晓得徽州事体？"赵孝道："因为与两家有亲，所以知道。"太守道："既如此，你可记得何年月日结姻的？”赵孝也约莫着说个日期，又与两人所言不相对了[①]。

原来，他三人见投了息词，便道不消费得气力，把那答应官府的说话都不曾打得照会[②]。谁想太爷一个个的盘问起来，那些衙门中人虽是受了贿赂，因惮太守严明，谁敢在旁边帮衬一句？自然露出马脚。

那太守就大怒道：“这一班光棍奴才，敢如此欺公罔法！且不论没有点绣女之事，就是愚民惧怕时节，金声女儿若果有程家聘礼为证，也不消再借韩生做躲避之策了[③]。如今韩生吉帖、婚书并无一毫虚谬；那程元却都是些影响之谈，况且既为完姻而来，岂有不与原媒同行之理？至于三人所说结姻年月日期，各有一样，这却是何缘故？那赵孝自是台州人，分明是你们要寻个中证，急切里再没有第三个徽州人可央，故此买他出来的。这都只为韩生贫穷，便起不良之心，要将女儿改适内侄。一时通同合计，造此奸谋，再有何说？”便伸手抽出签来，喝叫把三人各打三十板。三人连声的叫苦。

韩子文便跪上禀道：“大人既与小生做主，成其婚姻，这金声便是小生的岳父了[④]。不可结了冤仇，伏乞饶恕！”太守道：“金声，看韩生分上，饶他一半。原告、中证，却饶不得。”当下各各受责，只为心里不打点得，不曾用得杖钱，一个个打得皮开肉绽，叫喊连天。那韩子文、张安国、李文才三人，在旁边暗暗的欢喜。这正应着金朝奉往年所设之誓。

太守便将息词涂坏，提笔判曰：

> 韩子贫惟四壁，求淑女而未能；金声富累千箱，得才郎而自弃。只缘择婿者原乏知人之鉴，遂使图婚者爰生速讼之奸。程门旧约，两两无凭；韩氏新姻，彰彰可据。百金即为婚具，幼女准属韩生。金声、程元、赵孝构衅无端，各行杖警！

判毕，便将吉帖、婚书、头发一齐付与韩子文。一行人辞了太守出来。

---

① 眉批：只此一法，三人皆败。
② 眉批：天意也。
③ 眉批：真明白！
④ 眉批：韩生周全处。

程朝奉做事不成，羞惭满面，却被韩子文一路千老驴、万老驴的骂，又道："做得好事！果然做得好事！我只道打来是不痛的。"程朝奉只得忍气吞声，不敢回答一句。又害那赵孝打了屈棒，免不得与金朝奉共出些遮羞钱与他，尚自喃喃呐呐的怨怅。这教做：赔了夫人又折兵。当下各自散讫。

韩子文经过了一番风波，恐怕又有甚么变卦，便疾忙将这一百两银子，备了些催装速嫁之类，择个吉日，就要成亲。仍旧是张、李二生请期通信。金朝奉见太守为他，不敢怠慢。欲待与舅子到上司做些手脚，又少不得经由府县的，正所谓敢怒而不敢言，只得一一听从。

花烛之后，朝霞见韩生气宇轩昂，丰神俊朗，才貌甚是相当，那里管他家贫？自然你恩我爱。少年夫妇，极尽颠鸾倒凤之欢，倒怨怅父亲多事。真个是：早知灯是火，饭熟已多时。自此无话。

次年，宗师田洪录科。韩子文又得吴太守一力举荐，拔为前列。春秋两闱，联登甲第。金家女儿已自做了夫人。丈人思想前情，惭悔无及①。若预先知有今日，就是把女儿与他为妾，也情愿了。有诗为证：

蒙正当年也困穷，休将肉眼看英雄。

堪夸仗义人难得，太守廉明即古洪。

① 眉批：肉眼自然如此。

卷十一　恶船家计赚假尸银　狠仆人误投真命状

诗曰：

杳杳冥冥地，非非是是天。

害人终自害，狠计总徒然。

话说那杀人偿命，是人世间最大的事，非同小可。所以是真难假，是假难真。真的时节，纵然有钱可以神通，目下脱逃宪网，到底天理不容，无心之中，自然败露。假的时节，纵然严刑拷掠，诬伏莫伸，到底有个辩白的日子。假饶误出误入，那有罪的，老死牖下；无罪的，却命绝于囹圄、刀锯之间。难道头顶上这个老翁是没有眼睛的么？所以古人说得好，道是：

湛湛青天不可欺，未曾举意已先知。

善恶到头终有报，只争来早与来迟。

说话的，你差了。这等说起来，不信死囚牢里，再没有个含冤负屈之人？那阴间地府也不须设得枉死城了！看官不知，那冤屈死的与那杀人逃脱的，大概都是前世的事。若不是前世缘故，杀人竟不偿命，不杀人倒要偿命，死者、生者，怨气冲天，纵然官府不明，皇天自然鉴察。千奇百怪的，巧生出机会来了此公案。所以说道："人恶人怕天不怕，人善人欺天不欺。"又道是："天网恢恢，疏而不漏。"

古来清官察吏，不止一人，晓得人命关天。又且世情不测，尽有极难信的事，偏是真的；极易信的事，偏是假的。所以就是情真罪当的，还要细细体访几番，方能毂狱无冤鬼。如今为官做吏的人，贪爱的是钱财，奉承的是富贵，把那"正直公平"四字撇却东洋大海。明知这事无可宽容，也将一来轻轻放过；明知这事有些尴尬，也将来草草问成。竟不想杀人不可恕，情理难容！那亲动手的奸徒，若不明正其罪，被害冤魂，何时瞑目？至于扳诬冤枉的，却又六问三推，千般锻炼。严刑之下，就是凌迟碎剐的罪，急忙里只得轻易招成，搅得他家破人亡。害他一人，便是害他一家了。只做自己的官，毫不管别人的苦。我不知他肚肠阁落里边，也思想积些阴德与儿孙么[①]？如今所以说这一篇，专一奉劝世上廉明长者：一草一木，都是上天生命，何况祖宗赤子！须要慈悲为本，宽猛兼行，护正诛邪，不失为民父母之意。不但万民感戴，皇天亦当佑之。

且说国朝有个富人王甲，是苏州府人氏，与同府李乙，是个世仇。王甲百计思量害他，未得其便。忽一日，大风大雨，鼓打三更。李乙与妻子吃过晚饭，熟睡多时。只见十余个强人，将红朱黑墨搽了脸，一拥的打将入来。蒋氏惊慌，急往床下躲避。只见一个长须大面的，把李乙头发揪住，一刀砍死。竟不抢东西，登时散了。蒋氏却在床下看得亲切，战抖抖的走将出来，穿了衣服，向丈夫尸首嚎啕大哭。此时邻人已都来看了，各各悲伤，劝慰了一番。蒋氏道："杀奴丈夫的，是仇人王甲。"众人道："怎见得？"蒋氏道："奴在床下，看得明白。那王甲原是仇人，又且长须大面，虽然搽墨，却是认得出的。若是别的强盗，何苦杀我丈夫，东西一毫不动？这凶身不是他是谁？有烦列位与奴做主。"众人道："他与你丈夫有仇，我们都是晓得的。况且地方盗发，我们该报官。明早你写纸状词，同我们到官首告便是，今日且散。"

众人去了，蒋氏关了房门，又哽咽了一会，那里有心去睡？苦啾啾的捱到天明，央邻人买状式写了，取路投长洲县来。正值知县升堂放告，蒋氏直至阶前，大声叫屈。知县看了状子，问了来历，见是人命盗情重事，即时批准。地方也来递失状。知县委捕官相验，随即差了应捕，擒捉凶身。

却说那王甲自从杀了李乙，自恃搽脸无人看破，扬扬得意，毫不提防。不期一伙应捕拥入家来，正是疾雷不及掩耳，一时无处躲避。当下被众人索了，

---

① 眉批：为有司者宜写一通，置之座右。

登时押到县堂。知县问道："你如何杀了李乙？"王甲道："李乙自是强盗杀了，与小人何干？"知县问蒋氏道："你如何告道是他？"蒋氏道："小妇人躲在床底看见，认得他的。"知县道："夜晚间，如何认得这样真？"蒋氏道："不但认得模样，还有一件真情可推。若是强盗，如何只杀了人便散了，不抢东西？此不是平日有仇的却是那个？"知县便叫地邻来问他道："那王甲与李乙果有仇否？"地邻尽说："果然有仇！那不抢东西，只杀了人，也是真的。"知县便喝叫把王甲夹起。那王甲是个富家出身，忍不得痛苦，只得招道："与李乙有仇，假妆强盗杀死是实。"知县取了亲笔供招，下在死囚牢中①。

王甲一时招承，心里还想辩脱。思量无计，自忖道："这里有个讼师叫做邹老人，极是奸滑，与我相好。随你十恶大罪，与他商量，便有生路。何不等儿子送饭时，教他去与邹老人商量？"少顷，儿子王小二送饭来了。王甲说知备细，又分付道："倘有使用处，不可吝惜钱财，误我性命。"

小二一一应诺，径投邹老人家来。说知父亲事体，求他计策谋脱。老人道："令尊之事，亲口供招。知县又是新到任的，自手问成。随你那里告辩，出不得县间初案，他也不肯认错翻招。你将二三百两与我，待我往南京走走，寻个机会，定要设法出来。"小二道："如何设法？"老人道："你不要管我，只交银子与我了。日后便见手段，而今不好先说得。"小二回去，当下凑了三百两银子，到邹老人家，交付停当，随即催他起程。邹老人道："有了许多白物，好歹要寻出一个机会来，且宽心等待等待。"小二谢别而回。老人连夜收拾行李，往南京进发。

不一日，来到南京，往刑部衙门细细打听。说有个浙江司郎中徐公，甚是通融，抑且好客。当下就央了一封先容的荐书，备了一副盛礼，去谒徐公。徐公接见了，见他会说会笑，颇觉相得。自此频频去见，渐厮熟来。

正无个机会处，忽一日，捕盗衙门肘押海盗二十余人，解到刑部定罪。老人上前打听，知有两个苏州人在内。老人点头大喜，自言自语道："计在

① 眉批：亦宜诘其从人，得一二证人者，他日可无驳理矣。

此了。”

次日整备筵席，写帖请徐公饮酒。不逾时，酒筵完备。徐公乘轿而来，老人笑脸相迎。定席以后，说些闲话。饮至更深时分，老人屏去众人，更将百两银子托出，献与徐公。徐公吃了一惊，问其缘故。老人道：“今有舍亲王某，被陷在本县狱中，伏乞周旋。①”徐公道：“苟可效力，敢不从命？只是事在彼处，难以为谋。”老人道：“不难，不难。王某只为与李乙有仇，今李乙被杀，未获凶身，故此遭诬下狱。昨见解到贵部海盗二十余人，内二人苏州人也。今但逼勒二盗，要他自认做杀李乙的，则二盗总是一死，未尝加罪，舍亲王某已沐再生之恩了。”徐公许诺，轻轻收过银子，亲放在扶手匣里面。唤进从人，谢酒乘轿而去。

老人又密访着二盗的家属，许他重谢，先送过一百两银子②。二盗也应允了　到得会审之时，徐公唤二盗近前，开口问道：“你们曾杀过多少人？”二盗即招某时某处杀某人，某月某日夜间到李家杀李乙。徐公写了口词，把诸盗收监，随即叠成文案。

邹老人便使用书房行文书抄招到长洲县知会。就是他带了文案，别了徐公，竟回苏州，到长洲县当堂投了。知县拆开，看见杀李乙的已有了主名，便道：“王甲果然屈招。”正要取监犯查放，忽见王小二进来叫喊诉冤。知县信之不疑，喝叫监中取出王甲，登时释放。蒋氏闻知这一番说话，没做理会处，也只道前日夜间果然自己错认了，只得罢手。

却说王甲得放还家，欢欢喜喜，摇摆进门。方才到得门首，忽然一阵冷风，大叫一声道：“不好了！李乙哥在这里了！”蓦然倒地，叫唤不醒，霎时气绝，呜呼哀哉③。有诗为证：

胡脸阎王本认真，杀人偿命在当身。

暗中假换天难骗，堪笑多谋邹老人。

---

① 眉批：严案所望救，百金即能动之。若预先央求，未必遽允。老人善于观变者也。

② 眉批：周正。

③ 眉批：快哉！

前边说的人命，是将真作假的了。如今再说一个将假作真的。只为些些小事，被奸人暗算，弄出天大一场祸来。若非天道昭昭，险些儿死于非命。正是；

福善祸淫，昭彰天理。

欲害他人，先伤自己。

话说国朝成化年间，浙江温州府永嘉县有个王生，名杰，字文豪。娶妻刘氏，家中止有夫妻二人。生一女儿，年方二岁。内外安童、养娘数口，家道亦不甚丰富。王生虽是业儒，尚不曾入泮，只在家中诵习，也有时出外结友论文。那刘氏勤俭作家，甚是贤慧。夫妻彼此相安。

忽一日，正遇暮春天气，二三友人扯了王生，往郊外踏青游赏。但见：

迟迟丽日，拂拂和风。紫燕黄莺，绿柳丛中寻对偶；狂蜂浪蝶，夭桃队里觅相知。王孙公子兴高时，无日不来寻酒肆；艳质娇姿心动处，此时未免露闺容。须教残醉可重扶，幸喜落花犹未扫。

王生看了春景融和，心中欢畅，吃个薄醉，取路回家里来。只见两个家僮正和一个人门首喧嚷。原来那人是湖州客人，姓吕，提着竹篮卖姜。只为家僮要少他的姜价，故此争执不已。王生问了缘故，便对那客人道："如此价钱也好卖了，如何只管在我家门首喧嚷？好不晓事！"那客人是个戆直的人，便回话道："我们小本经纪，如何要打短我的？相公须放宽洪大量些，不该如此小家子相。"王生乘着酒兴，大怒起来，骂道："那里来这老贼驴！辄敢如此放肆，把言语冲撞我！"走近前来，连打了几拳，一手推将去。不想那客人是中年的人，有痰火病的，就这一推里，一交跌去，一时闷倒在地。正是：

身如五鼓衔山月，命似三更油尽灯。

原来人生最不可使性①。况且这小人卖买，不过争得一二个钱，有何大事？常见大人家强梁僮仆，每每借着势力，动不动欺打小民。到得做出事来，又是家主失了体面。所以有正经的，必然严行惩戒。只因王生不该自己使性动手打他，所以到底为此受累，这是后话。

---

① 眉批：格言。

却说王生当日见客人闷倒，吃了一大惊，把酒意都惊散了。连忙喝叫扶进厅来眠了。将茶汤灌将下去，不逾时苏醒转来。王生对客人谢了个不是，讨些酒饭与他吃了，又拿出白绢一匹与他，权为调理之资①。那客人回嗔作喜，称谢一声，望着渡口去了。若是王生有未卜先知的法术，慌忙向前，拦腰抱住，扯将转来，就养他在家半年两个月，也是情愿，不到得惹出飞来横祸。只因这一去，有分教：

双手撒开金线网，从中钓出是非来。

那王生见客人已去，心头尚自跳一个不住，走进房中与妻子说了，道："几乎做出一场大事来。侥幸！侥幸！"此时天已晚了，刘氏便叫丫鬟摆上几样菜蔬，烫热酒与王生压惊。饮过数杯，只闻得外边叩门声甚急，王生又吃一惊。掌灯出来看时，却是渡头船家周四，手中拿了白绢、竹篮，仓仓皇皇，对王生说道："相公，你的祸事到了！如何做出这人命来？"唬得王生面如土色，只得再问缘由。周四道："相公可认得白绢、竹篮么？"王生看了道："今日有个湖州的卖姜客人，到我家来。这白绢是我送他的，这竹篮正是他盛姜之物，如何却在你处？"周四道："下昼时节，是有一个湖州姓吕的客人，叫我的船过渡。到得船中，痰火病大发。将次危了，告诉我道：被相公打坏了。他就把白绢、竹篮交付与我做个证据，要我替他告官；又要我到湖州去报他家属，前来伸冤讨命。说罢，瞑目死了。如今尸骸尚在船中，船已撑在门首河头了，且请相公自到船中看看，凭相公如何区处。"

王生听了，惊得目睁口呆，手麻脚软，心头恰像有个小鹿儿撞来撞去的，口里还只得硬着胆道："那有此话？"背地教人走到船里看时，果然有一个死尸骸。王生是虚心病的，慌了手脚②，跑进房中与刘氏说知。刘氏道："如何是好？"王生道："如今事到头来，说不得了。只是买求船家，要他乘此暮夜，将尸首设法过了，方可无事。"

---

① 眉批：还亏前倨后恭，然白绢却是过分，小心反成祸本。

② 眉批：原欠精细。

王生便将碎银一包，约有二十多两，袖在手中。出来对船家说道："家长不要声张，我与你从长计议。事体是我自做得不是了，却是出于无心的。你我同是温州人，必须有些乡里之情，何苦到为着别处人报仇？况且报得仇来，与你何益？不如不要提起。待我出些谢礼与你，求你把此尸载到别处抛弃了；黑夜里谁人知道？"船家道："抛弃在那里？倘若明日有人认出来，追究根原，连我也不得干净。"王生道："离此不数里，就是我先父的坟茔，极是僻静，你也是认得的。乘此暮夜无人，就烦你船载到那里，悄悄地埋了。人不知，鬼不觉。"周四道："相公的说话甚是有理，却怎么样谢我？①"王生将手中之物出来与他。船家嫌少道："一条人命，难道值得这些些银子？今日凑巧死在我船中，也是天与我的一场小富贵。一百两银子，须是少不得的。"

王生只要完事，不敢违拗，点点头，进去了一会，将着些现银及衣裳、首饰之类，取出来递与周四道："这些东西，约莫有六十金了。家下贫寒，望你将就包容罢了。"周四见有许多东西，便自口软了，道："罢了，罢了。相公是读书之人，只要时常看觑我就是，不敢计较。②"王生此时是情急的，正是：得他心肯日，是我运通时。心中已自放下几分。又摆出酒饭与船家吃了。

随即唤过两个家人，分付他寻了锄头、铁钯之类。内中一个家人姓胡，因他为人凶狠，有些力气，都称他做胡阿虎。当下一一都完备了。一同下船到坟上来。拣一块空地，掘开泥土，将尸首埋藏已毕。又一同上船回家里来。整整弄了一夜。渐渐东方已发动了，随即又请船家吃了早饭，作别而去。王生教家人关了大门，各自散讫。

王生独自回进房来，对刘氏说道："我也是个故家子弟，好模好样的。不想遭这一场，反被那小人逼勒。"说罢，泪如雨下。刘氏劝道："官人，这也是命里所招，应得受些惊恐，破此财物。不须烦恼！今幸得靠天，太平无事，便是十分侥幸了！辛苦了一夜，且自将息将息。"当时，又讨些茶饭与王生吃了，各

① 眉批：主意在此。

② 眉批：此句反当不起祸未有艾也。

各安息不题。

过了数日，王生见事体平静，又买些三牲福物之类，拜献了神明、祖宗。那周四不时的来，假做探望。王生殷殷勤勤待他，不敢冲撞。些小借掇，勉强应承。周四已自从容了，卖了渡船，开着一个店铺。自此无话。

看官听说，王生到底是个书生，没甚见识。当日既然买嘱船家，将尸首载到坟上，只该聚起干柴，一把火焚了，无影无踪，却不干净？只为一时没有主意，将来埋在地中，这便是斩草不除根，萌芽春再发。

又过了一年光景，真个“浓霜只打无根草，祸来只奔福轻人”。那三岁的女儿，出起极重的痘子来。求神问卜，请医调治，百无一灵。王生只有这个女儿，夫妻欢爱，十分不舍，终日守在床边啼哭。

一日，有个亲眷办着盒礼来望痘客，王生接见。茶罢，诉说患病的十分沉重，不久当危。那亲眷道：“本县有个小儿科姓冯，真有起死回生手段。离此有三十里路，何不接他来看觑看觑？”王生道：“领命。”当时天色已黑，就留亲眷吃了晚饭，自别去了。王生便与刘氏说知，写下请帖，连夜唤将胡阿虎来，分付道：“你可五鼓动身，拿此请帖去请冯先生，早来看痘。我家里一面摆着午饭，立等，立等。”胡阿虎应诺去了。当夜无话。

次日，王生果然整备了午饭，直等至未申时，杳不见来。不觉的又过了一日。到床前看女儿时，只是有增无减。挨至三更时分，那女儿只有出的气，没有入的气，告辞父母往阎家里去了。正是：

金风吹柳蝉先觉，暗送无常死不知。

王生夫妻就如失了活宝一般，各各哭得发昏。当时盛殓已毕，就焚化了。

天明以后，到得午牌时分，只见胡阿虎转来回复道：“冯先生不在家里，又守了大半日，故此到今日方回。”王生垂泪道：“可见我家女儿命该如此！如今再也不消说了。”

直到数日之后，同伴中说出实话来，却是胡阿虎一路饮酒沉醉，失去请帖，故此直挨至次日方回，造此一场大谎。王生闻知，思念女儿，勃然大怒。即时唤进胡阿虎，取出竹片要打[①]。胡阿虎道："我又不曾打杀了人！何须如此？[②]"王生闻得这话，一发怒从心上起，恶向胆边生，连忙教家僮扯将下去，一气打了五十多板，方才住手。自进去了。

胡阿虎打得皮开肉绽，拐呀拐的，走到自己房里来，恨恨的道："为甚的受这般鸟气？你女儿痘子，本是没救的了，难道是我不接得郎中断送了他？不值得将我这般毒打。可恨！可恨！"又想了一回道："不妨事。大头在我手里，且待我将息棒疮好了，也教他看我的手段。不知还是井落在吊桶里，吊桶落在井里。如今且不要露风声，等他先做了整备。"正是：

势败奴欺主，时衰鬼弄人。

不说胡阿虎暗生奸计。再说王生自女儿死后，不觉一月有余。亲眷朋友每每备了酒肴，与他释泪。他也渐不在心上了。忽一日，正在厅前闲步，只见一班应捕拥将进来，带了麻绳铁索，不管三七二十一，望王生颈上便套。王生吃一惊，问道："我是个儒家子弟，怎把我这样凌辱！却是为何？"应捕呸了一呸道："好个杀人害命的儒家子弟！官差吏差，来人不差。你自到大爷面前去讲。"当时，刘氏与家僮、妇女听得，正不知甚么事头发了，只好立着呆看，不敢向前。

此时不由王生做主，那一伙如狼似虎的人，前拖后扯，带进永嘉县来，跪在堂下右边；却有个原告跪在左边。王生抬头看时，不是别人，正是家人胡阿虎，已晓得是他怀恨在心出首的了。那知县明时佐开口问道："今有胡虎首你打死湖州客人姓吕的，这怎么说？"王生道："青天老爷，不要听他说谎！念王杰弱怯怯的一个书生，如何会得打死人？那胡虎原是小的家人，只为前日有过，将家法痛治一番。为此怀恨，构此大难之端，望爷台照察！"胡阿虎叩头道："青天爷爷，不要听这一面之词。家主打人自是常事，如何怀得许多恨？如今尸首现在坟茔左侧，万乞老爷差人前去掘取。只看有尸是真，无尸是假。若无尸

---

① 眉批：又是使性之过。

② 眉批：狠哉！

时，小人情愿认个诬告的罪。”

知县依言，即便差人押去起尸。胡阿虎又指点了地尺方寸。不逾时，果然抬个尸首到县里来。知县亲自起身相验，说道：“有尸是真，再有何说？”正要将王生用刑，王生道：“老爷听我分诉：那尸骸已是腐烂的了，须不是目前打死的。若是打死多时，何不当时就来首告，直待今日？分明是胡虎那里寻这尸首，霹空诬陷小人的。”知县道：“也说得是。”胡阿虎道：“这尸首实是一年前打死的。因为主仆之情，有所不忍；况且以仆首主，先有一款罪名，故此含藏不发[①]。如今不想家主行凶不改，小的恐怕再做出事来，以致受累，只得重将前情首告[②]。老爷若不信时，只须唤那四邻八舍到来，问去年某月日间，果然曾打死人否？即此便知真伪了。”知县又依言。

不多时，邻舍唤到。知县逐一动问。果然说去年某月日间，有个姜客被王家打死，暂时救醒，以后不知何如。王生此时被众人指实，颜色都变了，把言语来左支右吾。知县道：“情真罪当，再有何言？这厮不打，如何肯招？”疾忙抽出签来，喝一声：“打！”两边皂隶吆喝一声，将王生拖翻，着力打了二十板。可怜瘦弱书生，受此痛棒拷掠。王生受苦不过，只得一一招成。

知县录了口词，说道：“这人虽是他打死的，只是没有尸亲执命，未可成狱。且一面收监，待有了认尸的，定罪发落。”随即将王生监禁狱中，尸首依旧抬出埋藏，不得轻易烧毁，听后检偿。发放众人散讫，退堂回衙。

那胡阿虎道是私恨已泄，甚是得意，不敢回王家见主母，自搬在别处住了。

却说王家家僮们在县里打听消息，得知家主已在监中，唬得两耳雪白，奔回来报与主母。刘氏一闻此信，便如失去了三魂，大哭一声，望后便倒。

未知性命如何，先见四肢不动。

丫鬟们慌了手脚，急急叫唤。那刘氏渐渐醒将转来，叫声：“官人！”放声大哭。足有两个时辰，方才歇了。疾忙收拾些零碎银子，带在身边。换了一身青

---

① 眉批：会说。

② 眉批：如此利害人，岂可与他作私事？王生无知人之哲，宜其及也。

衣，教一个丫鬟随了，分付家僮在前引路，径投永嘉县狱门首来。

夫妻相见了，痛哭失声。王生又哭道："却是阿虎这奴才，害得我至此！"刘氏咬牙切齿，恨恨的骂了一番，便在身边取出碎银，付与王生道："可将此散与牢头、狱卒，教他好好看觑，免致受苦。"王生接了。天色昏黑，刘氏只得相别。一头啼哭，取路回家。胡乱用些晚饭，闷闷上床。思量："昨夜与官人同宿，不想今日遭此祸事，两地分离。"不觉又哭一场，凄凄惨惨睡了不题。

却说王生自从到狱之后，虽则牢头、禁子受了财钱，不受鞭箠之苦，却是相与的都是那些蓬头垢面的囚徒，心中有何快活？况且大狱未决，不知死活如何。虽是有人殷勤送衣送饭，到底不免受些饥寒之苦，身体日渐羸瘠了。刘氏又将银来买上买下，思量保他出去。又道是人命重事，不易轻放，只得在监中耐守。光阴似箭，日月如梭。王生在狱中，又早恹恹的挨过了半年光景。劳苦忧愁，染成大病。刘氏求医送药，百般无效，看看待死。

一日，家僮来送早饭。王生望着监门分付道："可回去对你主母说，我病势沉重不好，旦夕必要死了。教主母可作急来一看，我从此要永诀了！"家僮回家说知，刘氏心慌胆战，不敢迟延，疾忙顾了一乘轿，飞也似抬到县前来。

离了数步，下了轿，走到狱门首，与王生相见了，泪如涌泉，自不必说。王生道："愚夫不肖，误伤人命，以致身陷缧绁，辱我贤妻。今病势有增无减了，得见贤妻一面，死也甘心。但只是胡阿虎这个逆奴，我就到阴司地府，决不饶过他的。"刘氏含泪道："官人不要说这不祥的话！且请宽心调养。人命既是误伤，又无苦主，奴家匡得卖尽田产，救取官人出来，夫妻完聚。阿虎逆奴，天理不容，到底有个报仇日子，也不要在心[①]。"王生道："若得贤妻如此用心，使我重见天日，我病体也就减几分了。但恐弱质恹恹，不能久待。"刘氏又劝慰了一番，哭别回家，坐在房中纳闷。

僮仆们自在厅前斗牌要子。只见一个半老的人挑了两个盒子，竟进王家里来。放下匾担，对家僮问道："相公在家么？"只因这个人来，有分教：负屈寒

---

① 眉批：见得透。

儒，得遇秦庭朗镜；行凶诡计，难逃萧相明条。有诗为证：

湖商自是隔天涯，舟子无端起祸胎。

指日王生冤可白，灾星换做福星来。

那些家僮见了那人，仔细看了一看，大叫道："有鬼！有鬼！"东逃西窜。你道那人是谁？正是一年前来卖姜的湖州吕客人。那客人忙扯住一个家僮，问道："我来拜你家主，如何说我是鬼？"

刘氏听得厅前喧闹，走将出来。吕客人上前唱了个喏，说道："大娘听禀，老汉湖州姜客吕大是也。前日承相公酒饭，又赠我白绢，感激不尽。别后到了湖州。这一年半里边，又到别处做些生意。如今重到贵府走走，特地办些土宜来探望你家相公①。不知你家大官们如何说我是鬼："傍边一个家僮嚷道："大娘，不要听他！一定得知道大娘要救官人，故此出来现形索命。"刘氏喝退了，对客人说道："这等说起来，你真不是鬼了。你害得我家丈夫好苦！"吕客人吃了一惊道："你家相公在那里？怎的是我害了他？"刘氏便将周四如何撑尸到门，说留绢、篮为证；丈夫如何买嘱船家，将尸首埋藏；胡阿虎如何首告，丈夫招承下狱的情由，细细说了一遍。

吕客人听罢，捶着胸膛道："可怜！可怜！天下有这等冤屈的事！去年别去，下得渡船。那船家见我的白绢，问及来由，我不合将相公打我垂危、留酒赠绢的事情，备细说了一番。他就要买我白绢。我见价钱相应，即时卖了。他又要我的竹篮儿，我就与他作了渡钱。不想他赚得我这两件东西，下这般狠毒之计！老汉不早到温州，以致相公受苦！果然是老汉之罪了。"刘氏道："今日不是老客人来，连我也不知丈夫是冤枉的。那绢儿，篮儿是他骗去的了，这死尸却是那里来的？"吕客人想了一回道："是了，是了。前日正在船中说这事时节，只见水面上一个尸骸，浮在岸边。我见他注目而视，也只道出于无心。谁知因此就生奸计了。好狠！好狠！如今事不宜迟，请大娘收进了土宜，与老汉

---

① 眉批：忠厚人。

同到永嘉县诉冤，救相公出狱，此为上着。[①]”刘氏依言，收进盘盒，摆饭请了吕客人。他本是儒家之女，精通文墨。不必假借讼师，就自己写了一纸诉状。顾乘女轿，同吕客人及僮仆等取路投永嘉县来。

等了一会，知县升晚堂了。刘氏与吕大大声叫屈，递上诉词。知县接上，从头看过；先叫刘氏起来问。刘氏便将丈夫争价误殴、船家撑尸得财、家人怀恨出首的事，从头至尾，一一分割。又说：“直至今日，姜客重来，才知受枉。”知县又叫吕大起来问，吕大也将被殴始末、卖绢根由，一一说了。知县道：“莫非你是刘氏买出来的？[②]”吕大叩头道：“爷爷，小的虽是湖州人，在此为客多年，也多有相识的在这里，如何瞒得老爷过？当时若果然将死，何不央船家寻个相识来见一见，托他报信复仇，却将来托与一个船家？这也还道是临危时节，无暇及此了。身死之后，难道湖州再没有个骨肉亲戚，见是久出不归，也该有人来问个消息。若查出被殴伤命，就该到府县告理。如何直待一年之后，反是王家家人首告？小人今日才到此地，见有此一场屈事。那王杰虽不是小人陷他，其祸都因小人而起。实是不忍他含冤负屈，故此来到台前控诉。乞老爷笔下超生！”知县道：“你既有相识在此，可报名来。”吕大屈指头说出十数个，知县一一提笔记了。却到把后边的点出四名，唤两个应捕上来，分付道：“你可悄悄地唤他同做证见的邻舍来。”应捕随应命去了。

不逾时，两伙人齐唤了来。只见那相识的四人，远远地望见吕大，便一齐道：“这是湖州吕大哥，如何在这里？一定前日原不曾死。”知县又教邻舍人近前细认，都骇然道：“我们莫非眼花了！这分明是被王家打死的姜客，不知还是到底救醒了，还是面庞厮像的？”内中一个道：“天下那有这般相像的理？我的眼睛一看过，再不忘记。委实是他，没有差错。”此时，知县心里已有几分明白了，即便批准诉状，叫起这一干人，分付道：“你们出去，切不可张扬。若违我言，拿来重责。[③]”众人唯唯而退。知县随即唤几个应捕，分付道：“你们可密

① 眉批：忠厚人。
② 眉批：疑得也是。
③ 眉批：知县颇细。

访着船家周四，用甘言美语哄他到此，不可说出实情。那原首人胡阿虎，自有保家，俱到明日午后，带齐听审。”应捕应诺，分头而去。知县又发付刘氏、吕大回去，到次日晚堂伺候。二人叩头同出。

刘氏引吕大到监门前见了王生，把上项事情尽说了。王生闻得，满心欢喜，却似醍醐灌顶，甘露洒心，病体已减去六七分了。说道：“我初时只怪阿虎，却不知船家如此狠毒！今日不是老客人来，连我也不知自己是冤枉的。[1]”正是：

雪隐鹭鸶飞始见，柳藏鹦鹉语方知。

刘氏别了王生，出得县门，乘着小轿；吕大与僮仆随了，一同径到家中。刘氏自进房里，教家僮们陪客人吃了晚食，自在厅上歇宿。

次日过午，又一同的到县里来。知县已升堂了。不多时，只见两个应捕将周四带到。原来，那周四自得了王生银子，在本县开个布店。应捕得了知县的令，对他说：“本县大爷要买布。”即时哄到县堂上来。也是天理合当败露，不意之中，猛抬头见了吕大，不觉两耳通红。吕大叫道：“家长哥，自从买我白绢、竹篮，一别直到今日。这几时生意好么？”周四顿口无言，面如槁木。

少顷，胡阿虎也取到了。原来胡阿虎搬在他方，近日偶回县中探亲，不期应捕正遇着他，便上前捣个鬼道：“你家家主人命事，已有苦主了。只待原首人来，即便审决。我们那一处不寻得到？”胡阿虎认真，欢欢喜喜，随着公人，直至县堂跪下。知县指着吕大问道：“你可认得那人？”胡阿虎仔细一看，吃了一惊，心下好生踌躇，委决不下，一时不能回答。

知县将两人光景，一一看在肚里了，指着胡阿虎大骂道：“你这个狼心狗行的奴才！家主有何负你，直得便与船家同谋，觅这假尸诬陷人命？”胡阿虎道：“其实是家主打死的，小人并无虚谬。”知县怒道：“还要口强！吕大既是死了，那堂下跪的是什么人？”喝教左右夹将起来，快快招出奸谋便罢。胡阿虎被夹，大喊道：“爷爷若说小人不该怀恨在心，首告家主，小人情愿认罪；若要小人招做同谋，便死也不甘的。当时家主不合打倒了吕大，即刻将汤救醒，与了酒饭，

---

[1] 眉批：惟其不自知，所以误受诈受祸也。

赠了白绢，自往渡口去了。是夜二更天气，只见周四撑尸到门，又有白绢、竹篮为证，合家人都信了。家主却将钱财买住了船家，与小人同载至坟茔埋讫[①]。以后因家主毒打，小人挟了私仇，到爷爷台下首告，委实不知这尸真假。今日不是吕客人来，连小人也不知是家主冤枉的。那死尸根由，都在船家身上。"

知县录了口语，喝退胡阿虎，便叫周四上前来问。初时也将言语支吾，却被吕大在旁边面对。知县又用起刑来，只得一一招承，道："去年某月某日，吕大怀着白绢下船。偶然问起缘由，始知被殴详细。恰好渡口原有这个死尸在岸边浮着，小的因此生心，要诈骗王家。特地买他白绢，又哄他竹篮，就把水里尸首捞在船上了。前到王家，谁想他一说便信[②]。以后得了王生银子，将来埋在坟头。只此是真，并无虚话。"

知县道："是便是了，其中也还有些含糊。那里水面上恰好有个流尸？又恰好与吕大厮像？毕竟又从别处谋害来诈骗王生的[③]。"周四大叫道："爷爷，冤枉！小人若要谋害别人，何不就谋害了吕大？前日因见流尸，故此生出买绢、篮的计策。心中也道：'面庞不像，未必哄得信。'小人欺得王生一来是虚心病的；二来与吕大只见得一面，况且当日天色昏了，灯光之下，一般的死尸，谁能细辨明白？三来白绢、竹篮又是王生及姜客的东西，定然不疑，故此大胆哄他一哄。不想果被小人瞒过，并无一个人认得出真假。那尸首的来历，想是失脚落水的，小人委实不知。"吕大跪上前禀道："小人前日过渡时节，果然有个流尸，这话实是真情了。"知县也录了口语。周四道："小人本意，只要诈取王生财物，不曾有心害他。乞老爷从轻拟罪。"知县大喝道："你这没天理的狠贼！你自己贪他银子，便几乎害得他家破人亡。似此诡计凶谋，不知陷过多少人了[④]！我今日也为永嘉县中除了一害。那胡阿虎身为家奴，拿着影响之事，背恩卖主，情实可恨！合当重行责罚。"

---

① 眉批：初首时，何不即扯船家为证？
② 旁批：误事在此。
③ 眉批：疑得也是。
④ 眉批：所谓情理难容。

当时喝教把两人扯下。胡阿虎重打四十；周四不计其数，以气绝为止。不想那阿虎近日伤寒病未痊，受刑不起；也只为奴才背主，天理难容，打不上四十，死于堂前。周四直至七十板后，方才昏绝。可怜二恶凶残，今日毙于杖下。

知县见二人死了，责令尸亲前来领尸。监中取出王生，当堂释放。又抄取周四店中布匹，估价一百金，原是王生被诈之物，例该入官。因王生是个书生，屈陷多时。怜他无端，改赃物做了给主，也是知县好处。坟傍尸首，掘起验时，手爪有沙，是个失水的。无有尸亲，责令仵作埋之义冢。

王生等三人谢了知县出来。到得家中，与刘氏相持痛哭了一场。又到厅前与吕客人重新见礼。那吕大见王生为他受屈，王生见吕大为他辨诬，俱各致个不安，互相感激，这教做：不打不成相识。以后遂不绝往来。

王生自此戒了好些气性，就是遇着乞儿，也只是一团和气。感愤前情，思想荣身雪耻。闭户读书，不交宾客。十年之中，遂成进士。

所以说，为官做吏的人，千万不可草菅人命，视同儿戏。假如王生这一桩公案，惟有船家心里明白，不是姜客重到温州，家人也不知家主受屈，妻子也不知道丈夫受屈，本人也不知自己受屈①。何况公庭之上，岂能尽照覆盆？慈祥君子，须当以此为鉴！

图圄刑措号仁君，结网罗钳最枉人。
寄语昏污诸酷吏，远在儿孙近在身。

---

① 眉批：乃知天下狱情，冤者多矣。

卷十二　陶家翁大雨留宾 蒋震卿片言得妇

诗曰：

一饮一啄，莫非前定。

一时戏语，终身话柄。

话说人生万事，前数已定。尽有一时间偶然戏耍之事，取笑之话，后边照应将来，却像是个谶语响卜，一毫不差。乃知当他戏笑之时，暗中已有鬼神做主，非偶然也。

只如宋朝崇宁年间，有一个姓王的公子，本贯浙西人。少年发科，到都下会试。一日将晚，到延秋坊人家赴席。在一个小宅子前经过，见一女子生得十分美貌，独立在门内，徘徊凝望，却像等候甚么人的一般。王生正注目看他，只见前面一伙骑马的人喝拥而来，那女子避了进去。王生匆匆也行了，不曾问得这家姓张姓李。

赴了席，吃得半醉归来，已是初更天气。复经过这家门首，望门内一看，只见门已紧闭，寂然无人声。王生嗤嗤从左傍墙脚下一带走去，意思要看他有后门没有。只见数十步外，有空地丈余；小小一扇便门，也关着在那里。王生想道："日间美人，只在此中。怎能勾再得一见？"看了他后门，正在恋恋不舍，忽然隔墙丢出一件东西来，掉在地下一响。王生几乎被他打着。拾起来看，却是一块瓦片。此时皓月初升，光同白昼。看那瓦片时，有六个字在上面，写道："夜间在此相候。"王生晓得有些蹊跷，又带着几分酒意，笑道："不知是何等人约人做事的？待我耍他一耍。"就在墙上剥下些石灰粉来，写在瓦背上道："三更后可出来。"仍旧望墙里丢了进去。走开十来步，远远地站着，看他有何动静。

等了一会，只见一个后生走到墙边，低着头，却像找寻甚么东西的，寻来寻去。寻了一回，不见甚么，对着墙里叹了一口气，有一步没一步的，佯佯走了去。王生在黑影里看得明白，便道："想来此人定是所约之人了，只不知里边是甚么人。好歹有个人出来，必要等着他。"等到三更，月色，已高，烟雾四合。王生酒意已醒。看看渴睡上来，伸伸腰，打个呵欠，自笑道："睡到不去睡，管别人这样闲事！"

正要举步归寓，忽听得墙边小门呀的一响，轧然开了。一个女子闪将出来。月光之下，望去看时，且是娉婷。随后一个老妈，背了一只大竹箱，跟着望外就走。王生迎将上去，看得仔细，正是日间独立门首这女子。那女子看见人来，一些不避。直到当面一看，吃一惊道："不是！不是！"回转头来看老妈。老妈上前，擦擦眼，把王生一认，也道："不是！不是！快进去！"那王生倒将身拦在后门边了，一把扯住道："还思量进去！你是人家闺中女子，约人夜晚间在此相会，可是该的？我今声张起来，拿你见官，丑声传扬，叫你合家做人不成！我偶然在此遇着，也是我与你的前缘，你不如就随了我去。我是在此会试的举人，也不辱没了你。"那女子听罢，战抖抖的泪如雨下，没做道理处。老妈说道："若是声张，果是利害！既然这位官人是个举人，小娘子权且随他到下处再处。而今没奈何了。一会子天明了，有人看见，却了不得！"那女子一头哭，王生一头扯扯拉拉，只得软软地跟他走到了下处。放他在一个小楼上面，连那老妈也就留了他伏侍。

女子性定，王生问他备细。女子道："奴家姓曹，父亲早丧，母亲只生得我一人，甚是爱惜，要将我许聘人家。我有个姑娘的儿子，从小往来，生得聪俊，心里要嫁他。这个老妈，就是我的奶娘。我央他对母亲说知此情。母亲嫌他家里无官，不肯依从。所以叫奶娘通情，说与他了，约他今夜以掷瓦为信，开门从他私奔。他已曾还掷一瓦，叫三更后出来。及至出得门来，却是官人，倒不见他，不知何故。"王生笑把适才戏写掷瓦，及一男子寻觅东西不见，长叹走去的事，说了一遍。女子叹口气道："这走去的，正是他了。"王生笑道："却是我幸得撞着，岂非五百年前姻缘做定了？”女子无计可奈，见王生也自一表非俗，只得从了他。新打上的，恩爱不浅。

到得会试过了，榜发，王生不得第①。却恋着那女子，正在欢爱头上，不把那不中的事放在心里，只是朝欢暮乐。那女子前日带来竹箱中，多是金银实物。王生缺用，就拿出来与他盘缠②。迁延数月，王生竟忘记了归家。

王生的父亲在家盼望，见日子已久，不见王生归来。遍问京中来的人，都说道：“他下处有一女人相处，甚是得意，那得肯还？”其父大怒，写着严切手书，差着两个管家，到京催他起身。又寄封书与京中同年相好的，叫他遣个马票，兼请逼勒他出京，不许耽延③。王生不得已，与女子作别，道：“事出无奈，只得且去，得便就来。或者禀明父亲，径来接你，也未可知。你须耐心，同老妈在此寓所住着等我。”含泪而别④。

王生到得家中，父亲升任福建，正要起身，就带了同去。一时未便，不好说得女子之事，闷闷随去任所，朝夕思念不题。

且说京中女子，同奶妈住在寓所守候。身边所带东西，王生在时已用去将有一半；今又两口在寓所食用，有出无入，看看所剩不多，王生又无信息。女子心下着忙，叫老妈打听家里母亲光景，指望重到家来，与母亲相会。不想母亲因失了这女儿，终日啼哭，已自病死多时。那姑娘之子，次日见说舅母家里不见了女儿，恐怕是非缠在身上，逃去无踪了⑤。女子见说，大哭了一场，与老妈商量道：“如今一一身无靠。汴京到浙西，也不多路，趁身边还有些东西，做了盘缠，到他家里去寻他。不然，如何了当？”就央老妈顾了一只船，下汴京一路来。

行到广陵地方，盘缠已尽。那老妈又是高年，船上早晚感冒些风露，一病

---

① 眉批：扫兴！恐亦亏行之报。

② 眉批：可怜！

③ 旁批：杀风景。

④ 眉批：太草草，王生非忠厚人也。

⑤ 眉批：若非逃去，或者前念未断。

不起。那女子极得无投奔，只是啼哭。元来，广陵即是而今扬州府，极是一个繁华之地。古人诗云："烟花三月下扬州。"又道是："二十四桥明月夜，玉人何处教吹箫？"从来仕宦官员、王孙公子要讨美妾的，都到广陵郡来拣择聘娶，所以填街塞巷，都是些媒婆撞来撞去。看见船上一个美貌女子啼哭，都攒将拢来问缘故。女子说道："汴京下来，到西浙寻丈夫，不想此间奶母亡故，盘缠用尽，无计可施，所以啼哭。"内中一个婆子道："何不去寻苏大商量？"女子道："苏大是何人？"那婆子道："苏大是此间好汉，专一替人出闲力的。"女子慌忙之中，不知一个好歹，便出口道："有烦指引则个。"

婆子去了一会，寻取一个人来。那人一到船边，问了详细，便去引领一干人来，抬了尸首上岸埋葬，算船钱打发船家。对女子道："收拾行李到我家里，停住几日再处。"叫一乘轿来抬女子。女子见他处置有方，只道投着好人，亦且此身无主，放心随他去。谁知这人却是扬州一个大光棍，当机兵、养娼妓、接子弟的，是个烟花的领袖，乌龟的班头。轿抬到家，就有几个粉头出来相接作伴。女子情知不尴尬，落在套中，无处分诉①。自此改名苏媛，做了娼妓了。

王生在福建，随任两年，方回浙中。又值会试之期，束装北上，道经扬州。扬州司理乃是王生乡举同门，置酒相待。王生赴席。酒筵之间，官妓叩头送酒。只见内中一人，屡屡偷眼看王生不已。生亦举目细看，心里疑道："如何甚像京师曹氏女子？"及问姓名，全不相同。却再三看来，越看越是。酒半起身，苏媛捧觞上前，劝生饮酒。觌面看得较切，口里不敢说出，心中想着旧事，不胜悲伤，禁不住两行珠泪，簌簌的落将下来，堕在杯中。生情知是了，也垂泪道："我道像你，元来果然是你。却是因何在此？"那女子把别后事情，及下汴寻生，盘缠尽了，失身为娼，始末根缘，说了一遍，不觉大恸。生自觉惭愧，感伤流泪，力辞不饮，托病而起。随即召女子到自己寓所，各诉情怀，留同枕席。

次日，密托扬州司理，追究苏大局良为娼，问了罪名；脱了苏媛乐籍，送生同行。后来与生生子，仕至尚书郎。想着起初只是一时拾得掷瓦，做此戏谑

① 眉批：亦是亏行之报。

之事。谁知是老大一段姻缘，几乎把女子一生断送了！还亏得后来成了正果。

而今更有一段话文，只因一句戏言，致得两边错认，得了一个老婆，全始全终，比前话更为完美。有诗为证：

戏言偶尔作恢奇，谁道从中遇美妻，

假女婿为真女婿，失便宜处得便宜。

这一本话文，乃是国朝成化年间，浙江杭州府余杭县有一个人，姓蒋，名霆，表字震卿。本是儒家子弟，生来心性倜傥佻㑩，顽耍戏浪，不拘小节。最喜游玩山水，出去便是累月累日，不肯呆坐家中。一日想道："从来说山阴道上，千岩竞秀，万壑争流，是个极好去处。此去绍兴府隔得多少路，不去游一游?"

恰好有乡里两个客商，要过江南去贸易，就便搭了伴同行。过了钱塘江，搭了西兴夜船，一夜到了绍兴府城①。两客自去做买卖，他便兰亭、禹穴、蕺山、鉴湖，没处不到，游得一个心满意足。两客也做完了生意，仍旧合伴同归。

偶到诸暨村中行走，只见天色看看傍晚，一路是些青畦绿亩，不见一个人家。须臾之间，天上洒下雨点来，渐渐下得密了。三人都不带得雨具，只得慌忙向前奔走，走得一个气喘。却见林子里露出一所庄宅来。三人远望道："好了，好了，且到那里躲一躲则个。"两步那来一步，走到面前，却是一座双檐滴水的门坊。那两扇门，一扇关着，一扇半掩。在那里。蒋震卿便上前一手就去推门。二客道："蒋兄惯是莽撞。借这里只躲躲雨便了，知是甚么人家，便去敲门打户?"蒋震卿最好取笑，便大声道："何妨得！此乃是我丈人家里。"二客道："不要胡说惹祸!"

过了一会，那雨越下得大了。只见两扇门忽然大开，里头踱出一个老者来。看他怎生打扮：

头戴斜角方巾，手持盘头拄拐。方巾内竹簭冠，罩着银丝样几茎乱发；拄拐上虬须节，握着干姜般五个指头。宽袖长衣，摆出浑如鹤步；高跟深

① 眉批：韵人也，宜其有韵事。

履，踱来一似龟行。想来圯上可传书，应是商山随聘出。

元来这老者姓陶，是诸暨村中一个殷实大户，为人梗直忠厚，极是好客、尚义、认真的人。起初，傍晚正要走出大门来，看人关闭，只听得外面说话响，晓得有人在门外躲雨，故迟了一步。却把蒋震卿取笑的说话，一一听得明白。走进去对妈妈与合家说了①，都道："有这样放肆可恶的！不要理他。"而今见下得雨大，晓得躲雨的没去处，心下过意不去。有心要出来留他们进去，却又怪先前说这讨便宜话的人。踌躇了一回，走出来，见是三个，就问道："方才说老汉是他丈人的，是那一个？"蒋震卿见问着这话，自觉先前失言，耳根通红。二客又同声将他埋怨道："原是不该。"老者看见光景，就晓得是他了，便对二客道："两位不弃老拙，便请到寒舍里面盘桓一盘桓。这位郎君依他方才所说，他是吾子辈，与宾客不同，不必进来，只在此伺候罢。"二客方欲谦逊，被他一把扯了袖子，拽进大门。刚跨进槛内，早把两扇门扑的关好了②。

二客只得随老者登堂，相见叙坐，各道姓名，及偶过避雨，说了一遍。那老者犹兀自气忿忿的道："适间这位贵友，途路之中，如此轻薄无状，岂是个全身远害的君子？二公不与他相交得也罢了。"二客替他称谢道："此兄姓蒋，少年轻肆，一时无心失言，得罪老丈，休得计较？"老者只不释然。须臾，摆下酒饭相款，竟不提起门外尚有一人。二客自己非分取扰，已出望外，况见老者认真着恼，难道好又开口周全得蒋震卿，叫他一发请了进来不成？只得繇他，且管自家食用。

那蒋震卿被关在大门之外，想着适间失言，老大没趣。独自一个栖栖在雨檐之下，黑魆魆地靠来靠去，好生冷落。欲待一口气走了去，一来雨黑，二来单身不敢前行，只得忍气吞声，耐了心性等着③。只见那雨渐渐止了，轻云之中，有些月色上来。侧耳听着门内，人声寂静了，便道："他们想已安寝，我却如何痴等？不如趁此微微月色，路径好辨，走了去吧！"又想一想道："那老儿

---

① 眉批：关目在此。

② 眉批：老者认真崛强，谁知反便宜了他。

③ 眉批：此际难堪。

固然怪我，他们两个便直得如此撇下了我，只管自己自在不成？毕竟有安顿我处，便再等他一等。”

正在踌躇不定，忽听得门内有人低低道：“且不要去。”蒋震卿心下道：“我说他们定不忘怀了我。”就应一声道：“晓得了，不去。”过了一会，又听得低低道：“有些东西拿出来，你可收拾好。①”蒋震卿心下又道：“你看他两个，白白里打搅了他一餐，又拿了他的甚么东西，忒煞欺心！”却口里且答应道：“晓得了。”站住等看。只见墙上有两件东西扑搭地丢将出来。急走上前看时，却是两个被囊。提一提看，且是沉重；把手捻两捻，累累块块，像是些金银器物之类。蒋震卿恐怕有人开出来追寻，急负在背上，望前便走。走过百余步，回头看那门时，已离得略远了。

站着脚再看动静。远望去，墙上两个人跳将下来。蒋震卿道：“他两个也来了。恐有人追，我只索先走，不必等他。”提起脚便走。望后边这两个，也不忙赶，只尾着他慢慢地走。蒋震卿走得少远，心下想道：“他两个赶着了，包里东西必要均分。趁他们还在后边，我且开囊看看。总是不义之物，落得先藏起他些好的。②”立住了，把包裹打开，将黄金重货另包了一囊。把钱布之类，仍旧放在被囊里，提了又走。又望后边两个人，却还未到。元来见他住也住，见他走也走，黑影里远远尾着，只不相近。如此行了半夜，只是隔着一箭之路。

看看天明了，那两个方才脚步走得急促，赶将上来。蒋震卿道：“正是来一路走。”走到面前，把眼一看，吃了一惊。谁知不是昨日同行的两个客人，到是两个女子③。一个头扎临清帕，身穿青紬衫，且是生得美丽。一个散挽头髻，身穿青布袄，是个丫鬟打扮。仔细看了蒋震卿一看，这一惊可也不小，急得忙闪了身子开来。蒋震卿上前，一把将美貌的女子劫住道：“你走那里去！快快跟了我去，到有商量。若是不从，我同到你家去出首。”女子低首无言，只得跟了他走。

---

① 眉批：苦尽甘来了。

② 眉批：却又欺心。

③ 眉批：更妙。

走到一个酒馆中，蒋生拣个僻净楼房与他住下了。哄店家道，是夫妻烧香，买早饭吃的。店家见一男一女，又有丫鬟跟随，并无疑心，自去支持早饭上来吃。蒋震卿对女子低声问他来历，那女子道："奴家姓陶，名幼芳，就是昨日主人翁之女。母亲王氏。奴家幼年间许嫁同郡褚家。谁想他双目失明了，我不愿嫁他。有一个表亲之子王郎，少年美貌，我心下有意于他。与他订约日久，约定今夜私奔出来，一同逃去。今日日间不见回音，将到晚时，忽听得爹爹进来大嚷，道是：'门前有个人，口称这里是他丈人家里①，胡言乱语，可恶！'我心里暗想：'此必是我所约之郎到了。'急急收并资财，引这丫鬟拾翠为伴，逾墙出来。看见你在前面背囊而走，心里道：'自然是了。'恐怕人看见，所以一路不敢相近。谁知跟到这里，却是差了。而今既已失却那人，又不好归去得，只得随着官人罢。也是出于无奈了。"蒋震卿大喜道："此乃天缘已定，我言有验。且喜我未曾娶妻，你不要慌张，我同你家去便了。"蒋生同他吃了早饭，丫鬟也吃了，打发店钱，独讨一个船，也不等二客，一直同他随路换船，径到了余杭家里。家人来问，只说是路上礼聘来的。

那女子入门，待上接下，甚是贤能，与蒋震卿十分相得。过了一年，已生了一子。却提起父母，便凄然泪下。一日，对蒋震卿道："我那时不欲从那瞽夫，所以做出这些冒礼勾当来。而今身已属君，可无悔恨。但只是双亲年老无靠，失我之后，在家必定忧愁。且一年有余，无从问个消息，我心里一刻不能忘。再如此思念几时，毕竟要生出病来了②。我想父母平日爱我如珠似宝，而今便是他知道了，他只以见我为喜，定然不十分嗔怪的。你可计较，怎生通得一个信去?"蒋震卿想了一回道："此间有一个教学的先生，姓阮，叫阮太始，与我相好。他专在诸暨往来，待我与他商量看。"

蒋震卿就走去，把这事始末根繇，一五一十对阮太始说了。阮太始道："此老者是诸暨一个极忠厚的长者，与学生也曾相会几番过的。待学生寻个便，到

① 眉批：良缘天作合也。

② 眉批：孝心不忘，宜有后会。

那里替兄委曲通知，周全其事，决不有误。”蒋震卿称谢了，来回浑家的话不题。

且说陶老是晚款留二客在家歇宿。次日，又拿早饭来吃了。二客千恩万谢，作别了起身。老者送出门来，还笑道：“昨日狂生，不知那里去宿了，也等他受些恓惶①，以为轻薄之戒。”二客道：“想必等不得，先去了。容学生辈寻着了他，埋怨他一番。老丈再不必介怀！”老者道：“老拙也是一时耐不得，昨日勾奈何他了，那里还挂在心上？”道罢，各自作别去了。

老者入得门时，只见一个丫鬟慌慌张张走到面前，喘做一团，道：“阿爹，不好了！姐姐不知那里去了！”老者吃了一惊道：“怎的说？”一步一攧，忙走进房中来。只见王妈妈儿天儿地的放声大哭，哭倒在地。老者问其详细，妈妈说道：“昨晚好好在他房中睡的。今早因外边有客，我且照管灶下早饭，不曾见他起来。及至客去了，叫人请他来一处吃早饭，只见房中箱笼大开，连伏侍的丫头拾翠也不见，不知那里去了！”老者大骇道：“这却为何？”一个养娘便道：“莫不昨日投宿这些人是个歹人，夜里拐的去了？”老者道：“胡说！他们都是初到此地的。那两个宿了一夜，今日好好别了去的，如何拐得？这一个，因是我恼他，连门里不放他进来，一发甚么相干②？必是日前与人有约，今因见有客，趁哄打劫的逃去了。你们平日看见姐姐有甚破绽么？”一个养娘道：“阿爹此猜十有八九。姐姐只为许了个盲子，心中不乐，时时流泪。惟有王家某郎与姐姐甚说得来，时常叫拾翠与他传消递息的。想必约着跟他走了。”老者见说得有因，密地叫人到王家去访时，只见王郎好好的在家里，并无一些动静。老者没做理会处，自道：“家丑不可外扬，切勿令传出去！褚家这盲子，退得便罢；退不得，苦一个丫头不着，还他罢了。只是身边没有了这个亲生女儿，好生冷静。”与那王妈妈说着，便哭一个不住。后来褚家盲子死了，感着老夫妻念头，又添上几场悲哭，道：“便早死了年把，也不见得女儿如此！”

---

① 眉批：□不恓惶。
② 眉批：偏是不放进门者有相干。

如是一年有多，只见一日门上递个名帖进来，却是余杭阮太始。老者出来接着，道："甚风吹得到此？"阮太始道："久疏贵地诸友，偶然得暇，特过江来拜望一番。"老者便教治酒相待。饮酒中间，大家说些江湖上的新闻，也有可信的，也有可疑的。阮太始道："敝乡一年之前，也有一件新闻，这事却是实的。"老者道："何事？"阮太始道："有个少年朋友，出来游耍归去，途路之间，一句戏话上边，得了一个妇人，至今做夫妻在那里。说道这妇人是贵乡的人，老丈曾晓得么？"老者道："可知这妇人姓甚么？"阮太始道："说道也姓陶。"那老者大惊道："莫非是小女么？"阮太始道："小名幼芳，年纪一十八岁。又有个丫头，名拾翠。"老者撑着眼道："真是吾小女了。如何在他那里？"阮太始道："老丈还记得雨中叩门、冒称是岳家、老丈闭他在门外不容登堂的事么？"老者道："果有这个事。此人平日元非相识，却又关在外边，无处通风。不知那晚小女如何却随了他去了？"阮太始把蒋生所言，一一告诉，说道："一边妄言，一边发怒，一边误认，凑合成了这事。真是希奇！而今已生子了。老翁要见他么？"老者道："可知要见哩！"

只见王妈妈在屏风后边，听得明明白白，忍不住跳将出来，不管是生是熟，大哭，拜倒在阮太始面前道："老夫妇只生得此女。自从失去，几番哭绝，至今奄奄不欲生。若是客人果然致得吾女相见，必当重报。"阮太始道："老丈与孺人固然要见令爱，只怕有些见怪令婿，令婿便不敢来见了。"老者道："果然得见，庆幸不暇，还有甚么见怪？"阮太始道："令婿也是旧家子弟，不辱没了令爱的。老丈既不嗔责，就请老丈同到令婿家里去一见便是。"

老者欣然治装，就同阮太始一路到余杭来。到了蒋家门首，阮太始进去，把以前说话备细说了。阮太始同蒋生出来接了老者。那女儿久不见父亲，也直接至中堂。阮太始暂避开了。父女相见，倒在怀中，大家哭倒。老者就要蒋生同女儿到家去。那女儿也要去见母亲，就一同到诸暨村来。

母女两个相见了，又抱头大哭道："只说此生再不得相会了，谁道还有今日！"哭得傍边养娘们个个泪出。哭罢，蒋生拜见丈人、丈母，叩头请罪道："小婿一时与同伴门外戏言，谁知岳丈认了真，致犯盛怒。又谁知令爱认了错，得谐私愿。小婿如今想起来，当初说此话时，何曾有分毫想到此地位的？都是偶然，望岳丈勿罪！”老者大笑道：“天教贤婿说出这话，有此凑巧。此正前定之事，何罪之有？”

正说话间，阮太始也封了一封贺礼，到门叫喜。老者就将彩帛、银两拜求阮太始为媒，治酒大会亲族，重教蒋震卿夫妇拜天成礼，厚赠妆奁，送他还家，夫妻偕老[①]。当时蒋生不如此戏耍取笑，被关在门外，便一样同两个客人一处儿吃酒了，那里撞得着这老婆来？不知又与那个受用去了。可见，前缘分定，天使其然。

此本说话出在祝枝山《西樵野记》中，事体本等有趣。只因有个没见识的，做了一本《鸳衾记》，乃是将元人《玉清庵错送鸳鸯被》杂剧与嘉定篦工徐达拐逃新人的事三四件，做了个扭名粮长，弄得头头不了，债债不清。所以今日依着本传，把此话文，重新流传于世，使人简便好看。有诗为证：

片言得妇是奇缘，此等新闻本可传。

扭捏无端殊舛错，故将话本与重宣。

① 眉批：学养子，而后嫁者也。

卷十三　赵六老舐犊丧残生　张知县诛枭成铁案

诗曰：

从来父子是天伦，凶暴何当逆自亲？

为说慈乌能反哺，应教飞鸟骂伊人。

话说人生极重的是那“孝”字。盖因为父母的，自乳哺三年，直盼到儿子长大，不知费尽了多少心力。又怕他三病四痛，日夜焦劳。又指望他聪明成器，时刻注想。抚摩鞠育，无所不至。《诗》云：“哀哀父母，生我劬劳。欲报之德，昊天罔极。”说到此处，就是卧冰哭竹；扇枕温衾，也难报答万一。况乃锦衣玉食，归之自己；担饥受冻，委之二亲，漫然视若路人。甚而等之仇敌，败坏彝伦，灭绝天理，真狗彘之所不为也！

如今且说一段不孝的故事，从前寡见，近世罕闻。

正德年间，松江府城有一富民，姓严，夫妻两口儿过活。三十岁上无子，求神拜佛，无时无处不将此事挂在念头上。忽一夜，严娘子似梦非梦间，只听得空中有人说道：“求来子，终没耳；添你丁，减你齿。”严娘子分明听得。次日，即对严公说知，却不解其意。自此以后，严娘子便觉得眉低眼慢，乳胀腹高，有了身孕。怀胎十月，历尽艰辛，生下一子，眉清目秀。夫妻二人，欢喜倍常。万事多不要紧，只愿他易长易成。

光阴荏苒，又早三年。那时也倒聪明伶俐，做爷娘的百依百顺，没一事违拗了他。休说是世上有的物事，他要时定要寻来；便是天上的星、河里的月，也恨不爬上天捉将下来，钻入河捞将出去①。似此情状，不可胜数。又道是："棒头出孝子，箸头出忤逆。"为是严家夫妻养娇了这孩儿，到得大来，就便目中无人，天王也似的大了②。却是为他有钱财使用，又好结识那一班惨刻狡滑、没天理的衙门中人③，多只是奉承过去，那个敢与他一般见识？却又极好樗蒲，搭着一班儿伙伴，多是高手的赌贼。那些人贪他是出钱施主，当面只是甜言蜜语，谄笑胁肩，赚他上手。他只道众人真心喜欢，且十分帮衬，便放开心地，大胆呼卢，把那黄白之物，无算的暗消了去。严公时常苦劝，却终久溺着一个"爱"字，三言两语，不听时也只索罢了。岂知家私有数，经不得十博九空。似此三年，渐渐凋耗。

严公原是积儹上头起家的，见了这般情况，未免有些肉痛。一日，有事出外，走过一个赌坊。只见数十来个人围聚一处，在那里喧嚷。严公望见，走近前来。伸头一看，却是那众人裹着他儿子讨赌钱。他儿子分说不得，你拖我扯，无计可施。严公看了，恐怕伤坏了他，心怀不忍；挨开众人，将身蔽了孩儿，对众人道："所欠钱物，老夫自当赔偿。众弟兄各自请回，明日到家下拜纳便是。"一头说，一手且扯了儿子，怒愤愤的投家里来。关上了门，采了他儿子头发，硬着心，做势要打，却被他挣扎脱了。严公赶去，扯住不放。他掇转身来，望严公脸上只一拳，打个满天星，昏晕倒了。儿子也自慌张，只得将手扶时，元来打落了两个门牙，流血满胸④。儿子晓得不好，且望外一溜走了。

严公半晌方醒，愤恨之极，道："我做了一世人家，生这样逆子！荡了家私，又几乎害我性命，禽兽也不如了！还要留他则甚？"一径走到府里来。却值知府升堂。写着一张状子，将那打落牙齿为证，告了忤逆。知府准了状。当日退堂，老儿自且回去。

---

① 眉批：溺爱常态。
② 眉批：必然之势。
③ 旁批：此岂□□□？
④ 眉批：溺爱者看样。

却有严公儿子平时最爱的相识，一个外郎，叫做丘三，是个极狡黠奸诈的[①]。那时见准了这状，急急出衙门，寻见了严公儿子，备说前事。严公儿子着忙，恳求计策解救。丘三故意作难。严公儿子道："适带得赌钱三两在此，权为使用，是必打点救我性命则个。"丘三又故意迟延了半晌，道："今日晚了，明早府前相会，我自有话对你说。"严公儿子依言，各自散讫。

次早，俱到府前相会。严公儿子问："有何妙计？幸急救我！"丘三把手招他到一个幽僻去处，说道："你来，你来，对你说。"严公儿子便以耳接着丘三的口，等他讲话。只听得跄踔一响，严公儿子大叫一声，疾忙掩耳，埋怨丘三道："我百般求你解救，如何倒咬落我的耳朵[②]？却不恁地与你干休！"丘三冷笑道："你耳朵原来却恁地值钱？你家老儿牙齿直恁地不值钱[③]？不要慌，如今却真对你说话。你慢些只说如此如此，便自没事。"严公儿子道："好计！虽然受些痛苦，却得干净了身子。"

随后府公升厅，严公儿子带到。知府问道："你如何这般不孝！只贪赌博，怪父教诲，甚而打落了父亲门牙，有何理说？"严公儿子泣道："爷爷青天在上，念小的焉敢悖伦胡行？小的偶然出外，见赌坊中争闹，立定闲看。谁知小的父亲也走将来，便疑小的亦落赌场，采了小的回家痛打。小的吃打不过，不合伸起头来，父亲便将小的毒咬一口，咬落耳朵。老人家齿不坚牢，一时性起，遂至坠落[④]。岂有小的打落之理？望爷爷明镜照察！"知府教上去验看。果然是一只缺耳，齿痕尚新，上有凝血。信他言词是实，微微的笑道："这情是真，不必再问了。但看赌可疑，父齿复坏，责杖十板，赶出免拟。"

严公儿子喜得无恙归家，求告父母道："孩儿愿改从前过失，侍奉二亲。官府已责罚过，任父亲发落[⑤]。"老儿昨日一口气上到府告官；过了一夜，又见儿

---

① 眉批：此时却用得着。
② 眉批：好计！
③ 眉批：趣语。
④ 眉批：可听。
⑤ 眉批：此子犹可教也。

子已受了官刑，只这一番说话，心肠已自软了。他老夫妻两个，原是极溺爱这儿子的，想起道："当初受孕之时，梦中四句言语说：'求来子，终没耳。添你丁，减你齿。'今日老儿落齿，儿子啮耳，正此验也。这也是天数，不必说了。"自此，那儿子当真守分，孝敬二亲，后来却得善终。这叫做：改过自新，皇天必宥。

如今再说一个肆行不孝，到底不悛，明彰报应的。

某朝某府某县，有一人姓赵，排行第六，人多叫他做赵六老。家声清白，囊橐肥饶。夫妻两口，生下一子，方离乳哺，是他两人心头的气、身上的肉。未生下时，两人各处许下了偌多香愿。只此一节上，已为这儿子费了无数钱财。不期三岁上出起痘来，两人终夜无寐，遍访名医，多方觅药，不论资财。只求得孩儿无恙，便杀了身已，也自甘心。两人忧疑惊恐，巴得到痘花回好，就是黑夜里得了明珠，也没得这般欢喜。看看调养得精神完固，也不知服了多少药料，吃了多少辛勤，坏了多少钱物。

殷殷抚养，到了六七岁，又要送他上学。延一个老成名师，择日叫他拜了先生，取个学名唤做赵聪。先习了些《神童》、《千家诗》，后习《大学》。两人又怕儿子辛苦了，又怕先生拘束他，生出病来，每日不上读得几句书便歇了。那赵聪也到会体贴他夫妻两人的意思，常只是诈病佯疾，不进学堂。两人却是不敢违拗了他①。那先生看了这些光景，口中不语，心下思量道："这真叫做禽犊之爱，适所以害之耳！养成于今日，后悔无及矣。"却只是冷眼傍观，任主人家措置。

过了半年三个月，忽又有人家来议亲，却是一个宦户人家，姓殷；老儿曾任太守，故了。赵六老却要扳高，央媒求了口帖，选了吉日，极浓重的下了一付谢允礼。自此聘下了殷家女子，逢时致时，逢节致节，往往来来，也不知费用了多少礼物②。

---

① 眉批：不明之父母，有此痼疾。犯之者多矣。

② 眉批：也是财主之痼疾。

韶光短浅，赵聪因为娇养，直挨到十四岁上才读完得经书。赵六老还道是他出人头地，欢喜无限。十五六岁，免不得教他试笔作文。六老此时为这儿子面上，家事已弄得七八了。没奈何，要儿子成就，情愿借贷延师，又重币延请一个饱学秀才，与他引导。每年束脩五十金，其外节仪与夫供给之盛，自不必说。那赵聪原是个极贪安宴、十日九不在书房里的。做先生到落得吃自在饭，得了重资，省了气力。为此就有那一班不成才、没廉耻的秀才，便要谋他馆谷。自有那有志向诚实的，往往却之不就[①]。此之谓贤愚不等。

话休絮烦，转眼间又过了一个年头。却值文宗考童生，六老也叫赵聪没张没致的前去赴考。又替他钻刺央人情，又枉自折了银子。考事已过，六老又思量替儿子毕姻。却是手头委实有些窘迫了，又只得央中写契，借到某处银四百两。那中人叫做王三，是六老平时专托他做事的。似此借票，已写过了几纸，多只是他居间。其时在刘上户家借了四百银子，交与六老。便将银备办礼物，择日纳采，订了婚期。

过了两月，又近吉日，却又欠接亲之费。六老只得东挪西凑，寻了几件衣饰之类，往典铺中解了四十两银子，却也不勾使用。只得又寻了王三，写一纸票，又往褚员外家借了六十金，方得发迎会亲。殷公子送妹子过门，赵六老极其殷勤谦让，吃了五七日筵席，各自散了。

小夫妻两口恩爱如山，在六老间壁一个小院子里居住，快活过日。殷家女子到百般好，只有些儿毛病，专一恃贵自高，不把公婆看在眼里。且又十分悭吝，一文千贯，惯会唆那丈夫做些惨刻之事。若是殷家女子贤慧时，劝他丈夫学好，也不到得后来惹出这场大事了！

自古妻贤夫祸少，应知子孝父心宽。

这是后话。

却说那殷家嫁资丰富，约有三千金财物，殷氏收掌，没一些儿放空。赵六

---

① 眉批：不就者，难其人矣。

老供给儿媳，惟恐有甚不到处，反十分小心①。儿、媳两个，倒嫌长嫌短的不像意。

光阴迅速，又早三年。赵老娘因害痰火病，起不得床，一发把这家事托与那媳妇掌管。殷氏承当了，供养公婆，初时也当像样，渐渐半年三个月，要茶不茶，要饭不饭。两人受淡不过，有时只得开口，勉强取讨得些，殷氏便发话道："有甚么大家事交割与我？却又要长要短，原把去自当不得？我也不情愿当这样吃苦差使，到终日搅得不清净。"赵六老闻得，忍气吞声。实是没有甚么家计分授与他，如何好分说得？叹了口气，对妈妈说了。

妈妈是个积病之人，听了这些声响，又看了儿媳这一番怠慢光景，手中又十分窘迫，不比三年前了。且又索债盈门，箱笼中还剩得有些衣饰，把来偿利，已准过七八了。就还有几亩田产，也只好把与别人做利。赵妈妈也是受用过来的，今日穷了，休说是外人，嫡亲儿媳也受他这般冷淡，回头自思，怎得不恼？一气气得头昏眼花，饮食多绝了。儿、媳两个也不到床前去看视一番，也不将些汤水调养病人。每日三餐，只是这儿碗黄虀，好不苦恼！挨了半月，痰喘大发，呜呼哀哉，伏惟尚飨了。儿、媳两个免不得干号了几声，就走了过去。

赵六老跌脚捶胸，哭了一回，走到间壁去对儿子道："你娘今日死了，实是囊底无物，送终之具，一无所备。你可念母子亲情，买口好棺木盛殓，后日择块坟地殡葬，也见得你一片孝心。"赵聪道："我那里有钱买棺？不要说是好棺木价重买不起，便是那轻敲杂树的，也要二三两一具，叫我那得东西去买？前村李作头家，有一口轻敲些的在那里，何不去赊了来？明日再做理会。"六老噙着眼泪，怎敢再说？只得出门到李作头家去了。

且说赵聪走进来对殷氏道："俺家老儿，一发不知进退了！对我说要讨件好棺木盛殓老娘。我回说道：'休说好的，便是歹的，也要二三两一个。'我叫他且到李作头家赊了一具轻敲的来，明日还价。"殷氏便接口道："那个还价？"赵聪道："便是我们舍个头疼，替他胡乱还些罢。"殷氏怒道："你那里有钱来

---

① 眉批：自贻伊戚。

替别人买棺材？买与自家了不得！要买时，你自还钱！老娘却是没有。我又不曾受你爷娘一分好处，没事便兜揽这些来打搅人！松了一次，便有十次。还他十个没有，怕怎地！”赵聪顿口无言，道：“娘子说得是。我则不还便了。”

随后，六老雇了两个人，抬了这具棺材到来，盛殓了妈妈。大家举哀了一场，将一杯水酒浇奠了，停柩在家。儿、媳两个也不守灵，也不做什么盛羹饭，每日仍只是这几碗黄虀。夜间单留六老一人，冷清清的在灵前伴宿。六老有好气没好气，想了便哭。

过了两七，李作头来讨棺银。六老道：“去替我家小官人讨。”李作头依言去对赵聪道：“官人家赊了小人棺木，幸赐价银则个。”赵聪光着眼，啐了一声道：“你莫不见鬼了！你眼又不瞎。前日是那个来你家赊棺材，便与那个讨，却如何来和我说？”李作头道：“是你家老官来赊的，方才是他叫我来与官人讨。”赵聪道：“休听他放屁！好没廉耻！他自有钱买棺材，如何图赖得人？你去时便去，莫要讨老爷怒发！①”背叉着手，自进去了。

李作头回来，将这段话对六老说知。六老纷纷泪落，忍不住哭起来②。李作头劝住了道：“赵老官不必如此！没有银子，便随分甚么东西，准两件与小人罢了。”赵六老只得进去，翻箱倒笼，寻得三件冬衣，一根银镦子，把来准与李作头去了。

忽又过了七七四十九，赵六老原也有些不知进退，你看了买棺一事，随你怎么，也不可求他了。到得过了断七，又忘了这段光景，重复对儿子道：“我要和你娘寻块坟地，你可主张则个。③”赵聪道：“我晓得甚么主张？我又不是地理师，那晓寻甚么地？就是寻时，难道有人家肯白送？依我说时，只好拣个日子，送去东村烧化了，也倒稳当。”六老听说，默然无言，眼中吊泪。赵聪也不再说，竟自去了。六老心下思量道：“我妈妈做了一世富家之妻，岂知死后无葬身之所！罢，罢！这样逆子，求他则甚！再检箱中，看有些少物件解当些来买

---

① 眉批：口角一般，真一对夫妻也。

② 眉批：迟了！

③ 眉批：其子固可恨，其父本是蠢厌之物。非是父，不生是子。

地，并作殡葬之资。”六老又去开箱，翻前翻后，检得两套衣服，一只金钗，当得六两银子。将四两买了二分地，余二两唤了四个和尚，做些功果，雇了几个扛夫抬出去殡葬了。六老喜得完事，且自归家，随缘度日。

倏忽间，又是寒冬天道。六老身上寒冷，赊了一斤丝棉，无钱得还，只得将一件夏衣对儿子道：“一件衣服在此，你要便买了，不要时便当几钱与我。”赵聪道：“冬天买夏衣，正是‘那得闲钱补抓篱’？放着这件衣服，日后怕不是我的，却买他？也不买，也不当。”六老道：“既恁地时，便罢。”自收了衣服不题。

却说赵聪便来对殷氏说了，殷氏道：“这却是你呆了！他见你不当时，一定便将去解铺中解了，日后一定没了。你便将来胡乱当他几钱，不怕没便宜。”赵聪依允，来对六老道：“方才衣服，媳妇要看一看。或者当了，也不可知。”六老道：“任你将去不妨。若当时只是七钱银子也罢。赵聪将衣服与殷氏看了，殷氏道：“你可将四钱去，说如此时便捉了，要多时回他便罢。”赵聪将银付与六老。六老那里敢嫌多少，欣然接了。赵聪便写一纸短押，上写“限五月没”①，递与六老去了。六老看了短押，紫胀了面皮，把纸扯得粉碎，长叹一声道：“生前作了罪过，故令亲子报应。天也！天也！”怨恨了一回。

过了一夜，次日起身梳洗。只见那作中的王三蓦地走将进来。六老心头吃了一跳，面如土色。正是：

入门休问荣枯事，观看容颜便得知。

王三施礼了，便开口道：“六老莫怪惊动！便是褚家那六十两头，虽则年年清利，却则是些货钱准折，又还得不爽利。今年他家要连本利多楚。小人却是无说话回他。六老遮莫做一番计较，清楚了这一项，也省多少口舌，免得门头不清净。”六老叹口气道：“当初要为这逆子做亲，负下了这几主重债，年年增利，囊橐一空。欲待在逆子处那借来奉还褚家，争奈他两个丝毫不肯放空。便是老夫身衣口食，日常也不能如意，那有钱来清楚这一项银？王兄幸作方便，

① 眉批：妙！

善为我辞，宽限几时，感恩非浅！”王三变了面皮道：“六老说那里话？我为褚家这主债，馋唾多分说干了，你却不知。他家上门上户，只来寻我中人。我却又不得了几许中人钱，没来由讨这样不自在吃！只是当初做差了事，没摆布了。他家动不动要着人来坐催，你却还说这般懈话！就是你手头来不及时，当初原为你儿子做亲借的，便和你儿子那借来还，有甚么不是处[①]？我如今不好去回话，只坐在这里罢了。”六老听了这一篇话，眼泪汪汪，无言可答，虚心冷气的道：“王兄见教极是，容老夫和这逆子计议便了。王兄暂请回步，来早定当报命。”王三道：“是则是了，却是我转了背，不可就便放松！又不图你一碗儿茶，半钟儿酒，着甚来历？[②]”摊手摊脚，也不作别，竟走出去了。

六老没极奈何，寻思道：“若对赵聪说时，又怕受他冷淡；若不去说时，实是无路可通。老王说也倒是。或者当初是为他借的，他肯那移也不可知。”要一步不要一步走到赵聪处来。

只见他每闹闹热热，炊烟盛举。六老问道：“今日为甚事忙？”有人答道：“殷家大公子到来，留住吃饭，故此忙。”六老垂首丧气，只得回身。肚里思量道：“殷家公子在此留饭，我为父的也不值得带挈一带挈？且看他是如何。”停了一会，只见依旧搬将那平时这两碗黄糙饭来。六老看了，喉咙气塞，也吃不落。

那日，赵聪和殷公子吃了一日酒。六老不好去唐突，只得歇了。次早走将过去，回说赵聪未曾起身。六老呆呆的等了个把时辰。赵聪走出来道：“清清早起，有甚话说？”六老倒陪笑道：“这时候也不早了。有一句紧要说话，只怕你不肯依我。”赵聪道：“依得时便说，依不得时便不必说！有什么依不依？”六老半嗫半嚅的道[③]：“日前你做亲时，曾借下了褚家六十两银子，年年清利。今年他家连本要还，我却怎地来得及？本钱料是不能勾，只好依旧上利。我实是手无一文。别样本也不该对你说，却是为你做亲借的，为此只得与你那借些还

① 眉批：不知痛痒之谈。
② 眉批：中人面孔。
③ 眉批：可怜！

他利钱则个。”赵聪怫然变色，摊着手道：“这却不是笑话！恁地说时，原来人家讨媳妇多是儿子自己出钱？等我去各处问一问看，是如此时，我还便了。①”六老又道：“不是说要你还，只是目前那借些个。”赵聪道：“有甚那借不那借？若是后日有得还时，他每也不是这般讨得紧了。昨日殷家阿舅有准盒礼银五钱在此，待我去问媳妇，肯时，将去做个东道，请请中人，再挨几时便是。”说罢，自进去了。六老想道：“五钱银干什么事？况又去与媳妇商量，多分是水中捞月了。”

等了一会，不见赵聪出来，只得回去。却见王三已自坐在那里。六老欲待躲避，早被他一眼瞧见。王三迎着六老道：“昨日所约如何？褚家又是三五替人我家来过了。”六老舍着羞脸说道：“我家逆子分毫不肯通融。本钱实是难处。只得再寻些货物，准过今年利钱，容老夫徐图。望乞方便。”一头说，一头不觉的把双膝屈了下去。王三歪转了头，一手扶六老，口里道：“怎地是这样！既是有货物准得过时，且将去准了。做我不着，又回他过几时。②”六老便走进去，开了箱子，将妈妈遗下这几件首饰衣服，并自己穿的这几件直身，检一个空，尽数将出来，递与王三。王三宽打料帐，约勾了二分起息十六两之数，连箱子将了去了。六老此后，身外更无一物。

话休絮烦。隔了两日，只见王三又来索取那刘家四百两银子的利钱，一发重大。六老手足无措，只得诡说道：“已和我儿子借得两个元宝在此，待将去倾销一倾销。且请回步，来早拜还。”王三见六老是个诚实人，况又不怕他走了那里去，只得回家。六老想道：“虽然哄了他去，这疖少不得要出脓，怎赖得过？”又走过来对赵聪道：“今日王三又来索刘家的利钱，吾如今实是只有这一条性命了，你也可怜见我生身父母，救我一救！”赵聪道：“没事又将这些说话来恐唬人，便有些得替还了不成？要死便死了，活在这里也没干！”六老听罢，扯住赵聪，号天号地的哭③。赵聪奔脱了身，竟进去了。

---

① 眉批：酷肖悍逆声口。

② 眉批：中人还好说话。

③ 眉批：迟了！

有人劝住了六老，且自回去。六老千思万想："若王三来时，怎生措置？"人极计生，六老想了半日，忽然的道："有了，有了。除非如此如此。除了这一件，真便死也没干。"看看天色晚来，六老吃了些夜饭自睡。

却说赵聪夫妻两个，吃罢了夜饭，洗了脚手，吹灭了火去睡。赵聪却睡不稳，清眠在床[①]。只听得房里有些脚步响，疑是有贼，却不做声。元来赵聪因有家资，时常防贼，做整备的。听了一会，又闻得门儿隐隐开响，渐渐有些悉窣之声，将近床边。赵聪只不做声，约摸来得切近，悄悄的床底下拾起平日藏下的一把斧头，趁着手势一劈。只听得扑地一响，望床前倒了。赵聪连忙爬起来，踏住身子，再加两斧。见寂然无声，知是已死。慌忙叫醒殷氏道："房里有贼，已砍死了。"点起火来，恐怕外面还有伴贼，先叫破了地方邻舍。

多有人走起来救护，只见墙门左侧老大一个壁洞。已听见赵聪叫过："砍死了一个贼在房里。"一齐拥进来看。果然一个死尸，头劈做了两半。众人看了，有眼快的叫道："这却不是赵六老！"众人仔细齐来相了一回，多道："是也，是也。却为甚做贼偷自家的东西？却被儿子杀了，好跷蹊作怪的事！"有的道："不是偷东西，敢是老没廉耻要扒灰。儿子愤恨，借这个贼名杀了。"那老成的道："不要胡嘈！六老平生不是这样人。"

赵聪夫妻实不知是什么缘故。饶你平时奸滑，到这时节不由你不呆了。一头假哭，一头分说道："实不知是我家老儿，只认是贼，为此不问事由杀了。只看这墙洞，须知不是我故意的。"众人道："既是做贼来偷，你夜晚间不分皂白，怪你不得。只是事体重大，免不得报官。"哄了一夜，却好天明。众人押了赵聪到县前去。这里殷氏也心慌了，收拾了些财物，暗地到县里打点去使用。

那知县姓张，名晋，为人清廉正直，更兼聪察非常。那时升堂，见众人押这赵聪进来，问了缘故，差人相验了尸首。张晋道是："以子杀父，该问十恶重罪。"傍边走过一个承行孔目，禀道："赵聪以子杀父，罪犯宜重。却实是黑夜

---

① 旁批：富相。

拒盗，不知是父，又不宜坐大辟。”那些地方里邻也是一般说话[①]。张晋由众人说，径提起笔来判道：

赵聪杀贼可恕，不孝当诛[②]！子有余财，而使父贫为盗，不孝明矣！死何辞焉[③]？

判毕，即将赵聪重责四十，上了死囚枷，押入牢里。众人谁敢开口？况赵聪那些不孝的光景，众人一向久慕。见张晋断得公明，尽皆心服。张晋又责令收赵聪家财，买棺殡殓了六老。

殷氏纵有扑天的本事，敌国的家私，也没门路可通。只好多使用些银子，时常往监中看觑赵聪一番。不想进监多次，惹了牢瘟，不上一个月死了[④]。赵聪原是受享过来的，怎熬得囹圄之苦？殷氏既死，没人送饭；饿了三日，死在牢中。拖出牢洞，抛尸在千人坑里。这便是那不孝父母之报。

张晋更着将赵聪一应家财入官。那时刘上户、褚员外并六老平日的债主，多执了原契，禀了张晋。一一多派还了。其余所有，悉行入库。他两个刻剥了这一生，自己的父母也不能勾近他一文钱钞，思量积攒来传授子孙，为永远之计。谁知家私付之乌有，并自己也无葬身之所。要见天理照彰，报应不爽。正是：

由来天网恢恢，何曾漏却阿谁？
王法还须推勘，神明料不差池。

---

① 眉批：此亦公平之论，但非诛心之法。
② 旁批：如镜！
③ 眉批：如此快举，不嫌深文。
④ 天理！

卷十四　酒谋财于郊肆恶　鬼对案杨化借尸

诗曰：

从来人死魂不散，况复生前有宿冤。

试看鬼能为活证，始知明晦一般天。

话说山东有一个耕夫，不记姓名。因耕自己田地，侵犯了邻人墓道。邻人与他争论，他出言不逊，就把他毒打不休，须臾身死。家间亲人，把邻人告官。检尸有致命重伤，问成死罪，已是一年。

忽一日，右首邻家所生一子，口里才能说话，便话得前生事体出来，道："我是耕者某人，为邻人打死。死后见阴司。阴司怜我无罪误死，命我复生。说我尸首已坏，就近托生为右邻之子，即命二鬼送我到右邻房栊外。见一妇人踞床将产，二鬼道：'此即汝母，汝从囟门入。'说罢，二鬼即出。二鬼在外，不听见里头孩子哭声。二鬼回身进来看，说道：'走了，走了。'其时吾躲在衣架之下，被二鬼寻出，复送入囟门。一会就生下来。"历历述说平生事，无一不记。又到前所耕地界处，再三辨悉。那些看的人及他父母，明知是耕者再世，叹为异事。

喧传此话到狱中，那前日抵罪的邻人便当官诉状道："吾杀了耕者，故问死罪。今耕者已得再生，吾亦该放条活路[①]。若不然，死者到得生了，生者到要死了。吾这一死还是抵谁的？"官府看见诉语希奇，吊取前日一干原被犯证里邻问他？他们众口如一，说道："果是重生。"并取小孩儿问他，他言语明明白白，一些不误。官府虽则断道："一死自抵前生，岂以再世幸免？"不准其诉，

① 眉批：奇想。

然却心里大是惊怪。因晓得：人身四大，乃是假合。形有时尽，神则常存。何况屈死冤魂，岂能遽散？

所以国朝嘉靖年间，有一桩异事，乃是一个山东人，唤名丁戍，客游北京，途中遇一壮士，名唤卢疆，见他意气慷慨，性格轩昂，两人觉道说得着，结为兄弟。不多时，卢疆盗情事犯，系在府狱。丁戍到狱中探望。卢疆对他道："某不幸犯罪，无人救答。承兄平日相爱，有句心腹话，要与兄说。"丁戍道："感蒙不弃，若有见托，必当尽心。"卢疆道："得兄应允，死亦瞑目。吾有白金千余[①]，藏在某处，兄可去取了，用些手脚，营救我出狱。万一不能勾脱，只求兄照管我狱中衣食，不使缺乏。他日死后，只要兄葬埋了我，余多的东西，任凭兄取了罢。只此相托，再无余言。"说罢，泪如雨下。丁戍道："且请宽心！自当尽力相救。"珍重而别。

元来，人心本好，见财即变。自古道得好："白酒红人面，黄金黑世心！[②]"丁戍见卢疆倾心付托时，也是实心应承，无有虚谬。及到依他所说的某处取得千金在手，却就转了念头道："不想他果然为盗，积得许多东西在此。造化落在我手里，是我一场小富贵，也勾下半世受用了。总是不义之物，他取得，我也取得，不为罪过。既到了手，还要救他则甚？"又想一想道："若不救他，他若教人问我，无可推托得。惹得毒了，他万一攀扯出来，得也得不稳。何不了当了他？到是口净。"正是转一念，狠一念[③]。从此遂与狱吏两个通同，送了他三十两银子，摆布杀了卢疆。自此丁戍白白地得了千金，又无人知他来历，摇摇摆摆，在北京受用了三年。用过七八了，因下了潞河，搭船归家。

丁戍到了船中，与同船之人正在舱里大家说些闲话，你一句，我一句，只见丁戍忽然跌倒了，一会儿扒起来，睁起双眸，大喝道："我乃北京大盗卢疆也。丁戍天杀的，得我千金，反害我命，而今须索填还我来！"同船之人，见他声口与先前不同，又说出这话来，晓得丁戍有负心之事，冤魂来索命了。各各

① 眉批：杀身之根！
② 眉批：透世语。
③ 眉批：人之作恶，多自转念得来。

心惊，共相跪拜，求告他道："丁戍自做差了事，害了好汉，与吾辈无干。今好汉若是在这船中索命，杀了丁戍，须害我同船之人不得干净，要吃没头官司了。万望好汉息怒！略停几时，等我众人上了崖，凭好汉处置他罢。"只见丁戍口中作鬼语道："罢，罢。我先到他家等他罢。"说毕，复又倒地。须臾，丁戍转醒。众人问他适才的事，一些也不知觉。众人遂俱不道破，随路分别上崖去了。

丁戍到家三日，忽然大叫，又说起船里的说话来。家人正在骇异，只见他走去，取了一个铁锤，望口中乱打牙齿。家人慌忙抱住了，夺了他的铁锤。又走去拿把厨刀在手，把胸前乱砍，家人又来夺住了。他手中无了器皿，就把指头自挖双眼。眼珠尽出，血流满面。家人慌张惊喊。街上人听见，一齐跑进来看。递传出去，弄得看的人填街塞巷。又有日前同舟回来之人，有好事的来打听消息，恰好瞧着。只见丁戍一头自打，一头说卢疆的话，大声价骂。有大胆的走向前问他道："这事有几年了？"附丁戍的鬼道："三年了。"问的道："你既有冤欲报，如此有灵，为何直等到三年？"附丁戍的鬼道："向我关在狱中，不得报仇；近来遇赦，方出得在外来了。"说罢又打，直打到丁戍气绝，遂无影响。于时隆庆改元大赦，要知狱鬼也随阳间例，放了出来，方得报仇，乃信阴阳一理也。正是：

明不独在人，幽不独在鬼。
阳世与阴间，似隔一层纸。
若还显报时，连纸都彻起。

看官，你道在下为何说出这两段说话？只因世上的人，瞒心昧己做了事，只道暗中黑漆漆，并无人知觉的；又道是死无对证，见个人死了，就道天大的事也完了。谁知道冥冥之中，却如此昭然不爽！说到了这样转世说出前生，附身活现果报，恰像人原不曾死，只在面前一般。随你欺心的，硬胆的人，思之也要毛骨悚然[①]。却是死后托生，也是常事；附身索命，也是常事。古往今来，说不尽许多。而今更有一个希奇作怪的，乃是被人害命，附尸诉冤，竟做了活人活证，直到缠过多少时节，经过多少衙门，成狱方休，实为罕见！

---

① 眉批：世人各宜警醒。

这段话，在山东即墨县于家庄。有一人唤名于大郊，乃是个军籍出身。这于家本户，有兴州右屯卫顶当祖军一名。那见在彼处当军的，叫做于守宗。元来这名军是祖上洪武年间传留下来的，虽则是嫡支嫡派承当充伍，却是通族要帮他银两，叫做“军装盘缠”，约定几年来取一度，是个旧规。其时乃万历二十一年，守宗在卫，要人到祖籍讨这一项钱粮。

有个家丁叫做杨化，就是蓟镇人。他心性最梗直，多曾到即墨县走过遭把的，守宗就差他前来。杨化与妻子别了，骑了一只自喂养的蹇驴，不则一日，行到即墨，一径到于大郊屋里居住宿歇了。各家去派取，按着支系派去。也有几分的，也有上钱的，陆续零星讨将来。先凑得二两八钱，在身边藏着。是年正月二十六日，大郊走来对杨化道：“今日鳌山卫集，好不热闹，我要去趁赶，同你去耍耍来。”杨化道：“咱家也坐不过，要去走走。”把个缠袋束在腰里了，骑了驴，同大郊到鳌山卫来。只因此一去，有分教：雄边壮士，强做了一世冤魂；寒舍村姑，硬当了几番鬼役。正是：

猪羊入屠户之家，一步步来寻死路。

却说杨化与于大郊到鳌山集上，看了一回，觉得有些肚饥了，对大郊道：“咱们到酒店上呷碗烧刀子去。”大郊见说，就拉他到卫城内一个酒家尹三家来饮酒。山东酒店，没甚嗄饭下酒，无非是两碟大蒜、几个馍馍。杨化是个北边穷军，好的是烧刀子。这尹三店中是有名最狠的黄烧酒，正中其意，大碗价筛来吃。于大郊又在傍相劝，灌得烂醉。

到天晚了，杨化手垂脚软，行走不得。大郊勉强扶他上了驴，用手搀着他走路。杨化骑一步，一蹱一蹱，几番要攧下来。到了卫北石桥子沟，杨化一个盹，叫声“呵呀！”一交翻下驴来。于大郊道：“骑不得驴了，且在此地下睡睡再走。”杨化在草坡上，一交放翻身子，不知一个天高地下，鼾声如雷，一觉睡去。

元来于大郊见杨化零零星星收下好些包数银子，却不知有多少，心中动了火，思想要谋他的①。欺他是个单身穷军，人生路不熟，料没有人晓得他来踪

① 眉批：能有几何？亦以谩藏诲盗乎？可怜！可怜！

去迹。亦且这些族中人，怕他蒿恼，巴不得他去的；若不见了他，大家干净，必无人提起。却不这项银子落得要了？所以故意把这样狠酒灌醉了他。

杨化睡至一个更次，于大郊呆呆在傍边候着。你道平日若是软心的人，此时纵要谋他银两，乘他酒醉，腰里摸了他的走了去。明日杨化酒醒，也只道醉后失了；就是疑心大郊，没个实据，可以抵赖，事也易处，何致定要害他性命？谁知北人手辣心硬，一不做，二不休，叫得先打后商量。不论银钱多少，只是那断路抢衣帽的小小强人，也必了了性命，然后动手的。风俗如此，心性如此。看着一个人性命，只当掐个虱子，不在心上。当日见杨化不醒，四傍无人，便将杨化驴子上缰绳解将下来，打了个扣儿，将杨化的脖项套好了。就除下杨化帽儿，塞住其口，把一只脚踏住其面，两手用力，将缰绳扯起来一勒。可怜杨化一个穷军，能有多少银子？今日死于非命！

于大郊将手去按杨化鼻子底下，已无气了。就于腰间搜劫前银，连缠袋取来，缠在自己腰内。又想道："尸首在此，天明时有人看见，须是不便。"随抱起杨化尸首，驮在驴背上，赶至海边。离于家庄有三里地远了，扑通一声，撺入海内。牵了驴儿转回来。又想一想道："此是杨化的驴，有人认得。我收在家里，必有人问起，难以遮盖，弃了他罢。"当将此驴赶至黄铺舍漫坡散放了，任他自去。那驴散了缰辔，随他打滚，好不自在。次日不知那个收去了。是夜于大郊悄地回家，无人知道。

至二月初八日，已死过十二日了。于大郊魂梦里也道此时死尸不知漂去几千几万里了。你道可杀作怪！那死尸潮上潮下，退了多日，一夜乘潮逆流上来，恰恰到于家庄本社海边，停着不去。本社保正于良等看见，将情报知即墨县。那即墨县李知县查得海潮死尸，不知何处人氏，何由落水，其故难明；亦且颈有绳痕，中间必有冤抑。除责令地方一面收贮、一面访拿外，李知县斋戒了到城隍庙虔诚祈祷，务期报应，以显灵佑不题。

本月十三日，有于大郊本户居民于得水妻李氏，正与丈夫碾米，忽然跌倒在地。得水慌忙扶住叫唤。将及半个时辰，猛可站将起来，紧闭双眸，口中吓道："于大郊，还我命来！还我命来！"于得水惊咤问道："你是何处神鬼，辄来作怪？"李氏口里道："我是讨军装杨化，在鳌山集被于大郊将黄烧酒灌醉，扶至石桥子沟，将缰绳把我勒死，抛尸海中。我恐大郊逃走，官府连累无干，以此前来告诉。我家中还有亲兄杨大，又有妻张氏，有二男二女，俱远在蓟州，不及前来执命。可怜！可怜！故此自来，要与大郊质对，务要当官报仇。①”于得水道：“此冤仇却与我无干，如何缠扰着我家里？”李氏口里道：“暂借贤妻贵体，与我做个凭依，好得质对。待完成了事，我自当去，不来相扰。烦你与我报知地方则个。你若不肯，我也不出你的门。”于得水当时无奈，只得走去通知了保正于良。于良不信，到得水家中看个的确。只见李氏再说那杨化一番说话，明明白白，一些不差。于良走去报知老人邵强与地方牌头小甲等，都来看了。前后说话，都是一样。

于良、邵强遂同地方人等，一拥来到于大郊家里，叫出大郊来道：“你干得好事！今有冤魂在于得水家中，你可快去面对。”大郊心里有病，见说着这话，好不心惊，却又道：“有甚么冤魂在得水家？可又作怪！且去看一看，怕做甚么！”违不得众人，只得软软随了去。到得水家，只见李氏大喝道：“于大郊，你来了么？我与你有甚么冤仇，你却谋我东西，下此毒手！害得我好苦！”大郊犹兀自道无人知证，口强道：“呸！那个谋你甚么？见鬼了！”李氏口里道：“还要抵赖？你将驴缰勒死了我，又驴驮我海边，丢尸海中了。藏着我银子二两八钱，打点自家快活。快拿出我的银子来！不然，我就打你，咬你的肉，泄我的恨！”大郊见他说出银子数目相对，已知果是杨化附魂，不敢隐匿，遂对众吐称：“前情是实。却不料阴魂附人，如此显明，只索死去休！”

于良等听罢，当即押了大郊回家，将原劫杨化缠袋一条内盛军装银二两八钱，于本家灶锅烟笼里取出。于良等道：“好了！好了！有此赃物，便可报官定罪，了这海上浮尸的公案。若只是阴魂鬼话，万一后边本人醒了，阴魂去了，我们难替他担错。”就急急押了于大郊，连赃送县。大郊想道：“罪无可逃了。坐在监中，无人送饭，须索多攀本户两个，大家不得安闲。等他们送饭时，须好歹也有些及我。”就对于良道：“这事须有本户于大豹、于大敖、于大节三人与我同谋的，如何只做我一人不着？”于良等并将三人拘集。三人口称无干。这

① 眉批：化亦强鬼也。

里也不听他，一同送到县来首明。

知县准了首词，批道："情似真而事则鬼，必李氏当官证之！"随拘李氏到官。李氏与大郊面质，句句是杨化口谈，咬定大郊谋死真情。知县看那诉词上面，还有几个名字，问："这于大豹等几人，却是怎的？"李氏道："止是大郊一个，余人并不相干。正恐累及平人，故不避幽明，特来告陈。"知县厉声问大郊道："你怎么说？"大郊此时，已被李氏附魂活灵活现的说，惊得三魂俱不在体了，只得叩头道："爷爷，今日才晓得鬼神难昧，委系自己将杨化勒死图财是实，并与他人无干。小的该死！"

知县看系谋杀人命重情，未经检验，当日亲押大郊等到海边潮上杨化尸所相验。拘取一班仵作，相得杨化身尸，颈子上有绳子交匝之伤，的系生前被人勒死。取了伤单，回到县中，将一干人犯口词取了，问成于大郊死罪。众人在官的多画了供，连李氏也画了一个供。又分付他道："此事须解上司，你改不得口！"李氏道："小的不改口，只是一样说话。"元来知县只怕杨化魂灵散了，故如此对李氏说。不知杨化真魂只说自家的说话，却如此答。知县就把文案叠成，连人解府。知府看了招卷，道是希奇，心下有些疑惑。当堂亲审，前情无异，题笔判云：

看得杨化以边塞贫军，跋涉千里。银不满三两，于大郊辄起毒心。先之酒醉，继之绳勒，又继之驴驮，丢尸海内。彼以为葬鱼腹，求之无尸，质之无证，已可私享前银，宴然无事。孰意天道昭彰，鬼神不昧！尸入海而不沉，魂附人而自语。发微瞬之奸，褫凶人之魄。至于'咬肉泄恨'一语，凛然斧钺；'恐连累无干，数言，赫然公平。化可谓死而灵，灵而正直，不以死而遂泯者。孰谓人可谋杀，又可漏网哉？该县祷神有应，异政足录。拟斩情已不枉，缘系面鞫；杀劫魂附情真，理合解审。抚按定夺。

府中起了解批，连人连卷，解至督抚军门孙□案下告投。

孙军门看了来因，好些不然[1]。疑道："李氏一个妇人，又是人作鬼语，如何做得杀人定案？安知不有诡诈？"就当堂逐一点过面审。点到李氏，便住了

① 眉批：不由人不疑。

笔，问道："你是那里人？"李氏道："是蓟州人。"又叫地方上来，问："李氏是那里人？"地方道："是即墨人。"孙军门道："他如何说是蓟州人？"地方道："李氏是即墨人，附尸的杨化是蓟州人。"孙军门又唤李氏问道："你叫甚么名字？"李氏道："小的杨化，是兴州右屯卫于守宗名下余丁。"遂把讨军装被谋死，是长是短，说了一遍。宛然是个北边男子声口，并不像妇女说话，亦不是山东说话。孙军门问得明白，点一点头，笑道："果有此等异事！"遂批卷上道。

杨化魂附诉冤，面审俱蓟镇人语，诚为甚异。仰按察司复审详报。

按察司转发本府带管理刑厅刘同知复审。解官将一干人犯仍带至府中，当堂回销解批。只见李氏之夫于得水哭禀知府道："小的妻子李氏，久为杨化冤魂所附，真性迷失；又且身系在官，展转勘问，动辄经旬累月。有子失乳，母子不免两伤。望乞爷台作主，救命超生！"知府见他说得可怜，点头道："此原不是常理，如何可久假不归？却是鬼神之事，我亦难处。"便唤李氏到案前道："你是李氏，还是杨化？"李氏道："小的是杨化。"知府道："你的冤已雪了。"李氏道："多谢老爷天恩！"知府道："你虽是杨化，你身却是李氏。你晓得么？"李氏道："小的晓得。却是小的冤虽已报，无家可归，住在此罢。"知府大怒道："胡说！你冤既雪，只该依你体骨去，为何耽阁人妻子？你可速去。不然，痛打你一顿！"李氏见说要打，却像有些怕的一般，连连叩头道："小的去了就是。"说罢，李氏站起就走。知府又叫人拉他转来道："我自叫杨化去，李氏待到那里去？①"李氏仍做杨化的声口，叩头道："小人自去。"起身又走。知府拍桌大喝，叫他转来道："这样糊涂可恶！杨化自去，须留下李氏身子。如何三回两转，违我言语？皂隶与我着实打！"

皂隶发一声喊，把满堂竹片尽撇在地，震得一片价响。只见李氏一交跌倒。叫皂隶唤他，不应；再叫他杨化，也不应，眼睛紧闭，面色如灰。于得水慌了手脚，附着耳朵，连声呼之，只是不应。也不管公堂之上，大声痛哭。知府也没法处得。得水捧着李氏，只见四肢摇战，汗下如雨。有一个多时辰，忽然张

① 眉批：此时须提醒得明白。

开眼睛，看见公堂虚敞，满前面生人众，打扮异样，大惊道："吾李氏女，何故在此？"就把两袖紧遮其面。知府晓得其真性已回，问他一向知道甚么，说道："在家碾米，不知何故在此。"并过了许多时日也不知道。知府便将朱笔大书"李氏元身"四字镇之，取印印其背①，令得水扶归调养。

次日，刘同知提审，李氏名尚未销。得水见妻子出惯了官的，不以为意。谁知李氏这番着实羞怯，不肯到衙门来。得水把从前话一一备细说与李氏知道，李氏哭道："是睡梦里，不知做此出丑勾当，一向没处追悔了。今既已醒，我自是女人，岂可复到公庭？"得水道："罪案已成，太爷昨日已经把你发放过了。今日只是复审一次，便可了事。"李氏道："复审不复审，与我何干？"得水道："若不去时，须累及我。"李氏没奈何，只得同到衙门里来。

比及刘同知问时，只是哭泣，并不晓得说一句说话。同知唤其夫得水问他，得水把向来杨化附魂证狱，昨日太爷发放，杨化已去，今是元身李氏，与前日不同缘故说了。就将太爷朱笔亲书并背上印文验过。刘同知深叹其异，把文书申详上司道："杨化冤魂已散，理合释放李氏宁家，免其再提。于大郊自有真赃，不必别证。秋后处决。"

一日晚间，于得水梦见杨化来谢道："久劳贤室，无可为报。止有叫驴一头，一向散缰走失，被人收去。今我引他到你家门首，你可收用，权为谢意。②"得水次日开门出去，果遇一驴在门，将他拴鞴起来骑用，方知杨化灵尚未泯。从来说鬼神难欺，无如此一段话本，最为真实骇听。

人杀人而成鬼，鬼借人以证人。

人鬼公然相报，冤家宜结宜分。

---

① 眉批：知府亦能人。

② 眉批：了蹇驴之案。

卷十五　卫朝奉狠心盘贵产　陈秀才巧计赚原房

诗曰：

人生碌碌饮贪泉，不畏官司不顾天。

何必广斋多忏悔，让人一着最为先。

这一首诗，单说世上人贪心起处，便是十万个金刚也降不住；明明的刑宪陈设在前，也顾不的。子列子有云：“不见人，徒见金。”盖谓当这点念头一发，精神命脉，多注在这一件事上，那管你行得也行不得？

话说杭州府有一贾秀才，名实，家私巨万，心灵机巧，豪侠好义，专好结识那一班有意气的朋友。若是朋友中有那未娶妻的，家贫乏聘，他便捐资助其完配；有那负债还不起的，他便替人陪偿。又且路见不平，专要与那瞒心昧己的人作对。假若有人恃强，他便出奇计以胜之。种种快事，未可枚举。如今且说他一节助友赎产的话。

钱塘人有个姓李的人，虽习儒业，尚未游庠，家极贫窭，事亲至孝，与南秀才相契。贾秀才时常周济他。一日，贾秀才邀李生饮酒。李生到来，心下快快不乐。贾秀才疑惑。饮了数巡，忍耐不住，开口问道：“李兄有何心事，对酒不欢？何不使小弟相闻？或能分忧万一，未可知也。”李生叹口气道：“小弟有些心事，别个面前也不好说，我兄垂问，敢不实言。小弟先前曾有小房一所，在西湖口昭庆寺左侧，约值三百余金。为因负了寺僧慧空银五十两，积上三年，本利共该百金。那和尚却是好利的先锋、趋势的元帅①，终日索债。小弟手足

① 眉批：是和尚皆然，不止慧空。

无措，只得将房子准与他，要他找足三百金之价。那和尚知小弟别无他路，故意不要房子，只顾索银。小弟只得短价将房准了，凭众处分，找得三十两银子。才交得过，和尚就搬进去住了。小弟自同老母搬往城中，赁房居住。今因主家租钱连年不楚，他家日来催小弟出屋，老母忧愁成病，以此烦恼。”贾秀才道：“元来如此。李兄何不早说？敢问所负彼家租价几何？”李生道：“每年四金，今共欠他三年租价。”贾秀才道：“此事一发不难。今夜且尽欢，明早自有区处。”当日酒散相别。

次日，贾秀才起个清早，往库房中取天平，兑勾了一百四十二两之数①，着一个仆人跟了，径投李生处来。李生方才起身，梳洗不迭，忙叫老娘煮茶。没柴没火的，弄了一早起煮不出一个茶。贾秀才会了他每的意，忙叫仆人请李生出来，讲一句话就行。李生出来道：“贾兄有何见教，俯赐宠临？”贾秀才叫仆人将过一个小手盒，取出两包银子来，对李生道：“此包中银十二两，可偿此处主人。此包中银一百三十两，兄可将去与慧空长老赎取原屋居住，省受主家之累，且免令堂之忧，并兄栖身亦有定所，此小弟之愿也。”李生道：“我兄说那里话！小弟不才，一母不能自赡，贫困当自受之。屡承周给，已出望外；复为弟无家可依，乃累仁兄费此重资，赎取原屋。即使弟居之，亦不安稳。荷兄高谊，敢领租价一十二金；赎屋之资，断不敢从命。②”贾秀才道：“我兄差矣！我两人交契，专以义气为重，何乃以财利介意？兄但收之，以复故业，不必再却。”说罢，将银放在桌上，竟自出门去了。

李生慌忙出来，叫道：“贾兄转来，容小弟作谢。”贾秀才不顾，竟自去了。李生心下想道：“天下难得这样义友，我若不受他的，他心决反不快。且将去取赎了房子。若有得志之日，必厚报之！”当下将了银子，与母亲商议了，前去赎屋。

到了昭庆寺左侧旧房门首，进来问道：“慧空长老在么？”长老听得，只道

---

① 眉批：谁肯？

② 眉批：领则可以俱领，否则一毫不可、不在多少也。

是什么施主到来，慌忙出来迎接。却见是李生，把这足恭身分，多放做冷淡的腔子，半吞半吐的施了礼，请坐，也不讨茶。李生却将那赎房的说话说了。慧空便有些变色道："当初卖屋时，不曾说过后来要取赎。就是要赎，原价虽只是一百三十两，如今我们又增造许多披屋，装折许多材料，值得多了。今官人须是补出这些帐来，任凭取赎了去。"这是慧空分明晓得生拿不出银子，故意勒掯他，实是何曾添造什么房子？又道是"人穷志窄"，李生听了这句话，便认为真。心下想道："难道还又去要贾兄找足银子取赎不成？我原不愿受他银子赎屋。今落得借这个名头，只说和尚索价太重，不容取赎，还了贾兄银子，心下也到安稳。①"即便辞了和尚。

走到贾秀才家里来，备细述了和尚言语。贾秀才大怒道："叵耐这秃厮恁般可恶！僧家四大俱空，反要瞒心昧己，图人财利。当初如此卖，今只如此赎，缘何平白地要增价银？钱财虽小，情理难容！撞在小生手里，待作个计较处置他，不怕他不容我赎！"当时留李生吃了饭，别去了。

贾秀才带了两个家僮，径走到昭庆寺左侧来，见慧空家门儿开着，踱将进去。问着个小和尚，说道："师父陪客吃了几杯早酒，在楼上打盹。"贾秀才叫两个家僮住在下边，信步走到胡梯边，悄悄蓦将上去。只听得鼾齁之声。举目一看，看见慧空脱下衣帽熟睡。楼上四面有窗，多关着。贾秀才走到后窗缝里一张，见对楼一个年少妇人坐着做针指，看光景，是一个大户人家。贾秀才低头一想，道："计在此了！"便走过前面来，将慧空那僧衣、僧帽穿着了。悄悄地开了后窗，嘻着脸与那对楼的妇人百般调戏，直惹得那妇人焦燥，跑下楼去。贾秀才也仍复脱下衣帽，放在旧处，悄悄下楼，自回去了。

且说慧空正睡之际，只听得下边乒乓之声，一直打将进来。十来个汉子一片声骂道："贼秃驴，敢如此无状！公然楼窗对着我家内楼，不知回避。我们一向不说，今日反大胆把俺家主母调戏。送到官司，打得他逼直。我们只不许他住在这里罢了！"慌得那慧空手足无措。霎时间，众人赶上楼来，将家火、什物

---

① 眉批：其人可交，贾生所以厚施也。

打得雪片，将慧空浑身衣服扯得粉碎。慧空道："小僧何曾敢向宅上看一看！"众人不由分说，夹嘴夹面只是打。骂道："贼秃！你只搬去便罢；不然时，见一遭，打一遭，莫想在此处站一站脚。"将慧空乱叉出门外去。慧空晓得那人家是郝上户家，不敢分说，一溜烟进寺去了。

贾秀才探知此信，知是中计，暗暗好笑。过了两日，走去约了李生，说与他这些缘故，连李生也笑个不住。贾秀才即便将了一百三十两银子，同了李生，寻见了慧空，说要赎屋。慧空起头见李生一身，言不惊人，貌不动众，另是一般说话。今见贾秀才是个富户，带了家僮到来，况刚被郝家打慌了的，自思："留这所在，料然住不安稳。不合与郝家内楼相对，必时常要来寻我不是。由他赎了去，省了些是非罢。"便一口应承。兑了原银一百三十两，还了原契，房子付与李生自去管理。

那慧空要讨别人便宜，谁知反吃别人弄了，此便是贪心太过之报。后来贾生中了，直做到内阁学士。李生亦得登第做官。两人相契，至死不变。正是：

量大福也大，机深祸亦深。

慧空空昧己，贾实实仁心。

这却还不是正话。如今且说一段故事，乃在金陵建都之地，鱼龙变化之乡。那金陵城傍着石山筑起，故名石头城。城从水门而进，有那秦淮十里楼台之盛。那湖是昔年秦始皇开掘的，故名秦淮湖。水通着扬子江。早晚两潮，那大江中百般物件，每每随潮势流将进来。湖里有画舫名妓，笙歌嘹亮，仕女喧哗。两岸柳阴夹道，隔湖画阁争辉。花栏竹架，常凭韵客联吟；绣户珠帘，时露娇娥半面。酒馆十三四处，茶坊六七八家。端的是繁华胜地，富贵名邦。

说话的，只说那秦淮风景，没些来历。看官有所不知，在下就中单表近代一个有名的富郎陈秀才，名珩，在秦淮湖口居住，娶妻马氏，极是贤德，治家勤俭。陈秀才有两个所在：一所庄房，一所住居，都在秦淮湖口。庄房却在对湖。那陈秀才专好结客，又喜风月，逐日呼朋引类，或往青楼闝妓，或落游船饮酒。帮闲的不离左右，筵席上必有红裙。清唱的时供新调，修痒的百样腾那。送花的日逐荐鲜，司厨的多方献异。又道是："利之所在，无所不趋。"为因那陈秀才是个撒漫的都总管，所以那些众人多把做一场好买卖，齐来趋奉他。若是无钱悭吝的人，休想见着他每的影。那时，南京城里没一个不晓得陈秀才的。陈秀才又吟得诗，作得赋，做人又极温存帮衬，合衏衏中姊妹，也没一个不喜欢陈秀才的。好不受用！好不快乐！果然是朝朝寒食，夜夜元宵。

光阴如隙驹。陈秀才风花雪月了七八年，将家私弄得干净快了。马氏每每苦劝，只是旧性不改。今日三，明日四，虽不比日前的松快容易，手头也还掤凑得来。又花费了半年把，如今却有些急迫了。马氏倒也看得透，道："索性等他败完了，倒有个住场。"所以再不去劝他[①]。陈秀才燥惯了脾胃，一时那里变得转？却是没银子使用，众人撺掇他写了一纸文契，往那三山街开解铺的徽州卫朝奉处借银三百两。那朝奉又是一个不爱财的魔君，终是陈秀才的名头还大，卫朝奉不怕他还不起，遂将三百银子借与，三分起息。陈秀才自将银子依旧去花费，不题。

却说那卫朝奉平素是个极刻剥之人。初到南京时，只是一个小小解铺。他却有百般的昧心取利之法。假如别人将东西去解时，他却把那九六七银子，充作纹银；又将小小的等子称出，还要欠几分兑头。后来赎时，却把大大的天平兑将进去，又要你找足兑头，又要你补勾成色；少一丝时，他则不发货。又或有将金银珠宝首饰来解的，他看得金子有十分成数，便一模二样，暗地里打造来换了。粗珠换了细珠，好宝换了低石。如此行事，不能细述。那陈秀才这三百两债务，卫朝奉有心要盘他这所庄房，等闲再不叫人来讨。

巴巴的盘到了三年，本利却好一个对合了[②]，卫朝奉便着人到陈家来索债。陈秀才那时已弄得瓮尽杯干，只得收了心，在家读书。见说卫家索债，心里没做理会处，只得三回五次回说："不在家，待归时来讨。"又道是怕见的是怪，难躲的是债。是这般回了几次，他家也自然不信了。卫朝奉逐日着人来催逼，陈秀才则不出头。卫朝奉只是着人上门坐守，甚至以浊语相加。陈秀才忍气

① 眉批：是大见。若不识机而强争，徒多闹吵耳。
② 眉批：放债者心术如此。

吞声。

正是有钱神也怕，到得无钱鬼亦欺。

早知今日来忍辱，却悔当初太燥脾。

陈秀才吃搅不过，没极奈何，只得出来与那原中说道："卫家那主银子，本利共该六百两。我如今一时间委实无所措置。隔湖这一所庄房，约值千余金之价，我意欲将来准与卫家，等卫朝奉找足我千金之价罢了。列位与我周全此事，自当相谢。"众人料道无银得还，只得应允了，去对卫朝奉说知。卫朝奉道："我已曾在他家庄里看过。这所庄子怎便值得这一千银子？也亏他开这张大口。就是只准那六百两，我也还道过分了些。你们众位怎说这样话？"原中道："朝奉，这座庄居六百银子也不能勾得他。乘他此时窘迫之际，胡乱找他百把银子，准了他的庄，极是便宜。倘若有一个出钱主儿买了去，要这样美产就不能勾了。"卫朝奉听说，紫胀了面皮道："当初是你每众人总承我这样好主顾，放债，放债，本利丝毫不曾见面，反又要我拿出银子来。我又不等屋住，要这所破落房子做甚么[①]？若只是这六百两时，便认亏些准了；不然时，只将银子还我。"就叫伴当每随了原中去说。

众人一齐多到陈家来，细述了一遍。气得那陈秀才目睁口呆，却待要发话，实是自己做差了事，又没对付处银子，如何好与他争执？只得赔个笑面道："若是千金不值时，便找勾了八百金也罢。当初创造时，实费了一千二三百金之数，今也论不得了。再烦列位去通小生的鄙意则个。"众人道："难，难，难。方才我们只说得百把银子，卫朝奉兀自变了脸道：'我又不等屋住！若要找时，只是还我银子。'这般口气，相公却说个'八百两'三字，一万世也不成！"陈秀才又道："财产重事，岂能一说便决？卫朝奉见头次索价太多，故作难色；今又减了二百之数，难道还有不愿之理？"

众人吃央不过，只得又来对卫朝奉说了。卫朝奉也不答应，迸起了面皮，

---

① 眉批：放债者口谈如此。

竟走进去[1]。唤了四五个伴当出来，对众人道："朝奉叫我每陈家去讨银子。庄房之事，不要说起了。"

众人觉得没趣，只得又同了伴当到陈家来。众人也不回话，那几个伴当一片声道："朝奉叫我们来坐在这里，等兑还了银子方去。"陈秀才听说，满面羞惭，敢怒而不敢言。只得对众人道："可为我婉款了他家伴当回去，容我再作道理。"众人做歉做好，劝了他们回去。众人也各自散了。

陈秀才一肚皮的鸟气，没处出豁，走将进来，垂台拍凳，短叹长吁。马氏看了他这些光景，心下已自明白，故意道："官人何不去花街柳陌，楚馆秦楼，畅饮酣歌，通宵遣兴？却在此处咨嗟愁闷，也觉得少些风月了。[2]"陈秀才道："娘子直恁地消遣小生！当初只为不听你的好言，忒看得钱财容易，致今日受那徽狗这般呕气。欲将那对湖庄房准与他，要他找我二百银子。叵耐他抵死不肯，只顾索债。又着数个伴当，住在吾家坐守。亏得众人解劝了去。明早一定又来。难道我这所庄房止值得六百银子不成？如今却又没奈何了。"马氏道："你当初撒漫时节，只道家中是那无底之仓，长流之水，上千的费用了去。谁知到得今日，要别人找这一二百银子，却如此烦难。既是他不肯时，只索准与他罢了，闷做甚的？若像三年前时，再有几个庄子也准去了，何在乎这一个！"陈秀才被马氏数落一顿，嘿嘿无言。

当夜心中不快，吃了些晚饭，洗了脚手睡了。又道是："欢娱嫌夜短，寂寞恨更长。"陈秀才有这一件事在心上，翻来覆去，巴不到天明。及至五更鸡唱，身子困倦，朦胧思睡。只听得家僮三五次进来说道："卫家来讨银子一早起了。"陈秀才忍耐不住，一骨碌扒将起来，请拢了众原中，写了一纸卖契：将某处庄卖到某处银六百两。将出来交与众人。众人不比昨日，欣然接了去，回复卫朝奉。陈秀才虽然气愤不过，却免了门头不清净，也只索罢了。那卫朝奉也不是不要庄房，也不是真要银子，见陈秀才十分窘迫，只是逼债，不怕那庄子

---

① 眉批：放债者身分如此。

② 眉批：此时可劝矣，真知机妇人也。

不上他的手。如今陈秀才果然吃逼不过，只得将庄房准了。卫朝奉称心满意，已无话说。

却说陈秀才自那准庄之后，心下好不懊恨，终日眉头不展，废寝忘餐。时常咬牙切齿道："我若得志，必当报之！"马氏见他如此，说道："不怨自己，反恨他人！别个有了银子，自然千方百计要寻出便益来，谁像你将了别人的银子用得落得，不知曾干了一节什么正经事务，平白地将这样美产贱送了！难道是别人央及你的不成？"陈秀才道："事到如今，我岂不自悔？但作过在前，悔之无及耳。"马氏道："说得好听！怕口里不像心里。'自悔'两字，也是极难的。又道是：'败子若收心，犹如鬼变人。'这时节手头不足，只好缩了头坐在家里怨恨；有了一百、二百银子，又好去风流撒漫起来。"陈秀才叹口气道："娘子兀自不知我的心事！人非草木，岂得无知！我当初实是不知稼穑，被人鼓舞；朝欢暮乐，耗了家私。今已历尽凄凉，受人冷淡，还想着'风月'两字，真丧心之人了！"马氏道："恁地说来，也还有些志气。我道你不到乌江心不死，今已到了乌江，这心原也该死了。我且问你：假若有了银子，你却待做些甚么？"陈秀才道："若有银子，必先恢复了这庄居，羞辱那徽狗一番，出一口气。其外或开个铺子，或置些田地，随缘度日，以待成名，我之愿也。若得千金之资，也就勾了。却那里得这银子来？只好望梅止渴，画饼充饥。"说罢往桌上一拍，叹一口气。

马氏微微的笑道："若果然依得这一段话时，想这千金有甚难处之事？"陈秀才见说得有些来历，连忙问道："银子在那里？还是去与人那借，还是去与朋友们结会？不然银子从何处来？"马氏又笑道："若那借时，又是一个卫朝奉了。'世情看冷暖，人面逐高低。①'见你这般时势，那个朋友肯出银与你结会？还是求着自家屋里，或者有些活路，也不可知。"陈秀才道："自家屋里求着兀谁的是？莫非娘子有甚扶助小生之处？望乞娘子提掇指点小生一条路头，真莫大之恩也！"马氏道："你平时那一班同欢同赏、知音识趣的朋友，怎没一个来

① 眉批：透尽人情。

瞅保你一瞅保？元来今日原只好对着我说什么提掇也不提掇。我女流之辈，也没甚提掇你处。只要与你说一说过。”陈秀才道：“娘子有甚说话？任凭措置。”马氏道：“你如今当真收心务实了么？”陈秀才道：“娘子怎还说这话？我陈珩若再向花柳丛中着脚时，永远前程不吉，死于非命！”马氏道：“既恁地说时，我便赎这庄子还你。”

说罢，取了匙钥，直开到厢房里一条黑弄中，指着一个皮匣，对陈秀才道：“这些东西，你可将去赎庄。余来的，可原还我。”陈秀才喜自天来，却还有些半信不信，揭开看时，只见雪白的摆着银子，约有千余金之物。陈秀才看了，不禁掉下泪来①。马氏道：“官人为何悲伤？”陈秀才道：“陈某不肖，将家私荡尽。赖我贤妻熬清守淡，积儹下偌多财物，使小生恢复故业，实是枉为男子，无地可自容矣！”马氏道：“官人既能改过自新，便是家门有幸。明日可便去赎取庄房，不必迟延了。”陈秀才当日欢喜无限，过了一夜。

次日，着人请过旧日这几个原中去对卫朝奉说，要兑还六百银子，赎取庄房。卫朝奉却是得了便宜的，如何肯便与他赎？推说道：“当初准与我时，多是些败落房子，荒芜地基。我如今添造房屋，修理得锦锦簇簇；周回花木，栽值得整整齐齐。却便原是这六百银子赎了去，他倒安稳！若要赎时，如今当真要找足一千银子，便赎了去。”众人将此话回复了陈秀才。陈秀才道：“既是恁地，必须等我亲看一看，果然添造修理，估值几何，然后量找便了。”便同众人到庄里来，问说：“朝奉在么？”只见一个养娘说道：“朝奉却才解铺里去了。我家内眷在里面，官人们没事不进去罢。”众人道：“我们略在外边踏看一看不妨。”养娘放众人进去看了一遭，却见原只是这些旧屋，不过补得几块地板，筑得一两处漏点，修得三四根折栏杆，多是有数，看得见的，何曾添个甚么？

陈秀才回来，对众人道：“庄居一无所增，如何却要我找银了？当初我将这庄子抵债，要他找得二百银子。他乘我手中窘迫，贪图产业，百般勒措，上了他手。今日又要反找，将猫儿食拌猫儿饭，天理何在？我陈某当初软弱，今日

① 眉批：此泪出，悔心之征也。

不到得与他作弄。众位可将这六百银子交与他，教他出屋还我。只这等，他已得了三百两利钱了。”众人本也不敢去对卫朝奉说，却见陈秀才搬出好些银子，已自酥了半边，把那旧日的奉承腔子重整起来，都应道：“相公说的是，待小人们去说。”众人将了银子去交与卫朝奉。卫朝奉只说少，不肯收。却是说众人不过，只得权且收了，却只不说出屋日期。众人道他收了银子，大头已定。取了一纸收票来，回复了陈秀才，俱各散讫。

过了几日，陈秀才又着人去催促出房。卫朝奉却道：“必要找勾了修理改造的银子便去；不然时，决不搬出。”催了几次，只是如此推托。陈秀才愤恨之极，道：“这厮恁般恃强！若与他经官动府，虽是理上说我不过，未必处得畅快。谩谩地寻个计较处置他，不怕你不搬出去。当初呕了他的气，未曾泄得。他今日又来欺负人，此恨如何消得！”

那时正是十月中旬天气，月明如昼。陈秀才偶然走出湖房上来步月。闲行了半晌，又道是无巧不成话，只见秦淮湖里上流头，黑洞洞退将一件物事来。陈秀才注目一看，吃了一惊。元来一个死尸，却是那扬子江中流入来的。那尸却好流近湖房边来。陈秀才正为着卫朝奉一事踌蹰，默然自语道：“有计了！有计了！”便唤了家僮陈禄到来。

那陈禄是陈秀才极得用的人，为人忠直，陈秀才每事必与他商议。当时对他说道：“我受那卫家狗奴的气，无处出豁；他又不肯出屋还我，怎得个计较摆布他便好？”陈禄道：“便是官人也是富贵过来的人，又不是小家子，如何受这些狗蛮的气！我们看不过，常想与他性命相博，替官人泄恨。”陈秀才道：“我而今有计在此，你须依着我，如此如此而行，自有重赏。”陈禄不胜之喜，道：“好计！好计！”唯唯从命，依计而行。当夜各自散了。

次日，陈禄穿了一身宽敞衣服，央了平日与主人家往来得好的陆三官做了媒人，引他望对湖去投靠卫朝奉。卫朝奉见他人物整齐，说话伶俐，收纳了，拨一间房与他歇落。叫他穿房入户使用，且是勤谨得用。

过了月余，忽一日，卫朝奉早起寻陈禄，叫他买柴。却见房门开着。看时，不见在里面。各到处寻了一会，则不见他。又着人四处找寻，多回说不见。卫朝奉也不曾费了什么本钱在他身上，也不甚要紧。正要寻原媒来问他，只见陈秀才家三五个仆人到卫家说道：“我家一月前，逃走了一个人，叫做陈禄。闻得陆三官领来投靠你家。快叫他出来，随我们去，不要藏匿过了。我家主见告着状哩！”卫朝奉道：“便是一月前一个人投靠我，也不晓得是你家的人。不知何故，前夜忽然逃去了，委是没这人在我家。”众人道：“岂有又逃的理？分明是你藏匿过了，哄骗我们。既不在时，除非等我们搜一搜看。”卫朝奉托大道：“便由你们搜。搜不出时，吃我几个面光。”众人一拥入来，除了老鼠穴中不搜过。卫朝奉正待发作，只见众人发声喊道：“在这里了！”卫朝奉不知是甚事头，近前来看。元来，在土松处番出一条死人腿。卫朝奉惊得目睁口呆。众人一片声道：“已定是卫朝奉将我家这人杀害了，埋这腿在这里。去请我家相公到来商量去出首。”

一个人慌忙去请了陈秀才到来。陈秀才大发雷霆，嚷道：“人命关天，怎便将我家人杀害了？不去府里出首，更待何时！”叫众人提了人腿便走。卫朝奉扢搭搭地抖着，拦住了道：“我的爷，委实我不曾谋害人命！”陈秀才道：“放屁！这个人腿那里来的？你只到官分辨去！”那富的人，怕的是见官，况是人命！只得求告道：“且慢慢商量[1]。如今凭陈相公怎地处分，饶我到官罢！怎吃得这个没头官司？”陈秀才道：“当初图我产业，不肯找我银子的是你！今日占住房子，要我找价的也是你！恁般强横！今日又将我家人收留了，谋死了他。正好公报私仇，却饶不得！”卫朝奉道：“我的爷，是我不是。情愿出屋还相公。”陈秀才道：“你如何谎说添造房屋？你如今只将我这三百两利钱出来还我，修理庄居，写一纸伏辨与我，我们便净了口，将这只腿烧化了，此事便泯然无迹。不然时，今日天清日白，在你家里搜出人腿来，众目昭彰，一传出去，不到得轻放过了你。”卫朝奉冤屈无伸，却只要没事，只得写了伏辨，递与陈秀才。又逼他兑还三百银子，催他出屋。卫朝奉没奈何，连夜搬往三山街解铺中去。这里自将腿藏过了。陈秀才那一口气，方才消得。

---

① 眉批：平日心术、口谈、身分安在？

你道卫家那人腿是那里的？元来陈秀才十月半步月之夜，偶见这死尸退来，却叫家僮陈禄取下一条腿。次日，只做陈禄去投靠卫家，却将那只腿悄地带入。乘他每不见，却将腿去埋在空处停当，依旧走了回家。这里只做去寻陈禄，将那人腿搜出，定要告官。他便慌张，没做理会处，只得出了屋去，又要他白送还这三百银子利钱。此陈秀才之妙计也。

陈秀才自此恢复了庄，便将余财十分作家，竟成富室。后亦举孝廉，不仕而终。陈禄走在外京多时，方才重到陈家来[①]。卫朝奉有时撞着，情知中计。却是房契已还，当日一时急促中事，又没个把柄，无可申辨处。又毕竟不知人腿来历，到底怀着鬼胎，只得忍着罢了。这便是“陈秀才巧计赚原房”的话。有诗为证：

撒漫虽然会破家，欺贪克剥也难夸。
试看横事无端至，只为生平种毒赊。

① 旁批：也是要的。

卷十六 张溜儿熟布迷魂局 陆蕙娘立决到头缘

诗曰：

深机密械总徒然，诡计奸谋亦可怜。

赚得人亡家破日，还成捞月在空川。

话说世间最可恶的是拐子。世人但说是盗贼，便十分防备他；不知那拐子，便与他同行同止，也识不出弄喧捣鬼，没形没影的，做将出来，神仙也猜他不到，倒在怀里信他。直到事后晓得，已此追之不及了。这却不是出跳的贼精，隐然的强盗？

今说国朝万历十六年，浙江杭州府北门外一个居民，姓扈，年已望六，妈妈新亡，有两个儿子，两个媳妇，在家过活。那两个媳妇，俱生得有些颜色①，且是孝敬公公。一日，爷儿三个多出去了，只留两个媳妇在家，闭上了门，自在里面做生活。那一日，大雨淋漓，路上无人行走。日中时分，只听得外面有低低哭泣之声，十分凄惨悲咽，却是妇人声音。从日中哭起，直到日没，哭个不住。两个媳妇听了半日，忍耐不住，只得开门同去外边一看。正是：

闭门家里坐，祸从天上来。

若是说话的与他同时生，并肩长，便劈手扯住，不放他两个出去，纵有天大的事，也惹他不着。元来，大凡妇人家，那闲事切不可管，动止最宜谨慎。丈夫在家时还好，若是不在时，只宜深闺静处，便自高枕无忧。若是轻易揽着个事头，必要缠出些不妙来②。

---

① 眉批：祸本。

② 眉批：好话。妇女宜听。

那两个媳妇，当日不合开门出来。却见是一个中年婆娘，人物也到生得干净。两个见是个妇人，无甚妨碍，便动问道："妈妈何来？为甚这般苦楚？可对我们说知则个。"那婆娘掩着眼泪道："两位娘子听着："老妾在这城外乡间居住。老儿死了，止有一个儿子和媳妇。媳妇是个病块。儿子又十分不孝，动不动将老身骂詈。养赡又不周全，有一顿没一顿的。今日憋口气，与我的兄弟相约了，去县里告他忤逆。他叫我前头先走，随后就来。谁想等了一日，竟不见到。雨又落得大，家里又不好回去，枉被儿子、媳妇耻笑，左右两难。为此想起这般命苦，忍不住伤悲。不想惊动了两位娘子。多承两位娘子动问，不敢隐瞒，只得把家丑实告。"他两个见那婆娘说得苦恼，又说话小心，便道，"如此且在我们家里坐一坐，等他来便了。①"两个便扯了那婆子进去。说道："妈妈宽坐一坐，等雨住了回去。自亲骨肉，虽是一时有些不是处，只宜好好宽解，不可便经官动府，坏了和气，失了体面。"那婆娘道："多谢两位相劝，老身且再耐他几时。"

一递一句，说了一回，天色早黑将下来。婆娘又道："天黑了，只不见来，独自回去不得，如何好？"两个又道："妈妈便在我家歇一夜，何妨？粗茶淡饭，便吃了餐把，那里便费了多少？"那婆娘道："只是打搅不当。"那婆娘当时就裸起双袖，到灶下去烧火，又与他两人量了些米煮夜饭。揩台抹凳，担汤担水，一揽包收，多是他上前替力。两个道："等媳妇们伏侍，甚么道理到要妈妈费气力？"妈妈道："在家里惯了，是做时便倒安乐，不做时便要困倦。娘子们但有事，任凭老身去做不妨。"当夜洗了手脚，就安排他两个睡了，那婆娘方自去睡。

次日清蚤，又是那婆娘先起身来，烧热了汤，将昨夜剩下米煮了蚤饭，拂试净了椅桌。力力碌碌，做了一朝，七了八当。两个媳妇起身，要东有东，要西有西，不费一毫手脚，便有七八分得意了②。便两个商议道："那妈妈且是熟分肯做。他在家里不像意，我们这里正少个人相帮。公公常说要娶个晚婆婆，

① 眉批：到底堕其小心术中。

② 眉批：俱是小心处。

我每劝公公纳了他，岂不两便[1]？只是未好与那妈妈启得齿。但只留着他，等公公来再处。”

不一日，爷儿三个回来了。见家里有这个妈妈，便问媳妇缘故。两个就把那婆娘家里的事，依他说了一遍。又道：“这妈妈且是和气，又十分勤谨。他已无了老儿，儿子又不孝，无所归了。可怜！可怜！”就把妯娌商量的见识，叫两个丈夫说与公公知道。扈老道：“知他是甚样人家，便好如此草草？且留他住几时着。”口里一时不好应承，见这婆娘干净，心里也欲得的。

又过了两日，那老儿没搭煞，黑暗里已自和那婆娘摸上了[2]。媳妇们看见了些动静，对丈夫道：“公公常是要娶婆婆，何不就与这妈妈成了这事？省得又去别寻头脑，费了银子。”儿子每也道：“说得是。”多去劝着父亲。媳妇们已自与那婆娘说通了，一让一个肯。摆个家筵席儿，欢欢喜喜，大家吃了几杯，两口儿成合了。

过得两日，只见两个人问将来。一个说是妈妈的兄弟，一个说是妈妈的儿子。说道：“寻了好几日，方问得着是这里。”妈妈听见走出来。那儿子拜跪讨饶，兄弟也替他请罪。那妈妈怒色不解，千咒万骂。扈老从中好言劝开。兄弟与儿子又劝他回去。妈妈又骂儿子道：“我在这里吃口汤水，也是安乐的，倒回家里在你手中讨死吃？你看这家媳妇，待我如何孝顺？”儿子见说这话，已此晓得娘嫁了这老儿了。扈父便整酒留他两人吃。那儿子便拜扈老道：“你便是我继父了。我娘喜得终身有托，万千之幸。”别了自去。似此两三个月中，往来了几次。

忽一日，那儿子来道：“孙子明日行聘，请爹娘与哥嫂一门同去吃喜酒。”那妈妈回言道：“两位娘子怎好轻易就到我家去？我与你爷、两位哥哥同来便了。”次日，妈妈同他父子去吃了一日喜酒，欢欢喜喜，醉饱回家。

又过了一个多月，只见这个孙子又来登门，说道：“明日毕姻，来请阖家尊长，同观花烛。”又道：“是必求两位大娘同来光辉一光辉。”两个媳妇巴不得

---

① 眉批：多事！

② 眉批：还是婆娘摸上了老儿？

要认妈妈家里[1]，还悔道前日不去得，堆下笑来应承。

次日盛妆了，随着翁妈丈夫一同到彼。那妈妈的媳妇出来接着，是一个黄瘦有病的。日将下午，那儿子请妈妈同媳妇迎亲，又要请两位嫂子同去，说道："我们乡间风俗，是女眷都要去的。不然，只道我们不敬重新亲。"妈妈对儿子道："汝妻虽病，今日已做了婆婆了，只消自去，何必烦劳二位嫂子？"儿子道："妻子病中，规模不雅，礼数不周，恐被来亲轻薄[2]。两位嫂子既到此了，何惜往迎这片时，使我们好看许多？"妈妈道："这也是。"那两个媳妇，也是巴不得去看看耍子的。妈妈就同他自己媳妇，四人作队儿，一伙下船去了。

更余不见来，儿子道，"却又作怪！待我去看一看来。"又去一回，那孙子穿了新郎衣服，也说道："公公宽坐，孙儿也出门望望去。"摇摇摆摆，踱了出来[3]。只剩得爷儿三个在堂前灯下坐着。等候多时，再不见一个来了。肚里又饥，心下疑惑，两个儿子走进灶下看时，清灰冷火，全不像个做亲的人家。出来对父亲说了，拿了堂前之灯，到里面一照，房里空荡荡，并无一些箱笼、衣衾之类，止有几张椅桌，空着在那里。心里大惊道："如何这等？"要问邻舍时，夜深了，各家都关门闭户了。三人却像热地上蝼蚁，钻出钻入[4]。

乱到天明，才问得个邻舍道："他每一班何处去了？"邻人多说不知。又问："这房子可是他家的？"邻人道："是城中杨衙里的。五六月前，有这一家子来租他的住，不知做些甚么。你们是亲眷，来往了多番，怎么倒不晓得细底，却来问我们？"问了几家，一般说话。有个把有见识的道："定是一伙大拐子，你们着了他道儿，把媳妇骗的去了。"

父子三人见说，忙忙若丧家之狗，踉踉跄跄，跑回家去。分头去寻，那里有个去向？只得告了一纸状子，出个广捕，却是渺渺茫茫的事了。那扈老儿要娶晚婆，他道是白得的，十分便宜。谁知到为这婆子白白里送了两个后生媳妇！这叫做：贪小失大。所以为人切不可做那讨便宜苟且之事。正是：

---

① 眉批：多事！

② 眉批：故为郑重，所以示无疑也。

③ 眉批：金蝉脱壳，绝无痕迹，真是高手！

④ 眉批：此时难过。

莫信直中直，须防仁不仁。

贪看天上月，失却世间珍。

这话丢过一边。如今且说一个拐儿，拐了一世的人，倒后边反着了一个道儿。这本话，却是在浙江嘉兴府桐乡县内。有一秀才，姓沈名灿若，年可二十岁，是嘉兴有名才子。容貌魁峨，胸襟旷达。娶妻王氏，姿色非凡，颇称当对。家私丰裕，多亏那王氏守把。两个自道佳人才子，一双两好，端的是如鱼似水、如胶似漆价相得。只是王氏生来娇怯，恹恹弱病尝不离身的。

灿若十二岁上进学，十五岁超增补廪。少年英锐，自恃才高一世，视一第何啻拾芥！不时与一班好朋友，或以诗酒娱心，或以山水纵目，放荡不羁。其中独有四个秀才，情好更笃。自古道："惺惺惜惺惺，才子惜才子。"却是嘉善黄平之、秀水何澄、海盐乐尔嘉、同邑方昌，都一般儿你羡我爱。这多是同郡朋友。那他州外府与灿若往来的，不计其数，大约不过是并时的才人。那本县知县姓稽，单讳一个清字，常州江阴县人。平日敬重斯文，喜欢才士，也道灿若是个青云决科之器，与他认了师生，往来相好。

是年正是大比之年，有了科举。灿若归来，打叠衣装，上杭应试，与王氏话别。王氏挨着病躯，整顿了行李，眼中流泪道："官人前程远大，早去早回。奴未知有福分能勾与你同享富贵与否?"灿若道："娘子说那里话? 你有病在身，我去后须十分保重!"也不觉掉下泪来。二人执手分别。王氏送出门外，望灿若不见，掩泪自进去了。

灿若一路行程，心下觉得不快。不一日，到了杭州，寻客店安下。匆匆的进过了三场，颇称得意。一日，灿若与众好朋友游了一日湖，大醉回来。睡了半夜，忽听得有人扣门，披衣而起。只见一人高冠敞袖，似是道家妆扮。灿若道："先生夤夜至此，何以教我?"那人道："贫道颇能望气，亦能断人阴阳祸福。偶从东南来此，暮夜无处投宿，因扣尊扃，多有惊动。"灿若道："既先生投宿，便同榻何妨? 先生既精推算，目下傍期在迩，幸将贱造推算。未知功名有分与否，愿决一言。"那人道："不必推命，只须望气。观君丰格，功名不患无缘，但必须待尊阃天年之后，便得如意。我有两句诗，是君终身遭际。君切记之：

鹏翼抟时歌六忆，鸾胶续处舞双凫。”

灿若不解其意，方欲再问，外面猫儿捕鼠，扑地一响，灿若吃了一跳，却是南柯一梦。灿若道：“此梦甚是诧异！那道人分明说待我荆妻亡故，功名方始称心。我情愿青衿没世也罢。割恩爱而博功名，非吾愿也。”两句诗又明明记得。翻来覆去，睡不安稳。又道：“梦中言语，信他则甚！明日倘若榜上无名，作速回去了便是。”

正想之际，只听得外面叫喊连天，锣声不绝，扯住讨赏，报灿若中了第三名经魁。灿若写了票，众人散讫。慌忙梳洗上轿，见座主、会同年去了。

那座师却正是本县稽清知县。那时解元何澄，又是极相知的朋友。黄平之、乐尔嘉、方昌多已高录，俱各欢喜。灿若理了正事，天色傍晚，乘轿回寓。只见那店主赶着轿，慌慌的叫道：“沈相公，宅上有人到来，有紧急家信报知，候相公半日了。”灿若听了“紧急家信”四字，一个冲心，忽思量着梦中言语，却似十五个吊桶打水——七上八落，正是：

青龙白虎同行，凶吉全然未保。

到得店中下轿，见了家人沈文，穿一身素净衣服，便问道：“娘子在家安否[①]？谁着你来寄信？”沈文道：“不好说得。是主管李公着寄信来。官人看书便是。”灿若接过书来，见封筒逆封，心里有如刀割。拆开看罢，方知是王氏于二十六日身故。灿若惊得呆了。却似：

分开八片顶阳骨，倾下半桶雪水来。

半晌做声不得，蓦然倒地。众人唤醒，扶将起来。灿若咽住喉咙，千妻万妻的哭，哭得一店人无不流泪，道：“早知如此，就不来应试也罢，谁知便如此永诀了！[②]”问沈文道：“娘子病重，缘何不早来对我说？”沈文道：“官人来后，娘子只是旧病恹恹，不为甚重。不想二十六日，忽然晕倒不醒。为此星夜赶来报知。”灿若又哽咽了一回，疾忙叫沈文雇船回家去，也顾不得他事了。暗思一梦之奇，二十七放榜，王氏却于二十六日间亡故，正应着那“鹏翼抟时歌六

---

① 旁批：要紧！

② 眉批：伤心！

忆”这句诗了。

当时整备离店。行不多路，却遇着黄平之抬将来。二人又是同门，相见罢，黄平之道：“观兄容貌，十分悲惨，未知何故?”灿若噙着眼泪，将那得梦情由，与那放榜报丧、今赶回家之事，说了一遍。平之嗟叹不已道：“尊兄且自宁耐，毋得过伤。待小弟见座师与众同袍为兄代言其事，兄自回去不妨。”两人别了。

灿若急急回来，进到里面，抚尸恸哭，几次哭得发昏。择时入殓已毕，停柩在堂。夜间灿若只在灵前相伴。

不多时，过了三、四七。众朋友多来吊唁，就中便有说着会试一事的。灿若漠然不顾道：“我多因这蜗角虚名，赚得我连理枝分，同心结解。如今就把一个会元撇在地下，我也无心去拾他了。①”这是王氏初丧时的说话。

转眼间，又过了断七。众亲友又相劝道，“尊阃既已夭逝，料无起死回生之理。兄枉自灰其志，竟亦何益！况在家无聊，未免有孤栖之叹。同到京师，一则可以观景舒怀，二则众同袍剧谈竟日，可以解愠。岂可为无益之悲，误了终身大事?”灿若吃劝不过，道：“既承列位佳意，只得同走一遭。”那时就别了王氏之灵，嘱付李主管照管羹饭、香火，同了黄、何、方、乐四友登程，正是那十一月中旬光景。

五人夜住晓行，不则一日来到京师。终日成群挈队，诗歌笑傲；不时往花街柳陌，闲行遣兴。只有灿若没一人看得在眼里。

韶华迅速，不觉的换了一个年头。又早上元节过，渐渐的桃香浪暖。那时黄榜动，选场开，五人进过了三场，人人得意，个个夸强。沈灿若始终心下不快，草草完事。过不多时揭晓，单单奚落了灿若②，他也不在心上。黄、何、方、乐四人，自去传胪。何澄是二甲，选了兵部主事，带了家眷在京。黄平之到是庶吉士，乐尔嘉选了太常博士，方昌选了行人。稽清知县也行取做刑科给事中，各守其职不题。

---

① 眉批：有情人。

② 眉批：早知如此，只该伴灵。

灿若又游乐了多时回家。到了桐乡，灿若进得门来，在王氏灵前拜了两拜，哭了一场，备羹饭浇奠了。又隔两了月，请个地理先生，择地殡葬了王氏已讫，那时便渐渐有人来议亲。灿若自道是第一流人品，王氏恁地一个娇妻，兀自无缘消受，再那里寻得一个厮对的出来？必须是我目中亲见，果然像意，方才可议此事。以此多不着紧。

光阴似箭，日月如梭。有话即长，无话即短。却又过了三个年头，灿若又要上京应试，只恨着家里无人照顾。又道是："家无主，屋倒竖。"灿若自王氏亡后，日间用度，箸长碗短，十分的不像意。也思量道："须是续弦一个掌家娘子方好，只恨无其配偶。"心中闷闷不已。仍把家事且付与李主管照顾，收拾起程。

那时正是八月间天道，金风乍转，时气新凉，正好行路。夜来皓魄当空，澄波万里，上下一碧。灿若独酌无聊，触景伤怀，遂尔口占一曲：

露滴野塘秋。下帘笼不上钩，徒劳明月穿窗牖。鸳衾远丢，孤身远游。浮槎怎得到阳台右？漫凝眸，空临皓魄，人不在月中留。

——词寄《黄莺儿》

吟罢，痛饮一醉，舟中独寝。

话休絮烦。灿若行了二十余日，来到京中。在举厂东边，租了一个下处，安顿行李已好。一日同几个朋友到齐化门外饮酒。只见一个妇人，穿一身缟素衣服，乘着蹇驴；一个闲的，挑了食橱随着，恰像那里去上坟回来的，灿若看那妇人，生得：

敷粉太白，施朱太赤。加一分太长，减一分太短。十相具足，是风流占尽无余；一味温柔，差丝毫便不厮称。巧笑倩兮，笑得人魂灵颠倒；美目盼兮，盼得你心意痴迷。假使当时逢妒妇，也言"我见且犹怜"。

灿若见了此妇，却似顶门上丧了三魂，脚底下荡了七魄。他就撇了这些朋友，也雇了一个驴，一步步赶将去，呆呆的尾着那妇人只顾看。那妇人在驴背上，又只顾转一对秋波过来看那灿若[1]。走上了里把路，到一个僻静去处，那妇人

---

① 眉批：此时此看，有意耶！无意耶！

走进一家人家去了。灿若也下了驴，心下不舍，钉住了脚，在门首呆看。

看了一晌，不见那妇人出来。正没理会处，只见内里走出一个人来道："相公只望门内观看，却是为何?"灿若道："适才同路来，见个白衣小娘子，走进此门去，不知这家是甚等人家？那娘子是何人？无个人来问问。"那人道："此妇非别，乃舍表妹陆蕙娘，新近寡居在此。方才出去辞了夫墓，要来嫁人。小人正来与他作伐。"灿若道："足下高姓大名?"那人道："小人姓张，因为做事是件顺溜，为此人起一个混名，只叫小人张溜儿。"灿若道："令表妹要嫁何等样人？肯嫁在外方去否?"溜儿道："只要是读书人后生些的便好了，地方不论远近。"灿若道："实不相瞒，小生是前科举人，来此会试。适见令表妹丰姿绝世，实切想慕。足下肯与作媒，必当重谢。"溜儿道："这事不难。料我表妹见官人这一表人才，也决不推阻的。包办在小人身上，完成此举。"灿若大喜道："既如此，就烦足下往彼一通此情。"在袖中摸出一锭银子，递与溜儿道："些小薄物，聊表寸心。事成之后，再容重谢。"溜儿推逊了一回，随即接了。见他出钱爽快，料他囊底充饶，道："相公明日来讨回话。"灿若欢天喜地，回下处去了。

次日，又到郊外那家门首来探消息。只见溜儿笑嘻嘻的走将来道："相公喜事上头，恁地出门的早哩！昨日承相公分付，即便对表妹说知。俺妹子已自看上了相公①，不须三回五次，只说着便成了。相公只去打点纳聘做亲便了。表妹是自家做主的，礼金不计论，但凭相公出得手罢了。②"灿若依言，取三十两银子，折了衣饰送将过去。那家也不争多争少，就许定来日过门。

灿若看见事体容易，心里到有些疑惑起来。又想是北方再婚，说是鬼妻，所以如此相应。至日，鼓吹灯轿，到门迎接陆蕙娘。蕙娘上轿，到灿若下处来做亲。灿若灯下一看，正是前日相逢之人，不觉大喜过望，方才放下了心③。拜了天地，吃了喜酒，众人俱各散讫。

---

① 眉批：谁知便为其语！

② 眉批：意不在礼金也。

③ 眉批：未得放心！

两人进房，蕙娘只去椅上坐着。约莫一更时分，夜阑人静。灿若久旷之后，欲火燔灼，便开话道："娘子请睡了罢。"蕙娘啭莺声、吐燕语道："你自先睡。"灿若只道蕙娘害羞，不去强他，且自先上了床，那里睡得着？

又歇了半个更次，蕙娘兀自坐着。灿若只得又央及道："娘子日来困倦，何不将息将息？只管独坐，是甚意思？"蕙娘又道："你自睡。"口里一头说，眼睛却不转的看那灿若①。灿若怕新来的逆了他意，依言又自睡了一会。又起来款款问道："娘子为何不睡？"蕙娘又将灿若上上下下仔细看了一会，开口问道："你京中有甚势要相识否？②"灿若道："小生交游最广。同袍、同年，无数在京，何论相识？"蕙娘道："既如此，我而今当真嫁了你罢。③"灿若道："娘子又说得好笑！小生千里相遇，央媒纳聘，得与娘子成亲，如何到此际还说个当真、当假？"蕙娘道："官人有所不知。你却不晓得此处张溜儿是有名的拐子。妾身岂是他表妹？便是他浑家。为是妾身有几分姿色，故意叫妾赚人到门，他却只说是表妹寡居，要嫁人，就是他做媒。多有那慕色的，情愿聘娶妾身。他却不受重礼，只要哄得成交，就便送妾做亲。叫妾身只做害羞，不肯与人同睡，因不受人点污。到了次日，却合了一伙棍徒，图赖你奸骗良家女子，连人和箱笼尽抢将去。那些被赚之人，客中怕吃官司，只得忍气吞声，明受火囤。如此也不止一个了。昨日妾身哭母墓而归，原非新寡。天杀的撞见官人，又把此计来使。妾每每自思，此岂终身道理？有朝一日惹出事来，并妾此身付之乌有。况以清白之身，暗地迎新送旧，虽无所染，情何以堪！几次劝取丈夫，他只不听。以此妾之私意，只要将计就计④，倘然遇着知音，愿将此身许他，随他私奔了罢。今见官人态度非凡，抑且志诚软款，心实欢羡。但恐相从奔走，或被他找着，无人护卫，反受其累。今君既交游满京邸，愿以微躯托之官人。官人只可连夜便搬往别处好朋友家谨密所在去了，方才娶得妾安稳。此是妾身

---

① 眉批：此看非前日之看。

② 旁批：此问亦奇。

③ 旁批：更奇。

④ 眉批：立志可取，宜有后福。

自媒以从官人，官人异日弗忘此情!①”

灿若听罢，呆了半晌，道：“多亏娘子不弃，见教小生。不然，几受其祸。”连忙开出门来，叫起家人打叠行李。把自己喂养的一个蹇驴，驮了蕙娘。家人挑箱笼，自己步行。临出门，叫应主人道：“我们有急事回去了。”晓得何澄带家眷在京，连夜敲开他门，细将此事说与。把蕙娘与行李都寄在何澄寓所。那何澄房尽空阔，灿若也就一宅两院做了下处，不题。

却说张溜儿次日果然纠合了一伙破落户，前来抢人。只见空房开着，人影也无。忙问下处主人道：“昨日成亲的举人那里去了?”主人道：“相公连夜回去了。”众人各各呆了一回。大家嚷道：“我们随路追去!”一哄的望张家湾乱奔去了。却是偌大所在，何处找寻?元来北京房子，惯是见租与人住。来来往往，主人不来管他东西去向。所以但是搬过了，再无处跟寻的。

灿若在何澄处看了两月书，又早是春榜动，选场开。灿若三场满志，正是专听春雷第一声。果然金榜提名，传胪三甲。灿若选了江阴知县，却是稽清的父母。不一日领了凭，带了陆蕙娘起程赴任。却值方昌出差苏州，竟坐了他一只官船到任。

陆蕙娘平白地做了知县夫人，这正是“鸾胶续处舞双凫”之验也。灿若后来做到开府而止。蕙娘生下一子，后亦登第。至今其族繁盛。有诗为证：

女侠堪夸陆蕙娘，能从萍水识檀郎。

巧机反借机来用，毕竟强中手更强。

① 眉批：有识之妇。

卷十七 西山观设箓度亡魂 开封府备棺追活命

诗曰：

三教从来有道门，一般鼎足在乾坤。

只因装饰无殊异，容易埋名与俗浑。

说这道家一教，乃是李老君青牛出关，关尹文始真人恳请留下《道德真经》五千言，传流至今。这家教门，最上者冲虚清净，出有入无；超尘俗而上升，同天地而不老。其次者，修真炼性，吐故纳新；筑坎离以延年，煮铅汞以济物。最下者，行持符箓，役使鬼神；设章醮以通上界，建考召以达冥途。这家学问却是后汉时张角，能作五里雾，人欲学他的，先要五斗米为贽见礼，故叫得五斗米道。后来其教盛行。那学了与民间祛妖除害的，便是正法；若是去为非作歹的，只叫得妖术。虽是邪正不同，却也是极灵验难得的。流传至今，以前两项高人，绝世不能得有。只是符箓这家，时时有人习学，颇有高妙的在内。却有一件作怪：学了这家术法，一些也胡乱做事不得了①。尽有奉持不谨，反取其祸的。

宋时乾道年间，福建福州有个太常少卿任文荐的长子，叫做任道元，少年慕道，从个师父，是欧阳文彬，传授五雷天心正法，建坛在家。与人行持，甚著效验。他有个妻侄，姓梁名鲲，也好学这法术。

一日，有永福柯氏之子，因病发心，投坛请问，尚未来到任家。那任道元其日与梁鲲同宿斋舍，两人同见神将来报道："如有求报应者，可书'香'字

① 眉批：注意！

与之，教他速速归家。”任道元听见，即走将起来，点起灯烛写好了，封押停当，依然睡觉。明早柯子已至，道元就把夜间所封的递与他，叫他急急归家去。柯子还家，十八日而死。盖“香”字乃是一十八日也。繇此远近闻名，都称他做法师。

后来少卿已没，道元袭了父任，出仕在外。官府事体烦多，把那奉真香火之敬，渐渐疏懒。每日清晨，在神堂边过，只在门外略略瞻礼，叫小童进去炷香完事，自己竟不入门。家人每多道：“老爷一向奉道虔诚，而今有些懈怠，恐怕神天嗔怪！”道元体贵心骄，全不在意，由家人每自议论，日逐只是如此。

淳熙十三年正月十五日上元之夜，北城居民相约纠众，在于张道者庵内，启建黄箓大醮一坛，礼请任道元为高功，主持坛事。那日，观看的人何止挨山塞海。内中有两个女子，双鬟高髻，并肩而立；丰神绰约，宛然并蒂芙蓉。任道元抬头起来看见，惊得目炫心花①，魄不附体，那里还顾什么醮坛不醮坛，斋戒不斋戒？便开口道：“两位小娘子请稳便到里面来看一看。”两女道：“多谢法师。”正轻移莲步，走进门来。道元目不转睛看上看下，口里诌道：“小娘子，提起了襕裙。”盖是福建人叫女子抹胸做襕裙。提起了，是要摸他双乳的意思，乃彼处乡谈讨便宜的说话。内中一个女子正色道：“法师做醮，如何却说恁地话？”拉了同伴，转身便走。道元又笑道：“既来看法事，便与高功法师结个缘何妨？”两女耳根通红，口里喃喃，微骂而去。到得醮事已毕，道元便觉左耳后边有些作痒，又带些疼痛。叫家人看看，只见一个红蓓蕾如粟粒大；将指头按去，痛不可忍。次日归家，情绪不乐。

隔数日，对妻侄梁鲲道：“夜来神将见责，得梦甚恶。我大数已定，密书于纸，待请商日宣法师考照。”商日宣法师到了，看了一看，说道：“此非我所能辨，须圣童至乃可决。”少顷，门外一村童到来，即跳升梁间，作神语道：“任道元，诸神保护汝许久，汝乃不谨香火，贪淫邪行，罪在不赦！”道元深悼前非，磕头谢罪。神语道：“汝十五夜的说话说得好！”道元百拜乞命，愿从今改

① 旁批：魔障到了。

过自新。神语道："如今还讲甚么？吾亦不欠汝一个奉事。当以为奉法弟子之戒①。且看你日前分上，宽汝二十日日期。"说罢，童子坠地醒来，懵然一毫无知。梁鲲拆开道元所封之书与商日宣看，内中也是"二十日"三个字。

道元是夜梦见神将手持铁鞭来追逐。道元惊惶奔走。神将赶来，环绕所居九仙山下一匝，被他赶着。一鞭打在脑后，猛然惊觉。自此疮越加大了，头胀如栲栳。每夜二鼓叫呼，宛若被鞭之状。到得二十日将满，梁鲲在家，梦见神将对他道："汝到五更初，急到任家，看吾扑道元。"鲲惊起，忙到任家来，道元一见哭道："相见只有此一会了。"披衣要下床来，忽然跌倒。七八个家人共扶将起来，暗中恰像一只大手拽出，扑在地上。仔细看看，已此无气了。梁鲲送了他的终，看见利害，自此再不敢行法。

看官，你道任道元奉的是正法，行持了半世，只为一时间心中懈怠，口内亵渎，又不曾实干了甚么污秽法门之事，便受显报如此；何况而今道流，专一做邪淫不法之事的，神天岂能容恕？所以幽有神谴，明有王法，不到得被你瞒过了。但是邪淫不法之事，偏是道流容易做。只因和尚服饰异样，先是光着一个头，好些不便②。道流打扮起来，簪冠着袍，方才认得是个道士；若是卸下装束，仍旧巾帽长衣，分毫与俗人没有两样，性急看不出破绽来。况且还有火居道士，原是有妻小的，一发与俗人无异了。所以做那奸淫之事，比和尚十分便当。

而今再说一个道流，借着符箓醮坛为由，拐上一个妇人，弄得死于非命，说来与奉道的人做个鉴戒。有诗为证：

坎离交垢育婴儿，只在身中相配宜。

生我之门死我户，请无误读守其雌。

这本话文，乃是宋时河南开封府，有个女人吴氏，十五岁嫁与本处刘家。所生一子，名唤刘达生。达生年一十二岁上，父亲得病身亡。母亲吴氏，年纪未满三十，且是生得聪俊飘逸，早已做了个寡妇。上无公姑，下无族党，是他

---

① 眉批：利害！
② 旁批：也不见得。

一个主持门户[1]，守着儿子度日。因念亡夫恩义[2]，思量做些端醮功果超度他。

本处有个西山观，乃是道流修真之所。内中有个道士，叫做黄妙修，符箓高妙，仪容俊雅，众人推他为知观。是日正在观中与人家书写文疏，忽见一个年小的妇人，穿着一身缟素，领了十一二岁的孩子走进观来。俗语说得好："若要俏，带三分孝。"那妇人本等生得姿容美丽，更兼这白衣白髻，越显得态度潇洒。早是在道观中，若是僧寺里，就要认做白衣送子观音出现了[3]。走到黄知观面前，插烛也似拜了两拜。知观一眼瞅去，早已魂不附体，连忙答拜道："何家宅眷？甚事来投？"妇人道："小妾是刘门吴氏，因是丈夫新亡，欲求渡拔，故率领亲儿刘达生[4]，母子虔诚，特求法师广施妙法，利济冥途。"黄知观听罢，便怀着一点不良之心，答道："既是贤夫新亡求荐，家中必然设立孝堂。此须在孝堂内设箓行持，方有专功实际。若只在观中，大概附醮，未必十分得益。凭娘子心下如何？"吴氏道："若得法师降临茅舍，此乃万千之幸！小妾母子不胜感激。回家收拾孝堂，专等法师则个。"知观道："几时可到宅上？"吴氏道："再过八日，就是亡夫百日之期。意要设建七日道场，须得明日起头，恰好至期为满。得法师侵早下降便好。"知观道："一言已定，必不失期。明日准造宅上。"吴氏袖中取出银一两，先奉做纸札之费。别了回家，一面收拾打扫，专等来做法事。

元来，吴氏请醮荐夫，本是一点诚心，原无邪意。谁知黄知观是个色中饿鬼，观中一见吴氏姿容，与他说话时节，恨不得就与他做起光来。吴氏虽未就想到邪路上去，却见这知观丰姿出众，语言爽朗，也暗暗地喝采道："好个齐整人物！如何却出了家？且喜他不妆模样，见说做醮，便肯轻身出观，来到我家，也是个出热的人。"心里也就有几分欢喜了[5]。

次日清早，黄知观领了两个年少道童，一个火工道人，挑了经箱卷轴之类，

---

① 眉批：便自不妥。

② 旁批：他日便不肯念了。

③ 眉批：闲话好。

④ 旁批：小冤家。

⑤ 旁批：缘之所在，业之所在。

一径到吴氏家来。吴氏只为儿子达生年纪尚小，一切事务都是自家支持。与知观拜见了，接进孝堂。知观与同两个道童、火工道人，张挂三清、众灵，铺设齐备，动起法器。免不得宣扬大概，启请、摄召、放赦、招魂，闹了一回。

吴氏出来上香朝圣，那知观一眼估定，越越卖弄精神，同两个道童齐声朗诵经典毕，起身执着意旨，跪在圣像面前毯上宣白；叫吴氏也一同跪着通诚。跪的所在，与吴氏差不得半尺多路。吴氏闻得知观身上衣服扑鼻薰香，不觉偷眼瞧他。知观有些觉得，一头念着，一头也把眼回看。你觑我，我觑你，恨不得就移将拢来，搅做一团。

念毕各起。吴氏又到各神将面前上香稽首，带眼看着道场。只见两个道童黑发披肩，头戴着小冠，且是生得唇红齿白，清秀娇嫩。吴氏心里想道："这些出家人到如此受用。这两个大起来，不知怎生标致哩！"自此动了一点欲火，按捺不住，只在堂中孝帘内频频偷看外边。

元来人生最怕的是眼里火。一动了眼里火，随你左看右看，无不中心像意的。真是：长有长妙，短有短强，壮的丰美，瘦的俏俏，无有不妙①。况且妇人家阴性专一，看上了一个人，再心里打撇不下的。那吴氏在堂中把知观看了又看，只觉得风流可喜。他少年新寡，春心正盛。转一个念头，把个脸儿红了又白，白了又红。只在孝帘前踅来踅去，或露半面，或露全身，恰像要道士晓得他的意思一般。那黄知观本是有心的，岂有不觉？碍着是头一日来到，不敢就造次，只好眉稍眼角做些功夫，未能勾入港。那儿子刘达生未知事体，正好去看神看佛，弄钟弄鼓，那里晓得母亲这些关节？

看看点上了灯，吃了晚斋，吴氏收拾了一间洁净廊房，与他师徒安歇。那知观打发了火工道人回观，自家同两个道童一床儿宿了，打点早晨起来朝真不题。

却说吴氏自同儿子达生房里睡了，上得床来，心里想道："此时那道士毕竟搂着两个标致小童干那话儿了，我却独自个宿！"想了又想，阴中火发，着实难

---

① 眉批：说透人情。

熬。噤了一噤，把牙齿咬得趷趷的响，出了一身汗。刚刚朦胧睡去，忽听得床前脚步响。抬头起看，只见一个人揭开帐子，飕的钻上床来。吴氏听得声音，却是日里的知观，轻轻道："多蒙娘子秋波示意，小道敢不留心？趁此夜深人静，娘子作成好事则个。"就将黄瓜般一条玉茎塞将过去。吴氏并不推辞，慨然承受。正到酣畅之处，只见一个小道童也揭开帐来寻师父。见师父干事兴头，喊道："好内眷！如何偷出家人？做得好事！与我捉个头，便不声张。"就伸只手去吴氏腰里乱摸。知观喝道："我在此，不得无礼！"吴氏被道士弄得爽快，正待要丢了，吃此一惊，飒然觉来，却是南柯一梦①。把手摸摸阴门边，只见两腿俱湿，连席上多有了阴水，忙把手帕抹净，叹了一口气道："好个梦！怎能勾如此侥幸？"一夜睡不安稳。

天明起来，外边钟鼓响，叫丫鬟担汤担水，出去伏侍道士。那两个道童倚着年小，也进孝堂来讨东讨西，看看熟分了。吴氏正在孝堂中坐着，只见一个道童进来讨茶吃。吴氏叫住问他道："你叫甚么名字？"道童道："小道叫做太清。"吴氏道："那一位大些的？"道童道："叫做太素。"吴氏道："你两个昨夜那一个与师父做一头睡？"道童道："一头睡便怎么？"吴氏道："只怕师父有些不老成。"道童嘻嘻的笑道："这大娘到会取笑。"

说罢，走了出去，把适间所言，私下对师父一一说了。不繇这知观不动了心，想道："说这般话的，定是有风情的。只是虽在孝堂中，相离咫尺，却分个内外，如何好大大撩拨他撩拨？"以心问心。忽然道："有计了。"

须臾，吴氏出来上香。知观一手拿着铃杵，一手执笏，急急走去并立着，口中唱着《浪淘沙》。词云：

> 稽首大罗天，法眷姻缘。如花玉貌正当年。帐冷帷空孤枕畔，枉自熬煎。　为此建斋筵，追荐心虔。亡魂超度意无牵。急到蓝桥来解渴，同做神仙。

这知观把此词朗诵，分明是打动他自荐之意。那吴氏听得，也解其意，微微笑

---

① 眉批：此梦后来应验。

道："师父说话，如何夹七夹八？"知观道："都是正经法门。当初前辈神仙遗下美话，做吾等榜样的。"吴氏老大明白，晓得知观有意于他了。进去剥了半碗细果，烧了一壶好清茶，叫丫鬟送出来与知观吃。分付丫鬟对知观说："大娘送来与师父解渴的。"把这句话与知观词中之语暗地照应，只当是写个"肯"字，知观听得，不胜之喜，不觉手之舞之，足之蹈之，那里还管甚么《灵宝道经》、《紫霄秘箓》？一心只念的是风月机关、洞房春意。密叫道童打听吴氏卧房。见说与儿子同房歇宿，有丫鬟相伴，思量不好竟自闯得进去。

到晚来，与两个道童上床宿了。一心想着吴氏日里光景，且把道童太清出出火气，弄得床桯格格价响。搂着背脊，口里说道："我的乖！我与你两个商量件事体。我看主人娘子十分有意于我，若是弄得到手，连你们也带挈得些甜头不见得。只是内外隔绝，他房中有儿子，有丫鬟；我这里须有你两个不便，如何是好？"太清接口道："我们须不妨事。"知观道："他初起头，也要避生人眼目。"太素道："我见孝堂中有张魂床，且是帐褥铺设得齐整。此处非内非外，正好做偷情之所。[①]"知观道："我的乖！说得有理，我明日有计了。"对他两个耳畔说道："须得如此如此。"太清、太素齐拍手道："妙！妙！"说得动火，知观便与太清完了事。弄得两个小伙子兴发难遏，没出豁，各放了一个手铳。一夜无词。

次日天早起来，与吴氏相见了，对吴氏道："今日是斋坛第三日了，小道有法术摄召，可以致得尊夫亡魂来与娘子相会一番。娘子心下如何？"吴氏道："若得如此，可知好哩！只不知法师如何作用？"知观道："须用白绢作一条桥在孝堂中，小道摄召亡魂，渡桥来相会。却是只好留一个亲人守着。人多了，阳气盛，便不得来。又须关着孝堂，勿令人窥视，泄了天机。"吴氏道："亲人只有我与小儿两人。儿子小，不晓得甚么，就会他父亲也无干。奴家须是要会丈夫一面。待奴家在孝堂守着，看法师作用罢。"知观道："如此最妙。"吴氏到里边箱子里，取出白绢一匹与知观。知观接绢在手，叫吴氏扯了一头，他扯

① 眉批：太素所以亦受阴报。

了一头。量来量去，东折西折，只管与吴氏调眼色。交着手时，便轻轻把指头弹着手腕，吴氏也不做声。知观又指拨把枱桌搭成一桥，恰好把孝堂路径塞住，外边就看帘里边不着了。

知观出来分付两个道童道：“我闭着孝堂，召请亡魂。你两个须守着门，不可使外人窥看，破了法术。”两人心照，应声：“晓得了。”

吴氏也分付儿子与丫鬟道：“法师召请亡魂与我相会，要秘密寂静。你们只在房里，不可出来啰唣！”那儿子达生见说召得父亲魂，口里嚷道：“我也要见见爹爹。①”吴氏道：“我的儿，法师说：‘生人多了，阳气盛，召请不来。’故此只好你母亲一个守灵。你要看不打紧，万一为此召不来，空成画饼。且等这番果然召得爹爹来，以后却教你相见便是。”吴氏心里也晓得知观必定是托故，有此蹊跷，把甜言美语稳住儿子，又寻好些果子与了他。把丫鬟同他反关住在房里了，出来进孝堂内坐着。

知观扑地把两扇门拴上了，假意把令牌在桌上敲了两敲，口里不知念了些甚么，笑嘻嘻对吴氏道：“请娘子魂床上坐着。只有一件：亡魂虽召得来，却不过依稀影响，似梦里一般，与娘子无益。”吴氏道：“但愿亡魂会面，一叙苦情，论甚有益无益！”知观道：“只好会面，不能勾与娘子重叙平日被窝的欢乐，所以说道无益。”吴氏道：“法师又来了。一个亡魂，只指望见见也勾了，如何说到此话？”知观道：“我有本事弄得来与娘子重欢重乐。”吴氏失惊道：“那有这事？”知观道：“魂是空虚的，摄来附在小道身上，便好与娘子同欢乐了。”吴氏道：“亡魂是亡魂，法师是法师，这事如何替得？”知观道：“从来我们有这家法术，多少亡魂来附体相会的。”吴氏道：“却怎生好干这事？”知观道：“若有一些不像尊夫，凭娘子以后不信罢了。②”吴氏骂道：“好巧言的贼道，到会脱骗人！”知观便走去一把抱定，搀倒在魂床上，笑道：“我且权做尊夫一做。”

吴氏此时已被引动了兴，两个就在魂床上面弄将起来：

---

① 眉批：赤子之心。
② 旁批：妙话。

一个玄门聪俊，少尝闺阁家风；一个空室娇姿，近旷衾裯事业。风雷号令，变做了握雨携云；冰蘖贞操，翻成了残花破蕊。满堂圣像，本属虚无；一脉亡魂，还归冥漠。噏着的，呼吸元精而不歇；耨着的，出入玄牝以无休。寂寂朝真，独鸟来时丹路滑；殷殷慕道，百花深处一僧归。个中味，真夸羡，玄之又玄；色里身，不耐烦，寡之又寡。

两个云雨才罢，真正弄得心满意足。知观对吴氏道：'比尊夫手段有差池否?"吴氏啐了一口道："贼禽兽！羞答答的，只管提起这话做甚!①"知观才谢道："多承娘子不弃，小道粉身难报。"吴氏道："我既被你哄了，如今只要相处得情长则个。"知观道："我和你须认了姑舅兄妹，才好两下往来，瞒得众人过。"吴氏道："这也有理。"知观道："娘子今年尊庚?"吴氏道："二十六岁了。"知观道："小道长一岁，叨认做你的哥哥罢。我有道理。"

爬起来，又把令牌敲了两敲，把门开了。对着两个道童道："方才召请亡魂来，元来主人娘子是我的表妹，一向不晓得，到是亡魂明白说出来的。问了详细，果然是。而今是至亲了。"道童笑嘻嘻道："自然是至亲了。②"吴氏也叫儿子出来，把适才道士捣鬼的说话，也如此学与儿子听了，道："这是你父亲说的。你可过来认了舅舅。"那儿子小，晓得甚么好歹？此后依话只叫舅舅。

从此，日日推说召魂，就弄这事。晚间吴氏出来，道士进来，只把孝堂魂床为交欢之处，一发亲密了。那儿子但听说召魂，便道要见爹爹。只哄他道："你是阳人，见不得的。"儿子只得也罢了，心里却未免有些疑心道："如何只却了我?"

到了七昼夜，坛事已完，百日孝满。吴氏谢了他师徒三众，收了道场，暗地约了相会之期，且瞒生眼，到观去了。吴氏就把儿子送在义学堂中先生处，仍旧去读书，早晨出去，晚上回来。吴氏日里自有两个道童常来通信。或是知观自来，只等晚间儿子睡了，便开门放进来，恣行淫乐。只有丫鬟晓得风声，已自买嘱定了。如此三年，竟无间阻，不题。

---

① 旁批：亦知羞了。
② 眉批：韵语。

且说刘达生年纪渐渐大了，情窦已开，这事情也有些落在眼里了。他少年聪慧，知书达礼，晓得母亲有这些手脚，心中常是忧闷，不敢说破。一日在书房里，有同伴里头戏谑，称他是“小道士”，他脸儿通红，走回家来对母亲道：“有句话对娘说。这个舅舅不要他上门罢。有人叫儿子做‘小道士’，须是被人笑话。”吴氏见说罢，两点红直从耳根背后透到满脸，把儿子凿了两个栗暴道：“小孩子不知事！舅舅须是你娘的哥哥，就往来，谁人管得？那个天杀的对你讲这话？等娘寻着他，骂他一个不歇！”达生道：“前年未做道场时，不曾见说有这个舅舅[①]。就果是舅舅，娘只是与他兄妹相处，外人如何有得说话？”吴氏见道着真话，大怒道：“好儿子！几口气养得你这等大，你听了外人的说话，嘲拨母亲，养这忤逆的做甚！”反敲台拍凳哭将起来。达生慌了，跪在娘面前道：“是儿子不是了，娘饶恕则个！”吴氏见他讨饶，便住了哭道：“今后切不要听人乱话。”达生忍气吞声，不敢再说。心里想道：“我娘如此口强，须是捉破了他，方得杜绝。我且冷眼张他则个。”

一夜人静后，达生在娘房睡了一觉，醒来只听得房门响，似有人走了出去的模样。他是有心的，轻轻披了衣裳，走起来张着，只见房门开了，料道是娘又去做歹勾当了。转身到娘床里一摸，果然不见了娘。他也不出来寻，心生一计，就把房门闩好，又掇张凳子顶住了，自上床去睡觉。

元来，是夜吴氏正约了知观黄昏后来。堂中灵座已除，专为要做这勾当，床仍铺着。这所在反加些围屏，围得紧簇。知观先在里头睡好了，吴氏却开了门出来就他。两个颠鸾倒凤，弄这一夜。到得天色将明，起来放了他出去，回进房来。每常如此放肆惯了，不以为意。谁知这夜走到房前，却见房门关好，推着不开，晓得是儿子知风，老大没趣。呆呆坐着，等他天亮。默默的咬牙切齿的恨气，却无说处。

直到天大明了，达生起来开了门，见了娘，故意失惊道：“娘如何反在房门外坐地？”吴氏只得说个谎道：“昨夜外边脚步响，恐怕有贼，所以开门出来看

① 眉批：透极。

看。你却如何把门关了?”达生道:“我也见门开了,恐怕有贼,所以把门关好了,又顶得牢牢的。只道娘在床上睡着,如何反在门外?既然娘在外边,如何不叫开了门?却坐在这里。这一夜,是甚意思?①”吴氏见他说了,自想一想,无言可答,只得罢了。心里想道:“这个业种,须留他在房里不得了。”

忽然一日对他说道:“你年纪长成,与娘同房睡有些不雅相。堂中这张床铺得好好的,你今夜在堂中睡罢。”吴氏意思打发了他出来,此后知观来只须留在房里,一发安稳像意了。谁知这儿子是个乖觉的,点头会意,就晓得其中就里。一面应承,日里仍到书房中去,晚来自在堂中睡了,越加留心察听。

其日,道童来到,吴氏叫他回去说前夜被儿子关在门外的事,又说因此打发儿子另睡,今夜来只须小门进来,竟到房中。

到夜,知观来了。达生虽在堂中,却不去睡,各处挨着看动静。只听得小门响,达生躲在黑影里头,看得明白,晓得是知观进门了。随后丫鬟关好了门,竟进吴氏房中,掩上了门睡了。达生心里想道:“娘的奸事,我做儿子的不好捉得,只去炒他个不安静罢了。”过了一会,听得房里已静,连忙寻一条大索,把那房门扣得紧紧的。心里想道:“眼见得这门拽不开,贼道出去不得了,必在窗里跳出。我且蒿恼他则个。”走到庭前去,掇一个尿桶,一个半破了的屎缸,量着跳下的所在摆着,自却去堂里睡了。

那知观淫荡了一夜,听见鸡啼了两番,恐怕天明,披衣走出,把房门拽了又拽,再拽不开。不免叫与吴氏知道。吴氏自家也来帮拽,只拽得门响,门外似有甚么缚住的。吴氏道:“却又作怪!莫不是这小业畜又来弄手脚?既然拽不开,且开窗出去了②,明早又处。而今看看天亮,迟不得了。”知观朦胧着两眼,走来开了窗,扑的跳下来。只听得扑通的一响,一只右脚早踹在尿桶里了;这一只左脚做不得力,头轻脚重,又踊在屎缸里。忙抽起右脚待走。尿桶却深,那时着了慌,连尿桶拌倒了。一交跌去,尿屎污了半身,嘴唇也磕绽了③。却

---

① 眉批:透极。

② 旁批:不出所料。

③ 眉批:此景佳无限!旁批:不知曾尝些否?

不敢声高，忍着痛，侮着鼻，急急走去。开了小门，一道烟走了。

吴氏看见拽门不开，已自着恼。及至开窗出去了。又听得这髈扑之响，有些疑心。自家走到窗前看时，此时天色尚黑，但只满鼻闻得些臭气，正不知是甚么缘故。憋着一肚闷气，又上床睡去了。

达生直等天大明了起来，到房门前，仍把绳索解去。看那窗前时，满地尿屎，桶也倒了。肚里又气，又忍不住好笑。趁着娘未醒，他不顾污秽，轻轻把屎缸、尿桶多搬过了。又一会，吴氏起来开门，却又一开就是。反疑心夜里为何开不得，想是性急了些。及至走到窗前，只见满地多是尿屎，一路到门，是湿印的鞋迹。叫儿子达生来问道："这窗前尿屎是那里来的？"达生道："不知道。但看这一路湿印，多是男人鞋迹，想是个人急出这些尿屎来的。①"吴氏对口无言，脸儿红了又白，不好回得一句，着实忿恨。自此怪煞了这儿子，一似眼中之钉，恨不得即时拔去了。

却说那夜黄知观吃了这一场亏，香喷喷一身衣服，没一件不污秽了。闷闷在观中洗净整治。又是嘴唇跌坏，有好几日不到刘家来走。吴氏一肚子恼恨，正要见他分诉商量，却不见到来，又想又气。

一日，知观叫道童太素来问信。吴氏对他道："你师父想是着了恼不来？"太素道："怕你家小官人利害，故此躲避几日。"吴氏道："他日里在学堂中，到不如日间请你师父过来商量句话。"那太素是个十八九岁的人，晓得吴氏这些行径，也自丢眉丢眼来挑吴氏道："十分师父不得工夫，小道童权替遭儿也使得。"吴氏道："小奴才，你也来调戏我！我对你师父说了，打你下截。"太素笑道："我的下截须与大娘下截一般，师父要用的，料不舍得打。"吴氏道："没廉耻小奴才，亏你说！"吴氏一了见他标致，动火久了②，只是还嫌他小些；而今却长得好了。见他说风话，不觉有意，便一手勾他拢来做一个嘴，伸手去摸，太素此物翘然。却待要扯到床上干那话儿，不匡黄知观见太素不来，又叫太清来寻他，到堂中叫唤。太素听得声音，恐怕师父知道嗔怪，慌忙住了手，

---

① 眉批：谑语有致。

② 眉批：太素宜其动火也。

冲散了好事[①]。两个同到观中，回了师父。

次日，果然知观日间到刘家来。吴氏关了大门，接进堂中坐了。问道："如何那夜一去了再无消息，直到昨日才着道童过来？"知观道："你家儿子刁钻异常。他日渐渐长大，好不利害！我和你往来不便，这件事弄不成了。"吴氏正贪着与道士往来，连那两个标致小道童一鼓而擒之，却见说了这话，心里怫然，便道："我无尊人拘管，只碍得这个小业畜！不问怎的，结果了他[②]，等我自由自在。这几番我也忍不过他的气了。"知观道："是你亲生儿子，怎舍得结果他？"吴氏道："亲生的，正在乎知疼着热，才是儿子[③]；却如此拗憋搅炒，何如没有他倒干净！"知观道："这须是你自家发得心尽，我们不好撺掇得，恐有后悔。"吴氏道："我且再耐他一两日。你今夜且放心前来快活。就是他有些知觉，也顾不得他，随他罢了。他须没本事奈何得我！"你一句，我一句，说了大半日话，知观方去，等夜间再来。

这日达生那馆中先生要归去，散学得早。路上撞见知观走来，料是在他家里出来，早上了心。却当面勉强叫声"舅舅"，作了个揖。知观见了，一个忡心，还了一礼，不讲话，竟去了。达生心里想道："是前日这番，好两夜没动静。今日又到我家，今夜必然有事。我不好屡次捉破，只好防他罢了。"

一路回到家里。吴氏问道："今日如何归得恁早？"达生道："先生回家了，我须有好几日不消馆中去得。"吴氏心里暗暗不悦，勉强问道："你可要些点心吃？"达生道："我正要点心吃了睡觉去。连日先生要去，积趱读书辛苦。今夜图早睡些个。"吴氏见说此句，便有些像意了，叫他去吃了些点心。果然达生到堂中床里，一觉睡了。吴氏暗暗地放了心，安排晚饭自吃了。收拾停当，暂且歇息。叫丫鬟半掩了门，专等知观来。

谁知达生假意推睡，听见人静了，却轻轻走起来。前后门边一看，只见前门锁着，腰门从内关着。他撬开了，走到后边小门一看，只见门半掩着不关，

① 眉批：好事多磨。
② 旁批：狠哉！
③ 旁批：妙话！

他就轻轻把拴拴了，掇张凳子紧紧在傍边坐地。

坐了更余，只听得外边推门响，又不敢重用力，或时把指头弹两弹。达生只不做声，看他怎地。忽对门缝里低言道："我来了，如何却关着？可开开。"达生听得明白，假意插着口气道："今夜来不得了，回去罢，莫惹是非！"从此不听见外边声息了①。

吴氏在房里悬悬盼望偷期，欲心如火，见更余无动静，只得叫丫鬟到小门边看看。丫鬟走来黑处，一把摸着达生，吓了一跳。达生厉声道："好贼妇！此时走到门边来做甚勾当？"惊得丫鬟失声而走，进去对吴氏道："法师不见来，到是小官人坐在那里。几乎惊杀！"吴氏道："这小业畜一发可恨了！他如何又使此心机来搅破我事？"磨拳擦掌的气。却待发作，又是自家理短，只得忍耐着。又恐怕失了知观期约，使他空返。徬徨不宁，那里得睡？

达生见半晌无声息，晓得去已久了，方才自上床去睡了②。吴氏再叫丫鬟打听，说小官人已不在门口了。寂地开出外边，走到街上，东张西望，那里得有个人？回复了吴氏。吴氏倍加扫兴，忿怒不已，眼不交睫，直至天明。

见了达生，不觉发话道："小孩子家，晚间不睡，坐在后门口做甚？"达生道："又不做甚歹事，坐坐何妨？"吴氏胀得面皮通红，骂道："小杀才！难道我又做甚歹事不成！"达生道："谁说娘做歹事？只是夜深无事，儿子便关上了门，坐着看看，不为大错。"吴氏只好肚里恨，却说他不过。只得强口道："娘不到得逃走了，谁要你如此监守？"含着一把眼泪，进房去了，再待等个道童来问这夜的消息。

却是这日达生不到学堂中去，只在堂前摊本书儿看着；又或时前后行走。看见道童太清走进来，就拦住道："有何事到此？"太清道："要见大娘子。"达生道："有话我替你传说。"吴氏里头听得声音，知是道童，连忙叫丫鬟唤进。怎当得达生一同跟了进去，不走开一步。太清不好说得一句私话，只大略道："师父问大娘子、小官人的安。"达生接口道："都是安的，不劳记念。请回罢

---

① 眉批：妙甚！

② 眉批：细。

了。”太清无奈，四目相觑，怏怏走出去了。吴氏越加恨毒。从此一连十来日，没处通音耗。

又一日，同窗伴伙传言来道：“先生已到馆。”达生辞了母亲，又到书堂中去了。吴氏只当接得九重天上赦书。

元来太清、太素两个道童，不但为师父传情，自家也指望些滋味，时常穿梭也似在门首往来探听的。前日吃了达生这场淡，打听他在家，便不进来。这日达生出去，吴氏正要传信，太清也来了。吴氏经过儿子几番道儿，也该晓得谨慎些①；只是色胆迷天，又欺他年小，全不照顾。又约他：“叫知观今夜到来，反要在大门里来，他不防备的。只是要夜深些。”期约以定。

达生回家已此晚了，同娘吃了夜饭。吴氏领了丫鬟，故意点了火，把前后门关锁好了，叫达生去睡，他自进房去了。达生心疑道：“今日我不在家，今夜必有勾当。如何反肯把门关锁？也只是要我不疑心。我且不要睡着，必有缘故。”

坐到夜深，悄自走去看看。腰门掩着不拴，后门原自关好上锁的。达生想道：“今夜必在前边来了。”闪出堂前黑影里蹲着。看时，星光微亮，只见母亲同丫鬟走将出来。母亲立住中堂门首，意是防着达生。丫鬟走去门边听听，只听得弹指响，轻轻将锁开了，拽开半边门。一个人早闪将入来。丫鬟随关好了门。三个人做一块，侮手侮脚的走了进去。

达生连忙开了大门，就把挂在门内警夜的锣捽在手里，筛得一片价响，口中大喊：“有贼!②”元来开封地方，系是京都旷远，广有偷贼，所以官司立令：每家门内各置一锣，但一家有贼，筛得锣响，十家俱起救护。如有失事，连坐陪偿。最是严紧的。这里知观正待进房，只听得本家门首锣响，晓得不尴尬，惊得魂不附体，也不及开一句口，掇转身望外就走。去开小门时，是夜却是锁了的③。急望大门奔出，且喜大门开的，恨不得多生两只脚跑。达生也只是赶

① 眉批：当局者迷。

② 眉批：达生非第多智，且多捷智。

③ 旁批：走惯了的。

他，怕娘面上不好看，原无意捉住他。见他奔得慌张，却去拾起一块石头，尽力打将去①，正打在腿上。把腿一缩，一只履鞋早脱掉了，那里还有工夫敢来拾取②？拖了袜子走了。比及有邻人走起来问，达生只回说："贼已逃去了。"带了一只履鞋，仍旧关了门进来。

这吴氏正待与知观欢会，吃那一惊也不小，同丫鬟两个抖做了一团。只见锣声已息，大门已关，料道知观已去，略略放心。达生故意走进来问道："方才赶贼，娘受惊否？"吴氏道："贼在那里？如此大惊小怪！"达生把这只鞋提了，道："贼拿不着，拿得一只鞋在此。明日须认得出。"吴氏已知儿子故意炒破的，愈加忿恨，又不好说得他。

此后，知观不敢来了。吴氏想着他受惊，好生过意不去。又恨着儿子，要商量计较摆布他。却堤防着儿子，也不敢再约他来。

过了两日，却是亡夫忌辰。吴氏心生一计，对达生道："你可先将纸钱到你爹坟上打扫，我随后备些羹饭，抬了轿就来。"达生心里想道："忌辰何必到坟上去？且何必先要我去？此必是先打发了我出门，自家私下到观里去。我且应允，不要说破。"达生一面对娘道："这等，儿子自先去在那里等候便是。"口里如此说了，一径出门。却不走坟上，一直望西山观里来了。

走进观中，黄知观见了，吃了一惊。你道为何？还是那夜吓坏了的。定了性，问道："贤甥何故到此？"达生道："家母就来。"知观心里怀着鬼胎道："他母子两个几时做了一路？若果然他要来，岂叫儿子先到？这事又蹊跷了。"似信不信的。

只见观门外一乘轿来，抬到跟前下了，正是刘家吴氏③。才走出轿，猛抬头，只见儿子站在面前道："娘也来了。"吴氏那一惊，又出不意，心里道："这冤家如何先在此？"只得捣个鬼道："我想今日是父亲忌日，必得符箓超拔，故此到观中见你舅舅。"达生道："儿子也是这般想。忌日上坟无干，不如来央

---

① 旁批：趣！

② 眉批：筛锣抛石，童子戏也。达生用之以拒奸，绰绰有余。

③ 旁批：不出所料。

舅舅的好，所以先来了。①”吴氏好生怀恨，却没奈他何。知观也免不得陪茶陪水，假意儿写两道符箓②，通个意旨，烧化了，却不便做甚手脚。乱了一回，吴氏要打发儿子先去，达生不肯道：“我只是随着娘轿走。”吴氏不得已，只得上了轿去了。枉奔波了一番，一句话也不说得。在轿里一步一恨，这番决意要断送儿子了。

那轿走得快，达生终久年纪小，赶不上，又肚里要出恭，他心里道：“前面不过家去的路，料无别事，也不必跟随得。”就住在后面了。也是合当有事。只见道童太素在前面走将来，吴氏轿中看见了，问轿夫道：“我家小官人在后面么?”轿夫道：“跟不上，还在后头，望去不见。”吴氏大喜，便叫太素到轿边来，轻轻说道：“今夜我用计遣开了我家小业畜，是必要你师父来商量一件大事则个。”太素道：“师父受惊多次，不敢进大娘的门了。”吴氏道：“若是如此，今夜且不要进门，只在门外，以抛砖为号。我出来门边相会说话了，再看光景进门，万无一失。”又与太素丢个眼色。太素眼中出火，恨不得就在草地里做半点儿事，只碍着轿夫。吴氏又附耳叮嘱道：“你夜间也来，管你有好处。”太素颠头耸脑的去了。

吴氏先到家中，打发了轿夫。达生也来了。

天色将晚，吴氏是夜备了些酒果，在自己房中，叫儿子同吃夜饭。好言安慰他道：“我的儿，你爹死了，我只看得你一个。你何苦凡事与我憋强?”达生道：“专为爹死了，娘须立个主意，撑持门面。做儿子的敢不依从？只为外边人有这些言三语四，儿子所以不伏气。”吴氏回嗔作喜道：“不瞒你说，我当日实是年纪后生，有了些不老成，故见得外边造出作业的话来。今年已三十来了，懊悔前事无及。如今立定主意，只守着你清净过日罢。”达生见娘是悔过的说话，便堆着笑道：“若得娘如此，儿子终身有幸。”吴氏满斟一杯酒与达生道：“你不怪娘，须满饮此杯。”达生吃了一惊，想道：“莫不娘怀着不好意，把这杯酒毒我?”接在手不敢饮。吴氏见他沉吟，晓得他疑心，便道：“难道做娘的

---

① 眉批：节节见达生妙用，然而惹衅亦在此矣！

② 旁批：精扯淡！

有甚歹意不成？”接他的酒来，一饮而尽。达生知是疑心差了，好生过意不去，连把壶来自斟道：“该罚儿子的酒。”一连吃了两三杯。吴氏道：“我今已自悔，故与你说过。你若体娘的心，不把从前事体记怀，你陪娘吃个尽兴。”达生见娘如此说话，心里也喜欢，斟了就吃，不敢推托。元来吴氏吃得酒，达生年小吃不得多，所以吴氏有意把他灌醉。已此呵欠连天，只思倒头去睡了。吴氏又灌了他几杯，达生只觉天旋地转，支持不得。吴氏叫丫头扶他在自己床上睡了，出来把门上了锁，口里道：“惭愧！也有日着了我的道儿！”

正出来静等外边消息，只听得屋上瓦响，晓得是外边抛砖进来，连忙叫丫鬟开了后门。只见太素走进来道：“师父在前门外，不敢进来。大娘出去则个。”吴氏叫丫鬟看守定了房门，与太素暗中走到前边来。太素将吴氏一抱，吴氏回转身抱着道：“小奴才！我有意久了。前日不曾成得事，今且先勾了帐。”就同他走到儿子平日睡的堂前空床里头，云雨起来。

一个是未试的真阳，一个是惯偷的老手。新簇簇小伙，偏是这一番极景堪贪；老辣辣淫精，更有那十分骚风自快。这里小和尚且冲头水阵，繇他老道士拾取下风香①。

事毕，整整衣服，两个同走出来。开了前门，果然知观在门外，呆呆立着等候。

吴氏走出来，叫他进去，知观迟疑不肯。吴氏道：“小业畜已醉倒在我房里了。我正要与你算计，趁此时了帐他。快进来商量。”知观一边随了进来，一边道：“使不得！亲生儿子，你怎下得了帐他？”吴氏道：“为了你，说不得！况且受他的气不过了！”知观道：“就是做了这事，有人晓得，后患不小。”吴氏道：“我是他亲生母，就是故杀了他，没甚大罪。”知观道：“我与你的事，须有人晓得。若摆布了儿子，你不过是‘故杀子孙’；倘有对头根究到我同谋，我须偿他命去。”吴氏道：“若如此怕事，留着他没收场，怎得像意？”知观道：“何不讨一房媳妇与他？我们同弄他在混水里头一搅，他便做不得硬汉，管不得你了。②”吴氏道：“一发使不得。取来的未知心性如何，倘不与我同心合意，

---

① 眉批：知味之语！

② 旁批：贪！

反又多了一个做眼的了，更是不便。只是除了他的是高见。没有了他，我虽是不好嫁得你出家人，只是认做兄妹往来，谁禁得我？这便可以日长岁久的了。”知观道：“若如此，我有一计：当官做罢。①”吴氏道：“怎的计较？”知观道：“此间开封官府，平日最恨的是忤逆之子。告着的，不是打死，便是问重罪坐牢。你如今只出一状，告他不孝。他须没处辨！你是亲生的，又不是前亲晚后，自然是你说的话是，别无疑端。就不得他打死，等他坐坐监，也就性急不得出来，省了许多碍眼。况且你若舍得他，执意要打死，官府也无有不依做娘的说话的。②”吴氏道：“倘若小业畜极了，说出这些事情来，怎好？”知观道：“做儿子怎好执得娘的奸？他若说到那些话头，你便说是儿子不才，污口横蔑。官府一发怪是真不孝了，谁肯信他？况且捉奸捉双，我和你又无实迹凭据，随他说长说短，官府不过道是拦词抵辨，决不反为了儿子究问娘奸情的。这决然可以放心！③”吴氏道：“今日我叫他去上父坟，他却不去，反到观里来。只这件不肯拜父坟，便是一件不孝实迹，就好坐他了。只是要瞒着他做。”知观道：“他在你身边，不好弄手脚。我与衙门人厮熟。我等暗投文时，设法准了状，差了人径来拿他，那时你才出头折证。神鬼不觉。”吴氏道：“必如此，方停当。只是我儿子死后，你须至诚待我，凡百要像我意才好。倘若有些好歹，却不枉送了亲生儿子？”知观道：“你要如何像意？”吴氏道：“我夜夜须要同睡，不得独宿。”知观道：“我观中还有别事，怎能勾夜夜来得？”吴氏道：“你没工夫，随分着个徒弟来相伴，我耐不得独自寂寞。④”知观道：“这个依得。我两个徒弟，都是我的心腹，极是知趣的。你看得上，不要说叫他来相伴，就是我来时节，两三个混做一团，通同取乐，岂不妙哉！”吴氏见说，淫兴勃发，就同到堂中床上，极意舞弄了一回，娇声细语道：“我为你这冤家，儿子都舍了，不要忘了我。”知观罚誓道：“若负了大娘此情，死后不得棺殓。⑤”知观弄了一火，已

---

① 旁批：天意也。使从吴氏之计，达生死矣。

② 眉批：明察者岂执一偏以枉人哉？愚人狃之，所以为此不孝之告，然要亦天败之耳。

③ 眉批：算无遗策，自谓可万全矣。

④ 旁批：淫心同矣，自无不依之理。

⑤ 眉批：后来竟得棺敛，还算不负。

觉倦怠。吴氏兴还未尽，对知观道：“何不就叫太素来试试?”知观道：“最妙。”

知观走起来，轻轻拽了太素的手道：“吴大娘叫你。”太素走到床边。知观道：“快上床去相伴大娘。”那太素虽然已干过了一次，他是后生，岂怕再举?托地跳将上去，又弄起来。知观坐在床沿上道：“作成你这样好处!”却不知已是第二番了。吴氏一时应付两个，才觉心满意足。对知观道：“今后我没了这小业种，此等乐事可以长做，再无拘碍了。[①]”

事毕，恐怕儿子酒醒，打发他两个且去：“明后日专等消息，万勿有误!”千叮万嘱了，送出门去。知观前行，吴氏又与太素捻手捻脚的暗中抱了一抱，又做了一个嘴，方才放了去[②]。

关了门进来，丫鬟还在房门口坐着打盹。开进房时，儿子兀自未醒。他自到堂中床里睡了。

明日达生起来，见在娘床里，吃了一惊道：“我昨夜直恁吃得醉!细思娘昨夜的话，不知是真是假。莫不乘着我醉，又做别事了?”吴氏见了达生，有心与他寻事，骂道：“你噇醉了，不知好歹，倒在我床里了，却叫我一夜没处安身。[③]”达生甚是过意不去，不敢回答。

又过了一日，忽然清早时分，有人在外敲得门响，且是声高。达生疑心，开了门，只见两个公人一拥入来，把条绳子望达生脖子上就套。达生惊道：“上下为甚么事?”公人骂道：“该死的杀囚!你家娘告了你不孝，见官便要打死的，还问是甚么事!”达生慌了，哭将起来道：“容我见娘一面。”公人道：“你娘少不得也要到官的。”就着一个押了进去。

吴氏听见敲门，又闻得堂前嚷起，儿子哭声，已知是这事了，急走出来。达生抱住哭道：“娘，儿子虽不好，也是娘生下来的，如何下得此毒手?”吴氏道：“谁叫你凡事逆我，也叫你看看我的手段!”达生道：“儿子那件逆了母

---

① 旁批：未必稳。

② 眉批：此日后致死之本。

③ 眉批：违心之谈。

亲?”吴氏道:“只前日叫你去拜父坟,你如何不肯去?”达生道:“娘也不曾去,怎怪得儿子?”公人不知就里,在傍边插嘴道:“拜爹坟是你该去,怎么推得娘?我们只说是前亲晚后,今见说是亲生的,必然是你不孝。没得说,快去见官!”就同了吴氏,一齐拖到开封府来。

正值府尹李杰升堂。那府尹是个极廉明聪察的人,他生平最怪的是忤逆人。见是不孝状词,人犯带到,作了怒色待他。及到跟前,却是十五六的孩子。心里疑道:“这小小年纪,如何行径,就惹得娘告不孝?”敲着气拍问道:“你娘告你不孝,是何理说?”达生道:“小的年纪虽小,也读了几行书,岂敢不孝父母?只是生来不幸,既亡了父亲,又失了母亲之欢,以致兴词告状,即此就是小的罪大恶极!凭老爷打死,以安母亲。小的别无可理说。①”说罢,泪如雨下。府尹听说了这一篇,不觉恻然,心里想道:“这个儿子会说这样话的,岂是个不孝之辈?必有缘故。”又想道:“或者是个乖巧会说话的,也未可知。”

随唤吴氏。只见吴氏头兜着手帕,袅袅婷婷走将上来,揭去了帕。府尹叫抬起头来,见是后生妇人,又有几分颜色,先自有些疑心了,且问道:“你儿子怎么样不孝?”吴氏道:“小妇人丈夫亡故,他就不繇小妇人管束②,凡事自做自主。小妇人开口说他,便自恶言怒骂。小妇人道是孩子家,不与他一般见识。而今日甚一日,管他不下,所以只得请官法处治。”

府尹又问达生道:“你娘如此说你,你有何分辨?”达生道:“小的怎敢与母亲辨?母亲说的就是了。”府尹道:“莫不你母亲有甚偏私处?”达生道:“母亲极是慈爱,况且是小的一个,有甚偏私?”府尹又叫他到桌案前,密问道:“中间必有缘故。你可直说,我与你做主。”达生叩头道:“其实别无缘故,多是小的不是。”府尹道:“既然如此,天下无不是底父母,母亲告你,我就要责罚了。”达生道:“小的该责。”府尹见这般形状,心下愈加狐疑,却是免不得体面,喝叫打着。当下拖番打了十竹篦③。

---

① 眉批:听此,途人亦泪下矣。
② 旁批:他到不必管束。
③ 旁批:冤哉!

府尹冷眼看吴氏时节，见他面上毫无不忍之色，反跪上来道："求老爷一气打死罢！"府尹大怒道："这泼妇！此必是你夫前妻或妾出之子。你做人不贤，要做此忍心害理之事么？"吴氏道："爷爷，实是小妇人亲生的。问他就是。"

府尹就问达生道："这敢不是你亲娘？"达生大哭道："是小的生身之母。怎的不是？"府尹道："却如何这等恨你？"达生道："连小的也不晓得。只是依着母亲打死小的罢！"府尹心下着实疑惑，晓得必有别故。反假意喝达生道："果然不孝，不怕你不死！"

吴氏见府尹说得利害，连连叩头道："只求老爷早早决绝，小妇人也得干净。"府尹道："你还有别的儿子或是过继的否？"吴氏道："并无别个。"府尹道："既只是一个，我戒诲他一番，留他性命，养你后半世也好。"吴氏道："小妇人情愿自过日子，不情愿有儿子了。"府尹道："死了不可复生，你不可有悔。"吴氏咬牙切齿道："小妇人不悔！"府尹道："既没有悔，明日买一棺木，当堂领尸。今日暂且收监。"就把达生下在牢中，打发了吴氏出去。

吴氏喜容满面，望外就走①。府尹直把眼看他出了府门，忖道："这妇人气质，是个不良之人，必有隐情。那小孩子不肯说破，是个孝子。我必要剖明这一件事。②"随即叫一个眼明手快的公人，分付道："那妇人出去，不论走远走近，必有个人同他说话的。你看何等样人物，说何说话。不拘何等，有一件报一件。说得的确，重重有赏。倘有虚伪隐瞒，我知道了，致你死地！③"那府尹威令素严，公人怎敢有违？密地尾了吴氏走去。

只见吴氏出门数步，就有个道士接着④，问道："事怎么了？"吴氏笑嘻嘻的道："事完了。只要你替我买具棺材，明日领尸。"道士听得，拍手道："好了！好了！棺材不打紧。明日我自着人抬到府前来。"两人做一路，说说笑笑去了⑤。公人却认得这人是西山观道士，密将此话细细报与李府尹。李府尹道：

---

① 旁批：忍哉！
② 眉批：神君也。亦仁君也。
③ 旁批：此分付亦要紧。
④ 旁批：太急亦太躁，皆狃于府尹之好诛不孝也。
⑤ 旁批：是夜可知。然亦是长别筵也。

“果有此事。可知要杀亲子，略无顾惜。可恨！可恨！”就写一纸付公人道：“明日妇人进衙门，我喝叫：‘抬棺木来！’此时可拆开，看了行事！”

次日升堂，吴氏首先进来，禀道：“昨承爷爷分付，棺木已备，来领不孝子尸首。”府尹道：“你儿子昨夜已打死了。①”吴氏毫无戚容，叩头道：“多谢爷爷做主！”府尹道：“快抬棺木进来！”公人听见此句，连忙拆开昨日所封之帖。一看，乃是硃票，写道：“立拿吴氏奸夫，系道士看抬棺者，不得放脱！”那公人是昨日认杀的，那里肯差？亦且知观指点扛棺的，正在那里点手划脚时节，公人就一把擒住了，把朱笔帖与他看。知观挣扎不得，只得随来见了府尹。

府尹道：“你是道士，何故与人买棺材，又替他顾人扛抬？”知观一时赖不得，只得说道：“那妇人是小道姑舅兄妹，央浼小道，所以帮他。”府尹道：“亏了你是舅舅，所以帮他杀外甥。”知观道：“这是他家的事，与小道无干。”府尹道：“既是亲戚，他告状时你却调停不得？取棺木时你就帮衬有余。却不是你有奸与谋的？这奴才死有余辜！”喝教取夹棍来夹起，严刑拷打，要他招出真情。知观熬不得，一一招了。府尹取了亲笔画供，供称是：“西山观知观黄妙修，因奸唆杀是实。”吴氏在庭下看了，只叫得苦。府尹随叫：“取监犯！”把刘达生放将出来。

达生进监时，道府尹说话好，料必不致伤命。及至经过庭下，见是一具簇新的棺木摆着，心里慌了，道：“终不成今日当真要打死我？”战兢兢地跪着。只见府尹问道：“你可认得西山观道士黄妙修？”达生见说着就里，假意道：“不认得。”府尹道：“是你仇人，难道不认得？”达生转头看时，只见黄知观被夹坏了，在地下哼。吃了一惊，正不知个甚么缘故。只得叩头道：“爷爷青天神见，小的再不敢说。”府尹道：“我昨日再三问你，你却不肯说出，这还是你孝处。岂知被我一一查出了！”

又叫吴氏起来道：“还你一个有尸首的棺材。”吴氏心里还认做打儿子。只见府尹喝叫：“把黄妙修拖番，加力行杖。”打得肉绽皮开。看看气绝，叫几个

---

① 旁批：妙，妙！

禁子，将来带活放在棺中，用钉钉了[①]。吓得吴氏面如土色，战抖抖的牙齿捉对儿厮打。

府尹看钉了棺材，就喝吴氏道："你这淫妇！护了奸夫，忍杀亲子，这样人留你何用！也只是活敲死你。皂隶，拿下去着实打！"皂隶似鹰拿燕雀，把吴氏向阶下一掉。正待用刑，那刘达生见要打娘，慌忙走去，横眠在娘的背上了。口里连连喊道："小的代打！小的代打！"皂隶不好行杖，添几个走来着力拖开。达生只是吊紧了娘的身子，大哭不放。

府尹看见如此真切，叫皂隶且住了。唤达生上来道："你母亲要杀你，我就打他几下，你正好出气，如何如此护他？"达生道："生身之母，怎敢记仇？况且爷爷不责小的不孝，反责母亲，小的至死心里不安。望爷爷台鉴！"叩头不止。府尹唤吴氏起来道："本该打死你，看你儿子分上，留你性命。此后要去学好。倘有再犯，必不饶你。[②]"吴氏起初见打死了道士，心下也道是自己不得活了。见儿子如此要替，如此讨饶，心里悲伤，还不知怎地。听得府尹如此分付，念着儿子好处，不觉吊下泪来，对府尹道："小妇人该死[③]！负了亲儿。今后情愿守着儿子成人，再不敢非为了。[④]"府尹道："你儿子是个成器的，不消说。吾正待表扬其孝。"达生叩头道："若如此，是显母之失，以章己之名。小的至死不敢。"吴氏见儿子说罢，母子两个就在府堂上相抱了大哭一场[⑤]。府尹发放宁家去了。

随出票唤西山观黄妙修的本房道众来领尸棺。观中已晓得这事，推那太素、太清两个道童出来。公人领了他进府堂。府尹抬眼看时，见是两个美丽少年，心里道："这些出家人引诱人家少年子弟，遂其淫欲。这两个美貌的，他日必更累人家妇女出丑。"随唤公人，押令两个道童领棺埋讫，即令还归俗家父母，永

---

① 眉批：畅极！胜任道元之铁鞭。

② 眉批：却是便宜了他。

③ 旁批：良心发矣！

④ 眉批：始知从前之用计杜奸，无非孝也。

⑤ 眉批：天性露矣。人皆可以为善者，此也。

远不许入观，讨了收管回话[1]。其该观道士，另行申敕不题。

且说吴氏同儿子归家，感激儿子不尽，此后把他看待得好了。儿子也自承颜顺旨，不敢有违，再无说话。又且道士已死，道童已散，吴氏无奈，也只得收了心过日。只是思想前事，未免悒悒不快，又有些惊悸成病，不久而死。刘达生将二亲合葬已毕，孝满了，娶了一房媳妇，且是夫妻相敬，门风肃然。已后出去求名，却又得府尹李杰一力抬举，仕宦而终。

再说那太素、太清，当日押出，两个一路上共话这事。太清道："我昨夜梦见老君对我道：'你师父道行非凡，我与他一个官做。你们可与他领了。'我心里想来，师父如此胡行，有甚道行？且那里有官得与他做，却叫我们领？谁知今日府中叫去领棺木，却应在这个'棺'上了！"太素道："师父受用得多了，死不为枉。只可惜师父没了，连我们也断了这路。"太清道："师父就在，你我也只好干咽唾。"太素道："我到不干，已略略沾些滋味了。[2]"便将前情一一说与太清知道。太清道："一同跟师父，偏你打了偏手。而今喜得还了俗，大家寻个老小解解馋罢了。[3]"两个商量，共将师父尸棺安在祖代道茔上了，各自还俗。

太素过了几时，想着吴氏前日之情，业心不断，再到刘家去打听，乃知吴氏已死，好生感伤。此后恍恍惚惚，合眼就梦见吴氏来与他交感，又有时梦见师父来争风。染成遗精梦泄、痨瘵之病，未几身死。

太清此时已自娶了妻子，闻得太素之死，自叹道："今日方知道家不该如此破戒。师父胡做，必致杀身。太素略染，也得病死。还亏我当日侥幸，不曾有半点事。若不然时，我也一同做枉死之鬼了！"自此安守本分，为良民而终。可见报应不爽。

这本话文，凡是道流，俱该猛省。后人有诗咏着黄妙修云：

　　西山符箓最高强，能摄生人岂度亡？

---

① 眉批：美政也。若今世，必强之作门子矣。

② 眉批：至此不鉴前车，尚鸣得意，宜其死也。

③ 旁批：知足不辱。

直待盖棺方事定，元来魔祟在裩裆[1]。

又有诗咏着吴氏云：

腰间仗剑岂虚词？贪着奸淫欲杀儿。

妖道捐生全为此，即同手刃亦何疑[2]。

又有诗咏着刘达生云：

不孝繇来是逆伦，堪怜难处在天亲。

当堂不肯分明说，始信孤儿大孝人[3]。

又有诗咏着太素、太清二道童云：

后庭本是道家妻，又向闺房作媚姿。

毕竟无侵能幸脱，一时染指岂便宜[4]？

又有诗单赞李杰府尹明察云：

黄堂太尹最神明，忤逆加诛法不轻。

偏为鞫奸成反案，从前不是浪施刑[5]。

---

① 眉批：谑语，实至言。
② 眉批：究竟自杀亦在此。
③ 眉批：真切可涕。
④ 眉批：关风化不小。
⑤ 眉批：若概以不孝杀人，冤者多矣。

卷十八　丹客半黍九还　富翁千金一笑

诗云：

破布衫巾破布裙，逢人惯说会烧银。

自家何不烧些用，担水河头卖与人？

这四句诗，乃是国朝唐伯虎解元所作。

世上有这一伙烧丹炼汞之人，专一设立圈套，神出鬼没，哄那贪夫痴客，道能以药草炼成丹药，铅铁为金，死汞为银。名为“黄白之术”，又叫得“炉火之事”。只要先将银子为母，后来觑个空儿，偷了银子便走，叫做“提罐”。曾有一个道人将此术来寻唐解元，说道：“解元仙风道骨，可以做得这件事。”解元贬驳他道：“我看你身上蓝缕。你既有这仙术，何不烧些来自己用度，却要作成别人？”道人道：“贫道有的是术法，乃造化所忌；却要寻个大福气的承受得起，方好与他作为。贫道自家却没这些福气，所以难做。看见解元正是个大福气的人，来投合伙。我们术家叫做‘访外护’。”唐解元道：“这等与你说过：你的术法施为，我一些都不管。我只管出着一味福气帮你。等丹成了，我与你平分便是。[①]”道人见解元说得蹊跷，晓得是奚落他，不是主顾，飘然而去了。所以唐解元有这首诗，也是点明世人的意思。

却是这伙里的人，更有花言巧语，如此说话说他不倒的。却是为何？他们道：“神仙必须度世，妙法不可自私。必竟有一种具得仙骨，结得仙缘的，方可共炼共修。内丹成，外丹亦成。”有这许多好说话。这些说话，何曾不是正理？就是炼丹，何曾不是仙法？却是当初仙人留此一种丹砂化黄金之法，只为要广

① 眉批：千古破疑祛惑之言。

济世间的人。尚且纯阳吕祖虑他五百年后复还原质，误了后人。原不曾说道与你置田买产、畜妻养子、帮做人家的。只如杜子春遇仙，在云台观炼药将成，寻他去做“外护”。只为一点爱根不断，累他丹鼎飞败。如今这些贪人，拥着娇妻美妾，求田问舍，损人肥己，掂斤播两，何等肚肠！寻着一伙酒肉道人，指望炼成了丹，要受用一世，遗之子孙，岂不痴了？只叫他把“内丹成，外丹亦成”这两句想一想，难道是掉起内养工夫，单单弄那银子的？只这点念头，也就万万无有炼得丹成的事了。

看官，你道小子说到此际，随你愚人，也该醒悟这件事没影响、做不得的。却是这件事偏是天下一等聪明的，要落在圈套里，不知何故[①]？

今小子说一个松江富翁，姓潘，是个国子监监生。胸中广博，极有口才，也是一个有意思的人。却有一件癖性，酷信丹术。俗语道：“物聚于所好。”果然有了此好，方士源源而来。零零星星，也弄掉了好些银子，受过了好些丹客的骗。他只是一心不悔，只说无缘，遇不着好的：“从古有这家法术，岂有做不来的事[②]？毕竟有一日弄成了，前边些小所失，何足为念？”把这事越好得紧了。这些丹客，我传与你，你传与我，远近尽闻其名。左右是一伙的人，推班出色，没一个不思量骗他的。

一日秋间，来到杭州西湖上游赏，赁一个下处住着。只见隔壁园亭上歇着一个远来客人，带着家眷，也来游湖。行李甚多，仆从齐整。那女眷且是生得美貌，打听来是这客人的爱妾。日日雇了天字一号的大湖船，摆了盛酒，吹弹歌唱俱备，携了此妾下湖。浅斟低唱，觥筹交举。满桌摆设酒器，多是些金银异巧式样，层见迭出。晚上归寓，灯火辉煌，赏赐无算。潘富翁在隔壁寓所，看得呆了，想道：“我家里也算是富的，怎能勾到得他这等挥霍受用？此必是个陶朱、猗顿之流，第一等富家了。[③]”心里艳慕，渐渐教人通问，与他往来相拜。通了姓名，各道相慕之意。

---

① 眉批：唯聪明人才有痴想，自恃不致为人所愚也。

② 眉批：是博览之累。

③ 眉批：既算是富的，怨做甚？只是贪心重。

富翁乘间问道："吾丈如此富厚，非人所及。"那客人谦让道："何足挂齿！"富翁道："日日如此用度，除非家中有金银高北斗，才能像意；不然，也有尽时。"客人道："金银高北斗，若只是用去，要尽也不难。须有个用不尽的法儿。"富翁见说，就有些着意了，问道："如何是用不尽的法？"客人道："造次之间，不好就说得。"富翁道："毕竟要请教。"客人道："说来吾丈未必解，也未必信。"富翁见说得跷蹊，一发殷勤求恳，必要见教。

客人屏去左右从人，附耳道："吾有九还丹，可以点铅汞为黄金。只要炼得丹成，黄金与瓦砾同耳，何足贵哉？"富翁见说是丹术，一发投其所好，欣然道："元来吾丈精于丹道，学生于此道最是心契，求之不得。若吾丈果有此术，学生情愿倾家受教。"客人道："岂可轻易传得？小小试看，以取一笑则可。"便教小童炽起炉炭，将几两铅汞熔化起来。身边腰袋里摸出一个纸包，打开来都是些药末。就把小指甲挑起一些些来，弹在罐里，倾将出来，连那铅汞不见了，都是雪花也似的好银。

看官，你道药末可以变化得铜、铅做银，却不是真法了？元来这叫得"缩银之法"。他先将银子用药炼过，专取其精，每一两直缩做一分少些。今和铅汞在火中一烧，铅汞化为青气去了，遗下糟粕之质，见了银精，尽化为银。不知元是银子的原分量，不曾多了一些。丹客专以此术哄人，人便死心塌地信他，道是真了。

富翁见了，喜之不胜道："怪道他如此富贵受用！原来银子如此容易。我炼了许多时，只有折了的。今番有幸，遇着真本事的了，是必要求他去替我炼一炼则个。"遂问客人道："这药是如何炼成的？"客人道："这叫做母银生子。先将银子为母，不拘多少，用药锻炼，养在鼎中。须要九转，火候足了，先生了黄芽，又结成白雪。启炉时，就扫下这些丹头来。只消一黍米大，便点成黄金、白银。那母银仍旧分毫不亏的。"富翁道："须得多少母银？"客人道："母银越多，丹头越精[1]。若炼得有半合许丹头，富可敌国矣。"富翁道："学生家事虽寒，数千之物还尽可办。若肯不吝大教，拜迎到家下，点化一点化，便是生平

---

① 眉批：被骗者，此语也。

愿足。”客人道：“我术不易传人，亦不轻与人烧炼。今观吾丈虔心，又且骨格有些道气，难得在此联寓，也是前缘，不妨为吾丈做一做。但见教高居何处，异日好来相访。”富翁道：“学生家居松江，离此处只有两三日路程。老丈若肯光临，即此收拾，同到寒家便是。若此间别去，万一后会不偶，岂不当面错过了？”客人道：“在下是中州人，家有老母在堂。因慕武林山水佳胜，携了小妾，到此一游。空身出来，游资所需，只在炉火，所以乐而忘返。今遇吾丈知音，不敢自秘。但直须带了小妾回家安顿，兼就看看老母，再赴吾丈之期，未为迟也。①”富翁道：“寒舍有别馆园亭，可贮尊眷。何不就同携到彼住下，一边做事，岂不两便？家下虽是看待不周，决不致有慢尊客，使尊眷有不安之理。只求慨然俯临，深感厚情。”客人方才点头道：“既承吾丈如此真切，容与小妾说过，商量收拾起行。”富翁不胜之喜，当日就写了请贴，请他次日下湖饮酒。

到了明日，殷殷勤勤，接到船上。备将胸中学问②，你夸我逞，谈得津津不倦，只恨相见之晚，宾主尽欢而散。又送着一桌精洁酒肴，到隔壁园亭上去，请那小娘子。来日客人答席，分外丰盛。酒器家火都是金银，自不必说。

两人说得好着，游兴既阑，约定同到松江。在关前雇了两个大船，尽数搬了行李下去，一路相傍同行。

那小娘子在对船舱中，隔帘时露半面。富翁偷眼看去，果然生得丰姿美艳，体态轻盈。只是：

盈盈一水间，脉脉不得语。

又裴航赠同舟樊夫人诗云：

同舟吴越犹怀想，况遇天仙隔锦屏。

但得玉京相会去，愿随鸾鹤入青冥。

此时富翁在隔船望着美人，正同此景，所恨无一人通音问耳。

话休絮烦。两只船不一日至松江。富翁已到家门首，便请丹客上岸。登堂献茶已毕，便道：“此是学生家中，往来人杂不便。离此一望之地，便是学生庄

① 眉批：若果如此，是真仙至乐，还要小妾何用？

② 眉批：到底是学问误之。

舍，就请尊眷同老丈至彼安顿，学生也到彼外厢书房中宿歇。一则清净，可以省烦杂；二则谨密，可以动炉火。尊意如何?”丹客道：“炉火之事，最忌俗器，又怕外人触犯。况又小妾在身伴，一发宜远外人。若得在贵庄住止，行事最便了。”富翁便指点移船到庄边来，自家同丹客携手步行。

来到庄门口，门上一匾，上写“涉趣园”三字。进得园来，但见：

> 古木干霄，新篁夹境。榱题虚厰，无非是月榭风亭；栋宇幽深，饶有那曲房邃室。叠叠假山数仞，可藏太史之书；层层岩洞几重，疑有仙人之箓。若还奏曲能招凤，在此观棋必烂柯。

丹客观玩园中景致，欣然道：“好个幽雅去处，正堪为修炼之所，又好安顿小妾，在下便可安心与吾丈做事了。看来吾丈果是有福有缘的。”

富翁就叫人接了那小娘子起来。那小娘子乔妆了，戴着两个丫头，一个唤名春云，一个唤名秋月，摇摇摆摆，走到园亭上来。富翁欠身回避，丹客道：“而今是通家了，就等小妾拜见不妨。”就叫那小娘子与富翁相见了。富翁对面一看①，真个是沉鱼落雁之容，闭月羞花之貌。天下凡是有钱的人，再没一个不贪财好色的。富翁此时好像雪狮子向火——不觉软瘫了半边，炼丹的事又是第二着了，便对丹客道：“园中内室尽宽，凭尊嫂拣个像意的房子住下了。人少时，学生还再去唤几个妇女来伏侍。”丹客就同那小娘子去看内房了。

富翁急急走到家中，取了一对金钗，一双金手镯，到园中奉与丹客道：“些小薄物，奉为尊嫂拜见之仪。望勿嫌轻鲜。”丹客一眼估去，见是金的，反推辞道：“过承厚意，只是黄金之物，在下颇为易得。老丈实为重费，于心不安，决不敢领。②”富翁见他推辞，一发不过意道：“也知吾丈不希罕此些微之物，只是尊嫂面上，略表芹意。望吾丈鉴其诚心，乞赐笑留。”丹客道：“既然这等美情，在下若再推托，反是自外了，只得权且收下。容在下竭力炼成丹药，奉报厚惠。”笑嘻嘻走入内房，叫个丫头，捧了进去。又叫小娘子出来，再三拜谢。

富翁多见得一番，又破费这些东西，也是心安意肯的。口里不说，心中想

---

① 眉批：着眼。

② 眉批：老面皮。

道："这个人有此丹法，又有此美姬，人生至此，可谓极乐。且喜他肯与我修炼，丹成料已有日[①]。只是见放着这等美色在自家庄上，不知可有些缘法否？若一发勾搭得上手，方是心满意足的事。而今拚得献些殷勤，做工夫不着，磨他去，不要性急。且一面打点烧炼的事。"便对丹客道："既承吾丈不弃，我们几时起手？"丹客道："只要有银为母，不论早晚，可以起手。"富翁道："先得多少母银？"丹客道："多多益善。母多丹多，省得再费手脚。"富翁道："这等，打点将二千金下炉便了。今日且偏陪，在家下料理。明日学生搬过来，一同做事。"是晚就具酌在园亭上款待过，尽欢而散。又送酒肴内房中去，殷殷勤勤，自不必说。

次日，富翁准准兑了二千金，将过园子里来。一应炉器家火之类，家里一向自有，只要搬将来。富翁是久惯这事的，颇称在行。铅汞药物，一应俱备[②]。来见丹客。丹客道："足见主翁留心，但在下尚有秘妙之诀，与人不同，炼起来便见。"富翁道："正是秘妙之诀，要求相传。"丹客道："在下此丹，名为九转还丹。每九日火候一还，到九九八十一日开炉，丹物已成。那时节，主翁大福到了。"富翁道："全仗提携则个。"

丹客就叫跟来一个家僮，依法动手，炽起炉火，将银子渐渐放将下去。取出丹方与富翁看了。将几件希奇药料放将下去，烧得五色烟起，就同富翁封住了炉。又唤这跟来几个家人分付道："我在此将有三个月日担阁。你们且回去，回复老奶奶一声再来。"这些人止留一二个惯烧炉的在此，其余都依话散去了。从此家人日夜烧炼，丹客频频到炉边看火色，却不开炉。闲了却与富翁清淡、饮酒、下棋。宾主相得，自不必说。又时时送长送短到小娘子处讨好。小娘子也有时回敬几件知趣的东西，彼此致意。

如是二十余日。忽然，一个人穿了一身麻衣，浑身是汗，闯进园中来。众人看时，却是前日打发去内中的人。见了丹客，叩头大哭道："家里老奶奶没有

---

① 旁批：不稳。

② 眉批：足见所好。

了，快请回去治丧！”丹客大惊失色，哭倒在地[1]。富翁也一时惊惶，只得从傍劝解道：“令堂天年有限，过伤无益，且自节哀。”家人催促道：“家中无主，作速起身！”丹客住了哭，对富翁道：“本待与主翁完成美事，少尽报效之心，谁知遭此大变，抱恨终天！今势既难留，此事又未终，况是间断不得的，实出两难。小妾虽是女流，随侍在下已久，炉火之候，尽已知些底里，留他在此看守丹炉才好。只是年幼无人管束，须有好些不便处。”富翁道：“学生与老丈通家至交，有何妨碍？只须留下尊嫂在此。此炼丹之所，又无闲杂人来往。学生当唤几个老成妇女，前来倍伴，晚间或是接到拙荆处一同寝处[2]。学生自在园中安歇看守，以待吾丈到来。有何不便？至于茶饭之类，自然不敢有缺。”丹客又踌躇了半晌，说道：“今老母已死，方寸乱矣！想古人多有托妻寄子的。既承高谊，只得敬从，留他在此看看火候。在下回去料理一番，不日自来启炉。如此方得两全其事。”

富翁见说肯留妾，心里恨不得许下了半般的天，满面笑容应承道：“若得如此，足见有始有终。[3]”丹客又进去与小娘子说了来因，并要留他在此看炉的话，一一分付了，就叫小娘子出来再见了主翁，嘱托与他了。叮咛道：“只好守炉，万万不可私启。倘有所误，悔之无及！”富翁道：“万一尊驾来迟，误了八十一日之期，如何是好？”丹客道：“九还火候已足，放在炉中多养得几日，丹头愈生得多。就迟些开也不妨的。”丹客又与小娘子说了些衷肠密话[4]，忙忙而去了。

这里富翁见丹客留下了美妾，料他不久必来，丹事自然有成，不在心上；却是趁他不在，亦且同住园中，正好勾搭，机会不可错过。时时亡魂失魄，只思量下手。

方在游思忘想，可可的那小娘子叫个丫头春云来道：“俺家娘请主翁到丹房看炉。”富翁听得，急整衣巾，忙趋到房前来请道：“适才尊婢传命，小子在此

① 眉批：那得此副急泪？
② 眉批：何如自家陪伴寝处之便！
③ 眉批：恐未必有终。
④ 眉批：锦囊遗计。

伺候尊步同往。”那小娘子啭莺声、吐燕语道：“主翁先行，贱妾随后。”只见袅袅娜娜走出房来，道了万福。富翁道：“娘子是客，小子岂敢先行？”小娘子道：“贱妾女流，怎好僭妄？”推逊了一回，单不扯手扯脚的相让，已自觌面谈唾相接了一回，有好些光景。毕竟富翁让他先走了，两个丫头随着。富翁在后面看去，真是步步生莲花，不繇人不动火。

来到丹房边，转身对两个丫头道：“丹房忌生人，你们只在外住着，单请主翁进来。”主翁听得，三脚两步跑上前去①。同进了丹房，把所封之炉，前后看了一回。富翁一眼估定这小娘子，恨不得寻口水来吞他下肚去②，那里还管炉火的青红皂白？可惜有这个烧火的家僮在房，只好调调眼色，连风话也不便说得一句。直到门边，富翁才老着脸皮道：“有劳娘子尊步。尊夫不在，娘子回房须是寂寞”。那小娘子口不答应，微微含笑③。此番却不推逊，竟自冉冉而去。富翁愈加狂荡，心里想道：“今日丹房中若是无人，尽可撩拨他的。只可惜有这个家僮在内。明日须用计遣开了他，然后约那人同出看炉。此时便可用手脚了。”

是夜即分付从人：“明日早上备一桌酒饭，请那烧炉的家僮。说道一向累他辛苦了，主翁特地与他浇手。要灌得烂醉方住。”分付已毕，是夜独酌无聊，思量美人只在内室，又念着日间之事，心中痒痒，傍徨不已。乃吟诗一首道：

名园富贵花，移种在山家。
不道栏杆外，春风正自赊。

走至堂中，朗吟数遍，故意要内房里听得。只见内房走出一个丫头秋月来，手捧一盏茶来送道：“俺家娘听得主翁吟诗，恐怕口渴，特奉清茶。”富翁笑逐颜开，再三称谢。秋月进得去，只听得里边也朗吟道：

名花谁是主？飘泊任春风。
但得东君惜，芳心亦自同。

---

① 眉批：便知趣了。

② 眉批：如此淫性，乃望丹成乎？

③ 眉批：可以销魂。

富翁听罢，知是有意，却不敢造次闯进去。又只听里边关门响，只得自到书房睡了，以待天明①。

次日早上，从人依了昨日之言，把个烧火的家僮请了去。他日逐守着炉灶边，原不耐烦，见了酒杯，那里肯放？吃得烂醉，就在外边睡着了。

富翁已知他不在丹房了，却走到内房前，自去请看丹炉。那小娘子听得，即便移步出来，一如昨日在前先走。走到丹房门边，丫头仍留在外，止是富翁紧随入门去了。到得炉边看时，不见了烧火的家僮。小娘子假意失惊道："如何没人在此，却歇了火？"富翁笑道："只为小子自家要动火，故叫他暂歇了火。"小娘子只做不解道："这火须是断不得的。"富翁道："等小子与娘子坎离交媾，以真火续将起来。"小娘子正色道："炼丹学道之人，如何兴此邪念，说此邪话？②"富翁道："尊夫在这里，与小娘子同眠同起，少不得也要炼丹，难道一事不做，只是干夫妻不成？"小娘子无言可答，道："一场正事，如此歪缠！"富翁道："小子与娘子夙世姻缘，也是正事。"一把抱住，双膝跪将下去。小娘子扶起道："拙夫家训颇严，本不该乱做的。承主翁如此殷勤，贱妾不敢自爱，容晚间约着相会一话罢。"富翁道："就此恳赐一欢，方见娘子厚情。如何等得到晚？"小娘子道："这里有人来，使不得。"富翁道："小子专为留心要求小娘子，已着人款住了烧火的了。别的也不敢进来。况且丹房邃密，无人知觉。"小娘子道："此间须是丹炉，怕有触犯，悔之无及。决使不得！③"富翁此时兴已勃发，那里还顾什么丹炉不丹炉④！只是紧紧抱住道："就是要了小子的性命，也说不得了。只求小娘子救一救！"不繇他肯不肯，搿到一只醉翁椅上，扯脱裤儿就舞将进去。此时快乐，何异登仙⑤？但见：

> 独弦琴一翕一张，无孔箫统上统下。红炉中拨开邪火，玄关内走动真铅。舌搅华池，满口馨香尝玉液；精穿牝屋，浑身酥快吸琼浆。何必丹成

---

① 眉批：此夜难过。
② 眉批：原未尝学道。
③ 眉批：埋根。
④ 眉批：原忍不住。
⑤ 眉批：道家所谓乱动了主人公也。

入九天？即此魂销归极乐。

两下云雨已毕，整了衣服。富翁谢道："感谢娘子不弃，只是片时欢娱。晚间愿赐通宵之乐。"扑的又跪下去。小娘子急抱起来道："我原许下你晚间的，你自喉急等不得。那里有丹鼎傍边就弄这事起来？"富翁道："错过一时，只恐后悔无及。还只是早得到手一刻，也是见成的了。①"小娘子道："晚间还是我到你书房来，你到我卧房来？"富翁道："但凭娘子主见。"小娘子道："我处须有两个丫头同睡，你来不便。我今夜且瞒着他们自出来罢。待我明日叮嘱丫头过了，然后接你进来。"

是夜，果然人静后小娘子走出堂中来。富翁也在那里伺候，接至书房，极尽衾枕之乐。以后或在内，或在外，总是无拘无管。

富翁以为天下奇遇，只愿得其夫一世不来，丹炼不成也罢了。绸缪了十数宵，忽然一日，门上报说："丹客到了。②"富翁吃了一惊。接进寒温毕，他就进内房来，见了小娘子，说了好些说话。出外来对富翁道："小妾说丹炉不动。而今九还之期已过，丹已成了，正好开看。今日匆匆，明日献过了神启炉罢。"

富翁是夜虽不得再望欢娱，却见丹客来了，明日启炉，丹成可望，还赖有此，心下自解自乐③。

到得明日，请了些纸马福物，祭献了毕，丹客同富翁刚走进丹房，就变色沉吟道："如何丹房中气色恁等的有些咤异？"便就亲手启开鼎炉一看，跌足大惊道："败了！败了！真丹走失，连银母多是糟粕了！此必有做交感污秽之事，触犯了的。"富翁惊得面如土色，不好开言。又见道着真相，一发慌了。丹客懊怒，咬得牙齿跎跎的响。问烧火的家僮道："此房中别有何人进来？"家僮道："只有主翁与小娘子，日日来看一次，别无人敢进来。"丹客道："这等如何得丹败了？快去叫小娘子来问。"

家僮走去，请了出来。丹客厉声道："你在此看炉，做了甚事？丹俱败

---

① 眉批：料必不成，落得且弄。

② 旁批：忒快。

③ 眉批：还是望欢娱未为痴，自解乐却太痴也。

了！”小娘子道：“日日与主翁来看，炉是原封不动的，不知何故。”丹客道：“谁说炉动了封？你却动了封了！”又问家僮道：“主翁与娘子来时，你也有时节不在此么？”家僮道：“止有一日，是主翁怜我辛苦，请去吃饭，多饮了几杯，睡着在外边了。只这一日，是主翁与小娘子自家来的。”丹客冷笑道：“是了！是了！”忙走去行囊里抽出一根皮鞭来[①]，对小娘子道：“分明是你这贱婢做出事来了！”一鞭打去，小娘子闪过了，哭道：“我原说做不得的。主人翁害了奴也！”富翁直着双眼，无言可答，恨没个地洞钻了进去。丹客怒目直视富翁道：“你前日受托之时，如何说的？我去不久，就干出这样昧心的事来。元来是狗彘不直的！如此无行的人，如何妄思烧丹炼药[②]？是我眼里不识人！我只是打死这贱婢罢。羞辱门庭，要你怎的！”拿着鞭一赶赶来。小娘子慌忙走进内房。亏得两个丫头拦住劝道：“官人耐性。”每人接了一皮鞭，却把皮鞭摔断了。

富翁见他性发，没收场，只得跪下去道：“是小子不才，一时干差了事。而今情愿弃了前日之物[③]，只求宽恕罢！”丹客道：“你自作自受！你干坏了事，走失了丹，是应得的，没处怨怅。我的爱妾可是与你解馋的？受了你点污，却如何处？我只是杀却了，不怕你不偿命！”富翁道：“小子情愿赎罪罢。”即忙叫家人到家中，拿了两个元宝，跪着讨饶。丹客只是佯着眼不瞧道：“我银甚易，岂在乎此！”富翁只是磕头。又加了二百两道：“如今以此数再娶了一位如夫人也勾了[④]。实是小子不才，望乞看平日之面，宽恕尊嫂罢。”丹客道：“我本不希罕你银子，只是你这样人，不等你损些已财，后来不改前非[⑤]。我偏要拿了你的，将去济人也好。”就把三百金拿去，装在厢里了。叫齐了小娘子与家僮、丫头等，急把衣装、行李尽数搬出，下在昨日原来的船里，一径出门。口里喃喃骂道：“受这样的耻辱！可恨！可恨！”骂詈不止，开船去了。

---

① 眉批：好科分。
② 眉批：倒是真话。
③ 眉批：亏他慷慨。
④ 眉批：此二千金之兑头加赠也。
⑤ 眉批：改了前非，公等何处生活？

富翁被他吓得魂不附体，恐怕弄出事来。虽是折了些银子，得他肯去，还自道侥幸。至于炉中之银，真个认做触犯了他，丹鼎走败，但自悔道："忒性急了些！便等丹成了，多留他住几时，再图成此事，岂不两美？再不然，不要在丹房里头弄这事，或者不妨也不见得。多是自己莽撞了①。枉自破了财物也罢，只是遇着真法，不得成丹，可惜！可惜！"又自解自乐道："只这一个绝色佳人受用了几时，也是风流话柄，赏心乐事，不必追悔了。"却不知多是丹客做成圈套。当在西湖时，原是打听得潘富翁上杭，先装成这些行径来炫惑他的。及至请他到家，故意要延缓，却像没甚要紧。后边那个人来报丧之时，忙忙归去，已自先把这二千金提了罐去了。留着家小，使你不疑。后来勾搭上场，也都是他教成的计较，把这堆狗屎堆在你鼻头上，等你开不得口，只好自认不是，没工夫与他算账了。那富翁是破财星照，堕其计中。先认他是巨富之人，必有真丹点化。不知那金银器皿都是些铜铅为质、金银汁粘裹成的。酒后灯下，谁把试金石来试？一时不辨，都误认了。此皆神奸诡计也。

富翁遭此一骗，还不醒悟，只说是自家不是，当面错了，越好那丹术不已。

一日，又有个丹士到来，与他谈着炉火，甚是投机，延接在家。告诉他道："前日有一位客人，真能点铁为金，当面试过。他已此替我烧炼了。后来自家有些得罪于他，不成而去，真是可惜。"这丹士道："吾术岂独不能？"便叫把炉火来试。果然与前丹客无二②：些少药末，投在铅汞里头，尽化为银。富翁道："好了，好了。前番不着，这番着了。"又凑千金与他烧炼。丹士呼朋引类，又去约了两三个帮手来做。富翁见他银子来得容易，放胆大了，一些也不防他。岂知一个晚间，提了罐走了。次日又捽了个空。

富翁此时连被拐去，手中已窘，且怒且羞道："我为这事费了多少心机，弄了多少年月！前日自家错过，指望今番是了，谁知又遭此一闪。我不问那里寻将去。他不过又往别家烧炼，或者撞得着也不可知。纵不然，或者另遇着真正

---

① 眉批：直痴到底。

② 眉批：前船即后船样。

法术，再得炼成真丹也不见得。[①]”自此收拾了些行李，东游西走。

忽然一日，在苏州阊门人丛里劈面撞着这一伙人。正待开口发作，这伙人不慌不忙，满面生春，却像他乡遇故知的一般，一把邀了那富翁，邀到一个大酒肆中，一副洁净座头上坐了。叫酒保烫酒取嗄饭来，殷勤谢道：“前日有负厚德，实切不安。但我辈道路如此，足下勿以为怪！今有一法，与足下计较，可以偿足下前物，不必别生异说。”富翁道：“何法？”丹士道：“足下前日之银，吾辈得来随手费尽，无可奉偿。今山东有一大姓，也请吾辈烧炼，已有成约。只待吾师到来，才交银举事。奈吾师远游，急切未来。足下若权认作吾师，等他交银出来，便取来先还了足下前物，直如反掌之易！不然，空寻我辈也无干。足下以为何如？”富翁道：“尊师是何人物？”丹士道：“是个头陀。今请足下略剪去了些头发[②]，我辈以师礼事奉，径到彼处便了。”富翁急于得银，便依他剪发做一齐了。

彼辈殷殷勤勤，直侍奉到山东。引进见了大姓，说道是他师父来了[③]。大姓致敬，迎接到堂中，略谈炉火之事。富翁是做惯了的，亦且胸中原博，高谈阔论，尽中机宜。大姓深相敬服，是夜即兑银二千两，约在明日起火。只管把酒相劝，吃得酩酊，扶去另在一间内书房睡着。

到得天明，商量安炉。富翁见这伙人科派，自家晓得些，也在里头指点[④]。当日把银子下炉烧炼。这伙人认做徒弟守炉。大姓只管来寻师父去请教，攀话饮酒，不好却得。这些人看个空儿，又提了罐，各各走了，单撇下了师父。

大姓只道师父在家不妨，岂知早辰一伙都不见了，就拿住了师父，要支送在当官，捉拿余党。富翁只得哭诉道：“我是松江潘某，元非此辈同党。只因性好烧丹，前日被这伙人拐了。路上遇见他，说道在此间烧炼，得来可以赔偿。又替我剪发，叫我妆做他师父来的。指望取还前银，岂知连宅上多骗了，又撇我在此！”说罢大哭。大姓问其来历详细，说得对科，果是松江富家，与大姓家

---

① 眉批：痴心不断。

② 旁批：□奇！

③ 眉批：又是一个！

④ 眉批：此是数千金学。

有好些年谊的。知被骗是实，不好难为得他，只得放了。一路无了盘缠，倚着头陀模样，沿途乞化回家①。

到得临清马头上，只见一只大船内，帘下一个美人，揭着帘儿，露面看着街上。富翁看见，好些面染。仔细一认，却是前日丹客所带来的妾与他偷情的。疑道："这人缘何在这船上？"走到船边，细细访问，方知是河南举人某公子包了名娼，到京会试的。富翁心里想道："难道当日这家的妾毕竟卖了？"又疑道："敢是面庞相像的？"不离船边，走来走去只管看。

忽见船舱里叫个人出来，问他道："官舱里大娘问你可是松江人？"富翁道："正是松江。"又问道："可姓潘否？"富翁吃了一惊道："怎晓得我的姓？"只见舱里人说："叫他到船边来。"富翁走上前去。帘内道："妾非别人，即前日丹客所认为妾的便是，实是河南妓家。前日受人之托，不得不依他嘱付的话，替他捣鬼，有负于君。君何以流落至此？"富翁大恸，把连次被拐、今在山东回来之由，诉说一遍。帘内人道："妾与君不能无情，当赠君盘费，作急回家。此后遇见丹客，万万勿可听信。妾亦是骗局中人，深知其诈。君能听妾之言，是即妾报君数宵之爱也。②"言毕，着人拿出三两一封银子来递与他。富翁感谢不尽，只得收了。自此方晓得前日丹客美人之局，包了娼妓做的，今日却亏他盘缠。

到得家来，感念其言，终身不信炉火之事③。却是头发纷披，亲友知其事者，无不以为笑谈。奉劝世人好丹术者，请以此为鉴。

丹术须先断情欲，尘缘岂许相驰逐？
贪淫若是望丹成，阴沟洞里天鹅肉。

---

① 眉批：虽被骗去头发，却也有此便宜处。
② 眉批：妓家情义，胜丹客多矣！
③ 旁批：迟了！

卷十九　李公佐巧解梦中言
谢小娥智擒船上盗

赞云：

士或巾帼，女或弁冕。

行不逾阈，谟能致远。

睹彼英英，惭惭谫谫。

这几句赞，是赞那有智妇人，赛过男子。假如有一种能文的女子，如班婕妤、曹大家、鱼玄机、薛校书、李季兰、李易安、朱淑真之辈，上可以并驾班、扬，下可以齐驱卢、骆。有一种能武的女子，如夫人城、娘子军、高凉洗氏、东海吕母之辈，智略可方韩、白，雄名可赛关、张。有一种善能识人的女子，如卓文君、红拂妓、王浑妻钟氏、韦皋妻母苗氏之辈，俱另具法眼，物色尘埃。有一种报仇雪耻女子，如孙翊妻徐氏、董昌妻申屠氏、庞娥亲、邹仆妇之辈，俱中怀胆智，力歼强梁。又有一种希奇作怪、女扮为男的女子，如秦木兰、南齐东阳娄逞、唐贞元孟妪、五代临邛黄崇嘏，俱以权济变，善藏其用，窜身仕宦。既不被人识破，又能自保其身，多是男子汉未必做得出来的，算得是极巧极难的了。

而今更说一个遭遇大难、女扮男身、用尽心机、受尽苦楚、又能报仇、又能守志、一个绝奇的女人，真是千古罕闻。有诗为证：

侠概惟推古剑仙，除凶雪恨只香烟。

谁知估客生奇女，只手能翻两姓冤。

这段话文，乃是唐元和年间，豫章郡有个富人，姓谢，家有巨产，隐名在商贾间。他生有一女，名唤小娥；生八岁，母亲早丧。小娥虽小，身体壮硕如男子形。父亲把他许了历阳一个侠士，姓段，名居贞。那人负气仗义，交游豪俊，却也在江湖上做大贾。谢翁慕其声名，虽是女儿尚小，却把来许下了他。两姓合为一家，同舟载货，往来吴楚之间。两家弟兄、子侄、童仆等众，约有数十余人，尽在船内。贸易顺济，辎重充盈。如是几年，江湖上多晓得是谢家船，昭耀耳目①。

此时小娥年已十四岁，方才与段居贞成婚。未及一月，忽然一日，舟行至鄱阳湖口，遇着几只江洋大盗的船，各执器械，团团围住。为头的两人，当先跳过船来，先把谢翁与段居贞一刀一个，结果了性命。以后众人一齐动手，排头杀去。总是一个船中，躲得在那里？间有个把慌忙奔出舱外，又被盗船上人拿去杀了；或有得跳在水中，只好图得个全尸，湖水溜急，总无生理。谢小娥还亏得溜撒，乘众盗杀人之时，忙自去撺在舵上；一个失脚，跌下水去了。众盗席卷舟中财宝金帛一空，将死尸尽抛在湖中，弃船而去。

小娥在水中漂流，恍惚之间，似有神明护持，流到一只渔船边。渔人夫妻两个，捞救起来。见是一个女人，心头尚暖，知是未死，拿几件破衣、破袄替他换下湿衣，放在舱中眠着。小娥口中泛出无数清水，不多几时，醒将转来。见身在渔船中，想着父与夫被杀光景，放声大哭。渔翁夫妇问其缘故，小娥把湖中遇盗、父夫两家人口尽被杀害情繇，说了一遍。元来谢翁与段侠士之名著闻江湖上，渔翁也多曾受他小惠过的。听说罢，不胜惊异，就权留他在船中。

调理了几日，小娥觉得身子好了。他是个点头会意的人，晓得渔船上生意淡薄，便想道："我怎好搅扰得他？不免辞谢了他，我自上岸，一路乞食，再图安身立命之处。"

小娥从此别了渔翁夫妇，沿途抄化。到建业上元县，有个妙果寺，内是尼僧。有个住持尼净悟，见小娥言语伶俐，说着遭难因繇，好生哀怜。就留他在寺中，心里要他做个徒弟。小娥也情愿出家，道："一身无归，毕竟是皈依佛门

① 眉批：祸始于此。

可了终身。但父夫被杀之仇未复，不敢便自落发。且随缘度日，以待他年再处。①”小娥自此日间在外乞化，晚间便归寺中安宿。晨昏随着净悟做功果，稽首佛前，心里就默祷，祈求报应。

只见一个夜间，梦见父亲谢翁来对他道：“你要晓得杀我的人姓名，有两句谜语，你牢牢记着：

‘車中猴，门東草。’”

说罢，正要再问，父亲撒手而去。大哭一声，飒然惊觉。梦中之语，明明记得，只是不解。隔得几日，又梦见丈夫段居贞来对他说：“杀我的人姓名，也是两句谜语：

‘禾中走，一日夫。’”

小娥连得了两梦，便道：“此是亡灵未泯，故来显应。只是如何不竟把真姓名说了，却用此谜语？想是冥冥之中，天机不可轻泄，所以如此。如今既有这十二字谜语，必有一个解说②。虽然我自家不省得，天下岂少聪明的人？不问好歹，求他解说出来。”

遂走到净悟房中，说了梦中之言。就将一张纸写着十二字，藏在身边了。对净悟道：“我出外乞食，逢人便拜求去。”净悟道：“此间瓦官寺有个高僧，法名齐物，极好学问，多与官员士夫往来。你将此十二字到彼求他一辨，他必能参透。”

小娥依言，径到瓦官寺求见齐公。稽首毕，便道：“弟子有冤在身。梦中得十二字谜语，暗藏人姓名。自家愚懵，参解不出，拜求老师父解一解。”就将袖中所书一纸，双手递与齐公。齐公看了，想着一会，摇首道：“解不得，解不得。但老僧此处来往人多，当记着在此，逢人问去。倘遇有高明之人解得，当以相告。”小娥又稽首道：“若得老师父如此留心，感谢不尽。”自此谢小娥沿街乞化，逢人便把这几句请问。齐公有客来到，便举此谜相商③。小娥也时时

① 眉批：其志已坚。

② 眉批：亡灵多事，作此谜语。然非此无以见小娥之坚心。

③ 眉批：齐公亦有心人。

到寺中问齐公消耗。如此多年，再没一个人解得出。

说话的，若只是这样解不出，那两个梦不是枉做了？看官不必性急，凡事自有个机缘。此时谢小娥机缘未到，所以如此。机缘到来，自然遇着巧的。

却说元和八年春，有个洪州判官李公佐，在江西解任，扁舟东下，停泊建业，到瓦官寺游耍。僧齐物一向与他相厚，出来接陪了。登阁眺远，谈说古今。语话之次，齐公道："檀越博闻闳览，今有一谜语，请檀越一猜。"李公佐笑道："吾师好学，何至及此稚子戏？"齐公道："非是作戏，有个缘故。此间孀妇谢小娥示我十二字谜语，每来寺中求解，说道中间藏着仇人名姓。老僧不能辨，遍示来往游客，也多懵然，已多年矣。故此求明公一商之。"李公佐道："是何十二字？且写出来，我试猜看。"齐公就取笔把十二字写出来。李公佐看了一遍道："此定可解，何至无人识得？"遂将十二字念了又念；把头点了又点；靠在窗槛上，把手在空中画了又画。默然凝想了一会，拍手道："是了，是了！万无一差。"齐公速要请教，李公佐道："且未可说破。快去召那个孀妇来，我解与他。"

齐公即叫行童到妙果寺寻将谢小娥来。齐公对他道："可拜见了此间官人。此官人能解谜语。"小娥依言，上前拜见了毕。公佐开口问道："你且说你的根繇来。"小娥呜呜咽咽哭将起来，好一会说话不出。良久才说道："小妇人父及夫俱为江洋大盗所杀。以后梦见父亲来说道：'杀我者：車中猴，门東草。'又梦见夫来说道：'杀我者：禾中走，一日夫。'自家愚昧，解说不出，遍问傍人，再无能省悟。历年已久，不识姓名。报冤无路，衔恨无穷！①"说罢又哭。李公佐笑道："不须烦恼。依你所言，下官俱已审详在此了。"小娥住了哭，求明示。李公佐道："杀汝父者是申蘭；杀汝夫者，是申春。"小娥道："尊官何以解之？"李公佐道："'車中猴'，'車'中去上下各一画，是'申'字；申属猴，故曰'車中猴'。'草'下有'门'，'门'中有'東'，乃'蘭'字也。又'禾中走，是穿田过；'田'出两头，亦是'申，字也。'一日夫'者，'夫'

① 眉批：可怜！

上更一画，下一‘日’，是‘春’字也。杀汝父，是申蘭；杀汝夫，是申春，足可明矣。何必更疑?”

齐公在傍听解罢，抚掌称快道：“数年之疑，一旦豁然。非明公聪鉴盖世，何能及此?”小娥愈加恸哭道：“若非尊官，到底不晓仇人名姓，冥冥之中，负了父夫。”再拜叩谢。就向齐公借笔来，将“申蘭”、“申春”四字写在内襟一条带子上了①。拆开里面，反将转来，仍旧缝好。李公佐道：“写此做甚?”小娥道：“既有了主名，身虽女子，不问那里，誓将访杀此二贼，以复其冤!”李公佐向齐公叹道：“壮哉！壮哉！然此事却非容易。”齐公道：“‘天下无难事，只怕有心人。’此妇坚忍之性，数年以来，老僧颇识之。彼是不肯作浪语的。”小娥因问齐公道“此间尊官，姓氏宦族，愿乞示知，以识不忘。”齐公道：“此官人是江西洪州判官李二十三郎也。”小娥再三顶礼念诵，流涕而去。

李公佐阁上饮罢了酒，别了齐公，下船解缆，自往家里。

话分两头。却说小娥自得李判官解辨二盗姓名，便立心寻访。自念身是女子，出外不便。心生一计，将累年乞施所得，买了衣服，打扮作男子模样，改名谢保。又买了利刃一把，藏在衣襟底下②，想道：“在湖里遇的盗，必是原在江湖上走，方可探听消息。”日逐在埠头伺候。看见船上有雇人的，就随了去，佣工度日。在船上时，操作勤紧，并不懈怠③，人都喜欢雇他。他也不拘一个船上，是雇着的便去。商船上下往来之人，看看多熟了。水火之事，小心谨秘，并不露一毫破绽出来。但是船到之处，不论那里，上岸挨身察听体访。如此年余，竟无消耗。

一日，随着一个商船到浔阳郡上岸行走。见一家人家竹户上有纸榜一张，上写道：“雇人使用，愿者来投。”小娥问邻居之人：“此是谁家，要雇用人?”邻人答道：“此是申家，家主叫得申蘭，是申大官人。时常要到江湖上做生意。家里止是些女人，无个得力男子看守，所以顾唤。”小娥听得“申蘭”二字，

---

① 眉批：可畏。

② 眉批：可畏。

③ 眉批：皆是有心处。

触动其心，心里便道：“果然有这个姓名！莫非正是此贼?”随对邻人说道：“小人情愿投赁佣工，烦劳引进则个。”邻人道：“申家急缺人用，一说便成的；只是要做个东道谢我。”小娥道：“这个自然。”

邻人问了小娥姓名、地方，就引了他一径走进申家。只见里边踱出一个人来，你道生得如何？但见：

伛兜怪验，尖下颏，生几茎黄须；突兀高颧，浓眉毛，压一双赤眼。出言如虎啸，声撼半天风雨寒；行步似狼奔，影摇千尺龙蛇动。远观是丧船上方相，近觑乃山门外金刚。

小娥见了，吃了一惊，心里道：“这个人岂不是杀人强盗么?①”便自十分上心。只见邻人道：“大官人要雇人，这个人姓谢名保，也是我们江西人。他情愿投在大官人门下使唤。”申蘭道：“平日作何生理的?”小娥答应道：“平日专在船上趁工度日。埠头船上，多有认得小人的。大官人去问问看就是。”

申蘭家离埠头不多远，三人一同走到埠头来。问问各船上，多说着谢保勤紧小心、志诚老实许多好处。申蘭大喜。小娥就在埠头一个认得的经纪家皇，借着纸墨笔砚，自写了佣工文契，写邻人做了媒人，交与申蘭收着。申蘭就领了他，同邻人到家里来，取酒出来请媒，就叫他陪待。小娥就走到厨下，掇长掇短，送酒送肴，且是熟分。申蘭取出二两工银，先交与他了。又取二钱银子，做了媒钱。小娥也自梯己秤出二钱来，送那邻人。邻人千欢万喜，作谢自去了。申蘭又领小娥去见了妻子蔺氏。自此小娥只在申蘭家里佣工。

小娥心里看见申蘭动静，明知是不良之人。想着梦中姓名，必然有据，大分是仇人。然要哄得他喜欢亲近，方好探其真确，乘机取事。故此千唤千应，万使万当，毫不逆着他一些事故。也是申蘭冤业所在，自见小娥，便自分外喜欢。又见他得用，日加亲爱，时刻不离左右，没一句说话不与谢保商量，没一件事体不叫谢保营干，没一件东西不托谢保收拾，已做了申蘭贴心贴腹之人②。

---

① 眉批：皆是有心处。

② 眉批：妙用在此。

因此，金帛财宝之类，尽在小娥手中出入。看见旧时船中掠去锦绣衣服、宝玩器具等物，都在申蘭家里。正是：见鞍思马，睹物思人。每遇一件，常自暗中哭泣多时，方才晓得梦中之言有准，时刻不忘仇恨。却又怕他看出，愈加小心。

又听得他说，有个堂兄弟叫做二官人，在隔江独树浦居住。小娥心里想道："这个不知可是申春否？父梦既应，夫梦必也不差。只是不好问得姓名，怕惹疑心。如何得他到来，便好探听。"却是小娥自到申蘭家里，只见申蘭口说"要到二官人家去"①，便去了经月方回；回来必然带好些财帛归家，便分付交与谢保收拾，却不曾见二官人到这里来。也有时口说要带谢保同去走走。小娥晓得是做私商勾当，只推家里脱不得身；申蘭也放家里不下，要留谢保看家，再不提起了。但是出外去，只留小娥与妻蔺氏，与同一两个丫鬟看守，小娥自在外厢歇宿照管。若是蔺氏有甚差遣，无不遵依停当。合家都欢喜他，是个万全可托得力的人了。

说话的，你差了。小娥既是男扮了，申蘭如何肯留他一个寡汉伴着妻子在家？岂不疑他生出不伶俐事来？看官，又有一说，申蘭是个强盗中人，财物为重，他们心上有甚么闺门礼法？况且小娥有心机，申蘭平日毕竟试得他老实头，小心不过的，不消虑得到此。所以放心出去，再无别说。

且说小娥在家多闲，乘空便去交结那邻近左右之人，时时买酒买肉，破费钱钞在他们身上②。这些人见了小娥，无不喜欢契厚的。若看见有个把豪气的，能事了得的，更自十分倾心结纳，或周济他贫乏，或结拜做弟兄，总是做申蘭这些不义之财不着。申蘭财物来得容易，又且信托他的，那里来查他细帐？落得做人情。小娥又报仇心重，故此先下工夫，结识这些党羽在那里。只为未得申春消耗，恐怕走了风，脱了仇人。故此申蘭在家时，几番好下得手，小娥忍住不动，且待时至而行③。

如此过了两年有多。忽然一日，有人来说："江北二官人来了。"只见一个

---

① 眉批：南塘出。

② 眉批：各处布置得细细密密。

③ 眉批：更细，更狠。

大汉同了一伙拳长臂大之人，走将进来，问道："大哥何在？"小娥应道："大官人在里面，等谢保去请出来。"小娥便去对申蘭说了。申蘭走出堂前来道："二弟多时不来了，甚风吹得到此？况且又同众兄弟来到，有何话说？"二官人道："小弟申春，今日江上获得两个二十斤来重的大鲤鱼，不敢自吃，买了一坛酒来，与大哥同享。"申蘭道："多承二弟厚意。如此大鱼，也是罕物！我辈托神道福祐多年，我意欲将此鱼、此酒，再加些鸡、肉、果品之类，赛一赛神，以谢覆庇[①]；然后我们同散福受用方是。不然，只一味也不好下酒。况列位在此，无有我不破钞反吃白食的。二弟意下何如？"众人都拍手道："有理，有理。"

申蘭就叫谢保过来，见了二官人，道："这是我家雇工，极是老实勤紧可托的。"就分付他，叫去买办食物。小娥领命走出，一霎时就办得齐齐整整，摆列起来。申春道："此人果是能事。怪道大哥出外，放得家里下，元来有这样得力人在这里。"众人都赞叹一番。申蘭叫谢保把福物摆在一个养家神道前了。申春道："须得写众人姓名，通诚一番。我们几个都识字不透，这事却来不得。"申蘭道："谢保写得好字。"申春道："又会写字，难得！难得！"小娥就走去，将了纸笔，排头写来，少不得申蘭、申春为首，其余各报将名来，一个个写。小娥一头写着，一头记着[②]，方晓得果然这个叫得申春。

献神已毕，就将福物收去；整理一整理，重新摆出来。大家欢哄饮啖，却不堤防小娥是有心的，急把其余名字一个个都记将出来，写在纸上，藏好了。私自叹道："好个李判官！精悟玄鉴，与梦语符合如此！此乃我父夫精灵不泯，天启其心。今日仇人都在，我志将就了。"急急走来伏侍，只拣大碗频频斟与蘭、春二人。二人都是酒徒，见他如此殷勤，一发喜欢，大碗价只顾吃，那里猜他有甚别意？

天色将晚，众贼俱已酣醉。各自散去。只有申春留在这里过夜，未散。小

① 眉批：是何神耶？

② 眉批：可畏。

娥又满满斟了热酒，奉与申春道：“小人谢保，到此两年，不曾伏侍二官人。今日小人借花献佛，多敬一杯。”又斟一杯与申蘭道：“大官人请陪一陪。”申春道：“好个谢保[①]，会说会劝！”申蘭道：“我们不要辜负他孝敬之意，尽量多饮一杯才是。”又与申春说谢保许多好处。小娥谦称一句，就献一杯，不干不住。两个被他灌得十分酩酊。元来江边苦无好酒，群盗只吃的是烧刀子。这一坛是他们因要尽兴，买那真正滴花烧酒，是极狠的。况吃得多了，岂有不醉之理？

申蘭醉极苦热，又走不动了，就在庭中坦了衣服眠倒了。申春也要睡，还走得动。小娥就扶他到一个房里，床上眠好了。走到里面看时，元来蔺氏在厨下整酒时，闻得酒香扑鼻，因吃夜饭，也自吃了碗把；两个丫鬟递酒出来，各各偷些尝尝，女人家经得多少浓味？一个个伸腰打盹，却像着了孙行者瞌睡虫的。小娥见如此光景，想道：“此时不下手，更待何时？”又想道：“女人不打紧，只怕申春这厮未睡得稳，却是利害。”就拿把锁，把申春睡的房门锁好了[②]。

走到庭中，衣襟内拔出佩刀，把申蘭一刀断了他头。欲待再杀申春，终久是女人家，见申春起初走得动，只怕还未甚醉，不敢轻惹他。忙走出来邻里间叫道：“有烦与我出力，拿贼则个！”邻人多是平日与他相好的，听得他的声音，多走将拢来，问道：“贼在那里？我们帮你拿去！[③]”小娥道：“非是小可的贼，乃是江洋杀人的大强盗，赃仗都在。今被我灌醉，锁住在房中，须赖众力擒他。”小娥平日结识的好些好事的人在内，见说是强盗，都摩拳擦掌道：“是甚么人？”小娥道：“就是小人的主人与他兄弟，惯做强盗；家中货财千万，都是赃物。”内中也有的道：“你在他家中，自然知他备细不差；只是没有被害失主，不好卤莽得。”小娥道：“小人就是被害失主。小人父亲与一个亲眷，两家数十口，都被这伙人杀了。而今家中金银器皿上，还有我家名字记号，须认得出。”一个老成的道：“此话是真。那申家踪迹可疑，身子常不在家，又不做生

① 眉批：果然好个谢保！
② 眉批：更细。
③ 眉批：从前之结交，岂徒然哉？

理，却如此暴富。我们只是不查得他实迹，又怕他凶暴，所以不敢发觉。今既有谢小哥做证，我们助他一臂，擒他兄弟两个送官，等他当官追究为是。”小娥道：“我已手杀一人，只须列位助擒得一个。”

众人见说已杀了一人，晓得事体必要经官；又且与小娥相好的多，恨申蘭的也不少，一齐点了火把，望申家门里进来。只见申蘭已挺尸在血泊里。开了房门，申春鼾声如雷，还在睡梦。众人把索子捆住，申春还挣扎道：“大哥不要取笑！”众人骂他：“强盗！”他兀自未醒。众人捆好了，一齐闯进内房来。

那蔺氏酒不多，醒得快。惊起身来，见了众人火把，只道是强盗上了，口里道：“终日去打劫人，今日却有人来打劫了。[①]”众人听得，一发道是谢保之言为实，喝道：“胡说！谁来打劫你家？你家强盗事发了。”也把蔺氏与两个丫鬟拴将起来。蔺氏道：“多是丈夫与叔叔做的事，须与奴家无干。”众人道：“说不得，自到当官去对。”此时小娥恐人多抢散了赃物，先已把平日收贮之处安顿好了，锁闭着。明请地方加封，告官起发[②]。

闹了一夜，明日押进浔阳郡来。浔阳太守张公升堂。地方人等解到一干人犯。小娥手执首词，首告人命强盗重情。此时申春宿酒已醒，明知事发，见对理的却是谢保，晓得哥哥平日有海底眼在他手里，却不知其中就里，乱喊道：“此是雇工背主，假捏出来的事。”小娥对张太守指着申春道：“他兄弟两个为首，十年前杀了豫章客谢、段二家数十人，如何还要抵赖？”太守道：“你敢在他家佣工，同做此事；而今待你有些不是处，你先出首了么？”小娥道：“小人在他家佣工，止得二年。此是他十年前事。”太守道：“这等，你如何晓得？有甚凭据。”小娥道：“他家中所有物件，还有好些是谢、段二家之物，即此便是凭据。”太守道：“你是谢家何人？却认得是？”小娥道：“谢是小人父家，段是小人夫家。”太守道：“你是男子，如何说是夫家？”小娥道：“爷爷听禀：小妇人实是女人，不是男子。只因两家都被二盗所杀，小妇人撺入水中，遇救得活。

① 眉批：此养家神道有灵，而附蔺氏言之也。

② 眉批：又细。

后来父、夫托梦，说杀人姓名乃是十二个字谜，解说不出。遍问识者，无人参破。幸有洪州李判官，解得是申蘭、申春。小妇人就改妆作男子，遍历江湖，寻访此二人。到得此郡，有出榜雇工者，问是申蘭。小妇人有心，就投了他家。看见他出没踪迹，又认识旧物，明知他是大盗，杀父的仇人。未见申春，不敢动手。昨日方才同来饮酒，故此小妇人手刃了申蘭，叫破地方同擒了申春。只此是实。”太守见说得希奇，就问道：“那十二字谜语如何的?”小娥把十二字念了一遍。太守道：“如何就是申蘭、申春?”小娥又把李公佐所解之言，照前述了一遍。太守连连点头道：“是，是，是。快哉李君，明悟若此[①]！他也与我有交，这事是真无疑。但你既是女人扮作男子，非止一日，如何得不被人看破?”小娥道：“小妇人冤仇在身，日夜提心吊胆，岂有破绽露出在人眼里?若稍有泄漏，冤仇怎报得成?”太守心中叹道：“有志哉，此妇人也!”

又唤地方人等起来，问着事繇。地方把申家向来踪迹可疑，及谢保两年前雇工，昨夜杀了申蘭，协同擒了申春并他家属，今日解府的话，备细述了一遍。太守道：“赃物何在?”小娥道：“赃物向托小妇人掌管，昨夜眼同地方封好在那里。”

太守即命公人押了小娥，与同地方到申蘭家起赃。金银财货，何止千万！小娥俱一一登有簿籍，分毫不爽，即时送到府堂。太守见金帛满庭，知盗情是实。把申春严刑拷打，蔺氏亦加拶指，都抵赖不得，一一招了。太守又究余党，申春还不肯说。只见小娥袖中取出所抄的名姓，呈上太守道：“这便是群盗的名了。”太守道：“你如何知得恁细?”小娥道：“是昨日叫小妇人写了连名赛神的。小妇人嘿自抄记，一人也不差。”太守一发叹赏他能事。便唤申春研问着这些人住址，逐名注明了。先把申春下在牢里，蔺氏、丫鬟讨保官卖。然后点起兵快，登时往各处擒拿。正似瓮中捉鳖，没有一个走得脱的。齐齐擒到[②]，俱各无词。太守尽问成重罪，同申春下在死牢里，乃对小娥道：“盗情已真，不必

① 眉批：难得李公为证见。

② 眉批：莫非小娥妙用。

说了。只是你不待报官，擅行杀戮，也该一死。”小娥道：“大仇已报，立死无恨。”太守道：“法上虽是如此，但你孝行可嘉，志节堪敬，不可以常律相拘。待我申请朝廷，讨个明降，免你死罪。”小娥叩首称谢。太守叫押出讨保。小娥禀道：“小妇人而今事迹已明，不可复与男子溷处。只求发在尼庵，听候发落为便。”太守道：“一发说得是。”就叫押在附近尼庵，讨个收管，一面听候圣旨发落。

太守就备将情节奏上，内云：

谢小娥立志报仇，梦寐感通，历年乃得。明系父仇，又属真盗。不惟擅杀之条，原情可免；又且矢志之事，核行可旌。云云。元和十二年四月。明旨批下：“谢小娥节行异人，准奏免死，有司旌表其庐。申春即行处斩。”不一日，到浔阳郡府堂开读了毕。太守命牢中取出申春等死囚来，读了犯由牌，押付市曹处斩。小娥此时已复了女装，穿了一身素服，法场上看斩了申春，再到府中拜谢张公。张公命花红鼓乐，送他归本里。小娥道：“父死夫亡，虽蒙相公奏请朝廷恩典，花红鼓乐之类，决非孀妇敢领。”太守越敬他知礼，点一官媪，伴送他到家，另自差人旌表。

此时哄动了豫章一郡。小娥父、夫之族还有亲属在家的，多来与小娥相见问讯。说起事繇，无不悲叹惊异。里中豪族慕小娥之名，央媒求聘的殆无虚日。小娥誓心不嫁，道：“我混迹多年，已非得已；若今日嫁人，女贞何在？宁死不可！[①]”曾奈来缠的人越多了，小娥不耐烦分诉，心里想道：“昔年妙果寺中已愿为尼，只因冤仇未报，不敢落发。今吾事已毕，少不得皈依三宝，以了终身。不如趁此落发，绝了众人之愿。[②]”小娥遂将剪子先将髻子剪下，然后用剃刀剃净了，穿了褐衣，做个行脚僧打扮，辞了亲属，出家访道，竟自飘然离了本里。里中人越加叹诵。不题。

且说元和十三年六月，李公佐在家被召，将上长安。道经泗滨，有善义寺

---

① 眉批：如此女人，恐亦难为夫。

② 眉批：更难。

尼师大德，戒律精严，多曾会过，信步往谒。大德师接入客座。只见新来操戒的弟子数十人，俱净发鲜披，威仪雍容，列侍师之左右。内中一尼，仔细看了李公佐一回[①]，问师道："此官人岂非是洪州判官李二十三郎？"师点头道："正是。你如何认得？"此尼即泣下数行道："使我得报家仇，雪冤耻，皆此判官恩德也！"即含泪上前，稽首拜谢。李公佐却不认得，惊起答拜道："素非相识，有何恩德可谢？"此尼道："某名小娥，即向年瓦官寺中乞食孀妇也。尊官其时以十二字谜语辨出申蘭、申春二贼名姓，尊官岂忘之乎？"李公佐想了一回，方才依稀记起，却记不全。又问起是何十二字。小娥再念了一遍。李公佐豁然省悟道："一向已不记了。今见说来，始悟前事。后来果访得有此二人否？"小娥因把扮男子、投申蘭、擒申春并余党、数年经营艰苦之事，从前至后，备细告诉了毕。又道："尊官恩德，无可以报，从今惟有朝夕诵经保佑而已。"李公佐问道："今如何恰得在此处相会？"小娥道："复仇已毕，其时即剪发披褐，访道于牛头山，师事大士庵尼将律师。苦行一年，今年四月始受其戒于泗州开元寺，所以到此。岂知得遇恩人，莫非天也！"李公佐道："既已受戒，是何法号？"小娥道："不敢忘本，只仍旧名。"李公佐叹息道："天下有如此至心女子！我偶然辨出二盗姓名，岂知誓志不舍，毕竟访出其人，复了冤仇。又且佣保杂处，无人识得是个女人，岂非天下难事！我当作传以旌其美。"

小娥感泣，别了李公佐，仍归牛头山。扁舟泛淮，云游南国，不知所终。李公佐为撰《谢小娥传》，流传后世，载入《太平广记》。

诗云：

匕首如霜铁作心，精灵万载不消沉。

西山木石填东海，女子衔仇分外深。

又云：

梦寐能通造化机，天教达识剖玄微。

姓名一解终能报，方信双魂不浪归。

---

① 眉批：好看。

卷二十　李克让竟达空函　刘元普双生贵子

诗曰：

全婚昔日称裴相，助殡千秋慕范君。

慷慨奇人难屡见，休将仗义望朝绅。

这一首诗，单道世间人周急者少，继富者多。为此，达者便说："只有锦上添花，那得雪中送炭？"只这两句话，道尽世人情态。比如一边有财有势，那趋财慕势的，多只向一边去。这便是俗语叫做"一帆风"，又叫做"鹁鸽子旺边飞"。若是财利交关，自不必说。至于婚姻大事，儿女亲情，有贪得富的，便是王公贵戚，自甘与团头作对；有嫌着贫的，便是世家巨族，不得与甲长联亲。自道有了一分势要，两贯浮财，便不把人看在眼里。况有那身在青云之上，拔人于淤泥之中，重捐己资，曲全婚配。恁般样人，实是从前寡见，近世罕闻。冥冥之中，天公自然照察。元来那"夫妻"二字，极是郑重，极宜斟酌；报应极是昭彰，世人决不可戏而不戏，胡作乱为。或者因一句话上，成就了一家儿夫妇；或者因一纸字中，拆散了一世的姻缘。就是陷于不知，因果到底不爽。

且说南直长洲有一村农，姓孙，年五十岁，娶下一个后生继妻。前妻留下一个儿子，一房媳妇，且是孝顺。但是爹娘的说话，不论好歹真假，多应在骨里的信从。那老儿和儿子每日只是锄田钯地，出去养家过活。婆媳两个在家绩麻拈苎，自做生理。

却有一件奇怪：元来那婆子虽数上了三十多个年头，十分的不长进。又道是"妇人家入土方休"，见那老子是个养家经纪之人，不恁地理会这些勾当，所以闲常也与人做了些不伶俐的身分。几番几次，漏在媳妇眼里。那媳妇自是个老实勤谨的，只以孝情为上，小心奉事翁姑，那里有甚心去捉他破绽？谁知道无心人对有心人，那婆子自做了这些话把，被媳妇每每冲着，虚心病了，自没意思；却恐怕有甚风声吹在老子和儿子耳朵里，颠倒在老子面前搬斗。又道是："枕边告状，一说便准。"那老子信了婆子的言语，带水带浆的羞辱毁骂了儿子几次。那儿子是个孝心的人，听了这些话头，没个来历，直摆布得夫妻两口终日合嘴合舌，甚不相安。

看官听说：世上只有一夫一妻、一竹竿到底的，始终有些正气，自不甘学那小家腔派。独有最狠毒、最狡猾、最短见的是那晚婆，大概不是一婚两婚人，便是那低门小户、减剩货与那不学好为夫所弃的这几项人，极是老唧溜。也会得使人喜，也会得使人怒，弄得人死心塌地，不敢不从。元来世上妇人，除了那十分贞烈的，说着那话儿，无不着紧。男子汉到中年，筋力渐衰。那娶晚婆的，大半是中年人做的事，往往男大女小。假如一个老苍男子，娶了水也似一个娇嫩妇人，纵是千箱万斛尽你受用，却是那话儿有些支吾不过，自觉得过意不去，随你有万分不是处，也只得依顺了他①。所以那家庭间，每每被这些人炒得十清九浊。

这闲话且放过，如今再接前因。话说吴江有个秀才萧王宾，胸藏锦绣，笔走龙蛇。因家贫，在近处人家处馆，早出晚归。主家间壁，是一座酒肆。店主唤做熊敬溪。店前一个小小堂子，供着五显灵官。那王宾因在主家出入，与熊店主厮熟。

忽一夜，熊店主得其一梦，梦见那五位尊神对他说道："萧状元终日在此来往，吾等见了，坐立不安。可为吾等筑一堵短壁儿，在堂子前遮蔽遮蔽。"店主醒来想道："这梦甚是跷蹊。说甚么萧状元，难道便是在间壁处馆的那个萧秀才？我想恁般一个寒酸措大，如何便得做状元？"心下疑惑。却又道："除了那个姓萧的，却又不曾与第二个姓萧的识熟。'凡人不可貌相，海水不可斗量'。况是神道的言语，宁可信其有，不可信其无。"次日起来，当真在堂子前面堆起

① 眉批：极中世人之病！

一堵短墙，遮了神圣，却自放在心里不题。

隔了几日，萧秀才往长洲探亲。经过一个村落人家，只见一伙人聚做一块，在那里喧嚷。萧秀才挨在人丛里看一看，只见众人指着道："这不是一位官人？来得凑巧。是必央及这官人则个，省得我们村里去寻门馆先生。"连忙请萧秀才坐着，将过纸笔道："有烦官人写一写，自当相谢。"萧秀才道："写个甚么？且说个缘故。"只见一个老儿与一个小后生走过来道："官人听说：我们是这村里人，姓孙。爷儿两个，一个阿婆，一房媳妇。叵耐媳妇十分不学好，到终日与阿婆斗气。我两个又是养家经纪人，一年到头，没几时住在家里。这样妇人，若留着他，到底是个是非堆。为此今日将他发还娘家，任从别嫁。他每众位多是地方中见。为是要写一纸休书，这村里人没一个通得文墨。见官人经过，想必是个有才学的，因此相烦官人替写一写。"萧秀才道："原来如此，有甚难处？[①]"便逞着一时见识，举笔一挥，写了一纸休书，交与他两个。他两个便将五钱银子送秀才做润笔之资。秀才笑道："这几行字值得甚么？我却受你银子！"再三不接，拂着袖子，撇开众人，径自去了。

这里自将休书付与妇人。那妇人可怜勤勤谨谨，做了三四年媳妇，没缘没故的休了他，咽着这一口怨气，扯住了丈夫，哭了又哭，号天拍地的不肯放手[②]，口里说道："我委实不曾有甚歹心负了你。你听着一面之词离异了我。我生前无分辨处，做鬼也要明白此事！今世不能和你相见了，便死也不忘记你。"这几句话，说得傍人俱各掩泪。他丈夫也觉得伤心，忍不住哭起来。却只有那婆子看着，恐怕儿子有甚变卦，流水和老儿两个拆开了手，推出门外[③]。那妇人只得含泪去了不题。

再说那熊店主，重梦见五显灵官对他说道："快与我等拆了面前短壁，拦着十分郁闷。"店主梦中道："神圣前日分付小人起造，如何又要拆毁？"灵官道："前日为萧秀才时常此间来往，他后日当中状元，我等见了他坐立不便，所以教

---

① 旁批：正自不易。

② 眉批：即此便见萧生罪案。

③ 眉批：狠哉！

你筑墙遮蔽。今他于某月某日替某人写了一纸休书，拆散了一家夫妇。上天鉴知，减其爵禄。今职在吾等之下，相见无碍，以此可拆。”那店主正要再问时，一跳惊醒，想道：“好生奇异！难道有这等事？明日待我问萧秀才，果有写休书一事否，便知端的。”

明日当真先去拆了壁。却好那萧秀才踱将来，店主邀住道：“官人，有句说话，请店里坐地。”入到里面，坐定吃茶。店主动问道：“官人曾于某月某日与别人代写休书么？”秀才想了一会道：“是曾写来。你怎地晓得？”店主遂将前后梦中灵官的说话，一一告诉了一遍。秀才听罢，目睁口呆，懊悔不迭。后来果然举了孝廉，只做到一个知州地位。

那萧秀才因一时无心失误上，白送了一个状元。世人做事，决不可不检点。曾有诗道得好：

人生常好事，作者不自知。
起念埋根际，须思决局时。
动止虽微渺，干连已弥滋。
昏昏罹天网，方知悔是迟。

试看那拆人夫妇的，受祸不浅，便晓得那完人夫妇的，获福非轻。如今单说前代一个公卿，把几个他州外族之人，认做至亲骨肉，撮合了才子佳人，保全了孤儿寡妇，又安葬了朽骨枯骸，如此阴德，又不止是完人夫妇了。所以后来受天之报，非同小可。

这话文出在宋真宗时，西京洛阳县有一官人，姓刘，名弘敬，字元普，曾任过青州刺史，六十岁上告老还乡。继娶夫人王氏，年尚未满四十①。广有家财，并无子女。一应田园、典铺，俱托内侄王文用管理。自己只是在家中广行善事，仗义疏财，挥金如土。从前至后，已不知济过多少人了。四方无人不闻其名。只是并无子息，日夜忧心。

时遇清明节届，刘元普分付王文用整备了牲牷酒醴，往坟茔祭扫。与夫人

① 眉批：此亦继娶也，而贤不贤别矣。

各乘小轿，仆从在后相随。不逾时，到了坟上，浇奠已毕，元普拜伏坟前，口中说着几句道：

堪怜弘敬年垂迈，不孝有三无后大。

七十人称自古稀，残生不久留尘界。

今朝夫妇拜坟茔，他年谁向坟茔拜[①]？

膝下萧条未足悲，从前血食何容艾！

天高听远实难凭，一脉宗亲须悯爱。

诉罢中心泪欲枯，先灵英爽知何在！

当下刘元普说到此处，放声大哭。旁人俱各悲凄。那王夫人极是贤德的，拭着泪上前劝道："相公请免愁烦，虽是年纪将暮，筋力未衰，妾身纵不能生育，当别娶少年为妾，子嗣尚有可望，徒悲无益。"刘元普见说，只得勉强收泪，分付家人送夫人乘轿先回。自己留一个家僮相随，闲行散闷，徐步回来。

将及到家之际，遇见一个全真先生，手执招牌，上写道："风鉴通神。"元普见是相士，正要卜问子嗣，便延他到家中来坐。吃茶已毕，元普端坐，求先生细相。先生仔细相了一回，略无忌讳说道："观使君气色，非但无嗣，寿亦在旦夕矣！"元普道："学生年近古稀，死亦非殀。子嗣之事，至此暮年，亦是水中捞月了。但学生自想：生平虽无大德；济弱扶倾，矢心已久。不知如何罪业，遂至殄绝祖宗之祀？"先生微笑道："使君差矣！自古道：'富者怨之丛。'使君广有家私，岂能一一综理？彼任事者只顾肥家，不存公道；大斗小秤，侵剥百端，以致小民愁怨。使君纵然行善，只好功过相酬耳，恐不能获福也。使君但当悉杜其弊，益广仁慈。多福多寿多男，特易易耳。"元普闻言，默然听受。先生起身作别，不受谢金，飘然去了。

元普知是异人，深信其言，随取田园、典铺帐目一一稽查，又潜往街市，乡间，各处探听，尽知其寔。遂将众管事人一一申饬，并妻侄王文用也受了一番呵叱。自此益修善事不题。

---

① 眉批：可怜！

却说汴京有个举子李逊，字克让，年三十六岁。亲妻张氏，生子李彦青，小字春郎，年方十七。本是西粤人氏，只为与京师鸯远，十分孤贫，不便赴试；数年前挈妻携子，流寓京师。却喜中了新科进士，除授钱塘县尹。择个吉日，一同到了任所。李克让看见湖山佳胜，宛然神仙境界，不觉心中爽然。谁想贫儒命薄，到任未及一月，犯了个不起之症。正是：

浓霜偏打无根草，祸来只奔福轻人。

那张氏与春郎请医调治，百般无效，看看待死。

一日，李克让唤妻子到床前，说道："我苦志一生，得登黄甲，死亦无恨。但只是无家可奔，无族可依。撇下寡妇孤儿，如何是了？可痛可怜！"说罢，泪如雨下。张氏与春郎在傍劝住。克让想道："久闻洛阳刘元普仗义疏财，名传天下。不论识认不识认，但是以情相求，无有不应。除是此人，可以托妻寄子。"便叫："娘子，扶我起来坐了。"又叫儿子春郎取过文房四宝。正待举笔，忽又停止。心中好生踌躇，道："我与他从来无交，难叙寒温。这书如何写得？"疾忙心生一计，分付妻儿取汤、取水，把两个人都遣开了。及至取得汤水来时，已自把书重重封固，上面写十五字，乃是"辱弟李逊书呈洛阳恩兄刘元普亲拆"①。把来递与妻儿收好，说道："我有个八拜为交的故人，乃青州刺史刘元普，本贯洛阳人氏。此人义气干霄，必能济汝母子。将我书前去投他，料无阻拒。可多多拜上刘伯父，说我生前不及相见了。"随分付张氏道："二十载恩情，今长别矣。倘蒙伯父收留，全赖小心相处。必须教子成名，补我未逮之志。你已有遗腹两月，倘得生子，使其仍读父书；若生女时，将来许配良人。我虽死而瞑目。"又分付春郎道："汝当事刘伯父如父，事刘伯母如母。又当孝敬母亲，励精学业，以图荣显，我死犹生。如违我言，九原之下，亦不安也！"两人垂泪受教。又嘱咐道："身死之后，权寄棺木浮丘寺中。俟投过刘伯父，徐图殡葬。但得安土埋藏，不须重到西粤。"说罢，心中哽咽，大叫道："老天！老

① 眉批：此亦奇人也。

天！我李逊如此清贫，难道要做满一个县令也不能勾！①”当时蓦然倒在床上，已自叫唤不醒了。正是：

君恩新荷喜相随，谁料天年已莫追。

休为李君伤殀逝，四龄已可傲颜回。

张氏、春郎各各哭得死而复苏。张氏道：“撇得我孤孀二人好苦！倘刘君不肯相容，如何处置？”春郎道：“如今无计可施，只得依从遗命②。我爹爹最是识人，或者果是好人也不见得。”张氏即将囊橐检点，那曾还剩分文？元来李克让本是极孤极贫的，做人甚是清方。到任又不上一月，虽有些少，已为医药废尽了。还亏得同僚相助，将来买具棺木盛殓，停在衙中。

母子二人朝夕哭奠。过了七七之期，依着遗言，寄柩浮丘寺内。收拾些少行李盘缠，带了遗书，饥餐渴饮，夜宿晓行，取路投洛阳县来。

却说刘元普一日正在书斋闲玩古典，只见门上人报道：“外有母子二人，口称西粤人氏，是老爷至交亲戚，有书拜谒。”元普心下着疑，想道：“我那里来这样远亲？”便且叫请进。母子二人走到跟前，施礼已毕。元普道：“老夫与贤母子在何处识面？实有遗忘，伏乞详示。”李春郎答道：“家母、小侄，其实不曾得会。先君却是伯父至交。”元普便请姓名。春郎道：“先君李逊，字克让。母亲张氏。小侄名彦青，字春郎。本贯西粤人氏。先君因赴试，流落京师；以后得第，除授钱塘县尹，一月身亡。临终时，怜我母子无依，说有洛阳刘伯父，是幼年八拜至交，特命亡后赍了手书，自任所前来拜恳。故此母子造宅，多有惊动。”元普闻言，茫然不知就里。春郎便将书呈上。元普看了封签上十五字，好生诧异。及至拆封看时，却是一张白纸。吃了一惊，默然不语。左思右想了一回，猛可里心中省悟道：“必是这个缘故无疑！我如今不要说破，只教他母子得所便了。③”张氏母子见他沉吟，只道不肯容纳，岂知他却是天大一场美意！

元普收过了书，便对二人说道：“李兄果是我八拜至交，指望再得相会，谁

① 眉批：若不清贫，未必不前程远大。老天原自势利。

② 眉批：自然。

③ 眉批：谁肯？

知已作古人！可怜！可怜！今你母子就是我自家骨肉，在此居住便了。”便叫请出王夫人来，说知来历，认为妯娌。春郎以子侄之礼自居。当时摆设筵席，款待二人。酒间说起李君灵柩在任所寺中，元普一力应承殡葬之事。王夫人又与张氏细谈，已知他有遗腹两月了。酒散后，送他母子到南楼安歇。家伙器皿，无一不备。又拨几对僮仆服侍。每日三餐，十分丰美。张氏母子得他收留，已自过望。谁知如此殷勤，心中感激不尽。

过了几时，元普见张氏德性温存，春郎才华英敏，更兼谦谨老成，愈加敬重。又一面打发人往钱塘去扶柩了。

忽一日，正与王夫人闲坐，不觉掉下泪来。夫人忙问其故，元普道："我观李氏子仪容志气，后来必然大成。我若得这般一个儿子，真可死而无恨。今年华已去，子息杳然，为此不觉伤感。"夫人道："我屡次劝相公娶妾，只是不允。如今定为相公觅一侧室，管取宜男。"元普道："夫人休说这话。我虽垂暮，你却尚是中年。若是天不绝我刘门，难道你不能生育？若是命中该绝，纵使姬妾盈前，也是无干。[①]"说罢，自出去了。

夫人这番却主意要与丈夫娶妾。晓得与他商量，定然推阻，便私下叫家人唤将做媒的薛婆来，说知就里，又嘱付道："直待事成之后，方可与老爷得知[②]。必用心访个德容兼备的，或者老爷才肯相爱。"薛婆一一应诺而去。过不多日，薛婆寻了几头来说，领来看了，没一个中夫人的意。薛婆道："此间女子，只好恁样。除非汴梁帝京，五方杂聚，去处，才有出色女子。"恰好王文用有别事要进京，夫人把百金密托了他，央薛婆与他同去寻觅。薛婆也有一头媒事要进京，两得其便，就此起程不题。

如今再表一段缘因。话说汴京开封府祥符县有一进士，姓裴名习，字安卿，年登五十，夫人郑氏早亡。单生一女，名唤兰孙，年方二八，仪容绝世。裴安卿做了郎官几年，升任襄阳刺史。有人对他说道："官人向来清苦，今得此美

---

① 眉批：达甚！

② 眉批：谁肯？

任，此后只愁富贵不愁贫了。”安卿笑道：“富自何来？每见贪酷小人，惟利是图，不过使这几家治下百姓卖儿贴妇，充其囊橐，此真狼心狗行之徒！天子教我为民父母，岂是教哉残害子民？我今此去，惟吃襄阳一杯淡水而已。贫者人之常，叨朝廷之禄，不至冻馁足矣，何求富为！”裴安卿立心要作个好官，选了吉日，带了女儿起程赴任。不则一日，到了襄阳。莅任半年，治得那一府物阜民安，词清讼简。民间造成几句谣词说道：

襄阳府前一条街，一朝到了裴天台。

六房吏书去打盹，门子皂隶去砍柴。

光阴荏苒，又早六月炎天。一日，裴安卿与兰孙吃过午饭，暴暑难当。安卿命汲井水解热。霎时井水将到，安卿吃了两钟，随后叫女儿吃。兰孙饮了数口，说道：“爹爹，恁样淡水，亏爹爹怎生吃下偌多！”安卿道：“休说这般折福的话！你我有得这水吃时，也便是神仙了，岂可嫌淡！”兰孙道：“爹爹，如何便见得折福？这样时候，多少王孙公子，雪藕调冰，浮瓜沉李，也不为过。爹爹身为郡侯，饮此一杯淡水，还道受用，也太迂阔了！”安卿道：“我儿不谙事务，听我道来。假如那王孙公子，倚傍着祖宗的势耀，顶戴着先人积攒下的浮财，不知稼穑，又无甚事业，只图快乐，落得受用，却不知乐极悲生，也终有马死黄金尽的时节。纵不然，也是他生来有这些福气。你爹爹贫寒出身，又叨朝廷民社之责，须不能勾比他。还有那一等人，假如当此天道，为将边廷，身披重铠，手执戈矛，日夜不能安息，又且死生朝不保暮；更有那荷锸农夫，经商工役，辛勤陇陌，奔走泥途，雨汗通流，还禁不住那当空日晒。你爹爹比他，不已是神仙了①？又有那下一等人，一时过误，问成罪案，困在囹圄，受尽鞭箠，还要肘手镣足。这般时节，拘于那不见天日之处，休说冷水，便是泥汁也不能勾。求生不得生，求死不得死，父娘皮肉，痛痒一般，难道偏他们受得苦起？你爹爹比他岂不是神仙？今司狱司中见有一二百名罪人，吾意欲散禁他每，在狱日给冷水一次，待交秋再作理会。”兰孙道：“爹爹未可造次。狱中

① 眉批：如此安分之人，不宜及□。

罪人，皆不良之辈，若轻松了他，倘有不测，受累不浅。”安卿道：“我以好心待人，人岂负我[①]？我但分付牢子紧守监门便了。”也是合当有事。只因这一节，有分教：

应死囚徒俱脱网，施仁郡守反遭殃。

次日，安卿升堂。分付狱吏：“将囚人散禁在牢，日给凉水与他，须要小心看守。”狱卒应诺了。当日便去牢里松放了众囚，各给凉水。牢子们紧紧看守，不致疏虞。过了十来日，牢子们就懈怠了。

忽又是七月初一日。狱中旧例：每逢月朔，便献一番利市。那日烧过了纸，众牢子们都去吃酒散福。从下午吃起，直吃到黄昏时候。一个个酩酊烂醉。

那一干囚犯，初时见狱中宽纵，已自起心越牢。内中有几个有见识的，密地教对付些利器，暗藏在身边。当日见众人已醉，就便乘机发作。约莫到二更时分，狱中一片声喊起。一二百罪人一齐动手，先将那当牢的禁子杀了，打出牢门，将那狱吏、牢子一个个砍翻。撞见的，多是一刀一个。有的躲在黑暗里听时，只听得喊道：“太爷平时仁德[②]，我每不要杀他！”直反到各衙，杀了几个佐贰官。那时正是清平时节，城门还未曾闭，众人呐声喊，一哄逃走出城。正是：

鳌鱼脱却金钩去，摆尾摇头再不来。

那时，裴安卿听得喧嚷，在睡梦中惊觉，连忙起来。早已有人报知。裴安卿听说，却正似顶门上失了三魂，脚底下荡了七魄，连声只叫得苦，悔道：“不听兰孙之言，以至于此！谁知道将仁待人，被人不仁！”一面点起民壮，分头追捕。多应是海底捞针，那寻一个？

次日，这桩事早报与上司知道，少不得动了一本。不上半月，已到汴京，奏章早达天听。天子与群臣议处。若是裴安卿是个贪赃刻剥、阿谀谄佞的，朝中也还有人喜他[③]。只为平素心性刚直，不肯趋奉权贵，况且一清如水，俸资

---

① 旁批：正未必然也。

② 旁批：还有公道。

③ 眉批：世道如此！

之外，毫不苟取，那有钱财贪缘势要？所以无一人与他辨冤，多道："纵囚越狱，典守者不得辞其责。又且杀了佐贰，独留刺史，事属可疑，合当拿问。"天子准奏，即便批下本来，着法司差官扭解到京。那时，裴安卿便是重出世的召父，再生来的杜母，也只得低头受缚。却也道自己素有政声，还有辨白之处。叫兰孙收拾了行李，父女两个，同了押解人起程。

不则一日，来到东京，那裴安卿旧日住居，已奉圣旨抄没了。僮仆数人，分头逃散，无地可以安身。还亏得郑夫人在时，与清真观女道往来，只得借他一间房子，与兰孙住下了。次日，青衣小帽，同押解人到朝候旨。奉圣旨下大理狱鞫审，即刻便自进牢。兰孙只得将了些钱钞，买上告下，去狱中传言寄语，担茶送饭。元来裴安卿年衰力迈，受了警惶，又受了苦楚，日夜优虞，饮食不进。兰孙设处送饭，枉自费了银子。

一日，见兰孙正到狱门首来，便唤住女儿说道："我气塞难当，今日大分必死。只为为人慈善，以致召祸，累了我儿。虽然罪不及孥，只是我死之后，无路可投，作婢为奴，定然不免！"那安卿说到此处，好如万箭钻心，长号数声而绝。还喜未及会审，不受那三木囊头之苦。兰孙跌脚捶胸，哭得个发昏章第十一。欲要领取父亲尸首，又道是："朝廷罪人，不得擅便！"当时兰孙不顾死生利害，闯进大理寺衙门，哭诉越狱根由，哀感傍人。幸得那大理寺卿还是个有公道的人，见了这般情状，恻然不忍。随即进一道表章，上写着：

> 大理寺卿臣某，勘得襄阳刺史裴习，抚字心劳，提防政拙。虽法禁多疏，自干天谴；而反情无据，可表臣心。今已毙囹圄，宜从宽贷。伏乞速降天恩，赦其遗尸归葬，以彰朝廷优待臣下之心。臣某惶恐上言。

那真宗也是个仁君，见裴习已死，便自不欲苛求，即批准了表章。

兰孙得了这个消息，还算是黄连树下弹琴——苦中取乐。将身边所剩余银，买口棺木，雇人抬出尸首，盛殓好了，停在清真观中。做些羹饭，浇奠了一番。又哭得一佛出世。那裴安卿所带盘费，原无几何，到此已用得干干净净了。虽是已有棺木，殡葬之资，毫无所出。兰孙左思右想道："只有个舅舅郑公见任西川节度使，带了家眷在彼。却是路途险远，万万不能搭救。真正无计可施。"

事到头来不自由，只得手中拿个草标，将一张纸写着“卖身葬父”四字，到灵柩前拜了四拜，祷告道：“爹爹阴，灵不远，保奴前去，得遇好人。”拜罢起身。噙着一把眼泪，抱着一腔冤恨，忍着一身羞耻，沿街喊叫①。可怜裴兰孙是个娇滴滴的闺中处子，见了一个蓦生人也要面红耳热的，不想今日出头露面！思念父亲临死言词，不觉寸肠俱裂。正是：

天有不测风云，人有旦夕祸福。

生来运蹇时乖，只得含羞忍辱。

父兮桎梏亡身，女兮街衢痛哭。

纵交血染鹃红，彼苍不念茕独。

又道是：“天无绝人之路。”正在街上卖身，只见一个老妈妈走近前来，欠身施礼，问道：“小娘子为着甚事卖身？又恁般愁容可掬？”仔细认认，吃了惊道：“这不是裴小姐？如何到此地位？”元来那妈妈正是洛阳的薛婆。郑夫人在时，薛婆有事到京，常在裴家往来的，故此认得。兰孙抬头见是薛婆，就同他走到一个僻静所在，含泪把上项事说了一遍。那婆子家最易眼泪出的，听到伤心之处，不觉也哭起来，道：“原来尊府老爷遭此大难！你是个宦家之女，如何做得以下之人？若要卖身，虽然如此娇姿，不到得便为奴作婢，也免不得是个偏房了。”兰孙道：“今日为了父亲，就是杀身，也说不得，何惜其他？”薛婆道：“既如此，小姐请免愁烦。洛阳县刘刺史老爷年老无儿。夫人王氏要与他取个偏房，前日曾嘱付我。在本处寻了多时，并无一个中意的。如今因为洛阳一个大姓央我到京中相府求一头亲事，夫人乘便嘱付亲侄王文用带了身价，同我前来遍访。也是有缘，遇着小姐。王夫人原说要个德容两全的。今小姐之貌，绝世无双；卖身葬父，又是大孝之事。这事十有九分了。那刘刺史仗义疏财，王夫人大贤大德。小姐到彼，虽则权时落后，尽可快活终身。未知尊意何如？”兰孙道：“但凭妈妈主张。只是卖身为妾，玷辱门庭。千万莫说出真情，只认做民家之女罢了。”薛婆点头道是。随引了兰孙小姐，一同到王文用寓所来。薛婆

① 眉批：难哉！

就对他说知备细。

王文用远远地瞟去，看那小姐，已觉得倾国倾城，便道："有如此绝色佳人，何怕不中姑娘之意！"正是：

踏破铁鞋无觅处，得来全不费工夫。

当下，一边是落难之际，一边是富厚之家，并不消争短论长，已自一说一中。整整兑足了一百两雪花银子，递与兰孙小姐收了，就要接他起程。兰孙道："我本为葬父，故此卖身，须是完葬事过，才好去得。"薛婆道："小娘子，你孑然一身，如何完得葬事？何不到洛阳成亲之后，那时浼刘老爷差人埋葬，何等容易！[①]"兰孙只得依从。

那王文用是个老成才干的人，见是要与姑夫为妾的，不敢怠慢，教薛婆与他作伴同行，自己常在前后。东京到洛阳只有四百里之程，不上数日，早已到了刘家。

王文用自往廨库中去了。薛婆便悄悄地领他进去，叩见了王夫人。夫人抬头看兰孙时，果然是：

脂粉不施，有天然姿格；梳妆略试，无半点尘纷。举止处，态度从容；语言时，声音凄婉。双蛾颦蹙，浑如西子入吴时；两颊含愁，正似王嫱辞汉日。可怜妩媚清闺女，权作追随宦室人。

当时王夫人满心欢喜，问了姓名，便收拾一间房子，安顿兰孙，拨一个养娘服事他。

次日，便请刘元普来，从容说道："老身今有一言，相公幸勿嗔怪！"刘元普道："夫人有话即说，何必讳言？"夫人道："相公，你岂不闻'人生七十古来稀'？今你寿近七十，前路几何？并无子息。常言道：'无病一身轻，有子万事足。'久欲与相公纳一侧室，一来为相公持正，不好妄言；二来未得其人，姑且隐忍。今娶得汴京裴氏之女，正在妙龄，抑且才色两绝，愿相公立他做个偏房，或者生得一男半女，也是刘门后代。"刘元普道："老夫只恐命里无嗣，不

---

① 眉批：然则要此百金何用？

欲耽误人家幼女①。谁知夫人如此用心，而今且唤他出来见我。”

当下兰孙小姐移步出房，倒身拜了。刘元普看见，心中想道：“我观此女仪容动止，决不是个以下之人。”便开口问道：“你姓甚名谁？是何等样人家之女？为甚事卖身？”兰孙道：“贱妾乃汴京小民之女，姓裴，小名兰孙。父死无资，故此卖身殡葬。”口中如此说，不觉暗地里偷弹泪珠。刘元普相了又相道：“你定不是民家之女，不要哄我！我看你愁容可掬，必有隐情。可对我一一直言，与你做主分忧便了。”兰孙初时隐讳，怎当得刘元普再三盘问，只得将那放囚得罪缘由，从前至后，细细说了一遍，不觉泪如涌泉。刘元普大惊失色，也不觉泪下道：“我说不像民家之女。夫人几乎误了老夫！可惜一个好官，遭此屈祸！”忙向兰孙小姐连称“得罪”。又道“小姐身既无依，便住在我这里，待老夫选择地基，殡葬尊翁便了。”兰孙道：“若得如此周全，此恩惟天可表！相公先受贱妾一拜。”刘元普慌忙扶起，分付养娘：“好生服事裴家小姐，不得有违！”

当时走到厅堂，即刻差人往汴京迎裴使君灵柩。不多日，扶柩到了。却好钱塘李县令灵柩一齐到了，刘元普将来共停在一个庄厅之上，备了两个祭筵拜奠。张氏自领了儿子，拜了亡夫。元普也领兰孙拜了亡父。又延了一个有名的地理师，拣寻了两块好地基，等待腊月吉日安葬。

一日，王夫人又对元普说道：“那裴氏女虽然贵家出身，却是落难之中，得相公救援他的。若是流落他方，不知如何下贱去了。相公又与他择地葬亲，此恩非小。他必甘心与相公为妾的。既是名门之女，或者有些福气，诞育子嗣，也不见得。若得如此，非但相公有后，他也终身有靠，未为不可。望相公思之。”夫人不说犹可，说罢，只见刘元普勃然作色道：“夫人说那里话！天下多美妇人，我欲娶妾，自可别图，岂敢污裴使君之女②！刘弘敬若有此心，神天鉴察！”夫人听说，自道失言，顿口不语。

---

① 眉批：□此一念，有后可必。

② 眉批：仁人君子之言。

刘元普心里不乐，想了一回道："我也太呆了。我既无子嗣，何不索性认他为女，断了夫人这点念头？[①]"便叫丫鬟请出裴小姐来道："我叨长尊翁多年，又同为刺史之职。年华高迈，子息全无。小姐若不弃嫌，欲待螟蛉为女。意下何如？"兰孙道："妾蒙相公、夫人收养，愿为奴婢，早晚服事。如此厚待，如何敢当？"刘元普道："岂有此理！你乃宦家之女，偶遭挫折，焉可贱居下流？老夫自有主意，不必过谦。"兰孙道："相公、夫人正是重生父母，虽粉骨碎身，无可报答。既蒙不鄙微贱，认为亲女，焉敢有违！今日就拜了爹妈。"刘元普欢喜不胜，便对夫人道："今日我以兰孙为女，可受他全礼。"当下兰孙插烛也似的拜了八拜。自此便叫刘相公、夫人为爹爹、母亲，十分孝敬，倍加亲热。

夫人又说与刘元普道："相公既认兰孙为女，须当与他择婿。侄儿王文用青年丧偶，管理多年，才干精敏，也不辱莫了女儿[②]。相公何不与他成就了这头亲事？"刘元普微微笑道："内侄继娶之事，少不得在老夫身上。今日自有个主意。你只管打点妆奁便了。"夫人依言。元普当时便拣下了一个成亲吉日。到期宰杀猪羊，大排筵会。遍请乡绅、亲友并李氏母子，内侄王文用一同来赴庆喜华筵。众人还只道是刘公纳宠，王夫人也还只道是与侄儿成婚[③]。正是：

万丈广寒难得到，嫦娥今夜落谁家？

看看吉时将及，只见刘元普教人捧出一套新郎衣饰，摆在堂中。刘元普拱手向众人说道："列位高亲在此，听弘敬一言：敬闻'利人之色不仁，乘人之危不义'。襄阳裴使君，以枉事系狱身死。有女兰孙，年方及笄。荆妻欲纳为妾。弘敬宁乏子嗣，决不敢污使君之清德。内侄王文用虽有综理之才，却非仕宦中人，亦难以配公侯之女[④]。惟我故人李县令之子彦青者，既出望族，又值青年；貌比潘安，才过子建，诚所谓'窈窕淑女，君子好逑'者也，今日特为两人成其佳偶。诸公以为何如？"众人异口同声，赞叹刘公盛德。李春郎出其不

---

① 眉批：更有见。

② 眉批：妇人之见。

③ 眉批：尽是肉眼愚人。

④ 眉批：有主意。

意，却待推逊，刘元普那里肯从？便亲手将新郎衣巾与他穿带了。

次后笙歌鼎沸，灯火辉煌，远远听得環珮之声，却是薛婆做了喜娘，几个丫鬟一同簇拥着兰孙小姐出来。二位新人，立在花毡之上，交拜成礼，真是说不尽那奢华富贵。但见：

“粉孩儿”对对挑灯，“七娘子”双双执扇。观看的是“风检才”、“麻婆子”，夸称道：“鹊桥仙”？并进“小蓬莱”；伏侍的是“好姐姐”、“柳青娘”，帮衬道“贺新郎”同入“销金帐”。做娇客的磨枪备箭，岂宜重问“后庭花”？做新妇的，半喜还优，此夜定然“川拨棹”。“脱布衫”时欢未艾，“花心动”处喜非常。

当时张氏和春郎魂梦之中，也不想得到此，真正喜自天来。兰孙小姐灯烛之下，觑见新郎容貌不凡，也自暗暗地欢喜。只道嫁个“老人星”，谁知却嫁了个“文曲星”[①]。行礼已毕，便伏侍新人上轿。刘元普亲自送到南楼，结烛合卺。又把那千金妆奁，一齐送将过来。刘元普自回去陪宾，大吹大擂，直饮至五更而散。这里洞房中一对新人，真正佳人遇着才子，那一宵欢爱，端的是如胶似漆，似水如鱼。枕边说到刘公大德，两下里感激深入骨髓。

次日天明起来，见了张氏；张氏又同他夫妇拜见刘公，十万分称谢。随后张氏就办些祭物，到灵柩前，叫媳妇拜了公公，儿子拜了岳父。张氏抚棺哭道：“丈夫生前为人正直，死后必有英灵。刘伯父周济了寡妇孤儿，又把名门贵女做你媳妇，恩德如天，非同小可！幽冥之中，乞保佑刘伯父早生贵子，寿过百龄！”春郎夫妻也各自默默地祷祝。自此上和下睦，夫唱妇随，日夜焚香保刘公冥福。

不觉光阴荏苒，又是腊月中旬，茔葬吉期到了。刘元普便自聚起匠役人工，在庄厅上抬取一对灵柩，到坟茔上来。张氏与春郎夫妻，各各带了重孝相送。当下埋棺封土已毕，各立一个神道碑：一书“宋故襄阳刺史安卿裴公之墓”：一书“宋故钱塘县尹克让李公之墓”。只见松柏参差，山水环绕，宛然二冢相

---

① 眉批：即此便见阴德非小。

连。刘元普设三牲礼仪，亲自举哀拜奠。张氏三人放声大哭[①]；哭罢，一齐望着刘元普拜倒在荒草地上不起。刘元普连忙答拜，只是谦让无能，略无一毫自矜之色[②]。随即回来，各自散讫。

是夜，刘元普睡到三更，只见两个人幞头象简，金带紫袍，向刘元普扑地倒身拜下，口称“大恩人”。刘元普吃了一惊，慌忙起身扶住道：“二位尊神何故降临？折杀老夫也！”那左手的一位说道：“某乃襄阳刺史裴習，此位即钱塘县令李公克让也。上帝怜我两人清忠，封某为天下都城隍，李公为天曹府判官之职。某系狱身死之后，幼女无投，承公大恩，赐之佳婿；又赐佳城，使我两人冥冥之中遂为儿女姻眷。恩同天地，难效涓涘。已曾合表上奏天庭。上帝鉴公盛德，特为官加一品，寿益三旬，子生双贵。幽明虽隔，敢不报知？”那右手的一位又说道：“某只为与公无交，难诉衷曲，故此空函寓意。不想公一见即明，慨然认义。养生送死，已出殊恩；淑女承祧，尤为望外。虽益寿添嗣，未足报洪恩之万一。今有遗腹小女凤鸣，明早已当出世，敢以此女奉长郎君箕帚。公与我媳，我亦与公媳，略尽报效之私。”言讫，拱手而别。

刘元普慌忙出送，被两人用手一推，瞥然惊觉。却正与王夫人睡在床上，便将梦中所见所闻，一一说了。夫人道：“妾身亦慕相公大德，古今罕有，自然得福非轻，神明之言，谅非虚谬。”刘元普道：“裴、李二公，生前正直，死后为神。他感我嫁女婚男，故来托梦，理之所有。但说我‘寿增三十’，世间那有百岁之人？又说赐我二子，我今年已七十，虽然精力不减少时，那七十岁生子，却也难得，恐未必然了。”

次日早晨，刘元普思忆梦中言语，整了衣冠，步到南楼。正要说与他三人知道，只见李春郎夫妇出来相迎。春郎道：“母亲生下小妹，方在坐草之际。昨夜我母子三人各有异梦，正要到伯父处报知贺喜，岂知伯父已先来了。”刘元普见说张氏生女，思想梦中李君之言好生有验，只是自己不曾有子，不好说得。

① 眉批：哀自何来？

② 眉批：更难。

当下问了张氏平安，就问："梦中所见如何？"李春郎道："梦见父亲、岳父俱已为神，口称伯父大德感动天庭，已为延寿添子。"三人所梦，总只一样。刘元普暗暗称奇，便将自己梦中光景，一一对两人说了。春郎道："此皆伯父积德所致，天理自然，非虚幻也。"刘元普随即回家，与夫人说知，各各骇叹。又差人到李家贺喜。

不逾时，又及满月。张氏抱了幼女来见伯父、伯母。元普便问："令爱何名？"张氏道："小名凤鸣，是亡夫梦中所嘱。"刘元普见与己梦相符，愈加惊异。

话休絮烦。且说王夫人当时年已四十岁了，只觉得喜食咸酸，时常作呕。刘元普只道中年人病发，延医看脉，没一个解说得出。就有个把有手段的忖道："像是有喜的气脉。"却晓得刘元普年已七十，王夫人年已四十，从不曾生育的，为此都不敢下药。只说道："夫人此病不消服药，不久自瘳。"刘元普也道："这样小病，料是不妨。"自此也不延医，放下了心。只见王夫人又过了几时，当真病好。但觉得腰肢日重，裙带渐短，眉低眼慢，乳胀腹高。刘元普半信半疑道："梦中之言，果然不虚么？"日月易过，不觉又及产期。刘元普此时不由你不信是有孕，提防分娩。一面唤了收生婆进来，又雇了一个奶子。

忽一夜，夫人方睡，只闻得异香扑鼻，仙音嘹亮。夫人便觉腹痛。众人齐来服侍分娩。不上半个时辰，生下一个孩儿。香汤沐浴过了，看时，只见眉清目秀，鼻直口方，十分魁伟。夫妻两人，欢喜无限。元普对夫人道："一梦之灵验如此！若如裴、李二公之言，皆上天之赐也。"就取名刘天祐，字梦祯。此事便传遍洛阳一城，把做新闻传说。百姓们编出四句口号道：

刺史生来有奇骨，为人专好积阴骘。

嫁了裴女换刘儿，养得头生做七十。

转眼间又是满月，少不得做汤饼会。众乡绅、亲友，齐来庆贺，真是宾客填门。吃了三五日筵席。春郎与兰孙自梯己设宴贺喜，自不必说。

且说李春郎自从成婚、葬父之后，一发潜心经史，希图上进，以报大恩；又得刘元普扶持，入了国子学。正与伯父母、妻商量到京赴学，以待试期，只见汴京有个公差到来，说是郑枢密府中所差，前来接取裴小姐一家的。元来那兰孙的舅舅郑公，数月之内已自西川节度内召为枢密院副使。还京之日，已知姊夫被难而亡，遂到清真观问取甥女消息。说是卖在洛阳。又遣人到洛阳探问，晓得刘公仗义全婚，称叹不尽。因为思念甥女，故此欲接取他姑嫜、夫婿，一同赴京相会。春郎得知此信，正是两便。兰孙见说舅舅回京，也自十分欢喜。当下禀过刘公夫妇，就要择个吉日，同张氏和凤鸣起程。

到期，刘元普治酒饯别，中间说起梦中之事，刘元普便对张氏说道："旧岁，老夫梦中得见令先君，说令爱与小儿有婚姻之分。前日小儿未生，不敢启齿。如今倘蒙不鄙，愿结葭莩。"张氏欠身答道："先夫梦中曾言，又蒙伯伯不弃。大恩未报，敢惜一女？只是母子孤寒如故，未敢仰攀。倘得犬子成名，当以小女奉郎君箕帚。"

当下酒散，刘公又嘱付兰孙道："你丈夫此去，前程万里。我两人在家安乐，孩儿不必挂怀。"诸人各各流涕，恋恋不舍。临行，又自再三下拜，感谢刘公夫妇盛德。然后垂泪登程去了，洛阳与京师却不甚远，不时常有音信往来，不必细说。

再表公子刘天祐，自从生育，日往月来，又早周岁过头。一日，奶子抱了小官人，同了养娘朝云，往外边耍子。那朝云年十八岁，颇有姿色。随了奶子出来玩耍了一晌，奶子道："姐姐，你与我略抱一抱，怕风大，我去将衣服来与他穿。"朝云接过抱了。奶子进去了一回出来，只听得公子啼哭之声，着了忙，两步当一步，走到面前。只见朝云一手抱了，一手伸在公子头上揉着。奶子疾忙近前看时，只见跌起老大一个跄踏，便大怒发话道："我略转得一转背，便把他跌了。你岂不晓得他是老爷、夫人的性命？若是知道，须连累我吃苦！我便去告诉老爷，夫人，看你这小贱人逃得过这一顿责罚也不！"说罢，抱了公子气愤愤的便走。朝云见他势头不好，一时性发，也接应道："你这样老猪狗！倚仗公子势利，便欺负人，破口骂我！不要使尽了英雄！莫说你是奶子，便是公子，我也从不曾见有七十岁的养头生[①]。知他是拖来也是抱来的人？却为这一跌便凌辱我！”朝云虽是口强，却也心慌，不敢便走进来。不想那奶子一五一十竟将朝云说话对刘元普说了。元普听罢，忻然说道：“这也怪他不得。七十生子，原是罕有。他一时妄言，何足计较？”当时奶子只道搬斗朝云一场，少也敲个半死，不想元普如此宽容，把一片火性化做半杯冰水，抱了公子自进去了。

却说元普当夜与夫人吃夜饭罢，自到书房里去安歇。分付女婢道：“唤朝云到我书房里来。”众女婢只道为日里事发，要难为他，到替他担着一把干系，疾忙鹰拿燕雀的把朝云拿到。可怜朝云怀着鬼胎，战兢兢的立在刘元普面前，只打点领责。元普分付众人道：“你们多退去，只留朝云在此。”众人领命，一齐都散，不留一人。元普便叫朝云闭上了门，朝云正不知刘元普葫芦内卖出甚么药来。只见刘元普叫他近前，说道：“人之不能生育，多因交会之际，精力衰微，浮而不实，故艰于种子。若精力健旺，虽老犹少。你却道老年人不能生产，便把那抱别姓、借异种这样邪说疑我。我今夜留你在此，正要与你试一试精力，消你这点疑心。[②]”原来刘元普初时只道自己不能生儿，所以不肯轻纳少年女子。如今已得过头生，便自放胆大了。又见梦中说“尚有一子”，一时间不觉通融起来。那朝云也是偶然失言，不想到此分际，却也不敢违拗，只得伏侍元普解衣同寝。但只见：

> 一个似八百年彭祖的长兄，一个似三十岁颜回的少女。尤云殢雨，宓妃倾洛水，浇着寿星头；似水如鱼，吕望持钓竿，拨动杨妃舌。乘牛老君，搂住捧珠盘的龙女；骑驴果老，搭着执抓篱的仙姑。胥靡藤缠定牡丹花，绿毛龟采取芙蕖蕊。太白金星淫性发，上青玉女欲情来。

刘元普虽则年老，精神强悍。朝云只得忍着痛苦承受。约莫弄了一个更次。阳泄而止。是夜，刘元普便与朝云同睡。

天明，朝云自进去了。刘元普起身对夫人说知此事。夫人只是笑[③]。众女

---

① 眉批：此妇人本色。

② 眉批：刘公释疑之虑甚长，非好色也。

③ 眉批：好个夫人！

婢和奶子多道："老爷一向极有正经，而今到恁般老没志气。"谁想刘元普和朝云只此一宵，便受了娠。刘元普也是一时要他不疑，卖弄本事，也不道如此快杀。夫人便铺个下房，劝相公册立朝云为妾。刘元普应允了，便与朝云戴笄，纳为后房，不时往朝云处歇宿。朝云想起当初一时失言，倒得这个好地位。刘元普与朝云戏语道："你如今方信公子不是拖来抱来的了么？①"朝云耳红面赤，不敢言语。

转眼之间，又已十月满了。一日，朝云腹痛难禁，也觉得异香满室，生下一个儿子。方才落地，只听得外边喧嚷，刘元普出来看时，却是报李春郎状元及第的。刘元普见侄儿登第，不辜负了从前认义之心，又且正值生子之时，也是个大大吉兆，心下不胜快乐。当时报喜人就呈上李状元家书。刘元普拆开看道：

> 侄子母孤孀，得延残息足矣。赖伯父保全终始，遂得成名，皆伯父之赐也。迩来二尊人起居想当佳胜。本欲给假，一候尊颜，缘侍讲东宫，不离朝夕，未得如心。姑寄御酒二瓶，为伯父颐老之资；宫花二朵，为贤郎鼎元之兆。临风神往，不尽鄙忱。

刘元普看毕，收了御酒、宫花，正进来与夫人说知，只见公子天祐走将过来。刘元普唤住，递宫花与他道："哥哥在京得第，特寄宫花与你。愿我儿他年琼林赐宴，与哥哥今日一般。"公子欣然接去，向头上乱插，望着爹娘唱了两个深喏，引得那两个老人家欢喜无限。刘元普随即修书贺喜，并说生次子之事。打发京中人去讫，便把皇封御酒祭献裴、李二公，然后与夫人同饮。

从此又将次子取名天锡，表字梦符。兄弟日渐长成，十分乖觉。刘元普延师训诲，以待成人。又感上天祐庇，一发修桥砌路，广行阴德。裴、李二墓，每年春秋祭扫不题。

再表李状元在京之事。那郑枢密与夫人魏氏，止生一幼女，名曰素娟，尚在襁褓。他只为姐夫、姐姐早亡，甚是爱重甥女，故此李氏一门在他府中，十

---

① 眉批：此句要紧！

分相得。李状元自成名之后，授了东宫侍讲之职，深得皇太子之心。自此十年有余，真宗皇帝崩了。仁宗皇帝登极，优礼师傅，便超升李彦青为礼部尚书，进阶一品。刘元普仗义之事，自仁宗为太子时，已自几次奏知。当日便进上一本，恳赐还乡祭扫，并乞褒封。仁宗颁下诏旨："钱塘县尹李逊，追赠礼部尚书；襄阳刺史裴习，追复原官，各赐御祭一筵。青州刺史刘弘敬，以原官加升三级；礼部尚书李彦青，给假半年，还朝复职。"

李尚书得了圣旨，便同张老夫人、裴夫人、凤鸣小姐，谢别了郑枢密，驰驿回洛阳来。一路上车马旌旗，炫耀数里；府县官员出郭迎接。那李尚书去时尚是弱冠，来时已作大臣，却又年止三十。洛阳父老，观者如堵，都称叹刘公不但有德，抑且能识好人。当下李尚书家眷，先到刘家下马。刘元普夫妇闻知，忙排香案迎接圣旨。山呼已毕，张老夫人、李尚书、裴夫人俱各红袍玉带，率了凤鸣小姐，齐齐拜倒在地，称谢洪恩。刘元普扶起尚书，王夫人扶起夫人、小姐，就唤两位公子出来相见婶婶、兄嫂。众人看见兄弟二人，相貌魁梧，又酷似刘元普模样，无不欢喜，都称叹道："大恩人生此双璧，无非积德所招。"随即排着御祭，到裴、李二公坟茔焚黄奠酒。张氏等四人，各各痛哭一场，彻祭而回。

刘元普开筵贺喜。食供三套，酒行数巡。刘元普起身对尚书母子说道："老夫有一衷肠之话，含藏十余年矣，今日不敢不说。令先君与老夫，生平实无一面之交①。当贤母子来投，老夫茫然不知就里；及至拆书看时，并无半字。初时不解其意，仔细想将起来，必是闻得老夫虚名②，欲待托妻寄子；却是从无一面，难叙衷情，故把空书藏着哑谜。老夫当日认假为真，虽妻子跟前不敢说破。其实所称八拜为交，皆虚言耳。今日喜得贤侄功成名遂，耀祖荣宗。老夫若再不言，是埋没令先君一段苦心也。"言毕，即将原书递与尚书母子展看。尚书母子号恸感谢。众人直至今日，才晓得空函认义之事，十分称叹不止。正是：

---

① 眉批：所以为难。

② 眉批：非虚名。

故旧托孤天下有，虚空认义古来无。

世人尽效刘元普，何必相交在始初?

当下刘元普又说起长公子求亲之事，张老夫人欣然允诺。裴夫人起身说道：“奴受爹爹厚恩，未报万一。今舅舅郑枢密生一表妹，名曰素娟，正与次弟同庚。奴家愿为作伐，成其配偶。”刘元普称谢了。当日无话。

刘元普随后就与天祐聘了李凤鸣小姐。李尚书一面写表，转达朝廷，奏闻空函认义之事；一面修书与郑公说合。不逾时，仁宗看了表章，龙颜大喜，惊叹刘弘敬盛德；随颁恩诏，除建坊旌表外，特以李彦青之官封之，以彰殊典。那郑公素慕刘公高义，求婚之事，无有不从。李尚书既做了天祐舅舅，又做了天锡中表联襟，亲上加亲，十分美满。

以后天祐状元及第，天锡进士出身，兄弟两人，青年同榜。刘元普直看二子成婚，各各生子，然后忽一夜梦见裴使君来拜道：“某任都城隍已满，乞公早赴瓜期，上帝已有旨矣。”次日无疾而终，恰好百岁。王夫人也自寿过八十。李尚书夫妇痛哭倍常，认作亲生父母，心丧六年。虽然刘氏自有子孙，李尚书却自年年致祭，这教做知恩报恩。唯有裴公无后，也是李氏子孙世世拜扫。自此世居洛阳，看守先茔，不回西粤。裴夫人生子，后来也出仕贵显。那刘天祐直做到同平章事，刘天锡直做御史大夫。刘元普屡受褒封，子孙蕃衍不绝。此阴德之报也。

这本话文，出在《空缄记》。如今依传编成演义一回，所以奉劝世人为善。有诗为证：

阴阳总一理，祸福唯自求。

莫道天公远，须看刺史刘。

卷二十一 袁尚宝相术动名卿 郑舍人阴功叨世爵

诗曰：

燕门壮士吴门豪，筑中注铅鱼隐刀。

感君恩重与君死，泰山一掷若鸿毛。

话说唐德宗朝有个秀才，南剑州人，姓林名积，字善甫。为人聪俊，广览诗书，九经三史，无不通晓。更兼存心梗直，在京师太学读书，给假回家，侍奉母亲之病。母病愈，不免再往学中。免不得暂别母亲，相辞亲戚邻里，教当直王吉挑着行李，迤逦前进。在路但见：

或过山林，听樵歌于云岭；又经别浦，闻渔唱于烟波。或抵乡村，却遇市井。才见绿杨垂柳，影迷几处之楼台；那堪啼鸟落花，知是谁家之院宇？看处有无穷之景致，行时有不尽之驱驰。

饥餐渴饮，夜住晓行，无路登舟。

不只一日至蔡州，到个去处，天色已晚。但见：

十里俄惊雾暗，九天倏睹星明。八方商旅卸行装，七级浮屠燃夜火。六翮飞鸟，争投栖于树杪；五花画舫，尽返棹于洲边。四野牛羊皆入栈，三江渔钓悉归家。

两下招商，俱说此间可宿；一声画角，应知前路难行。两个投宿于旅邸，小二哥接引，拣了一间宽洁房子，当直的安顿了担杖。善甫稍歇，讨了汤，洗了脚，随分吃了些晚食，无事闲坐则个。不觉早点灯，交当直安排宿歇，来日早行。当直王吉在床前打铺自睡。

且说林善甫脱了衣裳也去睡，但觉物瘾其背，不能睡着。壁上有灯，尚犹未灭。遂起身揭起荐席看时，见一布囊，囊中有一锦囊，中有大珠百颗，遂收于箱箧中。当夜不在话下。

到来朝，天色已晓，但见：

晓雾装成野外，残霞染就荒郊。耕夫陇上，朦胧月色将沉；织女机边，幌荡金乌欲出。牧牛儿尚睡，养蚕女未兴。樵舍外已闻犬吠，招提内尚见僧眠。

天色将晓，起来洗漱罢，系裹毕，教当直的一面安排了行李，林善甫出房中来，问店主人："前夕恁人在此房内宿？"店主人说道："昨夕乃是一巨商。"林善甫见说："此乃吾之故友也，因俟我失期。"看着那店主人道："此人若回来寻时，可使他来京师上庠贯道斋，寻问林上舍名积字善甫，千万！千万！不可误事！"说罢，还了房钱，相揖作别去了。

王吉前面挑着行李什物，林善甫后面行，迤逦前进。林善甫放心不下，恐店主人忘了，遂于沿路上令王吉于墙壁粘手榜云："某年某月某日有剑浦林积假馆上庠，有故人'元珠'，可相访于贯道斋。"不只一日，到于学中，参了假，仍旧归斋读书。

且说这囊珠子乃是富商张客遗下了去的。及至到于市中，取珠欲货，方知失去，唬得魂不附体，道："苦也！我生受数年，只选得这包珠子。今已失了，归家妻子孩儿如何肯信？"再三思量，不知失于何处，只得再回，沿路店中寻讨。直寻到林上舍所歇之处，问店小二时，店小二道："我却不知你失去物事。"张客道："我歇之后，有恁人在此房一中安歇？"店主人道："我便忘了。从你去后，有个官人来歇一夜了，绝早便去。临行时分付道：'有人来寻时，可千万使他来京师上庠贯道斋，问林上舍，名积。'"张客见说言语跷蹊，口中不道，心下思量："莫是此人收得我之物？"当日只得离了店中，迤逦再取京师路上来。见沿路贴着手榜，中有"元珠"之句，略略放心。

不只一日，直到上庠，未去歇泊，便来寻问。学对门有一个茶坊，但见：

木匾高悬，纸屏横挂。壁间名画，皆唐朝吴道子丹青；瓯内新茶，尽山居玉川子佳茗。

张客入茶坊吃茶，茶罢，问茶博士道："此间有个林上舍否?"博士道："上舍姓林的极多，不知是那个林上舍?"张客说："贯道斋，名积，字善甫。"茶博士见说："这个，便是个好人。"张客见说道是好人，心下又放下二三分。张客说："上舍多年个远亲，不相见，怕忘了。若来时，相指引则个。"正说不了，茶博士道："兀的出斋来的官人便是。他在我家寄衫帽。"张客见了，不敢造次。林善甫入茶坊，脱了衫帽。张客方才向前，看着林上舍，唱个喏便拜。林上舍道："男儿膝下有黄金，如何拜人?"那时林上舍不识他有甚事。但见张客簌簌地泪下，哽咽了说不得，歇定，便把这上件事一一细说一遍。林善甫见说，便道："不要慌，物事在我处。我且问你则个，里面有甚么?"张客道："布囊中有锦囊，内有大珠百颗。"林上舍道："多说得是。"带他去安歇处，取物交还。张客看见了道："这个便是，不愿都得，但只觅得一半，归家养赡老小，感戴恩德不浅。"林善甫道："岂有此说！我若要你一半时，须不沿路粘贴手榜，交你来寻。"张客再三不肯都领，情愿只领一半。林善甫坚执不受。如此数次相推，张客见林上舍再三再四不受，感戴洪恩不已，拜谢而去，将珠子一半于市货卖。卖得银来，舍在有名佛寺斋僧，就与林上舍建立生祠供养，报答还珠之恩①。善甫后来一举及第。诗云：

林积还珠古未闻，利心不动道心存。

暗施阴德天神助，一举登科耀姓名。

善甫后来位至三公，二子历任显宦。古人云："积善有善报，积恶有恶报。积善之家，必有余庆；作恶之家，必有余殃。"正是：

黑白分明造化机，谁人会解劫中危?

分明指与长生路，争奈人心着处迷！

此本话文，叫做《积善阴骘》，乃是京师老郎传留至今。小子为何重宣这一遍？只为世人贪财好利，见了别人钱钞，昧着心就要起发了，何况是失下的，一发是应得的了，谁肯轻还本主？不知冥冥之中，阴功极重。所以裴令公相该

① 眉批：也是个不负心的。

饿死，只因还了玉带，后来出将入相，窦谏议命主绝嗣，只为还了遗金，后来五子登科。其余小小报应，说不尽许多。而今再说一个一点善念，直到得脱了穷胎，变成贵骨，说与看官们一听，方知小子劝人做好事的说话，不是没来历的。

你道这件事出在何处？国朝永乐爷爷未登帝位，还为燕王，其时有个相士叫做袁柳庄，名珙，在长安酒肆，遇见一伙军官打扮的在里头吃酒。柳庄把内中一人看了一看，大惊下拜道："此公乃真命天子也！"其人摇手道："休得胡说！"却问了他姓名去了。明日只见燕府中有懿旨，召这相士。相士朝见，抬头起来，正是昨日酒馆中所遇之人。元来燕王装作了军官，同护卫数人出来微行的。就密教他仔细再相，柳庄相罢称贺，从此燕王决了大计。后来靖了内难，乃登大宝，酬他一个三品京职。其子忠彻，亦得荫为尚宝司丞。

人多晓得柳庄神相，却不知其子忠彻传了父术，也是一个百灵百验的。京师显贵公卿，没一个不与他往来、求他风鉴的。其时有一个姓王的部郎，家中人眷不时有病。一日，袁尚宝来拜，见他面有忧色，问道："老先生尊容滞气，应主人眷不宁。然不是生成的，恰似有外来妨碍，原可趋避。"部郎道："如何趋避？望请见教。"正说话间，一个小厮捧了茶盘出来送茶。尚宝看了一看，大惊道："元来如此！"须臾吃罢茶，小厮接了茶钟进去了。尚宝密对部郎道："适来送茶小童，是何名字？"部郎道："问他怎的？"尚宝道："使宅上人眷不宁者，此子也。"部郎道："小厮姓郑，名兴儿，就是此间收的，未上一年，老实勤谨，颇称得用。他如何能使家下不宁？①"尚宝道："此小厮相能妨主，若留过一年之外，便要损人口，岂止不宁而已！"部郎意犹不信道："怎便到此？"尚宝道："老先生岂不闻马有的卢能妨主、手版能忤人君的故事么？"部郎省悟道："如此，只得遣了他罢了。"

部郎送了尚宝出门，进去与夫人说了适间之言。女眷们见说了这等说话，极易听信的。又且袁尚宝相术有名，那一个不晓得？部郎是读书之人，还有些

---

① 眉批：□亦荒□。

崛强未服，怎当得夫人一点疑心之根，再拔不出了。部郎就唤兴儿到跟前，打发他出去。兴儿大惊道："小的并不曾坏老爷事体，如何打发小的？"部郎道："不为你坏事，只因家中人口不安，袁尚宝爷相道都是你的缘故。没奈何打发你在外去过几时，看光景再处。"兴儿也晓得袁尚宝相术神通，如此说了，毕竟难留；却又舍不得家主，大哭一场，拜倒在地[①]。部郎也有好些不忍，没奈何强遣了他。果然兴儿出去了，家中人口从此平安。部郎合家越信尚宝之言不为虚谬。

话分两头，且说兴儿含悲离了王家，未曾寻得投主，权在古庙栖身。一日，走到坑厕上屙屎，只见壁上挂着一个包裹，他提下来一看，乃是布线密札，且是沉重。解开一看，乃是二十多包银子。看见了，伸着舌头缩不进来道："造化！造化！我有此银子，不忧贫了。就是家主赶了出来，也不妨。"又想一想道："我命本该穷苦，投靠了人家，尚且道是相法妨碍家主，平白无事赶了出来，怎得有福气受用这些物事[②]？此必有人家干甚紧事，带了来用，因为登东司，挂在壁间失下了的，未必不关着几条性命。我拿了去，虽无人知道，却不做了阴骘事体？毕竟等人来寻，还他为是。"左思右想，带了这个包裹，不敢走离坑厕，沉吟到将晚，不见人来。放心不下，取了一条草荐，竟在坑版上铺了，把包裹塞在头底下，睡了一夜[③]。

明日绝蚤，只见一个人头蓬眼肿，走到坑中来，见有人在里头。看一看壁间，吃了一惊道："东西已不见了，如何回去得？"将头去坑墙上乱撞。兴儿慌忙止他道："不要性急，有甚话，且与我说个明白。"那个人道："主人托俺将着银子到京中做事，昨日偶因登厕，寻个竹钉，挂在壁上。已后登厕已完，竟自去了，忘记取了包裹。而今主人的事既做不得，银子又无了，怎好白手回去见他？要这性命做甚？"兴儿道："老兄不必着忙，银子是小弟拾得在此，自当奉璧。"那个人听见了，笑逐颜开道："小哥若肯见还，当以一半奉谢。"兴儿

---

① 眉批：便是好仆，非无情之流。
② 眉批：此念至，福至矣。
③ 眉批：此亦其难，无论还银。

道："若要谢时，我昨夜连包拿了去不得？何苦在坑版上忍了臭气睡这一夜！不要昧了我的心。"把包裹一撩，竟还了他。

那个人见是个小厮，又且说话的确，做事慷慨，便问他道："小哥高姓？"兴儿道："我姓郑。"那个人道："俺的主人也姓郑，河间府人，是个世袭指挥，只因进京来讨职事做，叫俺拿银子来使用。不知是昨日失了，今日却得小哥还俺。俺明日做事停当了，同小哥去见俺家主，说小哥这等好意，必然有个好处。①"两个欢欢喜喜，同到一个饭店中，殷殷勤勤，买酒请他，问他本身来历。他把投靠王家，因相被逐，一身无归，上项苦情，备细述了一遍。那个人道："小哥，患难之中，见财不取，一发难得。而今不必别寻道路，只在我下处同住了，待我干成了这事，带小哥到河间府罢了。"兴儿就问那个人姓名。那个人道："俺姓张，在郑家做都管，人只叫我做张都管。不要说俺家主人，就是俺自家，也盘缠得小哥一两个月起的。"兴儿正无投奔，听见如此说，也自喜欢。从此只在饭店中安歇，与张都管看守行李。张都管自去兵部做事，有银子得用了，自然无不停当②，取郑指挥做了巡抚标下旗鼓官。张都管欣然走到下处，对兴儿说道："承小哥厚德，主人已得了职事。这分明是小哥作成的。俺与你只索同到家去报喜罢了，不必在此停留。"即忙收拾行李，雇了两个牲口，做一路回来。

到了家门口，张都管留兴儿在外边住了，先进去报与家主郑指挥。郑指挥见有了衙门，不胜之喜，对张都管道："这事全亏你能干得来。"张都管说道："这事全非小人之能，一来主人福荫，二来遇个恩星，得有今日。若非那个恩星，不要说主人官职，连小人性命也不能勾回来见主人了。③"郑指挥道："是何恩星？"张都管把登厕失了银子，遇着郑兴儿厕版上守了一夜，原封还他，从头至尾说了一遍。郑指挥大惊道："天下有这样义气的人！而今这人在那里？"张都管道："小人不敢忘他之恩，邀他同到此间拜见主人，见在外面。"郑指挥

① 眉批：所谓与人方便，自己方便。

② 眉批：使当世皆兴儿，则黄金如粪土矣。

③ 眉批：不自居功，不忘人德，亦不易得。

道："正该如此，快请进来。"

张都管走出门外，叫了兴儿一同进去见郑指挥。兴儿是做小厮过的，见了官人，不免磕个头下去。郑指挥自家也跪将下去扶住了，说道："你是俺恩人，如何行此礼！"兴儿站将起来，郑指挥仔细看了一看道："此非下贱之相，况且器量宽洪，立心忠厚，他日必有好处。①"讨坐来与他坐了。兴儿那里肯坐？推逊了一回，只得依命坐了。

指挥问道："足下何姓？"兴儿道："小人姓郑。"指挥道："忝为同姓，一发妙了。老夫年已望六，尚无子嗣，今遇大恩，无可相报。不是老夫要讨便宜，情愿认义足下做个养子，恩礼相待，少报万一。不知足下心下如何？"兴儿道："小人是执鞭坠凳之人，怎敢当此？"郑指挥道："不如此说，足下高谊，实在古人之上。今欲酬以金帛，足下既轻财重义，岂有重资不取，反受薄物之理？若便恝然无关，视老夫为何等负义之徒？幸叨同姓，实是天缘，只恐有屈了足下，于心不安。足下何反见外如此？②"指挥执意既坚，张都管又在傍边一力撺掇，兴儿只得应承。当下拜了四拜，认义了。此后，内外人多叫他是郑大舍人，名字叫做郑兴邦，连张都管也让他做小家主了。

那舍人北边出身，从小晓得些弓马，今在指挥家，带了同往蓟州任所，广有了得的教师，日日教习，一发熟娴，指挥愈加喜欢。况且做人和气，又凡事老成谨慎，合家之人，无不相投。指挥已把他名字报去，做了个应袭舍人。那指挥在巡抚标下，甚得巡抚之心。年终累荐，调入京营，做了游击将军，连家眷进京。郑舍人也同往。到了京中，骑在高头骏马上，看见街道，想起旧日之事，不觉凄然泪下。有诗为证：

昔年在此拾遗金，蓝缕身躯乞丐心。

怒马鲜衣今日过，泪痕还似旧时深。

却说郑游击又与舍人用了些银子，得了应袭冠带，以指挥职衔听用。在京中往来拜客，好不气概。他自离京中，到这个地位，还不上三年。此时王部郎

---

① 眉批：变得快。

② 眉批：郑公胸襟如此，故堪为兴儿之父。

也还在京中，舍人想道："人不可忘本，我当时虽被王家赶了出来，却是主人原待得我好的。只因袁尚宝有妨碍主人之说，故此听信了他，原非本意。今我自到义父家中，何曾见妨了谁来？此乃尚宝之妄言，不关旧主之事。今得了这个地步，还该去见他一见，才是忠厚。只怕义父怪道翻出旧底本，人知不雅，未必相许。"即把此事，从头到尾，来与义父郑游击商量。游击称赞道："贵不忘贱，新不忘旧，都是人生实受用好处。有何妨碍？古来多少王公大人、天子宰相，在尘埃中屠沽下贱起的，大丈夫正不可以此芥蒂。①"

舍人得了养父之言，即便去穿了素衣服，腰系金镶角带，竟到王部郎寓所来。手本上写着"门下走卒应袭听用指挥郑兴邦叩见"。王部郎接了手本，想了一回道："此是何人，却来见我？又且写'门下走卒'，是必曾在那里相会过来。"心下疑惑。元来京里部官清淡，见是武官来见，想是有些油水的，不到得作难，就叫"请进"。

郑舍人一见了王部郎，连忙磕头下去。王部郎虽是旧主人，今见如此冠带换扮了，一时那里遂认得，慌忙扶住道："非是统属，如何行此礼？"舍人道："主人岂不记那年的兴儿么？"部郎仔细一看，骨格虽然不同，体态还认得出，吃了一惊道："足下何自能致身如此？"舍人把认了义父，讨得应袭指挥，今义父见在京营做游击的话，说了一遍，道："因不忘昔日看待之恩，敢来叩见。"王部郎见说罢，只得看坐。舍人再三不肯道："分该侍立。"部郎道："今足下已是朝廷之官，如何拘得旧事？"舍人不得已，傍坐了。部郎道："足下有如此后步，自非家下所能留。只可惜袁尚宝妄言误我，致得罪于足下，以此无颜。"舍人道："凡事有数，若当时只在主人处，也不能得认义父，以有今日。"部郎道："事虽如此，只是袁尚宝相术可笑，可见向来浪得虚名耳。②"

正要摆饭款待，只见门上递一帖进来道："尚宝袁爷要来面拜。"部郎抚掌大笑道："这个相不着的又来了。正好取笑他一回。"便对舍人道："足下且到里面去，只做旧时妆扮了，停一会待我与他坐了，竟出来照旧送茶，看他认得

① 旁批：达人之见。
② 眉批：冤哉！

出认不出？”舍人依言，进去卸了冠带，与旧日同伴取了一件青长衣披了。听得外边尚宝坐定讨茶，双手捧了一个茶盘，恭恭敬敬出来送茶。袁尚宝注目一看，忽地站了起来道：“此位何人？乃在此送茶！”部郎道：“此前日所逐出童子兴儿便是。今无所归，仍来家下服役耳。[①]”尚宝道：“何太欺我？此人不论后日，只据目下，乃是一金带武职官，岂宅上服役之人哉？”部郎大笑道：“老先生不记得前日相他妨碍主人，累家下人口不安的说话了？”尚宝方才省起向来之言，再把他端相了一回，笑道：“怪哉！怪哉！前日果有此言。却是前日之言也不差，今日之相也不差。”部郎道：“何解？”尚宝道：“此君满面阴德纹起，若非救人之命，必是还人之物，骨相已变。看来有德于人，人亦报之。今日之贵，实由于此。非学生之有误也。”舍人不觉失声道：“袁爷真神人也！”遂把厕中拾金还人，与挈到河间认义父亲，应袭冠带前后事，备细说了一遍，道：“今日念旧主人，所以到此。”部郎起初只晓得认义之事，不晓得还金之事，听得说罢，肃然起敬道：“郑君德行，袁公神术，俱足不朽！快教取郑爷冠带来。”穿着了，重新与尚宝施礼。部郎连尚宝多留了筵席，三人尽欢而散。

次日王部郎去拜了郑游击，就当答拜了舍人。遂认为通家，往来不绝。后日郑舍人也做到游击将军而终，子孙竟得世荫。只因一点善念，脱胎换骨，享此爵禄。所以奉劝世人，只宜行好事，天并不曾亏了人。有古风一首为证：

袁公相术真奇绝，唐举许负无差别。
片言甫出鬼神惊，双眸略展荣枯决。
儿童妨主运何乖？流落街衢实可哀。
还金一举堪夸羡，善念方萌已脱胎。
郑公生平原倜傥，百计思酬恩谊广。
螟蛉同姓是天缘，冠带加身报不爽。
京华重忆主人情，一见袁公便起惊。
阴功获福从来有，始信时名不浪称。

① 眉批：处他不到。

卷二十二 钱多处白丁横带 运退时刺史当稍

诗云：

荣枯本是无常数，何必当风使尽帆？

东海扬尘犹有日，白衣苍狗刹那间。

话说人生荣华富贵，眼前的多是空花，不可认为实相。如今人一有了时势，便自道是万年不拔之基，傍边看的人也是一样见识。岂知转眼之间，灰飞烟灭，泰山化作冰山，极是不难的事。俗语两句说得好：“宁可无了有，不可有了无。”专为贫贱之人，一朝变泰，得了富贵，苦尽甜来，滋味深长。若是富贵之人，一朝失势，落泊起来，这叫做“树倒猢狲散”，光景着实难堪了。却是富贵的人只据目前时势，横着胆，昧着心，任情做去，那里管后来有下稍没下稍！

曾有一个笑话，道是一个老翁，有三子，临死时分付道：“你们倘有所愿，实对我说。我死后求之上帝。”一子道：“我愿官高一品。”一子道：“我愿田连万顷。”未一子道：“我无所愿，愿换大眼睛一对。”老翁大骇道：“要此何干？”其子道：“等我撑开了大眼，看他们富的富，贵的贵。①”此虽是一个笑话，正合着古人云：

长将冷眼观螃蟹，看你横行得几时？

虽然如此，然那等熏天赫地富贵人，除非是遇了朝廷诛戮，或是生下子孙不肖，方是败落散场，再没有一个身子上，先前做了贵人，以后流为下贱，现世现报，做人的笑柄的。看官，而今且听小子先说一个好笑的，做个“入话”。

---

① 眉批：醒时之谈。

唐朝僖宗皇帝即位，改元乾符，是时阉官骄横，有个少马坊使内官田令孜，是上为晋王时有宠，及即帝位，使知枢密院，遂擢为中尉。上时年十四，专事游戏，政事一委令孜，呼为“阿父”，迁除官职，不复关白①。其时，京师有一流棍，叫名李光，专一阿谀逢迎，谄事令孜。令孜甚是喜欢信用，荐为左军使；忽一日，奏授朔方节度使。岂知其人命薄，没福消受，敕下之日，暴病卒死。遗有一子，名唤德权，年方二十余岁。令孜老大不忍，心里要抬举他，不论好歹，署了他一个剧职。

时黄巢破长安，中和元年，陈敬瑄在成都遣兵来迎僖皇。令孜遂劝僖皇幸蜀。令孜扈驾，就便叫了李德权同去。僖皇行在住于成都，令孜与敬瑄相与交结，盗专国柄，人皆畏威。德权在两人左右，远近仰奉，凡奸豪求名求利者，多贿赂德权，替他两处打关节。数年之间，聚贿千万，累官至金紫光禄大夫、检校右仆射②，一时熏灼无比。

后来僖皇薨逝，昭皇即位。天顺二年四月，西川节度使王建屡表请杀令孜、敬瑄。朝廷惧怕二人，不敢轻许。建使人告敬瑄作乱、令孜通凤翔书，不等朝廷旨意，竟执二人杀之③。草奏云：“开柙出虎，孔宣父不责他人；当路斩蛇，孙叔敖盖非利己。专杀不行于阃外，先机恐失于彀中。”于时追捕二人余党甚急。德权脱身遁于复州，平日枉有金银财货万万千千，一毫却带不得，只走得空身。盘缠了几日，衣服多当来吃了，单衫百结，乞食通途④。可怜昔日荣华，一旦付之春梦。

却说天无绝人之路，复州有个后槽健儿，叫做李安。当日李光未际时，与他相熟。偶在道上行走，忽见一人褴褛丐食。仔细一看，认得是李光之子德权。心里恻然，邀他到家里，问他道：“我闻得你父子在长安富贵，后来破败，今日何得在此？”德权将官司追捕田、陈余党，脱身亡命，到此困穷的话，说了一

① 眉批：阿父自然不必关白儿子。

② 眉批：不小。

③ 眉批：虽专权，却快人。

④ 眉批：平日之贪何益。

遍。李安道："我与汝父有交，你便权在舍下住几时，怕有人认得，你可改个名，只认做我的侄儿，便可无事。"德权依言，改名彦思，就认他这看马的做叔叔，不出街上乞化了。

未及半年，李安得病将死，彦思见后槽有官给的工食①，遂叫李安投状，道："身已病废，乞将侄彦思继充后槽。"不数日，李安果死，彦思遂得补充健儿，为牧守圉人，不须忧愁衣食，自道是十分侥幸。岂知渐渐有人晓得他曾做仆射过的，此时朝政紊乱，法纪废弛，也无人追究他的踪迹。但只是起他个混名，叫他做"看马李仆射"。走将出来时，众人便指手点脚，当一场笑话。

看官，你道"仆射"是何等样大官？"后槽"是何等样贱役？如今一人身上先做了仆射，收场结果做得个看马的，岂不可笑？却又一件，那些人依附内相，原是冰山，一朝失势，破败死亡，此是常理。留得残生看马，还是便宜的事②，不足为怪。如今再说当日同时有一个官员，虽是得官不正，侥幸来的，却是自己所挣。谁知天不帮衬，有官无禄？并不曾犯着一个对头，并不曾做着一件事体，都是命里所招，下稍头弄得没出豁，比此更为可笑。诗曰：

富贵荣华何足论？从来世事等浮云。

登场傀儡休相吓，请看当稍郭使君。

这本话文，就是唐僖宗朝江陵有一个人，叫做郭七郎。父亲在日，做江湘大商，七郎长随着舡上去走的。父亲死过，是他当家了，真个是家资巨万，产业广延，有鸦飞不过的田宅，贼扛不动的金银山，乃楚城富民之首。江、淮、河朔的贾客，多是领他重本，贸易往来。却是这些富人唯有一项，不平心是他本等。大等秤进，小等秤出。自家的，歹争做好；别人的，好争做歹③。这些领他本钱的贾客，没有一个不受尽他累的。各各吞声忍气，只得受他。你道为何？只为本钱是他的，那江湖上走的人，拚得陪些辛苦在里头，随你尽着欺心算帐，还只是仗他资本营运，毕竟有些便宜处。若一下冲撞了他，收拾了本钱

① 眉批：再世为人。

② 眉批：败者多矣，无肯惩，何也？

③ 眉批：凡富者皆然。

去，就没蛇得弄了。故此随你克剥，只是行得去的。本钱越弄越大，所以富的人只管富了。

那时有一个极大商客，先前领了他几万银子，到京都做生意，去了几年，久无音信。直到乾符初年，郭七郎在家想着这主本钱没着落，他是大商，料无失所。可惜没个人往京去一讨。又想一想道："闻得京都繁华去处，花柳之乡，不若借此事由，往彼一游。一来可以索债，二来买笑追欢，三来觑个方便，觅个前程，也是终身受用。[①]"算计已定。七郎有一个老母、一弟一妹在家，奴婢下人无数。只是未曾娶得妻子，当时分付弟妹承奉母亲，着一个都管看家，余人各守职业做生理。自己却带几个惯走长路会事的家人在身边，一面到京都来。

七郎从小在江湖边生长，贾客船上往来，自己也会撑得篙，摇得橹，手脚快便[②]，把些饥餐渴饮之路，不在心上，不则一日到了。元来那个大商姓张名全，混名张多宝，在京都开几处解典库，又有几所缣缎铺，专一放官吏债，打大头脑的。至于居间说事，买官鬻爵，只要他一口担当，事无不成，也有叫他做"张多保"的。只为凡事多是他保得过，所以如此称呼。满京人无不认得他的。郭七郎到京，一问便着。他见七郎到了，是个江湘债主，起初进京时节，多亏他的几万本钱做桩，才做得开，成得这个大气概。一见了欢然相接，叙了寒温，便摆起酒来。把轿去教坊里，请了几个有名的衏衏前来陪侍，宾主尽欢。酒散后，就留一个绝顶的妓者，叫做王赛儿，相伴了七郎，在一个书房里宿了。富人待富人，那房舍精致，帷帐华侈，自不必说。

次日起来，张多保不待七郎开口，把从前连本连利一算，约该有十来万了，就如数搬将出来，一手交兑。口里道："只因京都多事，脱身不得，亦且挈了重资，江湖上难走；又不可轻易托人，所以迟了几年。今得七郎自身到此，交明了此一宗，实为两便。"七郎见他如此爽利，心下喜欢，便道："在下初入京师，未有下处。虽承还清本利，却未有安顿之所，有烦兄长替在下寻个寓舍何

---

① 眉批：既富矣，又何加焉？曰"贵之"。

② 眉批：倒是真本事。

如?”张多保道:“舍下空房尽多，闲时还要招客，何况兄长通家，怎到别处作寓？只须在舍下安歇。待要启行时，在下周置动身，管取安心无虑。”七郎大喜，就在张家间壁一所大客房住了。

当日取出十两银子送与王赛儿，做昨日缠头之费。夜间七郎摆还席，就央他陪酒。张多保不肯要他破钞，自己也取十两银子来送，叫还了七郎银子。七郎那里肯，推来推去，大家多不肯收进去，只便宜了这王赛儿，落得两家都收了，两人方才快活。是夜宾主两个，与同王赛儿行令作乐饮酒，愈加熟分有趣，吃得酩酊而散。

王赛儿本是个有名的上厅行首，又见七郎有的是银子，放出十分擒拿的手段来。七郎一连两宵，已此着了迷魂汤，自此同行同坐，时刻不离左右，径不放赛儿到家里去了。赛儿又时常接了家里的姊妹，轮递来陪酒插趣。七郎赏赐无算。那鸨儿又有做生日、打差买物事、替还债许多科分出来，七郎挥金如土，并无吝惜。才是行径如此，便有帮闲钻懒一班儿人，出来诱他去跳槽。大凡富家浪子，心性最是不常，搭着便生根的，见了一处，就热一处。王赛儿之外，又有陈娇、黎玉、张小小、郑翩翩，几处往来，都一般的撒漫使钱。那伙闲汉，又领了好些王孙贵戚好赌博的，牵来局赌。做圈做套，赢少输多，不知骗去了多少银子。

七郎虽是风流快活，终久是当家立计好利的人，起初见还的利钱多在里头，所以放松了些手。过了三数年，觉道用得多了，捉捉后手看，已用过了一半有多了。心里猛然想着家里头，要回家①，来与张多保商量。张多保道:“此时正是濮人王仙芝作乱，黥掠郡县，道路梗塞。你带了偌多银两，待往那里去？恐到不得家里。不如且在此盘桓几时，等路上平静好走，再去未迟。”七郎只得又住了几日。

偶然一个闲汉叫做包走空包大，说起朝廷用兵紧急，缺少钱粮，纳了些银子，就有官做；官职大小，只看银子多少。说得郭七郎动了火，问道:“假如纳

① 眉批：也算回头得快，岂知天窘之乎？早知日后所遭，此时落得快活。

他数百万钱，可得何官？”包大道：“如今朝廷昏浊，正正经经纳钱，就是得官，也只有数，不能勾十分大的。若把这数百万钱拿去，私下买嘱了主爵的官人，好歹也有个刺史做。[①]”七郎吃一惊道：“刺史也是钱买得的？”包大道：“而今的世界，有甚么正经？有了钱，百事可做，岂不闻崔烈五百万买了个司徒么？而今空名大将军告身，只换得一醉；刺史也不难的。只要通得关节，我包你做得来便是。”

正说时，恰好张多保走出来，七郎一团高兴告诉了适才的说话。张多保道：“事体是做得来的，在下手中也弄过几个了。只是这件事，在下不撺掇得兄长做。[②]”七郎道：“为何？”多保道：“而今的官有好些难做。他们做得兴头的，都是有根基，有脚力，亲戚满朝，党与四布，方能勾根深蒂固，有得钱赚，越做越高。随你去剥削小民，贪污无耻，只要有使用，有人情，便是万年无事的[③]。兄长不过是白身人，便弄上一个显官，须无四壁倚仗，到彼地方，未必行得去。就是行得去时，朝里如今专一讨人便宜，晓得你是钱换来的，略略等你到任一两个月，有了些光景，便道勾你了，一下子就涂抹着，岂不枉费了这些钱？若是官好做时，在下也做多时了。[④]”七郎道：“不是这等说，小弟家里有的是钱，没的是官。况且身边现有钱财，总是不便带得到家，何不于此处用了些？博得个腰金衣紫，也是人生一世，草生一秋。就是不赚得钱时，小弟家里原不希罕这钱的；就是不做得兴时，也只是做过了一番官了。登时住了手，那荣耀是落得的[⑤]。小弟见识已定，兄长不要扫兴。”多保道：“既然长兄主意要如此，在下当得效力。”当时就与包大两个商议去打关节。

那个包大走跳路数极熟，张多保又是个有身家、干大事惯的人，有什么弄不来的事？元来唐时使用的是钱，千钱为“缗”，就用银子准时，也只是以钱

---

① 眉批：唐时已如此矣。
② 眉批：若有先见。
③ 眉批：得毋伤时。
④ 眉批：老成之见。
⑤ 眉批：若家中如故，此举亦不为差。

算帐。当时一缗钱，就是今日的一两银子，宋时却叫做一贯了。张多保同包大将了五千缗，悄悄送到主爵的官人家里。那个主爵的官人，是内官田令孜的收纳户，百灵百验。又道是“无巧不成话”，其时有个粤西横州刺史郭翰，方得除授，患病身故，告身还在铨曹。主爵的受了郭七郎五千缗，就把籍贯改注，即将郭翰告身转付与了郭七郎①。从此改名，做了郭翰。

张多保与包大接得横州刺史告身，千欢万喜，来见七郎称贺。七郎此时头轻脚重，连身子都麻木起来。包大又去唤了一部梨园子弟。张多保置酒张筵，是日就换了冠带。那一班闲汉，晓得七郎得了个刺史，没一个不来贺喜撮空。大吹大擂，吃了一日的酒。又道是：“苍蝇集秽，蝼蚁集膻，鹁鸽子旺边飞。”七郎在京都，一向撒漫有名，一旦得了刺史之职，就有许多人来投靠他做使令的。少不得官不威，牙爪威。做都管，做大叔，走头站，打驿吏，欺估客，诈乡民，总是这一干人了。

郭七郎身子如在云雾里一般，急思衣锦荣归，择日起身，张多保又设酒饯行。起初这些往来的闲汉、姊妹，都来送行。七郎此时眼孔已大，各各赍发些赏赐，气色骄傲，傍若无人。那些人让他是个见任刺史，胁肩谄笑，随他怠慢。只消略略眼梢带去，口角惹着，就算是十分殷勤好意了②。如此撺哄了几日，行装打迭已备，齐齐整整起行，好不风骚。一路上想道：“我家里资产既饶，又在大郡做了刺史，这个富贵，不知到那里才住？”心下喜欢，不觉日逐卖弄出来③。那些原跟去京都家人，又在新投的家人面前夸说着家里许多富厚之处，那新投的一发喜欢，道是投得着好主了，前路去耀武扬威，自不必说。

无船上马，有路登舟，看看到得江陵境上来。七郎看时吃了一惊。但见：

人烟稀少，闾井荒凉。满前败宇颓垣，一望断桥枯树。乌焦木柱，无非放火烧残；赭白粉墙，尽是杀人染就。尸骸没主，乌鸦与蝼蚁相争；鸡犬无依，鹰隼与豺狼共饱。任是石人须下泪，总教铁汉也伤心。

---

① 眉批：好个主爵。

② 眉批：世情如此。

③ 眉批：小人得意之态。

元来江陵渚宫一带地方，多被王仙芝作寇残灭，里间人物，百无一存。若不是水道明白，险些认不出路径来。七郎看见了这个光景，心头已自劈劈地跳个不住。到了自家岸边，抬头一看，只叫得苦。原来都弄做了瓦砾之场，偌大的房屋，一间也不见了。母亲、弟妹、家人等，俱不知一个去向。慌慌张张，走头无路，着人四处找寻。

找寻了三四日，撞着旧时邻人，问了详细，方知地方被盗兵炒乱，弟被盗杀，妹被抢去，不知存亡。止剩得老母与一两个丫头，寄居在古庙傍边两间茅屋之内，家人俱各逃窜，囊橐尽已荡空。老母无以为生，与两个丫头替人缝针补线，得钱度日。七郎闻言，不胜痛伤，急急领了从人，奔至老母处来。母子一见，抱头大哭。老母道："岂知你去后，家里遭此大难！弟妹俱亡，生计都无了！"七郎哭罢，拭泪道："而今事已到此，痛伤无益。亏得儿子已得了官，还有富贵荣华日子在后面[①]，母亲且请宽心。"母亲道："儿得了何官？"七郎道："官也不小，是横州刺史。"母亲道："如何能勾得此显爵？"七郎道："当今内相当权，广有私路，可以得官。儿子向张客取债，他本利俱还，钱财尽多在身边，所以将钱数百万，勾干得此官。而今衣锦荣归，省看家里，随即星夜到任去。"

七郎叫从人取冠带过来，穿着了，请母亲坐好，拜了四拜[②]。又叫身边随从旧人及京中新投的人，俱各磕头，称"太夫人"。母亲见此光景，虽然有些喜欢，却叹口气道："你在外边荣华，怎知家丁尽散，分文也无了！若不营勾这官，多带些钱归来用度也好。[③]"七郎道："母亲诚然女人家识见，做了官，怕少钱财？而今那个做官的家里不是千万百万，连地皮多卷了归家的？今家业既无，只索撇下此间，前往赴任，做得一年两年，重撑门户，改换规模，有何难处？儿子行囊中还剩有二三千缗，尽勾使用，母亲不必忧虑。"母亲方才转忧为喜，笑逐颜开道："亏得儿子峥嵘有日，奋发有时，真是谢天谢地！若不是你归

① 眉批：不稳。
② 眉批：此时可谓燥脾极矣。
③ 眉批：其母不脱穷相，所以无福。

来，我性命只在目下了。而今何时可以动身？”七郎道：“儿子原想此一归来，娶个好媳妇，同享荣华。而今看这个光景，等不得做这事了。且待上了任再做商量。今日先请母亲上船安息。此处既无根绊，明日换个大船，就做好日开了罢。早到得任一日，也是好的。”

当夜，请母亲先搬在来船中了，茅舍中破锅破灶破碗破罐，尽多撇下。又分付当直的雇了一只往西粤长行的官船，次日搬过了行李，下了舱口停当。烧了利市神福，吹打开船。此时老母与七郎俱各精神荣畅，志气轩昂。七郎不曾受苦，是一路兴头过来的，虽是对着母亲，觉得满盈得意，还不十分怪异；那老母是历过苦难的，真是地下超升在天上，不知身子几都大了。

一路行去，过了长沙，入湘江，次永州。州北江漂有个佛寺，名唤兜率禅院。舟人打点泊船在此过夜，看见岸边有大槠树一株，围合数抱，遂将船缆结在树上，结得牢牢的，又钉好了桩橛。七郎同老母进寺随喜，从人撑起伞盖跟后。寺僧见是官员，出来迎接送茶，私问来历，从人答道：“是见任西粤横州刺史。”寺僧见说是见任官，愈加恭敬，陪侍指引，各处游玩。那老母但看见佛菩萨像，只是磕头礼拜，谢他覆庇①。天色晚了，俱各回船安息。

黄昏左侧，只听得树稍呼呼的风响。须臾之间，天昏地黑，风雨大作。但见：

> 封姨逞势，巽二施威。空中如万马奔腾，树杪似千军拥沓。浪涛澎湃，分明战鼓齐鸣；圩岸倾颓，恍惚轰雷骤震。山中搋虎啸，水底老龙惊。尽知巨树可维舟，谁道大风能拔木！

众人听见风势甚大，心下惊惶。那稍公心里道是江风虽猛，亏得船系在极大的树上，生根得牢，万无一失。睡梦之中，忽听得天崩地裂价一声响亮，元来那株槠树年深月久，根行之处，把这些帮岸都拱得松了。又且长江巨浪，日夜淘洗，岸如何得牢？那树又大了，本等招风，怎当这一只狼犺的船，尽做力生根在这树上？风打得船猛，船牵得树重，树趁着风威，底下根在浮石中绊不

① 眉批：要知佞佛无益。

住了，豁刺一声，竟倒在船上来，把只船打得粉碎。船轻树重，怎载得起？只见水乱滚进来，船已沉了。舱中碎板，片片而浮，睡的婢仆，尽没于水。说时迟，那时快，稍公慌了手脚，喊将起来。郭七郎梦中惊醒，他从小原晓得些船上的事①，与同稍公竭力死拖住船缆，才把个船头凑在岸上，搁得住，急在舱中水里，扶得个母亲，搀到得岸上来，逃了性命。其后稍人等，舱中什物行李，被几个大浪泼来，船底俱散，尽漂没了。其时，深夜昏黑，山门紧闭，没处叫唤，只得披着湿衣，三人捶胸跌脚价叫苦。

守到天明，山门开了，急急走进寺中，问着昨日的主僧。主僧出来，看见他慌张之势，问道："莫非遇了盗么？"七郎把树倒舟沉之话说了一遍。寺僧忙走出看，只见岸边一只破船，沉在水里，岸上大樠树倒来压在其上了，吃了一惊，急叫寺中火工道者人等，一同稍公，到破板舱中，遍寻东西，俱被大浪打去，没讨一些处，连那张刺史的告身都没有了。寺僧权请进一间静室，安住老母，商量到零陵州州牧处陈告情由，等所在官司替他动了江中遭风失水的文书，还可赴任。计议已定，有烦寺僧一往。寺僧与州里人情厮熟，果然叫人去报了。谁知：

浓霜偏打无根草，祸来只奔福轻人。

那老母原是兵戈扰攘中，看见杀儿掠女，惊坏了再苏的，怎当夜来这一惊可又不小，亦且婢仆俱亡，生资都尽，心中转转苦楚，面如蜡查，饮食不进，只是哀哀啼哭，卧倒在床，起身不得了。七郎愈加慌张，只得劝母亲道："留得青山在，不怕没柴烧。虽是遭此大祸，儿子官职还在，只要到得任所便好了。"老母带着哭道："儿，你娘心胆俱碎，眼见得无那活的人了，还说这太平的话则甚？就是你做得官，娘看不着了！"七郎一点痴心，还指望等娘好起来，就地方起个文书前往横州到任，有个好日子在后头。谁想老母受惊太深，一病不起。过不多两日，呜呼哀哉，伏维尚飨。七郎痛哭一场，无计可施。又与僧家商量，

① 眉批：可见浮财不如是本事。

只得自往零陵州哀告州牧。州牧几日前曾见这张失事的报单过，晓得是真情[1]。毕竟官官相护，道他是隔省上司，不好推得干净身子。一面差人替他殡葬了母亲，又重重赍助他盘缠，以礼送了他出门。七郎亏得州牧周全，幸喜葬事已毕，却是丁了母优，去到任不得了。

寺僧看见他无了根蒂，渐渐怠慢，不肯相留[2]。要回故乡，已此无家可归。没奈何就寄住在永州一个船埠经纪人的家里，原是他父亲在时走客认得的。却是囊橐俱无，止有州牧所助的盘缠，日吃日减，用不得几时，看看没有了。那些做经纪的人，有甚情谊？日逐有些怨咨起来，未免茶迟饭晏，箸长碗短[3]。七郎觉得了，发话道："我也是一郡之主，当是一路诸侯。今虽丁忧，后来还有日子，如何恁般轻薄？"店主人道："说不得一郡两郡，皇帝失了势，也要忍些饥饿，吃些粗粝，何况于你是未任的官？就是官了，我每又不是什么横州百姓，怎么该供养你？我们的人家不做不活，须是吃自在食不起的。"七郎被他说了几句，无言可答，眼泪汪汪，只得含着羞耐了。

再过两日，店主人寻事炒闹，一发看不得了。七郎道："主人家，我这里须是异乡，并无一人亲识可归。一向叨扰府上，情知不当，却也是没奈何了。你有甚么觅衣食的道路，指引我一个儿？"店主人道："你这样人，种火又长，拄门又短，郎不郎秀不秀的，若要觅衣食，须把个'官'字儿阁起，照着常人佣工做活，方可度日。你却如何去得？"七郎见说到佣工做活，气忿忿地道："我也是方面官员，怎便到此地位？"思想："零陵州州牧前日相待甚厚，不免再将此苦情告诉他一番，定然有个处法。难道白白饿死一个刺史在他地方了不成？"写了个帖，又无一个人跟随，自家袖了，葳葳蕤蕤，走到州里衙门上来递。

那衙门中人见他如此行径，必然是打抽丰没廉耻的[4]，连帖也不肯收他

---

① 眉批：州牧亦是厚道之人。

② 眉批：僧家本色。

③ 眉批：经纪本色。

④ 眉批：也说得着。

的[1]。直到再三央及，把上项事一一分诉，又说到替他殡葬厚礼赆行之事，这却衙门中都有晓得的，方才肯接了进去，呈与州牧。州牧看了，便有好些不快活起来道："这人这样不达时务的[2]！前日吾见他在本州失事，又看上司体面，极意周全他去了，他如何又在此缠扰？或者连前日之事，未必是真，多是神棍假装出来骗钱的未可知。纵使是真，必是个无耻的人，还有许多无厌足处。吾本等好意，却叫得'引鬼上门'，我而今不便追究，只不理他罢了。"分付门上不受他帖，只说概不见客，把原帖还了。

七郎受了这一场冷淡，却又想回下处不得。住在衙门上，守他出来时，当街叫喊。州牧坐在轿上问道："是何人叫喊？"七郎口里高声答道："是横州刺史郭翰。"州牧道："有何凭据？"七郎道："原有告身，被大风飘舟，失在江里了。"州牧道："既无凭据，知你是真是假？就是真的，赍发已过，如何只管在此缠扰？必是光棍，姑饶打，快走！"左右虞候看见本官发怒，乱棒打来。只得闪了身子开来，一句话也不说得，有气无力的，仍旧走回下处闷坐。

店主人早已打听他在州里的光景，故意问道："适才见州里相公，相待如何？"七郎羞惭满面，只叹口气，不敢则声。店主人道："我教你把'官'字儿阁起，你却不听我，直要受人怠慢。而今时势，就是个空名宰相，也当不出钱来了。除是靠着自家气力，方挣得饭吃[3]。你不要痴！"七郎道："你叫我做甚勾当好？"店主人道："你自想，身上有甚本事？"七郎道："我别无本事，止是少小随着父亲，涉历江湖，那些船上风水，当稍拿舵之事，尽晓得些。"店主人喜道："这个却好了，我这里埠头上来往船只多，尽有缺少执稍的。我荐你去几时，好歹觅几贯钱来，饿你不死了。"七郎没奈何，只得依从。从此只在往来船只上，替他执稍度日。去了几时，也就觅了几贯工钱回到店家来。永州市上人认得了他，晓得他前项事的，就传他一个名，叫他做"当稍郭使君"。但是要

---

① 眉批：衙门人本色。
② 眉批：官待过人本色。
③ 眉批：气力挣饭方稳，空名不可救饥，果是实语。

寻他当稍的船，便指名来问郭使君[1]。永州市上编成他一只歌儿道：

问使君，你缘何不到横州郡？元来是天作对，不许你假斯文，把家缘结果在风一阵。舵牙当执板，绳缆是拖绅。这是荣耀的下稍头也！还是把着舵儿稳。

——词名《挂枝儿》

在船上混了两年，虽然挨得服满，身边无了告身，去补不得官。若要京里再打关节时，还须照前得这几千缗使用，却从何处讨？眼见得这话休题了，只得安心塌地，靠着船上营生。又道是“居移气，养移体”，当初做刺史，便象个官员；而今在船上多年，状貌气质，也就是些篙工水手之类，一般无二。可笑个一郡刺史，如此收场。

可见人生荣华富贵，眼前算不得帐的。上复世间人，不要十分势利。听我四句口号：

富不必骄，贫不必怨。

要看到头，眼前不算。

① 眉批：好写个招牌。

卷二十三　大姊魂游完宿愿 小姨病起续前缘

诗曰：

生死由来一样情，豆萁燃豆并根生。

存亡姊妹能相念，可笑阋墙亲弟兄。

话说唐宪宗元和年间，有个侍御李十一郎，名行修。妻王氏夫人，乃是江西廉使王仲舒女，贞懿贤淑，行修敬之如宾。王夫人有个幼妹，端妍聪慧，夫人极爱他，常领他在身边鞠养。连行修也十分爱他，如自家养的一般。

一日，行修在族人处赴婚礼喜筵，就在这家歇宿。晚间忽做一梦，梦见自身再娶夫人。灯下把新人认看，不是别人，正是王夫人的幼妹。猛然惊觉，心里甚是不快活。巴到天明，连忙归家。进得门来，只见王夫人清早已起身了，闷坐着，将手频频拭泪，行修问着不答。行修便问家人道："夫人为何如此?"家人辈齐道："今早当厨老奴在厨下自说：'五更头做一梦，梦见相公再娶王家小娘子。'夫人知道了，恐怕自身有甚山高水低，所以悲哭了一早起了。"行修听罢，毛骨耸然，惊出一身冷汗，想道："如何与我所梦正合?"他两个是恩爱夫妻，心下十分不乐，只得勉强劝谕夫人道："此老奴颠颠倒倒，是个愚懵之人，其梦何足凭准!"口里虽如此说，心下因是两梦不约而同，终久有些疑惑。

只见隔不多几日，夫人生出病来，累医不效，两月而亡。行修哭得死而复苏，书报岳父王公。王公举家悲恸，因不忍断了行修亲谊，回书还答，便有把幼女续婚之意。行修伤悼正极，不忍说起这事，坚意回绝了岳父。

于时有个卫秘书卫随，最能广识天下奇人，见李行修如此思念夫人，突然对他说道："侍御怀想亡夫人如此深重，莫不要见他么?"行修道："一死永别，如何能勾再见?”秘书道：“侍御若要见亡夫人，何不去问‘稠桑王老’?”行修道：“王老是何人?”秘书道：“不必说破，侍御只牢牢记着‘稠桑王老’四字①，少不得有相会之处。”行修见说得作怪，切切记之于心。

过了两三年，王公幼女越长成了，王公思念亡女，要与行修续亲，屡次着人来说。行修不忍背了亡夫人，只是不从。

此后，除授东台御史，奉诏出关，行次稠桑驿。驿馆中先有敕使住下了，只得讨个官房歇宿。那店名就叫做稠桑店。行修听得“稠桑”二字，触着便自上心，想道：“莫不甚么王老正在此处?”正要跟寻间，只听得街上人乱嚷。行修走到店门边一看，只见一伙人团团围住一个老者，你扯我扯，你问我问，缠得一个头昏眼暗。行修问店主人道：“这些人何故如此?”主人道：“这个老儿姓王，是个希奇的人，善谈禄命。乡里人敬他如神，故此见他走过，就缠住他问祸福。”行修想着卫秘书之言，道：“元来果有此人。”便叫店主人：“快请他到店相见。”店主人见行修是个出差御史，不敢稽延，拨开人丛，走进去扯住他道：“店中有个李御史李十一郎奉请。”众人见说是官府请，放开围，让他出来，一哄多散了。

到店相见。行修见是个老人，不要他行礼，就把想念亡妻，有卫秘书指引来求他的话说了一遍，便道：“不知老翁果有奇术，能使亡魂相见否?”老人道：“十一郎要见亡夫人，就是今夜罢了。②”

老人前走，叫行修打发开了左右，引了他一路走入一个土山中。又升一个数丈的高坡，坡侧隐隐见有个丛林。老人便住在路傍，对行修道：“十一郎可走去林下，高声呼‘妙子’③，必有人应。应了，便说道：‘传语九娘子，今夜暂借妙子同看亡妻。’”行修依言，走去林间呼着，果有人应。又依着前言说了。少顷，一个十五六岁的女子走出来道：“九娘子差我随十一郎去。”说罢，便折竹二枝，自跨了一枝，一枝与行修跨，跨上便同马一般快。

---

① 眉批：诚则必灵。
② 眉批：忒容易。
③ 眉批：名奇。

行勾三四十里，忽到一处，城阙壮丽。前经一大宫，宫前有门。女子道："但循西廊直北，从南第二宫，乃是贤夫人所居。"行修依言，趋至其处，果见十数年前一个死过的丫头出来拜迎，请行修坐下。夫人就走出来，涕泣相见。行修伸诉离恨，一把抱住不放。却待要再讲欢会，王夫人不肯道："今日与君幽显异途，深不愿如此，贻妾之患。若是不忘平日之好，但得纳小妹为婚，续此姻亲，妾心愿毕矣。所要相见，只此奉托。"言罢，女子已在门外厉声催叫道："李十一郎速出。"行修不敢停留，含泪而出。女子依前与他跨了竹枝同行。

到了旧处，只见老人头枕一块石头，眠着正睡。听得脚步响，晓得是行修到了，走起来问道："可如意么?"行修道："幸已相会。"老人道："须谢九娘子遣人相送。"行修依言，送妙子到林间，高声称谢。回来问老人道："此是何等人?"老人道："此原上有灵应九子母祠耳。"老人复引行修到了店中，只见壁上灯盏荧荧，槽中马啖刍如故，仆夫等个个熟睡。行修疑道做梦，却有老人尚在可证。老人当即辞行修而去，行修叹异了一番。因念妻言谆恳，才把这段事情备细写与岳丈王公。从此遂续王氏之婚，恰应前日之梦。正是：

旧女婿为新女婿，大姨夫做小姨夫。

古来只有娥皇、女英姊妹两个，一同嫁了舜帝。其他姊姊亡故，不忍断亲，续上小姨，乃是世间常事。从来没有个亡故的姊姊怀此心愿，在地下撮合完成好事的。今日小子先说此一段异事，见得人生只有这个"情"字至死不泯的。只为这王夫人身子虽死，心中还念着亲夫恩爱，又且妹子是他心上喜欢的，一点情不能忘，所以阴中如此主张，了其心愿。这个还是做过夫妇多时的，如此有情，未足为怪。小子如今再说一个不曾做亲过的，只为不忘前盟，阴中完了自己姻缘，又替妹子联成婚事。怪怪奇奇，真真假假，说来好听。有诗为证：

还魂从古有，借体亦其常。

谁摄生人魄，先将宿愿偿。

这本话文，乃是元朝大德年间，扬州有个富人，姓吴，曾做防御使之职，人都叫他做吴防御，住居春风楼侧，生有二女，一个叫名兴娘，一个叫名庆娘，庆娘小兴娘两岁，多在襁褓之中。邻居有个崔使君，与防御往来甚厚。崔家有子，名曰兴哥，与兴娘同年所生，崔公即求聘兴娘为子妇，防御欣然相许，崔公以金凤钗一只为聘礼。定盟之后，崔公合家多到远方为官去了。一去一十五年，竟无消息回来。

此时兴娘已一十九岁，母亲见他年纪大了，对防御道："崔家兴哥一去十五年，不通音耗，今兴娘年已长成，岂可执守前说，错过他青春？"防御道："一言已定，千金不移。吾已许吾故人了，岂可因他无耗，便欲食言？"那母亲终究是妇人家识见，见女儿年长无婚，眼中看不过意，日日与防御絮聒，要另寻人家。

兴娘肚里，一心专盼崔生来到，再没有二三的意思。虽是亏得防御有正经，却看见母亲说起激聒，便暗地恨命自哭。又恐怕父亲被母亲缠不过，一时更变起来，心中长怀着忧虑，只愿崔家郎早来得一日也好。眼睛几望穿了，那里叫得崔家应？看看饭食减少，生出病来，沉眠枕席，半载而亡。父母与妹及合家人等，多哭得发昏章第十一。临入殓时，母亲手持崔家原聘这只金凤钗，抚尸哭道："此是你夫家之物，今你已死，我留之何益？见了徒增悲伤，与你戴了去罢！①"就替他插在髻上，盖了棺。三日之后，抬去殡在郊外了。家里设个灵座，朝夕哭奠。

殡过两个月，崔生忽然来到②。防御迎进问道："郎君一向何处？尊父母平安否？"崔生告诉道："家父做了宣德府理官，没于任所，家母亦先亡了数年。小婿在彼守丧，今已服除，完了殡葬之事。不远千里，特到府上来完前约。"防御听罢，不觉吊下泪来道："小女兴娘薄命，为思念郎君成病，于两月前饮恨而终，已殡在郊外了。郎君便早到得半年，或者还不到得死的地步。今日来时，却无及了。"说罢又哭。崔生虽是不曾认识兴娘，未免感伤起来。防御道："小女殡事虽行，灵位还在。郎君可到他席前看一番，也使他阴魂晓得你来了。"噙着眼泪，一手拽了崔生走进内房来。崔生抬头看时，但见：

① 眉批：可伤！

② 眉批：可恨事！

纸带飘摇，冥童绰约。飘摇纸带，尽写着梵字金言；绰约冥童，对捧着银盆绣帨。一缕炉烟常袅，双台灯火微荧。影神图，画个绝色的佳人；白木牌，写着新亡的长女。

崔生看见了灵座，拜将下去。防御拍着桌子大声道："兴娘吾儿，你的丈夫来了。你灵魂不远，知道也未?"说罢，放声大哭①。合家见防御说得伤心，一齐号哭起来，直哭得一佛出世，二佛生天，连崔生也不知陪下了多少眼泪。哭罢，焚了些楮钱，就引崔生在灵位前拜见了妈妈。妈妈兀自哽哽咽咽的，还了个半礼②。

防御同崔生出到堂前来，对他道："郎君父母既没，道途又远，今既来此，可便在吾家住宿。不要论到亲情，只是故人之子，既同吾子。勿以兴娘没故，自同外人。"即令人替崔生搬将行李来，收拾门侧一个小书房，与他住下了。朝夕看待，十分亲热。

将及半月，正值清明节届。防御念兴娘新亡，合家到他冢上挂钱祭扫。此时兴娘之妹庆娘已是十七岁，一同妈妈抬了轿，到姊姊坟上去了。只留崔生一个在家中看守。大凡好人家女眷，出外稀少，到得时节头边，看见春光明媚，巴不得寻个事由来外边散心耍子。今日虽是到兴娘新坟上，心中怀着凄惨的；却是荒郊野外，桃红柳绿，正是女眷们游耍去处。盘桓了一日，直到天色昏黑，方才到家。

崔生步出门外等候，望见女轿二乘来了，走在门左迎接。前轿先进，后轿至前。到生身边经过，只听得地下砖上，"铿"的一声，却是轿中掉一件物事出来。崔生待轿过了，急去拾起来看，乃是金凤钗一只。崔生知是闺中之物，急欲进去纳还，只见中门已闭。元来防御合家在坟上辛苦了一日，又各带了些酒意，进得门，便把来关了，收拾睡觉。崔生也晓得这个意思，不好去叫得门，且待明日未迟。

---

① 眉批：不由不哭。

② 眉批：可痛之景。

回到书房，把钗子放好在书箱中了。明烛独坐，思念婚事不成，只身孤苦，寄迹人门，虽然相待如子婿一般，终非久计，不知如何是个结果。闷上心来，叹了几声。上了床，正要就枕，忽听得有人扣门响。崔生问道："是那个？"不见回言。崔生道是错听了，方要睡下去，又听得敲的毕毕剥剥。崔生高声又问，又不见声响了。崔生心疑，坐在床沿，正要穿鞋到门边静听，只听得又敲响了，却只不见则声。崔生忍耐不住，立起身来，幸得残灯未熄，重添亮了，拿在手里，开出门来一看。灯却明亮，见得明白，乃是十七八岁一个美貌女子，立在门外。看见门开，即便褰起布帘走将进来。

崔生大惊，吓得倒退了两步。那女子笑容可掬，低声对生道："郎君不认得妾耶？妾即兴娘之妹庆娘也。适才进门时，坠钗轿下，故此乘夜来寻，郎君曾拾得否？"崔生见说是小姨，恭恭敬敬答应道："适才娘子乘轿在后，果然落钗在地。小生当时拾得，即欲尊还，见中门已闭，不敢惊动，留待明日。今娘子亲寻至此，即当持献。"就在书箱取出，放在桌上道："娘子请拿了去。"

女子出纤手来取钗，插在头上了，笑嘻嘻的对崔生道："早知是郎君拾得，妾亦不必乘夜来寻了。如今已是更阑时候，妾身出来了，不可复进。今夜当借郎君枕席①，侍寝一宵。"崔生大惊道："娘子说那里话！令尊令堂待小生如骨肉，小生怎敢胡行，有污娘子清德？娘子请回步，誓不敢从命的。"女子道："如今合家睡熟，并无一个人知道的。何不趁此良宵，完成好事？你我悄悄往来，亲上加亲，有何不可？"崔生道："欲人不知，莫若勿为。虽承娘子美情，万一后边有些风吹草动，被人发觉，不要说道无颜面见令尊，传将出去，小生如何做得人成？不是把一生行止多坏了？"女子道："如此良宵，又兼夜深，我既寂寥，你亦冷落。难得这个机会，同在一个房中，也是一生缘分。且顾眼前好事，管甚么发觉不发觉？况妾自能为郎君遮掩，不至败露，郎君休得疑虑，挫过了佳期。"

崔生见他言词娇媚，美艳非常，心里也禁不住动火，只是想着防御相待之

① 眉批：此岂可借耶？

厚，不敢造次，好象个小儿放纸炮，真个又爱又怕。却待依从，转了一念，又摇头道："做不得！做不得！"只得向女子哀求道："娘子，看令姊兴娘之面，保全小生行止罢[1]"女子见他再三不肯，自觉羞惭，忽然变了颜色，勃然大怒道："吾父以子侄之礼待你，留置书房，你乃敢于深夜诱我至此！将欲何为？我声张起来，去告诉了父亲，当官告你。看你如何折辨？不到得轻易饶你！"声色俱厉[2]。崔生见他反跌一着，放刁起来，心里好生惧怕。想道："果是老大的利害！如今既见在我房中了，清浊难分，万一声张，被他一口咬定，从何分剖？不若且依从了他，到还未见得即时败露[3]，慢慢图个目全之策罢了。"正是：

羝羊触藩，进退两难。

只得陪着笑对女子道："娘子休要声高。既承娘子美意，小生但凭娘子做主便了。"女子见他依从，回嗔作喜道："元来郎君恁地胆小的。"崔生闭上了门，两个解衣就寝。有《西江月》为证：

旋馆羁身孤客，深闺皓齿韶容。合欢裁就两情浓，好对娇鸾雏凤。

认道良缘辐辏，谁知哑谜包笼？新人魂梦雨云中，还是故人情重。

两人云雨已毕，真是千恩万爱，欢乐不可名况。将至天明，就起身来，辞了崔生，闪将进去。

崔生虽然得了些甜头，心中只是怀着个鬼胎，战兢兢的，只怕有人晓得。幸得女子来踪去迹甚是秘密，又且身子轻捷，朝隐而入，暮隐而出。只在门侧书房私自往来快乐，并无一个人知觉。

将及一月有余，忽然一晚对崔生道："妾处深闺，郎处外馆。今日之事，幸而无人知觉。诚恐好事多磨，佳期易阻。一旦声迹彰露，亲庭罪责，将妾拘系于内，郎赶逐于外，在妾便自甘心，却累了郎之清德，妾罪大矣。须与郎从长商议一个计策便好。"崔生道："前日所以不敢轻从娘子，专为此也。不然，人非草木，小生岂是无情之物？而今事已到此，还是怎的好？"女子道："依妾愚

---

① 眉批：谁知正是令姊要紧。

② 眉批：反跌法，最妙。

③ 眉批：且顾眼下。

见，莫若趁着人未及知觉，先自双双逃去，在他乡外县居住了，深自敛藏，方可优游偕老，不致分离。你心下如何？”崔生道：“此言固然有理，但我目下零丁孤苦，素少亲知，虽要逃亡，还是向那边去好？”想了又想，猛然省起来道：“曾记得父亲在日，常说有个旧仆金荣，乃是信义的人。见居镇江吕城，以耕种为业，家道从容。今我与你两个前去投他，他有旧主情分，必不拒我①。况且一条水路，直到他家，极是容易。”女子道：“既然如此，事不宜迟，今夜就走罢。”

商量已定，起个五更，收拾停当了。那个书房即在门侧，开了甚便，出了门，就是水口。崔生走到船帮里，叫了一只小划子船，到门首下了女子，随即开船，径到瓜洲。打发了船，又在瓜洲另讨了一个长路船，渡了江，进了润州，奔丹阳，又四十里，到了吕城。泊住了船，上岸访问一个村人道：“此间有个金荣否？”村人道：“金荣是此间保正，家道殷富，且是做人忠厚②，谁不认得！你问他则甚？”崔生道：“他与我有些亲，特来相访。有烦指引则个。”村人把手一指道：“你看那边有个大酒坊，间壁大门就是他家。”

崔生问着了，心下喜欢，到船中安慰了女子，先自走到这家门首，一直走进去。金保正听得人声，在里面踱将出来道：“是何人下顾？”崔生上前施礼。保正问道：“秀才官人何来？”崔生道：“小生是扬州府崔公之子。”保正见说了“扬州崔”三字，便吃了一惊道：“是何官位？”崔生道：“是宣德府理官，今已亡故了。”保正道：“是官人的何人？”崔生道：“正是我父亲。”保正道：“这等是衙内了。请问当时乳名可记得么？”崔生道：“乳名叫做兴哥。”保正道：“说起来，是我家小主人也。”推崔生坐了，纳头便拜。问道：“老主人几时归天的？”崔生道：“今已三年了。”保正就走去掇张椅桌，做个虚位，写一神主牌，放在桌上，磕头而哭③。哭罢，问道：“小主人今日何故至此？”崔生道：“我父亲在日，曾聘定吴防御家小娘子兴娘……”保正不等说完，就接口道：“正是。

---

① 眉批：倘拒，将如之何？非万全策也。

② 眉批：赖其忠厚，若止于殷富，不可仗也。

③ 眉批：难得。

这事老仆晓得的。而今想已完亲事了么？”崔生道：“不想吴家兴娘为盼望吾家音信不至，得了病症。我到得吴家，死已两月。吴防御不忘前盟，款留在家。喜得他家小姨庆娘，为亲情顾盼，私下成了夫妇。恐怕发觉，要个安身之所。我没处投奔，想着父亲在时，曾说你是忠义之人[1]，住在吕城，故此带了庆娘一同来此。你既不忘旧主，一力周全侧个。”金保正听说罢，道：“这个何难！老仆自当与小主人分忧。”便进去唤嬷嬷出来，拜见小主人。又叫他带了丫头，到船边接了小主人娘子起来。老夫妻两个，亲自洒扫正堂，铺叠床帐，一如待主翁之礼[2]。衣食之类，供给周备，两个安心住下。

将及一年，女子对崔生道：“我和你住在此处，虽然安稳，却是父母生身之恩，竟与他永绝了，毕竟不是个收场，心里也觉过不去。”崔生道：“事已如此，说不得了。难道还好去相见得？”女子道：“起初一时间做的事，万一败露，父母必然见责。你我离合，尚未可知。思量永久完聚，除了一逃，再无别着。今光阴似箭，已及一年。我想爱子之心，人皆有之。父母那时不见了我，必然舍不得的。今日若同你回去，父母重得相见，自觉喜欢，前事必不记恨。这也是料得出的。何不拚个老脸，双双去见他一面？有何妨碍？”崔生道：“丈夫以四方为事，只是这样潜藏在此，原非长算。今娘子主见如此，小生拚得受岳父些罪责，为了娘子，也是甘心的。既然做了一年夫妻，你家素有门望，料没有把你我重拆散了，再嫁别人之理。况有令姊旧盟未完，重续前好，正是应得。只须陪些小心往见，元自不妨。”

两人计议已定，就央金荣讨了一只船，作别了金荣，一路行去。渡了江，进瓜洲，前到扬州地方。看看将近防御家，女子对崔生道：“且把船歇在此处，未要竟到门口，我还有话和你计较。”崔生叫船家住好了船，问女子道：“还有甚么说话？”女子道：“你我逃窜一年，今日突然双双往见，幸得容恕，千好万好了。万一怒发，不好收场。不如你先去见见，看着喜怒，说个明白。大约没

---

① 眉批：忠厚之仆，倘以薄行加拒，又如之何？

② 眉批：难得。

有变卦了，然后等他来接我上去，岂不婉转些？我也觉得有颜采[①]。我只在此等你消息就是。”崔生道：“娘子见得不差。我先去见便了。”跳上了岸，正待举步。女子又把手招他转来道：“还有一说。女子随人私奔，原非美事。万一家中忌讳，故意不认帐起来的事也是有的，须要防他。”伸手去头上拔那只金凤钗下来[②]，与他带去道：“倘若言语支吾，将此钗与他们一看，便推故不得了。”崔生道：“娘子恁地精细！”接将钗来，袋在袖里了[③]，望着防御家里来。

到得堂中，传进去。防御听知崔生来了，大喜出见，不等崔生开口，一路说出来道：“向日看待不周，致郎君住不安稳，老夫有罪。幸看先君之面，勿责老夫。”崔生拜伏在地，不敢抑视，又不好直说，口里只称：“小婿罪该万死！”叩头不止，防御倒惊骇起来道：“郎君有何罪过？口出此言，快快说个明白，免老夫心里疑惑。”崔生道：“是必岳父高抬贵手，恕着小婿，小婿才敢出口。”防御说道：“有话但说，通家子侄，有何嫌疑？”崔生见他光景是喜欢的，方才说道：“小婿蒙令爱庆娘不弃，一时间结了私盟，房帷事密，儿女情多，负不义之名，犯私通之律。诚恐得罪非小，不得已夤夜奔逃，潜匿村墟。经今一载，音容久阻，书信难传。虽然夫妇情深，敢忘父母恩重？今日谨同令爱到此拜访，伏望察其深情，饶恕罪责，恩赐偕老之欢，永遂于飞之愿。岳父不失为溺爱，小婿得完美室家，实出万幸！只求岳父怜悯则个。”防御听罢大惊道：“郎君说的是甚么话？小女庆娘卧病在床，经今一载。茶饭不进，转动要人扶靠。从不下床一步，方才的话，在那里说起的？莫不见鬼了？[④]”崔生见他说话，心里暗道：“庆娘真是有见识！果然怕玷辱门户，只推说病在床上，遮掩着外人了。”便对防御道：“小婿岂敢说谎？目今庆娘见在船中，岳父叫个人去接了起来，便见明白。”防御只是冷笑不信，却对一个家僮说：“你可走到崔家郎船上去看看，与同来的是什么人，却认做我家庆娘子？岂有此理！”

---

① 眉批：何必如此婉转？

② 眉批：好关目。

③ 眉批：崔生可谓性命是从。

④ 旁批：差不多。

家僮走到船边，向船内一望，舱中悄然，不见一人。问着船家，船家正低着头，稍上吃饭。家僮道："你舱里的人，那里去了？"船家道："有个秀才官人，上岸去了，留个小娘子在舱中，适才看见也上去了。"家僮走来回复家主道："船中不见有甚么人，问船家说，有个小娘子，上了岸了，却是不见。"防御见无影响，不觉怒形于色道："郎君少年，当诚实些，何乃造此妖妄，诬玷人家闺女，是何道理？"崔生见他发出话来，也着了急，急忙袖中摸出这只金钗来，进上防御道："此即令爱庆娘之物，可以表信，岂是脱空说的？"防御接来看了，大惊道："此乃吾亡女兴娘殡殓时戴在头上的钗，已殉葬多时了，如何得在你手里？奇怪！奇怪！"崔生却把去年坟上女轿归来，轿下拾得此钗，后来庆娘因寻钗夜出，遂得成其夫妇。恐怕事败，同逃至旧仆金荣处，住了一年，方才又同来的说话，备细述了一遍。防御惊得呆了，道："庆娘见在房中床上卧病，郎君不信，可以去看得的。如何说得如此有枝有叶？又且这钗如何得出世？真是蹊跷的事。"执了崔生的手，要引他房中去看病人，证辨真假。

却说庆娘果然一向病在床上，下地不得。那日外厢正在疑惑之际，庆娘托地在床上走将起来，竟望堂前奔出。家人看见奇怪，同防御的嬷嬷一哄的都随了出来。嚷道："一向动不得的，如今忽地走将起来。"只见庆娘到得堂前，看见防御便拜。防御见是庆娘，一发吃惊道："你几时走起来的？"崔生心里还暗道："是船里走进去的。且听他说甚么？"只见庆娘道："儿乃兴娘也，早离父母，远殡荒郊。然与崔郎缘分未断，今日来此，别无他意。特为崔郎方便，要把爱妹庆娘续其婚姻。如肯从儿之言，妹子病体，当即痊愈。若有不肯，儿去，妹也死了。①"

合家听说，个个惊骇，看他身体面庞，是庆娘的；声音举止，却是兴娘。都晓得是亡魂归来附体说话了。防御正色责他道："你即已死了，如何又在人世，妄作胡为，乱惑生人？"庆娘又说着兴娘的话道："儿死去见了冥司，冥司道儿无罪，不行拘禁，得属后土夫人帐下，掌传笺奏。儿以世缘未尽，特向夫

---

① 眉批：有挟而求。

人给假一年，来与崔郎了此一段姻缘。妹子向来的病，也是儿假借他精魄，与崔郎相处来。今限满当去，岂可使崔郎自此孤单，与我家遂同路人[①]！所以特来拜求父母，是必把妹子许了他，续上前姻。儿在九泉之下，也放得心下了。”防御夫妻见他言词哀切，便许他道：“吾儿放心！只依着你主张，把庆娘嫁他便了。”兴娘见父母许出，便喜动颜色，拜谢防御道：“多感父母肯听儿言，儿安心去了。”走到崔生面前，执了崔生的手，哽哽咽咽哭起来道：“我与你恩爱一年，自此别了。庆娘亲事，父母已许我了，你好作娇客。与新人欢好时节，不要竟忘了我旧人！”言毕大哭。崔生见说了来踪去迹，方知一向与他同住的，乃是兴娘之魂。今日听罢叮咛之语，虽然悲切，明知是小姨身体，又在众人面前，不好十分亲近得[②]。只见兴娘的魂语分付已罢，大哭数声，庆娘身体蓦然倒地。众人惊惶，前来看时，口中已无气了。摸他心头，却温温的，急把生姜汤灌下，将有一个时辰，方醒转来。病体已好，行动如常。问他前事，一毫也不晓得。人丛之中，举眼一看，看见崔生站在里头，急急遮了脸，望中门奔了进去。崔生如梦初觉，惊疑了半日始定。

防御就拣个黄道吉日，将庆娘与崔生合了婚。花烛之夜，崔生见过庆娘惯的，且是熟分。庆娘却不十分认得崔生的，老大羞惭。真个是：

> 一个闺中弱质，与新郎未经半晌交谈；一个旅邸故人，共娇面曾做一年相识。一个只觉耳畔声音稍异，面目无差；一个但见眼前光景皆新，心胆尚怯。一个还认蝴蝶梦中寻故友，一个正在海棠枝上试新红。

却说崔生与庆娘定情之夕，只见庆娘含苞未破，元红尚在，仍是处子之身。崔生悄地问他道：“你令姊借你的身体，陪伴了我一年，如何你身子还是好好的？”庆娘怫然不悦道：“你自撞见了姊姊鬼魂做作出来的，干我甚事，说到我身上来。”崔生道：“若非令姊多情，今日如何能勾与你成亲？此恩不可忘了。”庆娘道：“这个也说得是，万一他不明不白，不来周全此事，借我的名头，出了

① 眉批：有情人。

② 眉批：新官对旧官，笑啼俱不敢。

我偌多时丑，我如何做得人成？只你心里到底认是我随你逃走了的，岂不羞死人！今幸得他有灵，完成你我的事，也是他十分情分了。”

次日，崔生感兴娘之情不已，思量荐度他。却是身边无物，只得就将金风钗到市上货卖①，卖得钞二十锭，尽买香烛楮锭，赍到琼花观中，命道士建醮三昼夜，以报恩德。

醮事已毕，崔生梦中见一个女子来到，崔生却不认得。女子道：“妾乃兴娘也，前日是假妹子之形，故郎君不曾相识。却是妾一点灵性，与郎君相处一年了。今日郎君与妹子成亲过了，妾所以才把真面目与郎相见。”遂拜谢道：“蒙郎荐拔，尚有余情。虽隔幽明，实深感佩。小妹庆娘，禀性柔和，郎好看觑他。妾从此别矣！”崔生不觉惊哭而醒。

庆娘枕边见崔生哭醒来，问其缘故。崔生把兴娘梦中说话，一一对庆娘说。庆娘问道：“你见他如何模样？”崔生把梦中所见容貌，备细说来。庆娘道：“真是我姊也！”不觉也哭将起来。庆娘再把一年中相处事情，细细问崔生，崔生逐件和庆娘备说始末根由，果然与兴娘生前情性，光景无二。两人感叹奇异，亲上加亲，越然过得和睦了。自此兴娘别无影响。要知只是一个“情”字为重，不忘崔生，做出许多事体来，心愿既完，便自罢了。

此后，崔生与庆娘年年到他坟上拜扫。后来崔生出仕，讨了前妻封诰，遗命三人合葬。曾有四句口号，道着这本话文：

大姊精灵，小姨身体。
到得圆成，无此无彼。

---

① 眉批：此钗何忍卖之？酸甚，忍甚！

卷二十四 盐官邑老魔魅色 会骸山大士诛邪

诗曰：

王浚楼船下益州，金陵王气黯然收。

千寻铁锁沉江底，一片降帆出石头。

人世几回伤往事，山形依旧枕清流。

而今四海为家日，故垒萧萧芦荻秋。

这八句诗，唐朝刘梦得所作，乃是金陵燕子矶怀古的。这个燕子矶在金陵西北，正是大江之滨，跨江而出，在江里看来，宛然是一只燕子扑在水面上，有头有翅。昔贤好事者，恐怕他飞去，满山多用铁锁锁着，就在这燕子项上造着一个亭子镇住他。登了此亭，江山多在眼前，风帆起于足下，最是金陵一个胜处。就在矶边，相隔一里多路，有个弘济寺，寺左转去，一派峭壁插在半空，就如石屏一般。壁尽处，山崖回抱将来，当时寺僧于空处建个阁，半嵌石崖，半临江水①，阁中供养观世音像，像照水中，毫发皆见，宛然水月之景，就名为观音阁。载酒游观者，殆无虚日。奔走既多，灵迹颇著，香火不绝。只是清静佛地，做了吃酒的所在，未免作践。亦且这些游客随喜的多，布施的少。那阁年深日久，没有钱粮修葺，日渐坍塌了些。

一日，有个徽商某泊舟矶下，随步到弘济寺游玩。寺僧出来迎接着，问了姓名，邀请吃茶。茶罢，寺僧问道："客官何来？今往何处？"徽商答道："在扬州过江来，带些本钱要进京城小铺中去。天色将晚，在此泊着，上来耍耍。"

① 眉批：寺僧亦韵。

寺僧道："此处走去，就是外罗城观音门了。进城止有二十里，客官何不搬了行李到小房宿歇了？明日一肩行李，脚踏实地，绝早到了。若在船中，还要过龙江关盘验，许多担阁。又且晚间此处矶边风浪最大，是歇船不得的。"徽商见说得有理，果然走到船边，把船打发去了。搬了行李，竟到僧房中来。安顿了，寺僧就陪着登阁上观看。

徽商看见阁已颓坏，问道："如此好风景，如何此阁颓坏至此？"寺僧道："此间来往的尽多，却多是游耍的，并无一个舍财施主。寺僧又贫，修理不起，所以如此。"徽商道："游耍的人，必竟有大手段的在内，难道不布施些？"寺僧道："多少王孙公子，只是带了娼妓来吃酒作乐，那些人身上便肯撒漫，佛天面上却不照顾。还有豪奴狠仆，家主既去，剩下酒肴，他就毁门拆窗，将来烫酒煮饭，只是作践，怎不颓坏？①"徽商叹惜不已。寺僧便道："朝奉若肯喜舍时，小僧便修葺起来不难。"徽商道："我昨日与伙计算帐，多出三十两一项银子来。我就舍在此处，修好了阁，一来也是佛天面上，二来也在此间留个名。"寺僧大喜称谢，下了阁，到寺中来。

元来徽州人心性俭啬，却肯好胜喜名，又崇信佛事。见这个万人往来去处，只要传开去，说观音阁是某人独自修好了，他心上便快活，所以一口许了三十两。走到房中，解开行囊，取出三十两一包，交付与寺僧②。不想寺僧一手接银，一眼瞟去，看见余银甚多，就上了心，一面分付行童，整备夜饭款待，着地奉承，殷勤相劝，把徽商灌得酩酊大醉。夜深人静，把来杀了。启他行囊来看，看见搭包多是白物，约有五百馀两，心中大喜。与徒弟计较，要把尸来抛在江里。徒弟道："此时山门已锁，须要住持师父处取匙钥。盘问起来，遮掩不得。不但做出事来，且要分了东西去。"寺僧道："这等如何处置？"徒弟道："酒房中有个大瓮，莫若权把来断碎了，入在瓮中。明日觑个空便，连瓮将去抛在江中，方无人知觉。"寺僧道："有理，有理。"果然依话而行。可怜一个徽

---

① 眉批：到处如此，何止观音阁。

② 眉批：慢藏诲盗。

商做了几段碎物，好意布施，得此惨祸！

那僧徒收拾净尽，安贮停当，放心睡了。自道神鬼莫测，岂知天理难容？是夜有个巡江捕盗指挥，也泊舟矶下，守候甚么公事。天早起来，只见一个妇人走到船边，将一个担桶汲水，且是生得美貌①。指挥留心，一眼望他那条路去，只见不走到民家，一直走到寺门里来。指挥疑道："寺内如何有美妇担水？必是僧徒不公不法。"带了哨兵，一路赶来，见那妇人走进一个僧房。指挥人等又赶进去，却走向一个酒房中去了。

寺僧见个官带了哨兵，绝早来到，虚心病发，个个面如土色，慌慌张张，却是出其不意，躲避不及。指挥先叫把僧人押定，自己坐在堂中，叫两个兵到酒房中搜看。只见妇人进得房门，隐隐还在里头，一见人来，钻入瓮里去了，走来禀了指挥。指挥道："瓮中必有冤枉。"就叫哨兵取出瓮来，打开看时，只见血肉狼藉，头颅劈破，是一个人碎割了的。就把僧徒两个缚了，解到巡江察院处来。一上刑罚，僧徒熬苦不过，只得从实供招，就押去寺中起赃来为证，问成大辟，立时处决。众人见僧口招，因为布施修阁，起心谋杀，方晓得适才妇人，乃是观音显灵，那一个不念一声"南无灵感观世音菩萨"②。要见佛天甚近，欺心事是做不得的。

从来说观世音极灵，固然无处不显应，却是燕子矶的，还是小可；香火之盛，莫如杭州三天竺。那三天竺，是上天竺、中天竺、下天竺。三天竺中，又是上天竺为极盛。这个天竺峰，在府城之西，西湖之南。登了此峰，西湖如掌，长江如带。地胜神灵，每年间人山人海，挨挤不开的。

而今小子要表白天竺观音一件显灵的，与看官们听着。且先听小子《风》、《花》、《雪》、《月》四词，然后再进正话。

风袅袅，风袅袅，冬岭泣孤松，春郊摇弱草。收云月色明，卷雾天光早。清秋暗送桂香来，极夏频将炎气扫。风袅袅，野花乱落令人老。

---

① 眉批：不美则不必追逐。
② 眉批：转背即作昧心事矣。

——右《咏风》

花艳艳，花艳艳，妖娆巧似妆，锁碎浑如剪。露凝色更鲜，风送香常远。一枝独茂逞冰肌，万朵争妍含醉脸。花艳艳，上林富贵真堪羡。

——右《咏花》

雪飘飘，雪飘飘，翠玉封梅萼，青盐压竹梢。洒空翻絮浪，积槛锁银桥。千山浑骇铺铅粉，万木依稀拥素袍。雪飘飘，长途游子恨迢遥。

——右《咏雪》

月娟娟，月娟娟，乍缺钩横野，方团镜挂天。斜移花影乱，低映水纹连。诗人举盏搜佳句，美女推窗迟月眠。月娟娟，清光千古照无边。

——右《咏月》

看官，你道这四首是何人所作？话说洪武年间，浙江盐官会骸山中，有一个老者，缁服苍颜，幅巾绳履，是个道人打扮。不见他治甚生业，日常醉歌于市间，歌毕起舞，跳木缘枝，宛转盘旋，身子轻捷，如惊鱼飞燕。又且知书善咏，诙谐笑浪，秀发如泻。有文士登游此山者，常与他唱和谈谑。一日大醉，索酒家笔砚，题此四词在石壁上，观者称赏。自从写过，黑迹渐深，越磨越亮。山中这些与他熟知的人，见他这些奇异，疑心他是个仙人，却再没处查他的踪迹。日日往来山中，又不见个住家的所在，虽然有些疑怪，习见习闻，日月已久，也不以为意了，平日只以老道相呼而已。

离山一里之外，有个大姓仇氏。夫妻两个，年登四十，极是好善，并无子嗣。乃舍钱刻一慈悲大士像，供礼于家，朝夕香花灯果，拜求如愿。每年二月十九日是大士生辰，夫妻两个，斋戒虔诚，躬往天竺。三步一拜，拜将上去，烧香祈祷，不论男女，求生一个，以续后代。如是三年，其妻果然有了妊孕。十月期满，晚间生下一个女孩。夫妻两个，欢喜无限，取名夜珠。因是夜里生人，取掌上珠之意，又是夜明珠宝贝一般①。年复一年，看看长成，端慧多能，工容兼妙，父母爱惜他真个如珠似玉。倏忽已是十九岁，父母俱是六十以上了，

① 眉批：佳名。

尚未许聘人家。

你道老来子，做父母的，巴不得他早成配偶，奉事暮年。怎的二八当年多过了，还未嫁人。只因夜珠是这大姓的爱女，又且生得美貌伶俐，夫妻两个做了一个大指望，道是必要拣个十全毫无嫌鄙的女婿来嫁他，等他名成利遂，老夫妇靠他终身。亦且只要入赘的，不肯嫁出的。左近人家，有几家来说的，两个老人家嫌好道歉；便有数家像意的，又要娶去，不肯入赘。有女婿人物好、学问高的，家事又或者淡薄些。有人家资财多、门户高的，女婿又或者愚蠢些①。所以高不辏，低不就。那些做媒的，见这两个老人家难理会，也有好些不耐烦，所以亲事越迟了。却把仇家女子美貌、择婿难为人事之名，远近都传播开来，谁知其间动了一个人的火。

看官，你道这个人是那个？敢是石崇之富，要买绿珠的？敢是相如之才，要挑文君的？敢是潘安之貌，要引那掷果妇女的？看官，若如此，这多是应得想着的了。说来一场好笑，元来是：

周时吕望，要寻个同钓鱼的对手；汉世伏生，要娶个共讲书的配头。

你道是甚人？乃就是题《风》、《花》、《雪》、《月》四词的。这个老头儿，终日缠着这些媒人，央他仇家去说亲。媒人问："是那个要娶？"说来便是他自己。这些媒人也只好当做笑话罢了，谁肯去说？大家说了，笑道："随你千选万选，这家女儿臭了烂了，也轮不到说起他，正是老没志气，阴沟洞里思量天鹅肉吃起来！"那老道见没人肯替他做媒，他就老着脸自走上仇大姓门来②。

大姓夫妻二人正同在堂上，说着女儿婚事未谐，唧唧哝哝的商量，忽见老道走将进来。大姓平日晓得这人有些古怪的，起来相迎。那妈妈见是大家老人家，也不回避。三人施礼已毕，请坐下了。大姓问道："老道，今日为何光降茅舍？"老道道："老仆特为令爱亲事而来。"两人见说是替女儿说亲的，忙叫："看茶。"就问道："那一家？"老道道："就是老仆家。"大姓见说了就是他家，

① 眉批：二者每每相左，不能兼得。

② 眉批：突如其来如。

正不知这老道住在那里的，心里已有好些不快意了，勉强答他道：“从来相会，不知老道有几位令郎？”老道道：“不是小儿，老仆晓得令爱不可作凡人之配，老仆自己要娶。”大姓虽怪他言语不伦，还不认真，说道：“老道平日专好说笑说耍。”老道道：“并非要笑，老仆果然愿做门婿，是必要成的，不必推托。”

大姓夫妇见他说得可恶，勃然大怒道：“我女闺中妙质，等闲的不敢求聘。你是何人？辄敢胡言乱语！”立起身把他一搡。老道从容不动，拱立道：“老丈差了。老丈选择东床，不过为养老计耳。若把令爱嫁与老仆，老仆能孝养吾丈于生前，礼祭吾丈于身后，大事已了，可谓极得所托的。这个不为佳婿，还要怎的才佳么？”大姓大声叱他道：“人有贵贱，年有老少。贵贱非伦，老少不偶，也不肚里想一想，敢来唐突，戏弄吾家！此非病狂，必是丧心，何足计较！”叫家人们持杖赶逐。仇妈妈只是在傍边夹七夹八的骂。老道笑嘻嘻，且走且说道：“不必赶逐，我去罢了。只是后来追悔，要求见我，就无门了。”大姓又指着他骂道：“你这个老枯骨！我要求见你做甚么？少不得看见你早晚倒在路傍，被狗拖鸦啄的日子在那里。”老道把手掀着须髯，长笑而退①。

大姓叫闭了门，夫妻二人气得个瀌胸塞肚，两相埋怨道：“只为女儿不受得人聘，受此大辱。”分付当直的，分头去寻媒婆来说亲。这些媒婆走将来，闻知老道自来求亲之事，笑一个不住道：“天下有此老无知！前日也曾央我们几次，我们没一个肯替他说，他只得自来了。”大姓道：“此老腹中有些文才，最好调戏。他晓得吾家择婿太严，未有聘定，故此奚落我。你们如今留心，快与我寻寻，人家差不多的，也罢了。我自重谢则个。”媒人应承，自去了不题。

过得两日，夜珠靠在窗上绣鞋，忽见大蝶一双飞来，红翅黄身，黑须紫足，且是好看。旋绕夜珠左右不舍，恰象眷恋他这身子芳香的意思。夜珠又喜又异，轻以罗帕扑他，扑个不着，略略飞将开去。夜珠忍耐不定，笑呼丫鬟同来扑他。看看飞得远了，夜珠一同丫鬟随他飞去处赶将来。直至后园牡丹花侧，二蝶渐大如鹰，说时迟，那时快，飞近夜珠身边来，各将翅攒定夜珠两腋，就如两个

---

① 眉批：笑者不可测也。

大箬笠一般，扶挟夜珠，从空而起。夜珠口里大喊，丫鬟惊报大姓。夫妻急忙赶至园中，已见夜珠同两蝶在空中向墙外飞去了。大姓惊喊号叫，没法救得。老夫妻两个放声大哭道："不知是何妖术，摄将去了。"却没个头路猜得出，从此各处探访，不在话下。

却说夜珠被两蝶夹起在空中，如登云雾，心里明知堕了妖术，却是脚下点地，身不自主。眼望下去，却见得明白。看见过了好些荆蓁路径，几个险峻山头，到一巑岏山窟中，方才渐渐放下。看看小小一洞，止可容头，此外别无走路。那两蝶已自不见了，只见洞边一个老人家，道者装扮，拱立在那里。见了夜珠，欢欢喜喜，伸手来拽了夜珠的手，对洞口喝了一声。听得轰雷也似响亮，洞忽开裂。老道同夜珠身子已在洞内。夜珠急回头看时，洞已抱合如旧，出去不得了。

夜珠慌忙之中，偷眼看那洞中，宽敞如堂。有人面猴形之辈，二十余个，皆来迎接这老道，口称"洞主"。老道分付道："新人到了，可设筵席。"猴形人应诺。又看见傍边一房，甚是精洁，颇似僧室，几窗间有笔砚书史；竹床石凳，摆列两行。又有美妇四五人，丫鬟六七人，妇人坐，丫鬟立侍。床前特设一席，不见荤腥，只有香花酒果。老道对众道："吾今且与新人成礼则个。"就来牵夜珠同坐。夜珠又恼又怕，只是站立不动。老道着恼，喝叫猴形人四五个来揪采将来，按住在坐上。夜珠到此无奈，只得坐了。老道大喜，频频将酒来劝，夜珠只推不饮。老道自家大碗价吃，不多时大醉了。一个妇人，一个丫鬟，扶去床中相伴寝了。夜珠只在石凳之下蹲着，心中苦楚，想着父母，只是哭泣，一夜不曾合眼。

明早起来，老道看见夜珠泪痕不干，双眼尽肿，将手抚他背，安慰他道："你家中甚近，胜会方新，何乃不趁少年取乐，自苦如此？若从了我，就同你还家拜见爹娘，骨肉完聚，极是不难。你若执迷不从，凭你石烂海枯，此中不可复出了。只凭你算计，走那一条路？"夜珠闻言自想："我断不从他！料无再出之日了，要这性命做甚？不如死休！"将头撞在石壁上去，要求自尽。老道忙使众妇人拦住，好言劝他道："娘子既已到此，事不由己，且从容住着。休得如此轻生！”夜珠只是啼哭，从此不进饮食，欲要自饿而死。不想不吃了十多日，一毫无事。

夜珠求死不得，无计可施，自怕不免污辱，只是心里暗祷观世音，求他救拨[①]。老道日与众妇淫戏，要动夜珠之心，曾奈夜珠心如铁石，毫不为动。老道见他不快，也不来强他，只是在他面前百般弄法弄巧，要图他笑颜开了，欢喜成事。所以日逐把些奇怪的事，做与他看，一来要他快活，二来卖弄本事高强，使他绝了出外之念，死心塌地随他。你道他如何弄法？他秋时出去，取田间稻花，放好在石柜中了，每日只将花合余爨起，开锅时，满锅多是香米饭。又将一瓮水，用米一撮，放在水中，纸封了口，藏于松间，两三日开封取吸，多变做扑鼻香醪[②]。所以供给满洞人口，酒米不须营求，自然丰足。若是天雨不出，就剪纸为戏，或蝶或凤，或狗或燕，或狐狸、猿猱、蛇鼠之类皆有。嘱他去到某家取某物来用，立刻即至。前取夜珠的双蝶，即是此法。若取着家火什物之类，用毕无事，仍教拿去还了。桃梅果品，日轮猴形人两个供办，都是带叶连枝，是山中树上所取，不是摄将来的。

夜珠日日见他如此作用，虽然心里也道是奇怪，再没有一毫随顺他的意思。老道略来缠缠，即便要死要活，大哭大叫。老道不耐烦，便去搂着别个妇女去适兴了。还亏得老道心性只爱喜欢、不爱烦恼的，所以夜珠虽摄在洞里多时，还得全身不损。

一日，老道出去了，夜珠对众妇人道：“你我俱是父母遗体，又非山精木魅，如何随顺了这妖人，自受其辱？”众美叹息，对夜珠道：“我辈皆是人身，岂甘做这妖人野偶？但今生不幸被他用术陷在此中，撇父母，弃糟糠，虽朝暮忧思，竟成无益，所以忍耻偷生，譬如做了一世猪羊犬马罢了！事势如此，你我拗他何用？不若放宽了心度日去，听命于天，或者他罪恶有个终时，那日再见人世。”言罢，各各泪下如雨。有《商调·醋葫芦》一篇，咏着众妇云：

---

① 眉批：亦无别法。

② 眉批：有如此术，洞中尽自足乐，何以色为？

众娇娥，黯自伤，命途乖，遭魍魉。虽然也颠鸾倒凤喜非常，觑形容不由心内慌。总不过匆匆完帐，须不是桃花洞里老刘郎。

又有一篇咏着仇夜珠云：

夜光珠，世所希，未登盘，坠淤泥。清光到底不差池，笑妖人枉劳色自迷。有一日天开日霁，只怕得便宜，翻做了落便宜。

众人正自各道心事，哀伤不已。忽见猴形人传来道："洞主回来了。"众人恐怕他知觉，掩泪而散，只有夜珠泪不曾干。老道又对他道："多时了，还哭做甚？我只图你渐渐厮熟，等你心顺了我，大家欢畅。省得逼你做事，终久不像我意，故不强你[①]。今日子已久，你只不转头，不要讨我恼怒起来，叫几个按住了你，强做一番，不怕你飞上天去。"夜珠见说，心慌不敢啼哭，只是心中默祷观音救护，不在话下。

却说仇大姓夫妻二人，自不见了女儿，终日思念，出一单榜在通衢，道："有能探访得女儿消息来报者，罄赔家产，将女儿与他为妻。"虽然如此，荏苒多时，并无影响。又且目见他飞升去的，晓得是妖人摄去，非人力可及。没计奈何，只好日日在慈悲大士像前，悲哭拜祝道："灵感菩萨，女儿夜珠元是在菩萨面前求得的，今遭此妖术摄去，若菩萨不救拔还我，当时何不不要见赐，也到罢了！望菩萨有灵有感。"日日如此叫号，精诚所感，真是叫得泥神也该活现起来的[②]。

一日，会骸山岭上，忽然有一根幡竿，逼直竖将起来，竿末挂着一件物事。这岭上从无此竿的，一时哄动了许多人，万众齐观。竿末之物，俱各不识明白，胡猜乱讲。内中有一秀士，姓刘名德远，乃是名家之子，少年饱学，极是个负气好事的人。他见了这个异事，也是书生心性，心里毕竟要跟寻着一个实实下落。便叫几个家人，去拿了些粗布绳索，做了软梯，带些挠钩、钢叉、木板之类，叫一声道："有高兴要看的，都随我来。"你看他使出聪明，山高无路处，

① 眉批：却是个老在行。
② 眉批：可怜。

将钢叉叉着软梯，搭在大树上去；不平处，用板衬着；有路险难走处，有挠钩吊着。他一个上前，赶兴的就不少了。连家人共有一二十人，一直吊了上去。

到得岭上，地却宽平。立定了脚，望下一看，只见山腰一个巑岏之处，有洞甚大。妇女十数个，或眠或坐，多如醉迷之状。有老猴数十，皆身首二段，血流满地。站得高了，自上看下，纤细皆见。然后看那幡竿及所挂之物，乃是一个老猕猴的骷髅。

刘德远大加惊异。先此那仇家失女出榜，是他一向知道的。当时便自想道："这些妇女里头，莫不仇氏之女也在?"急忙下岭来叫人报了县里，自己却走去报了仇大姓。大姓喜出非常，同他到县里听候遣拨施行。县令随即差了一队兵快到彼收勘。兵快同了刘德远再上岭来，大姓年老，走不得山路，只在县前伺候。德远指与兵快路径，一拥前来。原来那洞在高处方看得见，在山下却与外不通，所以妖魅藏得许多人在里头。今在岭上，却都在目前了。兵快看见了这些妇女，攀藤附葛，开条路径，一个个领了出来。到了县里，仇大姓还不知女儿果在内否。远远望去，只见夜珠头蓬发乱，杂随在妇女队里。大姓吊住夜珠，父子抱头大哭。

到了县堂，县令叫众妇上来，问其来历备细。众妇将始终所见，日逐事体说了。县令晓得多是良家妇女，为妖术所迷的。又问道："今日谁把这些妖物斩了?"众妇道："今日正要强奸仇夜珠，忽然天昏地暗，昏迷之中，只听得一派喧嚷啼哭之声，刀剑乱响，却不知个缘故，直等兵快人众来救，方才苏醒。只见群猴多杀倒在地，那老妖不见了。①"刘德远同众人献上骷髅与幡竿，禀道："那骷髅标示在幡竿之首，必竟此是老妖为神明所诛的。"县令道："那幡竿一向是岭上的么?"众人道："岭上并无。"县令道："奇怪，这却那里来的?"叫刘德远把竿验看，只见上有细字数行，乃是上天竺大士殿前之物，年月犹存。县令晓得是观音显见，不觉大骇。随令该房出示，把妇女逐名点明，召本家认领。

---

① 眉批：众妇愧夜珠多矣。

那仇大姓在外边伺候，先具领状，领了夜珠出来。真就是黑夜里得了一颗明珠，心肝肉的，口里不住叫。到家里见了妈妈，又哭个不住。问夜珠道："你那时被妖法摄起半空，我两个老人家赶来，已飞过墙了。此后将你到那里去？却怎么？"夜珠道："我被两个大蝶抬在空中，心里明白的，只是身子下来不得。爸妈叫喊，都听得的。到得那里，一个道装的老人家迎着，进了洞去。这些妖怪叫老人家做'洞主'，逼我成亲。这里头先有这几个妇女在内，却是同类之人，被他摄在洞奸宿的，也来相劝。我到底只是执意不肯。"妈妈便道："儿，只要今日归来，再得相见便好了。随是破了身子，也是出于无奈，怪不得你的。"夜珠道："娘不是这话！亏我只是要死要活，那老妖只去与别个淫媾了，不十分来缠我，幸得全身。今日见我到底不肯，方才用强，叫几个猴形人拿住手脚，两三个妇女来脱小衣。正要奸淫，儿晓得此番定是难免，心下发极，大叫'灵感观世音'起来。只听得一阵风过处，天昏地黑，鬼哭神嚎，眼前伸手不见五指，一时晕倒了。直到有许多人进洞相救，才醒转来。看见猴形人个个被杀了，老妖不见了，正不知是个甚么缘故？"大姓道："自你去后，爹妈只是拜祷观世音，日夜不休。人多见我虔诚，十分怜悯，替我体访，却再无消耗。谁想今日果是观世音显灵，诛了妖邪！前日这老道硬来求亲时，我们只怪他不揣，岂知是个妖魔！今日也现世报了。虽然如此，若非刘秀才做主为头，定要探看幡竿上物事下落，怎晓得洞里有人？又得他报县救取，又且先来报我，此恩不可忘了。"

正说话处，只见外边有几个妇女，同了几家亲识，来访夜珠并他爹妈。三人出来接进，乃是同在洞中还家的。各人自家里相会过了，见外边传说仇家爹妈祈祷虔诚，又得夜珠力拒妖邪，大呼菩萨，致得神明感应，带挈他们重见天日，齐来拜谢。爹妈方晓得夜珠所言全身是真话。

众人称谢已毕，就要商量被害几家协力出资，建庙山顶，奉祠观世音，尽皆喜跃。正在议论间，只见刘秀才也到仇家相访。他书生好奇，只要来问洞中事体备细，去书房里纪录新闻，原无他意，恰好撞见许多人在内。问着，却多是洞里出来的与亲眷人等，尽晓得是刘秀才是为头到岭上，看见了报县的，方得救出，乃是大恩人，尽皆罗拜称谢。

秀才便问："你们众人都聚此一家，是甚缘故？"众人把仇老虔诚祷神，女儿拒奸呼佛，方得观音灵感，带挈众人脱难，故此一来走谢，二来就要商量敛资造庙。"难得秀才官人在此，也是一会之人，替我们起个疏头，说个缘起，明日大家禀了县里，一同起事。[①]"刘秀才道："这事在我身上。我明日到县间与县官说明，一来是造庙的事，二来难得仇家小娘子贞坚感应，也该表扬的。"那仇大姓口里连称"不敢"，看见刘秀才语言慷慨，意气轩昂，也就上心了。便问道："秀才官人，令岳是那家？"秀才道："年幼蹉跎，尚未娶得。"仇大姓道："老夫有誓言在先，有能探访女儿消息来报者，罄赔家产，将女儿与他为妻。这话人人晓得。今日得秀才亲至岭上，探得女儿归来，又且先报老夫，老夫不敢背前言。趁着众人都在舍下，做个证见，结此姻缘。意下如何？"众人大家喝采起来道："妙！妙！正是女貌郎才，一双两好。"刘秀才不肯起来道："老丈休如此说。小生不过是好奇高兴，故此不避险阻，穷讨怪迹。偶得所见如此，想起宅上失了令爱，沿街贴榜已久，故此一时喜事，走来奉报，原无心望谢。若是老丈今日如此说，小觑了小生是一团私心了。不敢奉命。"众人共相撺掇，刘秀才反觉得没意思，不好回答得，别了自去。众人约他明日县前相会。

刘秀才去了，众人多称赞他果是个读书君子，有义气好人，难得。仇大姓道："明日老夫央请一人为媒，是必完成小女亲事。"众人中有个老成的走出来道："我们少不得到县里动公举呈词，何不就把此事禀知知县相公，倒凭知县相公做个主，岂不妙哉！[②]"众人齐道："有理。"当下散了。大姓与妈妈、女儿说知此事，又说刘秀才许多好处，大家赞叹不题。

且说次日县令升堂，先是刘秀才进见，把大士显灵，众心喜舍造庙，及仇女守贞，感得神力诛邪等事，一一禀知已过，众人才拿连名呈词进见。县令批准建造，又自取库中公费银十两，开了疏头，用了印信，就中给与老成耆民收

---

① 眉批：正是秀才该管之事。

② 眉批：大是。

贮了讫。众人谢了，又把仇老女儿要招刘生报德的情禀出来。县令问仇老道：“此意如何？”仇老道：“女儿被妖摄去，固然感得大士显应，诛杀妖邪，若非刘生出力，梯攀至岭，妖邪虽死，女儿到底也是洞中枯骨了。今一家完聚，庆幸非浅。情愿将女儿嫁他，实系真心。不道刘秀才推托，故此公同禀知爷爷，望与老汉做一个主。”

县令便请刘秀才过来，问道：“适才仇老所言姻事，众口一词，此美事也，有何不可？”刘秀才道：“小生一时探奇穷异，实出无心。若是就了此亲，外人不晓得的，尽道是小生有所贪求而为，此反觉无颜。亦且方才对父母大人说仇氏女守贞好处，若为己妻，此等言语，皆是私心。小生读几行书，义气廉耻为重，所以不敢应承。[①]”县令跌足道：“难得！难得！仇女守贞，刘生尚义，仇某不忘报，皆盛事也。本县幸而躬逢目击，可不完成其美？本县权做个主婚，贤友万不可推托。”立命库上取银十两，以助聘礼。即令鼓乐送出县来[②]，竟到仇家先行聘定了。拣个吉日，入赘仇家，成了亲事。

一月之后，双双到上天竺烧香，拜谢大士，就送还前日幡竿。过不多时，众人齐心协力，山岭庙也自成了。又去烧香点烛，自不消说。

后来刘秀才得第，夫荣妻贵。仇大姓夫妻俱登上寿，同日念佛而终。此又后话。

又说会骸山石壁，自从诛邪之后，那《风》、《花》、《雪》、《月》四词，却象那个刷洗过了一番的，毫无一字影踪。众人才悟前日老道便是老妖，不是个好人，踪迹方得明白。有诗为证：

　　巑岏石洞老光阴，只此幽栖致自深。
　　诛殛忽然烦大士，方知佛戒重邪淫。

① 眉批：刘秀才可敬。
② 眉批：好个县令。

卷二十五　赵司户千里遗音　苏小娟一诗正果

诗曰：

青楼原有掌书仙，未可全归露水缘。

多少风尘能自拔，淤泥本解出青莲。

这四句诗，头一句“掌书仙”，你道是甚么出处？列位听小子说来：唐朝时长安有一个倡女，姓曹，名文姬，生四五岁，便好文字之戏。及到笄年，丰姿艳丽，俨然神仙中人。家人教以丝竹宫商，他笑道：“此贱事，岂吾所为？惟墨池笔冢，使吾老于此间，足矣。”他出口落笔，吟诗作赋，清新俊雅。任是才人，见他钦伏。至于字法，上逼钟、王，下欺颜、柳，真是重出世的卫夫人。得其片纸只字者，重如拱壁，一时称他为“书仙”①。他等闲也不肯轻与人写。长安中富贵之家，豪杰之士，辇输金帛，求聘他为偶的不记其数②。文姬对人道：“此辈岂我之偶？如欲偶吾者，必先投诗，吾当自择。③”此言一传出去，不要说吟坛才子，争奇斗异，各献所长，人人自以为得“大将”，就是张打油、胡钉铰，也来做首把，撮个空。至于那强斯文、老脸皮，虽不成诗，叶韵而已的，也偏不识廉耻，诌他娘两句，出丑一番。谁知投去的，好歹多选不中。这些人还指望出张续案，放遭告考，把一个长安的子弟，弄得如醉如狂的。文姬只是冷笑。最后有个岷江任生，客于长安，闻得此事，喜道：“吾得配矣。④”

① 眉批：只两字便佳。
② 旁批：不揣者多。
③ 旁批：利害。
④ 眉批：大胆。

傍人问之，他道："凤栖梧，鱼跃渊，物有所归，岂妄想乎？"遂投一诗云：

玉皇殿上掌书仙，一染尘心谪九天。

莫怪浓香薰骨腻，霞衣曾惹御炉烟。

文姬看诗毕，大喜道："此真吾夫也！不然，怎晓得我的来处？吾愿与之为妻。"即以此诗为聘定，留为夫妇。自此，春朝秋夕，夫妇相携，小酌微吟，此唱彼和①。真如比翼之鸟，并头之花，欢爱不尽。

如此五年后，因三月终旬，正是九十日春光已满，夫妻二人设酒送春。对饮间。文姬忽取笔砚题诗云：

仙家无夏亦无秋，红日清风满翠楼。

况有碧霄归路稳，可能同驾五云虬？

题毕，把与任生看。任生不解其意，尚在沉吟。文姬笑道："你向日投诗，已知吾来历，今日何反生疑？吾本天上司书仙人，偶以一念情爱，谪居人间二纪。今限已满，吾欲归，子可偕行。天上之乐，胜于人间多矣。"说罢，只闻得仙乐飘空，异香满室。家人惊异间，只见一个朱衣吏，持一玉版，朱书篆文，向文姬前稽首道："李长吉新撰《白玉楼记》成，天帝召汝写碑。"文姬拜命毕，携了任生的手，举步腾空而去，云霞闪烁，鸾鹤缭绕。于时观者万计，以其所居地为"书仙里"。这里"掌书仙"的故事，乃是倡家第一个好门面话柄。

看官，你道倡家这派起于何时？元来起于春秋时节。齐大夫管仲设女闾七百，征其合夜之钱，以为军需。传至于后，此风大盛。然不过是侍酒陪歌，追欢买笑，遣兴陶情，解闷破寂，实是少不得的。岂至遂为人害？争奈"酒不醉人人自醉，色不迷人人自迷"，才有欢爱之事，便有迷恋之人；才有迷恋之人，便有坑陷之局。做姊妹的，飞絮飘花，原无定主；做子弟的，失魂落魄，不惜余生。怎当得做鸨儿、龟子的，吮血磨牙，不管天理，又且转眼无情，回头是计。所以弄得人倾家荡产，败名失德，丧躯殒命，尽道这娼妓一家是陷人无底

① 眉批：即此已成仙人矣。

之坑，填雪不满之井了[1]。总由子弟少年浮浪没主意的多，有主意的少；娼家习惯风尘，有圈套的多，没圈套的少。至于那雏儿们，一发随波逐浪，那晓得叶落归根？所以百十个姊妹里头，讨不出几个要立妇名、从良到底的。就是从了良，非男负女，即女负男，有结果的也少。

却是人非木石，那鸨儿只以钱为事，愚弄子弟，是他本等，自不必说。那些做妓女的，也一样娘生父养，有情有窍，日陪欢笑，夜伴枕席，难道一些心也不动？一些情也没有？只合着鸨儿做局骗人过日不成？这却不然。其中原有有真心的，一意绸缪，生死不变；原有肯立志的，亟思超脱，时刻不忘。从古以来，不止一人。而今小子说一个妓女，为一情人相思而死，又周全所爱妹子也得从良，与看官们听，见得妓女也有好的。有诗为证，诗云：

有心已解相思死，况复留心念连理。
似此多情世所稀，请君听我歌天水。
天水才华席上珍，苏娘相向转相亲。
一官各阻三年约，两地同归一日魂。
遗言弱妹曾相托，敢谓冥途忘旧诺？
爱推同气了良缘，赓歌一绝于飞乐。

话说宋朝钱塘有个名妓苏盼奴，与妹苏小娟，两人俱俊丽工诗，一时齐名。富豪子弟到临安者，无不愿识其面。真个车马盈门，络绎不绝。他两人没有嬷嬷[2]，只是盼儿当门抵户，却是姊妹两个多自家为主的。自道品格胜人，不耐烦随波逐浪，虽在繁华绮丽所在，心中常怀不足。只愿得遇个知音之人，随他终身，方为了局的。姊妹两人意见相同，极是过得好。

盼奴心上有一个人，乃是皇家宗人，叫做赵不敏，是个太学生。元来宋时宗室自有本等禄食，本等职衔，若是情愿读书应举，就不在此例了。所以赵不敏有个房分兄弟赵不器，就自去做了个院判；惟有赵不敏自恃才高，务要登第，

---

① 眉批：畅论。
② 眉批：便妙了。

通籍在太学。他才思敏捷，人物风流。风流之中，又带些志诚真实[①]，所以盼奴与他相好。盼奴不见了他，饭也是吃不下的。赵太学是个书生，不会经管家务，家事日渐萧条，盼奴不但不嫌他贫，凡是他一应灯火酒食之资，还多是盼奴周给他[②]。恐怕他因贫废学，常对他道："妾看君决非庸下之人，妾也不甘久处风尘。但得君一举成名，提掇了妾身出去，相随终身，虽布素亦所甘心。切须专心读书，不可懈怠，又不可分心他务。衣食之需，只在妾的身上，管你不缺便了。"

小娟见姐姐真心待赵太学，自也时常存一个拣人的念头，只是未曾有个中意的。盼奴体着小娟意思，也时常替他留心，对太学道："我这妹子性格极好，终久也是良家的货。他日你若得成名，完了我的事，你也替他寻个好主[③]，不枉了我姊妹一对儿。"太学也自爱着小娟，把盼奴的话牢牢记在心里了。

太学虽在盼奴家往来情厚，不曾破费一个钱，反得他资助读书，感激他情意，极力发愤。应过科试，果然高捷南宫。盼奴心中不胜欢喜。正是：

银缸斜背解鸣珰，小语低声唤玉郎。

从此不知兰麝贵，夜来新惹桂枝香。

太学榜下未授职，只在盼奴家里，两情愈浓，只要图个终身之事[④]。却有一件：名妓要落籍，最是一件难事。官府恐怕缺了会承应的人，上司过往嗔怪，许多不便，十个到有九个不肯。所以有的批从良牒上道："慕《周南》之化，此意良可矜；空冀北之群，所请宜不允。"官司每每如此。不是得个极大的情分，或是撞个极帮衬的人，方肯周全。而今苏盼奴是个有名的能诗妓女，正要插趣，谁肯轻轻便放了他[⑤]？前日与太学往来虽厚，太学既无钱财，也无力量，不曾替他营脱得乐籍。此时太学固然得第，盼奴还是个官身，却就娶他不得。

---

① 眉批：要紧。

② 眉批：汧国之流。

③ 眉批：岂知己事不完，反替他完了。

④ 旁批：乐哉！

⑤ 眉批：不在行人，大率如此。

正在计较间，却选下官来了，除授了襄阳司户之职。初受官的人，碍了体面，怎好就与妓家讨分上脱籍？况就是自家要取的，一发要惹出议论来①。欲待别寻婉转，争奈凭上日子有限，一时等不出个机会。没奈何只得相约到了襄阳，差人再来营干。当下司户与盼奴两个抱头大哭，小娟在傍也陪了好些眼泪，当时作别了。盼奴自掩着泪眼归房，不题。

司户自此赴任襄阳，一路上鸟啼花落，触景伤情，只是想着盼奴。自道一到任所，便托能干之人进京做这件事。谁知到任事忙，匆匆过了几时，急切里没个得力心腹之人可以相托。虽是寄了一两番信，又差了一两次人，多是不尴不尬，要能不勾的。也曾写书相托在京友人，替他脱籍了当，然后图谋接到任所。争奈路途既远，亦且寄信做事，所托之人，不过道是娼妓的事，有紧没要，谁肯知痛着热，替你十分认真做的？不过讨得封把书信儿，传来传去，动不动便是半年多。司户得一番信，只添得悲哭一番，当得些甚么？

如此三年，司户不遂其愿，成了相思之病。自古说得好：心病还须心上医。眼见得不是盼奴来，医药怎得见效？看看不起。只见门上传进来道："外边有个赵院判，称是司户兄弟，在此候见。"司户闻得，忙叫"请进"。相见了，道："兄弟，你便早些个来，你哥哥不见得如此！"院判道："哥哥，为何病得这等了？你要兄弟早来，便怎么？"司户道："我在京时，有个教坊妓女苏盼奴，与我最厚。他赍助我读书成名，得有今日。因为一时匆匆，不替他落得籍，同他到此不得。原约一到任所差人进京图干此事，谁知所托去的，多不得力。我这里好不盼望，不甫能勾回个信来，定是东差西误的。三年以来，我心如火，事冷如冰，一气一个死。兄弟，你若早来几时，把这个事托你，替哥哥干去，此时盼奴也可来，你哥哥也不死。如今却已迟了！②"言罢，泪如雨下。院判道："哥哥，且请宽心！哥哥千金之躯，还宜调养，望个好日。如何为此闲事，伤了性命？"司户道："兄弟，你也是个中人，怎学别人说淡话？情上的事，各人心

---

① 眉批：所以事机不可失也。

② 眉批：可怜。

知，正是性命所关，岂是闲事！”说到痛切，又发昏上来。

隔不多两日，恍惚见盼奴在眼前，愈加沉重，自知不起。呼院判到床前，嘱付道：“我与盼奴，不比寻常，真是生死交情。今日我为彼而死，死后也还不忘的。我三年以来，共有俸禄余资若干，你与我均匀，分作两分。一分是你收了，一分你替我送与盼奴去①。盼奴知我既死，必为我守。他有妹小娟，俊雅能吟，盼奴曾托我替他寻人。我想兄弟风流才俊，能了小娟之事。你到京时，可将我言传与他家，他家必然喜纳。你若得了小娟，诚是佳配，不可错过了！一则完了我的念头，一则接了我的瓜葛。此临终之托，千万记取！②”院判涕泣领命，司户言毕而逝。院判勾当丧事了毕，带了灵柩归葬临安。一面收拾东西，竟望钱塘进发不题。

却说苏盼奴自从赵司户去后，足不出门，一客不见，只等襄阳来音。岂知来的信，虽有两次，却不曾见干着了当的实事。他又是个女流，急得乱跳也无用，终日盼望纳闷而已。一日，忽有个於潜商人，带着几箱官绢到钱塘来，闻着盼奴之名，定要一见，缠了几番，盼奴只是推病不见，以后果然病得重了。商人只认做推托，心怀愤恨。小娟虽是接待两番，晓得是个不在行的蠢物，也不把眼稍带着他③。几番要砑在小娟处宿歇，小娟推道：“姐姐病重，晚间要相伴，伏侍汤药，留客不得。”毕竟缠不上，商人自到别家阙宿去了。

以后盼奴相思之极，恍恍惚惚。一日忽对小娟道：“妹子好住，我如今要去会赵郎了。”小娟只道他要出门，便道：“好不远的途程！你如此病体，怎好去得？可不是痴话么？”盼奴道：“不是痴话，相会只在霎时间了。”看看声丝气咽，连呼赵郎而死。小娟哭了一回，买棺盛贮，设个灵位，还望乘便捎信赵家去。只见门外两个公人，大剌剌的走将进来，说道府判衙里唤他姊妹去对甚么官绢词讼④。小娟不知事由，对公人道：“姐姐亡逝已过，见有棺柩灵位在此，

---

① 眉批：亏得是个中人，所以可托。不然，安保不浮沉其余资乎？

② 旁批：所谓老诚真实。

③ 眉批：所以为小娟。

④ 眉批：祸不单行。

我却随上下去回复就是。”免不得赔酒赔饭，又把使用钱送了公人，分付丫头看家，锁了房门，随着公人到了府前，才晓得於潜客人被同伙首发，将官绢费用宿娼，拿他到官。怀着旧恨，却把盼奴、小娟攀着①。小娟好生负屈，只待当官分诉，带到时，府判正赴堂上公宴，没工夫审理。知是钱粮事务，喝令：“权且寄监！”可怜：

粉黛丛中艳质，囹圄队里愁形。

吉凶全然未保，青龙白虎同行。

不说小娟在牢中受苦。却说赵院判扶了兄柩来到钱塘，安厝已了，奉着遗言，要去寻那苏家。却想道：“我又不曾认得他一个，突然走去，那里晓得真情？虽是吾兄为盼奴而死，知他盼奴心事如何？近日行径如何②？却便孟浪去打破了？”猛然想道：“此间府判是我宗人，何不托他去唤他到官来，当堂问他明白，自见下落。”一直径到临安府来。与府判相见了，叙寒温毕，即将兄长亡逝已过，所托盼奴、小娟之事，说了一遍，要府判差人去唤他姐妹二人到来。府判道：“果然好两个妓女，小可着人去唤来，宗丈自与他说端的罢了。”随即差个祗候人拿根签去唤他姊妹。

祗候领命去了。须臾来回话道：“小人到苏家去，苏盼奴一月前已死，苏小娟见系府狱。”院判、府判俱惊道：“何事系狱？”祗候回答道：“他家里说为於潜客人诬攀官绢的事。”府判点头道：“此事正在我案下。”院判道：“看亡兄分上，宗丈看顾他一分则个。”府判道：“宗丈且到敝衙一坐，小可叫来问个明白，自有区处。③”院判道：“亡兄有书礼与盼奴，谁知盼奴已死了。亡兄却又把小娟托在小可，要小可图他终身，却是小可未曾与他一面，不知他心下如何。而今小弟且把一封书打动他，做个媒儿，烦宗丈与小可婉转则个。”府判笑道：“这个当得，只是日后不要忘了媒人。”大家笑了一回，请院判到衙中坐了，自己升堂。

---

① 眉批：可恨，可恨！妓家最怕此等事。

② 旁批：也是。

③ 眉批：就在行了。

叫人狱中取出小娟来，问道："於潜商人缺了官绢百匹，招道在你家花费，将何补偿？"小娟道："亡姊盼奴在日，曾有个於潜客人来了两番。盼奴因病不曾留他，何曾受他官绢？今姊已亡故无证，所以客人落得诬攀。府判若赐周全开豁，非唯小娟感荷，盼奴泉下也得蒙恩了。"府判见他出语宛顺，心下喜他，便问道："你可认得襄阳赵司户么？"小娟道："赵司户未第时，与姊盼奴交好，有婚姻之约，小娟故此相识。以后中了科第，做官去了，屡有书信，未完前愿。盼奴相思，得病而亡，已一月多了。"府判道："可伤！可伤！你不晓得赵司户也去世了？"小娟见说，想着姊妹，不觉凄然吊下泪来道："不敢拜问，不知此信何来？"府判道："司户临死之时，不忘你家盼奴，遣人寄一封书、一罨礼物与他。此外又有司户兄弟赵院判，有一封书与你，你可自开看。"小娟道："自来不认得院判是何人，如何有书？"府判道："你只管拆开看，是甚话就知分晓。"

小娟领下书来，当堂拆开读着。元来不是什么书，却是一首七言绝句。诗云：

当时名妓镇东吴，不好黄金只好书①。

借问钱塘苏小小，风流还似大苏无？

小娟读罢诗，想道："此诗情意，甚是有情于我。若得他提挈，官事易解。但不知这院判何等人品？看他诗句清俊，且是赵司户的兄弟，多应也是风流人物，多情种子。"心下踌躇，默然不语。府判见他沉吟，便道："你何不依韵和他一首？②"小娟对道："从来不会做诗。"府判道："说那里话？有名的苏家姊妹能诗，你如何推托？若不和诗，就要断赔官绢了。"小娟谦词道："只好押韵献丑，请给纸笔。"府判叫取文房四宝与他，小娟心下道："正好借此打动他官绢之事。"提起笔来，毫不思索，一挥而就，双手呈上府判。府判读之。诗云：

君住襄江妾在吴，无情人寄有情书。

---

① 眉批：可想其品。

② 眉批：府判亦个中人。

当年若也来相访，还有於潜绢也无？

府判读罢，道："既有风致，又带诙谐玩世的意思，如此女子，岂可使溷于风尘之中？"遂取司户所寄盼奴之物，尽数交与了他，就准了他脱了乐籍。官绢着商人自还[①]，小娟无干，释放宁家。小娟既得辨白了官绢一事，又领了若干物件，更兼脱了籍。自想姊姊如此烦难，自身却如此容易，感激无尽，流涕拜谢而去。

府判进衙，会了院判，把适才的说话与和韵的诗，对院判说了，道："如此女子，真是罕有！小可体贴宗丈之意，不但免他偿绢，已把他脱籍了。"院判大喜，称谢万千，告辞了府判，竟到小娟家来。

小娟方才到得家里，见了姊姊灵位，感伤其事，把司户寄来的东西，一件件摆在灵位前。看过了，哭了一场，收拾了。只听得外面叩门响，叫丫头问明白了开门[②]。丫头问："是那个？"外边答道："是适来寄书赵院判。"小娟听得"赵院判"三字，两步移做了一步，叫丫头急开了门迎接。院判进了门，抬眼看那小娟时，但见：

脸际芙蓉掩映，眉间杨柳停匀。若叫梦里去行云，管取襄王错认。殊丽全由带韵，多情正在含颦。司空见惯也销魂，何况风流少俊？

说那院判一见了小娟，真个眼迷心荡，暗道："吾兄所言佳配，诚不虚也！"小娟接入堂中，相见毕，院判笑道："适来和得好诗。"小娟道："若不是院判的大情分，妾身官事何由得解？况且乘此又得脱籍，真莫大之恩，杀身难报。"院判道："自是佳作打动，故此府判十分垂情。况又有亡兄所嘱，非小可一人之力。"小娟垂泪道："可惜令兄这样好人，与妾亡姊真个如胶似漆的，生生的阻隔两处，俱谢世去了。"院判道："令姊是几时没有的？"小娟道："方才一月前某日。"院判吃惊道："家兄也是此日，可见两情不舍，同日归天，也是奇事！"小娟道："怪道姊姊临死，口口说去会赵郎，他两个而今必定做一处了。[③]"院

① 眉批：妙，妙。

② 旁批：怕复是商人之类故。

③ 眉批：真是生死情缘。

判道："家兄也曾累次打发人进京，当初为何不脱籍，以致阻隔如此?"小娟道："起初令兄未第，他与亡姊恩爱，已同夫妻一般。未及虑到此地，匆匆过了日子。及到中第，来不及了。虽然打发几次人来，只因姊姊名重，官府不肯放脱。这些人见略有些难处，丢了就走，那管你死活？白白里把两个人的性命误杀了①。岂知今日妾身托赖着院判，脱籍如此容易！若是令兄未死，院判早到这里一年半年，连姊姊也超脱去了。"院判道："前日家兄也如此说，可惜小可浪游薄宦，到家兄衙里迟了，故此无及。这都是他两人数定，不必题了。前日家兄说，令姊曾把娟娘终身的事，托与家兄寻人，这话有的么?"小娟道："不愿迎新送旧，我姊妹两人同心。故此姊姊以妾身托令兄寻人，实有此话的。"院判道："亡兄临终把此言对小可说了，又说娟娘许多好处，撺掇小可来会令姊与娟娘，就与娟娘料理其事，故此不远千里到此寻问。不想盼娘过世，娟娘被陷，而今幸得保全了出来，脱了乐籍，已不负亡兄与令姊了。但只是亡兄所言娟娘终身之事，不知小可当得起否？凭娟娘意下裁夺。②"小娟道："院判是贵人，又是恩人，只怕妾身风尘贱质，不敢仰攀，赖得令兄与亡姊一脉，亲上之亲，前日蒙赐佳篇，已知属意；若蒙不弃，敢辞箕帚?"

院判见说得入港，就把行李什物都搬到小娟家来。是夜即与小娟同宿。赵院判在行之人，况且一个念着亡兄，一个念着亡姊，两个只恨相见之晚，分外亲热。此时小娟既已脱籍，便可自由。他见院判风流蕴藉，一心待嫁他了。只是亡姊灵柩未殡，有此牵带，与院判商量。院判道："小可也为扶亡兄灵柩至此，殡事未完。而今择个日子，将令姊之柩与亡兄合葬于先茔之侧③，完他两人生前之愿，有何不可!"小娟道："若得如此，亡魂俱称心快意了。"院判一面择日，如言殡葬已毕，就央府判做个主婚，将小娟娶到家里，成其夫妇。

是夜，小娟梦见司户、盼奴，如同平日，坐在一处，对小娟道："你的终身有托，我两人死亦瞑目。又谢得你夫妻将我两人合葬，今得同栖一处，感恩非

---

① 眉批：此辈皆宿世冤家。

② 眉批：老脸自媒，然亦非无功望报者矣。

③ 眉批：极是，司户所托得人。

浅。我在冥中保佑你两人后福，以报成全之德。”言毕小娟惊醒。把梦中言语对院判说了。院判明日设祭，到司户坟上致奠。两人感念他生前相托，指引成就之意，俱各恸哭一番而回。此后院判同小娟花朝月夕，赓酬唱和，诗咏成帙。后来生二子，接了书香。小娟直与院判齐白而终。

看官，你道此一事，苏盼奴助了赵司户成名，又为司户而死，这是他自己多情，已不必说。又念着妹子终身之事，毕竟所托得人，成就了他从良。那小娟见赵院判出力救了他，他一心遂不改变，从他到了底。岂非多是好心的伎女？而今人自没主见，不识得人，乱迷乱撞，着了道儿，不要冤枉了这一家人，一概多似蛇蝎一般的，所以有编成《青泥莲花记》，单说的是好姊妹出处，请有情的自去看。有诗为证：

血躯总属有情伦，宁有章台独异人？

试看死生心似石，反令交道愧沉沦。

卷二十六　夺风情村妇捐躯　假天语幕僚断狱

诗云：

美色从来有杀机，况同释子讲于飞。

色中饿鬼真罗刹，血污游魂怎得归？

话说临安有一个举人，姓郑，就在本处庆福寺读书。寺中有个西北房，叫做净云房。寺僧广明，做人俊爽风流，好与官员士子每往来。亦且衣钵充牣，家道从容，所以士人每喜与他交游。那郑举人在他寺中最久，与他甚是说得着，情意最密。凡是精致禅室，曲折幽居，广明尽引他游到。只有极深奥的所在，一间小房，广明手自锁闭出入，等闲也不开进去，终日是关着的，也不曾有第二个人走得进。虽是郑举人如此相知，无有不到的所在，也不领他进去。郑举人也只道是僧家藏叠资财的去处，大家凑趣，不去窥觑他。

一日，殿上撞得钟响，不知是什么大官府来到，广明正在这小房中，慌忙趋出山门外迎接去了。郑生独自闲步，偶然到此房前，只见门开在那里。郑生道："这房从来锁着，不曾看见里面。今日为何却不锁？"一步步进房中来，却是地板铺的房，四下一看，不过是摆设得精致，别无甚奇怪珍秘，与人看不得的东西[①]。郑生心下道："这些出家人毕竟心性古撇，此房有何秘密，直得转手关门？"带眼看去，那小床帐钩上吊着一个紫檀的小木鱼，连槌系着，且是精致滑泽。郑生好戏子，除下来，手里捏了看看，有要没紧的，把小槌敲他两下。忽听得床后地板"铛"的一声铜铃响，一扇小地板推起，一个少年美貌妇人钻

① 眉批：既从不看见的，老成者却宜避嫌。

头出来。见了郑生，吃了一惊，缩了下去。郑生也吃了一惊，仔细看去，却是认得的中表亲戚某氏。元来那个地板，做得巧，合缝处推开来，就当是扇门，关上了，原是地板。里头顶得上，外头开不进。只听木鱼为号，里头铃声相应，便出来了。里头是个地窖，别开窗牖，有暗衖地道，到灶下通饮食，就是神仙也不知道的。郑生看见了道："怪道贼秃关门得紧，元来有此缘故。我却不该撞破了他，未必无祸。"心下慌张，急挂木鱼在原处了，疾忙走出来，劈面与广明撞着。

广明见房门失锁，已自心惊；又见郑生有些仓惶气质，面上颜色红紫，再眼瞟去，小木鱼还在帐钩上摇动未定，晓得事体露了。问郑生道："适才何所见?"郑生道："不见什么。"广明道："便就房里坐坐何妨!"挽着郑生手进房，就把门闩了，床头掣出一把刀来道①："小僧虽与足下相厚，今日之事，势不两立。不可使吾事败，死在别人手里。只是足下自己悔气到了，错进此房，急急自裁，休得怨我!"郑生哭道："我不幸自落火坑，晓得你们不肯舍我，我也逃不得死了。只是容我吃一大醉，你断我头去，庶几醉后无知，不觉痛苦。我与你往来多时，也须怜我。"广明也念平日相好的，说得可怜，只得依从，反锁郑生在里头了。带了刀走去厨下，取了一大锡壶酒来，就把大碗来灌郑生。郑生道："寡酒难吃，须赐我盐菜少许。"广明又依他到厨下去取菜了。

郑生寻思走脱无路，要寻一件物事暗算他，房中多是轻巧物件，并无砖石棍棒之类。见酒壶罍巨，便心生一计，扯下一幅衫子，急把壶口塞得紧紧的②，连酒连壶，约有五六斤重了。一手提着，站在门背后。只见广明搪门进来，郑生估着光头，把这壶尽着力一下打去。广明打得头昏眼暗，急伸手摸头时，郑生又是两三下，打着脑袋，扑的晕倒。郑生索性把酒壶在广明头上似砧杵捶衣一般，连打数十下，脑浆迸出而死，眼见得不活了。

郑生反锁僧尸在房了，走将出来③，外边未有人知觉。忙到县官处说了，

---

① 眉批：狠甚。

② 眉批：人极智生。

③ 眉批：有用之才。

县官差了公人，又添差兵快，急到寺中，把这本房围住。打进房中，见一个僧人脑破血流，死于地下，搜不出妇女来。只见郑生嘻嘻笑道："我有一法，包得就见。"伸手去帐钩上取了木鱼敲得两下，果然一声铃响，地板顶将起来。一个妇女钻出。公人看见，发一声喊，抢住地板。那妇人缩进不迭，一伙公人打将进去。元来是一间地窖子，四围磨砖砌着，又有周围栅栏，一面开窗，对着石壁天井。乃是人迹不到之所。有五六个妇人在内，一个个领了出来，问其来历，多是乡村人家拐将来的。郑生的中表，乃是烧香求子被他灌醉了轿夫，溜了进去的。家里告了状，两个轿夫还在狱中。这个广明既有世情，又无踪迹，所以累他不着，谁知正在他处！县官把这一房僧众尽行屠戮了。

看官，你道这些僧家受用了十方施主的东西，不忧吃，不忧穿，收拾了干净房室，精致被窝，眠在床里，没事得做，只想得是这件事体。虽然有个把行童解馋，俗语道："吃杀馒头当不得饭。"亦且这些妇女们，偏要在寺里来烧香拜佛[①]，时常在他们眼前晃来晃去。看见了美貌的，叫他静夜里怎么不想？所以千方百计弄出那奸淫事体来。只这般奸淫，已是罪不容诛了，况且不毒不秃，不秃不毒，转毒转秃，转秃转毒，为那色事上专要性命相搏、杀人放火的。就是小子方才说这临安僧人，既与郑举人是相厚的，就被他看见了破绽，只消求告他，买嘱他，要他不泄漏罢了，何至就动了杀心，反丧了自己？这须是天理难容处，要见这些和尚狠得没道理的。

而今再讲一个狠得咤异的，来与看官们听着。有诗为证：

奸杀本相寻，其中妒更深。

若非男色败，何以警邪淫？

话说四川成都府汶川县，有一个庄农人家，姓井名庆。有妻杜氏，生得有些姿色，颇慕风情，嫌着丈夫粗蠢，不甚相投，每日寻是寻非的激聒[②]。一日，也为有两句口面，走到娘家去，住了十来日。大家厮劝，气平了，仍旧转回夫

---

① 眉批：妇女宜听。

② 眉批：便有死道。

家来。两家隔不上三里多路，杜氏长独自个来去惯了的。也是合当有事，正行之间，遇着大雨下来，身边并无雨具，又在荒野之中，没法躲避。远远听得铃声响，从小径里望去，有所寺院在那里。杜氏只得冒着雨，迂道走去避着，要等雨住再走。

那个寺院叫做太平禅寺，是个荒僻去处。寺中共有十来个僧人，门首一房，师徒三众。那一个老的，叫做大觉，是他掌家。一个后生的徒弟，叫做智圆，生得眉清目秀，风流可喜，是那老和尚心头的肉。又有一个小沙弥，叫做慧观，只有十一二岁。这个大觉年有五十七八了，却是极淫毒的心性，不异少年，夜夜搂着这智圆做一床睡了。两个说着妇人家滋味，好生动兴，就弄那话儿消遣一番，淫亵不可名状。

是日师徒正在门首闲站，忽见个美貌妇人，走进来避雨，正似老鼠走到猫口边，怎不动火？老和尚看见了，丢眼色对智圆道："观音菩萨进门了，好生迎接着。"智圆头颠尾颠，走上前来问杜氏道："小娘子，敢是避雨的么？"杜氏道："正是。路上逢雨，借这里避避则个。"智圆嘻着脸笑道："这雨还有好一会下，这里没好坐处，站着不雅，请到小房坐了，奉杯清茶。等雨住了走路，何如？"那妇人家若是个正气的，由他自说，你只外边站站，等雨过了走路便罢。那僧房里好是轻易走得进的？谁知那杜氏是个爱风月的人，见小和尚生得青头白脸，语言聪俊，心里先有几分看上了，暗道："总是雨大，在此闲站，便依他进去坐坐也不妨事。"就一步步随了进来。

那老和尚见妇人挪动了脚，连忙先走进去，开了卧房等候[1]。小和尚陪了杜氏，你看我，我看你，同走了进门。到得里头坐下了，小沙弥掇了茶盘送茶。智圆拣个好磁碗，把袖子展一展，亲手来递与杜氏。杜氏连忙把手接了，看了智圆丰度，越觉得可爱，偷眼觑着，有些魂出了，把茶侧翻了一袖。智圆道："小娘子茶泼湿了衣袖，到房里薰笼上烘烘。"杜氏见要他房里去，心里已瞧科了八九分，怎当得是要在里头的，并不推阻，反问他那个房里是。智圆领到师

---

① 眉批：老僧便有极态。

父房前，晓得师父在里头等着，要让师父，不敢抢先。见杜氏进了门里，指着薰笼道："这个上边烘烘就是，有火在里头的。"却把身子倒退了出来。

杜氏见他不进来，心里不解，想道："想是他未敢轻动手。"正待将袖子去薰笼上烘，只见床背后一个老和尚，托地跳出来，一把抱住。杜氏杀猪也似叫将起来。老和尚道："这里无人，叫也没干。谁教你走到我房里来？"杜氏却待奔脱，外边小和尚凑趣，已把门拽上了。老和尚擒住了杜氏身子，将阳物隔着衣服只是乱迭①。杜氏虽推拒了一番，不觉也有些兴动，问道："适才小师父那里去了？却换了你？"老和尚道："你动火我的徒弟么？这是我心爱的人儿，你作成我完了事，我叫他与你快活。"杜氏心里道："我本看上他小和尚，谁知被这老厌物缠着。虽然如此，到这地位，料应脱不得手，不如先打发了他，他徒弟少不得有分的了。"只得勉强顺着老和尚，搂到床上，行起云雨来。

一个欲动情浓，仓忙唐突；一个心慵意懒，勉强应承。一个相会有缘，吃了自来之食；一个偶逢无意，栽着无主之花。喉急的浑如那扇火的风箱，体懈的只当得盛血的皮袋。虽然卤莽无些趣，也算依稀一度春。那老和尚淫兴虽高，精力不济，起初搂抱推拒时，已此有好些流精淌出来，及至干事，不多一会就弄倒了。杜氏本等不耐烦的，又见他如此光景，未免有些不足之意。一头走起来系裙，一头怨怅道："如此没用的老东西，也来厌世，死活缠人做甚么？"老和尚晓得扫了兴，自觉没趣，急叫徒弟把门开了。

门开处，智圆迎着，问师父道："意兴如何？"老和尚道："好个知味的人，可惜今日本事不帮衬，弄得出了丑。"智圆道："等我来助兴。"急跑进房，把门掩了，回身来抱着杜氏道："我的亲亲，你被老头儿缠坏了。"杜氏道："多是你哄我进房，却叫这厌物来摆布我！"智圆道："他是我师父，没奈何，而今等我赔礼罢。"一把搂着，就要床上去。杜氏刚被老和尚一出完得，也觉没趣，拿个班道："那里有这样没廉耻的？师徒两个，轮替缠人！"智圆道："师父是冲头阵垫刀头的，我与娘子须是年貌相当，不可错过了姻缘！"扑的跪将下去。

① 眉批：极态。

杜氏扶起道："我怪你让那老物先将人奚落，故如此说。其实我心上也爱你的。"智圆就势抱住，亲了个嘴。挽到床上，弄将起来。这却与先前的情趣大不相同：

一个身逢美色，犹如饿虎吞羊；一个心慕少年，好似渴龙得水。庄家妇，性情淫荡，本自爱耍贪欢；空门人，手段高强，正是能征惯战。粲的粲，橥的橥，没一个肯将就伏输；往的往，来的来，都一般愿辛勤出力。虽然老和尚先开方便之门，争似小阇黎漫领菩提之水。

说这小和尚正是后生之年，阳道壮伟，精神旺相，亦且杜氏见他标致，你贪我爱，一直弄了一个多时辰，方才歇手。弄得杜氏心满意足，杜氏道："一向闻得僧家好本事[1]，若如方才老厌物，羞死人了。元来你如此着人，我今夜在此与你睡了罢。"智圆道："多蒙小娘子不弃，不知小娘子何等人家，可是住在此不妨的？"杜氏道："奴家姓杜，在井家做媳妇，家里近在此间。只因前日与丈夫有两句说话，跑到娘家这几日，方才独自个回转家去。遇着雨，走进来避，撞着你这冤家的。我家未知道我回，与娘家又不打照会，便私下住在此两日，无人知觉。"智圆道："如此却侥幸，且图与娘子做个通宵之乐。只是师父要做一床。"杜氏道："我不要这老厌物来。"智圆道："一家是他做主，须却不得他，将就打发他罢了。"杜氏道："羞人答答的，怎好三人在一块做事？"智圆道："老和尚是个骚头，本事不济，南北齐来，或是你，或是我，做一遭不着，结识了他，他就没用了。我与你自在快活，不要管他。"

两人说得着，只管说了去，怎当得老和尚站在门外，听见床响了半日，已自恨着自己忒快，不曾插得十分趣，倒让他们恣意去了，好些妒忌。等得不耐烦，再不出来，忍不住开房进去。只见两个紧紧搂抱，舌头还在口里，老和尚便有些怒意，暗想道："方才待我怎肯如此亲热[2]？"就不觉捻酸起来，嚷道："得了些滋味，也该商量个长便。青天白日，没廉没耻的，只顾关着门睡什

① 眉批：所以肯入寺。

② 眉批：不自揣。

么？”智圆见师父发话，笑道：“好教师父得知，这滋味长哩。”老和尚道：“怎见得？”智圆道：“那娘子今晚不去了。”老和尚放下笑脸道：“我们也不肯放他就去。”智圆道：“我们强主张不放，须防干系。而今是这娘子自家主意，说道可以住得，我们就放心得下了。”老和尚道：“这小娘子何宅？”智圆把方才杜氏的言语述了一遍。老和尚大喜，急整夜饭，摆在房中，三人共桌而食。

杜氏不十分吃酒，老和尚劝他，只是推故。智圆斟来，却又吃了。坐间眉来眼去，与智圆甚是肉麻。老和尚硬挨光，说得句把风话，没着没落的[1]，冷淡的当不得。老和尚也有些看得出，却如狗恬热煎盘，恋着不放。夜饭撤去，毕竟赖着三人一床睡了。到得床里，杜氏与小和尚先自搂得紧紧的，不管那老和尚。老和尚刚是日里弄得过，那话软郎当，也没力量再举。意思便等他们弄一火看看，发了自己的兴再处。果然他两个击击格格弄将起来，极得老和尚在傍边东呜一口，西咂一口，左勾一勾，右抱一抱。一手捏着自己的阳物摩弄，又将手去摸他两个斗笋处，觉得有些兴动了，半硬起来，就要推开了小和尚自家上场。那小和尚正在兴头上，那里肯放；杜氏又双手抱住，推不开来。小和尚叫道：“师父，我住不得手了，你十分高兴，倒在我背后做个天机自动罢。”老和尚道：“使不得，野味不吃吃家食？”咬咬掐掐，缠帐不住[2]。小和尚只得爬了下来让他。杜氏心下好些不像意，那有好气待他，任他抽了两抽。杜氏带恨的撇了两撇。那老和尚是极坏了的，忍不住一泄如注，早已气喘声嘶不济事了。杜氏冷笑道：“何苦呢！”老和尚羞惭无地，不敢则声。寂寂向了里床，让他两个再整旗枪，恣意交战。两人多是少年，无休无歇的，略略睡睡，又弄起来。老和尚只好咽唾蛊毒魇魅的，做尽了无数的厌景。

天明了，杜氏起来梳洗罢，对智圆道：“我今日去休。”智圆道：“娘子昨日说多住几日不妨的，况且此地僻静，料无人知觉，我你方得欢会，正在好头上，怎舍得就去，说出这话来？”杜氏悄悄说道：“非是我舍得你去，只是吃老

① 眉批：杜氏乡妇真率，不能假意周旋，自掇其祸。
② 眉批：真厌物。

头子缠得苦，你若要我住在此，我须与你两个自做一床睡，离了他才使得。”智圆道：“师父怎么肯?”杜氏道：“若不肯时，我也不住在此。”智圆没奈何，只得走去对师父说道：“那杜娘子要去，怎么好?”老和尚道：“我看他和你好得紧，如何要去?”智圆道：“他须是良人家出身，有些羞耻，不肯三人同床，故此要去。依我愚见，不若等我另铺下一床，在对过房里，与他两个同睡晚把，哄住了他，师父乘空便中取事。等他熟分了，然后团做一块不迟。不然逆了他性，他走了去，大家多没分了。”老和尚听说罢，想着夜间三人一床，枉动了许多火，讨了许多厌，不见快活；又恐怕他去了，连寡趣多没绰处，不如便等他们背后去做事，有时我要他房里来独享一夜也好，何苦在傍边惹厌。便对智圆道：“就依你所见也好，只要留得他住，毕竟大家有些滋味，况且你是我的心，替你好了，也是好的。”老和尚口里如此说，心里原有许多的醋意，只得且如此许了他，慢慢再看。智圆把铺房另睡的话回了杜氏，杜氏千欢万喜住下了，只等夜来欢乐。

到了晚间，老和尚叫智圆分付道：“今夜我养养精神，让你两个去快活一夜，须把好话哄住了他，明日却要让我。”智圆道：“这个自然，今夜若不是我伴住他，只如昨夜混搅，大家不爽利，留他不住的。等我团熟了他，牵与师父，包你像意。”老和尚道：“这才是知心着意的肉。”智圆自去与杜氏关了房睡了。此夜自由自在，无拘无束，快活不尽。

却说那老和尚一时怕妇人去了，只得依了徒弟的言语。是夜独自个在房里，不但没有了妇人，反去了个徒弟，弄得孤眠独宿了，好些不像意。又且想着他两个此时快乐，一发睡不去了，倒枕捶床了一夜。次日起来，对智圆道：“你们好快活！撇得我清冷。”智圆道：“要他安心留住，只得如此。”老和尚道：“今夜须等我像心像意一晚。”

到得晚间，智圆不敢逆师父，劝杜氏到师父房中去。杜氏死也不肯，道：“我是替你说过了，方住在此的。如何又要我去陪这老厌物?”智圆道：“他须是吾主家的师父。”杜氏道：“我又不是你师父讨的，我怕他做甚！逼得我紧，我连夜走了家去。”智圆晓得他不肯去，对师父道：“他毕竟有些害羞，不肯来，师父你到他房里去罢。”老和尚依言，摸将进去，杜氏先自睡好了，只待等智圆来干事。不晓得是老和尚走来，跳上床去，杜氏只道是智圆，一把抱来亲个嘴，老和尚骨头都酥了，直等做起事来，杜氏才晓得不是了，骂道：“又是你这老厌物，只管缠我做甚么？”老和尚不揣，恨命价弄送抽拽，只指望讨他的好处，不想用力太猛，忍不住吁吁气喘将来。杜氏方得他抽拽一番，正略觉有些兴动，只见已是收兵锣光景，晓得阳精将泄，一场扫兴，把自家身子一歪，将他尽力一推，推下床来①。那老和尚的阳精不曾泄得在里头，粘粘涎涎，都弄在床沿上与自己腿上了。老和尚地上爬起来，心里道：“这婆娘如此狠毒！”恨恨地走了自房里去。

智圆见师父已出来了，然后自己进去补空。杜氏正被老和尚引起了兴头没收场的，却得智圆来，正好解渴。两个不及讲话，搂着就弄，好不热闹。只有老和尚到房中气还未平，想道：“我出来了，他们又自快活，且去听他一番。”走到房前，只听得山摇地动的，在床里淫戏。摩拳擦掌的道：“这婆娘直如此分厚薄？你便多少分些情趣与我，也图得大家受用。只如此让了你两个罢。明日拚得个大家没帐！”闷闷的自去睡了。

一觉睡到天明起来，觉得阳物茎中有些作痒，又有些梗痛，走去撒尿，点点滴滴的，元来昨夜被杜氏推落身子，阳精泄得不畅，弄做了个白浊之病。一发恨道：“受这歹婆娘这样累！”及至杜氏起来了，老和尚还皮着脸撩拨他几句，杜氏一句话也不来招揽，老大没趣。又见他与智圆交头接耳，嘻嘻哈哈，心怀忿毒。

到得夜来，智圆对杜氏道：“省得老和尚又来歪厮缠，等我先去弄倒了他。”杜氏道：“你快去，我睡着等你。”智圆走到老和尚房中，装出平日的媚态，说道：“我两夜抛撇了师父，心里过意不去，今夜同你睡休。”老和尚道：“见放着雌儿在家里，却自寻家常饭吃！你好好去叫他来相伴我一夜。”智圆道：“我叫他不肯来，除非师父自去求他。”老和尚发狠道：“我今夜不怕他不

① 眉批：原毒！

来！”一直的走到厨下，拿了一把厨刀，走进杜氏房来道：“看他若再不知好歹，我结果了他！”

杜氏见智圆去了好一会，一定把师父安顿过。听得床前脚步响，只道他来了，口里叫道：“我的哥，快来关门罢！我只怕老厌物又来缠。”老和尚听得明白，真个怒从心上起，恶向胆边生，厉声道：“老厌物今夜偏要你去睡一觉！”就把一只手去床上拖他下来。杜氏见他来的狠，便道：“怎的如此用强？我偏不随你去！”吊住床楞，恨命挣住。老和尚力拖不休。杜氏喊道：“杀了我，我也不去！”老和尚大怒道：“真个不去，吃我一刀，大家没得弄！”按住脖子一勒，老和尚是性发的人，使得力重，早把咽喉勒断。杜氏跳得两跳，已此呜呼了。

智圆自师父出了房门，且眠在床里等师父消息。只听得对过房里叫喊罢，就劈扑的响，心里疑心，跑出看时，正撞着老和尚拿了把刀房里出来。看见智圆，便道：“那鸟婆娘可恨！我已杀了。”智圆吃了一惊道：“师父当真做出来？”老和尚道：“不当真？只让你快活！[①]”智圆移个火，进房一看，只叫得苦道：“师父直如此下得手！”老和尚道：“那鸟婆娘嫌我，我一时性发了。你不要怪我，而今事已如此，不必迟疑，且并叠过了，明日另弄个好的来与你快活便是。”智圆苦在肚里说不出，只得随了老和尚，拿着锹镢，背到后园中埋下了。智圆暗地垂泪道：“早知这等，便放他回去了也罢，直恁地害了他性命！”老和尚又怕智圆烦恼，越越的撺哄他欢喜，瞒得水泄不通。只有小沙弥怪道不见了这妇人，却是娃子家，不来跟究，以此无人知道，不题。

却说杜氏家里见女儿回去了两三日，不知与丈夫和睦未曾[②]？叫个人去望望。那井家正叫人来杜家接着，两下里都问个空。井家又道：“杜家因夫妻不睦，将来别嫁了。”杜家又道：“井家夫妻不睦，定然暗算了。”两边你赖我，我赖你，争个不清。各写一状，告到县里。

县里此时缺大尹，却是一个都司断事在那里署印。这个断事，姓林，名大

---

① 眉批：智圆亦危。

② 旁批：与和尚和睦了。

合，是个福建人，虽然太学出身，却是吏才敏捷，见事精明，提取两家人犯审问。那井庆道："小的妻子向来与小的争竞口舌，憋气归家的。丈人欺心藏过了，不肯还了小的，须有王法。"杜老道："专为他夫妻两个不和，归家几日。三日前老夫妻已相劝他气平了，打发他到夫家去。又不知怎地相争，将来磨灭死了，反来相赖。望青天做主。"言罢，泪如雨下。

林断事看那井家是个朴野之人，不像恶人，便问道："儿女夫妻为甚么不和？"井庆道："别无甚差池，只是平日嫌小的粗卤，不是他对头，所以寻非闹炒。"断事问道："你妻子生得如何？"井庆道："也有几分颜色的。"断事点头，叫杜老问道："你女儿心嫌错了配头，鄙薄其夫。你父母之情，未免护短，敢是赖着另要嫁人，这样事也有。"杜老道："小的家里与女婿家，差不多路，早晚婚嫁之事，瞒得那个？难道小的藏了女儿，舍得私下断送在他乡外府，再不往来不成？是必有个人家，人人晓得的。这样事怎么做得？小的藏他何干？自然是他家摆布死了，所以无影无踪。"林断事想了一回道："都不是这般说，必是一边归来，两不照会，遇不着好人，中途差池了。且各召保听候缉访。"遂出了一纸广缉的牌，分付公人四下探访。过了多时，不见影响。

却说那县里有一门子，姓俞，年方弱冠，姿容娇媚，心性聪明。元来这家男风，是福建人的性命，林断事喜欢他，自不必说。这门子未免恃着爱宠，做件把不法之事。一日当堂犯了出来，林断事虽然要护他，公道上却去不得。便思量一个计较周全他①，等他好将功折罪。密叫他到衙中，分付道："你罪本当革役，我若轻恕了你，须被衙门中谈议。我而今只得把你革了名，贴出墙上，塞了众人之口。"门子见说要革他名字，叩头不已，情愿领责。断事道："不是这话，我有周全你处。那井、杜两家不见妇人的事，其间必有缘故。你只做得罪于我，逃出去替我密访。只在两家相去的中间路里，不分乡村市井，道院僧房，俱要走到，必有下落。你若访得出来，我不但许你复役，且有重赏。那时别人就议论我不得了。"

① 眉批：怕公道上去不得的，即是好官。

门子不得已，领命而去。果然东奔西撞，无处不去探听。他是个小厮家，就到人家去处绰着嘴闲话，带着眼瞧科，人都不十分疑心的。却不见甚么消息。一日，有一伙闲汉聚坐闲谈，门子挨去听着。内中一个抬眼看见了，魆魆对众人道："好个小官儿!"又一个道："这里太平寺中有个小和尚，还标致得紧哩[①]。可恨那老和尚，又骚又吃醋，极不长进。"门子听得，只做不知，洋洋的走了开来。想道："怎么样的一个小和尚，这等赞他？我便去寻他看看，有何不可?"

元来门子是行中之人，风月心性。见说小和尚标致，心里就有些动兴，问着太平寺的路走来。进得山门，看见一个僧房门槛上坐着一个小和尚，果然清秀异常。心里道："这个想是了。"那小和尚见个美貌小厮来到，也就起心，立起身来迎接道："小哥何来?"门子道："闲着进寺来顽耍。"小和尚殷勤请进奉茶，门子也贪着小和尚标致，欢欢喜喜随了进去。

老和尚在里头看见徒弟引得个小伙子进来，道："是个道地货来了。"笑逐颜开，来问他姓名居址。门子道："我原是衙中门官，为了些事逐了出来。今无处栖身，故此游来游去。"老和尚见说大喜，说道："小房尽可住得，便宽留几日不妨。"便同徒弟留茶留酒，着意殷勤。老僧趁着两杯酒兴，便溜他进房，褪下裤儿，行了一度。门子是个惯家，就是老僧也承受了。不比那庄家妇女，见人不多，嫌好道歉的，老和尚喜之不胜。

看官听说：元来是本事不济的，专好男风[②]。你道为甚么？男风勉强做事，受淫的没甚大趣，软硬迟速，一随着你，图个完事罢了，所以好打发。不像妇女，彼此兴高，若不满意，半途而废，没些收场，要发起极来的。故此支吾不过，不如男风自得其乐。这番老和尚算是得趣的了。事毕，智圆来对师父说："这小哥是我引进来的，到让你得了先头，晚间须与我同榻。"老和尚笑道："应得，应得。"那门子也要在里头的，晚间果与智圆宿了。有诗为证：

---

① 眉批：接缝甚妙。

② 眉批：透彻之极。

少年彼此不相饶，我后伊先递自熬。

虽是智圆先到手，劝酬毕竟也还遭。

说这两个都是美少，各干一遭已毕，搂抱而睡。第二日，老和尚只管来绰趣，又要缠他到房里干事。智圆经过了前边的毒，这番倒有些吃醋起来，道："天理人心，这个小哥该让与我，不该又来抢我的。"老和尚道："怎见得？"智圆道："你终日把我泄火，我须没讨还伴处，忍得不好过。前日这个头脑，正有些好处，又被你乱吵，弄断绝了。而今我引得这小哥来，明该让我与他乐乐，不为过分。"老和尚见他说得崛强，心下好些着恼，又不敢冲撞他，嘴骨都的，彼此不快活。

那门子是有心的，晚间觉得高兴时，问智圆道："你日间说前日甚么头脑，弄断绝了？"智圆正在乐头上，不觉说道："前日有个邻居妇女，被我们留住，大家耍耍罢了。且是弄得兴头，不匡老无知，见他与我相好，只管吃醋捻酸，搅得没收场。至今想来可惜。"门子道："而今这妇女那里去了？何不再寻将他来走走？"智圆叹口气道："还再那里寻处？"门子见说得有些缘故，还要探他备细。智圆却再不把以后的话漏出来，门子没计奈何。

明日，见小沙弥在没人处，轻轻问他道："你这门中前日有个妇女来？"小沙弥道："有一个。"门子道："在此几日？"小沙弥道："不多几日。"门子道："而今那里去了？"小沙弥道："不曾那里去，便是这样一夜不见了。"门子道："在这里这几日，做些甚么？"小沙弥道："不晓得做些什么。只见老师父与小师父，搅来搅去了两夜，后来不见了。两个常自激激聒聒的一番，我也不知一个清头。"门子虽不曾问得根由，却想得是这件来历了。只做无心的走来，对他师徒二人道："我在此两日了，今日外边去走走再来。"老和尚道："是必再来，不要便自去了。"智圆调个眼色，笑嘻嘻的道："他自不去的，掉得你下，须掉我不下。"门子也与智圆调个眼色道："我就来的。"门子出得寺门，一径的来见林公，把智圆与小沙弥话，备细述了一遍。林公点头道："是了，是了。只是这样看起来，那妇人必死于恶僧之手了。不然，三日之后，既不见在寺中了，怎不到他家里来？却又到那里去？以致争讼半年，尚无影踪。"分付门子不要把言语说开了。

明日起早，率了随从人等，打轿竟至寺中。分付头踏先来报道："林爷做了甚么梦，要来寺中烧香。"寺中纠了合寺众僧，都来迎接。林公下轿拜神焚香已毕。住持送过茶了，众僧正分立两傍。只见林公走下殿阶来，仰面对天看着，却象听甚说话的。看了一回，忽对着空中打个躬道："臣晓得这事了。"再仰面上去，又打一躬道："臣晓得这个人了。"急走进殿上来，喝一声："皂隶那里？快与我拿杀人贼！"众皂隶吆喝一声，答应了。林公偷眼看来，众僧虽然有些惊异，却只恭敬端立，不见慌张。其中独有一个半老的，面如土色，牙关寒战。林公把手指定，叫皂隶捆将起来。对众僧道："你们见么？上天对我说道：'杀井家妇人杜氏的，是个大觉。'快从实招来！"众僧都不知详悉，却疑道："这老爷不曾到寺中来，如何晓得他叫大觉？分明是上天说话是真的。"却不晓得尽是门子先问明了去报的。

那老和尚出于突然，不曾打点，又道是上天显应，先吓软了。那里还遮饰得来？只是叩头，说不出一句。林公叫取夹棍夹起，果然招出前情：是长是短，为与智圆同奸，争风致杀。林公又把智圆夹起，那小和尚柔脆，一发禁不得，套上未收，满口招承："是师父杀的，尸见埋后园里。"林公叫皂隶押了二僧到园中，掘下去，果然一个妇人，项下勒断，血迹满身。林公喝叫带了二僧到县里来，取了供案。大觉因奸杀人，问成死罪。智圆同奸不首，问徒三年，满日还俗当差。随唤井、杜两家进来认尸领埋，方才两家疑事得解。

林公重赏了俞门子，准其复役。合县颂林公神明，恨和尚淫恶。后来上司详允，秋后处决了，人人称快。都传说林公精明，能通天上[①]，辨出无头公事，至今蜀中以为美谈。有诗为证：

庄家妇拣汉太分明，色中鬼争风忒没情。
舍得去后庭俞门子，装得来鬼脸林县君。

---

① 眉批：小民易惑如此。

卷二十七 顾阿秀喜舍檀那物 崔俊臣巧会芙蓉屏

诗曰：

夫妻本是同林鸟，大限来时各自飞。

若是遗珠还合浦，却教拂拭更生辉。

话说宋朝汴梁有个王从事，同了夫人到临安调官，赁一民房，居住数日，嫌他窄小不便。王公自到大街坊上寻得一所宅子，宽敞洁净，甚是像意，当把房钱赁下了。归来与夫人说：“房子甚是好住，我明日先搬东西去了，临完，我雇轿来接你。”次日，并叠箱笼，结束齐备，王公押了行李先去收拾。临出门，又对夫人道：“我先去，你在此等等，轿到便来就是。”王公分付罢，到新居安顿了，就叫一乘轿到旧寓接夫人。

轿已去久，竟不见到。王公等得心焦，重到旧寓来问。旧寓人道：“官人去不多时，就有一乘轿来接夫人，夫人已上轿去了。后边又是一乘轿来接[1]，我回他：‘夫人已有轿去了’那两个就打了空轿回去，怎么还未到?”王公大惊，转到新寓来看。只见两个轿夫来讨钱道：“我等打轿去接夫人，夫人已先来了。我等虽不抬得，却要赁轿钱与脚步钱。”王公道：“我叫的是你们的轿，如何又有甚人的轿先去接着？而今竟不知抬向那里去了。”轿夫道：“这个我们却不知道。”王公将就拿几十钱打发了去，心下好生无主，炮躁如雷，没个出豁处。

次日到临安府进了状，拿得旧主人来，只如昨说，并无异词。问他邻舍，多见是上轿去的。又拿后边两个轿夫来问，说道：“只打得空轿往回一番，地方街上人多看见的，并不知余情。”临安府也没奈何，只得行个缉捕文书，访拿先

① 眉批：夫人亦剪却绺乎？

前的两个轿夫。却又不知姓名住址，有影无踪，海中捞月，眼见得一个夫人送在别处去了。王公凄凄惶惶，苦痛不已。自此失了夫人，也不再娶。

五年之后，选了衢州教授。衢州首县是西安县附郭的，那县宰与王教授时相往来。县宰请王教授衙中饮酒，吃到中间，嗄饭中拿出鳖来。王教授吃了两箸，便停了箸，哽哽咽咽，眼泪如珠落将下来。县宰惊问缘故。王教授道："此味颇似亡妻所烹调①，故此伤感。"县宰道："尊阃夫人，几时亡故？"王教授道："索性亡故，也是天命。只因在临安移寓，相约命轿相接，不知是甚奸人，先把轿来骗，拙妻错认是家里轿，上的去了。当时告了状，至今未有下落。"县宰色变了道："小弟的小妾，正是在临安用三十万钱娶的外方人。适才叫他治庖，这鳖是他烹煮的。其中有些怪异了。"登时起身，进来问妾道："你是外方人，如何却在临安嫁得在此？"妾垂泪道："妾身自有丈夫，被奸人赚来卖了，恐怕出丈夫的丑，故此不敢声言。"县宰问道："丈夫何姓？"妾道："姓王名某，是临安听调的从事官。"县宰大惊失色，走出对王教授道："略请先生移步到里边，有一个人要奉见。"

王教授随了进去。县宰声唤处，只见一个妇人走将出来。教授一认，正是失去的夫人，两下抱头大哭。王教授问道："你何得在此？"夫人道："你那夜晚间说话时，民居浅陋，想当夜就有人听得把轿相接的说话。只见你去不多时，就有轿来接。我只道是你差来的，即便收拾上轿去。却不知把我抬到一个甚么去处，乃是一个空房。有三两个妇女在内②，一同锁闭了一夜。明日把我卖在官船上了。明知被赚，我恐怕你是调官的人，说出真情，添你羞耻，只得含羞忍耐，直至今日③。不期在此相会。"那县官好生过意不去，传出外厢，忙唤直日轿夫将夫人送到王教授衙里。王教授要赔还三十万原身钱④，县宰道："以同官之妻为妾，不曾察听得备细，恕不罪责勾了，还敢说原钱耶？⑤"教授称谢而

---

① 眉批：鳖作因缘。
② 旁批：还好。
③ 眉批：此妇恁愦愦，所以有此。
④ 旁批：不堪再卖。
⑤ 眉批：三十万钱作缠头矣。

归，夫妻欢会，感激县宰不尽。

元来临安的光棍，欺王公远方人，是夜听得了说话，即起谋心，拐他卖到官船上。又是到任去的，他州外府，道是再无有撞着的事了。谁知恰恰选在衢州，以致夫妻两个失散了五年，重得在他方相会。也是天缘未断，故得如此。却有一件：破镜重圆，离而复合，固是好事，这美中有不足处。那王夫人虽是所遭不幸，却与人为妾，已失了身，又不曾查得奸人跟脚出，报得冤仇。不如《崔俊臣芙蓉屏》故事，又全了节操，又报了冤仇，又重会了夫妻，这个话本好听。看官，容小子慢慢敷演，先听《芙蓉屏歌》一篇，略见大意。歌云：

画芙蓉，妾忍题屏风，屏间血泪如花红。败叶枯梢两萧索，断缣遗墨俱零落。去水奔流隔死生，孤身只影成漂泊。成漂泊，残骸向谁托？泉下游魂竟不归，图中艳姿浑似昨。浑似昨，妾心伤，那禁秋雨复秋霜！宁肯江湖逐舟子，甘从宝地礼医王。医王本慈悯，慈悯超群品。逝魄愿提撕，茕嫠赖将引。芙蓉颜色娇，夫婿手亲描。花萎因折蒂，干死为伤苗。蕊干心尚苦，根朽恨难消！但道章台泣韩翃，岂期甲帐遇文萧[①]？芙蓉良有意，芙蓉不可弃。幸得宝月再团圆，相亲相爱莫相捐！谁能听我芙蓉篇？人间夫妇休反目，看此芙蓉真可怜！”

这篇歌，是元朝至正年间真州才士陆仲旸所作。你道他为何作此歌？只因当时本州有个官人，姓崔名英，字俊臣，家道富厚，自幼聪明，写字作画，工绝一时。娶妻王氏，少年美貌，读书识字，写染皆通。夫妻两个，真是才子佳人，一双两好，无不厮称，恩爱异常。是年辛卯，俊臣以父荫得官，补浙江温州永嘉县尉，同妻赴任。就在真州闸边，有一只苏州大船，惯走杭州路的，船家姓顾。赁定了，下了行李，带了家奴使婢，由长江一路进发，包送到杭州交卸。行到苏州地方，船家道：“告官人得知，来此已是家门首了。求官人赏赐些，并买些福物纸钱，赛赛江湖之神。”俊臣依言，拿出些钱钞，教如法置办。完事毕，船家送一桌牲酒到舱里来。俊臣叫家僮接了，摆在桌上，同王氏暖酒少酌。俊臣是宦家子弟，不晓得江湖上的禁忌。吃酒高兴，把箱中带来的金银

① 眉批：歌意未尽。

杯觥之类，拿出与王氏欢酌[①]。却被船家后舱头张见了，就起不良之心。

此时是七月天气，船家对官舱里道："官人，娘子在此闹处歇船，恐怕热闷。我们移船到清凉些的所在泊去，何如?"俊臣对王氏道："我们船中闷躁得不耐烦，如此最好。"王氏道："不知晚间谨慎否?[②]"俊臣道："此处须是内地，不比外江。况船家是此间人，必知利害，何妨得呢?"就依船家之言，凭他移船。那苏州左近太湖，有的是大河大洋，官塘路上，还有不测。若是傍港中去，多是贼的家里。俊臣是江北人，只晓得扬子江有强盗，道是内地港道小了，境界不同，岂知这些就里？是夜，船家直把船放到芦苇之中，泊定了。黄昏左侧，提了刀，竟奔舱里来，先把一个家人杀了。俊臣夫妻见不是头，磕头讨饶道："是有的东西，都拿了去，只求饶命!"船家道："东西也要，命也要。"两个只是磕头，船家把刀指着王氏道："你不必慌，我不杀你，其余都饶不得。"俊臣自知不免，再三哀求道："可怜我是个书生，只教我全尸而死罢。"船家道："这等饶你一刀，快跳在水中去!"也不等俊臣从容，提着腰胯，扑通的撩下水去。其余家僮、使女尽行杀尽，只留得王氏一个。对王氏道："你晓得免死的缘故么？我第二个儿子，未曾娶得媳妇，今替人撑船到杭州去了。再是一两个月，才得归来，就与你成亲。你是吾一家人了，你只安心住着，自有好处，不要惊怕。[③]"一头说，一头就把船中所有，尽检点收拾过了。

王氏起初怕他来相逼，也拚一死。听见他说了这些话，心中略放宽些道："且到日后再处。"果然此后船家只叫王氏做媳妇，王氏假意也就应承。凡是船家教他做些甚么，他千依百顺，替他收拾零碎，料理事务，真像个掌家的媳妇伏侍公公一般，无不任在身上，是件停当。船家道："是寻得个好媳妇。[④]"真心相待，看看熟分，并不堤防他有外心了。

如此一月有余，乃是八月十五日中秋节令。船家会聚了合船亲属、水手人等，叫王氏治办酒肴，盛设在舱中饮酒看月。个个吃得酩酊大醉，东倒西歪，

---

① 眉批：孩子气。
② 眉批：王氏毕竟能。
③ 眉批：若遇着扒灰老，如何能免?
④ 眉批：老脸船家，知几女子?

船家也在船里宿了。王氏自在船尾，听得鼾睡之声彻耳，于时月光明亮如昼，仔细看看舱里，没有一个不睡沉了。王氏想道："此时不走，更待何时？"喜得船尾贴岸泊着，略摆动一些些就好上岸。王氏轻身跳了起来，趁着月色，一气走了二三里路。走到一个去处，比旧路绝然不同。四望尽是水乡，只有芦苇菰蒲，一望无际。仔细认去，芦苇中间有一条小小路径，草深泥滑，且又双弯纤细，鞋弓袜小，一步一跌，吃了万千苦楚。又恐怕后边追来，不敢停脚，尽力奔走。

渐渐东方亮了，略略胆大了些。遥望林木之中，有屋宇露出来。王氏道："好了，有人家了。"急急走去，到得面前，抬头一看，却是一个庵院的模样，门还关着。王氏欲待叩门，心里想道："这里头不知是男僧女僧，万一敲开门来，是男僧，撞着不学好的，非礼相犯，不是才脱天罗，又罹地网？且不可造次。总是天已大明，就是船上有人追着，此处有了地方，可以叫喊求救，须不怕他了。只在门首坐坐，等他开出来的是。"

须臾之间，只听得里头托的门栓响处，开将出来，乃是一个女僮，出门担水。王氏心中喜道："元来是个尼庵。"一径的走将进去。院主出来见了，问道："女娘是何处来的？大清早到小院中。"王氏对蓦生人，未知好歹，不敢把真话说出来，哄他道："妾是真州人，乃是永嘉崔县尉次妻，大娘子凶悍异常，万般打骂。近日家主离任归家，泊舟在此。昨夜中秋赏月，叫妾取金杯饮酒，不料偶然失手，落到河里去了。大娘子大怒，发愿必要置妾死地。妾自想料无活理，乘他睡熟，逃出至此①。"院主道："如此说来，娘子不敢归舟去了。家乡又远，若要别求匹偶，一时也未有其人。孤苦一身，何处安顿是好？"王氏只是哭泣不止。

院主见他举止端重，情状凄惨，好生慈悯，有心要收留他，便道："老身有一言相劝，未知尊意若何？"王氏道："妾身患难之中，若是师父有甚么处法，妾身敢不依随？"院主道："此间小院，僻在荒滨，人迹不到，茭葑为邻，鸥鹭为友，最是个幽静之处。幸得一二同伴，都是五十以上之人②。侍者几个，又

---

① 眉批：不说出盗来，因其地近，恐其与盗有往还也，煞甚精细。

② 旁批：要紧。

皆淳谨。老身在此住迹，甚觉清修味长。娘子虽然年芳貌美，争奈命蹇时乖，何不舍离爱欲，披缁削发，就此出家？禅榻佛灯，晨飧暮粥，且随缘度其日月，岂不强如做人婢妾，受今世的苦恼，结来世的冤家么？”王氏听说罢，拜谢道：“师父若肯收留做弟子，便是妾身的有结果了，还要怎的？就请师父替弟子落了发，不必迟疑。[①]”果然院主装起香，敲起磬来。拜了佛，就替他落了发。

可怜县尉孺人，忽作如来弟子。

落发后，院主起个法名，叫做慧圆。参拜了三宝，就拜院主做了师父，与同伴都相见已毕，从此在尼院中住下了。

王氏是大家出身，性地聪明，一月之内，把经典之类，一一历过，尽皆通晓。院主大相敬重，又见他知识事体，凡院中大小事务，悉凭他主张。不问过他，一件事也不敢轻做。且是宽和柔善，一院中的人没一个不替他相好，说得来的。每日早晨，在白衣大士前礼拜百来拜，密诉心事。任是大寒大暑，再不间断。拜完，只在自己静室中清坐。自怕貌美惹出事来，再不轻易露形，外人也难得见他面的[②]。

如是一年有余。忽一日，有两个人到院随喜，乃是院主认识的近地施主，留他吃了些斋。这两个人是偶然闲步来的，身边不曾带得甚么东西来回答。明日将一幅纸画的芙蓉来，施在院中张挂，以答谢昨日之斋[③]。院主受了，便把来裱在一格素屏上面。王氏见了，仔细认了一认，问院主道：“此幅画是那里来的？”院主道：“方才檀越布施的。”王氏道：“这檀越是何姓名？住居何处？”院主道：“就是同县顾阿秀兄弟两个。[④]”王氏道：“做甚么生理的？”院主道：“他两个原是个船户，在江湖上赁载营生。近年忽然家事从容了，有人道他劫掠了客商，以致如此。未知真否如何。”王氏道：“长到这里来的么？”院主道：“偶然来来，也不长到。”

王氏问得明白，记了顾阿秀的姓名，就提笔来写一首词在屏上。词云：

---

① 眉批：急于落发，亦是避祸之心。
② 眉批：是个能人。
③ 眉批：小人吝财，故以芙蓉准折，亦天意也。
④ 眉批：恐与有往还，方知初时不说破之妙。

少日风流张敞笔，写生不数今黄筌。芙蓉画出最鲜妍。岂知娇艳色，翻抱死生缘？　　粉绘凄凉馀幻质，只今流落有谁怜？素屏寂寞伴枯禅，今生缘已断，愿结再生缘！

——右调《临江仙》

院中之尼，虽是识得经典上的字，文义不十分精通，看见此词，只道是王氏卖弄才情，偶然题咏，不晓中间缘故。谁知这画来历，却是崔县尉自己手笔画的，也是船中劫去之物。王氏看见物在人亡，心内暗暗伤悲。又晓得强盗踪迹，已有影响，只可惜是个女身，又已做了出家人，一时无处申理。忍在心中，再看机会。却是冤仇当雪，姻缘未断，自然生出事体来。

姑苏城里有一个人，名唤郭庆春，家道殷富，最肯结识官员士夫，心中喜好的是文房清玩。一日游到院中来，见了这幅芙蓉画得好，又见上有题咏，字法俊逸可观，心里喜欢不胜，问院主要买。院主与王氏商量，王氏自忖道："此是丈夫遗迹，本不忍舍；却有我的题词在上，中含冤仇意思在里面，遇着有心人玩着词句，究问根由，未必不查出踪迹来①。若只留在院中，有何益处？就叫师父卖与他罢。"庆春买得，千欢万喜去了。

其时有个御史大夫高公，名纳麟，退居姑苏，最喜欢书画。郭庆春想要奉承他，故此出价钱买了这幅纸屏去献与他。高公看见画得精致，收了他的，忙忙里也未看着题词，也不查着款字，交与书僮，分付且张在内书房中，送庆春出门来别了。只见外面一个人，手里拿着草书四幅，插个标儿要卖。高公心性既爱这行物事，眼里看见，就不肯便放过了，叫取过来看。那人双手捧过，高公接上手一看：

字格类怀素，清劲不染俗。

若列法书中，可载金石录。

高公看毕，道："字法颇佳，是谁所写？"那人答道："是某自己学写的。"高公抬起头来看他，只见一表非俗，不觉失惊。问道："你姓甚名谁？何处人氏？"那个人吊下泪来道："某姓崔名英，字俊臣，世居真州。以父荫补永嘉县

① 眉批：王氏亦有心人也。

尉，带了家眷同往赴任，自不小心，为船人所算，将英沉于水中。家财妻小，都不知怎么样了？幸得生长江边，幼时学得泅水之法，伏在水底下多时，量他去得远了，然后爬上岸来，投一民家。浑身沾湿，并无一钱在身。赖得这家主人良善，将干衣出来换了，待了酒饭，过了一夜。明日又赠盘缠少许，打发道：'既遭盗劫，理合告官。恐怕连累，不敢奉留。①'英便问路进城，陈告在平江路案下了。只为无钱使用，缉捕人役不十分上紧②。今听候一月，杳无消耗。无计可奈，只得写两幅字卖来度日。乃是不得已之计，非敢自道善书，不意恶札上达钧览。"

高公见他说罢，晓得是衣冠中人，遭盗流落，深相怜悯。又见他字法精好，仪度雍容，便有心看顾他。对他道："足下既然如此，目下只索付之无奈，且留吾西塾，教我诸孙写字，再作道理。意下如何？"崔俊臣欣然道："患难之中，无门可投。得明公提携，万千之幸！"高公大喜，延入内书房中，即治酒榼相待。

正欢饮间，忽然抬起头来，恰好前日所受芙蓉屏正张在那里③。俊臣一眼瞅去见了，不觉泫然垂泪。高公惊问道："足下见此芙蓉，何故伤心？"俊臣道：不敢欺明公，此画亦是舟中所失物件之一，即是英自己手笔。只不知何得在此？"站起身来再看看，只见上有一词。俊臣读罢，又叹息道："一发古怪！此词又即是英妻王氏所作。"高公道："怎么晓得？"俊臣道："那笔迹从来认得，且词中意思有在，真是拙妻所作无疑。但此词是遭变后所题，拙妇想是未曾伤命，还在贼处④。明公推究此画来自何方，便有个根据了。"高公笑道："此画来处有因，当为足下任捕盗之责，且不可泄漏！"是日酒散，叫两个孙子出来拜了先生，就留在书房中住下了。自此俊臣只在高公门馆，不题。

却说高公明日密地叫当直的请将郭庆春来，问道："前日所惠芙蓉屏，是那里得来的？"庆春道："买自城外尼院。"高公问了去处，别了庆春，就差当直

① 眉批：失盗告官而居停乃怕累及，安得不滋盗也。
② 旁批：可知有盗。
③ 眉批：好关目。
④ 旁批：干系。

的到尼院中仔细盘问："这芙蓉屏是那里来的？又是那个题咏的？"王氏见来问得蹊跷，就叫院主转问道："来问的是何处人？为何问起这些缘故？"当直的回言："这画而今已在高府中，差来问取来历。"王氏晓得是官府门中来问，或者有些机会在内[1]，叫院主把真话答他道："此画是同县顾阿秀舍的，就是院中小尼慧圆题的。"当直的把此言回复高公。高公心下道："只须赚得慧圆到来，此事便有着落。"进去与夫人商议定了。

隔了两日，又差一个当直的，分付两个轿夫抬了一乘轿到尼院中来。当直的对院主道："在下是高府的官家。本府夫人喜诵佛经，无人作伴。闻知贵院中小师慧圆了悟，愿礼请拜为师父，供养在府中。不可推却。"院主迟疑道："院中事务大小都要他主张，如何接去得？"王氏闻得高府中接他，他心中怀着复仇之意，正要到官府门中走走，寻出机会来。亦且前日来盘问芙蓉屏的，说是高府，一发有些疑心[2]，便对院主道："贵宅门中礼请，岂可不去？万一推托了，惹出事端来，怎生当抵？"院主晓得王氏是有见识的，不敢违他，但只是道："去便去，只不知几时可来，院中有事怎么处？"王氏道："等见夫人过，住了几日，觑个空便，可以来得就来。想院中也没甚事，倘有疑难的，高府在城不远，可以来问信商量得的。"院主道："既如此，只索就去。"当直的叫轿夫打轿进院，王氏上了轿，一直的抬到高府中来。

高公未与他相见[3]，只叫他到夫人处见了，就叫夫人留他在卧房中同寝，高公自到别房宿歇[4]。夫人与他讲些经典，说些因果，王氏问一答十，说得夫人十分喜欢敬重[5]。闲中问道："听小师父口谈，不是这里本处人。还是自幼出家的？还是有过丈夫，半路出家的？"王氏听说罢，泪如雨下道："复夫人，小尼果然不是此间，是真州人。丈夫是永嘉县尉，姓崔名英，一向不曾敢把实话对人说，而今在夫人面前，只索实告，想自无妨。[6]"随把赴任到此，舟人盗劫

---

① 眉批：到处留心。
② 眉批：细心极矣！宜其遇着有心人。
③ 旁批：大是。
④ 旁批：反便宜了高公。
⑤ 旁批：内人之常。
⑥ 眉批：宜虚则虚，宜实则实，王氏可以行兵。

财物，害了丈夫全家，自己留得性命，脱身逃走，幸遇尼僧留住，落发出家的说话，从头至尾，说了一遍，哭泣不止。

夫人听他说得伤心，恨恨地道："这些强盗，害得人如此！天理昭彰，怎不报应？"王氏道："小尼躲在院中一年，不见外边有些消耗。前日忽然有个人拿一幅画芙蓉到院中来施。小尼看来，却是丈夫船中之物。即向院主问施人的姓名，道是同县顾阿秀兄弟。小尼记起丈夫赁的船正是船户顾姓的。而今真赃已露，这强盗不是顾阿秀是谁？小尼当时就把舟中失散的意思，做一首词，题在上面。后来被人买去了。前日贵府有人来院，查问题咏芙蓉下落。其实即是小尼所题，有此冤情在内。"即拜夫人一拜道："强盗只在左近，不在远处了。只求夫人转告相公，替小尼一查。若是得了罪人，雪了冤仇，以下报亡夫，相公、夫人恩同天地了！"夫人道："既有了这些影迹，事不难查，且自宽心，等我与相公说就是。"

夫人果然把这些备细一一与高公说了，又道："这人且是读书识字，心性贞淑，决不是小家之女。"高公道："听他这些说话，与崔县尉所说正同。又且芙蓉屏是他所题，崔县尉又认得是妻子笔迹。此是崔县尉之妻，无可疑心。夫人只是好好看待他，且不要说破。"高公出来见崔俊臣时，俊臣也屡屡催高公替他查查芙蓉屏的踪迹。高公只推未得其详，略不提起慧圆的事①。

高公又密密差人问出顾阿秀兄弟居址所在，平日出没行径，晓得强盗是真②。却是居乡的官，未敢轻自动手。私下对夫人道："崔县尉事，查得十有七八了，不久当使他夫妻团圆。但只是慧圆还是个削发尼僧，他日如何相见，好去做孺人？你须慢慢劝他长发改妆才好。"夫人道："这是正理。只是他心里不知道丈夫还在，如何肯长发改妆？"高公道："你自去劝他，或者肯依固好。毕竟不肯时节，我另自有说话。"

夫人依言，来对王氏道："吾已把你所言尽与相公说知，相公道：'捕盗的事，多在他身上，管取与你报冤。'"王氏稽首称谢。夫人道："只有一件：相公道，你是名门出身，仕宦之妻，岂可留在空门，没个下落？叫我劝你长发改

① 旁批：妙在此。

② 眉批：高公亦大是精细人。

妆。你若依得，一力与你擒盗便是。”王氏道：“小尼是个未亡之人，长发改妆何用[①]？只为冤恨未伸，故此上求相公做主。若得强盗歼灭，只此空门静守，便了终身。还要甚么下落？”夫人道：“你如此妆饰，在我府中也不为便。不若你留了发，认义我老夫妇两个，做个孀居寡女，相伴终身。未为不可。[②]”王氏道：“承蒙相公、夫人抬举，人非木石，岂不知感？但重整云鬟，再施铅粉，丈夫已亡，有何心绪？况老尼相救深恩，一旦弃之，亦非厚道[③]。所以不敢从命。”

夫人见他说话坚决，一一回报了高公。高公称叹道：“难得这样立志的女人[④]！”又叫夫人对他说道：“不是相公苦苦要你留头，其间有个缘故。前日因去查问此事，有平江路官吏相见，说：‘旧年曾有人告理，也说是永嘉县尉，只怕崔生还未必死。’若是不长得发，他日一时擒住此盗，查得崔生出来，此时僧俗各异，不得团圆，悔之何及！何不权且留了头发？等事休尽完，崔生终无下落，那时任凭再净了发，还归尼院，有何妨碍？[⑤]”王氏见说是有人还在此告状，心里也疑道：“丈夫从小会没水，是夜眼见得囫囵抛在水中的，或者天幸留得性命也不可知。”遂依了夫人的话，虽不就改妆，却从此不剃发，权扮作道姑模样了。

又过了半年，朝廷差个进士薛溥化为监察御史，来按平江路。这个薛御史，乃是高公旧日属官，他吏才精敏，是个有手段的。到了任所，先来拜谒高公。高公把这件事密密托他，连顾阿秀姓名、住址、去处，都细细说明白了。薛御史谨记在心，自去行事，不在话下。

且说顾阿秀兄弟，自从那年八月十五夜一觉直睡到天明，醒来不见了王氏，明知逃去，恐怕形迹败露，不敢明明追寻。虽在左近打听两番，并无踪察，这是不好告诉人的事，只得隐忍罢了。此后一年之中，也曾做个十来番道路，虽

---

① 眉批：长起来就有用。

② 眉批：夫人也来得。

③ 眉批：好人。

④ 旁批：果然。

⑤ 眉批：不由不长发矣。

不能如崔家之多，侥幸再不败露，甚是得意。一日正在家欢呼饮酒间，只见平江路捕盗官带着一哨官兵，将宅居围住，拿出监察御史发下的访单来。顾阿秀是头一名强盗，其余许多名字，逐名查去，不曾走了一个。又拿出崔县尉告的赃单来，连他家里箱笼，悉行搜卷，并盗船一只，即停泊门外港内，尽数起到了官，解送御史衙门。

薛御史当堂一问，初时抵赖；及查物件，见了永嘉县尉的敕牒尚在箱中，赃物一一对款，薛御史把崔县尉旧日所告失盗状，念与他听，方各俯首无词。薛御史问道："当日还有孺人王氏，今在何处？"顾阿秀等相顾不出一语。御史喝令严刑拷讯。顾阿秀招道："初意实要留他配小的次男，故此不杀。因他一口应承，愿做新妇，所以再不防备①。不期当年八月中秋，乘睡熟逃去，不知所向。只此是实情。"御史录了口词，取了供案，凡是在船之人，无分首从，尽问成枭斩死罪，决不待时。原赃照单给还失主。御史差人回复高公，就把赃物送到高公家来，交与崔县尉。

俊臣出来一一收了。晓得敕牒还在，家物犹存，只有妻子没查下落处，连强盗肚里也不知去向了，真个是渺茫的事。俊臣感新思旧，不觉恸哭起来。有诗为证：

　　堪笑聪明崔俊臣，也应落难一时浑。

　　既然因画能追盗，何不寻他题画人？

元来高公有心，只将画是顾阿秀施在尼院的说与俊臣知道，并不曾提起题画的人就在院中为尼。所以俊臣但得知盗情因画败露，妻子却无查处，竟不知只在画上可以跟寻得出来的②。

当时俊臣恸哭已罢，想道："既有敕牒，还可赴任。若再稽迟，便恐另补有人，到不得地方了。妻子既不见，留连于此无益。"请高公出来拜谢了，他就把要去赴任的意思说了。高公道："赴任是美事，但足下青年无偶。岂可独去？待老夫与足下做个媒人，娶了一房孺人，然后夫妻同往也未为迟。③"俊臣含泪答

① 眉批：妙在此。

② 眉批：善藏其用，盖能令人感激。

③ 眉批：反跌法，妙！妙！

道："糟糠之妻，同居贫贱多时，今遭此大难，流落他方，存亡未卜。然据着芙蓉屏上尚及题词，料然还在此方。今欲留此寻访，恐事体渺茫，稽迟岁月，到任不得了。愚意且单身到彼，差人来高揭榜文，四处追探，拙妇是认得字的。传将开去，他闻得了，必能自出。除非忧疑惊恐，不在世上了。万一天地垂怜，尚然留在，还指望伉俪重谐，英感明公恩德，虽死不忘，若别娶之言，非所愿闻。"高公听他说得可怜，晓得他别无异心，也自凄然道："足下高谊如此，天意必然相佑①，终有完全之日。吾安敢强逼？只是相与这几时，容老夫少尽薄设奉饯，然后起程。"

次日开宴饯行，邀请郡中门生、故吏、各官与一时名士毕集②，俱来奉陪崔县尉。酒过数巡，高公举杯告众人道："老夫今日为崔县尉了今生缘。"众人都不晓其意，连崔俊臣也一时未解，只见高公命传呼后堂："请夫人打发慧圆出来。"俊臣惊得木呆，只道高公要把甚么女人强他纳娶，故设此宴，说此话，也有些着急了，梦里也不晓得他妻子叫得甚么慧圆。当时夫人已知高公意思，把崔县尉在馆内多时，昨已获了强盗，问了罪名，追出敕牒，今日饯行赴任，特请你到堂厮认团圆，逐项逐节的事情，说了一遍。王氏如梦方醒，不胜感激。先谢了夫人，走出堂前来。此时王氏发已半长，照旧妆饰。崔县尉一见，乃是自家妻子，惊得如醉里梦里。高公笑道："老夫原说道与足下为媒③，这可做得着么？"崔县尉与王氏相持大恸，说道："自料今生死别了，谁知在此，却得相见？"

座客见此光景，尽有不晓得详悉的，向高公请问根由。高公便叫书僮去书房里取出芙蓉屏来，对众人道："列位要知此事，须看此屏。"众人争先来看，却是一画一题。看的看，念的念，却不明白这个缘故。高公道："好教列位得知，只这幅画，便是崔县尉夫妻一段大因缘。这画即是崔县尉所画，这词即是崔孺人所题。他夫妻赴任到此，为船上所劫。崔孺人脱逃于尼院出家，遇人来施此画，认出是船中之物，故题此词。后来此画却入老夫之手。遇着崔县尉到

---

① 眉批：高公只恐崔生疑妻为盗污而疏之，故不得不郑重耳。

② 旁批：此亦高公有意收名处。

③ 眉批：善戏谑兮！

来，又认出是孺人之笔。老夫暗地着人细细问出根由，乃知孺人在尼院，叫老妻接将家来住着。密行访缉，备得大盗踪迹。托了薛御史究出此事，强盗俱已伏罪。崔县尉与孺人在家下，各有半年多，只道失散在那里，竟不知同在一处多时了。老夫一向隐忍，不通他两人知道，只为崔孺人头发未长，崔县尉敕牒未获，不知事体如何，两人心事如何，不欲造次漏泄。今罪人既得，试他义夫节妇，两下心坚[①]，今日特地与他团圆这段因缘，故此方才说替他了今生缘，即是崔孺人词中之句。方才说'请慧圆'，乃是崔孺人尼院中所改之字，特地使崔君与诸公不解，为今日酒间一笑耳。[②]"崔俊臣与王氏听罢，两个哭拜高公，连在坐之人无不下泪，称叹高公盛德，古今罕有。王氏自到里面去拜谢夫人了。高公重入座席，与众客尽欢而散。是夜，特开别院，叫两个养娘伏侍王氏与崔县尉在内安歇[③]。

明日，高公晓得崔俊臣没人伏侍，赠他一奴一婢，又赠他好些盘缠[④]，当日就道。他夫妻两个感念厚恩，不忍分别，大哭而行。王氏又同丈夫到尼院中来，院主及一院之人见他许久不来，忽又改妆，个个惊异。王氏备细说了遇合缘故，并谢院主看待厚意。院主方才晓得顾阿秀劫掠是真[⑤]，前日王氏所言妻妾不相容，乃是一时掩饰之之词。院中人个个与他相好的，多不舍得他去，事出无奈，各各含泪而别。夫妻两个同到永嘉去了。

在永嘉任满回来，重过苏州，差人问候高公，要进来拜谒。谁知高公与夫人俱已薨逝，殡葬已毕了。崔俊臣同王氏大哭，如丧了亲生父母一般。问到他墓下，拜奠了，就请旧日尼院中各众，在墓前建起水陆道场三昼夜，以报大恩[⑥]。王氏还不忘经典，自家也在里头持诵[⑦]。事毕，同众尼再到院中，崔俊臣出宦资，厚赠了院主。王氏又念昔日朝夜祷祈观世音暗中保佑，幸得如愿，夫

---

① 旁批：要老成。
② 眉批：此公老成，而亦高兴。
③ 旁批：凑趣。
④ 眉批：真大恩人。
⑤ 眉批：好照应。
⑥ 眉批：应得如此。
⑦ 眉批：好妆点。

妇重谐，出白金十两，留在院主处，为烧香点烛之费。不忍忘院中光景，立心自此长斋念观音不辍，以终其身。当下别过众尼，自到真州宁家。另日赴京补官，这是后事，不必再题。

此本话文，高公之德，崔尉之谊，王氏之节，皆是难得的事。各人存了好心，所以天意周全，好人相逢。毕竟冤仇尽报，夫妇重完，此可为世人之劝。诗云：

王氏藏身有远图，间关到底得逢夫。
舟人妄想能同志[1]，一月空将新妇呼。

又云：

芙蓉本似美人妆，何意飘零在路旁？
画笔词锋能巧合，相逢犹自墨痕香。

又有一首赞叹御史大夫高公云：

高公德谊薄云天，能结今生未了缘。
不使初时轻逗漏，致令到底得团圆。
芙蓉画出原双蒂，萍藻浮来亦共联。
可惜白杨堪作柱，空教洒泪及黄泉。

① 眉批：可笑舟人。

卷二十八 金光洞主谈旧迹 玉虚尊者悟前身

诗云：

近有人从海上回，海山深处见楼台。
中有仙童开一室，皆言此待乐天来。

又云：

吾学空门不学仙，恐君此语是虚传。
海山不是吾归处，归即应归兜率天。

这两首绝句，乃是唐朝侍郎白香山白乐天所作，答浙东观察使李公的。乐天一生精究内典，勤修上乘之业，一心超脱轮回，往生净土。彼时李公师稷观察浙东，有一个商客，在他治内明州同众下海，遭风飘荡，不知所止。一月有余，才到一个大山，瑞云奇花，白鹤异树，尽不是人间所见的。山侧有人出来迎问道："是何等人来得到此？"商客具言随风飘到。岸上人道："既到此地，且系定了船，上岸来见天师。"同舟中胆小，不知上去有何光景，个个退避。只有这一个商客，跟将上去[①]。岸上人领他到一个所在，就像大寺观一般。商客随了这人，依路而进。见一个道士，须眉皆白，两傍侍卫数十人，坐大殿上，对商客道："你本中国人，此地有缘，方得一到。此即世传所称蓬莱山也。你既到此地，可要各处看看去么？"商客口称要看。道士即命左右领他宫内游观。玉台翠树，光采夺目。有数十处院宇，多有名号。只有一院，关锁得紧紧的，在门缝里窥进去，只见满庭都是奇花，堂中设一虚座。座中有裀褥，阶下香烟扑

① 眉批：缘之不同也。

鼻。商客问道："此是何处？却如此空锁着？"那人答道："此是白乐天前生所驻之院。乐天今在中国未来，故关闲在此。"商客心中原晓得白乐天是白侍郎的号，便把这些去处光景，一一记着。别了那边人，走下船来。随风使帆，不上十日，已到越中海岸。商客将所见之景，备细来禀知李观察。李观察尽录其所言，书报白公[①]。白公看罢，笑道："我修净业多年，西方是我世界，岂复往海外山中去做神仙耶？"故此把这两首绝句回答李公，见得他修的是佛门上乘，要到兜率天宫，不希罕蓬莱仙岛意思。

后人评论道：是白公脱屣烟埃，投弃轩冕，一种非凡光景，岂不是个谪仙人？海上之说，未为无据。但今生更复勤修精进，直当超脱玄门，上证大觉。后来果位，当胜前生。这是正理。

要知从来名人达士，巨卿伟公，再没一个不是有宿根再来的人。若非仙官谪降，便是古德转生。所以聪明正直，在世间做许多好事。如东方朔是岁星，马周是华山素灵宫仙官，王方平是琅琊寺僧，真西山是草庵和尚，苏东坡是五戒禅师。就是死后，或原归故处，或另补仙曹。如卜子夏为修文郎，郭璞为水仙伯，陶弘景为蓬莱都水监，李长吉召撰《白玉楼记》，皆历历可考，不能尽数。至如奸臣叛贼，必是药叉、罗刹、修罗、鬼王之类，决非善根。乃有小说中说：李林甫遇道士，卢杞遇仙女，说他本是仙种，特来度他。他两个都不愿做仙人，愿做宰相，以至堕落。此多是其家门生、故吏一党之人，撰造出来，以掩其平生过恶的[②]。若依他说，不过迟做得仙人五六百年，为何阴间有"李林甫十世为牛九世倡"之说？就是说道业报尽了，还归本处，五六百年后，便不可知。为何我朝万历年间，河南某县雷击死娼妇，背上还有"唐朝李林甫"五字？此却六百年不止了。可见说恶人也是仙种，其说荒唐，不足凭信。

小子如今引白乐天的故事说这一番话，只要有好根器的人，不可在火坑欲海恋着尘缘，忘了本来面目[③]。待小子说一个宋朝大臣，在当生世里，看见本

---

① 眉批：焉知非观察粉饰以谄白公乎！
② 眉批：凿凿名论，可证诬妄。
③ 眉批：老婆心。

来面目的一个故事，与看官听一听。诗云：

昔为东掖垣中客，今作西方社里人。

手把杨枝临水坐，寻思往事是前身。

却说西方双摩诃池边，有几个洞天。内中有两个洞，一个叫作金光洞，一个叫做玉虚洞。凡是洞中，各有一个尊者，在内做洞主。住居极乐胜境，同修无上菩提。忽一日，玉虚洞中尊者来对金光洞中尊者道："吾佛以救度众生为本，吾每静修洞中，固是正果。但只独善其身，便是辟支小乘。吾意欲往震旦地方，打一转轮回，游戏他七八十年，做些济人利物的事，然后回来，复居于此，可不好么？"金光洞尊者道："尘世纷嚣，有何好处？虽然可以济人利物，只怕为欲火所烧，迷恋起来。没人指引回头，忘却本来面目，便要堕落轮回道中，不知几劫才得重修圆满？怎么说得'复居此地'这样容易话？"玉虚洞尊者见他说罢，自悔错了念头。金光洞尊者道："此念一起，吾佛已知。伽蓝韦驮，即有密报，岂可复悔？须索向阎浮界中去走一遭，受享些荣华富贵，就中做些好事，切不可迷了本性。倘若恐怕浊界汩没，一时记不起，到得五十年后，我来指你个境头，等你心下洞彻罢了。"玉虚洞尊者当下别了金光洞尊者，自到洞中，分付行童："看守着洞中，原自早夜焚香诵经，我到人间走一遭去也[①]。"一灵真性，自去拣那善男信女、有德有福的人家好处投生，不题。

却说宋朝鄂州江夏，有个官人，官拜左侍禁，姓冯名式，乃是个好善积德的人。夫人一日梦一金身罗汉下降，产下一子，产时异香满室。看那小厮时，生得天庭高耸，地角方圆，两耳垂珠，是个不凡之相。两三岁时，就颖悟非凡。看见经卷上字，恰像原是认得的，一见不忘。送入学中，取名冯京，表字当世。过目成诵，万言立就。虽读儒书，却又酷好佛典，敬重释门，时常瞑目打坐，学那禅和子的模样。不上二十岁，连中了三元。

说话的，你错了。据着《三元记》戏本上，他父亲叫做冯商，是个做客的人，如何而今说是做官的？连名字多不是了。看官听说：那戏文本子，多是胡

---

① 眉批：行童后来照应。

诹，岂可凭信[①]！只如南北戏文，极顶好的，多说《琵琶》、《西厢》。那蔡伯喈，汉时人，未做官时，父母双亡，卢墓致瑞，公府举他孝廉，何曾为做官不归？父母饿死？且是汉时不曾有状元之名，汉朝当时，正是董卓专权，也没有个牛丞相。郑恒是唐朝大官，夫人崔氏，皆有封号，何曾有失身张生的事？后人虽也有晓得是元微之不遂其欲，托名丑诋的，却是戏文倒说崔张做夫妻到底。郑恒是个花脸衙内，撞阶死了，却不是颠倒得没道理！只这两本出色的，就好笑起来，何况别本，可以准信得的[②]？所以小子要说冯当世的故事，先据正史，把父亲名字说明白了，免得看官每信着戏文上说话，千古不决。闲话休题。

且说那冯公，自中三元以后，任官累典名藩，到处兴利除害，流播美政，护持佛教，不可尽述。后来入迁政府，做了丞相。忽一日，体中不快，遂告个朝假，在寓静养调理。其时英宗皇帝圣眷方隆，连命内臣问安，不绝于道路。又诏令翰苑有名医人数个，到寓诊视，圣谕尽心用药，期在必愈。服药十来日，冯相病已好了，却是羸瘦了好些，拄了杖才能行步。久病新愈，气虚多惊，倦视绮罗，厌闻弦管[③]，思欲静坐养神，乃策杖徐步入后园中来。

后园中花木幽深之处，有一所茅庵，名曰容膝庵，乃是取陶渊明《归去来辞》中语，见得庵小，只可容着两膝的话。冯相到此，心意欣然，便叫侍妾每都各散去，自家取龙涎香，焚些在博山炉中，叠膝瞑目，坐在禅床中蒲团上。默坐移时，觉神清气和，肢体舒畅。徐徐开目，忽见一个青衣小童，神貌清奇，冰姿潇洒，拱立在禅床之右。冯相问小童道："婢仆皆去，你是何人，独立在此？"小童道："相公久病新愈，心神忻悦，恐有所游，小童愿为参从，不敢擅离。"公伏枕日久，沉疾既愈，心中正要闲游。忽闻小童之言，意思甚快。乘兴离榻，觉得体力轻健，与平日无病时节无异。步至庵外，小童禀道："路径不平，恐劳尊重，请登羊车，缓游园圃。"冯相喜小童如此慧黠，笑道："使得，使得。"

---

① 眉批：借此以发挥传奇之误。

② 眉批：恐小说亦未必不然也。尽信书不如无书。

③ 眉批：便是宿性。

说话之间，小童挽羊车一乘，来到面前。但见：

帘垂斑竹，轮斫香檀。同心结带系鲛鞘，盘角曲栏雕美玉。坐裀铺锦褥，盖顶覆青毡。

冯相也不问羊车来历，忻然升车而坐。小童挥鞭在前，驭着车去甚速，势若飘风。冯相惊怪道："无非是羊，为何如此行得速？"低头前视，见驾车的全不似羊，也不是牛马之类。凭轼仔细再看，只见背尾皆不辨，首尾足上毛五色，光彩射人。奔走挽车，稳如磐石。冯相公大惊，方欲询问小童，车行已出京都北门，渐渐路入青霄，行去多是翠云深处。下视尘寰，直在底下，虚空之中，过了好些城郭。将有一饭时候，车才着地住了。小童前禀道："此地胜绝，请相公下观。"冯相下得车来，小童不知所向，连羊车也不见了。举头四顾，身在万山之中[①]。但见：

山川秀丽，林麓清佳。出没万壑烟霞，高下千峰花木。静中有韵，细流石眼水涓涓；相遂无心，闲出岭头云片片。溪深绿草茸茸茂，石老苍苔点点斑。

冯相身处朝市，向为尘俗所役，乍见山光水色，洗涤心胸。正如酷暑中行，遇着清泉百道[②]，多时病滞，一旦消释。冯相心中喜乐，不觉拊腹而叹道："使我得顶笠披蓑，携锄趁犊，躬耕数亩之田，归老于此地。每到秋苗熟后，稼穑登场，施煮黄鸡，新蒭白酒，与邻叟相邀。瓦盆磁瓯，量晴较雨[③]。此乐虽微，据我所见，虽玉印如霜，金印如斗，不足比之！所恨者君恩未报，不敢归田。他日必欲遂吾所志！"方欲纵步玩赏，忽闻清磬一声，响于林杪。冯相举目仰视，向松阴竹影疏处，隐隐见山林间有飞檐碧瓦，栋宇轩窗。冯相道："适才磬声，必自此出。想必有幽人居止，何不前去寻访？"遂穿云踏石，历险登危，寻径而走。过往处，但闻流水松风声喧于步履之下。渐渐林麓两分，峰峦四合。行至一处，溪深水漫，风软云闲，下枕清流，有千门万户。但见：

---

① 眉批：乐哉！

② 眉批：可怜，可警！

③ 眉批：美境佳话。

巍巍宫殿，虬松镇碧瓦朱扉；寂寂回廊，凤竹映雕栏玉砌。

玲珑楼阁，干霄覆云，工巧非人世之有。岩畔洞门开处，挂一白玉牌，牌上金书“金光第一洞”。冯相见了洞门，知非人世，惕然不敢进步入洞。因是走得路多了，觉得肢体倦怠，暂歇在门阃石上坐着。

坐还未定，忽闻大声起于洞中，如天摧地塌，岳撼山崩。大声方住，狂风复起。松竹低偃，瓦砾飞扬，雄气如奔，顷刻而止。冯相惊骇，急回头看时，一巨兽自洞门奔出外来。你道怎生模样？但见：

目光闪烁，毛色斑烂。剪尾岩谷风生，移步郊园草偃。山前一吼，摄将百兽潜形；林下独行，威使群毛震悚。满口利牙排剑戟，四蹄钢爪利锋铓。

奔走如飞，将至坐侧。冯相怆惶，欲避无计①。忽闻金锡之声震地，那个猛兽恰像有人赶逐他的，窜伏亭下，敛足瞑目，犹如待罪一般。

冯相惊异未定，见一个胡僧自洞内走将出来。你道怎生模样？但见：

修眉垂雪，碧眼横波。衣披烈火，七幅鲛绡；杖拄降魔，九环金锡。

若非圆寂光中客，定是楞迦峰顶人。将至洞门，将锡杖横了，稽首冯相道：“小兽无知，惊恐丞相。”冯相答礼道：“吾师何来，得救残喘？”胡僧道：贫僧即此间金光洞主也。相公别来无恙？粗茶相邀，丈室闲话则个。”冯相见他说“别来无恙”的话，举目细视胡僧面貌，果然如旧相识，但仓卒中不能记忆，遂相随而去。

到方丈室中，啜茶已罢。正要款问仔细，金光洞主起身对冯相道：“敝洞荒凉，无以看玩。若欲游赏烟霞，遍观云水，还要邀相公再游别洞。”遂相随出洞后而去。但觉天清景丽，日暖风和，与世俗溪山，迥然有异。须臾到一处，飞泉千丈，注入清溪，白石为桥，斑竹夹径。于巅峰之下，见一洞门，门用玻璃为牌，牌上金书“玉虚尊者之洞”。冯相对金光洞主道：“洞中景物，料想不凡。若得一观，此心足矣。”金光洞主道：“所以相邀相公远来者，正要相公游

① 眉批：须此一惊，不然只是佳处，便少起伏。

此间耳。”遂排扉而入。

冯相本意，只道洞中景物可赏。既到了里面，尘埃满地，门户寂寥，似若无人之境。但见：

金炉断烬，玉磬无声。绛烛光消，仙扃昼掩。蛛网遍生虚室，宝钩低压重帘。壁间纹幕空垂，架上金经生蠹。闲庭悄悄，芊绵碧草侵阶；幽槛沉沉，散漫绿苔生砌。松阴满院鹤相对，山色当空人未归①。

冯相犹豫不决，逐步走至后院。忽见一个行童，凭案诵经。冯相问道：“此洞何独无僧？”行童闻言，掩经离榻，拱揖而答道：“玉虚尊者游戏人间，今五十六年，更三十年方回此洞。缘主者未归，是故无人相接。”金光洞主道：“相公不必问，后当自知。此洞有个空寂楼台，迥出群峰，下视千里，请相公登楼，款歇而归。”遂与登楼。

看那楼上时，碧瓦甃地，金兽守扃。饰异宝于虚檐，缠玉虬于巨栋。犀轴仙书，堆积架上。冯相正要取卷书来看看②，那金光洞主指楼外云山，对冯相道：“此处尽堪寓目，何不凭栏一看？”冯相就不去看书，且凭栏凝望，遥见一个去处：

翠烟掩映，绛雾氤氲。美木交枝，清阴接影。琼楼碧瓦玲珑，玉树翠柯摆曳。波光拍岸，银涛映天。翠色逼人，冷光射目。

其时，日影下照，如万顷琉璃。冯相注目细视良久，问金光洞主道：“此是何处，其美如此？”金光洞主愕然而惊，对冯相道：“此地即双摩诃池也。此处溪山，相公多曾游赏，怎么就不记得了？”冯相闻得此语，低头仔细回想，自儿童时，直至目下，一一追算来，并不记曾到此。却又有些依稀认得，正不知甚么缘故。乃对金光洞主道：“京心为事夺，壮岁旧游，悉皆不记。不知几时曾到此处？隐隐已如梦寐。人生劳役，至于如此！对景思之，令人伤感③！”金光洞主道：“相公儒者，当达大道，何必浪自伤感？人生寄身于太虚之中，其间荣瘁悲

---

① 眉批：好作山间对子。

② 旁批：夙习。

③ 眉批：夙根人转头甚快。

欢，得失聚散，彼死此生，投形换壳，如梦一场。方在梦中，原不足问；及到觉后，又何足悲？岂不闻《金刚经》云：‘一切有为法，如梦幻泡影，如露亦如电，应作如是观。’自古皆以浮生比梦，相公只要梦中得觉，回头即是，何用伤感？此尽正理，愿相公无轻老僧之言。”

冯相闻语，贴然敬伏。方欲就坐款话，忽见虚檐日转，晚色将催。冯相意要告归，作别金光洞主道：“承挈游观，今尽兴而返，此别之后，未知何日再会？”金光洞主道：“相公是何言也？不久当与相公同为道友，相从于林下，日子正长，岂无相见之期！”冯相道：“京病既愈，旦夕朝参，职事相索，自无暇日，安能再到林下，与吾师游乐哉[①]？”金光洞主笑道：“浮世光阴迅速，三十年只同瞬息。老僧在此，转眼间伺候相公来，再居此洞便了。”冯相道：“京虽不才，位居一品。他日若荷君恩，放归田野，苟不就宫祠微禄，亦当为田舍翁，躬耕自乐，以终天年。况自此再三十年，京已寿登耄耋，岂更削发披缁，坐此洞中为衲僧耶[②]？”金光洞主但笑而不答。冯相道：“吾师相笑，岂京之言有误也？”金光洞主道：“相公久羁浊界，认杀了现前身子。竟不知身外有身耳[③]。”冯相道：“岂非除此色身之外，别有身耶？”金光洞主道：“色身之外，元有前身。今日相公到此，相公的色身又是前身了。若非身外有身，相公前日何以离此？今日怎得到此？[④]”冯相道：“吾师何术，使京得见身外之身？”金光洞主道：“欲见何难？”就把手指向壁间画一圆圈，以气吹之，对冯相公道：“请相公观此景界。”

冯相遂近壁视之，圆圈之内，莹洁明朗，如挂明镜。注目细看其中，见有风轩水榭，月坞花庄。小桥跨曲水横塘，垂柳笼绿窗朱户。遍看池亭，皆似曾到，但不知是何处园圃在此壁间。冯相疑心是障眼之法，正色责金光洞主道：“我佛以正法度人，吾师何故将幻术变现，惑人心目？”金光洞主大笑而起，手

---

① 眉批：还在梦中不醒。
② 眉批：只管说梦话。
③ 旁批：禅理。
④ 眉批：着实提醒。

指园圃中东南隅道："如此景物，岂是幻也？请相公细看，真伪可见。"冯相走近前边，注目再看，见园圃中有粉墙小径，曲槛雕栏。向花木深处，有茅庵一所，半开竹牖，低下疏帘。闲阶日影三竿，古鼎香烟一缕。茅庵内有一人，叠足瞑目，靠蒲团坐禅床上。冯相见此，心下踌躇。金光洞主将手拍着冯相背上道："容膝庵中，尔是何人[①]？"大喝一偈道：

五十六年之前，各占一所洞天。

容膝庵中莫误，玉虚洞里相延。

向冯相耳畔叫一声："咄!"冯相于是顿省，游玉虚洞者，乃前身；坐容膝庵者，乃色身。不觉失声道："当时不晓身外身，今日方知梦中梦。"因此顿悟无上菩提，喜不自胜。方欲参问心源，印证禅觉，回顾金光洞主，已失所在。遍视精舍迦蓝，但只见：

如云藏宝殿，似雾隐回廊。审听不闻钟磬之清音，仰视已失峰岩之险势。玉虚洞府，想却在海上瀛州；空寂楼台，料复归极乐国土。只疑看罢僧繇画，卷起丹青十二图。

一时廊殿洞府溪山，捻指皆无踪迹，单单剩得一身，俨然端坐后园容膝庵中禅床之上。觉茶味犹甘，松风在耳。鼎内香烟尚袅，座前花影未移。入定一晌之间，身游万里之外。冯相想着境界了然，语话分明，全然不像构境。晓得是禅静之中，显见宿本。况且自算其寿，正是五十六岁，合着行童说尊者游戏人间之年数，分明己身是金光洞主的道友玉虚尊者的转世。

自此每与客对，常常自称老僧。后三十年，一日无疾而终。自然仍归玉虚洞中去矣。诗曰：

玉虚洞里本前身，一梦回头八十春。

要识古今贤达者，阿谁不是再来人？

---

① 眉批：棒喝机锋。

卷二十九　通闺闼坚心灯火　闹图圄捷报旗铃

诗云：

世间何物是良图？惟有科名救急符。

试看人情翻手变，窗前可不下功夫！

话说自汉以前，人才只是举荐征辟，故有贤良方正、茂才异等之名；其高尚不出，又有不求闻达之科。所以野无遗贤，人无匿才，天下尽得其用。自唐宋以来，俱重科名。虽是别途进身，尽能致位权要，却是惟以此为华美。往往有只为不得一第，情愿老死京华的。

到我国朝，初时三途并用，多有名公大臣不由科甲出身，一般也替朝廷干功立业，青史标名不朽，那见得只是进士才做得事①？直到近来，把这件事越重了。不是科甲的人，不得当权。当权所用的，不得科甲的人，不与他好衙门、好地方，多是一帆布置。见了以下出身的，就不是异途，也必拣个惫懒所在打发他。不上几时，就勾销了。总是不把这几项人看得在心上②。所以别项人内便尽有英雄豪杰在里头，也无处展布。晓得没甚长筵广席，要做好官也没干，都把那志气灰了，怎能勾有做得出头的！及至是个进士出身，便贪如柳盗跖，酷如周兴、来俊臣，公道说不去，没奈何考察坏了，或是参论坏了，毕竟替他留些根。又道是百足之虫，至死不僵，跌扑不多时，转眼就高官大禄，仍旧贵显；岂似科贡的人，一勾了帐？

只为世道如此重他，所以一登科第，便像升天。却又一件好笑：就是科第的人，总是那穷酸秀才做的，并无第二样人做得。及至肉眼愚眉，见了穷酸秀

① 眉批：确论。

② 眉批：可怜！

才，谁肯把眼稍来管顾他？还有一等豪富亲眷，放出倚富欺贫的手段，做尽了恶薄腔子待他。到得忽一日榜上有名，掇将转来，呵脬捧卵。偏是平日做腔欺负的头名，就是他上前出力①。真个世间惟有这件事，贱的可以立贵，贫的可以立富；难分难解的冤仇，可以立消；极险极危的道路，可以立平。遮莫做了没脊梁、惹羞耻的事，一床锦被可以遮盖了。说话的，怎见得便如此？看官，你不信？且先听在下说一件势利好笑的事。

唐时，有个举子，叫做赵琮，累随计吏赴南宫春试，屡次不第。他的妻父是个锺陵大将。赵琮贫穷，只得靠着妻父度日。那妻家武职官员，宗族兴旺，见赵琮是个多年不利市的寒酸秀才，没一个不轻薄他的。妻父妻母看见别人不放他在心上，也自觉得没趣，道女婿不争气、没长进，虽然是自家骨肉，未免一科厌一科，弄做个老厌物了。况且有心嫌鄙了他，越看越觉得寒酸、不足敬重起来。只是不好打发得他开去，心中好些不耐烦。赵琮夫妻两个，不要说看了别人许多眉高眼低，只是父母身边，也受多少两般三样的怠慢。没奈何争气不来，只得怨命忍耐。

一日，赵琮又到长安赴试去了。家里撞着迎春日子，军中高会，百戏施呈，唐时名为"春设"。倾城士女，没一个不出来看。大户人家搭了棚厂，设了酒席在内，邀请亲戚共看。大将阖门多到棚上去，女眷们各各盛妆斗富，惟有赵娘子衣衫蓝褛。虽是自心里觉得不入队，却是大家多去，又不好独自一个推掉不去得。只得含羞忍耻，随众人之后，一同上棚。众女眷们憎嫌他妆饰弊陋，恐怕一同坐着，外观不雅，将一个帷屏遮着他②，叫他独坐在一处，不与他同席。他是受憎嫌惯的，也自揣已，只得凭人主张，默默坐下了。

正在摆设酣畅时节，忽然一个吏典走到大将面前，说道："观察相公特请将军，立等说话。"大将吃了一惊道："此与民同乐之时，料无政务相关，为何观察相公见召？莫非有甚不测事体？"心中好生害怕，捏了两把汗，到得观察相公厅前。只见观察手持一卷书，笑容可掬，当厅问道："有一个赵琮，是公子婿否？"大将答道："正是。"观察道："恭喜，恭喜。适才京中探马来报，令婿已

---

① 眉批：逼真。

② 眉批：人情可恨乃尔。

及第了。”大将还谦逊道：“恐怕未能有此地步。”观察即将手中所持之书递与大将道：“此是京中来的金榜，令婿名在其上，请公自拿去看。”大将双手接着，一眼瞟去，赵琮名字朗朗在上，不觉惊喜。谢别了观察，连忙走回。

远望见棚内家人多在那里注目看外边，大将举着榜，对着家人大呼道：“赵郎及第了！赵郎及第了！”众人听见，大家都吃一惊。掇转头来看那赵娘子时，兀自寂寂寞寞，没些意思，在帷屏外坐在那里①。却是耳朵里已听见了，心下暗暗地叫道：“惭愧！谁知也有这日！”众亲眷急把帷屏撤开，到他跟前称喜道：“而今就是夫人县君了。”一齐来拉他去同席②。赵娘子回言道：“衣衫蓝褛，玷辱诸亲，不敢来混。只是自坐了看看罢。”众人见他说呕气的话，一发不安，一个个强陪笑脸道：“夫人说那里话！”就有献勤的，把带来包里的替换衣服，拿出来与他穿了。一个起头，个个争先。也有除下簪的，也有除下钗的，也有除下花钿的、耳铛的，霎时间把一个赵娘子打扮的花一团，锦一簇，还恐怕他不喜欢。是日那里还有心想看春会？只个个撺哄赵娘子，看他眉头眼后罢了。本是一个冷落的货，只为丈夫及第，一时一霎更变起来。人也原是这个人，亲也原是这些亲，世情冷暖，至于如此！

在下为何说这个做了引头？只因有一个人为些风情事，做了出来，正在难分难解之际，忽然登第，不但免了罪过，反得团圆了夫妻。正应着在下先前所言，做了没脊梁、惹羞耻的事，一床锦被可以遮盖了的说话。看官每试听着。有诗为证：

同年同学，同林宿鸟。好事多磨，受人颠倒。

私情败露，官非难了。一纸捷书，真同月老。

这个故事，在宋朝端平年间，浙东有一个饱学秀才，姓张，字忠父，是衣冠宦族。只是家道不足，靠着人家聘出去，随任做书记，馆谷为生。邻居有个罗仁卿，是崛起白屋之家，家事尽富厚。两家同日生产，张家得了个男子，名唤幼谦；罗家得了个女儿，名唤惜惜。多长成了。因张家有个书馆，罗家把女儿寄在学堂中读书。傍人见他两个年貌相当，戏道：“同日生的，合该做夫

---

① 眉批：此时真掇转头也。

② 眉批：科第妙处，正在此等。

妻。”他两个多是娃子家心性，见人如此说，便信杀道是真，私下密自相认，又各写了一张券约，罚誓必同心到老[①]。两家父母多不知道的。

同学堂了四五年，各有十四岁了，情窦渐渐有些开了。见人说做夫妻的，要做那些事，便两个合了伴，商议道：“我们既是夫妻，也学着他每做做。”两个你欢我爱，亦且不晓得些利害，有甚么不肯？书房前有株石榴树，树边有一只石凳，罗惜惜就坐在凳上，身靠着树，张幼谦早把他脚来跷起，就搂抱了弄将起来。两个小小年纪，未知甚么大趣味，只是两个心里喜欢，做作耍笑。以后见弄得有些好处，就日日做番把，不肯住手了。

冬间，先生散了馆，惜惜回家去过了年。明年，惜惜已是十五岁，父母道他年纪长成，不好到别人家去读书[②]，不教他来了。幼谦屡屡到罗家门首探望，指望撞见惜惜，那罗家是个富家，闺院深邃，怎得轻易出来？惜惜有一丫鬟，唤名蜚英，常到书房中伏侍惜惜，相伴往返的。今惜惜不来读书，连蜚英也不来了。只为早晨采花去与惜惜插戴，方得出门。

到了冬日，幼谦思想惜惜不置，做成新词两首，要等蜚英来时，递去与惜惜。词名《一剪梅》，词云：

同年同日又同窗，不似鸾凰，谁似鸾凰？石榴树下事匆忙，惊散鸳鸯，拆散鸳鸯。　一年不到读书堂，教不思量，怎不思量？朝朝暮暮只烧香，有分成双，愿早成双！

写词已罢，等那蜚英不来，又做诗一首，诗云：

昔人一别恨悠悠，犹把梅花寄陇头。
咫尺花开君不见，有人独自对花愁？

诗毕，恰好蜚英到房里来采梅花，幼谦折了一枝梅花，同二词一诗，递与他去，又密嘱蜚英道：“此花正盛开，你可托折花为名，递个回信来。”蜚英应诺，带了去与惜惜看了。惜惜只是偷垂泪眼，欲待依韵答他，因是年底，匆匆不曾做得，竟无回信。

到得开年，越州太守请幼谦的父亲忠父去做记室，忠父就带了幼谦去，自

① 眉批：孩子光景，然亦前缘。
② 眉批：已迟了。

教他。去了两年，方得归家。惜惜知道了，因是两年前不曾答得幼谦的信，密遣蜚英持一小箧子来赠他[①]。幼谦收了，开箧来看，中有金钱十枚，相思子一粒。幼谦晓得是惜惜藏着哑谜：钱取团圆之象，相思子自不必说。心下大喜，对蜚英道："多谢小娘子好情记念，何处再会得一会便好。"蜚英道："姐姐又不出来，官人又进去不得，如何得会？只好传消递息罢了。"幼谦复作诗一首，与蜚英拿去做回柬。诗云：

一朝不见似三秋，真个三秋愁不愁？

金钱难买尊前笑，一粒相思死不休。

蜚英去后，幼谦将金钱系在着肉的汗衫带子上，想着惜惜时节，便解下来跌卦问卜，又当要子。被他妈妈看见了，问幼谦道："何处来此金钱？自幼不曾见你有的。"幼谦回母亲道："娘面前不敢隐情，实是与孩儿同学堂读书的罗氏女近日所送。"张妈妈心中已解其意，想道："儿子年已弱冠，正是成婚之期。他与罗氏女幼年同学堂，至今寄着物件往来，必是他两情相爱。况且罗氏女在我家中，看他德容俱备，何不央人去求他为子妇，可不两全其美？"

隔壁有个卖花杨老妈，久惯做媒，在张罗两家多走动。张妈妈就接他到家来，把此事对他说道："家里贫寒，本不敢攀他富室。但罗氏小娘子自幼在我家与小官人同窗，况且是同日生的，或者为有这些缘分，不弃嫌肯成就也不见得。"杨老妈道："孺人怎如此说？宅上虽然清淡些，到底是官宦人家。罗宅眼下富盛，却是个暴发。两边扯来相对，还亏着孺人宅上些哩[②]。待老媳妇去说就是。"张妈妈道："有烦妈妈委曲则个。"幼谦又私下叮嘱杨老妈许多说话，教他见惜惜小娘子时，千万致意。杨老妈多领诺去了，一径到罗家来。

罗仁卿同妈妈问其来意。杨老妈道："特来与小娘子作伐。"仁卿道："是那一家？"杨老妈道："说起来连小娘子吉帖都不消求，那小官人就是同年月日的。[③]"仁卿道："这等说起来，就是张忠父家了。"杨老妈道："正是。且是好个小官人。"仁卿道："他世代儒家，门第也好，只是家道艰难，靠着终年出去

---

① 眉批：还债。

② 眉批：如今人岂肯作如是观。

③ 眉批：会说。

处馆过日，有甚么大长进处?”杨老妈道：“小官人聪俊非凡，必有好日。”仁卿道：“而今时势，人家只论见前，后来的事，那年包得[①]？小官人看来是好的，但功名须有命，知道怎么？若他要来求我家女儿，除非会及第做官，便与他了。”杨老妈道：“依老媳妇看起来，只怕这个小官人这日子也有。”仁卿道：“果有这日子，我家决不失信。”罗妈妈也是一般说话。杨老妈道：“这等，老媳妇且把这话回复张老孺人，教他小官人用心读书，巴出身则个。”罗妈妈道：“正是，正是。”杨老妈道：“老媳妇也到小娘子房里去走走。”罗妈妈道：“正好在小女房里坐坐，吃茶去。”

杨老妈原在他家走熟的，不消引路，一直到惜惜房里来。惜惜请杨老妈坐了，叫蜚英看茶。就问道：“妈妈何来?”杨老妈道：“专为隔壁张家小官人求小娘子亲事而来。小官人多多拜上小娘子，说道：‘自小同窗[②]，多时不见，无刻不想。’今特教老身来到老员外、老安人处做媒，要小娘子怎生从中自做个主，是必要成。”惜惜道：“这个事须凭爹妈做主，我女儿家怎开得口！不知方才爹妈说话何如!”杨老妈道：“方才老员外与安人的意思，嫌张家家事淡泊些。说道：‘除非张小官人中了科名，才许他。’”惜惜道：“张家哥哥这个日子倒有[③]，只怕爹妈性急，等不得，失了他信。既有此话，有烦妈妈上复他，叫他早自挣挫，我自一心一意守他这日罢了。

惜惜要杨老妈替他传语，密地取两个金指环送他，道：“此后有甚说话，妈妈悄悄替他传与我知道，当有厚谢。不要在爹妈面前说了。”看官，你道这些老妈家，是马泊六的领袖，有甚么解不出的意思？晓得两边说话多有情，就做不成媒，还好私下牵合他两个，赚主大钱。又且见了两个金指环，一面堆下笑来道：“小娘子，凡有所托，只在老身身上，不误你事。”

出了罗家门，再到张家来回复，把这些说话，一一与张妈妈说了。张幼谦听得，便冷笑道：“登科及第，是男子汉分内事，何只为难？这老婆稳取是我的了。[④]”杨老妈道：“他家小娘子，也说道官人毕竟有这日，只怕爹娘等不得，

---

① 眉批：俗见实是如此。

② 眉批：不止同窗。

③ 眉批：猜得着。

④ 眉批：有志哉！

或有变卦。他心里只守着你，教你自要奋发。”张妈妈对儿子道：“这是好说话，不可负了他。”杨老妈又私下对幼谦道：“罗家小娘子好生有情于官人，临动身又分付老身道，下次有说话悄地替他传传，送我两个金指环。这个小娘子实是贤慧。[①]”幼谦道：“他日有话相烦，是必不要推辞则个。”杨老妈道：“当得，当得。”当下别了去。

明年，张忠父在越州打发人归家，说要同越州太守到京候差，恐怕幼谦在家失学，接了同去。幼谦只得又去了，不题。

却说罗仁卿主意，嫌张家贫穷，原不要许他的，这句“做官方许”的说话，是句没头脑的话，做官是期不得的。女儿年纪一年大似一年，万一如姜太公八十岁才遇文王，那女儿不等做老婆婆了？又见张家只是远出，料不成事。他那里管女儿心上的事？其时，同里有个巨富之家，姓辛，儿子也是十八岁了。闻得罗家女子才色双全，央媒求聘。罗仁卿见他家富盛，心里喜欢[②]。又且张家只来口说得一番，不曾受他一丝，不为失约，那里还把来放在心上？一口许下了。辛家择日行聘。

惜惜闻知这消息，只叫得苦。又不好对爹娘说得出心事，暗暗纳闷，私下对蜚英这丫头道：“我与张官人同日同窗，谁不说是天生一对？我两个自小情如姊妹，谊等夫妻[③]。今日却叫我嫁着别个，这怎使得？不如早寻个死路，倒得干净。只是不曾会得张官人一面，放心不下。”蜚英道：“前日张官人也问我要会姐姐，我说没个计较，只得罢了。而今张官人不在家；就是在时，也不便相会。”惜惜道：“我到想上一计，可以相会；只等他来了便好，你可时常到外边去打听打听。”蜚英谨记在心。

且说张幼谦京中回来得，又是一年。闻得罗惜惜已受了辛家之聘，不见惜惜有甚么推托不肯的事。幼谦大恨道：“他父母是怪不得，难道惜惜就如此顺从，并无说话？[④]”一气一个死，提起笔来，做词一首，词名《长相思》，云：

天有神，地有神，海誓山盟字字真。如今墨尚新。过一春，又一春，

---

① 眉批：肯送指环，即以为贤慧矣。

② 旁批：牛精常情。

③ 旁批：不止于谊矣。

④ 眉批：不见谅。

不解金钱变作银。如何忘却人？

写毕了，放在袖中，急急走到杨老妈家里来。杨老妈接进了，问道："官人有何事见过？"幼谦道："妈妈晓得罗家小娘子已许了人家么？"杨老妈道："也见说，却不是我做媒的。好个小娘子，好生注意官人，可惜错过了。"幼谦道："我不怪他父母，到怪那小娘子，如何凭父母许别人，不则一声？"杨老妈道："叫他女孩儿家怎好说得？他必定有个主意，不要错怪了人！"幼谦道："为此要妈妈去通他一声，我有首小词，问他口气的，烦妈妈与我带一带去。"袖中摸出词来，并越州太守所送赆礼一两，转送与杨老妈做脚步钱。

杨老妈见了银子，如苍蝇见血，有甚事不肯做？欣然领命去了。把卖花为由，竟到罗家，走进惜惜房中来。惜惜接着，问道："一向不见妈妈来走走。"杨老妈道："一向无事，不敢上门。今张官人回来了，有话转达，故此走来。"惜惜见说幼谦回了，道："我正叫蜚英打听，不知他已回来。"杨老妈道："他见说小娘子许了辛家，好生不快活，有封书托我送来小娘子看。"袖中摸出书来，递与惜惜。惜惜叹口气接了，拆开从头至尾一看，却是一首词，落下泪来道："他错怪了我也！"杨老妈道："老身不识字，书上不知怎地说？"惜惜道："他道我忘了他，岂知受聘，多是我爹妈的意思，怎由得我来？"杨老妈道："小娘子，你而今怎么发付他？①"惜惜道："妈妈，你肯替张郎递信，必定受张郎之托。我有句真心话对你说，不妨么？"老妈道："去年受了小娘子尊赐，至今丝毫不曾出得力，又且张官人相托，随你分付，水里水里去，火里火里去，尽着老性命，做得的，只管做去，决不敢泄漏半句话的！"惜惜道："多感妈妈盛心！先要你去对张郎说明白我的心事，我只为未曾面会得张郎，所以含忍至今。若得张郎当面一会，我就情愿同张郎死在一处，决不嫁与别人，偷生在世间的。"老妈道："你心事我好替你去说得，只是要会他，却不能勾，你家院宇深密，张官人又不会飞，我衣袖里又袋他不下②，如何弄得他来相会？"

惜惜道："我有一计，尽可使张郎来得。只求妈妈周全，十分稳便。"老妈道："老身方才说过了，但凭使唤，只要早定妙计，老身无不尽心。"惜惜道：

① 眉批：好个撮合山！

② 眉批：忙中混话，极肖婆子声口。

“奴家卧房，在这阁儿上，是我家中落末一层，与前面隔绝。阁下有一门，通后边一个小圃。圃周围有短墙，墙外便是荒地，通着外边的了。墙内有四五株大山茶花树，可以上得墙去的。烦妈妈相约张郎在墙外等，到夜来，我教丫头打从树枝上登墙，将个竹梯挂在墙外来，张郎从梯上上墙，也从山茶树上下地，可以径到我房中阁上了。妈妈可怜我两人情重如山，替奴家备细传与张郎则个。”走到房里，摸出一锭银子来，约有四五两重，望杨老妈袖中就塞，道：“与妈妈将就买些点心吃。”杨老妈假意道：“未有功劳，怎么当这样重赏？只一件，若是不受，又恐怕小娘子反要疑心我未是一路，只得斗胆收了。”谢别了惜惜出来，一五一十，走来对张幼谦说了。

幼谦得了这个消息，巴不得立时间天黑将下来。张、罗两家相去原不甚远，幼谦日间先去墙外路数看看，望进墙去，果然四五枝山茶花树透出墙外来。幼谦认定了，晚上只在这墙边等候。等了多时，并不见墙里有些些声响，不要说甚么竹梯不竹梯。等到后半夜，街鼓将动，方才闷闷回来了。到第二晚，第三晚，又复如此。白白守了三个深夜，并无动静①。想道：“难道要我不成？还是相约里头，有甚么说话参差了？不然或是女孩儿家贪睡，忘记了。不知我外边人守候之苦，不免再央杨老妈去问个明白。”又题一首诗于纸云：

山茶花树隔东风，何啻云山万万重。
销金帐暖贪春梦，人在月明风露中。

写完走到杨老妈家，央他递去，就问失约之故。

元来罗家为惜惜能事，一应家务俱托他所管。那日央杨老妈约了幼谦，不想有个姨娘到来，要他支陪，自不必说；晚间送他房里同宿②，一些手脚做不了③。等得这日才去，杨老妈恰好走来，递他这诗。惜惜看了道：“张郎又错怪了奴也！”对杨老妈道：“奴家因有姨娘在此房中宿，三夜不曾合眼，无半点空隙机会，非奴家失约。今姨娘已去，今夜点灯后，叫他来罢，决不误期了。”杨老妈得了消息，走来回复张幼谦说：“三日不得机会说话，准期在今夜点烛

---

① 眉批：难为情。
② 旁批：忌在此。
③ 眉批：不做美，姨娘前世冤家也。

后了。”

幼谦等到其时，踱到墙外去看，果然有一条竹梯倚在墙边。幼谦喜不自禁，蹑了梯子，一步一步走上去①。到得墙头上，只见山茶树枝上有个黑影，吃了一惊。却是蜚英在此等候，咳嗽一声，大家心照了，攀着树枝，多挂了下去。蜚英引他到阁底下，惜惜也在了，就一同挽了手，登阁上来，灯下一看，俱觉长成得各别了。大家欢极，齐声道：“也有这日相会也!”也不顾蜚英在面前，大家搂抱定了。蜚英会意。移灯到阁外来了②。

于时月光入室，两人厮偎厮抱，竟到卧床上云雨起来。

一别四年，相逢半霎。回想幼时滋味，浑如梦境欢娱。当时小阵争锋，今日全军对垒。含苞微破，大创元有余红；玉茎顿雄，骤当不无半怯。只因尔我心中爱，拚却爷娘眼后身。

云雨既散，各诉衷曲。幼谦道：“我与你欢乐，只是暂时，他日终须让别人受用。”惜惜道：“哥哥兀自不知奴心事。奴自受聘之后，常拚一死，只为未到得嫁期，且贪图与哥哥落得欢会。若他日再把此身伴别人，犬豕不如矣！直到临时便见。”两人唧唧哝哝，讲了一夜的话。

将到天明，惜惜叫幼谦起来，穿衣出去。幼谦问：“晚间事如何?”惜惜道：“我家中时常有事，未必夜夜方便，我把个暗号为你。我阁之西楼，墙外远望可见。此后楼上若点起三个灯来，便将竹梯来度你进来；若望来只是一灯，就是来不得的了③。不可在外边痴等，似前番的样子，枉吃了辛苦。④”如此约定而别。幼谦仍旧上山茶树，蹑竹梯而下。随后蜚英就登墙抽了竹梯起来，真个神鬼不觉。

以后幼谦只去远望，但是楼西点了三个灯，就步至墙外来，只见竹梯早已安下了，即便进去欢会。如此每每四五夜，连宵行乐。若遇着不便，不过隔得夜把儿，往来一月有多。正在快畅之际，真是好事多磨：有个湖北大帅，慕张忠父之名，礼聘他为书记。忠父辞了越州太守的馆，回家收拾去赴约，就要带

① 眉批：何异登云梯。

② 眉批：好个凑趣丫头。

③ 眉批：暗号甚妙，皆惜惜能事处。

④ 旁批：亦是爱处。

了幼谦到彼乡试[①]。幼谦得了这个消息，心中舍不得惜惜，甚是烦恼，却违拗不得。只得将情告知惜惜，就与哭别。惜惜拿出好些金帛来赠他做盘缠，哭对他道："若是幸得未嫁，还好等你归来再会。倘若你未归之前，有了日子，逼我嫁人，我只是死在阁前井中，与你再结来世姻缘。今世无及，只当永别了。"哽哽咽咽，两个哭了半夜，虽是交欢，终带惨凄，不得如常尽兴。

临别，惜惜执了幼谦的手叮咛道："你勿忘恩情，觑个空便，只是早归来得一日也是好的。"幼谦道："此不必分付，我若不为乡试，定寻个别话，推着不去了。今却有此便，须推不得，岂是我的心愿？归得便归，早见得你一日，也是快活。"相抱着多时，不忍分开，各含眼泪而别。

幼谦自随父亲到湖北去，一路上触景伤心，自不必说。到了那边，正值试期。幼谦痴心自想："若夺得魁名，或者亲事还可挽回得转，也未可料。"尽着平生才学，做了文赋，出场来就对父亲说道："掉母亲家里不下，算计要回家。"忠父道："怎不看了榜去？"幼谦道："揭榜不中，有何颜面？况且母亲家里孤寂，早晚悬望[②]。此处离家，须是路远，比不得越州时节，信息常通的。做儿的怎放心得下？那功名是外事，有分无分，已前定了，看那榜何用？"缠了几日，忠父方才允了，放回家来。不则一日，到了家里。

元来辛家已拣定是年冬里的日子来娶罗惜惜了。惜惜心里着急，日望幼谦到家，真是眼睛多望穿了。时时叫蜚英寻了头由，到幼谦家里打听。此日蜚英打听得幼谦已回，忙来对惜惜说了。惜惜道："你快去约了他，今夜必要相会，原仍前番的法儿进来就是。"又写一首词，封好了，一同拿去与他看。

蜚英领命，走到张家门首，正撞见了张幼谦。幼谦道："好了，好了。我正走出来要央杨老妈来通信，恰好你来了。"蜚英道："我家姐姐盼官人不来，时常啼哭，日日叫我打听。今得知官人到了，登时遣我来约官人，今夜照旧竹梯上进来相会。有一个柬帖在此。"幼谦拆开来，乃是一首《卜算子》词。词云：

幸得那人归，怎便教来也？一日相思十二时，直是情难舍！　本是好姻缘，又怕姻缘假。若是教随别个人，相见黄泉下。

---

① 眉批：此时似是冤家，到底却得其力。
② 眉批：于母恐未必惓惓如此。

幼谦读罢词，回他说：“晓得了。”蜚英自去。幼谦把词来珍藏过了。

到得晚间，远望楼西，已有三灯明亮，急急走去墙外看，竹梯也在了。进去见了惜惜，惜惜如获珍宝，双手抱了，口里埋怨道：“亏你下得！直到这时节才归来！而今已定下日子了，我与你就是无夜不会，也只得两月多，有限的了。当与你极尽欢娱而死，无所遗恨①。你少年才俊，前程未可量，奴不敢把世俗儿女态，强你同死。但日后对了新人，切勿忘我！”说罢大哭。幼谦也哭道：“死则俱死，怎说这话？我一从别去，那日不想你？所以试毕，不等揭晓就回，只为不好违拗得父亲，故迟了几日。我认个不是罢了，不要怪我！蒙寄新词，我当依韵和一首，以见我的心事。”取过惜惜的纸笔写道：

去时不由人，归怎由人也？罗带同心结到成，底事教拚舍？　心是十分真，情没些儿假。若道归迟打掉篦，甘受三千下。

惜惜看了词中之意，晓得他是出于无奈，也不怨他，同到罗帏之中，极其缱绻。俗语道“新婚不如远归”，况且晓得会期有数，又是一刻千金之价。你贪我爱，尽着心性做事，不顾死活。如是半月，幼谦有些胆怯了，对惜惜道：“我此番无夜不来，你又早睡晚起，觉得忒胆大了些！万一有些风声，被人知觉，怎么了？”惜惜道：“我此身早晚拚是死的，且尽着快活。就败露了，也只是一死，怕他甚么？②”

果然惜惜忒放泼了些，罗妈妈见他日间做事有气无力，长打呵欠，又有时早晨起来，眼睛红肿的，心里疑惑起来道：“这丫头有些改常了，莫不做下甚么事来？”就留了心。到人静后，悄悄到女儿房前察听动静。只听得女儿在阁上，低低微微与人说话？罗妈妈道：“可不作怪！这早晚难道还与蜚英这丫头讲什么话不成？就讲话，何消如此轻的，听不出落句来？”再仔细听了一回，又听得阁底下房里打鼾响，一发惊异道：“上边有人讲话，下边又有人睡下，可不是三个人了③？睡的若是蜚英丫头，女儿却与那个说话？这事必然跷蹊。”急走去对老儿说了这些缘故。罗仁卿大惊道：“吉期近了，不要做将出来？④”对妈妈道：

① 眉批：有情人。
② 眉批：真是拼得做得。
③ 眉批：却不道怎的。
④ 旁批：专为此要做。

“不必迟疑，竟闯上阁去一看，好歹立见。那阁上没处去的。”妈妈去叫起两个养娘，拿了两灯火，同妈妈前走，仁卿执着捍棒押后①，一径到女儿房前来。见房内关得紧紧的，妈妈出声叫：“蜚英丫头。”蜚英还睡着不应，阁上先听见了。惜惜道：“娘来叫，必有甚家事。”幼谦慌张起来，惜惜道：“你不要慌！悄悄住着，待我迎将下去。夜晚间他不走起来的。”忙起来穿了衣服，一面走下楼来。张幼谦有些心虚，怕不尴尬，也把衣服穿起，却是没个走路，只得将就闪在暗处静听。

惜惜只认做母亲一个来问甚么话的，道是迎住就罢了，岂知一开了门，两灯火照得通红，连父亲也在，吃了一惊，正说不及话出来。只见母亲抓了养娘手里的火，父亲带着捍棒，望阁上直奔②。惜惜见不是头，情知事发，便走向阁外来，望井里要跳。一个养娘见他走急，带了火来照；一个养娘是空手的，见他做势，连忙抱住道：“为何如此？”便喊道：“姐姐在此投井！”蜚英惊醒，走起来看，只见姐姐正在那里苦挣，两个养娘尽力抱住。蜚英走去伏在井栏上了，口里哼道：“姐姐使不得！”

不说下边鸟乱，且说罗仁卿夫妻走到阁上暗处，搜出一个人来。仁卿举起捍棒，正待要打。妈妈将灯上前一照，仁卿却认得张忠父的儿子幼谦。且歇了手，骂道：“小畜生！贼禽兽！你是我通家子侄，怎干出这等没道理的勾当来，玷辱我家！”幼谦只得跪下道：“望伯伯恕小侄之罪，听小侄告诉。小侄自小与令爱只为同日同窗，心中相契。前年曾着人相求为婚，伯伯口许道：‘等登第方可。’小侄为此发奋读书，指望完成好事，岂知宅上忽然另许了人家③，故此令爱不忿，相招私合，原约同死同生。今日事已败露，令爱必死，小侄不愿独生，凭伯伯打死罢！”仁卿道：“前日此话固有，你几时又曾登第了来，却怪我家另许人④？你如此无行的禽兽，料也无功名之分。你罪非轻，自有官法，我也不私下打你。”一把扭住。妈妈听见阁前嚷得慌，也恐怕女儿短见，忙忙催下了阁。

---

① 眉批：利害。

② 眉批：此时真正着急。

③ 眉批：反罪其失信，亦无聊之极思。

④ 眉批：仁卿语亦正。

仁卿拖幼谦到外边堂屋，把条索子捆住，关好在书房里，叫家人看守着他，只等天明送官。自家复身进来看女儿时，只见撷得头蓬发乱，妈妈与养娘们还搅做了一团，在那里嚷。仁卿怒道：“这样不成器的！等他死了罢！拦他何用？”举起捍棒要打，却得妈妈与养娘们，搀的搀，驮的驮，拥上阁去了。剩得仁卿一个在底下，抬头一看，只见蜚英还在井栏边[①]。仁卿一肚子恼怒，正无发泄处，一手揪住头发，拖将过来便打道：“多是你做了牵头，牵出事来的。还不实说，是怎么样起头的？”蜚英起初还推一向在阁下睡，不知就里，被打不过，只得把来踪去迹细细招了，又说道：“姐姐与张官人时常哭泣，只求同死的[②]。仁卿见说了这话，喝退了蜚英，心里也有些懊悔道：“前日便许了他，不见得如此。而今却有辛家在那里，其事难处，不得不经官了。”

闹嚷了大半夜，早已天明。元来但是人家有事，觉得天也容易亮些[③]。妈妈自和养娘窝伴住了女儿，不容他寻死路，仁卿却押了幼谦，一路到县里来。县宰升堂，收了状词，看是奸情事，乃当下捉获的，知是有据。又见状中告他是秀才，就叫张幼谦上来问道：“你读书知礼，如何做此败坏风化之事？”幼谦道：“不敢瞒大人，这事有个委曲，非孟浪男女宣淫也。[④]”县宰道：“有何委曲？”幼谦道：“小生与罗氏女同年月日所生，自幼罗家即送在家下读书，又系同窗。情孚意洽，私立盟书，誓成偕老。后来曾央媒求聘，罗家回道：‘必待登第，方许成婚。’小生随父游学两年归家，谁知罗家不记前言，竟自另许了辛家。罗氏女自道难负前誓，只待临嫁之日，拚着一死，以谢小生，所以约小生去觌面永诀。踪迹不密，却被擒获。罗女强嫁必死，小生义不独生[⑤]。事情败露，不敢逃罪。”

县宰见他人材俊雅，言词慷慨，有心要周全他。问罗仁卿道：“他说的是实否？”仁卿道：“话多实的，这事却是不该做。”县宰要试他才思，取过纸笔来与他道：“你情既如此，口说无凭，可将前后事写一供状来我看。”幼谦当堂提

① 眉批：悔气撞着。
② 眉批：此话要紧。
③ 眉批：冷话。
④ 眉批：巧言。
⑤ 眉批：词甚强直。

笔，一挥而就。供云：

窃惟情之所锺，正在吾辈；义之不歉，何恤人言！罗女生同月日，曾与共塾而作书生；幼谦契合金兰，匪仅逾墙而搂处子。长卿之悦，不为挑琴；宋玉之招，宁关好色！原许乘龙须及第，未曾经打毭毹；却教跨凤别吹箫，忍使顿成怨旷！临嫁而期永诀，何异十年不字之贞；赴约而愿捐生，无忝千里相思之谊[①]。既藩篱之已触，总桎梏而自甘。伏望悯此缘悭，巧赐续貂奇遇；怜其情至，曲施解网深仁。寒谷逢乍转之春，死灰有复燃之色。施同种玉，报拟衔环。上供。

县宰看了供词，大加叹赏，对罗仁卿道："如此才人，足为快婿。尔女已是覆水难收，何不宛转成就了他？[②]"罗仁卿道："已受过辛氏之聘，小人如今也不得自由。[③]"县宰道："辛氏知此风声，也未必情愿了。"

县宰正待劝化罗仁卿，不想辛家知道，也来补状，要追究奸情。那辛家是大富之家，与县宰平日原有往来的。这事是他理直，不好曲拗得，又恐怕张幼谦出去，被他两家气头上蛮打坏了[④]，只得准了辛家状词，把张幼谦权且收监，还要提到罗氏再审虚实。

却说张妈妈在家，早晨不见儿子来吃早饭，到书房里寻他，却又不见，正不知那里去了[⑤]。只见杨老妈走来慌张道："孺人知道么？小官人被罗家捉奸，送在牢中去了。"张妈妈大惊道："怪道他连日有些失张失智，果然做出来。"杨老妈道："罗、辛两家都是富豪，只怕官府处难为了小官人，怎生救他便好？"张妈妈道："除非着人去对他父亲说知，讨个商量。我是妇人家，干不得甚么事，只好管他牢中送饭罢了。"张妈妈叫着一个走使的家人，写了备细书一封，打发他到湖北去通张忠父知道，商量寻个方便[⑥]。家人星夜去了。

这张幼谦在牢中，自想："县宰十分好意，或当保全。但不知那晚惜惜死活

---

① 眉批：自责反自誉，东方朔之遗风。

② 眉批：好个县宰！

③ 旁批：亦是真话。

④ 眉批：真好县宰！

⑤ 眉批：张妈妈一向在梦中。

⑥ 眉批：此着得功。

何如，只怕今生不能再会了！”正在思念流泪，那牢中人来索常例钱、油水钱，亏得县宰曾分付过，不许难为他，不致动手动脚，却也言三语四，絮聒得不好听①。幼谦是个书生，又兼心事不快时节，怎耐烦得这些模样？分解不开之际，忽听得牢门外一片锣声筛着，一伙人从门上直打进来②，满牢中多吃一惊。

幼谦看那为头的肩上掮着一面红旗，旗上挂下铜铃，上写“帅府捷报”，乱嚷道：“那一位是张幼谦秀才？”众人指着幼谦道：“这个便是。你们是做甚么的？”那伙人不来分说，一拥将来，团团把幼谦围住了。道：“我们是湖北帅府，特来报秀才高捷的。快写赏票！”就有个摸出纸笔来揿住他手，要写“五百贯”、“三百贯”的乱嘈！幼谦道：“且不要忙，拿出单来看，是何名次，写赏未迟。”报的人道：“高哩，高哩。”取出一张红单来，乃是第三名。幼谦道：“我是犯罪被禁之人，你如何不到我家里报去③，却在此狱中罗唣？知县相公知道，须是不便。”报的人道：“咱们到府上来，见说秀才在此，方才也曾着人禀过知县相公的。这是好事，知县相公料不嗔怪。”幼谦道：“我身命未知如何，还要知县相公做主，我枉自写赏何干？④”报的人只是乱嚷，牢中人从傍撺哄，把一个牢里闹做了一片。

只听得喝道之声，牢中人乱窜了去，喊道：“知县相公来了。”须臾，县宰笑嘻嘻的踱进牢来，见众人尚拥住幼谦不放，县宰喝道：“为甚么如此？”报的人道：“正要相公来，张秀才自道在牢中，不肯写赏，要请相公做主。”县宰笑道：“不必喧嚷，张秀才高中，本县原有公费，赏钱五十贯文，在我库上来领。”取过笔来写与他了，众人嫌少，又添了十贯，然后散去。

县宰请过张秀才来换了衣巾，施礼过，拱他到公厅上，称贺道：“恭喜高掇。”幼谦道：“小生蒙覆庇之恩，虽得侥幸，所犯愆尤，还仗大人保全！”县宰道：“此纤芥之事，不必介怀，下官自当宛转。”此时正出牌去拘罗惜惜出官对理未到，县宰当厅就发个票下来，票上写道：“张子新捷，鼓乐送归；罗女免提，候申州定夺。”写毕，就唤吏典取花红鼓乐马匹伺候，县宰敬幼谦酒三杯，

① 眉批：也差得多了。

② 眉批：天下快事，无过于此。

③ 眉批：到此地位，连犯罪二字也说得响了。

④ 眉批：好推法。

上了花红，送上了马，鼓乐前导，送出县门来①。正是：

昨日牢中囚犯，今朝马上郎君。

风月场添彩色，氤氲使也欢欣。

却说幼谦迎到半路上，只见前面两个公人，押着一乘女轿，正望县里而来，轿中隐隐有哭声。这边领票的公人认得，知是罗惜惜在内，高叫道："不要来了，张秀才高中，免提了。"就取出票来与那边的公人看。惜惜在轿中分明听得，顶开轿帘窥看，只见张生气昂昂，笑欣欣骑在马上到面前来，心中暗暗自乐②。幼谦望去，见惜惜在轿中，晓得那晚不曾死，心中放下了一个大疙瘩。当下四目相视，悲喜交集。抬惜惜的，转了轿，正在幼谦马的近边。先先后后，一路同走，恰象新郎迎着新人轿的一般，单少的是轿上结彩。直到分路处，两人各丢眼色而别。

幼谦回来见了母亲，拜过了，赏赐了迎送之人，俱各散讫。张妈妈道："你做了不老成的事，几把我老人家急死。若非有此番天救星，这事怎生了结？今日报事的打进来，还只道是官府门中人来嚷，慌得娘没躲处哩。直到后边说得明白，方得放心。我说你在县牢里，他们一径来了。却是县间如何就肯放了你？"幼谦道："孩儿不才，为儿女私情，做下了事，连累母亲受惊。亏得县里大人好意，原有周全婚姻之意，只碍着辛家不肯。而今侥幸有了这一步，县里大人十分欢喜，送孩儿回来，连罗氏女也免提了。孩儿痴心想着，不但可以免罪，或者还有些指望也不见得。"妈妈道："虽然知县相公如此，却是闻得辛家恃富，不肯住手。要到上司陈告，恐怕对他不过。我起初曾着人到你父亲处商量去了，不知有甚关节来否？"幼谦道："这事且只看县里申文到州，州里主意如何，再作道理。娘且宽心。"须臾之间，邻舍人家多来叫喜。杨老妈也来了③。母亲欢喜，不在话下。

却说本州太守升堂，接得湖北帅使的书一封，拆开来看，却为着张幼谦、罗氏事，托他周全。此书是张忠父得了家信，央求主人写来的。总是就托忠父

---

① 眉批：快哉！

② 眉批：惜惜此时之乐，不减于张。

③ 眉批：张生此时可以胆大了。

代笔，自然写得十分恳切。那时帅府有权，太守不敢不尽心，只不知这件事的头脑备细，正要等县宰来时问他。恰好是日本县申文也到，太守看过，方知就里。又晓得张幼谦新中，一发要周全他了。只见辛家来告状道："张幼谦犯奸禁狱，本县为情擅放，不行究罪，实为枉法。"太守叫辛某上来，晓谕他道："据你所告，那罗氏已是失行之妇，你争他何用？就断与你家了，你要了这媳妇，也坏了声名。何不追还了你原聘的财礼，另娶了一房好的，毫无瑕玷，可不是好？你须不比罗家，原是干净的门户，何苦争此闲气？[①]"辛某听太守说得有理，一时没得回答，叩头道："但凭相公做主。"太守即时叫吏典取纸笔与他，要他写了情愿休罗家亲事一纸状词，行移本县[②]，在罗仁卿名下，追辛家这项聘财还他。辛家见太守处分，不敢生词说，叩头而出。

太守当下密写一书，钉封在文移中，与县宰道："张、罗，佳偶也。茂宰可为了此一段姻缘，此奉帅府处分，毋忽！"县宰接了州间文移，又看了这书，具两个名帖，先差一个吏典去请罗仁卿公厅相见；又差一个吏典去请张幼谦。分头去了。

罗仁卿是个白身富翁，见县官具帖相请，敢不急赴？即忙换了小帽，穿了大摆褶子，来到公厅。县宰只要完成好事，优礼相待，对他道："张幼谦是个快婿，本县前日曾劝足下纳了他。今已得成名，若依我处分，诚是美事。"罗仁卿道："相公分付，小人怎敢有违？只是已许下辛家，辛家断然要娶，小人将何辞回得他？有此两难，乞相公台鉴。"县宰道："只要足下相允，辛家已不必虑。"笑嘻嘻的叫吏典在州里文移中，取出辛家那纸休亲的状来，把与罗仁卿看[③]。

县宰道："辛家已如此，而今可以贺足下得佳婿矣。"仁卿沉吟道："辛家如何就肯写这一纸？"县宰笑道："足下不知，此皆州守大人主意，教他写了，以便令婿完姻的。"就在袖里摸出太守书来，与仁卿看了。仁卿见州、县如此为他，怎敢推辞，只得谢道："儿女小事，劳烦各位相公费心，敢不从命？"只见张幼谦也请到了，县宰接见，笑道："适才令岳亲口许下亲事了。"就把密书并

---

① 眉批：虽为张生，实是正理。
② 旁批：周到。
③ 眉批：真好县宰，然而此时不为奇也。

辛氏休状与幼谦看过，说知备细。幼谦喜出望外，称谢不已。县宰就叫幼谦当堂拜认了丈人，罗仁卿心下也自喜欢。县宰邀进后堂，治酒待他翁婿两人。罗仁卿谦逊不敢与席，县宰道："有令婿面上，一坐何妨！"当下尽欢而散。

幼谦回去，把父亲求得湖北帅府关节托太守，太守又把县宰如此如此，备细说一遍，张妈妈不胜之喜。那罗仁卿吃了知县相公的酒，身子也轻了好些[1]，哓得是张幼谦面上带挈的，一发敬重女婿。罗妈妈一向护短女儿，又见仁卿说州县如此做主，又是个新得中的女婿，得意自不必说。次日，是黄道吉日，就着杨老妈为媒，说不舍得放女儿出门，把张幼谦赘了过来。洞房花烛之夜，两新人原是旧相知，又多是吃惊吃吓，哭哭啼啼死边过的，竟得团圆，其乐不可名状。

成亲后，夫妇同到张家拜见妈妈。妈妈看见佳儿佳妇，十分美满，又分付道："州、县相公之恩，不可有忘！既已成亲，须去拜谢。"幼谦道："孩儿正欲如此。"遂留下惜惜在家相伴婆婆闲话，张妈妈从幼认得媳妇的，愈加亲热。幼谦却去拜谢了州、县。归来，州县各遣人送礼致贺。打发了毕，依旧一同到丈人家里来了。

明年，幼谦上春官，一举登第，仕至别驾，夫妻偕老而终。诗曰：

漫说囹圄是福堂，谁知在内报新郎？
不是一番寒彻骨，怎得梅花扑鼻香？

---

① 眉批：原侥幸。

卷三十 王大使威行部下 李参军冤报生前

诗云：

冤业相报，自古有之。一作一受，天地无私。杀人还杀，自刃何疑？有如不信，听取谈资。

话说天地间最重的是生命。佛说戒杀，还说杀一物要填还一命。何况同是生人，欺心故杀，岂得不报？所以律法上最严杀人偿命之条。汉高祖除秦苛法，止留下三章，尚且头一句就是“杀人者死”。可见杀人罪极重。但阳世间不曾败露，无人知道，那里正得许多法！尽有漏了网的，却不那死的人，落得一死了？所以就有阴报。那阴报事也尽多，却是在幽冥地府之中，虽是分毫不爽，无人看见。就有人死而复苏，传说得出来，那口强心狠的人，只认做说的是梦话，自己不曾经见，那里肯个个听？却有一等，即在阳间，受着再生冤家现世花报的，事迹显著，明载史传，难道也不足信？还要口强心狠哩！

在下而今不说那彭生惊齐襄公，赵王如意赶吕太后，窦婴、灌夫鞭田蚡，这还是道“时衰鬼弄人”，又道是“疑心生暗鬼”，未必不是阳命将绝，自家心上的事发，眼花撩花上头起来的。只说些明明白白的现世报，但是报法有不同。看官不嫌絮烦，听小子多说一两件，然后入正话。

一件是唐逸史上说的：长安城南，曾有僧日中求斋，偶见桑树上有一女子在那里采桑，合掌问道：“女菩萨，此间侧近，何处有信心檀越，可化得一斋的么？”女子用手指道：“去此三四里，有个王家，见在设斋之际，见和尚来到，必然喜舍，可速去！”僧随他所指处前往，果见一群僧，正要就坐吃斋。此僧来得恰好，甚是喜欢。

斋罢，王家翁、媪见他来得及时，问道：“师父像个远来的，谁指引到此？”僧道：“三四里外，有一个小娘子在那里采桑，是他教导我的。”翁、姥大惊道：“我这里设斋，并不曾传将开去。三四里外女子从何知道？必是个未卜先知的异人，非凡女也。”对僧道：“且烦师父与某等同往，访这女子则个。”翁、姥就同了此僧，到了那边。那女子还在桑树上，一见了王家翁、姥，即便跳下树来，连桑篮丢下了，望前极力奔走。僧人自去了，翁、姥随后赶来。女子走到家，自进去了。王翁认得这家是村人卢叔伦家里，也走进来。

女子跑进到房里，掇张床来抵住了门，牢不可开。卢母惊怪他两个老人家赶着女儿，问道：“为甚么？”王翁、王母道：“某今日家内设斋，落末有个远方僧来投斋，说是小娘子指引他的。某家做此功德，并不曾对人说，不知小娘子如何知道？故来问一声，并无甚么别故。”卢母见说，道：“这等打甚么紧，老身去叫他出来。”就走去敲门叫女儿。女儿坚不肯出，卢母大怒道：“这是怎的起？这小奴才作怪了！”女子在房内回言道：“我自不愿见这两个老货，也没甚么罪过。”卢母道：“邻里翁婆看你，有甚不好意思？为何躲着不出？”王翁、王姥见他躲避得紧，一发疑心道：“必有奇异之处。”在门外着实恳求，必要一见[①]。女子在房内大喝道：“某年月日有贩胡羊的父子三人，今在何处？”王翁、王姥听见说了这句，大惊失色，急急走出，不敢回头一看，恨不得多生两只脚，飞也似的去了。

女子方开出门来。卢母问道：“适才的话，是怎么说？”女子道：“好叫母亲得知：儿再世前曾贩羊，从夏州来到此翁、姥家里投宿。父子三人，尽被他谋死了，劫了资货，在家里受用。儿前生冤气不散，就投他家做了儿子，聪明过人。他两人爱同珍宝，十五岁害病，二十岁死了。他家里前后用过医药之费，已比劫得的多过数倍了。又每年到了亡日，设了斋供，夫妻啼哭，总算他眼泪也出了三石多了[②]。儿今虽生在此处，却多记得前事。偶然见僧化饭，所以指点他。这两个是宿世冤仇，我还要见他怎么？方才提破他心头旧事，吃这一惊不小，回去即死，债也完了。”卢母惊异，打听王翁夫妻，果然到得家里，虽不知这些情头，晓得冤债不了，惊悸恍惚成病，不多时，两个多死了。

---

① 眉批：前之访，此之求见，皆业使之也。

② 眉批：可畏哉！为恶岂有益乎？

看官，你道这女儿三生，一生被害，一生索债，一生证明讨命，可不利害么？略听小子胡诌一首诗：

采桑女子实堪奇，记得为儿索债时。

导引僧家来乞食，分明追取赴阴司。

这是三生的了。再说个两世的，死过了鬼来报冤的。这一件在宋《夷坚志》上，说吴江县二十里外因渎村，有个富人吴泽，曾做个将仕郎，叫做吴将仕。生有一子，小字云郎。自小即聪明勤学，应进士第，预待补籍，父母望他指日峥嵘。绍兴五年八月，一病而亡。父母痛如刀割，竭尽资财，替他追荐超度。费了若干东西，心里只是苦痛，思念不已。

明年冬，将仕有个兄弟，做助教的，名滋，要到洞庭东山妻家去。未到数里，暴风打船，船行不得，暂泊在福善王庙下。躲过风势，登岸闲步，望庙门半掩，只见庙内一人，着皂绨背子，缓步而出，却象云郎。助教走上前，仔细一看，元来正是他，吃了一大惊。明知是鬼魂，却对他道："你父母晓夜思量你，不知赔了多少眼泪？要会你一面不能勾，你却为何在此？"云郎道："儿为一事拘系在此，留连证对，况味极苦。叔叔可为我致此意于二亲，若要相见，须亲自到这里来乃可，我却去不得。"叹息数声而去。助教得此消息，不到妻家去了，急还家来，对兄嫂说知此事。三个人大家恸哭了一番，就下了助教这只原船，三人同到庙前来。只见云郎已立在水边，见了父母，奔到面前哭拜，具述幽冥中苦恼之状。

父母正要问他详细，说自家思念他的苦楚，只见云郎忽然变了面孔①，挺竖双眉，捽住父衣，大呼道："你陷我性命，盗我金帛，使我衔冤茹痛四五十年，虽曾费耗过好些钱，性命却要还我。今日决不饶你！"说罢便两相击搏，滚入水中。助教慌了，喝叫仆从及船上人，多跳下水去捞救。那太湖边人多是会水的，救得上岸，还见将仕指手画脚，挥拳相争，到夜方定。助教不知甚么缘故，却听得适才的说话，分明晓得定然有些蹊跷的阴事，来问将仕。将仕蹙着眉头道："昔日壬午年间，虏骑破城，一个少年子弟相投寄宿，所赍囊金甚多，吾心贪其所有。数月之后，乘醉杀死，尽取其资。自念冤债在身，从壮至老，

① 眉批：真正着鬼。

心中长怀不安[①]。此儿生于壬午，定是他冤魂再世，今日之报，已显然了！”自此忧闷不食，十余日而死。

这个儿子，只是两生。一生被害，一生讨债，却就做了鬼来讨命，比前少了一番，又直捷些。再听小子胡诌一首诗：

冤魂投托原财耗，落得悲伤作利钱。

儿女死亡何用哭？须知作业在生前。

这两件事希奇些的说过，至于那本身受害，即时作鬼取命的，就是年初一起说到年晚除夜，也说不尽许多。小子要说正话，不得工夫了。

说话的，为何还有一个正话？看官，小子先前说这两个，多是一世再世，心里牢牢记得前生，以此报了冤仇，还不希罕。又有一个再世转来，并不知前生甚么的，遇着各别道路的一个人，没些意思，定要杀他，谁知是前世冤家做定的。天理自然果报，人多猜不出来，报的更为直捷，事儿更为奇幻，听小子表白来。

这本话，却在唐朝贞元年间，有一个河朔李生，从少时膂力过人，恃气好侠，不拘细行。常与这些轻薄少年，成群作队，驰马试剑，黑夜里往来太行山道上，不知做些甚么不明不自的事[②]。后来家事忽然好了[③]，尽改前非，折节读书，颇善诗歌，有名于时，做了好人了。累官河朔，后至深州录事参军。李生美风仪，善谈笑，曲晓吏事，又且廉谨明干，甚为深州太守所知重。至于击鞠、弹棋、博弈诸戏，无不曲尽其妙。又饮量尽大，酒德又好，凡是宴会酒席，没有了他，一坐多没兴。太守喜欢他，真是时刻少不得的。

其时成德军节度使王武俊，自恃曾为朝廷出力，与李抱真同破朱滔，功劳甚大，又兼兵精马壮，强横无比，不顾法度。属下州郡太守，个个惧怕他威令，心胆俱惊。其子士真就受武俊之节，官拜副大使。少年骄纵，倚着父亲威势，也是个杀人不眨眼的魔君。一日，武俊遣他巡行属郡，真个是：

轰天吓地，掣电奔雷。喝水成冰，驱山开路。川岳为之震动，草木尽

---

① 眉批：晓得不安，何苦为此。

② 旁批：可想而知。

③ 眉批：业在此矣。

是披靡。深林虎豹也潜形，村舍犬鸡都不乐。

别郡已过，将次到深州来。太守畏惧武俊，正要奉承得士真欢喜，好效殷勤。预先打听他前边所经过，喜怒行径详悉，闻得别郡多因陪宴的言语举动，每每触犯忌讳，不善承颜顺旨，以致不乐①。太守于是大具牛酒，精治肴馔，广备声乐。妻孥手自烹庖，太守躬亲陈设，百样整齐，只等副大使来。只见前驱探马来报，副大使头踏到了。但见：

旌旗蔽日，鼓乐喧天。开山斧闪烁生光，还带杀人之血；流星锤蓓蕾出色，犹闻磕脑之腥。铁链响琅玱，只等悔气人冲节过；铜铃声杂沓，更无拚死汉逆前来。蹂躏得地上草不生，蒿恼得梦中魂也怕。

士真既到，太守郊迎过，请在极大的一所公馆里安歇了。登时酒筵嗄程礼物抬将进来，太守恐怕有人触犯，只是自家一人小心陪侍。一应僚吏宾客，一个也不召来与席。士真见他酒肴丰美，礼物隆重，又且太守谦恭谨慎，再无一个杂客敢轻到面前，心中大喜，道是经过的各郡，再没有到得这郡齐整谨饬了。饮酒至夜。

士真虽然威严，却是年纪未多，兴趣颇高，饮了半日酒，止得一个太守在面前唯喏趋承，心中虽是喜欢，觉得没些韵味②。对太守道："幸蒙使君雅意，相待如此之厚，欲尽欢于今夕。只是我两人对酌，觉得少些高兴，再得一两个人同酌，助一助酒兴为妙。③"太守道："敝郡偏僻，实少名流。况兼惧副大使之威，恐忤尊旨，岂敢以他客奉陪宴席？"士真道："饮酒作乐，何所妨碍？况如此名郡，岂无嘉宾？愿得召来帮我们鼓一鼓兴，可以尽欢。不然酒伴寂寥，虽是盛筵，也觉吃不畅些。"太守见他说得在行，想道："别人卤莽，不济事④。难得他恁地喜欢高兴，不要请个人不凑趣，弄出事来。只有李参军风流蕴藉，且是谨慎，又会言谈戏艺，酒量又好。除非是他，方可中意，我也放得心下。第二个就使不得了。"想了一回，方对士真说道："此间实少韵人，可以佐副大使酒政。止有录事参军李某，饮量颇洪，兴致亦好。且其人善能诙谐谈笑，广

---

① 眉批：岂知此间陪宴的不乐更甚耶？

② 眉批：原乏趣致。

③ 眉批：暴戾人亦知酒中趣。

④ 眉批：请了别人，反未必惹事。

晓技艺，或者可以赐他侍坐，以助副大使雅兴万一。不知可否，未敢自专，仰祈尊裁。”士真道：“使君所举，必是妙人。召他来看。”太守呼唤从人：“速请李参军来！”

看官，若是说话的人，那时也在深州地方，与李参军一块儿住着，又有个未卜先知之法，自然拦腰抱住，劈胸揪着，劝他不吃得这样吕太后筵席也罢，叫他不要来了。只因李生闻召，虽是自觉有些精神恍惚，却是副大使的钧旨，本郡太守命令，召他同席，明白是抬举他，怎敢不来？谁知此一去，却似：

　　猪羊入屠户之家，一步步来寻死路。

说话的，你差了，无非叫他去帮吃杯酒儿，是个在行的人，难道有甚么言语冲撞了他，闯出祸来不成？看官，你听，若是冲撞了他，惹出祸来，这是本等的事，何足为奇。只为不曾说一句，白白的就送了性命，所以可笑。且待我接上前因，便见分晓。

那时李参军随命而来，登了堂，望着士真就拜。拜罢抬起头来，士真一看，便勃然大怒①，既召了来，免不得赐他坐了。李参军勉强坐了，心中悚惧，状貌益加恭谨。士真越看越不快活起来。看他揎拳裸袖，两眼睁得铜铃也似，一些笑颜也没有，一句闲话也不说，却像个怒气填胸，寻事发作的一般。比先前竟似换了一个人了。太守慌得无所措手足，且又不知所谓，只得偷眼来看李参军。但见李参军面如土色，冷汗淋漓，身体颤抖抖的坐不住，连手里拿的杯盘也只是战，几乎掉下地来。太守恨不得身子替了李参军，说着句把话，发个甚么喜欢出来便好②。争奈一个似鬼使神差，一个似失魂落魄。李参军平日枉自许多风流俏倬，谈笑科分，竟不知撩在爪哇国那里去了。比那泥塑木雕的多得一味抖③。连满堂伏侍的人，都慌得来没头没脑，不敢说一句话，只冷眼瞧他两个光景。

只见不多几时，士真像个忍耐不住的模样，忽地叫一声：“左右那里？”左右一伙人暴雷也似答应了一声：“喏！”士真分付把李参军拿下。左右就在席

① 眉批：突如其来如。

② 眉批：两人光景俱好看，忒难为太守一人。

③ 眉批：好形容。

上，如鹰拿雁雀，揪了下来听令。士真道：“且收郡狱！”左右即牵了李参军衣袂，付在狱中，来回话了。士真冷笑了两声①，仍旧欢喜起来，照前发兴吃酒。他也不说出甚么缘故来，太守也不敢轻问，战战兢兢陪他酒散，早已天晓了。

太守只这一出，被他惊坏，又恐怕因此惹恼了他，连自己身子立不勾，却又不见得李参军触恼他一些处②，正是不知一个头脑。叫着左右伏侍的人，逐个盘问道：“你们傍观仔细，曾看出甚么破绽么？”左右道：“李参军自不曾开一句口，在那里触犯了来？因是众人多疑心这个缘故，却又不知李参军如何便这般惊恐，连身子多主张不住，只是个颤抖抖的。”太守道：“既是这等，除非去问李参军他自家，或者晓得甚么冲撞他处，故此失慌了，也不见得。”

太守说罢，密地叫个心腹的衹候人去到狱中，传太守的说话，问李参军道：“昨日的事，参军貌甚恭谨，且不曾出一句话，原没处触犯了副大使。副大使为何如此发怒？又且系参军在狱，参军自家可晓得甚么缘故么？”李参军只是哭泣，把头摇了又摇，只不肯说甚么出来。衹候人又道是奇怪，只得去告诉太守道：“李参军不肯说话，只是一味哭。”太守一发疑心了道：“他平日何等一个精细爽利的人，今日为何却失张失智到此地位？真是难解。”只得自己走进狱中来问他。

他见了太守，想着平日知重之恩，越哭得悲切起来。太守忙问其故。李参军沉吟了半晌，叹了一口气，才拭眼泪说道：“多感君候倦倦垂问，某有心事，今不敢隐。曾闻释家有现世果报，向道是惑人的说话，今日方知此话不虚了。”太守道：“怎见得？”李参军道：“君侯不要惊怪，某敢尽情相告。某自少贫，无以自资衣食，因恃有几分膂力，好与侠士、剑客往来，每每掠夺里人的财帛，以充己用。时常驰马腰弓，往还大行道上，每日走过百来里路，遇着单身客人，便劫了财物归家。一日，遇着一个少年，手执皮鞭，赶着一个骏骡，骡背负了两个大袋。某见他沉重，随了他一路走去，到一个山坳之处，左右岩崖万仞。彼时日色将晚，前无行人，就把他尽力一推，推落崖下，不知死活。因急赶了他这头骏骡，到了下处，解开囊来一看，内有缯缣百余匹。自此家事得以稍赡。

---

① 眉批：何以此时不即杀之？盖因果未为人知也。

② 眉批：正此为奇。

自念所行非谊，因折弓弃矢，闭门读书，再不敢为非。遂出仕至此官位。从那时算至今岁，凡二十七年了①。昨蒙君侯台旨，召侍王公之宴，初召时，就有些心惊肉颤，不知其由。自料道决无他事，不敢推辞。及到席间，灯下一见王公之貌，正是我向时推在崖下的少年，相貌一毫不异。一拜之后，心中悚惕，魂魄俱无。晓得冤孽见在面前了。自然死在目下，只消延颈待刃，还有甚别的说话来？幸得君侯知我甚深，不敢自讳，而今再无可逃，敢以身后为托，不使吾暴露尸骸足矣。"言毕大哭。太守也不觉惨然。欲要救解，又无门路。又想道："既是有此冤业，恐怕到底难逃。"似信不信的，且看怎么。

太守叫人悄地打听副大使起身了来报，再伺候有什么动静，快来回话。太守怀着一肚子鬼胎，正不知葫芦里卖出甚么药来②，还替李参军希冀道："或者酒醒起来，忘记了便好。③"须臾之间，报说副大使睡醒了，即叫了左右进去，不知有何分付。太守叫再去探听。只见士真刚起身来便问道："昨夜李某今在何处？"左右道："蒙副大使发在郡狱。"士真便怒道："这贼还在，快枭他首来！"左右不敢稽迟，来禀太守，早已有探事的人飞报过了。太守大惊失色，叹道："虽是他冤业，却是我昨日不合举荐出来，害了他也！"好生不忍，没计奈何，只得任凭左右到狱中斩了李参军之首。正是：

阎王注定三更死，定不留人到四更。

眼见得李参军做了一世名流，今日死于非命。左右取了李参军之头，来士真跟前献上取验。士真反复把他的头看了又看，哈哈大笑④，喝叫："拿了去！"

士真梳洗已毕，太守进来参见，心里虽有此事恍惚，却装做个不以为意的坦然模样，又请他到自家郡斋赴宴。逢迎之礼，一发小心了。士真大喜，比昨日之情，更加款洽。太守几番要问他，嗫嚅数次，不敢轻易开口。直到见他欢喜头上，太守先起请罪道："有句说话，斗胆要请教副大使。副大使恕某之罪，不嫌唐突，方敢启口。"士真道："使君相待甚厚，我与使君相与甚欢，有话尽情直说，不必拘忌。"太守道："某本不才，幸得备员，叨守一郡。副大使车驾

---

① 眉批：也算回头早的，然犹冤业不散，况不回头者乎？

② 眉批：李生应得之报，急杀这个太守。

③ 旁批：爱李生之念。

④ 眉批：虽为冤报，然而唐藩镇之横极矣。

枉临，下察弊政，宽不加罪，恩同天地了。昨日副大使酒间，命某召他客助饮。某属郡僻小，实无佳宾可以奉欢宴者。某愚不揣事，私道李某善能饮酒，故请命召之。不想李某愚戆，不习礼法，触忤了副大使，实系某之大罪。今副大使既已诛了李某，李某已伏其罪，不必说了。但某心愚鄙，窃有所未晓，敢此上问：不知李某罪起于何处？愿得副大使明白数他的过误，使某心下洞然，且用诫将来之人，晓得奉上的礼法，不致舛错，实为万幸。[①]”士真笑道：“李某也无罪过，但吾一见了他，便忿然激动吾心，就有杀之之意。今既杀了，心方释然，连吾也不知所以然的缘故。使君但放心吃酒罢，再不必提起他了。”宴罢，士真欢然致谢而行，又到别郡去了。来这一番，单单只结果得一个李参军。

太守得他去了，如释重负，背上也轻松了好些。只可惜无端害了李参军，没处说得苦。太守记着狱中之言，密地访问王士真的年纪，恰恰正是二十七岁[②]，方知太行山少年被杀之年，士真已生于王家了。真是冤家路窄，今日一命讨了一命。那心上事只有李参军知道，连讨命的做了事，也不省得。不要说傍看的人，那里得知这些缘故？太守嗟叹怪异，坐卧不安了几日。因念他平日交契的分上，又是举他陪客，致害了他，只得自出家财，厚葬了李参军。常把此段因果劝人，教人不可行不义之事。有诗为证：

冤债原从隔世深，相逢便起杀人心。

改头换面犹相报，何况容颜俨在今？

① 眉批：太守能□。

② 眉批：可畏。

卷三十一　何道士因术成奸　周经历因奸破贼

诗云：

天命从来自有真，岂容奸术恣纷纭？

黄巾张角徒生乱，大宝何曾到彼人？

话说唐乾符年间，上党铜鞮县山村有个樵夫，姓侯名元，家道贫穷，靠着卖柴为业。己亥岁，在县西北山中采樵回来，歇力在一个谷口，傍有一大石，巍然像几间屋大。侯元对了大石自言自语道："我命中直如此辛苦！"叹息声未绝，忽见大石砉然豁开如洞，中有一老叟，羽衣乌帽，髯发如霜，拄杖而出。侯元惊愕，急起前拜。老叟道："吾神君也。你为何如此自苦？学吾法，自能取富，可随我来。"老叟复走入洞，侯元随他走去。走得数十步，廓然清朗，一路奇花异草，修竹乔松；又有碧槛朱门，重楼复榭。老叟引了侯元，到别院小亭子坐了。两个童子请他进食，食毕，复请他到便室，具汤沐浴，进新衣一袭，又命他冠戴了，复引至亭上。老叟命僮设席于地，令侯元跪了。老叟授以秘诀数万言，多是变化隐秘之术。侯元素性蠢戆，到此一听不忘。老叟诫他道："你有些小福分，该在我至法中进身。却是面有败气未除，也要谨慎。若图谋不轨，祸必丧生。今且归去习法，如欲见吾，但至心叩石，自当有人应门与你相见。[①]"元因拜谢而出，老叟仍令一童送出洞口。既出来了，不见了洞穴，依旧是块大石，连樵采家火多不见了。

到得家里，父母兄弟多惊喜道："去了一年多，道是死于虎狼了，幸喜得还

① 眉批：知其无成，何为传之以法？岂有缘而数复不可逃乎？

在。”其实，侯元只在洞中得一日。家里又见他服装华洁，神气飞扬，只管盘问他。他晓得瞒不得，一一说了。遂入静室中，把老叟所传术法，尽行习熟。不上一月，其术已成。变化百物，役召鬼魅；遇着草木土石，念念有词，便多是步骑甲兵。神通既已广大，传将出去，便自有人来扶从。于是收好些乡里少年勇悍的为将卒，出入陈旌旗，鸣鼓吹，宛然像个小国诸侯，自称曰“贤圣”。设立官爵，有“三老”、“左右弼”、“左右将军”等号。每到初一、十五，即盛饰往谒神君。神君每见必戒道：“切勿称兵！若必欲举事，须待天应。[1]”侯元唯唯。

到庚子岁，聚兵已有数千人了。县中恐怕妖术生变，乃申文到上党节度使高公处，说他行径。高公令潞州郡将以兵讨之。侯元已知其事，即到神君处问事宜。神君道：“吾向已说过，但当偃旗息鼓以应之。彼见我不与他敌，必不乱攻。切记不可交战。”侯元口虽应着，心里不伏。想道：

“出我奇术，制之有余。且此是头一番，小敌若不能当抵，后有大敌来，将若之何？且众人见吾怯弱，必不伏我，何以立威？”归来不用其言，戒令党与勒兵以待。是夜潞兵离元所三十里，据险扎营。侯元用了术法，潞兵望来，步骑戈甲，蔽满山泽，尽有些胆怯。明日，潞兵结了方阵前来，侯元领了千余人，直突其阵，锐不可当。潞兵少却。侯元自恃法术，以为无敌，且叫拿酒来吃，以壮军威。谁知手下之人，多是不习战阵，乌合之人，毫无纪律。侯元一个吃酒，大家多乱撺起来。潞兵乘乱，大队赶来。多四散落荒而走，刚剩得侯元一个，带了酒性，急念不出咒语，被擒住了。送至上党，发在潞州府狱，重枷枷着，团团严兵卫守。

天明看枷中，只有灯台一个，已不见了侯元。却连夜遁到铜鞮，径到大石边，见神君谢罪。神君大怒，骂道：“庸奴！不听吾言，今日虽然幸免，到底难逃刑戮，非吾徒也。”拂衣而入，洞门已闭上，是块大石。侯元悔之无及[2]，虔

---

① 眉批：不反不能矣。

② 眉批：犹可及也。

心再叩，竟不开了。自此侯元心中所晓符咒，渐渐遗忘。就记得的做来，也不十分灵了。却是先前相从这些党与，不知缘故，聚着不散，还推他为主。自恃其众，是秋率领了人，在并州大谷地方劫掠。也是数该灭了，恰好并州将校偶然领了兵马经过，知道了，围之数重。侯元极了，施符念咒，一毫不灵，被斩于阵，党羽遂散。不听神君说话，果然没个收场。

可见悖叛之事，天道所忌。若是得了道术，辅佐朝廷，如张留侯、陆信州之类，自然建功立业，传名后世。若是萌了私意，打点起兵谋反，不成见有妖术成功的。从来张角、徵侧，徵二、孙恩、卢循等，非不也是天赐的兵书法术，毕竟败亡。所以《平妖传》上也说道“白猿洞天书后边，深戒着谋反一事”的话。就如侯元，若依得神君分付，后来必定有好处，都是自家弄杀了。事体本如此明白，不知这些无主意的愚人，住此清平世界，还要从着白莲教，到处哨聚倡乱，死而无怨，却是为何？

面今说一个得了妖书倡乱被杀的，与看官听一听。有诗为证：

蚤通武艺杀亲夫，反获天书起异图。

扰乱青州旋被戮，福兮祸伏理难诬。

话说国朝永乐中，山东青州府莱阳县有个妇人，姓唐，名赛儿。其母少时，梦神人捧一金盒，盒内有灵药一颗，令母吞之，遂有娠，生赛儿。自幼乖觉伶俐，颇识字，有姿色，常剪纸人马厮杀为儿戏①。年长嫁本镇石麟街王元椿。这王元椿弓马熟闲，武艺精通，家道丰裕。自从娶了赛儿，贪恋女色，每日饮酒取乐，时时与赛儿说些弓箭刀法，赛儿又肯自去演习戏耍。光阴捻指，不觉陪费五六年，家道萧索，衣食不足。

赛儿一日与丈夫说：“我们枉自在此忍饥受饿，不若将后面梨园卖了，买匹好马，干些本分求财的勾当②，却不快活？”王元椿听得，说道：“贤妻何不早说？今日天晚了，不必说。”明日，王元椿早起来，写个出帐，央李媒为中，卖

① 眉批：本有宿根。

② 眉批：贼心早定。

与本地财主贾包，得银二十余两。王元椿就去青州镇上，买一匹快走好马回来，弓箭腰刀自有。

拣个好日子①，元椿打扮做马快手的模样，与赛儿相别，说："我去便回。"赛儿说："保重，保重。"元椿叫声"惭愧"，飞身上马，打一鞭，那马一道烟去了。来到酸枣林，是琅琊后山，止有中间一条路。若是阻住了，不怕飞上天去。王元椿只晓得这条路上好打劫人，不想着来这条路上走的人，只贪近，都不是依良本分的人，不便道白白的等你拿了财物去。

也是元椿合当悔气，却好撞着这一起客人，望着褡连颇有些油水。元椿自道："造化了。"把马一拍，攒风的一般，前后左右，都跑过了。见没人，王元椿就扯开弓，搭上箭，飒的一箭射将来。那客人伙里有个叫做孟德，看见元椿跑马时，早已防备，拿起弓稍，拨过这箭，落在地下。王元椿见头箭不中，煞住马，又放第二箭来。孟德又照前拨过了，就叫："汉子，我也回礼。"把弓虚扯一扯，不放。王元椿只听得弦响，不见箭。心里想道："这男女不会得弓马的，他只是虚张声势。"只有五分防备，把马慢慢的放过来。孟德又把弓虚扯一扯，口里叫道："看箭！"又不放箭来②。王元椿不见箭来，只道是真不会射箭的，放心赶来。不晓得孟德虚扯弓时，就乘势搭上箭射将来③，正对元椿当面。说时迟，那时快，元椿却好抬头看时，当面门上中一箭，从脑后穿出来，番身跌下马来。孟德赶上，拔出刀来，照元椿喉咙里连剁上几刀，眼见得元椿不活了。诗云：

剑光动处悲流水，羽簇飞时送落花。
欲寄兰闺长夜梦，清魂何自得还家？

孟德与同伙这五六个客人说："这个男女，也是才出来的，不曾得手。我们只好去罢，不要担误了程途。"一伙人自去了。

且说唐赛儿等到天晚，不见王元椿回来，心里记挂。自说道："丈夫好不了

---

① 眉批：日子未必好。
② 眉批：是个江湖上老手段，元椿新试，落其彀中。
③ 旁批：妙！

事！这早晚还不回来，想必发市迟，只叫我记挂。”等到一二更，又不见王元椿回来，只得关上门进房里，不脱衣裳去睡，只是睡不着。直等到天明，又不见回来。赛儿正心慌撩乱，没做道理处。只听得街坊上说道：“酸枣林杀死个兵快手。”赛儿又惊又慌，来与间壁卖豆腐的沈老儿，叫做沈印时，两老口儿，说这个始末根由。沈老儿说：“你不可把真话对人说！大郎在日，原是好人家，又不惯做这勾当的，又无赃证。只说因无生理，前日卖个梨园，得些银子，买马去青州镇上贩卖，身边只有五六钱盘缠银子，别无余物。且去酸枣林看得真实，然后去见知县相公。”赛儿就与沈印时一同来到酸枣林。看见王元椿尸首，赛儿哭起来。惊动地方里甲人等，都来说得明白，就同赛儿一干人都到莱阳县见史知县相公。赛儿照前说一遍，知县相公说：“必然是强盗，劫了银子并马去了。你且去殡葬丈夫，我自去差人去捕缉强贼。拿得着时，马与银子都给还你。”

赛儿同里甲人等拜谢史知县，自回家里来，对沈老儿公婆两个说：“亏了干爷、干娘，瞒到瞒得过了，只是衣衾棺椁，无从置办，怎生是好？”沈老儿说道：“大娘子，后面园子既卖与贾家，不若将前面房子再去戤典他几两银子来殡葬大郎，他必不推辞。”赛儿就央沈公沈婆同到贾家，一头哭，一头说这缘故。贾包见说，也哀怜王元椿命薄，说道：“房子你自住着，我应付你饭米两担，银子五两，待卖了房子还我。”赛儿得了银米，急忙买口棺木，做些衣服，来酸枣林盛贮王元椿尸首了当，送在祖坟上安厝。做些羹饭，看匠人攒砌得了时，急急收拾回来，天色已又晚了。与沈公、沈婆三口儿取旧路回家。

来到一个林子里古墓间，见放出一道白光来，正值黄昏时分，照耀如同白日。三个人见了，吃这一惊不小。沈婆惊得跌倒在地下擂，赛儿与沈公还耐得住。两个人走到古墓中，看这道光从地下放出来。赛儿随光将根竹杖头儿拄将下去，拄得一拄，这土就似虚的一般，脱将下去，露出一个小石匣来。赛儿乘着这白光看里面时，有一口宝剑，一副盔甲，都叫沈公拿了。

赛儿扶着沈婆回家里来，吹起灯火，开石匣看时，别无他物，只有抄写得一本天书。沈公、沈婆又不识字，说道：“要他做甚么？”赛儿看见天书卷面上，写道《九天玄元混世真经》，傍有一诗，诗云：

唐唐女帝州，赛比玄元诀。

儿戏九环丹，收拾朝天阙。

赛儿虽是识字的，急忙也解不得诗中意思。

沈公两口儿辛苦了，打熬不过，别了赛儿，自回家里去睡。赛儿也关上了门睡，方才合得眼，梦见一个道士对赛儿说："上帝特命我来教你演习九天玄旨，普救万民①。与你宿缘未了，辅你做女主。"醒来犹有馥馥香风，记得且是明白。次日，赛儿来对沈公夫妻两个备细说夜里做梦一节，便道："前日得了天书，恰好又有此梦。"沈公道："却不怪哉！有这等事？"

元来世上的事最巧，赛儿与沈公说话时，不想有个玄武庙道士何正寅在间壁人家诵经，备细听得，他就起心。因日常里走过，看见赛儿生得好，就要乘着这机会来骗他。晓得他与沈家公婆来往，故意不走过沈公店里，倒大宽转往上头走回玄武庙里来。独自思想道："帝王非同小可，只骗得这个妇人做一处，便死也罢。②"当晚置办些好酒食来，请徒弟董天然、姚虚玉，家童孟靖、王小玉一处坐了，同吃酒。这道士何正寅殷富，平日里作聪明，作模样，今晚如此相待，四个人心疑，齐说道："师傅若有用着我四人处，我们水火不避，报答师傅。"正寅对四个人悄悄的说唐赛儿一节的事："要你们相帮我做这件事。我自当好看待你们，决不有负。"四人应允了，当夜尽欢而散。

次日，正寅起来梳洗罢，打扮做赛儿梦儿里说的一般，齐齐整整。且说何正寅如何打扮，诗云：

秋水盈盈玉绝尘，簪星闲雅碧纶巾。

不求金鼎长生药，只恋桃源洞里春。

何正寅来到赛儿门首，咳嗽一声，叫道："有人在此么？"只见布幕内走出一个美貌年少的妇人来。何正寅看着赛儿，深深的打个问讯，说："贫道是玄武殿里何正寅。昨夜梦见玄帝分付贫道说：'这里有个唐某当为此地女主，尔当辅之。

---

① 眉批：救万民，上天本旨也。若使之反，而又败耳，天书多此一番出世矣。

② 眉批：何道意止贪此，先已无大志。

汝可急急去讲解天书，共成大事。'"赛儿听得这话，一来打动梦里心事；二来又见正寅打扮与梦里相同；三来见正寅生得聪俊，心里也欢喜说："师傅真天神也。前日送丧回来，果然掘得个石匣，盔甲、宝剑、天书，奴家解不得，望师傅指迷，请到里边看。"赛儿指引何正寅到草堂上坐了，又自去央沈婆来相陪①。赛儿忙来到厨下，点三盏好茶，自托个盘子拿出来。正寅看见赛儿尖松松雪白一双手，春心摇荡，说道："何劳女主亲自赐茶。"赛儿说："因家道消乏，女使伴当都逃亡了，故此没人用。"正寅说："若要小厮，贫道着两个来服事，再讨大些的女子，在里面用。"又见沈婆在傍边，想道："世上虔婆无不爱财，我与他些甜头滋味，就是我心腹，怕不依我使唤？"就身边取出十两一锭银子来与赛儿，说："央干爷干娘作急去讨个女子，如少，我明日再添。只要好，不要计较银子。"赛儿只说："不消得。"沈婆说："赛娘，你权且收下，待老拙去寻。"赛儿就收了银子，入去烧灶香，请出天书来与何正寅看。却是金书玉箓，韬略兵机。

正寅自幼曾习举业，晓得文理，看了面上这首诗，偶然心悟，说："女主解得这首诗么？"赛儿说："不晓得。"正寅说：'唐唐女帝州'，头一个字是个'唐'字。下边这二句，头上两字说女主的各字。末句头上是'收'字，说'收了，就成大事'。"赛儿被何道点破机关，心里痒将起来，'说道："万望师傅扶持，若得成事时，死也不敢有忘。"正寅说："正要女主抬举，如何恁的说？"又对赛儿说："天书非同小可，飞沙走石，驱逐虎豹，变化人马，我和你日间演习，必致疏漏，不是要处。况我又是出家人，每日来往不变。不若夜间打扮着平常人来演习②，到天明依先回庙里去。待法术演得精熟，何用怕人？"赛儿与沈婆说："师傅高见。"赛儿也有意了，巴不得到手，说："不要迟慢了，只今夜便请起手。"正寅说："小道回庙里收拾，到晚便来。"赛儿与沈婆相送到门边，赛儿又说："晚间专等，不要有误。"

---

① 眉批：此时犹存另嫌之意。

② 眉批：正寅心里只图夜间来，未必要演法。

正寅回到庙里，对徒弟说："事有六七分了。只今夜，便可成事。我先要董天然、王小玉你两个，只扮做家里人模样到那里，务要小心在意，随机应变。"又取出十来两碎银子，分与两个。两个欢天喜地，自去收拾衣服箱笼，先去赛儿家里。来到王家门首，叫道："有人在这里么？"赛儿知道是正寅使来的人，就说道："你们进里面来。"二人进到堂前，歇下担子，看着赛儿跪将下去，叫道："董天然、王小玉叩奶奶的头。"赛儿见二人小心，又见他生得俊俏，心里也欢喜，说道："阿也！不消如此，你二人是何师傅使来的人，就是自家人一般。"领到厨房小侧门，打扫铺床。自来拿个篮秤，到市上用自己的碎银子买些东西，无非是鸡鹅鱼肉、时鲜果子点心回来。赛儿见天然拿这许多物事回来，说道："在我家里，怎么叫你们破费？是何道理？"天然回话道："不多大事，是师傅分付的。①"又去拿了酒回来，到厨下自去整理，要些油酱柴火，"奶奶"不离口，不要赛儿费一些心。

看看天色晚了，何正寅儒巾便服，扮做平常人，先到沈婆家里，请沈公、沈婆吃夜饭。又送二十两银子与沈公，说："凡百事要老爹老娘看取，后日另有重报。"沈公沈婆自暗里会意道："这贼道来得跷蹊，必然看上赛儿，要我们做脚。我看这妇人，日里也骚托托的，做妖撒娇，捉身不住。我不应承，他两个夜里演习时，也自要做出来。我落得做人情，骗些银子。②"夫妻两个回复道："师傅但放心！赛娘没了丈夫，又无亲人③，我们是他心腹。凡百事奉承，只是不要忘了我两个。"何正寅对天说誓。

三个人同来到赛儿家里，正是黄昏时分。关上门，进到堂上坐定。赛儿自来陪侍，董天然，王小玉两个来摆列果子下饭，一面烫酒出来。正寅请沈公坐客位，沈婆、赛儿坐主位，正寅打横坐。沈公不肯坐，正寅说："不必推辞。"各人多依次坐了。吃酒之间，不是沈公说何道好处，就是沈婆说何道好处，兼

① 眉批：正寅是偷婆娘老手。
② 眉批：这乖落得使的，不费气力。
③ 旁批：正妙在此。

入些风情话儿，打动赛儿[1]。赛儿只不做声。正寅想道："好便好了，只是要个杀着，如何成事。"就里生这计出来。

元来何正寅有个好本钱，又长又大，道："我不卖弄与他看，如何动得他？"此时是十五六天色，那轮明月照耀如同白日一般，何道说："好月！略行一行再来坐。"沈公众人都出来，堂前黑地里立着看月，何道就乘此机会，走到女墙边月亮去处，假意解手，护起那物来，拿在手里撒尿。赛儿暗地里看明处，最是明白。见了何道这条物件，累累垂垂，且是长大。赛儿夫死后，旷了这几时，怎不动火？恨不得抢了过来。何道也没奈何，只得按住，再来邀坐，说话间，两个不时丢个情眼儿，又冷看一看，别转头暗笑[2]。何道就假装个要吐的模样，把手揿着肚子，叫："要不得！"沈老儿夫妻两个会意，说道："师傅身子既然不好，我们散罢了。师傅胡乱在堂前权歇，明日来看师傅。"相别了自去，不在话下。

赛儿送出沈公，急忙关上门，略略温存何道了，就说："我入房里去便来。"一径走到房里来，也不关门，就脱了衣服，上床去睡。意思明是叫何道走入来。不知何道已早紧紧跟入房里来，双膝跪下道："小道该死，冒犯花魁，可怜见小道则个。"赛儿笑着说："贼道不要假小心，且去拴了房门来说话。[3]"正寅慌忙拴上房门，脱了衣服，扒上床来，尚自叫"女主"不迭。诗云：

绣枕鸳衾叠紫霜，玉楼并卧合欢床。

今宵别是阳台梦，惟恐银灯剔不长。

且说二人做了些不伶不俐的事，枕上说些知心的话，那里管天晓日高，还不起身[4]。董天然两个早起来，打点面汤、早饭整齐等着。正寅先起来，穿了衣服，又把被来替赛儿塞着肩头，说："再睡睡起来。"开得房门，只见天然托个盘子，拿两盏早汤过来。正寅拿一盏放在桌上，拿一盏在手里，走到床头，

① 眉批：二十两之验也。

② 眉批：酷肖口情之态。

③ 眉批：如何不说起演法，先以此为始耶？固知其不克终矣。

④ 眉批：是夜竟不演法。

傍着赛儿，口叫："女主吃早汤。"赛儿撒娇，抬起头来，吃了两口，就推与正寅吃。正寅也吃了几口。天然又走进来接了碗去，依先扯上房门。赛儿说："好个伴当，百能百俐。"正寅说："那灶下是我的家人，这个是我心腹徒弟，特地使他来伏侍你。"赛儿说："这等难为他两个。"又摸索了一回，赛儿也起来。只见天然就拿着面汤进来，叫："奶奶，面汤在这里。"赛儿脱了上盖衣服，洗了面，梳了头。正寅也梳洗了头。天然就请赛儿吃早饭，正寅又说道："去请间壁沈老爹老娘来同吃。"沈公夫妻二人也来同吃。沈公又说道："师傅不要去了，这里人眼多，不见走入来，只见你走出去，人要生疑。且在此再歇一夜，明日要去时，起个早去。"赛儿道："说得是。"正寅也正要如此。沈公别了，自过家里去。

话不细烦，赛儿每夜与正寅演习法术符咒，夜来晓去，不两个月，都演得会了①。赛儿先剪些纸人纸马来试看，果然都变得与真的人马一般。二人且来拜谢天地，要商量起手。却不防街坊邻里都晓得赛儿与何道两个有事了，又有一等好闲的，就要在这里用手钱。有首诗说这些闲中人，诗云：

每日张鱼又捕虾，花街柳陌是生涯。

昨宵赊酒秦楼醉，今日帮闲进李家。

为头的叫做马绶，一个叫做福兴，一个叫做牛小春，还有几个没三没四帮闲的，专一在街上寻些空头事过日子。当时马绶先得知了，撞见福兴、牛小春，说："你们近日得知沈豆腐隔壁有一件好事么？"福兴说："我们得知多日了。"马绶道："我们捉破了他，赚些油水何如？②"牛小春道："正要来见阿哥，求带挈。"马绶说："好便好，只是一件，何道那厮也是个了得的，广有钱钞，又有四个徒弟。沈公、沈婆得那贼道东西，替他做眼，一伙人干这等事，如何不做手脚？若是毛团把戏，做得不好，非但不得东西，反遭毒手，倒被他笑。"牛小春说："这不打紧。只多约几个人同去，就不妨了。"马绶又说道："要人多不打紧，

① 眉批：怎得馀功！

② 眉批：闲汉多事。

只是要个安身去处。我想陈林住居与唐赛儿远不上十来间门面，他那里最好安身。小牛即今便可去约石丢儿、安不着、褚偏嘴、朱百简一班兄弟，明日在陈林家取齐。陈林我须自去约他。”各自散了。

且说马绶径来石麟街来寻陈林，远远望见陈林立在门首，马绶走近前与陈林深喏一个。陈林慌忙回礼，就请马绶来里面客位上坐。陈林说：“连日少会，阿哥下顾，有何分付?”马绶将众人要拿唐赛儿的奸，就要在他家里安身的事，备细对陈林说一遍。陈林道：“都依得。只一件：这是被头里做的事，兼有沈公、沈婆，我们只好在外边做手脚，如何俟候得何道着？我有一计：王元椿在日，与我结义兄弟，彼此通家。王元椿杀死时，我也曾去送殡。明日叫老妻去看望赛儿，若何道不在罢了，又别做道理；若在时，打个暗号，我们一齐入去，先把他大门关了，不要大惊小怪，替别人做饭。等捉住了他，若是如意罢了；若不如意，就送两个到县里去，没也诈出有来。此计如何?”马绶道：“此计极妙!”两个相别，陈林送得马绶出门，慌忙来对妻子钱氏要说这话。钱氏说：“我在屏风后，都听得了，不必烦絮，明日只管去便了。”当晚过了。

次日，陈林起来，买两个荤素盒子，钱氏就随身打扮，不甚穿带，也自防备。到时分，马绶一起，前后各自来陈林家里躲着。陈林就打发钱氏起身。是日，却好沈公下乡去取账，沈婆也不在。只见钱氏领着挑盒子的小厮在后，一径来到赛儿门首。见没人，悄悄的直走到卧房门口①，正撞着赛儿与何道同坐在房里说话。赛儿先看见，疾忙跄出来迎着钱氏，厮见了。钱氏假做不晓得，也与何道万福。何道慌忙还礼。赛儿红着脸，气塞上来，舌滞声涩，指着何道说：“这个是我嫡亲的堂兄，自幼出家，今日来望来，不想又起动老娘来。”正说话未了，只见一个小厮挑两个盒子进来。钱氏对着赛儿说：“有几个枣子，送来与娘子点茶。”就叫赛儿去出盒子，要先打发小厮回去。赛儿连忙去出盒子时，顾不得钱氏，被钱氏走到门首，见陈林把嘴一努，仍又忙走入来。

陈林就招呼众人，一齐赶入赛儿家里，拴上门，正要拿何道与赛儿。不晓

① 眉批：如何不关门，亦是疏处，想自恃其术成耳。

得他两个妖术已成，都遁去了。那一伙人眼花撩乱，倒把钱氏拿住，口里叫道："快拿索子来，先捆了这淫妇!"就采倒在地下。只见是个妇人，那里晓得是钱氏①元来众人从来不认得钱氏，只早晨见得一见，也不认得真。钱氏在地喊叫起来说："我是陈林的妻子。"陈林慌忙分开人，叫道不是。扯得起来时，已自旋得蓬头乱鬼了。众人吃一惊，叫道："不是着鬼？明明的看见赛儿与何道在这里，如何就不见了?"元来他两个有化身法，众人不看见他，他两个明明看众人乱窜，只是暗笑②。

牛小春说道："我们一齐各处去搜。"前前后后，搜到厨下，先拿住董天然；柴房里又拿得王小玉，将条索子缚了，吊在房门前柱子上，问道："你两个是甚么人?"董天然说："我两个是何师傅的家人。"又道："你快说，何道、赛儿躲在那里？直直说，不关你事。若不说时，送你两个到官，你自去拷打。"董天然说："我们只在厨下伏侍，如何得知前面的事?"众人又说道："也没处去，眼见得只躲在家里。"小牛说："我见房侧边有个黑暗的阁儿，莫不两个躲在高处？待我掇梯子扒上去看。"何正寅听得小牛要扒上阁儿来，就拿根短棍子，先伏在阁子黑地里等。小牛掇得梯子来，步着阁儿口，走不到梯子两格上，正寅照小牛头上一棍打下来。小牛儿打昏晕了，就从梯子上倒跌下来，正寅走去空处立了看，小牛儿醒转来，叫道："不好了！有鬼。"众人扶起小牛来看时，见他血流满面③，说道："梯子又不高，扒得两格，怎么就跌得这样凶?"小牛说："却好扒得两格梯子上，不知那里打一棍子在头上，又不见人，却不是作怪?"众人也没做道理处。

钱氏说："我见房里床侧首，空着一段，有两扇纸风窗门，莫不是里边还有藏得身的去处？我领你们去搜一搜去看。"正寅听得说，依先拿着棍子在这里等。只见钱氏在前，陈林众人在后，一齐走过来。正寅又想道："这花娘吃不得这一棍子。"等钱氏走近来，伸出那一只长大的手来，撑起五指，照钱氏脸上一

---

① 眉批：错认，可为笑资。

② 眉批：只如此，足乐矣，何为思乱?

③ 眉批：亦要得趣。

掌打将去。钱氏着这一掌，叫声“阿也：不好了！”鼻子里鲜血奔流出来，眼睛里都是金圈儿，又得陈林在后面扶得住，不跌倒。陈林道：“却不作怪！我明明看见一掌打来，又不见人，必然是这贼道有妖法的”不要只管在这里缠了，我们带了这两个小厮，径送到县里去罢。①”众人说：“我们被活鬼弄这一日，肚里也饥了。做些饭吃了去见官。”陈林道：“也说得是。”钱氏带着疼，就在房里打米出来，去厨下做饭。石丢儿说着：“小牛吃打坏了，我去做。”走到厨下，看见风炉子边，有两坛好酒在那里；又看见几只鸡在灶前，丢儿又说道：“且杀了吃。②”

这里方要淘米做饭。且说赛儿对正寅说：“你耍了两次，我只文耍一耍。”正寅说：“怎么叫做文耍？”赛儿说：“我做出你看。”石丢儿一头烧着火，钱氏做饭，一头拿两只鸡来杀了，破洗了，放在锅里煮。那饭也却好将次熟了，赛儿就扒些灰与鸡粪放在饭锅里，搅得匀了，依先盖了锅。鸡在锅里正滚得好，赛儿又挽几杓水浇灭灶里火。丢儿起去作用，并不晓得灶底下的事。

此时众人也有在堂前坐的，也有在房里寻东西出来的。丢儿就把这两坛好酒，提出来开了泥头，就兜一碗好酒先敬陈林吃。陈林说：“众位都不曾吃，我如何先吃？”丢儿说：“老兄先尝一尝，随后又敬。”陈林吃过了，丢儿又兜一碗送马绶吃。陈林说：“你也吃一碗。”丢儿又倾一碗，正要吃时，被赛儿劈手打一下，连碗都打坏③。赛儿就走一边。三个人说道：“作怪，就是这贼盗的妖法。”三个说：“不要吃了，留这酒待众人来同吃。”众人看不见赛儿。赛儿又去房里拿出一个夜壶来，每坛里倾半壶尿在酒里，依先盖了坛头，众人也不晓得。众人又说道：“鸡想必好了，且捞起来，切来吃酒。”丢儿揭开锅盖看时，这鸡还是半生半熟，锅里汤也不滚。众人都来埋怨丢儿说：“你不管灶里，故此鸡也煮不熟。”丢儿说：“我烧滚了一会，又添许多柴，煯得好了才去，不晓得怎么不滚？”低倒头去张灶里时，黑洞洞都是水，那里有个火种？丢儿说：“那

---

① 眉批：此话老成。

② 眉批：贪小害了。

③ 眉批：趣！

个把水浇灭了灶里火？”众人说道：“终不然是我们伙里人，必是这贼道，又弄神通。我们且把厨里见成下饭，切些去吃酒罢。”众人依次坐定，丢儿拿两把酒壶出来装酒，不开坛罢了，开来时满坛都是尿骚臭的酒。陈林说：“我们三个吃时，是喷香的好酒，如何是恁了？必然那个来偷吃，见浅了，心慌撩乱，错拿尿做水，倒在坛里。”

众人鬼厮闹，赛儿、正寅看了只是笑。赛儿对正寅说：“两个人被缚在柱子上一日了，肚里饥，趁众人在堂前，我拿些点心、下饭与他吃。又拿些碎银子与两个。”来到柱边，傍着天然耳边，轻轻的说：“不要慌！若到官直说，不要赖了吃打。我自来救你。东西银子，都在这里。”天然说：“全望奶奶救命。”赛儿去了。众人说：“酒便吃不得了，败杀老兴，且胡乱吃些饭罢。”丢儿厨下去盛饭，都是乌黑臭的，闻也闻不得，那里吃得？说道：“又着这贼道的手了！可恨这厮无礼！被他两个侮弄这一日。我们带这两个尿鳖送去县里①，添差了人来拿人。”一起人开了门走出去。只因里面嚷得多时了，外面晓得是捉奸。看的老幼男妇，立满在街上，只见人丛里缚着两个俊俏后生，又见陈林妻子跟在后头，只道是了，一齐拾起砖头土块来，口里喊着，望钱氏、两个道童乱打将来②，那时那里分得清洁？钱氏吃打得头开额破，救得脱，一道烟逃走去了。

一行人离了石麟街，径往县前来。正值相公坐晚堂点卯，众人等点了卯，一齐跪过去，禀知县相公，从沈公做脚，赛儿、正寅通奸，妖法惑众，扰害地方情由，说了一遍③。两个正犯脱逃，只拿得为从的两个董天然、王小玉送在这里。知县相公就问董天然两个道：“你直说，我不拷打你。”董天然答应道：“不须拷打，小人只直说，不敢隐情。”备细都招了。知县对众人说：“这奸夫、淫妇还躲在家里。”就差兵快头吕山、夏盛两个，带领一千余人，押着这一干人，认拿正犯④。两个小厮权且收监。

---

① 眉批：“尿鳖”二字新甚，以其为道士之幸童也。

② 眉批：又错认，可笑。

③ 眉批：怎见得便扰害地方，惟其逼之，扰害乃不得不然耳。大凡致乱之始皆然。

④ 眉批：知县亦多事。

吕山领了相公台旨，出得县门时，已是一更时分。与众人商议道："虽是相公立等的公事，这等乌天黑地，去那里敲门打户，惊觉他，他又要遁了去，怎生回相公的话？不若我们且不要惊动他，去他门外埋伏，等待天明了拿他。"众人道："说得是。"又请吕山两个到熟的饭铺里赊些酒饭吃了，都到赛儿门首埋伏。连沈公也不惊动他，怕走了消息。

且说姚虚玉、孟清两个在庙，见说师傅有事，恰好走来打听。赛儿见众人已去，又见这两个小厮，问得是正寅的人，放他进来，把门关了，且去收拾房里。一个收拾厨下做饭吃了，对正寅说："这起男女去县禀了，必然差人来拿，我与你终不成坐待死？预先打点在这里，等他那悔气的来着毒手！"赛儿就把符咒、纸人马、旗仗打点齐备了，两个自去宿歇。直待天明起来，梳洗饭毕了，方叫孟清去开门。

孟清开得门，只见吕山那伙人，一齐跄入来。孟清见了，慌忙踅转身望里面跑，口里一头叫。赛儿看见兵快来拿人，嘻嘻的笑，拿出二三十纸人马来，往空一撒，叫声："变！"只见纸人都变做彪形大汉，各执枪刀，就里面杀出来。又叫姚虚玉把小皂旗招动，只见一道黑气，从屋里卷出来。吕山两个还不晓得，只管催人赶入来，早被黑气遮了，不看见人。赛儿是王元椿教的，武艺尽去得。被赛儿一剑一个，都斫下头来。众人见势头不好，都慌了，转身齐跑。前头走的还跑了几个，后头走的，反被前头的拉住，一时跑不脱。赛儿说："一不做，二不休。"随手杀将去。也被正寅用棍打死了好几个。又去追赶前头跑得脱的，直喊杀过石麟桥去。

赛儿见众人跑远了，就在桥边收了兵回来，对正寅说："杀的虽然杀了，走的必去禀知县，那时必起兵来杀我们，我们不先下手，更待何时？[①]"就带上盔甲　变二三百纸马，竖起七星旗号来招兵，使人叫道："愿来投兵者，同去打开库藏，分取钱粮财宝！[②]"街坊远近人因昨日这番，都晓得赛儿有妖法，又见变

① 眉批：赛儿颇狠、颇能。
② 眉批：招徕之法。

得人马多了，道是气概兴旺，城里城外人喉极的，齐来投他。有地方豪杰方大、康昭、马效良、戴德如四人为头，一时聚起二二千人，又抢得两匹好马来与赛儿、正寅骑，鸣锣擂鼓，杀到县里来。

说这史知县听见走的人，说赛儿杀死兵快一节，慌忙请典史来商议时，赛儿人马早已跄入县来，拿住知县、典史，就打开库藏门，搬出金银来分给与人。监里放出董天然、王小玉两个，其余狱囚尽数放了，愿随顺的，共有七八十人。到申未时，有四个人，原是放响马的，风闻赛儿有妖法，都来归顺赛儿。此四人叫做郑贯、王宪、张天禄、祝洪，各带小喽罗，共有二千余名，又有四五十匹好马。赛儿见了，十分欢喜。这郑贯不但武艺出众。更兼谋略过人，来禀赛儿说道："这是小县，僻在海角头，若坐守日久，朝廷起大军，把青州口塞住了，钱粮没得来，不须厮杀，就坐困死了。这青州府人民稠密，钱粮广大，东据南徐之险，北控渤海之利，可战可守。兵贵神速，莱阳县虽破，离青州府颇远。一日之内，消息未到。可乘此机会，连夜去袭了，权且安身。养成蓄锐，气力完足，可以横行。"赛儿说："高见。"每人各赏元宝二锭、四表礼，权受都指挥，说："待取了青州，自当升赏重用。"四人去了。

赛儿就到后堂，叫请史知县、徐典史出来，说道："本府知府是你至亲，你可与我写封书。只说这县小，我在这里安身不得，要过东去打汶上县，必由府里经过。恐有疏虞，特着徐典史领三百名兵快，协同防守①。你若替我写了，我自厚赠盘缠，连你家眷同送回去。"知县初时不肯，被赛儿勒逼不过，只得写了书　赛儿就叫兵房吏做角公文，把这私书都封在文书里，封筒上用个印信。仍送知县、典史软监在衙里。

赛儿自来调方大、康昭、马效良、戴德如四员骁将，各领三千人马，连夜悄悄的到青州曼草坡，听候炮响，都到青州府东门策应。又寻一个像徐典史的小卒，着上徐典史的纱帽圆领，等候赛儿。又留一班投顺的好汉，协同正寅守着莱阳县，自选三百精壮兵快，并董天然、王小玉二人，指挥郑贯四名，各与

① 眉批：赛儿尽有谋略，亦天纵之也。

酒饭了。赛儿全装披挂，骑上马，领着人马，连夜起行。行了一夜，来到青州府东门时，东方才动，城门也还未开。

赛儿就叫人拿着这角文书朝城上说："我们是莱阳县差捕衙里来下文书的。"守门军就放下篮来，把文书吊上去。又晓得是徐典史，慌忙拿这文书径到府里来。正值知府温章坐衙，就跪过去，呈上文书。温知府拆开文书，看见印信、图书都是真的，并不疑忌。就与递文书军说："先放徐典史进来，兵快人等且住着在城外。"守门军领知府钧语，径来开门，说道："太爷只叫放徐老爹进城，其余且不要入去。"赛儿叫人答应说："我们走了一夜，才到得这里，肚饥了，如何不进城去寻些吃？"三百人一齐都跄入门里去，五六个人怎生拦得住？一搅入得门，就叫人把住城门。一声炮响，那曼草坡的人马都攒入府里来，填街塞巷。赛儿领着这三百人，真个是疾雷不及掩耳，杀入府里来。知府还不晓得，坐在堂上等徐典史，见势头不好，正待起身要走，被方大赶上，望着温知府一刀，连肩砍着，一交跌倒在地下挣命。又复一刀，就割下头来，提在手里，叫道："不要乱动！"惊得两廊门隶人等，尿流屁滚，都来跪下。康昭一伙人打入知府衙里来，只获得两个美妾，家人并媳妇共八名。同知、通判都越墙走了。赛儿就挂出安民榜子，不许诸色人等抢掳人口财物，开仓赈济，招兵买马，随行军官兵将都随功升赏。莱阳知县、典史，不负前言，连他家眷放了还乡，俱各抱头鼠窜而去，不在话下。

只见指挥王宪押两个美貌女子，一个十八九岁的后生。这个后生，比这两个女子更又标致，献与赛儿。赛儿问王宪道："那里得来的？"王宪禀道："在孝顺街绒线铺里萧家得来的。这两个女子，大的叫做春芳，小的叫做惜惜，这小厮叫做萧韶。三个是姐妹兄弟。"赛儿就将这大的赏与王宪做妻子，看上了萧韶，欢喜倒要偷他。与萧韶道："你姐妹两个，只在我身边服侍，我自看待你。"赛儿又把知府衙里的两个美妾紫兰、香娇配与董天然、王小玉。赛儿也自叫萧韶去宿歇①。说这萧韶正是妙年好头上，带些惧怕，夜里尽力奉承赛儿，

① 眉批：岂知为祸根。乃知色能杀人，不独女也。

只要赛儿欢喜，赛儿得意非常。两个打得熟了，一步也离不得萧韶，那里记挂何正寅？

且说府里有个首领官周经历，叫做周雄。当时逃出府，家眷都被赛儿软监在府里。周经历躲了几日，没做道理处，要保全老小，只得假意来投顺赛儿。见赛儿下个礼①，说道："小官原是本府经历，自从奶奶得了莱阳县、青州府，爱军惜民，人心悦服，必成大事。经历去暗投明，家眷俱蒙奶奶不杀之恩，周某自当倾心竭力，图效犬马。"赛儿见他说家眷在府里，十分疑也只有五六分，就与周经历商议守青州府并取傍县的事务。周经历说："这府上倚滕县，下通临海卫，两处为青府门户，若取不得滕县与这卫，就如没了门户的一般，这府如何守得住？实不相瞒，这滕县许知县是经历姑表兄弟，经历去，必然说他来降。若说得滕县下了，这临海卫就如没了一臂一般，他如何支撑得住？"赛儿说："若得如此，事成与你同享富贵。家眷我自好好的供养在这里，不须记挂。"周经历说道："事不宜迟，恐他那里做了手脚。"赛儿忙拨几个伴当，一匹好马，就送周经历起身。

周经历来到滕县，见了许知县。知县吃一惊说："老兄如何走得脱，来到这里？"周经历将假意投顺赛儿，赛儿使来说降的话，说了一遍。许知县回话道："我与你虽是假意投顺，朝廷知道，不是等闲的事。"周经历道："我们一面去约临海卫戴指挥同降，一面申闻各该抚按上司，计取赛儿。日后复了地方，有何不可？"许知县忙使人去请戴指挥来见周经历，三个商议伪降，计策定了。许知县又说："我们先备些金花表礼羊酒去贺，说'离不得地方，恐有疏失'。②"

周经历领着一行拿礼物的人来见赛儿，递上降书。赛儿接着降书看了，受了礼物，伪升许知县为知府，戴指挥做都指挥，仍着二人各照旧守着地方。戴指挥见了这伪升的文书，就来见许知县说："赛儿必然疑忌我们，故用阳施阴夺的计策。"许知县说道："贵卫有一班女乐、小侑儿，不若送去与赛儿做谢礼，

① 眉批：此人去得。

② 眉批：好见识。

就做我们里应外合的眼目[①]。”戴指挥说：“极妙！”就回衙里，叫出女使王娇莲，小侑头儿陈鹦儿来，说：“你二人是我心腹，我欲送你们到府里去，做个反间细作，若得成功，升赏我都不要，你们自去享用富贵。”二人都欢喜应允了。戴指挥又做些好锦绣鲜明衣服、乐器，县、卫各差两个人送这两班人来献与赛儿。且看这歌童舞女如何？诗云：

舞袖香茵第一春，清歌宛转貌超群。

剑霜飞处人星散，不见当年劝酒人。

赛儿见人物标致，衣服齐整，心中欢喜，都受了，留在衙里。每日吹弹歌舞取乐。

且说赛儿与正寅相别半年有余。时值冬尽年残，正寅欲要送年礼与赛儿，就买些奇异吃食，蜀锦文葛，金银珠宝，装做一二十小车，差孟清同车脚人等送到府里来[②]。世间事最巧，也是正寅合该如此。两月前，正寅要去奸宿一个女子，这女子苦苦不从，自缢死了。怪孟清说“是唐奶奶起手的，不可背本，万一知道，必然见怪”，谏得激切，把孟清一顿打得几死，却不料孟清仇恨在心里。孟清领着这车从来到府里见赛儿。赛儿一见孟清，就如见了自家里人一般，叫进衙里去安歇。孟清又见董天然等都有好妻子，又有钱财，自思道：“我们一同起手的人，他两个有造化，落在这里，我如何能勾了同来这里受用？”自思量道：“何不将正寅在县里的所为，说他一番？倘或赛儿欢喜，就留在衙里，也不见得。”

到晚，赛儿退了堂来到衙里，乘间叫过孟清，问正寅的事。孟清只不做声。赛儿心疑，越问得紧[③]，孟清越不做声。问不过，只得哭将起来。赛儿就说道：“不要哭。必然在那里吃亏了，实对我说，我也不打发你去了。”孟清假意口里咒着道：“说也是死，不说也是死[④]。爷爷在县里，每夜捱去排门轮要两个好妇

---

① 眉批：小侑用得着，女乐第二意也。

② 眉批：赛儿胸中已无正寅矣，正寅摅重礼，能挽之乎？

③ 眉批：还能念之耶？

④ 眉批：孟清亦狡甚。

人好女子，送在衙里歇。标致得紧的，多歇几日；少不中意的，一夜就打发出来。又娶了个卖唱的妇人李文云。时常乘醉打死人，每日又要轮坊的一百两坐堂银子。百姓愁怨思乱，只怕奶奶这里不敢。两月前，蒋监生有个女子，果然生得美貌，爷爷要奸宿他，那女子不从，逼迫不过，自缢死了。小人说：‘奶奶怎生看取我们！别得半年，做出这勾当来，这地方如何守得住？[①]’怪小人说，将小人来吊起，打得几死，半月扒不起来。”

赛儿听得说了，气满胸膛，顿着足说道：“这禽兽，忘恩负义！定要杀这禽兽，才出得这口气！[②]”董天然并伙妇人都来劝道：“奶奶息怒，只消取了老爷回来便罢。”赛儿说：“你们不晓得这般事，从来做事的人，一生嫌隙，不知伙并了多少！如何好取他回来？[③]”一夜睡不着[④]。

次日来堂上，赶开人，与周经历说：“正寅如此淫顽不法，全无仁义，要自领兵去杀他。”周经历回话道：“不知这话从那里得来的？未知虚实，倘或是反间，也不可知。地方重大，方才取得，人心未固，如何轻易自相厮杀[⑤]？不若待周雄同个奶奶的心腹去访得的实，任凭奶奶裁处，也不迟。”赛儿道：“说得极是，就劳你一行。若访得的实，就与我杀了那禽兽。”周经历又说道：“还得几个同去才好，若周雄一个去时，也不济事。”赛儿就令王宪、董天然领一二十人去。又把一口刀与王宪，说：“若这话是实，你便就取了那禽兽的头来！违误者以军法从事！[⑥]”又与郑贯一角文书：“若杀了何正寅，你就权摄县事。[⑦]”一行人辞别了赛儿，取路望莱阳县来。

周经历在路上还恐怕董天然是何道的人，假意与他说：“何公是奶奶的心腹，若这事不真，谢天地，我们都好了。若有这话，我们不下手时，奶奶要军

① 眉批：毒甚。
② 眉批：淫妇未有不妒者，何不以萧韶一自反耶？
③ 眉批：取回来，何处着萧郎？
④ 旁批：何不以萧韶遣兴？
⑤ 眉批：周经历每做假心腹，所以到底不疑。
⑥ 眉批：赛儿利害！
⑦ 眉批：如此，则正寅已无活法矣。

法从事。这事如何处？①”董天然说：“我那老爷是个多心的人，性子又不好，若后日知道你我去访他，他必仇恨。羹里不着饭里着，倒遭他毒手。若果有事，不若奉法行事，反无后患。②”郑贯打着窜鼓儿，巴不得杀了何正寅，他要权摄县事。周经历见众人都是为赛儿，不必疑了。又说：“我们先在外边访得的确，若要下手时，我捻须为号，方可下手。”一行人入得城门，满城人家都是咒骂何正寅的。董天然说：“这话真了。”

一行径入县里来见何正寅。正寅大落落坐着，不为礼貌，看着董天然说：“拿得甚么东西来看我？”董天然说：“来时慌忙，不曾备得，另差人送来。”又对周经历说：“你们来我这县里来何干？”周经历假小心轻轻的说：“因这县里有人来告奶奶，说大人不肯容县里女子出嫁，钱粮又比较得紧，因此奶奶着小官来禀上。”正寅听得这话，拍案高嗔大骂道：“泼贱婆娘！你亏我夺了许多地方，享用快活，必然又搭上好的了③。就这等无礼！你这起人不晓得事体，没上下的！”王宪见不是头，紧紧的帮着周经历，走近前说：“息怒消停，取个长便。待小官好回话。”正寅又说道：“不取长便，终不成不去回话。”周经历把须一捻，王宪就人嚷里拔出刀来，望何正寅项上一刀，早斫下头来，提在手里说：“奶奶只叫我们杀何正寅一个，余皆不问。”郑贯就把权摄的文书来晓谕各人，就把正寅先前强留在衙里的妇人女子都发出，着娘家领回，轮坊银子也革了④。满城百姓无不欢喜。衙里有的是金银，任凭各人取了些，又拿几车，并绫缎送到府里来。周经历一起人到府里回了话，各人自去方便，不话在下。

说这山东巡按金御史因失了青州府，杀了温知府，起本到朝廷。兵部尚书按着这本，是地方重务，连忙转奏朝廷。朝廷就差总兵官傅奇充兵马副元帅，两个游骑将军黎晓、来道明充先锋，领京军一万，协同山东巡抚都御史杨汝待，克日进剿扑灭。钱粮兵马，除本省外，河南、山西两省，任从调用。

---

① 眉批：周经历精细甚。

② 眉批：天然亦如此，可见何道不善御人，自送其死。

③ 旁批：猜得着。

④ 眉批：郑贯干上了，却也行得好事。

傅总兵带领人马，来到总督府，与杨巡抚一班官军说“朝廷紧要擒拿唐赛儿”一节。杨巡抚说：“唐赛儿妖法通神，急难取胜。近日周经历与滕县许知县、临海卫戴指挥诈降，我们去打他后面莱阳县，叫戴指挥、许知县从那青州府后面杀出来，叫他首尾不能相顾，可获全胜。”傅总兵说：“此计大妙。”傅总兵就分五千人马与黎晓充先锋，来取莱阳县；又调都指挥杜总、吴秀，指挥六员：高雄、赵贵、赵天汉、崔球、密宣、郭谨，各领新调来二万人马，离莱阳县二十里下寨，次日准备厮杀。

郑贯得了这个消息，闭上城门，连夜飞报到府里来。赛儿接得这报子，就集各将官说：“如今傅总兵领大军来征剿我们，我须亲自领兵去杀退他。”着王宪、董天然守着这府，又调马效良、戴德如各领人马一万去滕县、临海卫三十里内，防备袭取的人马。就是滕县、临海卫的人马，也不许放过来①。周经历暗地叫苦说道：“这妇人这等利害！”赛儿又调方大领五千人马先行，随后赛儿自也领二万人马到莱阳县来。离县十里就着个大营，前、后、左、右、正中五寨。又置两枝游兵在中营，四下里摆放鹿角、蒺藜、铃索齐整，把辕门闭上，造饭吃了，将息一回，就有人马来冲阵，也不许轻动。

且说黎先锋领着五千人马，喊杀半日，不见赛儿营里动静，就着人来禀总兵，如此如此。傅总兵同杨巡抚领一班将官到阵前来，扒上云梯，看赛儿营里布置齐整，兵将猛勇，旗帜鲜明，戈戟光耀，褐罗伞下坐着那个英雄美貌的女将。左右立着两个年少标致的将军，一个是萧韶，一个是陈鹦儿，各拿一把小七星皂旗。又有两个俊俏女子，都是戎装②，一个是萧惜惜，捧着一口宝剑；一个是王娇莲，捧着一袋弓箭。营前树着一面七星玄天上帝皂旗，飘扬飞绕。总兵看得呆了，走下云梯来，令先锋领着高雄、赵贵、赵天汉、崔球等一齐杀入去。且看赛儿如何？诗云：

剑光动处见玄霜，战罢归来意气狂。

---

① 眉批：尽有兵机，非酒色自败，胜之难矣。

② 眉批：好看。

堪笑古今妖妄事，一场春梦到高唐。

赛儿就开了辕门，令方大领着人马也杀出来。正好接着，两员将斗不到三合，赛儿不慌不忙，口里念起咒来，两面小皂旗招动，那阵黑气从寨里卷出来，把黎先锋人马罩得黑洞洞的，你我不看见。黎晓慌了手脚，被方大拦头一方天戟打下马来，脑浆奔流。高雄、赵天汉俱被拿了。傅总兵见先锋不利，就领着败残人马回大营里来纳闷。

方大押着，把高雄两个解入寨里见赛儿。赛儿命："监候在县里，我回军时发落便了。"赛儿又与方大说："今日虽赢得他一阵，他的大营人马还不损折，明日又来厮杀。不若趁他喘息未定，众人慌张之时，我们赶到，必获全胜[1]。留方大守营。令康昭为先锋，赛儿自领一万人马，悄悄的赶到傅总兵营前，呐声喊，一齐杀将入去。傅总兵只防赛儿夜里来劫营，不防他日里乘势就来，都慌了手脚，厮杀不得。傅总兵、杨巡抚二人，骑上马往后逃命。二万五千人杀不得一二千人，都齐齐投降。又拿得千余匹好马，钱粮器械，尽数搬掳，自回到青州府去了。

军官有逃得命的，跟着傅总兵到都堂府来商议，再欲起奏，另自添遣兵将。杨巡抚说："没了三四万人马，杀了许多军官，朝廷得知，必然加罪我们。我晓得滕县许知县是个清廉能干忠义的人，与周经历、戴指挥委曲协同，要保这地方无事，都设计诈降。而今周经历在贼中，不能得出。许、戴二人原在本地方，不若密密取他来，定有破敌良策。"傅总兵慌忙使人请许知县、戴指挥到府，计议要破赛儿一事。许知县近前轻轻的与傅总兵、杨巡抚二人说："如此如此，不出旬日，可破赛儿。"傅总兵说："若得如此，我自当保奏升赏。"许知县辞了总制，回到县里，与戴指挥各备礼物，各差个的当心腹人来贺赛儿，就通消息与周经历，却不知周经历先有计了。

元来周经历见萧韶甚得赛儿之宠，又且乖觉聪明，时时结识他做个心腹，

---

① 眉批：先发制人，即袭县之故智。

着实奉承他①。萧韶不过意，说："我原是治下子民，今日何当老爷如此看觑？"周经历说："你是奶奶心爱的人，怎敢怠慢？"萧韶说道："一家被害了，没奈何偷生，甚么心爱不心爱？"周经历道："不要如此说，你姐妹都在左右，也是难得的。"萧韶说："姐姐嫁了个响马贼，我虽在被窝里，也只是伴虎眠，有何心绪②？妹妹只当得丫头，我一家怨恨，在何处说？"周经历见他如此说，又说："既如此，何不乘机反邪归正？朝廷必有酬报。不然他日一败，玉石俱焚。你是同衾共枕之人，一发有口难分了。不要说被害冤仇，没处可报。"萧韶道："我也晓得事体果然如此，只是没个好计脱身。"周经历说："你在身伴，只消如此如此，外边接应都在于我。"却把许、戴来的消息通知了他。萧韶欢喜说："我且通知妹子，做一路则个。③"计议得熟了，只等中秋日起手，后半夜点天灯为号。周经历就通这个消息与许知县、戴指挥，这是八月十二日的话。

到十三日，许知县、戴指挥各差能事兵快应捕，各带士兵、军官三四十人，预先去府里四散埋伏，只听炮响，策应周经历拿贼。许知县又密令亲子许德来约周经历，十五夜放炮夺门的事，都得知了，不必说。

且说萧韶兄妹二人，来对王娇莲、陈鹦儿通知外边消息，他两人原是戴家细作，自然留心。至十五晚上，赛儿就排筵宴来赏月，饮了一回，只见王娇莲来禀赛儿说："今夜八月十五日，难得晴明，更兼破了傅总兵，得了若干钱粮人马。我等蒙奶奶抬举，无可报答，每人各要与奶奶上寿。"王娇莲手执檀板唱一歌，歌云：

虎渡三江迅若风，龙争四海竞长空。

光摇剑术和星落，狐兔潜藏一战功。

赛儿听得，好生欢喜，饮过三大杯。女人都依次奉酒。俱是不会唱的，就是王娇莲代唱。众人只要灌得赛儿醉了好行事，陈鹦儿也要上寿。赛儿又说道："我吃得多了，你们恁的好心，每一人只吃一杯罢。"又饮了二十余杯，已自醉了。

---

① 眉批：深心妙用。

② 眉批：萧韶亦是有志之人，不为色迷。

③ 旁批：有心人。

又复歌舞起来，轮番把盏，灌得赛儿烂醉，赛儿就倒在位上。萧韶说："奶奶醉了，我们扶奶奶进房里去罢。"萧韶抱住赛儿，众人齐来相帮，抬进房里床上去。萧韶打发众人出来，就替赛儿脱了衣服，盖上被，拴上房门。众人也自去睡，只有与谋知因的人都不睡，只等赛儿消息。萧韶又恐假醉，把灯剔得明亮，仍上床来搂住赛儿，扒在赛儿身上故意着实要戏，赛儿那里知得？被萧韶舞弄得久了，料算外边人都睡静了①，自想道："今不下手，更待何时？"起来慌忙再穿上衣服，床头拔出那口宝刀来，轻轻的掀开被来，尽力朝着赛儿项上剁下一刀来，连肩斫做两段。赛儿醉得凶了，一动也动不得。

萧韶慌忙走出房来，悄悄对妹妹、王娇莲、陈鹦儿说道："赛儿被我杀了。"王娇莲说："不要惊动董天然这两个，就暗去袭了他。"陈鹦儿道："说得是。"拿着刀来敲董天然的房门，说道："奶奶身子不好，你快起来！"董天然听得这话，就瞌睡里慌忙披着衣服来开房门，不防备，被陈鹦儿手起刀落，斫倒在房门边挣命，又复一刀，就放了命。这王小玉也醉了，不省人事，众人把来杀了。众人说："好到好了，怎么我们得出去？"萧韶说："不要慌，约定的。"就把天灯点起来，扯在灯竿上。

不移时，周经历领着十来名火夫，平日收留的好汉，敲开门一齐拥入衙里来。萧韶对周经历说："赛儿、董天然、王小玉都杀了，这衙里人都是被害的，望老爷做主。②"周经历道："不须说。衙里的金银财宝，各人尽力拿了些，其余山积的财物，都封锁了入官。③"周经历又把三个人头割下来，领着萧韶一起开了府门，放个铳。只见兵快应捕共有七八十人齐来见周经历说："小人们是县、卫两处差来兵快，策应拿强盗的。"周经历说："强盗多拿了，杀的人头在这里。都跟我来。"到得东门城边，放三个炮，开得城门，许知县、戴指挥各领五百人马杀入城来。周经历说："不关百姓事，赛儿杀了，还有余党不曾剿灭，各人分头去杀。"

---

① 眉批：有心人，亦是硬心人。
② 眉批：萧韶有主意。
③ 眉批：周经历有劈画。

且说王宪、方大听得炮响，都起来，不知道为着甚么。正没做道理处，周经历领的人马早已杀入方大家里来。方大正要问备细时，被侧边一枪搠倒，就割了头。戴指挥拿得马效良、戴德如，阵上许知县杀死康昭、王宪一十四人。沈印时两月前害疫病死了，不曾杀得。又恐军中有变，急忙传令：“只杀有职事的。小卒良民，一概不究。”多属周经历招抚。

许知县对众人说：“这里与莱阳县相隔四五十里，他那县里未便知得。兵贵神速，我与戴大人连夜去袭了那县，留周大人守着这府。”二人就领五千人马，杀奔莱阳县来，假说道：“府里调来的军，去取傍县的。①”城上径放入县里来。郑贯正坐在堂上，被许知县领了兵齐抢入去，将郑贯杀了。张天禄、祝洪等慌了，都来投降，把一干人犯，解到府里监禁，听候发落。安了民，许知县仍回到府里，同周经历、萧韶一班解赛儿等首级来见傅总兵、杨巡抚，把赛儿事说一遍。傅总兵说：“足见各官神算。”称誉不已。就起奏捷本，一边打点回京②。

朝廷升周经历做知州，戴指挥升都指挥，萧韶、陈鹦儿各授个巡检③，许知县升兵备副使，各随官职大小，赏给金花银子表礼。王娇莲、萧惜惜等俱着择良人为聘，其余的在赛儿破败之后投降的，不准投首，另行问罪。此可为妖术杀身之鉴。有诗为证：

四海纵横杀气冲，无端女寇犯山东。

吹箫一夕妖氛尽，月缺花残送落风。

---

① 眉批：即用赛儿袭青州故智。

② 眉批：总兵巡抚因人成事而已。

③ 眉批：两个标致巡检。

卷三十二　乔兑换胡子宣淫　显报施卧师入定

词云：

丈夫只手把吴钩，欲斩万人头。如何铁石打成心性，却为花柔？

君看项籍并刘季，一怒使人愁。只因撞着虞姬戚氏，豪杰都休。

这首词是昔贤所作，说着人生世上，“色”字最为要紧。随你英雄豪杰，杀人不眨眼的铁汉子，见了油头粉面，一个袋血的皮囊，就弄软了三分。假如楚霸王、汉高祖分争天下，何等英雄！一个临死不忘虞姬，一个酒后不忍戚夫人，仍旧做出许多缠绵景状出来，何况以下之人？风流少年，有情有趣的，牵着个“色”字，怎得不荡了三魂，走了七魄？却是这一件事关着阴德极重①，那不肯淫人妻女、保全人家节操的人，阴受厚报：有发了高魁的，有享了大禄的，有生了贵子的，往往见于史传，自不消说。至于贪淫纵欲，使心用腹污秽人家女眷，没有一个不减算夺禄，或是妻女见报，阴中再不饶过的。

且如宋淳熙末年间，舒州有个秀才刘尧举，表字唐卿，随着父亲在乎江做官。是年正当秋荐，就依随任之便，雇了一只船往秀州赴试。开了船，唐卿举目向梢头一看，见了那持楫的，吃了一惊，元来是十六七岁一个美貌女子，鬓鬟䰀媚，眉眼含娇，虽只是荆布淡妆，种种绰约之态，殊异寻常女子。当稍而立，俨然如海棠一枝，斜映水面。唐卿观之不足，看之有余，不觉心动。在舟中密密体察光景，晓得是船家之女，称叹道：“从来说老蚌出明珠，果有此事。”欲待调他一二句话，碍着他的父亲，同在稍头行船，恐怕识破，妆做老

① 眉批：着眼。

成，不敢把眼正觑梢上。却时时偷看他一眼，越看越媚，情不能禁。心生一计，只说舟重行迟，赶路不上，要船家上去帮扯纤。

元来这只船上老儿为船主，一子一女相帮。是日，儿子三官保先在岸上扯纤，唐卿定要强他老儿上去了，止是女儿在那里当稍。唐卿一人在舱中，像意好做光了。未免先寻些闲话试问他。他十句里边，也回答着一两句，韵致动人。唐卿趁着他说话，就把眼色丢他。他有时含羞敛避，有时正颜拒却。及至唐卿看了别处，不来兜搭了，却又说句把冷话，背地里忍笑，偷眼斜盼着唐卿。正是明中妆样暗地撩人，一发叫人当不得，要神魂飞荡了①。

唐卿思量要大大撩拨他一撩拨，开了箱子，取出一条白罗帕子来，将一个胡桃系着，绾上一个同心结，抛到女子面前。女子本等看见了，故意假做不知，呆着脸只自当橹。唐卿恐怕女子真个不觉，被人看见，频频把眼送意，把手指着，要他收取②。女子只是大剌剌的在那里，竟像个不会意的。看看船家收了纤，将要下船，唐卿一发着急了，指手画脚，见他只是不动，没个是处，倒懊悔无及。恨不得伸出一只长手，仍旧取了过来。船家下得舱来，唐卿面挣得通红，冷汗直淋，好生置身无地。只见那女儿不慌不忙，轻轻把脚伸去帕子边，将鞋尖勾将过来，遮在裙底下了。慢慢低身倒去，拾在袖中，腆着脸对着水外，只是笑③。唐卿被他急坏，却又见他正到利害头上如此做作，遮掩过了，心里私下感他，越觉得风情着人。自此两下多有意了。

明日复依昨说，赶那船家上去，两人扯纤。唐卿便老着面皮谢女子道："昨日感卿包容，不然小生面目难施了。"女子笑道："胆大的人，元来恁地虚怯么？"唐卿道："卿家如此国色，如此慧巧，宜配佳偶，方为厮称。今文鹓彩凤，误堕鸡栖中，岂不可惜？"女子道："君言差矣。红颜薄命，自古如此，岂独妾一人！此皆分定之事，敢生嗟怨？"唐卿一发伏其贤达。自此语话投机，一在舱中，一在稍上，相隔不多几尺路，眉来眼去，两情甚浓。却是船家虽在岸

---

① 眉批：自是拿人的老手，亦老江湖人物耳。唐卿自是酸子，眼孔小。

② 眉批：唐卿嫩甚。

③ 眉批：痴心人见之，能小心死？旁批：老手，却有趣。

上，回转头来，就看得船上见的，只好话说往来，做不得一些手脚，干热罢了①。

到了秀州，唐卿更不寻店家，就在船上作寓②。入试时，唐卿心里放这女子不下，题目到手，一挥而就，出院甚早。急奔至船上，只见船家父子两人趁着舱里无人，身子闲着，叫女儿看好了船，进城买货物去了③。唐卿见女儿独在船上，喜从天降。急急跳下船来，问女子道："你父亲兄弟那里去了？"女子道："进城去了。"唐卿道："有烦娘子移船到静处一话何如？"说罢，便去解缆。女子会意，即忙当橹，把船移在一个无人往来的所在。唐卿便跳在稍上来，搂着女子道："我方壮年，未曾娶妻。倘蒙不弃，当与子缔百年之好。"女子推逊道："陋质贫姿，得配君子，固所愿也。但枯藤野蔓，岂敢仰托乔松？君子自是青云之器，他日宁肯复顾微贱？妾不敢承，请自尊重。"唐卿见他说出正经话来，一发怜爱，欲心如火，恐怕强他不得，发起极来④，拍着女子背道："怎么说那较量的话？我两日来，被你牵得我神魂飞越，不能自禁，恨没个机会，得与你相近，一快私情。今日天与其便，只吾两人在此，正好恣意欢乐，遂平生之愿。你却如此坚拒，再没有个想头了！男子汉不得如愿，要那性命何用？你昨者为我隐藏罗帕，感恩非浅，今既无缘，我当一死以报。⑤"说罢，望着河里便跳。女子急牵住他衣裾道："不要慌！且再商量。"唐卿转身来抱住道："还商量甚么！"抱至舱里来，同就枕席。乐事出于望外，真个如获珍宝。

事毕，女子起身来，自掠了乱发，就与唐卿整了衣⑥，说道："辱君俯爱，冒耻仰承，虽然一霎之情，义坚金石，他日勿使剩蕊残葩，空随流水！"唐卿说："承子雅爱，敢负心盟？目今揭晓在即，倘得寸进，必当以礼娶子，贮于金

---

① 眉批：一发难过。
② 旁批：有意。
③ 眉批：天与之缘，何复夺之算？
④ 旁批：不必。
⑤ 眉批：既肯移船，即不必发极，唐卿真是嫩货。
⑥ 旁批：老手，必非处子矣。

屋。[1]”两人千恩万爱，欢笑了一回。女子道：“恐怕父亲城里出来。”原移船到旧处住了。唐卿假意上岸，等船家归了，方才下船，竟无人知觉此事。谁想：暗室亏心，神目如电！

唐卿父亲在平江任上，悬望儿子赴试消息。忽一日晚间得一梦，梦见两个穿黄衣的人，手持一张纸突然来报道：“天门放榜，郎君已得首荐。”旁边走过一人，急掣了这张纸去，道：“刘尧举近日作了欺心事，已压了一科了。”父亲吃一惊，觉来乃是一梦。思量来得古怪，不知儿子做甚么事。想了此言，未必成名了。果然秀州揭晓，唐卿不得与荐。元来场中考官道是唐卿文卷好，要把他做头名。有一个考官，另看中了一卷，要把唐卿做第二。那个考官不肯道：“若要做第二，宁可不中，留在下科，不怕不是头名，不可中坏了他。[2]”忍着气，把他黜落了。

唐卿在船等候，只见纷纷嚷乱，各自分头去报喜。唐卿船里静悄悄，鬼也没个走将来，晓得没帐，只是叹气。连那稍上女子，也道是失望了，暗暗泪下。唐卿只得看无人处，把好言安慰他，就用他的船，转了到家，见过父母。父亲把梦里话来问他道：“我梦如此，早知你不得中。只是你曾做了甚欺心事来？”唐卿口里赖道：“并不曾做甚事。”却是老大心惊道：“难道有这样话？”似信不信。及到后边，得知场里这番光景，才晓得本该得荐，却为阴德上损了，迟了功名。心里有些懊悔，却还念那女子不置。到第二科，唐卿果然领了首荐，感念女子旧约，遍令寻访，竟无下落，不知流泛在那里去了[3]。后来唐卿虽得及第，终身以此为恨[4]。

看官，你看刘唐卿只为此一着之错，罚他蹉跎了一科，后边这不得团圆。盖因不是他姻缘，所以阴骘越重了。奉劝世上的人，切不可轻举妄动，淫乱人

---

① 眉批：倘无寸进，将如何？非有成算者。

② 眉批：考官误人多矣。

③ 眉批：即不第，以一贵家子，岂不能得一舟中女，而必待成名方踪迹之乎？唐卿自是无志人。

④ 眉批：不得不恨。

家妇女①。古人说得好：

我不淫人妻女，妻女定不淫人。

我若淫人妻女，妻女也要淫人。

而今听小子说一个淫人妻女，妻女淫人，转辗果报的话。元朝汚州原上里有个大家子，姓铁名熔，先祖为绣衣御史。娶妻狄氏，姿容美艳，名冠一城。那汉汚风俗，女子好游，贵宅大户，争把美色相夸。一家娶得个美妇，只恐怕别人不知道，倒要各处去卖弄张扬，出外游要，与人看见②。每每花朝月夕，士女喧阗，稠人广众，挨肩擦背，目挑心招，恬然不以为意。临晚归家，途间一一品题，某家第一，某家第二。说着好的，喧哗谑浪，彼此称羡，也不管他丈夫听得不听得。就是丈夫听得了，也道是别人赞他妻美，心中暗自得意。便有两句取笑了他，总是不在心上的③。到了至元、至正年间，此风益甚。

铁生既娶了美妻，巴不得领了他各处去摇摆。每到之处，见了的无不啧啧称赏。那与铁生相识的，调笑他，夸美他，自不必说；只是那些不曾识面的，一见了狄氏，问知是铁生妻子，便来梃相知，把言语来撩拨，酒食来撺哄，道他是有缘之人，有福之人，大家来奉承他。所以铁生出门，不消带得本钱在身边，自有这一班人扳他去吃酒吃肉，常得醉饱而归④。满城内外人没一个不认得他，没一个不怀一点不良之心，打点勾搭他妻子。只是铁生是个大户人家，又且做人有些性气刚狠，没个因由，不敢轻惹得他。只好干咽唾沫，眼里口里讨些便宜罢了。古人两句说得好：谩藏诲盗，冶容诲淫。

狄氏如此美艳，当此风俗，怎容得他清清白白过世？自然生出事体来。又道是"无巧不成话"，其时同里有个人，姓胡名绥，有妻门氏，也生得十分娇丽，虽比狄氏略差些儿，也算得是上等姿色。若没有狄氏在面前，无人再赛得过了。这个胡绥亦是个风月浪荡的人，虽有了这样好美色，还道是让狄氏这一

① 眉批：好话有益。

② 眉批：恶俗。

③ 眉批：无耻极矣。

④ 眉批：所谓有妻禄。

分，好生心里不甘伏。谁知铁生见了门氏也羡慕他，思量一网打尽，两美俱备，方称心愿。因而两人各有欺心，彼此交厚，共相结纳。意思便把妻子大家兑用一用，也是情愿的①。

铁生性直，胡生性狡。铁生在胡生面前，时常露出要勾上他妻子的意思来。胡生将计就计，把说话曲意倒在铁生怀里，再无推拒。铁生道是胡生好说话，毕竟可以图谋。不知胡生正要乘此机会营勾狄氏，却不漏一些破绽出来②。铁生对狄氏道："外人都道你是第一美色，据我所见，胡生之妻也不下于你，怎生得设个法儿到一到手？人生一世，两美俱为我得，死也甘心。"狄氏道："你与胡生恁地相好，把话实对他说不得？③"铁生道："我也曾微露其意，他也不以为怪。却是怎好直话得出？必是你替我做个牵头，才弄得成。只怕你要吃醋捻酸。"狄氏道："我从来没有妒心的，可以帮衬处，无不帮衬，却有一件，女人的买卖，各自门各自户，如何能到惹得他？除非你与胡生内外通家，出妻见子，彼此无忌，时常引得他到我家里来，方好觑个机会，弄你上手。"铁生道："贤妻之言，甚是有理。"。

从此愈加结识胡生，时时引他到家里吃酒，连他妻子请将过来，叫狄氏陪着。外边广接名姬狎客，调笑戏谑。一来要奉承胡生喜欢，二来要引动门氏情性④。但是宴乐时节，狄氏引了门氏在里面帘内窥看，看见外边淫昵亵狎之事，无所不为，随你石人也要动火。两生心里各怀着一点不良之心，多各卖弄波俏，打点打动女佳人。谁知里边看的女人，先动火了一个！你道是谁？元来门氏虽然同在那里窥看，到底是做客的人，带些拘束，不象狄氏自家屋里，恣性瞧看，惹起春心⑤。

那胡生比铁生，不但容貌胜他，只是风流身分，温柔性格，在行气质，远

---

① 眉批：俱不知足，所以俱败家风。
② 眉批：毕竟深心者事先成，而报亦速。
③ 眉批：便有机械。
④ 眉批：赔了夫人又折兵，铁生之谓也。
⑤ 眉批：自招之，尤开门揖盗。

过铁生。狄氏反看上了，时时在帘内露面调情，越加用意支持酒肴，毫无倦色。铁生道是有妻内助，心里快活，那里晓得就中之意[①]？铁生酒后对胡生道："你我各得美妻，又且两人相好至极，可谓难得。"胡生谦逊道："拙妻陋质，怎能比得尊嫂生得十全？"铁生道："据小弟看来，不相上下的了。只是一件：你我各守着自己的，亦无别味。我们做个痴兴不着，彼此更换一用，交收其美，心下何如？"此一句话正中胡生深机[②]，假意答道："拙妻陋质，虽蒙奖赏，小弟自揣，怎敢有犯尊嫂？这个于理不当。"铁生笑道："我们醉后谑浪至此，可谓忘形之极！"彼此大笑而散。

铁生进来，带醉看了狄氏，抬他下颏道："我意欲把你与胡家的兑用一兑用何如？"狄氏假意骂道："痴乌龟！你是好人家儿女。要偷别人的老婆，到舍着自己妻子身体！亏你不羞，说得出来！[③]"铁生道："总是通家相好的，彼此便宜何妨？"狄氏道："我在里头帮衬你凑趣使得，要我做此事，我却不肯。[④]"铁生道："我也是取笑的说话，难道我真个舍得你不成？我只是要勾着他罢了。"狄氏道："此事性急不得，你只要撺哄得胡生快活，他未必不像你一般见识，舍得妻子也不见得。[⑤]"铁生搂着狄氏道："我那贤惠的娘！说得有理。"一同狄氏进房睡了，不题。

却说狄氏虽有了胡生的心，只为铁生性子不好，想道："他因一时间思量勾搭门氏，高兴中有些痴话。万一做下了事，被他知道了，后边有些嫌忌起来，碍手碍脚，到底不妙。何如只是用些计较，瞒着他做，安安稳稳，快乐不得？[⑥]"心中算计已定了。一日，胡生又到铁生家饮酒，此日只他两人，并无外客。狄氏在帘内往往来来示意胡生。胡生心照了，留量不十分吃酒，却把大瓯

① 眉批：痴汉。
② 眉批：良心已丧，安得不败坏。
③ 眉批：铁生痴甚，胡生可恨，狄氏尤恨。
④ 眉批：老面皮。
⑤ 眉批：正是。
⑥ 眉批：此意更狠。

劝铁生①，哄他道："小弟一向蒙兄长之爱，过于骨肉。兄长俯念拙妻，拙妻也仰慕兄长。小弟乘间下说词说他，已有几分肯了。只要兄长看顾小弟，不消说先要兄长做百来个妓者东道请了我，方与兄长图成此事。"铁生道："得兄长肯赐周全，一千个东道也做。"铁生见说得快活，放开了量，大碗价吃。

胡生只把肉麻话哄他吃酒，不多时烂醉了。胡生只做扶他的名头，抱着铁生进帘内来。狄氏正在帘边，他一向不避忌的，就来接手搀扶，铁生已自一些不知。胡生把嘴唇向狄氏脸上做要亲的模样，狄氏就把脚尖儿勾他的脚，声唤使婢艳雪、卿云两人来扶了家主进去。刚剩得胡生、狄氏在帘内，胡生便抱住不放，狄氏也转身来回抱。胡生就求欢道："渴慕极矣，今日得谐天上之乐，三生之缘也。"狄氏道："妾久有意，不必多言。"褪下裤来，就在堂中椅上坐了，跷起双脚，任胡生云雨起来②。可笑铁生心贪胡妻，反被胡生先淫了妻子。正是：

舍却家常慕友妻，谁知背地已偷期？

卖了馄饨买面吃，恁样心肠痴不痴！

胡生风流在行，放出手段，尽意舞弄。狄氏欢喜无尽，叮嘱胡生，不可泄漏。胡生道："多谢尊嫂不弃小生，赐与欢会。却是尊兄许我多时，就知道了也不妨。"狄氏道："拙夫因贪贤阃，故有此话。虽是好色心重，却是性刚心直，不可惹他！只好用计赚他，私图快活，方为长便。"胡生道："如何用计？"狄氏道："他是个酒色行中人。你访得有甚名妓，牵他去吃酒阚宿，等他不归来，我与你就好通宵取乐了。③"胡生道："这见识极有理，他方才欲营勾我妻，许我妓馆中一百个东道，我就借此机会，撺哄一两个好妓者绊住了他，不怕他不留恋。只是怎得许多缠头之费供给他？"狄氏道："这个多在我身上。"胡生道："若得尊嫂如此留心，小生拼尽着性命陪尊嫂取乐。"两个计议定了，各自散去。

---

① 眉批：恶毒甚。

② 眉批：可谓朋友先施。

③ 眉批：可畏。

元来胡家贫，铁家富，所以铁生把酒食结识胡生，胡生一面奉承，怎知反着其手？铁生家道虽富，因为花酒面上费得多，把膏腴的产业，逐渐费掉了。又遇狄氏搭上了胡生，终日撺掇他去出外取乐，狄氏自与胡生治酒欢会，珍馐备具，日费不资。狄氏喜欢过甚，毫不吝惜，只乘着铁生急迫，就与胡生内外撺哄他，把产业贱卖了。狄氏又把价钱藏起些，私下奉养胡生。胡生访得有名妓，就引着铁生去入马，置酒留连，日夜不归。狄氏又将平日所藏之物，时时寄些与丈夫，为酒食犒赏之助①。只要他不归来，便与胡生畅情作乐。

铁生道是妻贤不妒，越加放恣，自谓得意②。有两日归来，狄氏见了千欢万喜，毫无嗔妒之意。铁生感激不胜，梦里也道妻子是个好人。有一日，正安排了酒果，要与胡生享用，恰遇铁生归来，见了说道："为何置酒？"狄氏道："晓得你今日归来，恐怕寂寞，故设此等待，已着人去邀胡生来陪你了。"铁生道："知我心者，我妻也。"须臾胡生果来，铁生又与尽欢，商量的只是衏衏门中说话，有时醉了，又挑着门氏的话。胡生道："你如今有此等名姬相交，何必还顾此糟糠之质？果然不嫌丑陋，到底设法上你手罢了。"铁生感谢不尽，却是口里虽如此说，终日被胡生哄到妓家，醉梦不醒，弄得他眼花撩乱，也那有闲日子去与门氏做绰趣工夫③？

胡生与狄氏却打得火一般热，一夜也间不得。碍着铁生在家，须不方便。胡生又有一个吃酒易醉的方，私下传授了狄氏，做下了酒，不上十来杯，便大醉软摊，只思睡去。自有了此方，铁生就是在家，或与狄氏，或与胡生，吃不多几杯，已自颓然在旁。胡生就出来与狄氏换了酒，终夕笑语淫戏，铁生竟是不觉得。有番把归来时，撞着胡生狄氏正在欢饮，胡生虽悄地避过，杯盘狼藉，收拾不迭。铁生问起，狄氏只说某亲眷到来留着吃饭，怕你来强酒，吃不过，逃去了。铁生便就不问。只因前日狄氏说了不肯交兑的话，信以为实④，道是

① 眉批：妙着。

② 眉批：真痴。

③ 眉批：落得口许，只叫他应接不暇，可谓真狡。

④ 眉批：忒不精细。

个心性贞洁的人。那胡生又狎昵奉承，惟恐不及，终日陪嫖妓，陪吃酒的，一发那里疑心着？况且两个有心人算一个无心人，使婢又做了脚，便有些小形迹，也都遮饰过了。到底外认胡生为良朋，内认狄氏为贤妻，迷而不悟①。街坊上人知道此事的渐渐多了，编着一只《畬调山坡羊》来嘲他道：

那风月场，那一个不爱？只是自有了娇妻，也落得个自在。又何须终日去乱走胡行，反把个贴肉的人儿，送别人还债？你要把别家的，一手擎来，谁知在家的，把你双手托开！果然是籴的到先籴了，你曾见他那门儿安在？割猫儿尾拌着猫饭来，也落得与人用了些不疼的家财。乖乖！这样贪花，只弄得折本消灾。乖乖！这场交易，不做得公道生涯。

却说铁生终日耽于酒色，如醉如梦，过了日子，不觉身子淘出病来，起床不得，眠卧在家。胡生自觉有些不便，不敢往来。狄氏通知他道："丈夫是不起床的，亦且使婢们做眼的多，只管放心来走，自不妨事。"胡生得了这个消息，竟自别无顾忌，出入自擅惯了脚步，不觉忘怀了，错在床面前走过。铁生忽然看见了，怪问起来道："胡生如何在里头走出来？"狄氏与两个使婢同声道："自不曾见人走过，那里甚么胡生？"铁生道："适才所见，分明是胡生，你们又说没甚人走过，难道病眼模糊，见了鬼了？②"狄氏道："非是见鬼。你心里终日想其妻子，想得极了，故精神恍惚，开眼见他，是个眼花。③"

次日，胡生知道了这话，说道："虽然一时扯谎，哄了他，他后边病好了，必然静想得着，岂不疑心？他既认是鬼，我有道理，真个把个鬼来与他看看。等他信实是眼花了，以免日后之疑。④"狄氏笑道："又来调喉，那里得有个鬼？"胡生道："我今夜乘暗躲在你家后房，乐得与你欢乐，明日我妆做一个鬼，走了出去，却不是一举两得。"果然是夜狄氏安顿胡生在别房，却叫两个使婢在床前相伴家主，自推不耐烦伏侍，图在别床安寝，撇了铁生径与胡生睡了

---

① 眉批：如铁生者，即不瞒亦可，何必算也。

② 眉批：太昏！

③ 眉批：巧言之妇。

④ 眉批：狡极。

一晚。

明日，打听得铁生睡起朦胧，胡生把些靛涂了面孔，将鬓发染红了，用绵裹了两只脚，要走得无声，故意在铁生面前直冲而出①。铁生病虚的人，一见大惊，喊道："有鬼！有鬼！"忙把被遮了头，只是颤。狄氏急忙来问道："为何大惊小怪？"铁生哭道："我说昨日是鬼，今日果然见鬼了②。此病凶多吉少，急急请个师巫，替我禳解则个！"

自此一惊，病势渐重。狄氏也有些过意不去，只得去访求法师③。其时离原上百里，有一个了卧禅师，号虚谷，戒行为诸山首冠。铁生以礼请至，建忏悔法坛，以祈佛力保佑。是日卧师入定，过时不起，至黄昏始醒。问铁生道："你上代有个绣衣公么？"铁生道："就是吾家公公。"卧师又问道："你朋友中，有个胡生么？"铁生道："是吾好友。"狄氏见说着胡生，有些心病，也来侧耳听着④。卧师道："适间所见甚奇。"铁生道："有何奇处？"卧师道："贫僧初行，见本宅土地，恰遇宅上先祖绣衣公在那里诉冤，道其孙为胡生所害。土地辞是职卑，理不得这事，教绣衣公道：'今日南北二斗会降玉笥峰下，可往诉之，必当得理。'绣衣公邀贫僧同往，到得那里，果然见两个老人。一个着绯，一个着绿，对坐下棋。绣衣公叩头仰诉，老人不应。绣衣公诉之不止。棋罢，方开言道：'福善祸淫，天自有常理。尔是儒家，乃昧自取之理，为无益之求。尔孙不肖，有死之理，但尔为名儒，不宜绝嗣，尔孙可以不死。胡生宣淫败度，妄诱尔孙，不受报于人间，必受罪于阴世。尔且归，胡生自有主者，不必仇他，也不必诉我。'说罢，顾贫僧道：'尔亦有缘，得见吾辈。尔既见此事，尔须与世人说知，也使知祸福不爽。'言讫而去。贫僧定中所见如此。今果有绣衣公与胡生，岂不奇哉！"狄氏听见大惊，没做理会处⑤。铁生也只道胡生诱他阙荡，

① 眉批：一似弄小孩子。
② 眉批：坠其计中。
③ 眉批：岂不阴骘？
④ 眉批：干系。
⑤ 眉批：不昏。

故公公诉他，也还不知狄氏有这些缘故。但见说可以不死，是有命的，把心放宽了，病体减动好些，反是狄氏替胡生耽忧，害出心病来。

不多几时，铁生全愈，胡生腰痛起来。旬日之内，痈毒大发。医者道："是酒色过度，水竭无救。[1]"铁生日日直进卧内问病，一向通家，也不避忌。门氏在床边伏侍，遮遮掩掩，见铁生日常周济他家的，心中带些感激，渐渐交通说话，眉来眼去。铁生出于久慕，得此机会，老大撩拨。调得情热，背了胡生眼后，两人已自搭上了。铁生从来心愿，赔了妻子多时，至此方才勾帐。正是：

一报还一报，皇天不可欺。

向来打交易，正本在斯时。

门氏与铁生成了此事，也似狄氏与胡生起初一般的如胶似膝，晓得胡生命在旦夕，到底没有好的日子了，两人恩山义海，要做到头夫妻。铁生对门氏道："我妻甚贤，前日尚许我接你来，帮衬我成好事。而今若得娶你同去相处，是绝妙的了。"门氏冷笑了一声道："如此肯帮衬人，所以自家也会帮衬。[2]"铁生道："他如何自家帮衬？"门氏道："他与我丈夫往来已久，晚间时常不在我家里睡。但看你出外，就到你家去了。你难道一些不知？"铁生方才如梦初觉，如醉方醒，晓得胡生骗着他，所以卧师入定，先祖有此诉。今日得门氏上手，也是果报。对门氏道："我前日眼里亲看见，却被他们把鬼话遮掩了。今日若非娘子说出，到底被他两人瞒过。"门氏道："切不可到你家说破，怕你家的怪我。"铁生道："我既有了你，可以释恨。况且你丈夫将危了，我还家去张扬做甚么？[3]"悄悄别了门氏回家里来，且自隐忍不言。

不两日，胡生死了，铁生吊罢归家。狄氏念着旧情，心中哀痛，不觉掉下泪来。铁生此时有心看人的了，有甚么看不出？冷笑道："此泪从何而来？"狄氏一时无言。铁生道："我已尽知，不必瞒了。"狄氏紫涨了面皮，强口道："是你相好往来的死了，不觉感叹堕泪，有甚么知不知？瞒不瞒？"铁生道：

---

① 旁批：也吃了狄氏之亏。

② 眉批：亦巧言。

③ 眉批：本初心也，元不可恨。

"不必口强！我在外面宿时，他何曾在自家家里宿？你何曾独自宿了？我前日病时亲眼看见的又是何人？还是你相好往来的死了，故此感叹堕泪。[1]"狄氏见说着真话，不敢分辩，默默不乐。又且想念胡生，阖眼就见他平日模样，恹恹成病，饮食不进而死。

死后半年，铁生央媒把门氏娶了过来，做了续弦。铁生与门氏甚是相得，心中想着卧师所言祸福之报，好生警悟，对门氏道："我只因见你姿色，起了邪心，却被胡生先淫媾了妻子。这是我的花报。胡生与吾妻子背了我淫媾，今日却一时俱死。你归于我，这却是他们的花报。此可为妄想邪淫之戒！先前卧师入定转来，已说破了。我如今悔心已起，家业虽破，还好收拾支撑，我与你安分守已过日罢了。"铁生就礼拜卧师为师父，受了五戒，戒了邪淫，也再不放门氏出去游荡了[2]。

汉沔之间，传将此事出去，晓得果报不虚。卧师又到处把定中所见劝人[3]，变了好些风俗。有诗为证：

江汉之俗，其女好游。自非文化，谁不可求！睹色相悦，彼此营勾。宁知捷足，反占先头？诱人荡政，自己绸缪。一朝身去，田土人收。眼前还报，不爽一筹。奉劝世人，莫爱风流！

---

① 眉批：却不道怎的。

② 旁批：要紧。

③ 眉批：大功。

卷三十三　张员外义抚螟蛉子 包龙图智赚合同文

诗曰：

得失枯荣总在天，机关用尽也徒然。

人心不足蛇吞象，世事到头螳捕蝉。

无药可延卿相寿，有钱难买子孙贤。

甘贫守分随缘过，便是逍遥自在仙。

话说大梁有个富翁，姓张，妻房已丧，没有孩儿，止生一女，招得个女婿。那张老年纪已过七十，因把田产家缘尽交女婿，并做了一家，赖其奉养，以为终身之计。女儿女婿也自假意奉承，承颜顺旨，他也不作生儿之望了。不想已后，渐渐疏懒，老大不堪。

忽一日在门首闲立，只见外甥走出来寻公公吃饭。张老便道："你寻我吃饭么?"外甥答道："我寻自己的公公，不来寻你。"张老闻得此言，满怀不乐。自想道："'女儿落地便是别家的人'，果非虚话。我年纪虽老，精力未衰，何不娶个偏房？倘或生得一个男儿，也是张门后代。"随把自己留下余财，央媒娶了鲁氏之女。成婚未久，果然身怀六甲，方及周年，生下一子。张老十分欢喜，亲戚之间，都来庆贺。惟有女儿女婿暗暗地烦恼[①]。张老随将儿子取名一飞，众人都称他为张一郎。

又过了一二年，张老患病，沉重不起，将及危急之际，写下遗书二纸，将一纸付与鲁氏道："我只为女婿、外甥不孝，故此娶你做个偏房。天可怜见，生

① 眉批：人情之常。

得此子，本待把家私尽付与他，争奈他年纪幼小，你又是个女人，不能支持门户，不得不与女婿管理。我若明明说破他年要归我儿，又恐怕他每暗生毒计。而今我这遗书中暗藏哑谜，你可紧紧收藏。且待我儿成人之日，从公告理。倘遇着廉明官府，自有主张。”鲁氏依言，收藏过了。张老便叫人请女儿女婿来，嘱咐了几句，就把一纸遗书与他，女婿接过看道：“张一非我子也，家财尽与我婿，外人不得争占。”女婿看过，大喜，就交付浑家收讫。张老又私把自己余资与鲁氏母子，为日用之费，赁间房子与他居住。数日之内，病重而死。那女婿殡葬丈人已毕，道是家缘尽是他的，夫妻两口，洋洋得意，自不消说。

却说鲁氏抚养儿子，渐渐长成。因忆遗言，带了遗书，领了儿子，当官告诉。争奈官府都道是亲笔遗书，既如此说，自应是女婿得的。又且那女婿有钱买嘱，谁肯与他分剖？亲戚都为张一不平①，齐道：“张老病中乱命，如此可笑！却是没做理会处。”

又过了几时，换了个新知县，大有能声。鲁氏又领了儿子到官告诉，说道：“临死之时，说书中暗藏哑谜。”那知县把书看了又看，忽然会意，便叫人唤将张老的女儿、女婿众亲眷们及地方父老都来。知县对那女婿说道：“你妇翁真是个聪明的人，若不是这遗书，家私险被你占了。待我读与你听：‘张一非，我子也，家财尽与。我婿外人，不得争占！’你道怎么把‘飞’字写做‘非’字？只恐怕舅子年幼，你见了此书，生心谋害，故此用这机关。如今被我识出，家财自然是你舅子的，再有何说？”当下举笔把遗书圈断，家财尽判还张一飞，众人拱服而散。才晓得张老取名之时，就有心机了。正是：

异姓如何拥厚资？应归亲子不须疑。

书中哑谜谁能识，大尹神明果足奇。

只这个故事，可见亲疏分定，纵然一时朦胧，久后自有廉明官府剖断出来，用不着你的瞒心昧己。

---

① 眉批：亲戚有公道，官府不如矣。官府有欲，亲戚无欲也，若亦以钱嘱之，不难改口。

如今待小子再宣一段话本，叫做《包龙图智赚合同文》。你道这话本出在那里？乃是宋朝汴梁西关外义定坊，有个居民刘大，名天祥，娶妻杨氏；兄弟刘二，名天瑞，娶妻张氏。嫡亲数口儿，同家过活，不曾分另。天祥没有儿女，杨氏是个二婚头，初嫁时带个女儿来，俗名叫做“拖油瓶”。天瑞生个孩儿，叫做刘安住。本处有个李社长，生一女儿，名唤定奴，与刘安住同年。因为李社长与刘家交厚，从未生时指腹为婚，刘安住二岁时节，天瑞已与他聘定李家之女了，那杨氏甚不贤惠，又私心要等女儿长大，招个女婿，把家私多分与他。因此妯娌间，时常有些说话的。亏得天祥兄弟和睦，张氏也自顺气，不致生隙。

不想遇着荒歉之岁，六料不收，上司发下明文，着居民分房减口，往他乡外府趁熟。天祥与兄弟商议，便要远行。天瑞道：“哥哥年老，不可他出。待兄弟带领妻儿去走一遭。”天祥依言，便请将李社长来，对他说道“亲家在此，只因年岁凶歉，难以度日。上司旨意着居民减口，往他乡趁熟[1]。如今我兄弟三口儿，择日远行。我家自来不曾分另，意欲写下两纸合同文书，把应有的庄田物件，房廊屋舍，都写在这文书上。我每各收留下一纸，兄弟一二年回来便罢，若兄弟十年五年不来，其间万一有些好歹，这纸文书便是个老大的证见。特请亲家到来，做个见人，与我每画个字儿。”李社长应承道：“当得，当得。”天祥便取出两张素纸，举笔写道：

> 东京西关义定坊住人刘天祥，弟刘天瑞，幼侄安住，只为六料不收，奉上司文书分房减口，各处趁熟。弟天瑞自愿挈妻带子，他乡趁熟。一应家私房产，不曾分另。今立合同文书二纸，各收一纸为照。年　月　日。
>
> 立文书人刘天祥
>
> 亲弟刘天瑞
>
> 见人李社长。

当下各人画个花押，兄弟二人，每人收了一纸，管待了李社长自别去了。

天瑞拣个吉日，收拾行李，辞别兄嫂而行。弟兄两个，俱各流泪。惟有杨

① 眉批：上司多事，救荒无奇策，不扰之足矣。

氏巴不得他三口出门，甚是得意。有一只《仙吕赏花时》，单道着这事：

两纸合同各自收，一日分离无限忧。辞故里，往他州，只为这黄苗不救，可兀的心去意难留。

且说天瑞带了妻子，一路餐风宿水，无非是逢桥下马，过渡登舟。不则一日，到了山西潞州高平县下马村。那边正是丰稔年时，诸般买卖好做，就租个富户人家的房子住下了。那个富户张员外，双名秉彝，浑家郭氏。夫妻两口，为人疏财仗义，好善乐施。广有田庄地宅，只是寸男尺女并无，以此心中不满。见了刘家夫妻为人和气，十分相得。那刘安住年方三岁，张员外见他生得眉清目秀，乖觉聪明，满心欢喜。与浑家商议，要过继他做个螟蛉之子。郭氏心里也正要如此。便央人与天瑞和张氏说道：“张员外看见你家小官人，十二分得意，有心要把他做个过房儿子，通家往来。未知二位意下何如?”天瑞和张氏见富家要过继他的儿子，有甚不像意处？便回答道：“只恐贫寒，不敢仰攀。若蒙员外如此美情，我夫妻两口住在这里，可也增好些光彩哩。”那人便将此话回复了张员外。张员外夫妻甚是快活，便拣个吉日，过继刘安住来，就叫他做张安住。那张氏与员外，为是同姓，又拜他做了哥哥。自此与天瑞认为郎舅，往来交厚，房钱衣食，都不要他出了。自此将及半年，谁想欢喜未来，烦恼又到，刘家夫妻二口，各各染了疫症，一卧不起。正是：

浓霜偏打无根草，祸来只奔福轻人。

张员外见他夫妻病了，视同骨肉，延医调理，只是有增无减。不上数日，张氏先自死了。天瑞大哭一场，又得张员外买棺殡殓。过儿日，天瑞看看病重，自知不痊，便央人请将张员外来，对他说道：“大恩人在上，小生有句心腹话儿，敢说得么?”员外道：“姐夫，我与你义同骨肉，有甚分付，都在不才身上，决然不负所托，但说何妨。”天瑞道：“小生嫡亲的兄弟两口，当日离家时节，哥哥立了两纸合同文书。哥哥收一纸，小生收一纸。怕有些好歹，以此为证。今日多蒙大恩人另眼相看，谁知命蹇时乖，果然做了他乡之鬼。安住孩儿幼小无知，既承大恩人过继，只望大恩人广修阴德，将孩儿抚养成人长大。把这纸合同文书，分付与他，将我夫妻俩把骨殖埋入祖坟。小生今生不能补报，来生来世情愿做驴做马，报答大恩。是必休迷了孩儿的本姓。”说罢，泪如雨下。张员外也自下泪，满口应承，又把好言安慰他。天瑞就取出文书，与张员外收了。捱至晚间，瞑目而死。张员外又备棺木衣衾，盛殓已毕，将他夫妻两口棺木权埋在祖茔之侧。自此抚养安住，恩同己子。

安住渐渐长成，也不与他说知就里，就送他到学堂里读书。安住伶俐聪明，过目成诵。年十余岁，五经子史，无不通晓。又且为人和顺，孝敬二亲。张员外夫妻珍宝也似的待他。每年春秋节令，带他上坟，就叫他拜自己的父母，但不与他说明缘故。

真是光阴似箭，日月如梭。捻指之间，又是一十五年，安住已长成十八岁了。张员外正与郭氏商量要与他说知前事，着他归宗葬父。时遇清明节令，夫妻两口又带安住上坟。只见安住指着傍边的土堆问员外道：“爹爹年年叫我拜这坟茔，一向不曾问得，不知是我甚么亲眷？乞与孩儿说知。”张员外道：“我儿，我正待要对你说，着你还乡，只恐怕晓得了自己爹爹妈妈，便把我们抚养之恩，都看得冷淡了。你本不姓张，也不是这里人氏。你本姓刘，东京西关义定坊居民刘天瑞之子，你伯父是刘天祥。因为你那里六料不收，分房减口，你父亲母亲带你到这里趁熟。不想你父母双亡，埋葬于此。你父亲临终时节，遗留与我一纸合同文书，应有家私田产，都在这文书上。叫待你成人长大与你说知就里，着你带这文书去认伯父伯母，就带骨殖去祖坟安葬。儿嚛，今日不得不说与你知道。我虽无三年养育之苦，也有十五年抬举之恩，却休忘我夫妻两口儿。”安住闻言，哭倒在地，员外和郭氏叫唤苏醒，安住又对父母的坟茔，哭拜了一场道：“今日方晓得生身的父母。”就叫员外、郭氏道：“禀过爹爹母亲，孩儿既知此事，时刻也迟不得了，乞爹爹把文书付我，须索带了骨殖往东京走一遭去。埋葬已毕，重来侍奉二亲，未知二亲意下何如？”员外道：“这是行孝的事，我怎好阻当得你？但只愿你早去早回，免使我两口儿悬望。”

当下一同回到家中，安住收拾起行装，次日拜别了爹妈。员外就拿出合同文书与安住收了，又叫人启出骨殖来，与他带去。临行，员外又分付道：“休要久恋家乡，忘了我认义父母。”安住道：“孩儿怎肯做知恩不报恩！大事已完，仍到膝下侍养。”三人各各洒泪而别。

安住一路上不敢迟延，早来到东京西关义定坊了。一路问到刘家门首，只见一个老婆婆站在门前。安住上前唱了个喏道：“有烦妈妈与我通报一声，我姓刘名安住，是刘天瑞的儿子。问得此间是伯父伯母的家里，特来拜认归宗。”只见那婆子一闻此言，便有些变色，就问安住道：“如今二哥二嫂在那里？你既是刘安住，须有合同文字为照。不然，一面不相识的人，如何信得是真？”安住道：“我父母十五年前，死在潞州了。我亏得义父抚养到今，文书自在我行李中。”那婆子道：“则我就是刘大的浑家，既有文书便是真的了。可把与我，你且站在门外①，待我将进去与你伯伯看了，接你进去。”安住道：“不知就是我伯娘，多有得罪。”就解开行李，把文书双手递将送去。杨氏接得，望着里边去了。

安住等了半晌不见出来。原来杨氏的女儿已赘过女婿，满心只要把家缘尽数与他，日夜防的是叔、婶、侄儿回来。今见说叔婶俱死，伯侄两个又从不曾识认，可以欺骗得的。当时赚得文书到手，把来紧紧藏在身边暗处，却待他再来缠时，与他白赖。也是刘安住悔气，合当有事，撞见了他。若是先见了刘天祥，须不到得有此。

再说刘安住等得气叹口渴，鬼影也不见一个，又不好走得进去。正在疑心之际，只见前面走将一个老年的人来，问道：“小哥，你是那里人？为甚事在我门首呆呆站着？”安住道；“你莫非就是我伯伯么？则我便是十五年前父母带了潞州去趁熟的刘安住。”那人道：“如此说起来，你正是我的侄儿。你那合同文书安在？”安住道：“适才伯娘已拿将进去了。”刘天祥满面堆下笑来，携了他的手，来到前厅。安住倒身下拜，天祥道：“孩儿行路劳顿，不须如此。我两口儿年纪老了，真是风中之烛。自你三口儿去后，一十五年，杳无音信。我们兄弟两个，只看你一个人。偌大家私②，无人承受，烦恼得我眼也花、耳也聋了。

① 眉批：骗他在门外，足知其不良矣。

② 眉批：既有偌大家私，当时何必分房？

如今幸得孩儿回来，可喜可喜！但不知你父母安否？如何不与你同归来看我们一看？”安住扑簌簌泪下，就把父母双亡、义父抚养的事体，从头至尾说了一遍。刘天祥也哭了一场，就唤出杨氏来道：“大嫂，侄儿在此见你哩。”杨氏道：“那个侄儿？”天祥道：“就是十五年前去趁熟的刘安住。”杨氏道：“那个是刘安住？这里哨子每极多，大分是见我每有些家私，假妆做刘安住来冒认的。他爹娘去时，有合同文书。若有便是真的，如无便是假的。有甚么难见处？”天祥道：“适才孩儿说道已交付与你了。”杨氏道：“我不曾见。”安住道：“是孩儿亲手交与伯娘的，怎如此说？”天祥道：“大嫂休斗我要，孩儿说你拿了他的。”杨氏只是摇头，不肯承认。

天祥又问安住道：“这文书委实在那里？你可实说。”安住道：“孩儿怎敢有欺？委实是伯娘拿了。人心天理，怎好赖得？”杨氏骂道：“这个说谎的小弟子孩儿，我几曾见那文书来？”天祥道：“大嫂休要斗气，你果然拿了，与我一看何妨？”杨氏大怒道：“这老子也好糊涂！我与你夫妻之情，倒信不过；一个铁蓦生的人，倒并不疑心。这纸文书我要他糊窗儿，有何用处？若果侄儿来，我也欢喜，如何肯揹留他的？这花子故意来捏舌，哄骗我们的家私哩。”安住道：“伯伯，你孩儿情愿不要家财，只要傍着祖坟上埋葬了我父母这两把骨殖，我便仍到潞州去了。你孩儿须自有安身立命之处。”杨氏道：“谁听你这花言巧语？”当下提起一条捍棒，望着安住劈头劈脸打将过来，早把他头儿打破了，鲜血迸流。

天祥虽在傍边解劝，喊道：“且问个明白！”却是自己又不认得侄儿，见浑家抵死不认，不知是假是真，好生委决不下，只得由他。那杨氏将安住叉出前门，把门闭了。正是：

黑蟒口中舌，黄蜂尾上针。

两般犹未毒，最毒妇人心。

刘安住气倒在地多时，渐渐苏醒转来，对着父母的遗骸，放声大哭。又道：“伯娘你直下得如此狠毒！”正哭之时，只见前面又走过一个人来，问道：“小哥，你那里人？为甚事在此啼哭？”安住道：“我便是十五年前随父母去趁熟的刘安住。”那人见说，吃了一惊，仔细相了一相，问道：“谁人打破你的头来?”安住道：“这不干我伯父事，是伯娘不肯认我，拿了我的合同文书，抵死赖了，又打破了我的头。”那人道：“我非别人，就是李社长。这等说起来，你是我的女婿。你且把十五年来的事情，细细与我说一遍，待我与你做主。”

安住见说是丈人，恭恭敬敬唱了个喏，哭告道：“岳父听禀：当初父母同安住趁熟，到山西潞州高平县下马村张秉彝员外家店房中安下，父母染病双亡。张员外认我为义子，抬举得成人长大。我如今十八岁了，义父才与我说知就里，因此担着我父母两把骨殖来认伯伯。谁想伯娘将合同文书赚的去了，又打破了我的头，这等冤枉那里去告诉?”说罢，泪如涌泉。

李社长气得面皮紫胀，又问安住道：“那纸合同文书，既被赚去，你可记得么?”安住道：“记得。”李社长道：“你且背来我听。”安住从头念了一遍，一字无差。李社长道：“果是我的女婿，再不消说，这虔婆好生无理！我如今敲进刘家去，说得他转便罢，说不转时，现今开封府府尹是包龙图相公，十分聪察。我与你同告状去，不怕不断还你的家私。”安住道：“全凭岳父主张。”李社长当时敲进刘天祥的门，对他夫妻两个道：“亲翁亲妈，什么道理！亲侄儿回来，如何不肯认他，反把他头儿都打破了?”杨氏道：“这个，社长你不知他是诈骗人的，故来我家里打浑。他既是我家侄儿，当初曾有合同文书，有你画的字。若有那文书时，便是刘安住。”李社长道：“他说是你赚来藏过了，如何白赖?”杨氏道：“这社长也好笑，我何曾见他的？却似指贼的一般。别人家的事情，谁要你多管！”当下又举起捍棒要打安住。李社长恐怕打坏了女婿，挺身拦住，领了他出来道：“这虔婆使这般的狠毒见识！难道不认就罢了？不到得和你干休！贤婿不要烦恼，且带了父母的骨殖和这行囊，到我家中将息一晚。明日到开封府进状。”安住从命，随了岳丈一路到李家来。李社长又引他拜见了丈母，安排酒饭管待他，又与他包了头，用药敷治。

次日侵晨，李社长写了状词，同女婿到开封府来。等了一会，龙图已升堂了，但见：

冬冬衙鼓响，公吏两边排。

阎王生死殿，东岳吓魂台。

李社长和刘安住当堂叫屈，包龙图接了状词，看毕，先叫李社长上去，问了情由。李社长从头说了。包龙图道："莫非是你包揽官司，教唆他的？"李社长道："他是小人的女婿，文书上元有小人花押，怜他幼稚含冤，故此与他申诉。怎敢欺得青天爷爷！"包龙图道："你曾认得女婿么？"李社长道："他自三岁离乡，今日方归，不曾认得。"包龙图道："既不认得，又失了合同文书，你如何信得他是真？[①]"李社长道："这文书除了刘家兄弟和小人，并无一人看见。他如今从前至后背来，不差一字，岂不是个老大的证见？"包龙图又唤刘安住起来，问其情由。安住也一一说了。又验了他的伤。问道："莫非你果不是刘家之子，借此来行拐骗的么？"安住道："爷爷，天下事是假难真，如何做得这没影的事体？况且小人的义父张秉彝，广有田宅，也勾小人一生受用了。小人原说过情愿不分伯父的家私，只要把父母的骨殖葬在祖坟，便仍到潞州义父处去居住。望爷爷青天详察。"包龙图见他两人说得有理，就批准了状词，随即拘唤刘天祥夫妇同来。

包龙图叫刘天祥上前，问道："你是个一家之主，如何没些主意，全听妻言？你且说那小厮，果是你侄儿不是？"天祥道："爷爷，小人自来不曾认得侄儿，全凭着合同为证，如今这小厮抵死说是有的，妻子又抵死说没有，小人又没有背后眼睛，为此委决不下。"包龙图又叫杨氏起来，再三盘问，只是推说不曾看见。包龙图就对安住道："你伯父伯娘如此无情，我如今听凭你着实打他，且消你这口怨气！[②]"安住恻然下泪道："这个使不得！我父亲尚是他的兄弟，岂有侄儿打伯父之理？小人本为认亲葬父、行孝而来，又非是争财竞产，若是要小人做此逆伦之事，至死不敢。"包龙图听了这一遍说话，心下已有几分明白。有诗为证：

包老神明称绝伦，就中曲直岂难分？

---

① 旁批：也是。

② 眉批：所以试安住也。

当堂不肯施刑罚，亲者原来只是亲。

当下又问了杨氏几句，假意道："那小厮果是个拐骗的，情理难容。你夫妻们和李某且各回家去，把这厮下在牢中，改日严刑审问。"刘天祥等三人，叩头而出，安住自到狱中去了。杨氏暗暗地欢喜，李社长和安住俱各怀着鬼胎，疑心道："包爷向称神明，如何今日到把原告监禁？"

却说包龙图密地分付牢子每不许难为刘安住；又分付衙门中人张扬出去，只说安住破伤风发，不久待死；又着人往潞州取将张秉彝来。不则一日，张秉彝到了。包龙图问了他备细，心下大明。就叫他牢门首见了安住，用好言安慰他。次日，签了听审的牌，又密嘱咐牢子每临审时如此如此。随即将一行人拘到。包龙图叫张秉彝与杨氏对辩。杨氏只是硬争，不肯放松一句。包龙图便叫监中取出刘安住来，只见牢子回说道："病重垂死，行动不得。"当下李社长见了张秉彝问明缘故不差，又忿气与杨氏争辩了一会。又见牢子们来报道："刘安住病重死了。"那杨氏不知利害，听见说是"死了"，便道："真死了，却谢天地，到免了我家一累！"包爷分付道："刘安住得何病而死？快叫仵作人相视了回话。"仵作人相了，回说，"相得死尸，约年十八岁，太阳穴为他物所伤致死，四周有青紫痕可验。"包龙图道："如今却怎么处？到弄做个人命事，一发重大了！兀那杨氏！那小厮是你甚么人？可与你关甚亲么？"杨氏道："爷爷，其实不关甚亲。"包爷道："若是关亲时节，你是大，他是小，纵然打伤身死，不过是误杀子孙，不致偿命，只罚些铜纳赎。既是不关亲，你岂不闻得'杀人偿命，欠债还钱'？他是各白世人，你不认他罢了，拿甚么器杖打破他头，做了破伤风身死。律上说：'殴打平人，因而致死者，抵命。'左右，可将枷来，枷了这婆子！下在死囚牢里，交秋处决，偿这小厮的命。"只见两边如狼似虎的公人暴雷也似答应一声，就抬过一面枷来①，唬得杨氏面如土色，只得喊道："爷爷，他是小妇人的侄儿。"包龙图道："既是你侄儿，有何凭据？"杨氏道："现

① 眉批：妙甚。

有合同文书为照。①”当下身边摸出文书，递与包公看了。正是：

本说的丁一卯二，生扭做差三错四。

略用些小小机关，早赚出合同文字。

包龙图看毕，又对杨氏道：“刘安住既是你的侄儿，我如今着人抬他的尸首出来，你须领去埋葬，不可推却。”杨氏道：“小妇人情愿殡葬侄儿。”包龙图便叫监中取出刘安住来，对他说道：“刘安住，早被我赚出合同文书来也！”安住叩头谢道：“若非青天老爷，真是屈杀小人！”杨氏抬头看时，只见容颜如旧，连打破的头都好了。满面羞惭，无言抵对。包龙图遂提笔判云：

刘安住行孝，张秉彝施仁，都是罕有，俱各旌表门闾。李社长着女夫择日成婚。其刘天瑞夫妻骨殖准葬祖茔之侧。刘天祥朦胧不明，念其年老免罪。妻杨氏本当重罪，罚铜准赎。杨氏赘婿，原非刘门瓜葛，即时逐出，不得侵占家私！

判毕，发放一干人犯，各自宁家。众人叩头而出。

张员外写了通家名贴，拜了刘天祥、李社长，先回潞州去了。刘天祥到家，将杨氏埋怨一场，就同侄儿将兄弟骨殖埋在祖茔已毕。李社长择个吉日，赘女婿过门成婚。一月之后，夫妻两口，同到潞州拜了张员外和郭氏。

以后，刘安住出仕贵显，刘天祥、张员外俱各无嗣，两姓的家私，都是刘安住一人承当。可见荣枯分定，不可强求。况且骨肉之间，如此昧己瞒心，最伤元气。所以宣这个话本，奉戒世人，切不可为着区区财产，伤了天性之恩。有诗为证：

螟蛉义父犹施德，骨肉天亲反弄奸。

日后方知前数定，何如休要用机关？

---

① 眉批：所谓诈而愚。

卷三十四　闻人生野战翠浮庵　静观尼昼锦黄沙弄

诗云：

酒不醉人人自醉，色不迷人人自迷。

不是三生应判与，直须慧剑断邪思。

话说世间齐眉结发，多是三生分定，尽有那挥金霍玉，百计千方图谋成就的，到底却捉个空。有那一贫如洗，家徒四壁，似司马相如的，分定时，不要说寻媒下聘，与那见面交谈，便是殊俗异类，素昧平生，意想所不到的，却得成了配偶。自古道："姻缘本是前生定，曾向蟠桃会里来。"见得此一事非同小可。只看从古至今，有那昆仑奴、黄衫客、许虞侯，那一班惊天动地的好汉，也只为从险阻艰难中成全了几对儿夫妇，直教万古流传。奈何平人见个美貌女子，便待偷鸡吊狗，滚热了又妄想永远做夫妻。奇奇怪怪，用尽机谋，讨得些寡便宜，枉玷辱人家门风。直到弄将出来，十个九个死无葬身之地。

说话的，依你如此说，怎么今世上也有偷期的，倒成了正果；也有奸骗的，到底无事，怎见得便个个死于非命？看官听说，你却不知，一饮一啄，莫非前定。夫妻自不必说，就是些闲花野草，也只是前世的缘分。假如偷期的成了正果，前缘凑着，自然配合。奸骗的保身没事，前缘偿了，便可收心。为此也有这一辈，自与那痴迷不转头送了性命的不同。

如今且说一个男假为女，奸骗亡身的故事。苏州府城有一豪家庄院，甚是广阔。庄侧有一尼庵，名曰功德庵，也就是豪家所造。庵里有五个后生尼姑，其中只有一个出色的，姓王，乃是云游来的，又美丽，又风月，年可二十来岁。是他年纪最小，却是豪家主意，推他做个庵主。元来那王尼有一身奢嘛的本事，第一件，一张花嘴，数黄道白，指东话西，专一在官宦人家打趓，那女眷们没一个不被他哄得投机的；第二件，一付温存情性，善能体察人情，随机应变的帮衬；第三件，一手好手艺，又会写作，又会刺绣，那些大户女眷，也有请他家里来教的，也有到他庵里就教的。又不时有那来求子的，来做道场保禳灾悔的；他又去富贵人家及乡村妇女诱约到庵中作会。庵有静室十七间，各备床褥衾枕，要留宿的极便。所以他庵中没一日没女眷来往。或在庵过夜，或几日停留。又有一辈妇女，赴庵一次过，再不肯来了的。至于男人，一个不敢上门见面。因有豪家出告示，禁止游客闲人，就是豪家妻女在内，夫男也别嫌疑，恐怕罪过，不敢轻来打搅。所以女人越来得多了①。

话休絮烦，有个常州理刑厅，随着察院巡历，查盘苏州府的，姓袁，因查盘公署，就在察院相近不便，亦且天气炎热，要个宽敞所在歇足。县间借得豪家庄院，送理刑去住在里头。一日将晚，理刑在院中闲步，见有一小楼极高，可以四望，随步登楼。只见楼中尘积，蛛网蔽户，是个久无人登的所在。理刑喜他微风远至，心要纳凉，不觉迁延伫立许久。遥望侧边，对着也是一座小楼，楼中有三五个少年女娘，与一个美貌尼姑嘻笑玩耍。理刑倒躲过身子，不使那边看见，偷眼在窗里张时，只见尼姑与那些女娘，或是搂抱一会，或是勾肩搭背，偎脸接唇一会。理刑看了半晌，摇着头道：“好生作怪！若是女尼，缘何作此等情状？事有可疑。”放在心里。

次日，唤皂隶来问道：“此间左侧有个庵，是甚么庵？”皂隶道：“是某爷家功德庵。”理刑道：“还是男僧在内？女僧在内？”皂隶道：“止有女僧五人。”理刑道：“可有香客与男僧来往么？”皂隶道：“因是女僧在内，有某爷家做主，男人等闲也不敢进门，何况男僧？多只是乡宦人家女眷们往来，这是日日不绝的。”理刑心疑不定，恰好知县来参。理刑把昨晚所见与知县说了。知县分付兵快随着理刑，抬到尼庵前来，把前后密地围住。

理刑亲自进庵来，众尼慌忙接着。理刑看时，只有四个尼姑，昨日眼中所

---

① 眉批：便知有故。

见的，却不在内。问道："我闻说这庵中有五个尼姑，缘何少了一个？"四尼道："庵主偶出。"理刑道："你庵中有座小楼，从那里上去的？"众尼支吾道："庵中只是几间房子，不曾有甚么楼。"理刑道："胡说！"领了人，各处看一遍，众尼卧房多看过，果然不见有楼。理刑道："又来作怪！"就唤一个尼姑，另到一个所在，故意把闲话问了一会，带了开去，却叫带这三个来，发怒道："你们辄敢在吾面前说谎！方才这一个尼姑，已自招了。有楼在内，你们却怎说没有？这等奸诈可恶，快取拶来！"众尼慌了，只得说出道："实有一楼，从房里床侧纸糊门里进去就是。"理刑道："既如此，缘何隐瞒我？"众尼道："非敢隐瞒爷爷，实是还有几个乡宦家夫人小姐在内①，所以不敢说。"推官便叫众尼开了纸门，带了四五个皂隶，弯弯曲曲，走将进去，方是胡梯。只听得楼上嘻笑之声，理刑站住，分付皂隶道："你们去看，有个尼姑在上面时，便与我拿下来。"皂隶领旨，一拥上楼去。只见两个闺女、三个妇人，与一个尼姑正坐着饮酒。见那几个公人蓦上来，吃那一惊不小，四分五落的，却待躲避。众皂隶一齐动手，把那娇娇嫩嫩的一个尼姑，横拖倒拽，捉将下来。拽到当面，问了他卧房在那里，到里头一搜，搜出白绫汗巾十九条，皆有女子元红在上。又有簿籍一本，开载明白，多是留宿妇女姓氏、日期、细注"某人是某日初至，某人是某人荐至，某女是元红，某女元系无红"②，一一明白。理刑一看，怒发冲冠，连四尼多拿了，带到衙门里来。庵里一班女眷，见捉了众尼去，不知甚么事发，一齐出庵，雇轿各自回去了。

且说理刑到了衙门里，喝叫动起刑来。坚称"身是尼僧，并无犯法"。理刑又取稳婆进来，逐一验过，多是女身。理刑没做理会处，思量道："若如此，这些汗巾薄籍，如何解说？"唤稳婆密问道："难道毫无可疑？"稳婆道："止有年小的这个尼姑，虽不见男形，却与女人有些两样。"理刑猛想道："从来闻有缩阳之术，既这一个有些两样，必是男子。我记得一法，可以破之。"命取油涂

---

① 旁批：可知矣。

② 眉批：如此等事如何记帐？得意之故也。然非此不致杀身。

其阴处，牵一只狗来餂食。那狗闻了油香，伸了长舌餂之不止。元来狗舌最热，餂到十来餂，小尼热痒难熬，打一个寒噤，腾的一条棍子直统出来，且是坚硬不倒，众尼与稳婆掩面不迭[①]。

理刑怒极道："如此奸徒！死有余辜。"喝叫掩翻，重打四十，又夹一夹棍，教他从实供招来踪去迹。只得招道："身系本处游僧，自幼生相似女，从师在方上学得采战伸缩之术，可以夜度十女。一向行白莲教，聚集妇女奸宿。云游到此庵中，有众尼相爱留住[②]。因而说出能会缩阳为女，便充做本庵庵主，多与那夫人小姐们来往。来时诱至楼上同宿，人多不疑。直到引动淫兴，调得情热，方放出肉具来，多不推辞。也有刚正不肯的，有个淫咒迷了他，任从淫欲，事毕方解。所以也有一宿过，再不来的。其余尽是两相情愿。指望永远取乐，不想被爷爷验出，甘死无辞。"

方在供招，只见豪家听了妻女之言，道是理刑拿了家庵尼姑去，写书来嘱托讨饶。理刑大怒，也不回书，竟把汗巾、簿籍封了送去。豪家见了羞赧无地[③]。理刑乃判云：

> 审得王某系三吴亡命，优仆奸徒。倡白莲以惑黔首，抹红粉以溷朱颜。教祖沙门，本是登岸和尚；娇藏金屋，改为入幕观音。抽玉笋合掌禅床，孰信为尼为尚？脱金莲展身绣榻，谁知是女是男？譬之鹳入凤巢，始合《关雎》之好；蛇游龙窟，岂无云雨之私！明月本无心，照霜闺而寡居不寡；清风原有意，入朱户而孤女不孤。废其居，火其书，方足以灭其迹；剖其心，刳其目，不足以尽其辜。

判毕，分付行刑的，百般用法摆布，备受惨酷。那一个粉团也似的和尚，怎生熬得过？登时身死。四尼各责三十，官卖了，庵基拆毁。

那小和尚尸首，抛在观音潭。闻得这事的，都去看他，见他阳物累垂，有七八寸长，一似驴马的一般，尽皆掩口笑道："怪道内眷们喜欢他！"平日与他

---

① 眉批：众尼熟□，不必掩面矣。
② 旁批：宜爱。
③ 眉批：妙着。

往来的人家内眷，闻得此僧事败，吊死了好几个。

这和尚奸骗了多年，却死无葬身之所。若前此回头，自想道不是久长之计，改了念头，或是索性还了俗，娶个妻子，过了一世，可不正应着看官们说的道"奸骗的也有没事"这句话了？便是人到此时，得了些滋味，昧了心肝，直待至死方休。所以凡人一走了这条路，鲜有不做出来的。正是：

善恶到头终有报，只争来早与来迟！

这是男妆为女的了。而今有一个女妆为男，偷期后得成正果的话。洪熙年间，湖州府东门外有一儒家，姓杨，老儿亡故，一个妈妈同着小儿子并一个女儿过活。那女儿年方一十二岁，一貌如花，且是聪明。单只从小的三好两歉，有些小病。老妈妈没一处不想到，只要保佑他长大，随你甚么事也去做了。

忽一日，妈妈和女儿正在那里做绣作，只见一个尼姑步将进来，妈妈欢喜接待。元来那尼姑，是杭州翠浮庵的观主，与杨妈妈来往有年。那尼姑也是个花嘴骗舌之人，平素只贪些风月，庵里收拾下两个后生徒弟，多是通同与他做些不伶俐勾当的。那时将了一包南枣，一瓶秋茶，一盘白果，一盘栗子，到杨妈妈家来探望。叙了几句寒温，那尼姑看杨家女儿时，生得如何？

体态轻盈，丰姿旖旎。白似梨花带雨，娇如桃瓣随风。缓步轻移，裙拖下露两竿新笋；含羞欲语，领缘上动一点朱樱。直饶封涉不生心，便是鲁男须动念。

尼姑见了，问道："姑娘今年尊庚多少？"妈妈答道："十二岁了，诸事倒多伶俐，只有一件没奈何处：因他身子怯弱，动不动三病四痛，老身恨不得把身子替了他。为这一件上，常是受怕担忧。"尼姑道："妈妈可也曾许个愿心保禳保禳么？"妈妈道："咳，那一件不做过？求神拜佛，许愿祷星，只是不能脱身。不知是什么悔气星进了命，再也退不去！"尼姑道："这多是命中带来的。请把姑娘八字与小尼推一推看。"妈妈道："师父元来又会算命？一向不得知。"便将女儿年月日时对他说了。

尼姑做张做智，算了一回，说道："姑娘这命，只不要在妈妈身伴便好。"妈妈道："老身虽不舍得他离眼前，今要他病好，也说不得。除非过继到别家去，却又性急里没一个去处。"尼姑道："姑娘可曾受聘了么？"妈妈道："不曾。"尼姑道："姑娘命中犯着孤辰，若许了人家时，这病一发了不得①。除非这个着落，方合得姑娘贵造，自然寿命延长，身体旺相。只是妈妈自然舍不得的，不好启齿。"妈妈道："只要保得没事时，随着那里去何妨？"尼姑道："妈妈若割舍得下时，将姑娘送在佛门，做个世外之人，消灾增福，此为上着。"妈妈道："师父所言甚好，这是佛天面上功德②。我虽是不忍抛撇，譬如多病多痛死了，没奈何走了这一着罢。也是前世有缘，得与师父厮熟。倘若不弃，便送小女与师父做个徒弟。"尼姑道："姑娘是一点福星，若在小庵，佛面上也增多少光辉，实是万分之幸。只是小尼怎做得姑娘的师父？"妈妈道："休恁地说！只要师父抬举他一分，老身也放心得下。"尼姑道："妈妈说那里话？姑娘是何等之人，小尼敢怠慢他？小庵虽则贫寒，靠着施主们看觑，身衣口食，不致淡泊，妈妈不必挂心。"妈妈道："恁地待选个日子，送到庵便了。"妈妈一头看历日，一头不觉簌簌的掉泪③。尼姑又劝慰了一番。妈妈拣定日子，留尼姑在家住了两日。雇只船叫女儿随了尼姑出家。母子两个抱头大哭一番。

女儿拜别了母亲，同尼姑来到庵里，与众尼相见了。拜了师父，择日与他剃发，取法名叫做静观。自此杨家女儿便在翠浮庵做了尼姑，这多是杨妈妈没主意。有诗为证：

弱质虽然为病磨，无常何必便来拖？
等闲送上空门路，却使他年自择窝。

你道尼姑为甚撺掇杨妈妈叫女儿出家？元来他日常要做些不公不法的事，全要那几个后生标致徒弟做个牵头，引得人动。他见杨家女儿十分颜色，又且妈妈只要保扶他长成，有甚事不依了他？所以他将机就计，以推命做个入话，唆他把女儿送入空门，收他做了徒弟。那时杨家女儿十二岁上，情窦未开，却也不以为意。若是再大几年的，也抵死不从了。自做了尼姑之后，每常或同了

① 眉批：到不犯孤辰，是犯红鸾耳。
② 眉批：女眷痼疾。
③ 眉批：自贻伊戚。

师父，或自己一身到家来看母亲，一年也往来几次。妈妈本是爱惜女儿的，在身边时节，身子略略有些不爽利，一分便认做十分，所以动不动忧愁思虑①。离了身伴，便有些小病，却不在眼前，倒省了许多烦恼。又且常见女儿到家，身子健旺；女儿怕娘记挂，口里只说旧病一些不发。为此，那妈妈一发信道该是出家的人，也倒不十分悬念了。

话分两头。却说湖州黄沙衖里有一个秀才，复姓闻人，单名一个嘉字，乃是祖贯绍兴。因公公在乌程处馆，超籍过来的。面似潘安，才同子建，年十七岁。堂上有四十岁的母亲，家贫未有妻室。为他少年英俊，又且气质闲雅，风流潇洒，十分在行，朋友中没一个不爱他敬他的。所以时常有人赍助他，至于熬游晏饮，一发罢他不得。但是朋友们相聚，多以闻人生不在为歉。

一日，正是正月中旬天气，梅花盛发。一个后生朋友，唤了一只游船，拉了闻人生往杭州耍子，就便往西溪看梅花。闻人生禀过了母亲同去，一日夜到了杭。那朋友道："我们且先往西溪看了梅花，明日进去。"便叫船家把船撑往西溪，不上个把时辰，到了。泊船在岸，闻人生与那朋友，步行上崖，叫仆从们挑了酒盒，相挈而行。

约有半里多路，只见一个松林，多是合抱不交的树，林中隐隐一座庵观，周围一带粉墙包裹，向阳两扇八字墙门，门前一道溪水，甚是僻静。两人走到庵门前闲看，那庵门掩着，里面却像有人窥觑。那朋友道："好个清幽庵院！我们扣门进去讨杯茶吃了去，何如？"闻人生道："还是趁早去看梅花要紧。转来进去不迟。"那朋友道："有理，有理。"拽开脚步便去，顷刻间走到。两人看梅花时，但见：

> 灿银一片，碎玉千重。幽馥袭和风，贾午异香还较逊；素光映丽日，西子靓妆应不如。绰约干能傲冰霜，参差影偏宜风月。骚人题咏安能尽，韵客杯盘何日休？

两人看了，闲玩了一回，便叫将酒盒来开怀畅饮。天色看看晚来，酒已将

① 眉批：姑息之爱每如此。

尽，两人吃个半酣，取路回舟中来。那时天已昏黑，只要走路，也不及进庵中观看，急急下船，过了一夜。次早，松木场上岸不题。

且说那个庵，正是翠浮庵，便是杨家女儿出家之处。那时静观已是十六岁了，更长得仪容绝世，且是性格幽闲。日常有这些俗客往来，也有注目看他的，也有言三语四挑拨他的。众尼便嘻笑趋陪，殷勤款送。他只淡淡相看，分毫不放在心上。闲常见众尼每干些勾当，只做不知，闭门静坐，看些古书，写些诗句，再不轻易出来走动①。也是机缘凑泊，适才闻人生庵前闲看时，恰好静观偶然出来闲步，在门缝里窥看，只见那闻人生逸致翩翩，有出尘之态。静观注目而视，看得仔细，见闻人生去远了，恨不得再赶上去饱看一回，无聊无赖的，只得进房。心下想道："世间有这般美少年，莫非天仙下降？人生一世，但得恁地一个，便把终身许他，岂不是一对好姻缘？奈我已堕入此中，这事休题了！"叹口气，噙着眼泪。正是：

哑子漫尝黄柏味，难将苦口向人言。

看官听说，但凡出家人，必须四大俱空，自己发得念尽，死心塌地，做个佛门弟子，早夜修持，凡心一点不动，却才算得有功行。若如今世上，小时凭着父母蛮做，动不动许在空门，那晓得起头易，到底难。到得大来，得知了这些情欲滋味，就是强制得来，原非他本心所愿。为此就有那不守分的，污秽了禅堂佛殿，正叫做作福不如避罪。奉劝世人，再休把自己儿女送上这条路来②。

闲话休题。却说闻人生自杭州归来，荏苒间又过了四个多月。那年正是大比之年，闻人生已从道间取得头名，此时正是六月天气，却不甚热，打点束装上杭。他有个姑娘在杭州关内黄主事家做孤孀，要去他庄上寻间清凉房舍，静坐几时。看了出行的日子，已得朋友们资助了些盘缠，安顿了母亲，雇了只航船，带了家僮阿四，携了书囊前往。

才出东门，正行之际，岸上一个小和尚说着湖州话叫道："船是上杭州去的

---

① 眉批：□是良人闺范。
② 眉批：议论警世不浅。

么？”船家道：“正是，送一位科举相公上去的。”和尚道：“既如此，可带小僧一带，舟金依例奉上。”船家道：“师父，杭州去做甚么？”和尚道：“我出家在灵隐寺，今到俗家探亲，却要回去。”船家道：“要问舱里相公，我们不敢自主。”只见那阿四便钻出船头上来，嚷道：“这不识时务小秃驴！我家官人正去乡试，要讨采头，撞将你这一件秃光光不利市的物事来。去便去，不去时我把水兜豁上一顿水，替你洗洁净了那个乱代头。①”你道怎地叫做“乱代头”？昔人有嘲诮和尚说话道：“此非治世之头，乃乱代之头也。”盖为“乱”“卵”二字音相近，阿四见家主与朋友们戏谑曾说过，故此学得这句话，骂那和尚。和尚道：“载不载，问一声也不冲撞了甚么？何消得如此嚷？”

闻人生在舱里听见，推窗看那和尚，且是生得清秀娇嫩，甚觉可爱。又见说是灵隐寺的和尚，便想道：“灵隐寺去处，山水最胜，我便带了这和尚去，与他做个相知往来，到那里做下处也好。”慌忙出来喝住道：“小厮不要无理！乡里间的师父，既要上杭时，便下船来做伴同去何妨？”也是缘分该如此，船家得了这话，便把船拢岸。那和尚一见闻人生，吃了一惊，一头下船，一头瞅着闻人生只顾看。闻人生想道：“我眼里也从不见这般一个美丽长老，容色绝似美人。若使是女身，岂非天姿国色？可惜是个和尚了。②”和他施礼罢，进舱里坐定。却值风顺，拽起片帆，船去如飞。

两个在舱中，各问姓名了毕，知是同乡，只说着一样的乡语，一发投机。闻人生见那和尚谈吐雅致，想道：“不是个庸僧。”只见他一双媚眼，不住的把闻人生上下只顾看。天气暴暑，闻人生请他宽了上身单衣，和尚道：“小僧生性不十分畏暑，相公请自便。”

看看天晚，吃了些夜饭，闻人生便让和尚洗澡，和尚只推是不消。闻人生洗了澡，已自困倦，搠倒头只寻睡了。阿四也往梢上去自睡。那和尚见人睡静，方灭了火，解衣与闻人生同睡。却自翻来覆去，睡不安稳，只自叹气。见闻人

① 眉批：小人只识如此。

② 眉批：与闻人所见正相反。

生已睡熟，悄悄坐起来，伸只手把他身上摸着。不想正摸着他一件跷尖尖、硬笃笃的东西，捏了一把。那时闻人生正醒来，伸个腰，那和尚流水放手，轻轻的睡了倒去。闻人生却已知觉，想道："这和尚倒来惹骚！恁般一个标致的，想是师父也不饶他，倒是惯家了。我便兜他来男风一度也使得，如何肉在口边不吃？"

闻人生正是少年高兴的时节，便爬将过来与和尚做了一头，伸将手去摸时，和尚做一团儿睡着，只不做声。闻人生又摸去，只见软团团两只奶儿。闻人生想道："这小长老，又不肥胖，如何有恁般一对好奶？"再去摸他后庭时，那和尚却像惊怕的，流水翻转身来仰卧着。闻人生却待从前面抄将过去，才下手，却摸着前面高耸耸似馒头般一团肉，却无阳物。闻人生倒吃了一惊，道："这是怎么说？"问他道："你实说，是甚么人？"和尚道："相公，不要则声，我身实是女尼。因怕路上不便，假称男僧。"闻人生道："这等一发有缘，放你不过了。"不问事由，跳上身去。那女尼道："相公可怜小尼还是个女身，不曾破肉的①，从容些则个。"闻人生此时欲火正高，那里还管？挨开两股，径将阳物直捣。无奈那尼姑含花未惯风和雨，怎当闻人生兴发忙施雨与风。迁延再四，方没其身。那女尼只得蹙眉啮齿忍耐。

霎时云收雨散。闻人生道："小生无故得遇仙姑，知是睡里梦里？须道住址详细，好图后会。"女尼便道："小尼非是别处人氏，就是湖州东门外杨家之女，为母爱所误，将我送入空门。今在西溪翠浮庵出家，法名静观。那里庵中也有来往的，都是些俗子村夫，没一个看得上眼。今年正月间，正在门首闲步，看见相公在门首站立，仪表非常，便觉神思不定，相慕已久。不想今日不期而会，得谐鱼水，正合夙愿，所以不敢推拒。非小尼之淫贱也。愿相公勿认做萍水相逢，须为我图个终身便好。"闻人生道："尊翁尊堂还在否？"静观道："父亲杨某，亡故已久，家中还有母亲与兄弟。昨日看母亲来，不想遇着相公。相公曾娶妻未？"闻人生道："小生也未有室，今幸遇仙姑，年貌相当，正堪作

① 旁批：难得。

配。况是同郡儒门之女，岂可埋没于此？须商量个长久见识出来。”

静观道：“我身已托于君，必无二心。但今日事体匆忙，一时未有良计。小庵离城不远，且是僻静清凉，相公可到我庵中作寓，早晚可以攻书，自有道者在外打斋，不烦薪水之费，亦且可以相聚。日后相个机会，再作区处。相公意下何如？”闻人生道：“如此甚好，只恐同伴不容。”静观道：“庵中止有一个师父，是四十以内之人。色上且是要紧，两个同伴多不上二十来年纪，他们多不是清白之人。平日与人来往，尽在我眼里，那有及得你这样仪表？若见了你，定然相爱。你便结识了他们，以便就中取事。只怕你不肯留，那有不留你之事？”闻人生听罢，欢喜无限道：“仙姑高见极明，既恁地，来早到松木场，连我家小厮打发他随船回去。小生与仙姑同往便了。”说了一回，两人搂抱得有兴，再讲那欢娱起来。正是：

平生未解到花关，倏到花关骨尽寒。

此际不知真与梦，几回暗里抱头看。

事毕，只听得晨鸡乱唱，静观恐怕被人知觉，连忙披衣起身。船家忙起来行船，阿四也起来伏侍梳洗。吃早饭罢，赶早过了关。阿四问道：“那里歇船，好到黄家去问下处。”闻人生道：“不消得下处了。这小师父寺中有空房，我们竟到松木场上岸罢。”船到松木场，只说要到灵隐寺，雇了一个脚夫，将行李一担挑了，闻人生分付阿四道：“你可随船回去，对安人说声，不消记念，我只在这师父寺里看书。场毕，我自回来，也不须教人来讨信得。”打发了，看他开了船，闻人生才与静观雇了两乘轿，抬到翠浮庵去。另与脚夫说过，叫他跟来。霎时到了，还了轿钱脚钱，静观引了闻人生进庵道：“这位相公要在此做下处，过科举的。”

众尼看见，笑脸相迎，把闻人生看了又看，愈加欢爱，殷殷勤勤的陪过了茶，收拾一间洁净房子，安顿了行李。吃过夜饭，洗了浴，少不得先是那庵主起手快乐一宵。此后这两个，你争我夺轮番伴宿。静观恬然不来兜揽[1]，让他

---

① 眉批：深于兜揽者也。

们欢畅，众尼无不感激静观。混了月余，闻人生也自支持不过。他们又将人参汤、香薷饮、莲心、圆眼之类，调浆闻人生，无所不至。闻人生倒好受用。

不觉已是穿针过期，又值七月半盂兰盆大斋时节。杭州年例，人家做功果，点放河灯。那日还是七月十二日，有一个大户人家差人来庵里请师父们念经，做功果。庵主应承了，众尼进来商议道："我们大众去做道场，十三至十五有三日停留。闻官人在此，须留一个相陪便好。只是忒便宜了他。"只见两尼，你也要住，我也要住，静观只不做声。庵主道："人家去做功果，我自然推不得。不消说闻官人原是静观引来的，你两个讨他便宜多了，今日只该着静观在此相陪，也是公道："众人道："师父处得有理。①"静观暗地欢喜。众尼自去收拾法器经箱，连老道者多往那家去了。

静观送了出门，进来对闻人生道："此非久恋之所，怎生作个计较便好？今试期日近，若但迷恋于此，不惟攀桂无分，亦且身躯难保。"闻人生道："我岂不知?'只为难舍着你，故此强与众欢，非吾愿也。"静观道："前日初会你时，非不欲即从你作脱身之计，因为我在家中来，中途不见了，庵主必到我家里要人，所以不便。今既在此多时了，我乘此无人在庵，与你逃去，他们多是与你有染的，心头病怕露出来，料不好追得你。"闻人生道："不如此说，我是个秀才家，家中况有老母。若同你逃至我家，不但老母惊异，未必相容；亦且你庵中追寻得着，经动官府，我前程也难保。何况你身子不知作何着落？此事行不得。我意欲待赴试之后，如得一第，娶你不难。"静观道："就是中了个举人，也没有就娶个尼姑的理。况且万一不中，又却如何？亦非长算。我自出家来，与人写经写疏，得人衬钱，积有百来金。我撇了这里，将了这些东西做盘缠，寻一个寄迹所在，等待你名成了，再从容家去，可不好?"

闻人生想一想道："此言有理，我有姑娘嫁在这里关内黄乡宦家，今已守寡，极是奉佛。家里庄上造得有小庵，晨昏不断香火。那庵中管烧香点烛的老道姑，就是我的乳母。我如今不免把你此情告知姑娘，领你去放在他家庵中，

---

① 眉批：庵主公道，亦以杨妈妈故。

托我奶娘相伴着你。他是衙院人家，谁敢来盘问？你好一面留头长发，待我得意之后，以礼成婚，岂不妙哉？倘若不中，也等那时发长，便到处无碍了。”静观道：“这个却好，事不宜迟，作急就去。若三日之后，便做不成了。”

当下闻人生就奔至姑娘家去见了姑娘。姑娘道罢寒温，问道：“我久在此望你该来科举了，如何今日才来？有下处也未曾？”闻人生道：“好叫姑娘得知，小侄因为做下处，寻出一件事头来，特求姑娘周全则个。”姑娘道：“何事？”闻人生造了个谎道：“小侄那里有一个业师杨某，亡故多时，他止有一女，幼年间就与小侄相认。后来被个尼姑拐了去，不知所向。今小侄贪静寻下处，在这里西溪地方，却在翠浮庵里撞着了他，且是生得人物十全了。他心不愿出家，情愿跟着小侄去。也是前世姻缘，又是故人之女，推却不得。但小侄在此科举，怕惹出事来；若带他家去，又是个光头不便；欲待当官告理，场前没闲工夫，亦且没有闲使用。我想姑娘此处有个家庵，是小侄奶子在里头管香火，小侄意欲送他来姑娘庵里头暂住。就是万一他那里晓得了，不过在女眷人家香火庵里，不为大害。若是到底无人跟寻，小侄待乡试已毕，意欲与他完成这段姻缘，望姑娘作成则个。”姑娘笑道：“你寻着了个陈妙常①，也来求我姑娘了。既是你师长之女，怪你不得。你既有意要成就，也不好叫他在庵里住。你与他多是少年心性，若要往来，恐怕玷污了我佛地。我庄中自有静室，我收拾与他住下，叫他长起发来。我自叫丫鬟伏侍，你亦可以长来相处。若是晚来无人，叫你奶子伴宿，此为两便。”闻人生道：“若得如此，姑娘再造之恩。小侄就去领他来拜见姑娘了。”

别了出门，就在门外叫了一乘轿②，竟到翠浮庵里。进庵与静观说了适才姑娘的话，静观大喜，连忙收拾，将自己所有，尽皆检了出来。闻人生道：“我只把你藏过了，等他们来家，我不妨仍旧再来走走，使他们不疑心着我③。我的行李且未要带去。”静观道：“敢是你与他们业根未断么？”闻人生道：“我专

① 旁批：姑娘妙人。
② 眉批：此以轿往，则不露矣。
③ 旁批：妙用。

心为你，岂复有他恋？只要做得没个痕迹，如金蝉脱壳方妙。若他坐定道是我，无得可疑了，正是科场前利害头上，万一被他们官司绊住，不得入试怎好？”静观道：“我平时常独自一个家去的，他们问时，你只推偶然不在，不知我那里去了，支吾着他。他定然疑心我是到娘家去，未必追寻。到得后来，晓得不在娘家，你场事已毕了，我与你别作计较。离了此地，你是隔府人，他那里来寻你？寻着了也只索白赖。”

计议已定，静观就上了轿，闻人生把庵门掩上，随着步行，竟到姑娘家来。姑娘一见静观青头白脸，桃花般的两颊，吹弹得破的皮肉，心里也十分喜欢。笑道：“怪道我家侄儿看上了你！你只在庄上内房里住，此处再无外人敢上门的，只管放心。”对着闻人生道：“我庄上房中，你亦可同住。但你若竟住在此，恐怕有人跟寻得出，反为不美。况且要进场，还须别寻下处。”闻人生道：“姑娘见得极是，小侄只可暂来。”从此，静观只在姑娘庄里住。闻人生是夜也就同房宿了，明日别了去，另寻下处不题。

却说翠浮庵三个尼姑，作了三日功果回来。到得庵前，只见庵门虚掩的，走将进去，静悄悄不见一人，惊疑道：“多在何处去了？”他们心上要紧的是闻人生，静观倒是第二。着急到闻人生房里去看，行李书箱都在，心里又放下好些①。只不见了静观，房里又收拾的干干净净，不知甚么缘故？

正委决不上，只见闻人生踱将进来。众尼笑逐颜开道：“来了！来了！”庵主一把抱住，且不及问静观的说话，笑道：“隔别三日，心痒难熬。今且到房中一乐。”也不顾这两个小尼口馋，径自去做事了②。闻人生只得勉强奉承，酣畅一度，才问道：“你同静观在此，他那里去了？”闻人生道：“昨日我到城中去了一日，天晚了，来不及，在朋友家宿了。直到今日来，不知他那里去了。”众尼道：“想是见你去了，独自一个没情绪，自回湖州去了。他在此独受用了两日，也该让让我们，等他去去再处。”因贪着闻人生快乐，把静观的事到丢在一

---

① 眉批：不出闻人所料。

② 眉批：庵主忒极相。

边了。谁知闻人生的心却不在此处，鬼混了两三日，推道要到场前寻下处。众尼不好阻得，把行李挑了去。众尼千约万约道“得空原到这里来住。”闻人生满口应承，自去了。

庵主过了几日，不见静观消耗，放心不下，叫人到杨妈妈家问问。说是不曾回家，吃了一惊。恐怕杨妈妈来着急，倒不敢声张，只好密密探听。又见闻人生一去不来，心里方才有些疑惑，待要去寻他盘问，却不曾问得下处明白，只得忍耐着，指望他场后还来。只见三场已毕，又等了几日，闻人生脚影也不见来。

元来闻人生场中甚是得意，出场来竟到姑娘庄上，与静观一处了，那里还想着翠浮庵中？庵主与二尼望不见到，恨道：“天下有这样薄情的人！静观未必不是他拐去了。不然便是这样不来，也没解说。”思量要把拐骗来告他，有碍着自家多洗不清，怕惹出祸来①。正商量到场前寻他，或是问到他湖州家里去炒他，终是女人辈，未有定见，却又撞出一场巧事来。

说话间，忽然门外有人敲门得紧，众尼多心里疑道：“敢是闻人生来也?”齐走出来，开了门看，只见一乘大轿，三四乘小轿，多在门首歇着。敲门的家人报道：“安人到此。”庵主却认得是下路来的某安人，慌忙迎接。只见大轿里安人走出来，傍边三四个养娘出轿来，拥着进庵。坐定了，寒温过，献茶已毕，安人打发家人们：“到船上俟候。我在此过午下船。”家人们各去了。

安人走进庵主房中来。安人道：“自从我家主亡过，我就不曾来此，已三年了。”庵主道：“安人今日贵脚踹贱地，想是完了孝服才来烧香的。”安人道：“正是。”庵主道：“如此秋光，正好闲耍。”安人叹了一口气道：“有甚心情游耍?”庵主有些瞧科，挑他道：“敢是为没有了老爹，冷静了些?”安人起身把门掩上，对庵主道：“我一向把心腹待你，你不要见外。我和你说句知心话：你方才说我冷静，我想我止隔得三年，尚且心情不奈烦，何况你们终身独守，如何过了?”庵主道：“谁说我们独守？不瞒安人说，全亏得有个把主儿相伴一相

① 眉批：不出静观所料。

伴。不然冷落死了，如何熬得？”安人道：“你如今见有何人？”庵主道：“有个心上妙人，在这里科举的小秀才。这两日一去不来，正在此设计商量。”安人道：“你且丢着此事，我有一件好事作成你。你尽心与我做着，管教你快活。”庵主道：“何事？”安人道：“我前日在昭庆寺中进香，下房头安歇。这房头有个未净头的小和尚，生得标致异常。我瞒你不得，其实隔绝此事多时，忍不住动火起来。因他上来送茶，他自道年幼不避忌，软嘴塌舌，甚是可爱。我一时迷了，遣开了人，抱他上床要试他做做此事看。谁知这小厮深知滋味，比着大人家更是雄健。我实是心吊在他身上，舍不得他了。我想了一夜，我要带他家去。须知我是个寡居，要防生人眼，恐怕坏了名声。亦且拘拘束束，躲躲闪闪，怎能勾像意？我今与师父商量，把他来师父这里，净了头，他面貌娇嫩，只认做尼姑[①]。我归去后，师父带了他，竟到我家来，说是师徒两个来投我。我供养在家里庵中，连我合家人，只认做你的女徒，我便好像意做事，不是神鬼不知的[②]？所以今日特地到此，要你做这大事。你若依得，你也落得些快活。有了此人，随你心上人也放得下了。”庵主道：“安人高见妙策，只是小尼也沾沾手，恐怕安人吃醋。”安人道：“我要你帮衬做事，怎好自相妒忌？到得家里，我还要牵你来做了一床，等外人永不疑心，方才是妙哩。[③]”庵主道：“我的知心的安人！这等说，我死也替你去。我这里三个徒弟，前日不见了一个小的。今恰好把来抵补，一发好瞒生人。只是如何得他到这里来？”安人道：“我约定他在此。他许我背了师父，随我去的，敢就来也？”

正说之间，只见一个小尼敲门进房来道：“外边一个拢头小伙子，在那里问安人。”安人忙道：“是了，快唤他进来！”只见那小伙望内就走，两个小尼见他生得标致，个个眉花眼笑。安人见了点点头，叫他进来。他见了庵主，作了个揖。庵主一眼不霎，估定了看他。安人拽他手过来[④]，问庵主道：“我说的如

---

① 眉批：要偷和尚，反寻尼姑。
② 眉批：好算计。
③ 眉批：真有长算。
④ 眉批：得意之状。

何?”庵主道:“我眼花，见了善财童子，身子多软摊了。”安人笑将起来。庵主且到灶下看斋，就把这些话与二个小尼说了。小尼多咬着指头道:“有此妙事!”庵主道:“我多分随他去了。”小尼道:“师父撇了我们，自去受用?”庵主道:“这是天赐我的衣食，你们在此，料也不空过。”大家笑耍了一回。

庵主复进房中，只见安人搂着小伙，正在那里说话。见了庵主，忙在扶手匣里取出十两一包银子来，与他道:“只此为定，我今留此子在此，我自开船先去了。十日之内，望你两人到我家来，千万勿误!”安人又叮嘱那小伙几句话，出到堂屋里吃了斋，自上轿去了。

庵主送了出去，关上大门，进来见了小伙，真是黑夜里拾得一颗明珠，且来搂他去亲嘴，把手摸他阳物儿，捏捏掐掐。后生家火动了，一直挺将起来。庵主忙解裤就他，弄了一度，喜不可言。对他道:“今后我与某安人合用的了，只这几夜，且让让我着。”事毕，就取剃刀来与他落了发，仔细看一看，笑道:“也到与静观差不多，到那里少不得要个法名，仍叫做静观罢。”是夜就同庵主一起睡了，极得两个小尼姑咽干了唾沫。明日收拾了，叫个船，竟到下路去，分付两个小尼道:“你们且守在此，我到那里看光景若好，捎个信与你们。毕竟不来，随你们散伙家去罢。杨家有人来问，只说静观随师父下路人家去了。”两尼也巴不得师父去了，大家散火，连声答应道:“都理会得。”从此，老尼与小伙同下船来，人面前认为师弟，晚夕上只做夫妻。

不多几日，到了那一家，充做尼姑，进庵住好。安人不时请师徒进房留宿，常是三个做一床。尼姑又教安人许多取乐方法①，三个人只多得一颗头，尽兴浮恣。那少年男子不敌两个中年老阴，几年之间，得病而死。安人哀伤郁闷，也不久亡故。老尼被那家寻他事故，告了他偷盗，监了追赃，死于狱中。这是后话。

且说翠浮庵自从庵主去后，静观的事一发无人提起，安安稳稳住在庄上。只见揭了晓，闻人生已中了经魁，喜喜欢欢，来见姑娘。又私下与静观相见，

---

① 眉批:老把势。

各各快乐。自此，日里在城中，完这些新中式的世事；晚上到姑娘庄上，与静观歇宿①。密地叫人去翠浮庵打听，已知庵主他往，两小尼各归俗家去了，庵中空锁在那里。回复了静观，掉下了老大一个跎踏。

闻人生事体已完，想要归湖州，来与姑娘商议："静观发未长，娶回未得，仍留在姑娘这里。待我去会试再处。"静观又嘱付道："连我母亲处，也未可使他知道。我出家是他的主意，如何蓦地还俗？且待我头发长了，与你双归，他才拗不得。"闻人生道："多是有见识的话。"别了荣归，拜过母亲，把静观的事，并不提起。

到得十月尽边，要去会试，来见姑娘。此时静观头发齐肩，可以梳得个假鬓了。闻人生意欲带他去会试，姑娘劝道："我看此女德性温淑，堪为你配，既要做正经婚姻，岂可仍复私下带来带去，不像事体②。仍留我庄上住下，等你会试得意荣归，他发已尽长。此时只认是我的继女，迎归花烛，岂不正气！"闻人生见姑娘说出一段大道理话，只得忍情与静观别了。

进京会试，果然一举成名，中了二甲，礼部观政。《同年录》上先刻"聘杨氏"，就起一本"给假归娶"③，奉旨：准给花红表礼，以备喜筵。驰驿还家，拜过母亲。母亲闻知归娶，问道："你自幼未曾聘定，今娶何人？"闻人生道："好教母亲得知，孩儿在杭州，姑娘家有个继女许下孩儿了。"母亲道："为何我不曾见说？"闻人生道："母亲日后自知。"选个吉日，结起彩船，花红鼓乐，竟到杭州关内黄家来，拜了姑娘，说了奉旨归娶的话。姑娘大喜道："我前者见识如何？今日何等光采！"先与静观相见了，执手各道别情。静观此时已是内家装扮了，又道黄夫人待他许多好处，已自认义为干娘了。黄夫人亲自与他插戴了，送上彩轿，下了船。船中赶好日，结了花烛。正是：

红罗帐里，依然两个新人；锦被窝中，各出一般旧物。

到家里，齐齐拜见了母亲。母亲见媳妇生得标致，心下喜欢。又见他是湖

---

① 眉批：乐极了。

② 眉批：大见识。

③ 眉批：天下乐事，无过于此。

州声口，问道："既是杭州娶来，为何说这里的话？"闻人生方把杨家女儿错出了家，从头至尾的事说了一遍。母亲方才明白。

次日，闻人生同了静观竟到杨家来。先拿子婿的帖子与丈母，又一内弟的帖与小舅。杨妈只道是错了，再四不收。女儿只得先自走将进来，叫一声"娘！"妈妈见是一个凤冠霞帔的女眷，吃那一惊不小。慌忙站起来，一时认不出了。女儿道："娘休惊怪，女儿即是翠浮庵静观是也。"妈妈听了声音，再看面庞，才认得出；只是有了头发，妆扮异样，若不仔细，也要错过。妈妈道："有一年多不见你面，又无音耗。后来闻得你同师父到那里下路去了，好不记挂！今年又着人去看，庵中鬼影也无。正自思念你，没个是处，你因何得到此地位？"女儿才把去年搭船相遇，直到此时奉旨完婚，从头至尾说了一遍。喜得个杨妈妈双脚乱跳，口扯开了收不拢来，叫儿子去快请姊夫进来。儿子是学堂中出来的，也尽晓得趋跄，便拱了闻人生进来，一同姊姊站立，拜见了杨妈妈。此时真如睡里梦里，妈妈道："早知你有这一日，为甚把你送在庵里去？"女儿道："若不送在庵中，也不能勾有这一日。"当下就接了杨妈妈到闻家过门，同坐喜筵。大吹大擂，更余而散。

此后闻人生在宦途，时有蹉跌，不甚像意。年至五十，方得腰金而归。杨氏女得恭人，林下偕老。闻人生曾遇着高明的相士，问他宦途不称意之故。相士道："犯了少年时风月，损了些阴德，故见如此。"闻人生也甚悔翠浮庵少年孟浪之事，常与人说尼庵不可擅居，以此为戒。这不是"偷期得成正果"之话？若非前生分定，如何得这样奇缘？有诗为证：

主婚靡不仗天公，堪叹人生尽瞶聋。

若道姻缘人可强，氤氲使者有何功？

卷三十五　诉穷汉暂掌别人钱　看财奴刁买冤家主

诗云：

从来欠债要还钱，冥府于斯倍灼然。

若使得来非分内，终须有日复还原。

却说人生财物，皆有分定。若不是你的东西，纵然勉强哄得到手，原要一分一毫填还别人的。从来因果报应的说话，其事非一，难以尽述。在下先拣一个希罕些的，说来做个得胜头回。

晋州古城县，有一个人，名唤张善友。平日看经念佛，是个好善的长者。浑家李氏却有些短见薄识，要做些小便宜勾当。夫妻两个过活，不曾生男育女，家道尽从容好过。其时本县有个赵廷玉，是个贫难的人，平日也守本分。只因一时母亲亡故，无钱葬埋，晓得张善友家事有余，起心要去偷他些来用[①]。算计了两日，果然被他挖个墙洞，偷了他五六十两银子去，将母亲殡葬讫。自想道："我本不是没行止的，只因家贫无钱葬母，做出这个短头的事来，扰了这一家人家，今生今世还不的他，来生来世是必填还他则个。[②]"

张善友次日起来，见了壁洞，晓得失了贼，查点家财，箱笼里没了五六十两银子。张善友是个富家，也不十分放在心上，道是命该失脱，叹口气罢了。惟有李氏切切于心道："有此一项银子，做许多事，生许多利息，怎舍得白白被盗了去？"正在纳闷间，忽然外边有一个和尚来寻张善友[③]。张善友出去相见

① 眉批：孝贼。

② 眉批：有本必成。

③ 眉批：顶缸的。

了，问道："师傅何来？"和尚道："老僧是五台山僧人，为因佛殿坍损，下山来抄化修造。抄化了多时，积得有百来两银子，还少些个。又有那上了疏未曾勾销的，今要往别处去走走，讨这些布施。身边所有银子，不便携带，恐有失所，要寻个寄放的去处，一时无有。一路访来，闻知长者好善，是个有名的檀越，特来寄放这一项银子。待别处讨足了，就来取回本山去也。"张善友道："这是胜事，师父只管寄放在舍下，万无一误。只等师父事毕，来取便是。"当下把银子看验明白，点计件数，拿进去交付与浑家了。出来留和尚吃斋。和尚道："不劳檀越费斋，老僧心忙要去募化。"善友道："师父银子，弟子交付浑家收好在里面①。倘若师父来取时，弟子出外，必预先分付停当，交还师父便了。"和尚别了，自去抄化。那李氏接得和尚银子在手，满心欢喜，想道："我才失得五六十两，这和尚倒送将一百两来，岂不是补还了我的缺？还有得多哩。"就起一点心，打帐要赖他的。

一日，张善友要到东岳庙里烧香求子去，对浑家道："我去则去，有那五台山的僧所寄银两，前日是你收着，若他来取时，不论我在不在，你便与他去。他若要斋吃，你便整理些蔬菜斋他一斋，也是你的功德。"李氏道："我晓得。"张善友自烧香去了。

去后，那五台山和尚抄化完了，却来问张善友取这项银子。李氏便白赖道："张善友也不在家，我家也没有人寄甚么银子。师父敢是错认了人家了？"和尚道："我前日亲自交付与张长者，长者收拾进来交付孺人的，怎么说此话？"李氏便赌咒道："我若见你的，我眼里出血。"和尚道："这等说，要赖我的了？"李氏又道："我赖了你的，我堕十八层地狱。"和尚见他赌咒，明知白赖了。争奈是个女人家，又不好与他争论得。和尚没计奈何，合着掌，念声佛道："阿弥陀佛②！我是十方抄化来的布施，要修理佛殿的，寄放在你这里。你怎么要赖我的？你今生今世赖了我这银子，到那生那世少不得要填还我。"带着悲恨而

---

① 眉批：不宜交付浑家，亦是善友失处，故受其报。

② 眉批：此一声甚毒。

去。过了几时，张善友回来，问起和尚银子。李氏哄丈夫道："刚你去了，那和尚就来取，我双手还他去了。"张善友道："好，好，也完了一宗事。"

过得两年，李氏生下一子。自生此子之后，家私火焰也似长将起来。再过了五年，又生一个，共是两个儿子了。大的小名叫做乞僧；次的小名叫做福僧。那乞僧大来极会做人家，披星带月，早起晚眠，又且生性慳吝，一文不使，两文不用，不肯轻费着一个钱，把家私挣得偌大。可又作怪，一般两个弟兄，同胞共乳，生性绝是相反。那福僧每日只是吃酒赌钱，养婆娘，做子弟，把钱钞不着疼热的使用。乞僧旁看了，是他辛苦挣来的，老大的心疼。福僧每日有人来讨债，多是瞒着家里，外边借来花费的。张善友要做好汉的人，怎肯交儿子被人逼迫门户不清的？只得一主一主填还了。那乞僧只叫得苦。

张善友疼着大孩儿苦挣，恨着小孩儿荡费，偏吃亏了。立个主意，把家私匀做三分分开。他弟兄们各一分，老夫妻留一分。等做家的自做家，破败的自破败，省得歹的累了好的，一总凋零了。那福僧是个不成器的肚肠，倒要分了，自由自在，别无拘束，正中下怀。家私到手，正如汤泼瑞雪，风卷残云，不上一年，使得光光荡荡了。又要分了爹妈的这半分，也自没有了，便去打搅哥哥，不由他不应手。连哥哥的，也布摆不来①。他是个做家的人，怎生受得过？气得成病，一卧不起。求医无效，看看至死。张善友道："成家的倒有病，败家的倒无病。五行中如何这样颠倒？"恨不得把小的替了大的，苦在心头，说不出来。

那乞僧气蛊已成，毕竟不痊，死了。张善友夫妻大痛无声。那福僧见哥哥死了，还有剩下家私，落得是他受用，一毫不在心上。李氏妈妈见如此光景，一发舍不得大的，终日啼哭，哭得眼中出血而死②。福僧也没有一些苦楚，带着母丧，只在花街柳陌，逐日混帐，淘虚了身子，害了痨瘵之病，又看看死来。张善友此时急得无法可施，便是败家的，留得个种也好，论不得成器不成器了。

---

① 眉批：势所必至，不如不分。

② 眉批：应了一句。

正是：

前生注定今生案，天数难逃大限催。

福僧是个一丝两气的病，时节到来，如三更油尽的灯，不觉的息了。

张善友虽是平日不像意他的，而今自念两儿皆死，妈妈亦亡，单单剩得老身，怎由得不苦痛哀切？自道：“不知作了什么罪业，今朝如此果报得没下稍！”一头愤恨，一头想道：“我这两个业种，是东岳求来的，不争被你阎君勾去了，东岳敢不知道？我如今到东岳大帝面前，告苦一番。大帝有灵，勾将阎神来，或者还了我个把儿子，也不见得。”也是他苦痛无聊，痴心想到此，果然到东岳跟前哭诉道：“老汉张善友，一生修善，便是俺那两个孩儿和妈妈，也不曾做甚么罪过①，却被阎神屈屈勾将去，单剩得老夫。只望神明将阎神追来，与老汉折证一个明白。若果然该受这业报，老汉死也得瞑目。”诉罢，哭倒在地，一阵昏沉晕了去。

朦胧之间，见个鬼使来对他道：“阎君有勾。”张善友道：“我正要见阎君问他去。”随了鬼使竟到阎君面前。阎君道：“张善友，你如何在东岳告我？”张善友道：“只为我妈妈和两个孩儿，不曾犯下甚么罪过，一时都勾了去。有此苦痛，故此哀告大帝做主。”阎王道：“你要见你两个孩儿么？”张善友道：“怎不要见？”阎王命鬼使：“召将来！”只见乞僧、福僧两个齐到。张善友喜之不胜，先对乞僧道：“大哥，我与你家去来。”乞僧道：“我不是你什么大哥，我当初是赵廷玉，不合偷了你家五十多两银子，如今加上几百倍利钱，还了你家。俺和你不亲了。”张善友见大的如此说了，只得对福僧说：“既如此，二哥随我家去了也罢。”福僧道：“我不是你家甚么二哥，我前生是五台山和尚。你少了我的，你如今也加百倍还得我勾了，与你没相干了。”张善友吃了一惊道：“如何我少五台山和尚的？怎生得妈妈来一问便好？”阎王已知其意，说道：“张善友，你要见浑家不难。”叫鬼卒：“与我开了酆都城，拿出张善友妻李氏来！”鬼卒应声去了。只见押了李氏，披枷带锁到殿前来。张善友道：“妈妈，你为何

---

① 眉批：□□□写保状。

事，如此受罪？”李氏哭道：“我生前不合混赖了五台山和尚百两银子，死后叫我历遍十八层地狱[①]，我好苦也！”张善友道：“那银子我只道还他去了，怎知赖了他的？这是自作自受！”李氏道：“你怎生救我？”扯着张善友大哭。阎王震怒，拍案大喝。张善友不觉惊醒，乃是睡倒在神案前，做的梦，明明白白，才省悟多是宿世的冤家债主。住了悲哭，出家修行去了。

方信道暗室亏心，难逃他神目如电。

今日个显报无私，怎倒把阎君埋怨？

在下为何先说此一段因果，只因有个贫人，把富人的银子借了去，替他看守了几多年，一钱不破。后来不知不觉，双手交还了本主。这事更奇，听在下表白一遍。

宋时汴梁曹州曹南村周家庄上，有个秀才，姓周，名荣祖，字伯成，浑家张氏。那周家先世广有家财，祖公公周奉，敬重释门，起盖一所佛院，每日看经念佛。到他父亲手里，一心只做人家，为因修理宅舍，不舍得另办木石砖瓦[②]，就将那所佛院尽拆毁来用了。比及宅舍功完，得病不起。人皆道是不信佛之报。父亲既死，家私里外，通是荣祖一个掌把。那荣祖学成满腹文章，要上朝应举。他与张氏生得一子，尚在襁褓，乳名叫做长寿。只因妻娇子幼，不舍得抛撇[③]，商量三口儿同去。他把祖上遗下那些金银成锭的，做一窖儿埋在后面墙下。怕路上不好携带，只把零碎的细软的，带些随身，房廊屋舍，着个当直的看守，他自去了。

话分两头。曹州有一个穷汉，叫做贾仁，真是衣不遮身，食不充口，吃了早起的，无那晚夕的。又不会做什么营生，则是与人家挑土筑墙，和泥托坯，担水运柴，做坌工生活度日。晚间在破窨中安身。外人见他十分过的艰难，都唤他做穷贾儿。却是这个人禀性古怪拗捌，常道：“总是一般的人，别人那等富贵奢华，偏我这般穷苦！”心中恨毒。有诗为证：

---

① 眉批：又应了一句。

② 眉批：此不舍之念，正是穷根。

③ 眉批：此不舍得亦然。

又无房舍又无田，每日城南窑内眠。

一般带眼安眉汉，何事囊中偏没钱？

说那贾仁心中不伏气，每日得闲空，便走到东岳庙中苦诉神灵道①：“小人贾仁特来祷告。小人想，有那等骑鞍压马，穿罗着锦，吃好的，用好的，他也是一世人。我贾仁也是一世人，偏我衣不遮身，食不充口，烧地眠，炙地卧，兀的不穷杀了小人！小人但有些小富贵，也为斋僧布施，盖寺建塔，修桥补路，惜孤念寡，敬老怜贫。上圣可怜见咱！”日日如此。真是精诚之极，有感必通，果然被他哀告不过，感动起来。一日祷告毕，睡倒在廊檐下，一灵儿被殿前灵派侯摄去，问他终日埋天怨地的缘故。贾仁把前言再述一遍，哀求不已。灵派侯也有些怜他，唤那增福神查他衣禄食禄，有无多寡之数。增福神查了回复道：“此人前生不敬天地，不孝父母，毁僧谤佛，杀生害命，抛撇净水，作贱五谷，今世当受冻饿而死。②”

贾仁听说，慌了，一发哀求不止道：“上圣可怜见！但与我些小衣禄食禄，我是必做个好人。我爹娘在时，也是尽力奉养的。亡化之后，不知甚么缘故，颠倒一日穷一日了。我也在爹娘坟上烧钱裂纸，浇茶奠酒，泪珠儿至今不曾干。我也是个行孝的人。”灵派侯道：“吾神试点检他平日所为，虽是不见别的善事，却是穷养父母，也是有的，今日据着他埋天怨地，正当冻饿，念他一点小孝③，可又道：天不生无禄之人，地不长无名之草。吾等体上帝好生之德，权且看有别家无碍的福力，借与他些。与他一个假子，奉养至死，偿他这一点孝心罢。”增福神道：“小圣查得有曹州曹南周家庄上，他家福力所积，阴功三辈，为他拆毁佛地，一念差池，合受一时折罚。如今把那家的福力，权借与他二十年，待到限期已足，着他双手交还本主，这个可不两便？”灵派侯道：“这个使得。”唤过贾仁，把前话分付他明白，叫他牢牢记取：“比及你去做财主时，索还的早在那里等了。”贾仁叩头，谢了上圣济拔之恩，心里道：“已是财

---

① 眉批：亦是奇人奇事。

② 眉批：世人著眼。

③ 眉批：一点小孝，便可增禄。着眼，着眼！

主了。”出得门来，骑了高头骏马，放个辔头。那马见了鞭影，飞也似的跑，把他一交攧翻①，大喊一声，却是南柯一梦，身子还睡在庙檐下。想一想道：“恰才上圣分明的对我说，那一家的福力，借与我二十年，我如今该做财主。一觉醒来，财主在那里②？梦是心头想，信他则甚？昨日大户人家要打墙，叫我寻泥坯，我不免去寻问一家则个。”

出了庙门去，真是时来福凑，恰好周秀才家里看家当直的，因家主久未归，正缺少盘缠，又晚间睡着，被贼偷得精光。家里别无可卖的，只有后园中这一垛旧坍墙。想道：“要他没用，不如把泥坯卖了，且将就做盘缠度日。”走到街上，正撞着贾仁，晓得他是惯与人家打墙的，就把这话央他去卖。贾仁道：“我这家正要泥坯，讲倒价钱，吾自来挑也。”果然走去说定了价，挑得一担算一担。开了后园，一凭贾仁自掘自挑。

贾仁带了铁锹、锄头、土篷之类来动手。刚扒倒得一堵，只见墙角之下，拱开石头，那泥簌簌的落将下去，恰象底下是空的。把泥拨开，泥下一片石板。撬起石板，乃是盖下一个石槽，满槽多是土砖块一般大的金银，不计其数。傍边又有小块零星楔着。吃了一惊道：“神明如此有灵！已应着昨梦。惭愧！今日有分做财主了。”心生一计，就把金银放些在土篷中，上边覆着泥土，装了一担。且把在地中挑未尽的，仍用泥土遮盖，以待再挑。他挑着担竟往栖身破窑中，权且埋着，神鬼不知。运了一两日，都运完了。

他是极穷人，有了这许多银子，也是他时运到来，且会摆拨，先把些零碎小锞，买了一所房子，住下了。逐渐把窑里埋的，又搬将过去，安顿好了。先假做些小买卖，慢慢衍将大来，不上几年，盖起房廊屋舍，开了解典库、粉房、磨房、油房、酒房，做的生意，就如水也似长将起来。旱路上有田，水路上有船，人头上有钱，平日叫他做穷贾儿的，多改口叫他是员外了。又娶了一房浑家③，却是寸男尺女皆无，空有那鸦飞不过的田宅，也没一个承领。

---

① 眉批：即见富景。

② 眉批：只怕后日的财主也在那里。

③ 眉批：浑家又是何处借的？

又有一件作怪：虽有了这样大家私，生性悭吝苦克，一文也不使，半文也不用，要他一贯钞，就如挑他一条筋。别人的恨不得劈手夺将来，若要他把与人，就心疼的了不得①。所以又有人叫他做"悭贾儿"。请着一个老学究，叫做陈德甫，在家里处馆。那馆不是教学的馆，无过在解铺里上些帐目，管些收钱举债的勾当。贾员外日常与陈德甫说："我枉有家私，无个后人承领，自己生不出，街市上但遇着卖的，或是肯过继的，是男是女，寻一个来与我两口儿喂眼也好。"说了不则一番②，陈德甫又转分付了开酒务的店小二："倘有相应的，可来先对我说。"这里一面寻螟蛉之子，不在话下。

却说那周荣祖秀才，自从同了浑家张氏、孩儿长寿，三口儿应举去后，怎奈命运未通，功名不达。这也罢了，岂知到得家里，家私一空，止留下一所房子。去寻寻墙下所埋祖遗之物，但见墙倒泥开，刚剩得一个空石槽。从此衣食艰难，索性把这所房子卖了，复是三口儿去洛阳探亲。偏生这等时运，正是：

时来风送滕王阁，运退雷轰荐福碑。

那亲眷久已出外，弄做个满船空载月明归，身边盘缠用尽。到得曹南地方，正是暮冬天道，下着连日大雪。三口儿身上俱各单寒，好生行走不得。有一篇《正宫调滚绣球》为证：

是谁人碾就琼瑶往下筛？是谁人剪冰花迷眼界？恰便似玉琢成六街三陌，恰便似粉妆就殿阁楼台。便有那韩退之蓝关前冷怎当？便有那孟浩然驴背上也跌下来。便有那剡溪中禁回他子猷访戴，则这三口儿，兀的不冻倒尘埃！眼见得一家受尽千般苦，可甚么十谒朱门九不开，委实难捱。

当下张氏道："似这般风又大，雪又紧，怎生行去，且在那里避一避也好。"周秀才道："我们到酒务里避雪去。"

两口儿带了小孩子，踅到一个店里来。店小二接着，道："可是要买酒吃的？"周秀才道："可怜，我那得钱来买酒吃？"店小二道："不吃酒，到我店里

① 眉批：正是财主相。

② 眉批：此想头，便是要还人张本。

做甚?”秀才道:“小生是个穷秀才,三口儿探亲回来,不想遇着一天大雪。身上无衣,肚里无食,来这里避一避。”店小二道:“避避不妨。那一个顶着房子走哩!”秀才道:“多谢哥哥。”叫浑家领了孩儿同进店来。身子扢抖抖的寒颤不住。店小二道:“秀才官人,你每受了寒了。吃杯酒不好①?”秀才叹道:“我才说没钱在身边。”小二道:“可怜,可怜!那里不是积福处?我舍与你一杯烧酒吃,不要你钱。”就在招财利市面前那供养的三杯酒内,取一杯递过来。

周秀才吃了,觉道和暖了好些。浑家在旁,闻得酒香也要杯儿敌寒,不好开得口,正与周秀才说话。店小二晓得意思,想道:“有心做人情,便再与他一杯。”又取那第二杯递过来道:“娘子也吃一杯。”秀才谢了,接过与浑家吃。那小孩子长寿,不知好歹,也嚷道要吃。秀才簌簌地掉下泪来道:“我两个也是这哥哥好意与我每吃的,怎生又有得到你?”小孩子便哭将起来。小二问知缘故,一发把那第三杯与他吃了。就问秀才道:“看你这样艰难,你把这小的儿与了人家可不好?”秀才道:“一时撞不着人家要。”小二道:“有个人要,你与娘子商量去②。”秀才对浑家道:“娘子你听么,卖酒的哥哥说,你们这等饥寒,何不把小孩子与了人?他有个人家要。”浑家道:“若与了人家,倒也强似冻饿死了③,只要那人养的活,便与他去罢。”秀才把浑家的话对小二说。小二道:“好教你们喜欢。这里有个大财主,不曾生得一个儿女,正要一个小的。我如今领你去,你且在此坐一坐,我寻将一个人来。”

小二三脚两步走到对门,与陈德甫说了这个缘故。陈德甫踱到店里,问小二道:“在那里?”小二叫周秀才与他相见了。陈德甫一眼看去,见了小孩子长寿,便道:“好个有福相的孩儿!”就问周秀才道:“先生,那里人氏?姓甚名谁?因何就肯卖了这孩儿?”周秀才道:“小生本处人氏,姓周名荣祖,因家业凋零,无钱使用,将自己亲儿情愿过房与人为子。先生你敢是要么?”陈德甫道:“我不要。这里有个贾老员外,他有泼天也似家私,寸男尺女皆无。若是要

---

① 眉批:小二亦贤人也。

② 眉批:好接缝。

③ 眉批:可怜!

了这孩儿，久后家缘家计都是你这孩儿的。”秀才道：“既如此，先生作成小生则个。”陈德甫道：“你跟着我来！”周秀才叫浑家领了孩儿，一同跟了陈德甫到这家门首。

陈德甫先进去见了贾员外。员外问道：“一向所托寻孩子的，怎么了①？”陈德甫道：“员外，且喜有一个小的了。”员外道：“在那里？”陈德甫道：“现在门首。”员外遍：“是个什么人的？”陈德甫道：“是个穷秀才。”员外道：“秀才倒好，可惜是穷的。”陈德甫道：“员外说得好笑，那有富的来卖儿女？”员外道：“叫他进来我看看。”陈德甫出来与周秀才说了，领他同儿子进去。秀才先与员外叙了礼，然后叫儿子过来与他看。员外看了一看，见他生得青头白脸，心上喜欢道：“果然好个孩子！”就问了周秀才姓名，转对陈德甫道：“我要他这个小的，须要他立纸文书。”陈德甫道：“员外要怎么样写？”员外道：“无过写道：‘立文书人某人，因口食不敷，情愿将自己亲儿某过继与财主贾老员外为儿。’”陈德甫道：“只叫‘员外’勾了，又要那‘财主’两字做甚？”员外道：“我不是财主，难道叫我穷汉？”陈德甫晓得是有钱的心性，只顺着道：“是，是。只依着写‘财主’罢。”员外道：“还有一件要紧，后面须写道：‘立约之后，两边不许翻悔。若有翻悔之人，罚钞一千贯与不悔之人用。’”陈德甫大笑道：“这等，那正钱可是多少？”员外道：“你莫管我，只依我写着。他要得我多少！我财主家心性，指甲里弹出来的，可也吃不了。”

陈德甫把这话一一与周秀才说了。周秀才只得依着口念的写去，写到“罚一千贯”，周秀才停了笔道：“这等，我正钱可是多少？”陈德甫道：“知他是多少？我恰才也是这等说，他道：‘我是个巨富的财主。他要的多少？他指甲里弹出来的，着你吃不了哩。’”周秀才也道：“说得是。”依他写了，却把正经的卖价竟不曾填得明白。他与陈德甫多也是迂儒，不晓得这些圈套，只道口里说得好听，料必不轻的。岂知做财主的，专一苦克算人，讨着小便宜，口里便甜如蜜，也听不得的。当下周秀才写了文书，陈德甫递与员外收了。

---

① 眉批：此念之专，皆鬼神使之也。

员外就领了进去与妈妈看了，妈妈也喜欢。此时长寿已有七岁，心里晓得了。员外教他道："此后有人问你姓甚么，你便道我姓贾。"长寿道："我自姓周。"那贾妈妈道："好儿子，明日与你做花花袄子穿，有人问你姓，只说姓贾。"长寿道："便做大红袍与我穿，我也只是姓周①。"员外心里不快，竟不来打发周秀才。秀才催促陈德甫，德甫转催员外。员外道："他把儿子留在我家，他自去罢了。"陈德甫道："他怎么肯去？还不曾与他恩养钱哩。"员外就起个赖皮心，只做不省得道："甚么恩养钱？随他与我些罢。"陈德甫道："这个，员外休要人！他为无钱，才卖这个小的，怎么倒要他恩养钱？"员外道："他因为无饭养活儿子，才过继与我。如今要在我家吃饭，我不问他要恩养钱，他倒问我要恩养钱？②"陈德甫道："他辛辛苦苦养这小的，与了员外为儿，专等员外与他些恩养钱回家做盘缠，怎这等要他？"员外道："立过文书，不怕他不肯了。他若有说话，便是翻悔之人，教他罚一千贯还我，领了这儿子去。③"陈德甫道："员外怎如此斗人要，你只是与他些恩养钱去，是正理。"员外道："陈德甫，看你面上，与他一贯钞。"陈德甫道："这等一个孩儿，与他一贯钞忒少。"员外道："一贯钞许多'宝'字哩。我富人使一贯钞，似挑着一条筋。你是穷人，怎倒看得这样容易？你且与他去，他是读书人，见儿子落了好处，敢不要钱也不见得。④"陈德甫道："那有这事？不要钱，不卖儿子了。"再三说不听，只得拿了一贯钞与周秀才。

秀才正走在门外与浑家说话。安慰他道："且喜这家果然富厚，已立了文书，这事多分可成。长寿儿也落了好地了。"浑家正要问道："讲倒多少钱钞？"只见陈德甫拿得一贯出来。浑家道："我几杯儿水洗的孩儿偌大！怎生只与我一贯钞？便买个泥娃娃，也买不得。"陈德甫把这话又进去与员外说。员外道：

---

① 眉批：赤子之心。

② 眉批：强词夺理，莫非财主本色。

③ 眉批：妙语！

④ 眉批：妙语！

"那泥娃娃须不会吃饭[1]。常言道：有钱不买张口货。因他养活不过才卖与人，等我肯要，就勾了，如何还要我钱？既是陈德甫再三说，我再添他一贯，如今再不添了。他若不肯，白纸上写着黑字，教他拿一千贯来，领了孩子去。[2]"陈德甫道："他有得这一千贯时，倒不卖儿子了。"员外发作道："你有得添添他，我却没有。[3]"陈德甫叹口气道："是我领来的不是了。员外又不肯添，那秀才又怎肯两贯钱就住？我中间做人也难。也是我在门下多年，今日得过继儿子，是个美事。做我不着，成全他两家罢。[4]"就对员外道："在我馆钱内支两贯，凑成四贯，打发那秀才罢。"员外道："大家两贯，孩子是谁的？"陈德甫道："孩子是员外的。"员外笑逐颜开道："你出了一半钞，孩子还是我的，这等，你是个好人。"依他又支了两贯钞，帐簿上要他亲笔注明白了，共成四贯，拿出来与周秀才道："这员外是这样慳吝苦克的，出了两贯，再不肯添了。小生只得自支两月的馆钱，凑成四贯，送与先生。先生，你只要儿子落了好处，不要计论多少罢。[5]"周秀才道："甚道理？倒难为着先生。"陈德甫道："只要久后记得我陈德甫。"周秀才道："贾员外则是两贯，先生替他出了一半，这倒是先生赍发了小生，这恩德怎敢有忘？唤孩儿出来叮嘱他两句，我每去罢。"

陈德甫叫出长寿来，三个抱头哭个不住。分付道："爹娘无奈，卖了你。你在此可也免了些饥寒冻馁，只要晓得些人事，敢这家不亏你，我们得便来看你就是。"小孩子不舍得爹娘，吊住了只是哭。陈德甫只得去买些果子来哄住了他，骗了他进去。周秀才夫妻自去了。

那贾员外过继了个儿子，又且放着刁勒买的，不费大钱，自得其乐，就叫他做了贾长寿。晓得他已有知觉，不许人在他面前提起一句旧话，也不许他周秀才通消息往来，古古怪怪，防得水泄不通。岂知暗地移花接木，已自双手把

① 眉批：妙语！
② 眉批：撞着这样财主，中人难以为情。
③ 眉批：句句妙，非财主不能。
④ 眉批：陈德甫亦贤人也。
⑤ 眉批：也是。

人家交还他[①]。那长寿大来，也看看把小时的事忘怀了，只认贾员外是自己的父亲。可又作怪，他父亲一文不使，半文不用，他却心性阔大，看那钱钞便是土块般相似。人道是他有钱，多顺口叫他为“钱舍”。

那时妈妈亡故，贾员外得病不起。长寿要到东岳烧香，保佑父亲。与父亲讨得一贯钞，他便背地与家僮兴儿开了库，带了好些金银宝钞去了。到得庙上来，此时正是三月二十七日。明日是东岳圣帝诞辰，那庙上的人，好不来的多！天色已晚，拣着廊下一个干净处所歇息。可先有一对儿老夫妻在那里。但见：

仪容黄瘦，衣服单寒。男人头上儒巾，大半是尘埃堆积；女子脚跟罗袜，两边泥土粘连。定然终日道途间，不似安居闺阁内。

你道这两个是甚人？元来正是卖儿子的周荣祖秀才夫妻两个。只因儿子卖了，家事已空。又往各处投人不着，流落在他方十来年。乞化回家，思量要来贾家探取儿子消息。路经泰安州，恰遇圣帝生日，晓得有人要写疏头，思量赚他几文，来央庙官。庙官此时也用得他着，留他在这廊下的。因他也是个穷秀才，庙官好意拣这搭干净地与他，岂知贾长寿见这带地好，叫兴儿赶他开去。兴儿狐假虎威，喝道：“穷弟子快走开去！让我们。”周秀才道：“你们是什么人？”兴儿就打他一下道：“‘钱舍’也不认得！问是什么人？”周秀才道：“我须是问了庙官，在这里住的。什么‘钱舍’来赶得我？”长寿见他不肯让，喝教打他。兴儿正在厮扭，周秀才大喊，惊动了庙官，走来道：“甚么人如此无礼？”兴儿道：“贾家‘钱舍’要这搭儿安歇。”庙官道：“家有家主，庙有庙主，是我留在这里的秀才，你如何用强，夺他的宿处？”兴儿道：“俺家‘钱舍’有的是钱，与你一贯钱，借这埚儿田地歇息。”庙官见有了钱，就改了口道[②]：“我便叫他让你罢。”劝他两个另换个所在。周秀才好生不伏气，没奈他何，只得依了。明日烧罢香，各自散去。长寿到得家里，贾员外已死了，他就做了小员外，掌把了偌大家私，不在话下。

---

① 眉批：枉用心机。

② 眉批：世上谁人不见钱改口？

且说周秀才自东岳下来，到了曹南村，正要去查问贾家消息。一向不回家，把巷陌多生疏了。在街上一路慢访问，忽然浑家害起急心疼来，望去一个药铺，牌上字着“施药”，急走去求得些来，吃下好了。夫妻两口走到铺中，谢那先生。先生道：“不劳谢得，只要与我扬名。”指着招牌上字道：“须记我是陈德甫。”周秀才点点头，念了两声“陈德甫”。对浑家道：“这陈德甫名儿好熟，我那里曾会过来，你记得么？”浑家道：“俺卖孩儿时，做保人的，不是陈德甫？”周秀才道：“是，是。我正好问他。”又走去叫道：“陈德甫先生，可认得学生么？”德甫相了一相道：“有些面熟。”周秀才道：“先生也这般老了！则我便是卖儿子的周秀才。”陈德甫道：“还记我赉发你两贯钱？”周秀才道：“此恩无日敢忘，只不知而今我那儿子好么？”陈德甫道：“好教你欢喜，你孩儿贾长寿，如今长立成人了。”周秀才：“老员外呢？”陈德甫道：“近日死了。”周秀才道：“好一个悭刻的人！”陈德甫道：“如今你孩儿做了小员外，不比当初老的了。且是仗义疏财，我这施药的本钱，也是他的。”周秀才道：“陈先生，怎生着我见他一面？”陈德甫道：“先生，你同嫂子在铺中坐一坐，我去寻将他来。”

陈德甫走来寻着贾长寿，把前话一五一十的对他说了。那贾长寿虽是多年没人题破，见说了，转想幼年间事，还自隐隐记得，急忙跑到铺中来要认爹娘。陈德甫领他拜见，长寿看了模样，吃了一惊道：“泰安州打的就是他，怎么了①？”周秀才道：“这不是泰安州夺我两口儿宿处的么？”浑家道：“正是。叫得甚么‘钱舍’？”秀才道：“我那时受他的气不过，那知即是我儿子。”长寿道：“孩儿其实不认得爹娘，一时冲撞，望爹娘恕罪。”两口儿见了儿子，心里老大喜欢，终久乍会之间，有些生煞煞。②”长寿过意不去，道是莫非还记着泰安州的气来？忙叫兴儿到家取了一匣金银来，对陈德甫道：“小侄在庙中不认得父母，冲撞了些个。今先将此一匣金银，赔个不是③。”陈德甫对周秀才说了。

---

① 眉批：不打不成相识。

② 眉批：亦其常也。

③ 眉批：金银如何父母前陪得不是？正因有钱人所见，惟此重耳。

周秀才道："自家儿子，如何好受他金银赔礼？"长寿跪下道："若爹娘不受，儿子心里不安，望爹娘将就包容"。

周秀才见他如此说，只得收了。开来一看，吃了一惊，元来之银子上凿着"周奉记"。周秀才道："可不原是我家的？"陈德甫道："怎生是你家的？"周秀才道："我祖公叫周奉，是他凿字记下的。先生你看那字便明白。"陈德甫接过手，看了道："是倒是了，既是你家的，如何却在贾家？"周秀才道："学生二十年前，带了家小上朝取应去，把家里祖上之物，藏埋在地下。已后归来，尽数都不见了，以致赤贫，卖了儿子。"陈德甫道："贾老员外原系穷鬼，与人脱土坯的。以后忽然暴富起来，想是你家原物，被他挖着了，所以如此。他不生儿女，就过继着你家儿子，承领了这家私。物归旧主，岂非天意①！怪道他平日一文不使，两文不用，不舍得浪费一些，元来不是他的东西，只当在此替你家看守罢了。②"周秀才夫妻感叹不已，长寿也自惊异。周秀才就在匣中取出两锭银子，送与陈德甫，答他昔年两贯之费。陈德甫推辞了两番，只得受了。周秀才又念着店小二三杯酒，就在对门叫他过来，也赏了他一锭。那店小二因是小事，也忘记多时了③。谁知出于不意，得此重赏，欢天喜地去了。

长寿就接了父母到家去住。周秀才把适才匣中所剩的，交还儿子，叫他明日把来散与那贫难无倚的，须念着贫时二十年中苦楚。又叫儿子照依祖公公时节，盖所佛堂，夫妻两个在内双修。贾长寿仍旧复了周姓。贾仁空做了二十年财主，只落得一文不使，仍旧与他没帐④。可见物有定主如此，世间人枉坏了心机。有口号四句为证：

想为人禀命生于世，但做事不可瞒天地。

贫与富一定不可移，笑愚民枉使欺心计。

---

① 眉批：同里中人，知贾之出身而不知周，何也？

② 眉批：明眼。

③ 眉批：□□不报。

④ 眉批：若能使，即是有帐矣。

卷三十六　东廊僧怠招魔　黑衣盗奸生杀

诗云：

参成世界总游魂，错认讹闻各有因。

最是天公施巧处，眼花历乱使人浑。

话说天下的事，惟有天意最深，天机最巧。人居世间，总被他颠颠倒倒。就是那空幻不实境界，偶然人一个眼花错认了，明白是无端的，后边照应将来，自有一段缘故在内，真是人所不测。

唐朝牛僧孺任伊阙县尉时，有东洛客张生应进士举，携文往谒。至中路遇暴雨雷雹，日已昏黑，去店尚远，傍着一株大树下且歇。少顷雨定，月色微明，就解鞍放马，与僮仆宿于路侧。困倦已甚，一齐昏睡。良久，张生朦胧觉来，见一物长数丈，形如夜叉，正在那里吃那匹马。张生惊得魂不附体，不敢则声，伏在草中。只见把马吃完了，又取那头驴去咽啅咽啅的吃了。将次吃完，就把手去扯他从奴一人过来，提着两足扯裂开来。张生见吃动了人，怎不心慌？只得硬挣起来，狼狈逃命。那件怪物随后赶来，叫呼骂詈。

张生只是乱跑，不敢回头。约勾跑了一里来路，渐渐不听得后面声响。往前走去，遇见一个大冢，冢边立着一个女人。张生慌忙之中，也不管是什么人，连呼："救命！"女人问道："为着何事？"张生把适才的事说了。女人道："此间是个古冢，内中空无一物，后有一孔，郎君可避在里头，不然，性命难存。"说罢，女子也不知那里去了[①]。张生就寻冢孔，投身而入。冢内甚深，静听外

① 眉批：女子何人，岂即冢中魂耶？

边，已不见甚么声响。自道避在此，料无事了。

须臾望去，冢外月色转明，忽闻冢上有人说话响。张生又惧怕起来，伏在冢内不动。只见冢外推将一物进孔中来，张生只闻得血腥气。黑中看去，月光照着明白，乃是一个死人。头已断了。正在惊骇，又见推一个进来，连推了三四个才住，多是一般的死人。已后没得推进来了，就闻得冢上人嘈杂道："金银若干，钱物若干，衣服若干。"张生方才晓得是一班强盗了，不敢吐气，伏着听他。只见那为头的道："某件与某人，某件与某人。"连唱十来人的姓名①。又有嫌多嫌少，道分得不均匀相争论的。半日方散去。张生晓得外边无人了，对了许多死尸，好不惧怕！欲要出来，又被死尸塞住孔口，转动不得。没奈何只得蹲在里面，等天明了再处。静想方才所听唱的姓名，忘失了些，还记得五六个，把来念的熟了，看看天亮起来。

却说那失盗的乡村里，一伙人各执器械来寻盗迹。到了冢傍，见满冢是血，就围住了，掘将开来。所杀之人，都在冢内。落后见了张生是个活人，喊道："还有个强盗，落在里头。"就把绳捆将起来。张生道："我是个举子，不是贼。"众人道："既不是贼，缘何在此冢内？"张生把昨夜的事，一一说了。众人那里肯信？道："必是强盗杀人送尸到此，偶堕其内的。不要听他胡讲！"众人你住我不住的乱来踢打，张生只叫得苦。内中有老成的道："私下不要乱打，且送到县里去。"

一伙人望着县里来，正行之间，只见张生的从人驴马鞍驼尽到。张生见了，吃惊道："我昨夜见的是什么来？如何马、驴、从奴俱在？"那从人见张生被缚住在人丛中，也惊道："昨夜在路傍困倦，睡着了。及到天明，不见了郎君，故此寻来。如何被这些人如此窘辱？"张生把昨夜话对从人说了一遍。从人道："我们一觉好睡，从不曾见个甚的，怎么有如此怪异？"乡村这伙人道："可见是一划胡说，明是劫盗。敢这些人都是一党。"并不肯放松一些，送到县里。

① 眉批：天意也。

县里牛公，却是旧相识[1]，见张生被乡人绑缚而来，大惊道："缘何如此？"张生把前话说了。牛公叫快放了绑，请起来细问昨夜所见。张生道："劫盗姓名，小生还记得几个。在冢上分散的衣物数目，小生也多听得明白。"牛公取笔，请张生一一写出，按名捕捉，人赃俱获，没一个逃得脱的。乃知张生夜来所见夜叉吃啖赶逐之景，乃是冤魂不散，鬼神幻出此一段怪异，逼那张生伏在冢中，方得默记劫盗姓名，使他逃不得。此天意假手张生以擒盗[2]，不是正合着小子所言"眼花错认，也自有缘故"的话？

而今更有个眼花错认了，弄出好些冤业因果来，理不清身子的，更为可骇可笑。正是：

道高一尺，魔高一丈。

冤业随身，终须还帐。

这话也是唐时的事。山东沂州之西，有个宫山，孤拔耸峭，迥出众峰，周围三十里，并无人居。贞元初年，有两个僧人，到此山中，喜欢这个境界幽僻，正好清修，不惜勤苦，满山拾取枯树丫枝，在大树之间，搭起一间柴棚来。两个敷坐在内，精勤礼念，昼夜不辍。四远村落闻知，各各喜舍资财布施，来替他两个构造屋室，不上旬月之间，立成一个院宇。两僧尤加悫励，远近皆来钦仰。一应斋供，多自日逐有人来给与。两僧各处一廊，在佛前共设咒愿：誓不下山[3]，只在院中持诵，必祈修成无上菩提正果。正是：

白日禅关闲闭，落霞流水长天。

溪上丹枫自落，山僧自是高眠。

又：

檐外晴丝扬网，溪边春水浮花。

尘世无心名利，山中有分烟霞。

---

① 眉批：若非旧识，必受拷讯。

② 眉批：固是天意，张生何辜，有此非常惊恐？

③ 眉批：便是一重公案。

如此苦行，已经二十余年。元和年间，冬夜月明，两僧各在廊中，朗声呗唱。于时空山虚静，闻山下隐隐有恸哭之声，来得渐近，须臾已到院门。东廊僧在静中听罢，忽然动了一念道[①]："如此深山寂寞，多年不出，不知山下光景如何？听此哀声，令人凄惨感伤。"只见哭声方止，一个人在院门边墙上扑的跳下地来，望着西廊便走。东廊僧遥见他身躯绝大，形状怪异，吃惊不小，不敢声张。怀着鬼胎，且默观动静。

自此人入西廊之后，那西廊僧呗唱之声，截然住了。但听得劈劈扑扑，如两下力争之状。过一回，又听得狺讶咀嚼，啖噬啜吡，其声甚厉。东廊僧慌了道："院中无人，吃完了他，少不得到我。不如预先走了罢。"忙忙开了院门，惶骇奔突。久不出山，连路径都不认得了。攧攧仆仆，气力殆尽。回头看一看后面，只见其人跄跄踉踉，大踏步赶将来，一发慌极了，乱跑乱跳。忽逢一小溪水，褰衣渡毕。追者已到溪边，却不过溪来，只在隔水嚷道："若不阻水，当并啖之。"东廊僧且惧且行，也不知走到那里去的是，只信着脚步走罢了。

须臾大雪，咫尺昏迷。正在没奈何所在，忽有个人家牛坊，就躲将进去，隐在里面。此时已有半夜了，雪势稍晴。忽见一个黑衣的人，自外执刀枪，徐至栏下。东廊僧吞声屏气，潜伏暗处，向明窥看。见那黑人踌躇四顾，恰像等些什么的一般。有好一会，忽然院墙里面抛出些东西来，多是包裹衣被之类。黑衣人看见，忙取来扎缚好了，装做了一担。墙里边一个女子，攀了墙跳将出来，映着雪月之光，东廊僧且是看得明白[②]。黑衣人见女子下了墙，就把枪挑了包裹，不等与他说话，望前先走。女子随后，跟他去了。东廊僧想道："不尴尬，此间不是住处。适才这男子女人，必是相约私逃的，明日院中不见了人，照雪地行迹，寻将出来，见了个和尚，岂不把奸情事缠在身上来？不如趁早走了去为是。[③]"

---

① 眉批：惹事了。

② 眉批：有根。

③ 眉批：不走反未必遇祸，皆鬼神所为。

总是一些不认得路径，慌忙又走，恍恍惚惚，没个定向。又乱乱的不成脚步，走上十数里路，踹了一个空，扑通的攧了下去，乃是一个废井。亏得干枯没水，却也深广，月光透下来，看时，只见傍有个死人，身首已离，血体还暖，是个适才杀了的。东廊僧一发惊惶，却又无法上得来，莫知所措。到得天色亮了，打眼一看，认得是昨夜攀墙的女子。心里疑道："这怎么解？"正在没出豁处，只见井上有好些人喊嚷，临井一看道："强盗在此了。"就将索缒人下来。

东廊僧此时吓坏了心胆，冻僵了身体，挣扎不得[①]。被那人就在井中绑缚了，先是光头上一顿栗暴，打得火星爆散。东廊僧没口得叫冤，真是在死边过。那人扎缚好了，先后同死尸吊将上来。只见一个老者，见了死尸，大哭一番。哭罢，道："你这那里来的秃驴？为何拐我女儿出来，杀死在此井中？"东廊僧道："小僧是宫山东廊僧人，二十年不下山，因为夜间有怪物到院中，啖了同侣，逃命至此。昨夜在牛坊中避雪，看见有个黑衣人进来，墙上一个女子跳出来，跟了他去。小僧因怕惹着是非，只得走脱。不想堕落井中，先已有杀死的人在内。小僧知他是甚缘故？小僧从不下山的，与人家女眷有何识熟可以拐带？又有何冤仇将他杀死？众位详察则个。"说罢，内中人有好几个曾到山中认得他的，晓得是有戒行的高僧。却是现今同个死女子在井中，解不出这事来，不好替他分辨得。免不得一同送到县里来。

县令看见一干人绑了个和尚，又抬了一个死尸，备问根由。只见一个老者告诉道："小人姓马，是这本处人。这死的就是小人的女儿，年一十八岁，不曾许聘人家，这两日方才有两家来说起。只见今日早起来，家里不见了女儿。跟寻起来，看见院后雪地上鞋迹，晓得越墙而走了。依踪寻到井边，便不见女儿鞋迹，只有一团血洒在地上。向井中一看，只见女已杀死，这和尚却在里头[②]，岂不是他杀的？"县令问："那僧人怎么说？"东廊僧道："小僧是个宫山中苦行僧人，二十余年不下本山。昨夜忽有怪物入院，将同住僧人啖噬。不得已破戒

---

① 眉批：即挣扎得，此际亦无可奈何。

② 眉批：难其在里头，决不是他杀的。

下山逃命。岂知宿业所缠，撞在这网里来?”就把昨夜牛坊所见，已后虑祸再逃，坠井遇尸的话，细说了一遍。又道：“相公但差人到宫山一查，看西廊僧人踪迹有无，是被何物啖噬模样，便见小僧不是诳语。①”县令依言，随即差个公人，到山查勘的确，立等回话。

公人到得山间，走进院来，只见西廊僧好端端在那里坐着看经。见有人来，才起问讯。公人把东廊僧所犯之事，一一说过，道：“因他诉说，有甚怪物入院来吃人，故此逃下山来的。相公着我来看个虚实。今师父既在，可说昨夜怪物怎么样起?”西廊僧道：“并无甚怪物，但二更时候，两廊方对持念。东廊道友忽然开了院走了出去。我两人誓约已久，二十多年不出院门。见他独去，也自惊异。大声追呼，竟自不闻。小僧自守着不出院之戒，不敢追赶罢了。至于山下之事，非我所知。”

公人将此话回复了县令。县令道：“可见是这秃奴诳妄!”带过东廊僧，又加研审。东廊僧只是坚称前说。县令道：“眼见得西廊僧人见在，有何怪物来院中?你恰恰这日下山，这里恰恰有脱逃被杀之女同在井中，天下有这样凑巧的事②?分明是杀人之盗，还要抵赖?”用起刑来，喝道：“快快招罢!”东廊僧道：“宿债所欠，有死而已③!无情可招。”恼了县令性子，百般拷掠④，楚毒备施。东廊僧道：“不必加刑，认是我杀罢了。”此时连原告见和尚如此受惨，招不出甚么来，也自想道：“我家并不曾与这和尚往来，如何拐得我女着?就是拐了，怎不与他逃走，却要杀他?便做是杀了，他自家也走得去的，如何同住这井中做甚么?其间恐有冤枉。”倒走到县令面前，把这些话一一说了。县令道：“是倒也说得是，却是这个奸僧，黑夜落井，必非良人⑤。况又口出妄语欺诳，

---

① 眉批：一发误了。
② 眉批：惟凑巧者多，天下所以多冤狱也。
③ 眉批：是僧家话。
④ 旁批：冤哉!
⑤ 旁批：亦是。

眼见得中有隐情了[1]。只是行凶刀杖无存，身边又无赃物，难以成狱。我且把他牢固监候，你们自去外边缉访。你家女儿平日必有踪迹可疑之处，与私下往来之人，家中必有所失物件[2]，你每逐一留心细查，自有明白。”众人听了分付，当下散了出来。东廊僧自到狱中受苦不题。

却说这马家是个沂州富翁，人皆呼为马员外。家有一女，长成得美丽非凡，从小与一个中表之兄杜生彼此相慕，暗约为夫妇。杜生家中却是清淡，也曾央人来做几次媒妁，马员外嫌他家贫，几次回了。却不知女儿心里，只思量嫁他去的。其间走脚通风，传书递简，全亏着一个奶娘，是从幼乳这女子的。这奶子是个不良的婆娘，专一哄诱他小娘子动了春心，做些不恰当的手脚，便好乘机拐骗他的东西[3]。所以晓得他心事如此，倒身在里头做马泊六，弄得他两下情热如火，只是不能成就这事。

那女子看看大了，有两家来说亲。马员外已有拣中的，将次成约。女子有些着了急，与奶娘商量道：“我一心只爱杜家哥哥，而今却待把我许别家，怎生计处？”奶子就起个惫懒肚肠，哄他道：“前日杜家求了几次，员外只是不肯，要明配他，必不能勾。除非嫁了别家，与他暗里偷期罢。[4]”女子道：“我既嫁了人，怎好又做得这事？我一心要随着杜郎，只不嫁人罢[5]。”奶子道：“怎由得你不嫁？我有一个计较：趁着未许定人家时节，生做他一做。”女子道：“如何生做？”奶子道：“我去约定了他，你私下与他走了，多带了些盘缠，在他州外府过他几时，落得快活。且等家里寻得着时，你两个已自成合得久了，好人家儿女，不好拆开了另嫁得，别人家也不来要了。除非此计，可以行得。”女子道：“此计果妙，只要约得的确。”奶子道：“这个在我身上。”

元来马员外家巨富，女儿房中东西，金银珠宝、头面首饰衣服，满箱满笼

---

① 眉批：有此成心，又有此妄事，安得不枉之？
② 旁批：这却是。
③ 眉批：妇人们只为此一念，误人家儿女不少。
④ 旁批：奸话。
⑤ 旁批：自在话。

的，都在这奶子眼里，奶子动火他这些东西，怎肯教富了别人[1]？他有一个儿子，叫做牛黑子，是个不本分的人，专一在赌博行、厮扑行中走动，结识那一班无赖子弟，也有时去做些偷鸡吊狗的勾当。奶子欺心，当女子面前许他去约杜郎，他私下去与儿子商量，只叫他冒顶了名，骗领了别处去，卖了他[2]，落得得他小富贵。算计停当，来哄女子道："已约定了，只在今夜月明之下，先把东西搬出院墙外牛坊中了，然后攀墙而出就是。"女子要奶子同去[3]，奶子道："这使不得。你自去，须一时没查处；连我去了，他明知我在里头做事，寻到我家，却不做出来？"那女子不曾面订得杜郎，只听他一面哄词，也是数该如此，凭他说着就是，信以为真，道是从此一走，便可与杜郎相会，遂了向来心愿了[4]。正是：

本待将心托明月，谁知明月照沟渠！

是夜，女子与奶子把包裹扎好，先抛出墙外，落后女子攀墙而出。正是东廊僧在暗地里窥看之时。那时见有个黑衣人担着前走，女子只道是杜郎换了青衣，瞒人眼睛的，尾着随去，不以为意。到得野外井边，月下看得明白，是雄纠纠一个黑脸大汉，不是杜郎了。女孩儿家不知个好歹，不由的你不惊喊起来。黑子叫他不要喊，那里掩得住？黑子想道："他有偌多的东西在我担里，我若同了这带脚的货去，前途被他喊破，可不人财两失[5]？不如结果了他罢！"拔出刀来，望脖子上只一刀，这娇怯怯的女子，能消得几时功夫？可怜一朵鲜花，一旦萎于荒草。也是他念头不正，以致有此。正是：

赌近盗兮奸近杀，古人说话不曾差。

奸赌两般都不染，太平无事做人家。

女子既死，黑子就把来撺入废井之中，带了所得东西，飞也似的去了。怎

---

① 眉批：杀身之媒。

② 旁批：可恨！

③ 眉批：真孩子性，可怜，可怜！

④ 旁批：可怜！

⑤ 眉批：小人惟以财为重，可恨！

知这里又有这个悔气星照命的和尚来顶了缸，坐牢受苦。说话的，若如此，真是有天无日头的事了。看官，"天网恢恢，疏而不漏"，少不得到其间逐渐的报应出来。

却说马员外先前不见了女儿，一时纠人追寻，不匡撞着这和尚，鬼混了多时，送他在狱里了，家中竟不曾仔细查得。及到家中细想，只疑心道："未必关得和尚事。"到得房中一看，只见箱笼一空，道："是必有个人约着走的，只是平日不曾见什么破绽。若有奸夫同逃，如何又被杀死？"却不可解。没个想处，只得把失去之物，写个失单各处贴了招榜，出了赏钱，要明白这件事。

那奶子听得小娘子被杀了，只有他心下晓得，捏着一把汗，心里恨着儿子道："只教他领了他去，如何做出这等没脊骨事来？"私下见了，暗地埋怨一番，着实叮嘱他："要谨慎，关系人命事，弄得大了。"又过了几时，牛黑子渐把心放宽了，带了钱到赌坊里去赌。怎当得博去就是个叉色，一霎时把钱多输完了。欲待再去拿钱时，兴高了，却等不得。站在傍边看，又忍不住。伸手去腰里摸出一对金镶宝簪头来①，押钱再赌，指望就博将转来，自不妨事。谁知一去，不能复返，只得忍着输散了。那押的当头须不曾讨得去，在个捉头儿的黄胖哥手里。黄胖哥带了家去，被他妻子看见了，道："你那里来这样好东西？不要来历不明，做出事来。"胖哥道："我须有个来处，有甚么不明？是牛黑子当钱的。"黄嫂子道："可又来，小牛又不曾有妻小，是个光棍哩，那里挣得有此等东西？"胖哥猛想起来道："是呀，马家小娘子被人杀死，有张失单，多半是头上首饰。他是奶娘之子，这些失物，或者他有些乘机偷盗在里头。"黄嫂子道："明日竟到他家解钱，必有说话。若认着了，我们先得赏钱去，可不好？"商量定了。

到了次日，胖哥竟带了簪子，望马员外解库中来。恰好员外走将出来，胖哥道："有一件东西，拿来与员外认着。认得着，小人要赏钱。认不着，小人解些钱去罢。"黄胖哥拿那簪头，递与员外。员外一看，却认得是女儿之物。就诘

① 眉批：天也。

问道："此自何来？"黄胖哥把牛黑子赌钱押簪的事，说了一遍。马员外点点头道："不消说了，是他母子两个商通合计的了。"款住黄胖哥，要他写了张首单，说："金宝簪一对，的系牛黑子押钱之物，所首是实。"对他说："外边且不可声张！"先把赏钱一半与他，事完之后找足。黄胖哥报得着，欢喜去了。

员外袖了两个簪头，进来对奶子道："你且说，前日小娘子怎样逃出去的？"奶子道："员外好笑，员外也在这里，我也在这里，大家都不知道的，我如何晓得？倒来问我？"员外拿出簪子来道："既不晓得，这件东西如何在你家里拿出来？"奶子看了簪，虚心病发，晓得是儿子做出来，惊得面如土色，心头丕丕价跳，口里支吾道："敢是遗失在路傍，那个拾得的？"员外见他脸色红黄不定，晓得有些海底眼，且不说破，竟叫人寻将牛黑子来，把来拴住，一径投县里来。牛黑子还乱嚷乱跳道："我有何罪，把绳拴我！"马员外道："有人首你杀人公事，你且不要乱叫，有本事当官辨去。"

当下县令升堂，马员外就把黄胖哥这纸首状，同那簪子送将上去，与县令看，道："赃物证见俱有了，望相公追究真情则个。"县令看了，道："那牛黑子是什么人，干涉得你家着？"马员外道："是小女奶子的儿子。"县令点头道："这个不为无因了。"叫牛黑子过来，问他道："这簪是那里来的？"牛黑子一时无辞，只得推道："是母亲与他的。"县令叫连那奶子拘将来。县令道："这奸杀的事情，只在你这奶子身上，要跟寻出来。"喝令把奶子上了刑具，奶子熬不过，只得含糊招道："小娘子平日与杜郎往来相密。是夜约了杜郎私奔，跳出墙外，是老妇晓得的。出了墙去的事，老妇一些也不知道。①"县令问马员外道："你晓得可有个杜某么？"员外道："有个中表杜某，曾来问亲几次。只为他家寒，不曾许他。不知他背地里有此等事？"

县令又将杜郎拘来。杜郎但是平日私期密定，情意甚浓，忽然私逃被杀，暗称可惜，其实一些不知影响。县令问他道："你如何与马氏女约逃，中途杀了？"杜郎道："平日中表兄妹，柬帖往来契密则有之，何曾有私逃之约？是谁

---

① 眉批：刁妇害人如此。

人来约？谁人证明的？”县令唤奶子来与他对，也只说得是平日往来；至于相约私逃，原无影响，却是对他不过。杜郎一向又见说失了好些东西，便辨道：“而今相公只看赃物何在，便知与小生无与了。”县令细想一回道：“我看杜某软弱，必非行杀之人；牛某粗狠，亦非偷香之辈。其中必有顶冒假托之事。①”就把牛黑子与老奶子着实行刑起来。老奶子只得把贪他财物，暗叫儿子冒名赴约，这是真情，以后的事，却不知了。牛黑子还自喳喳嘴强，推着杜郎道：“既约的是他，不干我事。”县令猛然想起道：“前日那和尚口里明说：‘晚间见个黑衣人，挈了女子同去的。’叫他出来一认，便明白了。”喝令狱中放出那东廊僧来。

东廊僧到案前，县令问道：“你那夜说在牛坊中见个黑衣人进来，盗了东西，带了女子去。而今这个人若在，你认得他否？”东廊僧道：“那夜虽然是夜里，雪月之光，不减白日。小僧静修已久，眼光颇清。若见其人，自然认得。”县令叫杜郎上来，问僧道：“可是这个？”东廊僧道：“不是。彼甚雄健，岂是这文弱书生？”又叫牛黑子上来，指着问道：“这个可是？”东廊僧道：“这个是了。”县令冷笑，对牛黑子道：“这样你母亲之言已真，杀人的不是你是谁？况且赃物见在，有何理说？只可惜这和尚，没事替你吃打吃监多时。”东廊僧道：“小僧宿命所招，自无可怨，所幸佛天甚近，得相公神明昭雪。”

县令又把牛黑子夹起，问他道：“同逃也罢，何必杀他？”黑子只得招道：“他初时认做杜郎，到井边时，看见不是，乱喊起来，所以一时杀了。”县令道：“晚间何得有刀？”黑子道：“平时在厮扑行里走，身边常带有利器。况是夜晚做事，防人暗算，故带在那里的。”县令道：“我故知非杜子所为也。”遂将招情一一供明。把奶子毙于杖下②。牛黑子强奸杀人，追赃完日，明正典刑。杜郎与东廊僧俱各释放。一行人各自散了，不题。

那东廊僧没头没脑，吃了这场敲打，又监里坐了几时，才得出来。回到山

---

① 眉批：令亦精明，而不能辨僧事者，夙冤为之也。

② 眉批：死有馀辜。

上见了西廊僧，说起许多事体。西廊僧道：“一同如此静修，那夜本无一物，如何偏你所见如此，以致惹出许多磨难来？”东廊僧道：“便是不解。”回到房中，自思无故受此惊恐，受此苦楚，必是自家有甚修不到处。向佛前忏悔已过，必祈见个境头。蒲团上静坐了三昼夜，坐到那心空性寂之处，恍然大悟。

元来马家女子是他前生的妾，为因一时无端疑忌，将他拷打锁禁，有这段冤愆。今世做了僧人，戒行清苦，本可消释了。只因那晚听得哭泣之声，心中凄惨，动了念头，所以魔障就到。现出许多恶境界，逼他走到冤家窝里去，偿了这些拷打锁禁之债，方才得放①。他在静中悟彻了这段因果，从此坚持道心，与西廊僧到底再不出山。后来合掌坐化而终。有诗为证：

有生总在业冤中，悟到无生始是空。

若是尘心全不起，凭他宿债也消融。

① 眉批：修道者念之。

卷三十七 屈突仲任酷杀众生 郓州司马冥全内侄

诗云：

众生皆是命，畏死有同心。

何以贪饕者，冤仇结必深？

话说世间一切生命之物，总是天地所生，一样有声有气、有知有觉，但与人各自为类。其贪生畏死之心，总只一般；衔恩记仇之报，总只一理。只是人比他灵慧机巧些，便能以术相制，弄得驾牛络马，牵苍走黄，还道不足，为着一副口舌，不知伤残多少性命。这些众生，只为力不能抗拒，所以任凭刀俎。然到临死之时，也会乱飞乱叫，各处逃藏，岂是蠢蠢不知死活任你食用的？乃世间贪嘴好杀之人，与迂儒小生之论①，道："天生万物以养人，食之不为过。"这句说话，不知还是天帝亲口对他说的，还是自家说出来的？若但道"是人能食物，便是天意养人"，那虎豹能食人，难道也是天生人以养虎豹的不成？蚊虻能嘬人，难道也是天生人以养蚊虻不成？若是虎豹蚊虻也一般会说会话、会写会做，想来也要是这样讲了，不知人肯服不肯服②？从来古德长者劝人戒杀放生，其话尽多，小子不能尽述，只趁口说这几句直捷痛快的与看官们笑一笑，看说的可有理没有理？至于佛家果报说六道众生，尽是眷属，冤冤相报，杀杀相寻，就说他几年也说不了。小子而今说一个怕死的众生，与人性无异的，随你铁石做心肠，也要慈悲起来。

---

① 眉批：贪嘴好杀者不足怪，迂儒小生尤可恨耳。所谓"弥近理而大乱真"者也。

② 旁批：绝顶议论。

宋时，太平府有个黄池镇，十里间有聚落，多是些无赖之徒，不逞宗室、屠牛杀狗所在。淳熙十年间，王叔端与表兄盛子东同往宁国府，过其处，少憩闲览，见野园内系水牛五头。盛子东指其中第二牛，对王叔端道："此牛明日当死。"叔端道："怎见得？"子东道："四牛皆食草，独此牛不食草，只是眼中泪下，必有其故。"因到茶肆中吃茶，就问茶主人："此第二牛是谁家的？"茶主人道："此牛乃是赵三使所买①，明早要屠宰了。"子东对叔端道："如何？"明日再往，止剩得四头在了。仔细看时，那第四牛也象昨日的一样不吃草，眼中泪出。看见他两个踱来，把双蹄跪地，如拜诉的一般②。复问，茶肆中人说道："有一个客人，今早至此，一时买了三头，只剩下这头，早晚也要杀了。"子东汉息道："畜类有知如此！"劝叔端访他主人，与他重价买了，置在近庄，做了长生的牛。

只看这一件事起来，可见畜生一样灵性，自知死期，一样悲哀，祈求施主。如何而今人歪着肚肠，只要广伤性命，暂侈口腹，是甚缘故？敢道是阴间无对证么？不知阴间最重杀生，对证明明白白。只为人死去，既遭了冤对，自去一一偿报，回生的少。所以人多不及知道，对人说也不信了。小子如今说个回生转来，明白可信的话。正是：

一命还将一命填，世人难解许多冤。
闻声不食吾儒法，君子期将不忍全③。

唐朝开元年间，温县有个人，复姓屈突，名仲任。父亲曾典郡事，止生得仲任一子，怜念其少，恣其所为。仲任性不好书，终日只是樗蒲射猎为事。父死时，家僮数十人，家资数百万，庄第甚多。仲任纵情好色，荒饮博戏，如汤泼雪。不数年间，把家产变卖已尽；家僮仆妾之类，也多养口不活，各自散去。止剩得温县这一个庄，又渐渐把四围附近田畴多卖去了。过了几时，连庄上零

① 旁批：即宗室也。

② 眉批：遇知者而长鸣也。

③ 眉批：腐儒见戒杀者，便目为异端，不知孔之网不射宿，孟之不忍见不忍食，亦异端否？

星屋宇及楼房内室也拆来卖了[①]，止是中间一正堂岿然独存，连庄子也不成模样了。家贫无计可以为生。

仲任多力，有个家僮叫莫贺咄，是个蕃夷出身，也力敌百人。主仆两个好生说得着，大家各恃膂力，便商量要做些不本分的事体来。却也不爱去打家劫舍，也不爱去杀人放火。他爱吃的是牛马肉[②]，又无钱可买，思量要与莫贺咄外边偷盗去。每夜黄昏后，便两人合伴，直走去五十里外，遇着牛，即执其两角，翻负在背上，背了家来；遇马骡，将绳束其颈，也负在背。到得家中，投在地上，都是死的。又于堂中崛地，埋几个大瓮在内，安贮牛马之肉，皮骨剥剔下来，纳在堂后大坑，或时把火焚了。初时只图自己口腹畅快，后来偷得多起来，便叫莫贺咄拿出城市换米来吃，卖钱来用，做得手滑，日以为常，当做了是他两人的生计了。亦且来路甚远，脱膊又快，自然无人疑心，再也不弄出来。

仲任性又好杀，日里没事得做，所居堂中，弓箭、罗网、叉弹满屋，多是千方百计思量杀生害命。出去走了一番，再没有空手回来的，不论獐鹿兽兔、乌鸢鸟雀之类，但经目中一见，毕竟要算计弄来吃他。但是一番回来，肩担背负，手提足系，无非是些飞禽走兽，就堆了一堂屋角。两人又去舞弄摆布，思量巧样吃法。就是带活的，不肯便杀一刀、打一下死了罢。毕竟多设调和妙法：或生割其肝，或生抽其筋，或生断其舌，或生取其血。道是一死便不脆嫩。假如取得生鳖，便将绳缚其四足，绷住在烈日中晒着，鳖口中渴甚，即将盐酒放在他头边，鳖只得吃了，然后将他烹起来。鳖是里边醉出来的，分外好吃[③]。取驴缚于堂中，面前放下一缸灰水，驴四围多用火逼着，驴口干即饮灰水，须臾，屎溺齐来，把他肠胃中污秽多荡尽了。然后取酒调了椒盐各味，再复与他，他火逼不过，见了只是吃，性命未绝，外边皮肉已熟，里头调和也有了。一日拿得一刺猬，他浑身是硬刺，不便烹宰。仲任与莫贺咄商量道："难道便是这样

① 眉批：败落光景如此。

② 眉批：赋质既奇，出想皆异。

③ 眉批：□□□□作业乃尔。

罢了不成？”想起一法来，把泥着些盐在内，跌成熟团，把刺猬团团泥裹起来，火里煨着。烧得熟透了，除去外边的泥，只见猬皮与刺皆随泥脱了下来，剩的是一团熟肉。加了盐酱，且是好吃。凡所作为，多是如此。有诗为证：

捕飞逐走不曾停，身上时常带血腥。

且是烹炰多有术，想来手段会调羹。

且说仲任有个姑夫，曾做郓州司马，姓张名安。起初看见仲任家事渐渐零落，也要等他晓得些苦辣，收留他去，劝化他回头做人家。及到后来，看见他所作所为，越无人气，时常规讽，只是不听。张司马怜他是妻兄独子，每每挂在心上，怎当他气类异常，不是好言可以谕解，只得罢了。后来司马已死，一发再无好言到他耳中，只是逞性胡为，如此十多年。

忽一日，家僮莫贺咄病死，仲任没了个帮手，只得去寻了个小时节乳他的老婆婆来守着堂屋，自家仍去独自个做那些营生。过得月余，一日晚，正在堂屋里吃牛肉，忽见两个青衣人，直闯将入来，将仲任套了绳子便走。仲任自恃力气，欲待打挣，不知这时力气多在那里去了[①]，只得软软随了他走。正是：

有指爪劈开地面，会腾云飞上青霄。

若无入地升天术，目下灾殃怎地消？

仲任口里问青衣人道：“拿我到何处去？”青衣人道：“有你家家奴扳下你来，须去对理。”仲任茫然不知何事。

随了青衣人，来到一个大院。厅事十余间，有判官六人，每人据二间。仲任所对在最西头二间，判官还不在，青衣人叫他且立堂下。有顷，判官已到。仲任仔细一认，叫声：“啊呀！如何却在这里相会？”你道那判官是谁？正是他那姑夫郓州司马张安[②]。那司马也吃了一惊道：“你几时来了？”引他登阶，对他道：“你此来不好，你年命未尽，想为对事而来。却是在世为恶无比，所杀害生命千千万万，冤家多在。今忽到此，有何计较可以相救？”仲任才晓得是阴

---

① 眉批：正是万般将不去时节。

② 眉批：业重者如何有此缘？当为革命未尽故。

府，心里想着平日所为，有些惧怕起来，叩头道："小侄生前，不听好言，不信有阴间地府，妄作妄行。今日来到此处，望姑夫念亲戚之情，救拔则个。"张判官道："且不要忙，待我与众判官商议看。"因对众判官道："仆有妻侄屈突仲任，造罪无数，今召来与奴莫贺咄对事。却是其人年命亦未尽，要放他去了，等他寿尽才来。只是既已到了这里，怕被害这些冤魂不肯放他。怎生为仆分上[①]，商量开得一路放他生还么？"众判官道："除非召明法者与他计较。"

张判官叫鬼卒唤明法人来。只见有个碧衣人前来参见，张判官道："要出一个年命未尽的罪人，有路否？"明法人请问何事，张判官把仲任的话对他说了一遍。明法人道："仲任须为对莫贺咄事而来，固然阳寿未尽，却是冤家太广，只怕一与相见，群至沓来，不由分说，恣行食啖。此皆宜偿之命，冥府不能禁得，料无再还之理。"张判官道："仲任既系吾亲，又命未合死，故此要开生路救他。若是寿已尽时，自作自受，我这里也管不得了。你有何计，可以解得此难？"明法人想了一会道："唯有一路可以出得，却也要这些被杀冤家肯便好。若不肯也没干。"张判官道："却待怎么？"明法人道："此诸物类，被仲任所杀者，必须偿其身命，然后各去托生。今召他每出来，须诱哄他每道：'屈突仲任今为对莫贺咄事，已到此间，汝辈食啖了毕，即去托生。汝辈余业未尽，还受畜生身，是这件仍做这件，牛更为牛，马更为马。使仲任转生为人，还依旧吃着汝辈，汝辈业报，无有了时。今查仲任未合即死，须令略还，叫他替汝辈追造福因，使汝辈各舍畜生业，尽得人身，再不为人杀害，岂不至妙？[②]'诸畜类闻得人身，必然喜欢从命，然后小小偿他些夙债，乃可放去。若说与这番说话，不肯依时，就再无别路了。"张判官道："便可依此而行。"

明法人将仲任锁在厅事前房中了，然后召仲任所杀生类类到判官庭中来，庭中地可有百亩，仲任所杀生命闻召都来，一时填塞皆满。但见：

　　牛马成群，鸡鹅作队。百般怪兽，尽皆舞爪张牙；千种奇禽，类各舒

① 眉批：冥中也作分上，何故？
② 眉批：冥中也有术笼络，何故？

毛鼓翼。谁道赋灵独蠢，记冤仇且是分明；谩言禀质偏殊，图报复更为紧急。飞的飞，走的走，早难道天子上林；叫的叫，嗥的嗥，须不是人间乐土。

说这些被害众生，如牛马驴骡猪羊、獐鹿雉兔，以至刺猬飞鸟之类，不可悉数，凡数万头，共作人言道："召我何为？"判官道："屈突仲任已到。"说声未了，物类皆咆哮大怒，腾振蹴踏，大喊道："逆贼，还我债来！还我债来！"这些物类忿怒起来，个个身体比常倍大①：猪羊等马牛，马牛等犀象，只待仲任出来，大家吞噬。判官乃使明法人一如前话，晓谕一番。物类闻说替他追福，可得人身，尽皆喜欢，仍旧复了本形。判官会付诸畜且出，都依命退出庭外来了。

明法人方在房里放出仲任来，对判官道："而今须用小小偿他些债。"说罢，即有狱卒二人手执皮袋一个、秘木二根到来，明法人把仲任袋将进去，狱卒将秘木秘下去，仲任在袋，苦痛难禁，身上血簌簌的出来，多在袋孔中流下，好似浇花的喷筒一般。狱卒去了秘木，只提着袋，满庭前走转洒去。须臾，血深至阶，可有三尺了②。然后连袋投仲任在房中，又牢牢锁住了。复召诸畜等至，分付道："已取出仲任生血，听汝辈食啖。"诸畜等皆作恼怒之状，身复长大数倍，骂道："逆贼，你杀吾身，今吃你血。"于是竞来争食，飞的走的，乱嚷乱叫，一头吃一头骂，只听得呼呼噏噏之声，三尺来血，一霎时吃尽，还像不足的意，共舐地上。直等庭中土见，方才住口。

明法人等诸畜吃罢，分付道："汝辈已得偿了些债。莫贺咄身命已尽，一听汝辈取偿。今放屈突仲任回家为汝辈追福，令汝辈多得人身。"诸畜等皆欢喜，各复了本形而散。判官方才在袋内放出仲任来。仲任出了袋，站立起来，只觉浑身疼痛。张判官对他说道："冤报暂解，可以回生。既已见了报应，便可努力修福。"仲任道："多蒙姑夫竭力周全调护，得解此难。今若回生，自当痛改前非，不敢再增恶业。但宿罪尚重，不知何法修福可以尽消？"判官道："汝罪业

---

① 眉批：即不倍大，仲任之肉其足食乎？

② 眉批：安得如许血？

太重，非等闲作福可以免得，除非刺血写一切经[1]，此罪当尽。不然，他日更来，无可再救了。”仲任称谢领诺。张判官道：“还须遍语世间之人，使他每闻着报应，能生悔语的，也多是你的功德。”说罢，就叫两个青衣人送归来路。又分付道：“路中若有所见，切不可擅动念头，不依我戒，须要吃亏。”叮嘱青衣人道：“可好伴他到家，他余业尽多，怕路中还有失处。”青衣人道：“本官分付，敢不小心！”

仲任遂同了青衣前走。行了数里，到了一个热闹去处，光景似阳间酒店一般。但见：

村前茅舍，庄后竹篱。村醪香透磁缸，浊酒满盛瓦瓮。架上麻衣，昨日村郎留下当；酒帘大字，乡中学究醉时书[2]。刘伶知味且停舟，李白闻香须驻马。尽道黄泉无客店，谁知冥路有沽家。

仲任正走得饥又饥，渴又渴，眼望去，是个酒店，他已自口角流涎了。走到面前看时，只见：店里头吹的吹，唱的唱；猜拳豁指，呼红喝六；在里头畅快饮酒。满前嗄饭，多是些，肥肉鲜鱼，壮鸡大鸭。仲任不觉旧性复发，思量要进去坐一坐，吃他一餐，早把他姑夫所戒已忘记了，反来拉两个青衣进去同坐。青衣道：“进去不得的，错走去了，必有后悔。”仲任那里肯信？青衣阻当不住，道：“既要进去，我们只在此间等你。”

仲任大踏步跨将进来，拣个座头坐下了。店小二忙摆着案酒，仲任一看，吃了一惊。元来一碗是死人的眼睛，一碗是粪坑里大蛆，晓得不是好去处，抽身待走。小二斟了一碗酒来道：“吃了酒去。”仲任不识气，伸手来接，拿到鼻边一闻，臭秽难当。元来是一碗腐尸肉，正待撇下不吃，忽然灶下抢出一个牛头鬼来，手执钢叉喊道：“还不快吃！”店小二把来一灌，仲任只得忍着臭秽强吞了下去，望外便走。牛头又领了好些奇形异状的鬼赶来，口里嚷道：“不要放走了他！”仲任急得无措，只见两个青衣元站在旧处，忙来遮蔽着，喝道：“是

---

① 眉批：血尚有遗耶？

② 眉批：鬼学究犹书酒帘耶？

判院放回的，不得无礼。”搀着仲任便走。后边人听见青衣人说了，然后散去。

青衣人埋怨道：“叫你不要进去，你不肯听，致有此惊恐。起初判院如何分付来？只道是我们不了事。”仲任道：“我只道是好酒店，如何里边这样光景？”青衣人道：“这也原是你业障现此眼花。”仲任道：“如何是我业障？”青衣人道：“你吃这一瓯，还抵不得醉鳖醉驴的债哩。”仲任愈加悔悟，随着青衣再走。看看茫茫荡荡，不辨东西南北，身子如在云雾里一般。须臾，重见天日，已似是阳间世上，俨然是温县地方。同着青衣走入自己庄上草堂中，只见自己身子直挺挺的倘在那里，乳婆坐在傍边守着。

青衣用手将仲任的魂向身上一推，仲任苏醒转来，眼中不见了青衣，却见乳婆叫道：“官人苏醒着，几乎急死我也！”仲任道：“我死去几时了？”乳婆道：“官人正在此吃食，忽然暴死，已是一昼夜。只为心头尚暖，故此不敢移动，谁知果然活转来，好了，好了！”仲任道：“此一昼夜，非同小可。见了好些阴间地府光景。”那老婆子喜听的是这些说话，便问道：“官人见的是甚么光景？”仲任道：“元来我未该死，只为莫贺咄死去，撞着平日杀戮这些冤家，要我去对证，故勾我去。我也为冤家多，几乎不放转来了，亏得撞着对案的判官就是我张家姑夫，道我阳寿未绝，在里头曲意处分，才得放还。”就把这些说话光景，如此如此，这般这般，尽情告诉了乳婆。那乳婆只是合掌念“阿弥陀佛”不住口。

仲任说罢，乳婆又问道：“这等，而今莫贺咄毕竟怎么样？”仲任道：“他阳寿已尽，冤债又多。我自来了，他在地府中毕竟要一一偿命，不知怎地受苦哩。”乳婆道：“官人可曾见他否？”仲任道：“只因判官周全我，不教对案，故此不见他，只听得说。”乳婆道：“一昼夜了，怕官人已饥，还有剩下的牛肉，将来吃了罢。[1]”仲任道：“而今要依我姑夫分付，正待刺血写经罚咒，再不吃这些东西了。”乳婆道：“这个却好。”乳婆只去做些粥汤与仲任吃了。仲任起来梳洗一番，把镜子将脸一照，只叫得苦。元来阴间把秘木取去他血，与畜生

① 眉批：此牛肉亦淳于之剩酒，卢生之黄粱。

吃过，故此面色腊查也似黄了。

仲任从此雇一个人把堂中扫除干净，先请几部经来，焚香持诵。将养了两个月身子，渐渐复旧，有了血色，然后刺着臂血，逐部逐卷写将来。有人经过，问起他写经根由的，便把这些事逐一告诉将来。人听了无不毛骨耸然，多有助盘费供他书写之用的，所以越写得多了。况且面黄肌瘦，是个老大证见。又指着堂中的瓮、堂后的穴，每对人道："这是当时作业的遗迹，留下为戒的。[①]"来往人晓得是真话，发了好些放生戒杀的念头。

开元二十三年春，有个同官令虞咸道经温县，见路傍草堂中有人年近六十，如此刺血书写不倦，请出经来看，已写过了五六百卷。怪道："他怎能如此发心得猛？"仲任把前后的话，一一告诉出来。虞县令叹以为奇，留俸钱助写而去。各处把此话传示于人，故此人多知道。后来仲任得善果而终，所谓"放下屠刀立地成佛"者也[②]。偈曰：

物命在世间，微分此灵蠢。一切有知觉，皆已具佛性。取彼痛苦身，供我口食用。我饱已觉膻，彼死痛犹在。一点嗔恨心，岂能尽消灭！所以六道中，转转相残杀。愿葆此慈心，触处可施用。起意便多刑，减味即省命。无过转念间，生死已各判。及到偿业时，还恨种福少。何不当生日，随意作方便[③]？度他即自度，应作如是观。

① 眉批：此正妙果胜于书经。

② 眉批：业重者省之。

③ 眉批：金石语。

卷三十八　占家财狠婿妒侄　延亲脉孝女藏儿

诗曰：

子息从来天数，原非人力能为。

最是无中生有，堪令耳目新奇。

话说元朝时，都下有个李总管，官居三品，家业巨富。年过五十，不曾有子。闻得枢密院东有个算命的，开个铺面，谭人祸福，无不奇中。总管试往一算。于时衣冠满座，多在那里候他，挨次推讲。总管对他道："我之禄寿已不必言。最要紧的，只看我有子无子。"算命的推了一回，笑道："公已有子了，如何哄我？"总管道："我实不曾有子，所以求算，岂有哄汝之理？"算命的把手掐了一掐道："公年四十，即已有子。今年五十六了，尚说无子，岂非哄我？"一个争道"实不曾有"；一个争道"决已有过"。递相争执，同座的人多惊讶起来道："这怎么说？"算命的道："在下不会差，待此公自去想。①"只见总管沉吟了好一会，拍手道："是了，是了。我年四十时，一婢有娠，我以职事赴上都，到得归家，我妻已把来卖了，今不知他去向。若说'四十上该有子'，除非这个缘故。"算命的道："我说不差，公命不孤，此子仍当归公。"总管把钱相谢了，作别而出。

、只见适间同在座上问命的一个千户，也姓李，邀总管入茶坊坐下，说道："适间闻公与算命的所说之话，小子有一件疑心，敢问个明白。"总管道："有何见教？"千户道："小可是南阳人，十五年前，也不曾有子，因到都下买得一婢，却已先有孕的。带得到家，吾妻适也有孕，前后一两月间，各生一男，今

① 眉批：算者口硬。

皆十五六岁了。适间听公所言，莫非是公的令嗣么？[①]”总管就把婢子容貌年齿之类，两相质问，无一不合，因而两边各通了姓名、住址，大家说个“容拜”，各散去了。总管归来对妻说知其事，妻当日悍妒，做了这事，而今见夫无嗣，也有些惭悔哀怜，巴不得是真。

次日邀千户到家，叙了同姓，认为宗谱。盛设款待，约定日期，到他家里去认看。千户先归南阳，总管给假前往，带了许多东西去馈送着千户，并他妻子仆妾，多有礼物[②]。坐定了，千户道：“小可归家问明，此婢果是宅上出来的。”因命二子出拜，只见两个十五六的小官人，一齐走出来，一样打扮，气度也差不多。总管看了不知那一个是他儿子。请问千户，求说明白。千户笑道：“公自认看，何必我说？”总管仔细相了一回，天性感通，自然识认，前抱着一个道：“此吾子也。”千户点头笑道：“果然不差！”于是父子相持而哭，旁观之人无不堕泪。千户设宴与总管贺喜，大醉而散。

次日总管答席，就借设在千户厅上。酒间千户对总管道：“小可既还公令郎了，岂可使令郎母子分离[③]？并令其母奉公同还，何如？”总管喜出望外，称谢不已，就携了母子同回都下。后来通籍承荫，官也至三品，与千户家往来不绝。

可见人有子无子，多是命里做定的。李总管自己已信道无儿了，岂知被算命的看出有子，到底得以团圆，可知是逃那命里不过。

小子为何说此一段话？只因一个富翁，也犯着无儿的病症，岂知也系有儿，被人藏过。后来一旦识认，喜出非常，关着许多骨肉亲疏的关目在里头，听小子从容的表白出来。正是：

越亲越热，不亲不热。附葛攀藤，总非枝叶。奠酒浇浆，终须骨血。如何妒妇，忍将嗣绝？必是前生，非常冤业。

话说妇人心性最是妒忌，情愿看丈夫无子绝后，说着买妾置婢，抵死也不肯的。就有个把被人劝化，勉强依从，到底心中只是有些嫌忌，不甘伏的。就

---

① 眉批：岂知算命这番，即是命中宜得子。

② 眉批：生子之母有礼物否？

③ 眉批：千户大是义汉。

是生下了儿子，是亲丈夫一点骨血，又本等他做大娘，还道是“隔重肚皮隔重山”，不肯便认做亲儿一般。更有一等狠毒的，偏要算计了绝得，方快活的。及至女儿嫁得个女婿，分明是个异姓，无关宗支的，他偏要认做的亲，是件偏心为他，倒胜如丈夫亲子侄。岂如女生外向，虽系吾所生，到底是别家的人。至于女婿，当时就有二心，转得背便另搭架子了。自然亲一支热一支，女婿不如侄儿，侄儿又不如儿子。纵是前妻晚后，偏生庶养，归根结果，的亲瓜葛，终久是一派，好似别人多哩。不知这些妇人们，为何再不明白这个道理！

话说元朝东平府有个富人，姓刘，名从善，年六十岁，人皆以员外呼之。妈妈李氏，年五十八岁。他有泼天也似家私，不曾生得儿子。止有一个女儿，小名叫做引姐，入赘一个女婿，姓张，叫张郎。其时张郎有三十岁，引姐二十七岁了。那个张郎极是贪小好利刻剥之人，只因刘员外家富无子，他起心央媒，入舍为婿。便道这家私久后多是他的了①，好不夸张得意！却是刘员外自掌把定家私在手，没有得放宽与他。

亦且刘员外另有一个肚肠。一来他有个兄弟刘从道，同妻宁氏，亡逝已过，遗下一个侄儿，小名叫做引孙，年二十五岁，读书知事，只是自小父母双亡，家私荡败，靠着伯父度日。刘员外道是自家骨肉，另眼觑他。怎当得李氏妈妈，一心只护着女儿女婿，又且念他母亲存日，妯娌不和，到底结怨在他身上，见了一似眼中之钉。亏得刘员外暗地保全，却是毕竟碍着妈妈女婿，不能十分周济他，心中长怀不忍。二来员外有个丫头，叫做小梅，妈妈见他精细，叫他近身伏待。员外就收拾来做了偏房，已有了身孕，指望生出儿子来。有此两件心事，员外心中不肯轻易把家私与了女婿。怎当得张郎奁赖，专一使心用腹，搬是造非，挑拨得丈母与引孙舅子，日逐炒闹。引孙当不起激聒，刘员外也怕淘气，私下周给些钱钞，叫引孙自寻个住处，做营生去。

引孙是个读书之人，虽是寻得间破房子住下，不晓得别做生理，只靠伯父把得这些东西，且逐渐用去度日。眼见得一个是张郎赶去了。张郎心里怀着鬼胎，只怕小梅生下儿女来。若生个小姨，也还只分得一半；若生个小舅，这家

---

① 眉批：不肖之心，往往如此。

私就一些没他分了。要与浑家引姐商量，暗算那小梅。

那引姐倒是个孝顺的人，但是女眷家见识，若把家私分与堂弟引孙，他自道是亲生女儿，有些气不甘分；若是父亲生下小兄弟来，他自是喜欢的[①]。况见父亲十分指望，他也要安慰父亲的心，这个念头是真。晓得张郎不怀良心，母亲又不明道理，只护着女婿，恐怕不能勾保全小梅生产，时常心下打算。恰好张郎赶逐了引孙出去，心里得意，在浑家面前露出那要算计小梅的意思来。引姐想道："若两三人做了一路，所算他一人，有何难处？不争你们使嫉妒心肠，却不把我父亲的后代绝了？这怎使得[②]！我若不在里头使些见识，保护这事，做了父亲的罪人，做了万代的骂名。却是丈夫见我不肯做一路，怕他每背地自做出来，不若将机就计，暗地周全罢了。[③]"

你道怎生暗地用计？元来引姐有个堂分姑娘嫁在东庄，是与引姐极相厚的，每事心腹相托。引姐要把小梅寄在他家里去分娩，只当是托孤与他。当下来与小梅商议道："我家里自赶了引孙官人出去，张郎心里要独占家私。姨姨你身怀有孕，他好生嫉妒。母亲又护着他，姨姨你自己也要放精细些。"小梅道："姑娘肯如此说，足见看员外面上，十分恩德。奈我独自一身，怎堤防得许多？只望姑娘凡百照顾则个。"引姐道："我怕不要周全？只是关着财利上事，连夫妻两个，心肝不托着五脏的[④]。他早晚私下弄了些手脚，我如何知道？"小梅垂泪道："这等却怎么好？不如与员外说个明白，看他怎么做主[⑤]？"引姐道："员外年老之人，他也周庇得你有数。况且说破了，落得大家面上不好看，越结下冤家了，你怎当得起？我倒有一计在此，须与姨姨熟商量。"小梅道："姑娘有何高见？"引姐道："东庄里姑娘，与我最厚。我要把你寄在他庄上，在他那里分娩，托他一应照顾。生了儿女，就托他抚养着。衣食盘费之类，多在我身上。这边哄着母亲与丈夫，说姨姨不像意走了。他每巴不得你去的，自然不寻究。

---

① 眉批：女眷如此，也难得了。

② 眉批：见得大。

③ 眉批：最妙于周全者。

④ 眉批：见得透。

⑤ 旁批：丫头呆。

且等他把这一点要摆布你的肚肠放宽了，后来看个机会，等我母亲有些转头，你所养儿女已长大了，然后对员外一一说明，取你归来。那时须奈何你不得了①。除非如此，可保十全。”小梅道：“足见姑娘厚情，杀身难报！”引姐道：“我也只为不忍见员外无后，恐怕你遭了别人毒手，没奈何背了母亲与丈夫，私下和你计较。你日后生了儿子，有了好处，须记得今日。”小梅道：“姑娘大恩，经板儿印在心上，怎敢有忘！”两下商议停当，看着机会，还未及行。

员外一日要到庄上收割，因为小梅有身孕，恐怕女婿生嫉妒，女儿有外心，索性把家私都托女儿女婿管了。又怕妈妈难为小梅，请将妈妈过来，对他说道：“妈妈，你晓得借瓮酿酒么？”妈妈道：“怎地说？”员外道：“假如别人家瓮儿，借将来家里做酒，酒熟了时，就把那瓮儿送还他本主去了。这不是只借得他家伙一番②。如今小梅这妮子腹怀有孕，明日或儿或女，得一个，只当是你的。那其间将那妮子或典或卖，要不要多凭得你。我只要借他肚里生下的要紧，这不当是‘借瓮酿酒’？”妈妈见如此说，也应道：“我晓得，你说的是，我觑着他便了。你放心庄上去。”

员外叫张郎取过那远年近岁欠他钱钞的文书，都搬将出来，叫小梅点个灯，一把火烧了。张郎伸手火里去抢，被火一逼，烧坏了指头叫痛③。员外笑道：“钱这般好使？”妈妈道：“借与人家钱钞，多是幼年到今，积攒下的家私，如何把这些文书烧掉了？”员外道：“我没有这几贯业钱，安知不已有了儿子？就是今日有得些些根芽，若没有这几贯业钱，我也不消担得这许多干系，别人也不来算计我了。我想财是什么好东西？苦苦盘算别人的做甚④？不如积些阴德，烧掉了些，家里须用不了。或者天可怜见，不绝我后，得个小厮儿不见得。”说罢，自往庄上去了。

张郎听见适才丈人所言，道是暗暗里有些侵着他，一发不像意道：“他明明

① 眉批：见得长。
② 眉批：女眷只不许与人酿，那管酒之有无。
③ 旁批：妙，妙！
④ 眉批：达者之识。

疑心我要暗算小梅，我枉做好人也没干[①]！何不趁他在庄上，便当真做一做？也绝了后虑！”又来与浑家商量。引姐见事体已急了，他日前已与东庄姑娘说知就里，当下指点了小梅，径叫他到那里藏过，来哄丈夫道：“小梅这丫头看见我每意思不善，今早叫他配绒线去，不见回来。想是怀空走了。这怎么好？”张郎道：“逃走是丫头的常事，走了也倒干净，省得我们费气力。”引姐道：“只是父亲知道，须要烦恼。”张郎道：“我们又不打他，不骂他，不冲撞他，他自己走了的，父亲也抱怨我们不得。我们且告诉妈妈，大家商量去。”

夫妻两个来对妈妈说了。妈妈道：“你两个说来没半句，员外偌大年纪，见有这些儿指望，喜欢不尽，在庄儿上专等报喜哩。怎么有这等的事！莫不你两个做出了些什么歹勾当来[②]？”引姐道：“今日绝早自家走了的，实不干我们事。”妈妈心里也疑心道别有缘故，却是护着女儿女婿，也巴不得将“没”作“有”，便认做走了也干净，那里还来查着？只怕员外烦恼，又怕员外疑心，三口儿都赶到庄上与员外说。

员外见他每齐来，只道是报他生儿喜信，心下鹘突。见说出这话来，惊得木呆。心里想道：“家里难为他不过，逼走了他，这是有的。只可惜带了胎去。”又叹口气道：“看起一家这等光景，就是生下儿子来，未必能勾保全。便等小梅自去寻个好处也罢了，何苦累他母子性命。[③]”泪汪汪的忍着气恨命，又转了一念道：“他们如此算计我，则为着这些浮财。我何苦空积攒着做守财虏，倒与他们受用！我总是没后代，趁我手里施舍了些去也好。”怀着一天忿气，大张着榜子，约着明日到开元寺里，散钱与那贫难的人。张郎好生心里不舍得，只为见丈人心下烦恼，不敢拗他。到了明日，只得带了好些钱，一家同到开元寺里散去。

到得寺里，那贫难的纷纷的来了。但见：

连肩搭背，络手包头。疯瘫的毡裹臀行，喑哑的铃当口说。磕头撞脑，

① 眉批：恶人做事，每每先坐人不是。

② 眉批：妈妈原有良心，非不可化诲者，但溺于爱耳。

③ 眉批：意亦可怜。

拿差了拄拐互喧哗；摸壁扶墙，踹错了阴沟相怨怅。闹热热携儿带女，苦凄凄单夫只妻。都念道明中舍去暗中来，真叫做今朝那管明朝事。

那刘员外分付：大乞儿一贯，小乞儿五百文。乞儿中有个刘九儿，有一个小孩子，他与大都子商量着道："我带了这孩子去，只支得一贯。我叫这孩子自认做一户，多落他五百文。你在傍做个证见，帮衬一声，骗得钱来我两个分了，买酒吃。"果然去报了名，认做两户。张郎问道："这小的另是一家么？"大都子傍边答应道："另是一家。"就分与他五百钱，刘九儿都拿着去了。大都子要来分他的。刘九儿道："这孩子是我的，怎生分得我钱？你须学不得我有儿子？"大都子道："我和你说定的，你怎生多要了？你有儿的，便这般强横！"两个打将起来。刘员外问知缘故，叫张郎劝他，怎当得刘九儿不识风色，指着大都子"千绝户，万绝户"的骂道①："我有儿子，是请得钱，干你这绝户的甚事？"张郎脸儿挣得通红，止不住他的口。刘员外已听得明白，大哭道："俺没儿子的，这等没下梢！"悲哀不止，连妈妈女儿伤了心，一齐都哭将起来。张郎没做理会处。

散罢，只见一个人落后走来，望着员外、妈妈施礼。你道是谁？正是刘引孙。员外道："你为何到此？"引孙道："伯伯、伯娘，前与侄儿的东西，日逐盘费用度尽了。今日闻知在这里散钱，特来借些使用。"员外碍着妈妈在傍，看见妈妈不做声，就假意道："我前日与你的钱钞，你怎不去做些营生？便是这样没了。"引孙道："侄儿只会看几行书，不会做什么营生。日日吃用，有减无增，所以没了。"员外道："也是个不成器的东西！我那有许多钱勾你用！"狠狠要打，妈妈假意相劝，引姐与张郎对他道："父亲恼哩，舅舅走罢。"引孙只不肯去，苦要求钱。员外将条拄杖，一直的赶将出来，他们都认是真，也不来劝。

引孙前走，员外赶去，走上半里来路，连引孙也不晓其意道："怎生伯伯也如此作怪起来？②"员外见没了人，才叫他一声："引孙！"引孙扑的跪倒。员外

① 眉批：无端触景，妆点妙绝。

② 眉批：刘老亦谲。

抚着哭道："我的儿，你伯父没了儿子，受别人的气，我亲骨血只看得你。你伯娘虽然不明理，却也心慈的。只是妇人一时偏见，不看得破，不晓得别人的肉，偎不热。那张郎不是良人，须有日生分起来，我好歹劝化你伯娘转意。你只要时节边勤勤到坟头上去看看，只一两年间，我着你做个大大的财主。今日靴里有两锭钞，我瞒着他们，只做赶打，将来与你。你且拿去盘费两日，把我说的话不要忘了。"引孙领诺而去。员外转来，收拾了家去。

张郎见丈人散了许多钱钞，虽也心疼，却道自今已后，家财再没处走动，尽勾着他了。未免志得意满，自由自主，要另立个铺排，把张家来出景，渐渐把丈人、丈母放在脑后，倒像人家不是刘家的一般[①]。刘员外固然看不得，连那妈妈积祖护他的，也有些不伏气起来。亏得女儿引姐着实在里边调停。怎当得男子汉心性硬劣，只逞自意，那里来顾前管后。亦且女儿家顺着丈夫，日逐惯了，也渐渐有些随着丈夫路上来了，自己也不觉得的，当不得有心看不过。

一日，时遇清明节令，家家上坟祭祖。张郎既掌把了刘家家私，少不得刘家祖坟要张郎支持去祭扫[②]。张郎端正了春盛担子，先同浑家到坟上去。年年刘家上坟已过，张郎然后到自己祖坟上去[③]。此年张郎自家做主，偏要先到张家祖坟上去。引姐道："怎么不照旧先在俺家的坟上，等爹妈来上过了再去？"张郎道："你嫁了我，连你身后也要葬在张家坟里，还先上张家坟是正礼"引姐拗丈夫不过，只得随他先去上坟不题。

那妈妈同刘员外已后起身，到坟上来。员外问妈妈道："他们想已到那里多时了。"妈妈道："这时张郎已摆设得齐齐整整，同女儿在那里等了。"到得坟前，只见静悄悄地绝无影响。看那坟头，已有人挑些新土盖在上面了，也有些纸钱灰与酒烧的湿土在那里。刘员外心里明知是侄儿引孙到此过了，故意道："谁曾在此先上过坟了？"对妈妈道："这又作怪！女儿女婿不曾来，谁上过坟？难道别姓的来不成？"又等了一回，还不见张郎和女儿来。员外等不得，说道：

---

① 眉批：小人之状如此。

② 眉批：便名不正而言不顺。

③ 眉批：回私意，亦天意也。

"俺和你先拜了罢，知他们几时来?"

拜罢，员外问妈妈道："俺老两口儿百年之后，在那里埋葬便好?"妈妈指着高冈儿上说道："这答树本长的似伞儿一般，在这所在埋葬也好。"员外叹口气道："此处没我和你的分。"指着一块下洼水淹的绝地道："我和你只好葬在这里。"妈妈道："我每又不少钱，凭拣着好的所在，怕不是我们葬？怎么倒在那水淹的绝地?"员外道："那高冈有龙气的，须让他有儿子的葬，要图个后代兴旺。俺和你没有儿子，谁肯让我？只好剩那绝地与我们安骨头。总是没有后代的，不必好地了。"妈妈道："俺怎生没后代？现有姐姐、姐夫哩。①"员外道："我可忘了，他们还未来，我和你且说闲话。我且问你，我姓什么?"妈妈道："谁不晓得姓刘？也要问。"员外道："我姓刘，你可姓甚么?"妈妈道："我姓李。"员外道："你姓李，怎么在我刘家门里?"妈妈道："又好笑，我须是嫁了你刘家来。"员外道："街上人唤你是'刘妈妈'？唤你是'李妈妈'?"妈妈道："常言道：'嫁鸡随鸡，嫁狗随狗。'一车骨头半车肉，都属了刘家，怎么叫我做'李妈妈'?"员外道："元来你这骨头，也属了俺刘家了②。这等，女儿姓甚么?"妈妈道："女儿也姓刘。"员外道："女婿姓甚么?"妈妈道："女婿姓张。"员外道："这等，女儿百年之后，可往俺刘家坟里葬去？还是往张家坟里葬去?"妈妈道："女儿百年之后，自去张家坟里葬去。"说到这句，妈妈不觉的鼻酸起来。

员外晓得有些省了，便道："却又来！这等怎么叫做得刘门的后代？我们不是绝后的么?"妈妈放声哭将起来道："员外，怎生直想到这里？俺无儿的，真个好苦!"员外道："妈妈，你才省了。就没有儿子，但得是刘家门里亲人，也须是一瓜一蒂。生前望坟而拜，死后共土而埋。那女儿只在别家去了，有何交涉?"妈妈被刘员外说得明切，言下大悟。况且平日看见女婿的乔做作，今日又不见同女儿先到，也有好些不像意了。

正说间，只见引孙来坟头收拾铁锹，看见伯父伯娘便拜。此时妈妈不比平

---

① 旁批：痴绝。

② 眉批：句句挑逗，直穷到底，可谓善于说法者。

日，觉得亲热了好些，问道："你来此做甚么？"引孙道："侄儿特来上坟添土来。"妈妈对员外道："亲的则是亲[1]，引孙也来上过坟，添过土了。他们还不见到。"员外故意恼引孙道："你为甚么不挑了春盛担子，齐齐整整上坟？却如此草率！"引孙道："侄儿无钱，只乞化得三杯酒，一块纸，略表表做子孙的心。"员外道："妈妈，你听说么？那有春盛担子的，为不是子孙，这时还不来哩。"妈妈也老大不过意。员外又问引孙道："你看那边鸦飞不过的庄宅，石羊石虎的坟头，怎不去？到俺这里做甚么？"妈妈道："那边的坟，知他是那家？他是刘家子孙，怎不到俺刘家坟上来？"员外道："妈妈，你才晓得引孙是刘家子孙。你先前可不说姐姐、姐夫是子孙么？"妈妈道："我起初是错见了，从今以后，侄儿只在我家里住。你是我一家之人，你休记着前日的不是。"引孙道："这个侄儿怎敢？"妈妈道："吃的穿的，我多照管你便了。"员外叫引孙拜谢了妈妈。引孙拜下去道："全仗伯娘看刘氏一脉，照管孩儿则个。"妈妈簌簌的掉下泪来[2]。

正伤感处，张郎与女儿来了。员外与妈妈问其来迟之故，张郎道："先到寒家坟上完了事，才到这里来，所以迟了。"妈妈道："怎不先来上俺家的坟？要俺老两口儿等这半日！"张郎道："我是张家子孙，礼上须先完张家的事。"妈妈道："姐姐呢？"张郎道："姐姐也是张家媳妇。"妈妈见这几句话，恰恰对着适间所言的，气得目睁口呆，变了色道："你既是张家的儿子媳妇，怎生掌把着刘家的家私？"劈手就女儿处，把那放匙钥的匣儿夺将过来，道："已后张自张，刘自刘！"径把匣儿交与引孙了，道："今后只是俺刘家人当家[3]！"此时连刘员外也不料妈妈如此决断，那张郎与引姐平日护他惯了的，一发不知在那里说起，老大的没趣，心里道："怎么连妈妈也变了卦？"竟不知妈妈已被员外劝化得明明白白的了。张郎还指点叫摆祭物[4]，员外、妈妈大怒道："我刘家祖宗，不吃你张家残食"改日另祭。"各不喜欢而散。

---

① 眉批：天意也。

② 眉批：此泪不易。

③ 眉批：义理之勇，出于自发，快哉！快哉！

④ 旁批：不识气。

张郎与引姐回到家来，好生埋怨道："谁匡先上了自家坟，讨得此番发恼不打紧，连家私也夺去与引孙掌把了。这如何气得过？却又是妈妈做主的，一发作怪？"引姐道："爹妈认道只有引孙一个是刘家亲人，所以如此。当初你待要暗算小梅，他有些知觉，豫先走了。若留得他在时，生下个兄弟，须不让那引孙做天气。况且自己兄弟，还情愿的；让与引孙，实是气不干！"张郎道："平日又与他冤家对头，如今他当了家，我们倒要在他喉下取气了，怎么好？还不如再求妈妈则个。"引姐道："妈妈主的意，如何求得转？我有道理，只叫引孙一样当不成家罢了。"张郎问道："计将安出？"引姐只不肯说，但道是："做出便见，不必细问。"

明日，刘员外做个东道，请着邻里人，把家私交与引孙掌把。妈妈也是心安意肯的了。引姐晓得这个消息，道是张郎没趣，打发出外去了。自己着人悄悄东庄姑娘处说了，接了小梅家来。元来小梅在东庄分娩，生下一个儿子，已是三岁了。引姐私下寄衣寄食去看觑他母子，只不把家里知道，惟恐张郎晓得，生出别样毒害来；还要等他再长成些，才与父母说破。而今因为气不过引孙做财主[①]，只得去接了他母子来家。

次日来对刘员外道："爹爹不认女婿做儿子罢，怎么连女儿也不认了？"员外道："怎么不认？只是不如引孙亲些。"引姐道："女儿是亲生，怎么倒不如他亲？"员外道："你须是张家人了，他须是刘家亲人。"引姐道："便做道是'亲'，未必就该是他掌把家私！"员外道："除非再有亲似他的，才夺得他。那里还有？"引姐笑道："只怕有也不见得。"刘员外与妈妈也只道女儿忿气说这些话，不在心上。

只见女儿走去，叫小梅领了儿子到堂前，对爹妈说道："这可不是亲似引孙的来了？"员外、妈妈见是小梅，大惊道："你在那里来？可不道逃走了？"小梅道："谁逃走？须守着孩儿哩。"员外道："谁是孩儿？"小梅指着儿子道："这个不是？"员外又惊又喜道："这个就是你所生的孩儿？一向怎么说？敢是梦里么？"小梅道："只问姑娘，便见明白。"员外与妈妈道："姐姐，快说些

---

① 眉批：终有女流之气。

个。”引姐道：“父亲不知，听女儿从头细说一遍。当初小梅姨姨有半年身孕，张郎使嫉妒心肠，要所算小梅。女儿想来，父亲有许大年纪，若所算了小梅，便是绝了父亲之嗣。是女儿与小梅商量，将来寄在东庄姑娘家中分娩，得了这个孩儿。这三年只在东庄姑娘处抚养，身衣口食多是你女儿照管他的。还指望再长成些，方才说破，今见父亲认道只有引孙是亲人，故此请了他来家。须不比女儿，可不比引孙还亲些么？”小梅也道：“其实亏了姑娘，若当日不如此周全，怎保得今日有这个孩儿！①”

刘员外听罢如梦初觉，如醉方醒，心里感激着女儿。小梅又叫儿子不住的叫他“爹爹”，刘员外听得一声，身也麻了，对妈妈道：“元来亲的只是亲②，女儿姓刘，到底也还护着刘家，不肯顺从张郎把兄弟坏了。今日有了老生儿，不致绝后，早则不在绝地上安坟了。皆是孝顺女所赐，老夫怎肯知恩不报？如今有个主意：把家私做三分分开：女儿、侄儿、孩儿，各得一分。大家各管家业，和气过日子罢了。”当日叫家人寻了张郎家来，一同引孙及小孩儿拜见了邻舍诸亲，就做了个分家的筵席，尽欢而散。

此后刘妈妈认了真，十分爱惜着孩儿。员外与小梅自不必说，引姐、引孙又各内外保全，张郎虽是嫉妒也用不着，毕竟培养得孩儿成立起来。此是刘员外广施阴德，到底有后；又恩待骨肉，原受骨肉之报。所谓亲一支热一支也。有诗为证：

女婿如何有异图？总因财利令亲疏。

若非孝女关疼热，毕竟刘家有后无？

① 眉批：小梅是大证见。

② 眉批：女儿偶贤，未可认刘只护刘也。世间女与婿同心而谋翁产者，多矣。

卷三十九 乔势天师禳旱魃 秉诚县令召甘霖

诗云：

自古有神巫，其术能役鬼。祸福如烛照，妙解阴阳理。不独倾公卿，时亦动天子。岂似后世者，其人总村鄙。语言甚不伦，偏能惑闾里。淫祀无虚日，枉杀供牲醴。安得西门豹，投畀邺河水。

话说男巫女觋，自古有之。汉时谓之“下神”，唐世呼为“见鬼人”。尽能役使鬼神，晓得人家祸福休咎，令人趋避，颇有灵验。所以公卿大夫都有信着他的，甚至朝廷宫闱之中有时召用。此皆有个真传授，可以行得去做得来的，不是荒唐。却是世间的事，有了真的，便有假的。那无知男女，妄称神鬼，假说阴阳，一些影响没有的，也一般会哄动乡民，做张做势的，从古来就有了。

直到如今，真有术的巫觋已失其传，无过是些乡里村夫、游嘴老妪，男称太保，女称师娘，假说降神召鬼，哄骗愚人。口里说汉话，便道神道来了。却是脱不得乡气，信口胡柴的，多是不囫囵的官话，杜撰出来的字眼。正经人听了，浑身麻木忍笑不住的；乡里人信县活灵活现的神道，匾匾的信伏，不知天下曾有那不会讲官话的神道么[①]！又还一件可恨处：见人家有病人来求他，他先前只说救不得，直到拜求恳切了，口里说出许多牛羊猪狗的愿心来，要这家脱衣典当，杀生害命，还恐怕神道不肯救，啼啼哭哭的。及至病已犯拙，烧献无效，再不怨怅他疑心他，只说不曾尽得心，神道不喜欢，见得如此，越烧献得紧了。不知弄人家费多少钱钞，伤多少性命！不过供得他一时乱话，吃得些、

① 眉批：天上有不识字仙人，则亦有不会官语的神道。

骗得些罢了。律上禁止师巫邪术，其法甚严，也还加他“邪术”二字，要见还成一家说话。而今并那邪不成邪，术不成术，一味胡弄，愚民信伏，习以成风，真是痼疾不可解，只好做有识之人的笑柄而已。

苏州有个小民，姓夏，见这些师巫兴头，也去投着师父，指望传些真术。岂知费了拜见钱，并无甚术法得传，只教得些游嘴门面的话头，就是祖传来辈辈相授的秘诀，习熟了，打点开场施行。其邻有个范春元，名汝舆，最好戏耍。晓得他是头番初试，原没甚本领的，设意要弄他一场笑话。来哄他道：“你初次降神，必须露些灵异出来，人才信服。我忝为你邻人，与你商量个计较，帮衬着你，等别人惊骇方妙。”夏巫道：“相公有何妙计？”范春元道：“明日等你上场时节，吾手里拿着糖糕叫你猜，你一猜就着。我就赞叹起来，这些人自然信服了。”夏巫道：“相公肯如此帮衬小人，小人万幸。”

到得明日，远近多传道新太保降神，来观看的甚众。夏巫登场，正在捏神捣鬼，妆憨打痴之际，范春元手中捏着一把物事来问道：“你猜得我掌中何物，便是真神道。”夏巫笑道：“手中是糖糕。”范春元假意拜下去道：“猜得着，果是神明。”即拿手中之物，塞在他口里去。夏巫只道是糖糕，一口接了，谁知不是糖糕滋味，又臭又硬，甚不好吃，欲待吐出，先前猜错了，恐怕露出马脚，只得攒眉忍苦咽了下去。范春元见吃完了，发一瘧道：“好神明，吃了干狗屎了！[①]”众人起初看见他吃法烦难，也有些疑心，及见范春元说破，晓得被他做作，尽皆哄然大笑，一时散去。夏巫吃了这场羞，传将开去，此后再弄不兴了。似此等虚妄之人，该是这样处置他才妙，怎当得愚民要信他骗哄。亏范春元是个读书之人，弄他这些破绽出来，若不然时，又被他胡行了。

范春元不足奇，宋时还有个小人，也会不信师巫，弄他一场笑话。华亭金山庙临海边，乃是汉霍将军祠。地方人相传，道是钱王霸吴越时，他曾起阴兵相助，故此崇建灵宫。淳熙末年，庙中有个巫者，因时节边，聚集县人，捏神捣鬼，说将军附体，宣言祈祝他的，广有福利，县人信了，纷竞前来。独有钱

① 眉批：戏谑实善戏谑也。

寺正家一个干仆沈晖，崛强不信，出语谑侮。有与他一班相好的，恐怕他触犯了神明，尽以好言相劝，叫他不可如此戏弄。那庙巫宣言道：“将军甚是恼怒，要来降祸。”沈晖偏要与他争辨道：“人生祸福天做定的，那里什么将军来摆布得我？就是将军有灵，决不附着你这等村蠢之夫来说祸说福的。①”正在争辨之时，沈晖一交跌倒，口流涎沫，登时晕去。内中有同来的，奔告他家里。妻子多来看视，见了这个光景，分明认是得罪神道了，拜着庙巫讨饶。庙巫越妆起腔来道：“悔谢不早，将军盛怒，已执录了精魄，押赴酆都，死在顷刻，救不得了。”庙巫看见晕去不醒，正中下怀，落得大言恐吓。妻子惊惶无计，对着神像只是叩头，又苦苦哀求庙巫，庙巫越把话来说得狠了。妻子只得拊尸恸哭。看的人越多了，相戒道：“神明利害如此，戏谑不得的。”庙巫一发做着天气，十分得意。

只见沈晖在地下扑的跳将起来，众人尽道是强魂所使，俱各惊开。沈晖在人丛中跃出，扭住庙巫，连打数掌道：“我把你这枉口嚼舌的，不要慌，那曾见我酆都去了？”妻子道：“你适才却怎么来？”沈晖大笑道：“我见这些人信他，故意做这个光景要他一耍，有甚么神道来？②”庙巫一场没趣，私下走出庙去躲了。合庙之人尽皆散去，从此也再弄不兴了。

看官只看这两件事，你道巫师该信不该信？所以聪明正直之人，再不被那一干人所惑，只好哄愚夫愚妇一窍不通的。小子而今说一个极做天气的巫师，撞着个极不下气的官人，弄出一场极畅快的事来，比着西门豹投巫还觉希罕。正是：

奸欺妄欲言生死，宁知受欺正于此？
世人认做活神明，只合同尝干狗屎。

话说唐武宗会昌年间，有个晋阳县令，姓狄，名维谦，乃反周为唐的名臣狄梁公仁杰之后。守官清恪，立心刚正，凡事只从直道上做去，随你强横的他

---

① 眉批：仆能作此语，贺方回家奴也。
② 眉批：快绝！妙绝！真是干仆。

不怕，就上官也多谦让他一分。治得个晋阳户不夜闭，道不拾遗，百姓家家感德衔恩，无不赞叹的。谁知天灾流行，也是晋阳地方一个悔气，虽有这等好官在上，天道一时亢旱起来，自春至夏，四五个月内，并无半点雨泽。但见：

田中纹拆，井底尘生。滚滚烟飞，尽是晴光浮动；微微风撼，元来暖气薰蒸。辘轳不绝声，止得泥浆半杓；车戽无虚刻，何来活水一泓？供养着五湖四海行雨龙王，急迫煞八口一家喝风狗命。止有一轮红日炎炎照，那见四野阴云欻欻兴？

旱得那晋阳数百里之地，土燥山焦，港枯泉涸，草木不生，禾苗尽槁。急得那狄县令屏去侍从仪卫，在城隍庙中跣足步祷，不见一些徵应，一面减膳羞，禁屠宰，日日行香，夜夜露祷①。凡是那救旱之政，没一件不做过了。

话分两头。本州有个无赖邪民，姓郭，名赛璞，自幼好习符咒，投着一个并州来的女巫，结为伙伴，名称师兄师妹，其实暗地里当做夫妻。两个一正一副，花嘴骗舌，哄动乡民不消说。亦且男人外边招摇，女人内边蛊惑，连那官宦大户人家，也有要祷除灾祸的；也有要祛除疾病的；也有夫妻不睦，要他魇样和好的；也有妻妾相妒，要他各使魇魅的②，种种不一。弄得太原州界内七颠八倒。本州监军使，乃是内监出身。这些太监心性，一发敬信的了不得。监军使适要朝京，因为那时朝廷也重这些左道异术，郭赛璞与女巫便思量随着监军使之便，到京师走走，图些侥幸。那监军使也要作兴他们，主张带了他们去。

到得京师，真是五方杂聚之所，奸宄易藏，邪言易播。他们施符设咒，救病除妖，偶然撞着小小有些应验，便一传两，两传三，各处传将开去，道是异人异术，分明是一对活神仙在京里了③。及至来见他的，他们习着这些大言不惭的话头，见神见鬼，说得活灵活现；又且两个一鼓一板，你强我赛，除非是正人君子不为所惑，随你哞嗻伶俐的好汉，但是一分信着鬼神的，没一个不着他道儿。

---

① 眉批：好官而得旱，巫是妖巫，宜殄而异政宜彰故耳。

② 眉批：惟其有此等，所以此辈行得去。

③ 眉批：亦必小有伎俩动人。

外边既已哄传其名，又因监军使到北司各监赞扬，弄得这些太监往来的多了，女巫遂得出入宫掖，时有恩赉；又得太监们帮衬之力，夤缘圣旨，男女巫俱得赐号“天师”。元来唐时崇尚道术，道号天师，僧赐紫衣，多是不以为意的事①。却也没个什么职掌衙门，也不是什么正经品职，不过取得名声好听恐动乡里而已。郭赛璞既得此号，便思荣归故乡，同了这女巫仍旧到太原州来。此时无大无小、无贵无贱，尽称他每为天师。他也妆模作样，一发与未进京的时节气势大不同了。

正值晋阳大旱之际，无计可施，狄县令出着告示道：“不拘官吏军民人等，如有能兴云致雨，本县不惜重礼酬谢。”告示既出，有县里一班父老，率领着若干百姓，来禀县令道：“本州郭天师符术高妙，名满京都，天子尚然加礼，若得他一至本县祠中，那祈求雨泽如反掌之易。只恐他尊贵，不能勾得他来。须得相公虔诚敦请，必求其至，以救百姓，百姓便有再生之望了。”狄县令道：“若果然其术有灵，我岂不能为着百姓屈己求他？只恐此辈是大奸猾，煽超浮名，未必有真本事。亦且假窃声号，妄自尊大，请得他来，徒增尔辈一番骚扰，不能有益②。不如就近访那真正好道、潜修得力的，未必无人，或者有得出来应募，定胜此辈虚嚣的一倍。本县所以未敢慕名开此妄端耳。”父老道：“相公所见固是。但天下有其名必有其实，见放着那朝野闻名咋嗻的天师不求，还那里去另访得道的？这是‘现钟不打，又去炼铜’了。若相公恐怕供给烦难，百姓们情愿照里递人丁派出做公费，只要相公做主，求得天师来，便莫大之恩了。”县令道：“你们所见既定，我何所惜？”

于是，县令备着花红表里，写着恳请书启，差个知事的吏典，代县令亲身行礼，备述来意已毕。天师意态甚是倨傲，听了一回，慢然答道：“要祈雨么？”众人叩头道：“正是。”天师笑道：“亢旱乃是天意，必是本方百姓罪业深重，又且本县官吏贪污不道，上天降罚，见得如此。我等奉天行道，怎肯违了

---

① 眉批：唐政可知。

② 眉批：大是正论真见。

天心替你们祈雨？①”众人又叩头道：“若说本县县官，甚是清正有余，因为小民作业，上天降灾。县官心生不忍，特慕天师大名，敢来礼聘。屈尊到县，祈请一坛甘雨，万勿推却。万民感戴。”天师又笑道：“我等岂肯轻易赴汝小县之请？”再三不肯。

吏典等回来回复了狄县令。父老同百姓等多哭道：“天师不肯来，我辈眼见得不能存活了。还是县宰相公再行敦请，是必要他一来便好。②”县令没奈何，只得又加礼物，添差了人，另写了恳切书启。又申个文书到州里，央州将分上，恳请必来。州将见县间如此勤恳，只得自去拜望天师，求他一行。天师见州将自来，不得已，方才许诺。众人见天师肯行，欢声动地，恨不得连身子都许下他来。

天师叫备男女轿各一乘，同着女师前往。这边吏典父老人等，惟命是从，敢不齐整？备着男女二轿，多结束得分外鲜明，一路上秉香燃烛，幢幡宝盖，真似迎着一双活佛来了。到得晋阳界上，狄县令当先迎着，他两人出了轿，与县令见礼毕。县令把着盏，替他两个上了花红彩缎，备过马来换了轿，县令亲替他笼着马，鼓乐前导，迎至祠中③。先摆着下马酒筵，极其丰盛，就把铺陈行李之类，收拾在祠后洁净房内，县令道了安置，别了自去，专候明日作用，不题。

却说天师到房中对女巫道：“此县中要我每祈雨，意思虔诚，礼仪丰厚，只好这等了。满县官吏人民，个个仰望着下雨，假若我们做张做势，造化撞着了下雨便好；倘不遇巧，怎生打发得这些人？”女巫道：“枉叫你弄了若干年代把戏，这样小事就费计较？明日我每只把雨期约得远些，天气晴得久了，好歹多少下些；有一两点洒洒，便算是我们功德了。万一到底不下，只是寻他们事故，左也是他不是，右也是他不是。弄得他们不耐烦。我们做个天气，只是撇着要去，不肯再留，那时只道恼了我们性子，扳留不住。自家只好忙乱，那个还来

① 眉批：先开求雨不来的后路。
② 眉批：愚民难论。
③ 眉批：折尽菜傭村姬之福，安得不败。

议我们的背后不成?①”天师道：“有理，有理。他既十分敬重我们，料不敢拿我们破绽②，只是老着脸皮做便了。”商量已定。

次日，县令到祠请祈雨。天师传命：就于祠前设立小坛停当。天师同女巫在城隍神前，口里胡言乱语的，说了好些鬼话，一同上坛来。天师登位，敲动令牌；女巫将着九环单皮鼓打的厮琅琅价响，烧了好几道符。天师站在高处，四下一望，看见东北上微微有些云气，思量道：“夏雨北风生，莫不是数日内有雨？落得先说破了，做个人情。”下坛来对县令道：“我为你飞符上界请雨，已奉上帝命下了，只要你们至诚，三日后雨当沾足。”这句说话传开去，万民无不踊跃喜欢。四郊士庶多来团集了，只等下雨。

悬悬望到三日期满，只见天气越晴得正路了：

烈日当空，浮云扫净。蝗蝻得意，乘热气以飞扬；鱼鳖潜踪，在汤池而踟蹰。轻风罕见，直挺挺不动五方旗；点雨无征，苦哀哀只闻一路哭。

县令同了若干百姓来问天师道：“三日期已满，怎不见一些影响?”天师道：“灾沴必非虚生，实由县令无德，故此上天不应。我今为你虔诚再告。”狄县令见说他无德，自己引罪道：“下官不职，灾祸自当，怎忍贻累于百姓！万望天师曲为周庇，宁使折尽卜官福算，换得一场雨泽，救取万民。不胜感戴。”天师道：“亢旱必有旱魃，我今为你一面祈求雨泽，一面搜寻旱魃③，保你七日之期自然有雨。”县令道：“旱魃之说，《诗》、《书》有之，只是如何搜寻?”天师道：“此不过在民间，你不要管我。”县令道：“果然搜寻得出，致得雨来，但凭天师行事。”

天师就令女巫到民间各处寻旱魃，但见民间有怀胎十月将足者，便道是旱魃在腹内，要将药堕下他来。民间多慌了。他又自恃是女人，没一家内室不走进去。但是有娠孕的多瞒他不过。富家恐怕出丑，只得将钱财买嘱他，所得贿赂无算。只把一两家贫妇带到官来，只说是旱魃之母，将水浇他。县令明知无

---

① 眉批：女巫更是老奸。

② 旁批：所恃在此。

③ 眉批：又生出诈钱题目来。

干，敢怒而不敢言，只是尽意奉承他。到了七日，天色仍复如旧，毫无效验。有诗为证：

旱魃如何在妇胎？奸徒设计诈人财。

虽然不是祈禳法，只合雷声头上来。

如此作为，十日有多。天不凑趣，假如肯轻轻松松洒下了几点，也要算他功劳，满场卖弄本事，受酬谢去了，怎当得干阵也不打一个？两人自觉没趣，推道："是此方未该有雨，担阁在此无用。[①]"一面收拾，立刻要还本州。这些愚呆百姓，一发慌了，嚷道："天师在此尚然不能下雨；若天师去了。这雨再下不成了。岂非一方百姓该死？[②]"多来苦告县令，定要扳留。

县令极是爱百姓的，顺着民情，只得去拜告苦留，道："天师既然肯为万姓，特地来此，还求至心祈祷，必求个应验，救此一方，如何做个劳而无功去了？[③]"天师被县令礼求，百姓苦告，无言可答。自想道："若不放下个脸来，怎生缠得过？"勃然变色。骂县令道："庸琐官人，不知天道！你做官不才，本方该灭。天时不肯下雨，留我在此何干？"县令不敢回言与辨，但称谢道："本方有罪，自干天谴，非敢更烦天师，但特地劳渎天师到此一番，明日须要治酒奉饯，所以屈留一宿。"天师方才和颜道："明日必不可迟了。"

县令别去，自到衙门里来，召集衙门中人，对他道："此辈猾徒，我明知矫诬无益，只因愚民轻信，只道我做官的不肯屈意，以致不能得雨，而今我奉事之礼，祈恳之诚，已无所不尽，只好这等了。他不说自己邪妄没力量，反将恶语詈我。我忝居人上，今为巫者所辱，岂可复言为官耶！明日我若有所指挥，你等须要一一依我而行，不管有甚好歹是非，我身自当之，你们不可迟疑落后了。"这个狄县令一向威严，又且德政在人，个个信服。他的分付那一个不依从的？当日衙门人等，俱各领命而散。

---

① 眉批：好淡话。

② 眉批：下愚不移。

③ 眉批：县令若亦为其所惑，苦求不足道也。惟明知其诬而肯为百姓屈，所以为贤。

次早县门未开，已报天师严饬归骑，一面催促起身了[①]。管办吏来问道："今日相公与天师饯行，酒席还是设在县里，还是设在祠里，也要预先整备才好，怕一时来不迭。"县令冷笑道："有甚来不迭？"竟叫打头踏到祠中来，与天师送行，随从的人多疑心道："酒席未曾见备，如何送行？"那边祠中天师也道："县官既然送行，不知设在县中还是祠中？如何不见一些动静？"等得心焦，正在祠中发作道："这样怠慢的县官，怎得天肯下雨？"须臾间，县令已到。天师还带着怒色，同女巫一齐嚷道："我们要回去的，如何没些事故担阁我们？甚么道理？既要饯行，何不快些？"县令改容大喝道："大胆的奸徒！你左道女巫，妖惑日久，撞在我手，当须死在今日！还敢说归去么？"喝一声："左右，拿下！"

官长分付，从人怎敢不从？一伙公人暴雷也似答应一声，提了铁链，如鹰拿燕雀，把两人扣脰颈锁了，扭将下来。县令先告城隍道："龌龊妖徒，哄骗愚民，诬妄神道，今日请为神明除之。"喝令按倒在城隍面前道："我今与你二人饯行。[②]"各鞭背三十，打得皮开肉绽，血溅庭阶。鞭罢，捆缚起来，投在祠前潭水之内。可笑郭赛璞与并州女巫做了一世邪人，今日死于非命。

　　强项官人不受挫，妄作妖巫干托大。

　　神前杖背神不灵，瓦罐不离井上破。

狄县令立刻之间除了两个天师，左右尽皆失色。有老成的来禀道："欺妄之徒，相公除了甚当。只是天师之号，朝廷所赐，万一上司嗔怪，朝廷罪责，如之奈何？"县令道："此辈人无根绊有权术，留下他冤仇不解，必受他中伤。既死之后，如飞蓬断梗，还有什么亲识故旧来党护他的[③]？即使朝廷责我擅杀，我拚着一官便了，没甚大事。"众皆唯唯服其胆量。县令又自想道："我除了天师，若雨泽仍旧不降，无知愚民越要归咎于我，道是得罪神明之故了。我想神明在上，有感必通，妄诞庸奴，原非感格之辈。若堂堂县宰为民请命，岂有一

---

① 眉批：走为上着。

② 眉批：即此创快，便当大雨如注。

③ 眉批：大识见，不止胆量。

念至诚不蒙鉴察之理?”遂叩首神前虔祷道:“诬妄奸徒,身行秽事,口出诬言,玷污神德,谨已诛讫。上天雨泽,既不轻徇妖妄,必当鉴念正直。再无感应,是神明不灵,善恶无别矣。若果系县令不德,罪止一身,不宜重害百姓。今叩首神前,维谦发心,从此在祠后高冈烈日之中,立曝其身;不得雨,情愿槁死,誓不休息。[1]”言毕再拜而出。那祠后有山,高可十丈,县令即命设席焚香,簪冠执笏朝服独立于上[2]。分付从吏俱各散去听候。

阖城士民听知县令如此行事,大家骇愕起来道:“天师如何打死得的?天师决定不死。邑长惹了他,必有奇祸,如何是好?”又见说道,县令在祠后高冈上,烈日中自行曝晒,祈祷上天去了。于是奔走纷纭,尽来观看,搅做了人山人海,城墙也似砌将拢来。可煞怪异!真是来意至诚,无不感应。起初县令步到冈上之时,炎威正炽,砂石流铄,待等县令站得脚定了,忽然一片黑云推将起来,大如车盖,恰恰把县令所立之处遮得无一点日光,四周日色尽晒他不着。自此一片起来,四下里慢慢黑云团圈接着,与起初这覆顶的混做一块生成了,雷震数声,甘雨大注。但见:

千山叆叇,万境昏霾。溅沫飞流,空中宛转群龙舞;怒号狂啸,野外奔腾万骑来。闪烁烁曳两道流光,闹轰轰鸣几声连鼓。淋漓无已,只教农子心欢;震叠不停,最是恶人胆怯。

这场雨足足下了一个多时辰,直下得沟盈浍满,原野滂流。士民拍手欢呼,感激县令相公为民辛苦,论万数千的跑上冈来,簇拥着狄公自山而下。脱下长衣,当了伞子遮着雨点,老幼妇女拖泥带水,连路只是叩头赞诵。狄公反有好些不过意道:“快不要如此。此天意救民,本县何德?”怎当得众人愚迷的多,不晓得精诚所感,但见县官打杀了天师,又会得祈雨,毕竟神通广大,手段又比天师高强,把先前崇奉天师这些虔诚,多移在县令身上了[3]。县令到厅,分付百姓各散。随取了各乡各堡雨数尺寸文书,申报上司去。

---

① 眉批:愚公移山,精卫填海,同此一念耳。
② 眉批:好看。
③ 眉批:所以先圣每神道设教。

那时州将在州，先闻得县官杖杀巫者，也有些怪他轻举妄动，道是礼请去的，纵不得雨，何至于死？若毕竟请雨不得，岂不枉杀无辜？及见文书上来，报着四郊雨足，又见百姓雪片也似投状来，称赞县令曝身致雨许多好处，州将才晓得县令正人君子，政绩殊常，深加叹异。有心要表扬他，又恐朝廷怪他杖杀巫者，只得上表一道，明列其事。内中大略云："郭巫等猥琐细民，妖诬惑众，虽窃名号，总属夤缘；及在乡里，渎神害下，凌铄邑长。守土之官，为民诛之，亦不为过。狄某力足除奸，诚能动物，曝躯致雨，具见异绩。圣世能臣，礼宜优异。"云云。其时藩镇有权，州将表上，朝廷不敢有异，亦且郭巫等原系无籍棍徒，一时在京冒滥宠荣，到得出外多时，京中原无羽翼心腹记他在心上的。就打死了，没人仇恨，名虽天师，只当杀个平民罢了。果然不出狄县令所料。

那晋阳是彼时北京，一时狄县令政声朝野喧传，尽皆钦服其人品。不一日，诏书下来褒异。诏云："维谦剧邑良才，忠臣华胄。睹兹天厉，将瘅下民。当请祷于晋祠，类投巫于邺县。曝山椒之畏景，事等焚躯；起天际之油云，情同剪爪。遂使旱风潜息，甘泽旋流。昊天犹鉴克诚，予意岂忘褒善？特颁朱绂，俾耀铜章。勿替令名，更昭殊绩。"当下赐钱五十万，以赏其功。

从此，狄县令遂为唐朝名臣。后来升任去后，本县百姓感他，建造生祠，香火不绝。祈晴祷雨，无不应验①。只是一念刚正，见得如此。可见邪不能胜正。那些乔妆做势的巫师，做了水中淹死鬼，不知几时得超升哩。世人酷信巫师的，当熟看此段话文。有诗为证：

尽道天师术有灵，如何水底不回生？

试看甘雨随车后，始信如神是至诚。

---

① 眉批：比今有司生祠何如？

卷四十 华阴道独逢异客 江陵郡三拆仙书

诗云：

人生凡事有前期，尤是功名难强为。

多少英雄埋没杀，只因莫与指途迷。

话说人生只有科第一事，最是黑暗，没有甚定准的。自古道“文齐福不齐”，随你胸中锦绣，笔下龙蛇，若是命运不到，到不如乳臭小儿、卖菜佣早登科甲去了。就如唐时以诗取士，那李、杜、王、孟不是万世推尊的诗祖？却是李杜俱不得成进士，孟浩然连官多没有，止有王摩诘一人有科第，又还亏得岐王帮衬，把郁轮袍打了九公主关节，才夺得解头。若不会夤缘钻刺，也是不稳的。只这四大家尚且如此，何况他人？及至诗不成诗，而今世上不传一首的，当时登第的元不少。看官，你道有甚么清头在那里？所以说：

文章自古无凭据，惟愿朱衣一点头。

说话的，依你这样说起来，人多不消得读书勤学，只靠着命中福分罢了。看官，不是这话。又道是尽其在我，听其在天。只这些福分又赶着兴头走的，那奋发不过的人终久容易得些，也是常理。故此说：“皇天不负苦心人。”毕竟水到渠成，应得的多。但是科场中鬼神弄人，只有那该侥幸的时来福凑、该迍邅的七颠八倒这两项吓死人。先听小子说几件科场中事体，做个起头。

有个该中了，撞着人来帮衬的。湖广有个举人，姓何，在京师中会试，偶入酒肆，见一伙青衣大帽人在肆中饮酒。听他说话半文半俗，看他气质，假斯文带些光棍腔[1]。何举人另在一座，自斟自酌。这些人见他独自一个寂寞，便来邀他同坐。何举人不辞，就便随和欢畅。这些人道是不做腔，肯入队，且又好相与，尽多快活。吃罢散去。

隔了几日，何举人在长安街过，只见一人醉卧路傍，衣帽多被尘土染污[2]。仔细一看，却认得是前日酒肆里同吃酒的内中一人。也是何举人忠厚处，见他醉后狼藉不像样，走近身扶起他来。其人也有些醒了，张目一看，见是何举人扶他，把手拍一拍臂膊，哈哈笑道："相公造化到了。"就伸手袖中解出一条汗巾来，汗巾结果裹着一个两指大的小封儿，对何举人道："可拿到下处自看。"何举人不知其意，袖了到下处去。下处有好几位同会试的在那里，何举人也不道是什么机密勾当，不以为意，竟在众人面前拆开看时，乃是六个四书题目，八个经题目，共十四个。同寓人见了，问道："此自何来？"何举人把前日酒肆同饮、今日跌倒街上的话，说了一遍，道："是这个人与我的，我也不知何来。"同寓人道："这是光棍们假作此等哄人的，不要信他。[3]"独有一个姓安的心里道："便是假的何妨？我们落得做做熟也好。"就与何举人约了，每题各做一篇，又在书坊中寻刻的好文，参酌改定。后来入场，七个题目都在这里面的，二人多是预先做下的文字，皆得登第。

元来这个醉卧的人，乃是大主考的书办，在他书房中抄得这张题目，乃是一正一副在内。朦胧醉中，见了何举人扶他，喜欢，与了他。也是他机缘辐辏，又挈带了一个姓安的。这些同寓不信的人，可不是命里不该，当面错过？

醉卧者人，吐露者神。

信与不信，命从此分。

有个该中了，撞着鬼来帮衬的。扬州兴化县举子，应应天乡试，头场日鼾睡一日不醒，号军叫他起来，日已晚了，正自心慌，且到号底厕上走走。只见

---

① 眉批：衙胥真容。

② 眉批：长安街常有之景。

③ 眉批：不信者多，只因怕做文字耳。

厕中已有一个举子在里头问兴化举子道："兄文成未？"答道："正因睡了失觉，一字未成，了不得在这里。"厕中举子道："吾文皆成，写在王讳纸上，今疾作誊不得了，兄文既未有，吾当赠兄罢。他日中了，可谢我百金。"兴化举子不胜之喜。厕中举子就把一张王讳纸递过来，果然七篇多明明白白写完在上面，说道："小弟姓某名某，是应天府学。家在僻乡，城中有卖柴牙人某人，是我侄，可一访之，便可寻我家了。"兴化举子领诺，拿到号房照他写的誊了，得以完卷。进过三场，揭晓果中。急持百金，往寻卖柴牙人，问他叔子家里。那牙人道："有个叔子，上科正患痢疾进场，死在场中了[①]。今科那得还有一个叔子？"举子大骇，晓得是鬼来帮他中的，同了牙人直到他家，将百金为谢。其家甚贫，梦里也不料有此百金之得，阖家大喜。这举子只当百金买了一个春元。

　　一点文心，至死不磨。

　　上科之鬼，能助今科。

有个该中了，撞着神借人来帮衬的。宁波有两生，同在鉴湖育王寺读书。一生儇巧，一生拙诚。那拙的信佛，每早晚必焚香在大士座前祷告，愿求明示场中七题[②]。那巧的见他匍匐不休，心中笑他痴呆。思量要要他一要，遂将一张大纸，自拟了七题，把佛香烧成字，放在香几下。拙的明日早起拜神，看见了，大信，道："是大士有灵，果然密授秘妙。"依题遍采坊刻佳文，名友窗课，模拟成七篇好文，熟记不忘。巧的见他信以为实，如此举动，道是被作弄着了，背地暗笑他着鬼[③]。岂知进到场中，七题一个也不差，一挥而出，竟得中式。这不是大士借那儇巧的手，明把题目与他的？

　　拙以诚求，巧者为用。

　　鬼神机权，妙于簸弄。

有个该中了，自己精灵现出帮衬的。湖广乡试日，某公在场阅卷倦了，朦

① 眉批：痢疾鬼有佳文耶？中正不必佳也。

② 旁批：原痴呆。

③ 眉批：果可暗笑。

胧打盹。只听得耳畔叹息道："穷死穷死！救穷救穷！"惊醒来想一想道："此必是有士子要中的作怪了。"仔细听听，声在一箱中出，伸手取卷，每拾起一卷，耳边低低道："不是。"如此屡屡，落后一卷，听得耳边道："正是。"某公看看，文字果好，取中之，其声就止。出榜后，本生来见。某公问道："场后有何异境？"本生道："没有。"某公道："场中甚有影响，生平好讲什么话？"本生道："门生家寒不堪，在窗下每作一文成，只呼'穷死救穷'，以此为常，别无他话。①"某公乃言阅卷时耳中所闻如此，说了共相叹异，连本生也不知道怎地起的。这不是自己一念坚切，精灵活现么？

精诚所至，金石为开。

果然勇猛，自有神来。

有个该中了，人与鬼神两相凑巧帮衬的。浙场有个士子，原是少年饱学，走过了好几科，多不得中。落后一科，年纪已长，也不做指望了。幸得有了科举，图进场完故事而已。进场之夜，忽梦见有人对他道："你今年必中，但不可写一个字在卷上，若写了，就不中了，只可交白卷。"士子醒来道："这样梦也做得奇，天下有这事么？"不以为意。进场领卷，正要构思下笔，只听得耳边厢又如此说道："决写不得的。"他心里疑道："好不作怪？"把题目想了一想，头红面热，一字也忖不来，就跑躁起来道："都管是又不该中了，所以如此。"闷闷睡去。只见祖、父俱来分付道："你万万不可写一字，包你得中便了。②"醒来叹道："这怎么解？如此梦魂缠扰，料无佳思，吃苦做甚么？落得不做，投了白卷出去罢！"出了场来自道："头一个就是他贴出，不许进二场了。"只见试院开门，贴出许多不合式的来：有不完篇的，有脱了稿的，有差写题目的，纷纷不计其数。正拣他一字没有的，不在其内，到哈哈大笑道："这些弥封对读的，多失了魂了！"

隔了两日，不见动静，随众又进二场，也只是见不贴出，瞒生人眼，进去

---

① 眉批：如此精灵现者亦多不尽验，何也？

② 眉批：要知写了便中不得的。

戏耍罢了。才捏得笔，耳边又如此说。他自笑道："不劳分付，头场白卷，二场写他则甚？世间也没这样呆子。"游衍了半日，交卷而出，道："这番决难逃了！"只见第二场又贴出许多，仍复没有己名，自家也好生诧异。又随众进了三场，又交了白卷，自不必说，朋友们见他进过三场，多来请教文字，他只好背地暗笑，不好说得。到得榜发，公然榜上有名，高中了①。他只当是个梦，全不知是那里起的。随着赴鹿鸣宴风骚，真是十分侥幸。领出卷来看，三场俱完好，且是锦绣满纸，惊得目睁口呆，不知其故。

元来弥封所两个进士知县，多是少年科第，有意思的，道是不进得内廉，心中不伏气。见了题目，有些技痒，要做一卷，试试手段，看还中得与否？只苦没个用印卷子，虽有个把不完卷的，递将上来，却也有一篇半篇，先写在上了，用不着的。已后得了此白卷，心中大喜，他两个记着姓名，便你一篇我一篇，共相斟酌改订，凑成好卷，弥封了发去誊录。三场皆如此，果然中了出来。两个进士暗地得意，道："是这人有天生造化。"反着人寻将他来，问其白卷之故。此生把梦寐叮嘱之事，场中耳畔之言，一一说了。两个进士道："我两人偶然之兴，皆是天教代足下执笔的。"此生感激无尽，认做了相知门生。

张公吃酒，李公却醉。

命若该时，一字不费。

这多是该中的话了。若是不该中，也会千奇万怪起来。

有一个不该中，鬼神反来耍他的。万历癸未年，有个举人管九皋赴会试。场前梦见神人传示七个题目，醒来个个记得，第二日寻坊间文，拣好的熟记了。入场，七题皆合②，喜不自胜。信笔将所熟文字写完，不劳思索，自道是得了神助，必中无疑。谁知是年主考厌薄时文，尽搜括坊间同题文字入内磨对，有试卷相同的，便涂坏了。管君为此竟不得中，只得选了官去。若非先梦七题，自家出手去做，还未见得不好。这不是鬼神明明耍他？

---

① 眉批：奇幻极矣！

② 眉批：只是抄旧，原有蠢气，可为生吞活剥者戒。

梦是先机，番成悔气。

鬼善揶揄，直同儿戏。

有一个不该中强中了，鬼神来摆布他的。浙江山阴士人诸葛一鸣，在本处山中发愤读书，不回过岁。隆庆庚午年，元旦未晓，起身梳洗，将往神祠中祷祈。途间遇一群人喝道而来，心里疑道："山中安得有此?"伫立在傍细看，只见鼓吹前导，马上簇拥着一件东西。落后贵人到，乃一金甲神也。一鸣明知是阴间神道，迎上前来拜问道："尊神前驱所迎何物?"神道："今科举子榜。"一鸣道："小生某人，正是秀才，榜上有名否?"神道："没有。君名在下科榜上。[①]"一鸣道："小生家贫等不得[②]，尊神可移早一科否?"神道："事甚难。然与君相遇，亦有缘，试为君图之。若得中，须多焚楮钱，我要去使用，才安稳。不然，我亦有罪犯。"一鸣许诺。及后边榜发，一鸣名在末行，上有丹印。缘是数已填满，一个教官将着一鸣卷竭力来荐，至见诸声色。主者不得已，割去榜末一名，将一鸣填补。此是鬼神在暗中作用[③]。

一鸣得中甚喜，匆匆忘了烧楮钱。赴宴归寓，见一鬼披发在马前哭道："我为你受祸了。"一鸣认看，正是先前金甲神，甚不过意道："不知还可焚钱相救否?"鬼道："事已迟了，还可相助。"一鸣买些楮钱烧了。及到会试，鬼复来道："我能助公登第，预报七题。"一鸣打点了进去，果然不差，一鸣大喜。到第二场，将到进去了，鬼才来报题。一鸣道："来不及了。"鬼道："将文字放在头巾内带了进去，我遮护你便了。"一鸣依了他。到得监试面前，不消搜得，巾中文早已坠下，算个怀挟作弊，当时打了枷号示众，前程削夺。此乃鬼来报前怨作弄他的[④]。可见命未该中，只早一科也是强不得的。

躁于求售，并丧厥有。

---

① 旁批：足矣。

② 旁批：亦是躁急薄福人。

③ 眉批：彼人何罪？作弊鬼亦可恨。

④ 眉批：鬼何至怀恨狠于报复如此？亦是强早三年，冥罚重故。

人耶鬼耶？各任其咎。

看官只看小子说这几端，可见功名定数，毫不可强。所以道：

窗下莫言命，场中不论文。

世间人总在这定数内被他哄得昏头昏脑的。小子而今说一段指破功名定数的故事，来完这回正话。

唐时有个江陵副使李君，他少年未第时，自洛阳赴长安进士举，经过华阴道中，下店歇宿。只见先有一个白衣人在店，虽然浑身布素，却是骨秀神清，丰格出众。店中人甚多，也不把他放他心上①。李君是个聪明有才思的人，便瞧科在眼里道："此人决然非凡。"就把坐来移近了，把两句话来请问他。只见谈吐如流，百叩百应。李君愈加敬重，与他围炉同饮，款洽倍常。

明日一路同行。至昭应，李君道："小弟慕足下尘外高踪，意欲结为兄弟，倘蒙不弃，伏乞见教姓名年岁，以便称呼。"白衣人道："我无姓名，亦无年岁，你以兄称我，以兄礼事我可也。②"李君依言，当下结拜为兄。至晚，对李君道："我隐居西岳，偶出游行，甚荷郎君相厚之意。我有事故，明旦先要往城，不得奉陪，如何？"李君道："邂逅幸与高贤结契，今处相别，不识有甚言语指教小弟否？"白衣人道："郎君莫不要知后来事否？"李君再拜，恳请道："若得预知后来事，足可趋避，省得在黑暗中行，不胜至愿。"白衣人道："仙机不可泄漏，吾当缄封三书与郎君，日后自有应验。"李君道："所以奉恳，专贵在先知后事，若直待事后有验，要晓得他怎的？"白衣人道："不如此说。凡人功名富贵，虽自有定数，但吾能前知，便可为郎君指引。若到其间开他，自有用处，可以周全郎君富贵。"李君见说，欣然请教。

白衣人乃取纸笔，在月下不知写些甚么，摺做三个柬，外用三个封封了，拿来交与李君，道："此三封，郎君一生要紧事体在内，封有次第，内中有秘语，直到至急时方可依次而开，开后自有应验。依着做去，当得便宜。若无急

---

① 眉批：能从俗中识泼，即神仙亦感知己。

② 旁批：奇矣。

事，漫自开他，一毫无益的。切记，切记。”李君再拜领受，珍藏箧中。次日，各相别去。李君到了长安，应过进士举，不得中第。

李君父亲在时，是松滋令，家事颇饶，只因带了宦囊，到京营求升迁，病死客邸，宦囊一空。李君痛父沦丧，门户萧条，意欲中第才归，重整门阀。家中多带盘缠，拚住京师，不中不休。自恃才高，道是举手可得，如拾芥之易①。怎知命运不对，连应过五六举，只是下第，盘缠多用尽了。欲待归去，无有路费；欲待住下，以俟再举，没了赁房之资，求容足之地也无。左难右难，没个是处。正在焦急头上，猛然想道：“仙兄有书，分付道：‘有急方开。’今日已是穷极无聊，此不为急，还要急到那里去？不免开他头一封，看是如何？”然是仙书，不可造次。

是夜沐浴斋素，到第二日清旦，焚香一炉，再拜祷告道：“弟子只因穷困，敢开仙兄第一封书，只望明指迷途则个。”告罢，拆开外封，里面又有一小封，面上写着道：“某年月日，以困迫无资用，开第一封。”李君大惊道：“真神仙也！如何就晓得今日目前光景？且开封的月日俱不差一毫，可见正该开的，内中必有奇处。”就拆开小封来看，封内另有一纸，写着不多几个字：“可青龙寺门前坐。”看罢，晓得有些奇怪，怎敢不依？只是疑心道：“到那里去何干？”问问青龙寺远近，元来离住处有五十多里路。李君只得骑了一头蹇驴，迤迤走到寺前，日色已将晚了。果然依着书中言语，在门槛上呆呆地坐了一回，不见甚么动静。天昏黑下来，心里有些着急，又想了仙书，自家好笑道：“好痴子，这里坐，可是有得钱来的么？不指望钱，今夜且没讨宿处了。怎么处？”

正迟疑间，只见寺中有人行走响，看看至近，却是寺中主僧和个行者来关前门，见了李君问道：“客是何人，坐在此间？”李君道：“驴弱居远，天色已晚，前去不得，将寄宿于此。”主僧道：“门外风寒，岂是宿处？且请到院中来。②”李君推托道：“造次不敢惊动。”主僧再三邀进，只得牵了蹇驴，随着进

---

① 眉批：专是此等误事。

② 眉批：有人招揽，便生意动了。

来。主僧见是士人，具馔烹茶，不敢怠慢。饮间，主僧熟视李君，上上下下估着，看了一回，就转头去与行童说一番，笑一番。李君不解其意，又不好问得。只见主僧耐了一回，突然问道："郎君何姓？"李君道："姓李。"主僧惊道："果然姓李！"李君道："见说贱姓，如此着惊，何故？"主僧道："松滋李长官是郎君盛族，相识否？"李君站起身，颦蹙道："正是某先人也。"主僧不觉垂泪不已，说道："老僧与令先翁长官久托故旧，往还不薄。适见郎君丰仪酷似长官，所以惊疑，不料果是。老僧奉求已多日，今日得遇，实为万幸。"

李君见说着父亲，心下感伤，涕流被面道："不晓得老师与先人旧识，顷间造次失礼。然适闻相求弟子已久，不解何故？"主僧道："长官昔年将钱物到此求官，得疾狼狈，有钱二千贯，寄在老僧常住库中。后来一病不起，此钱无处发付。老僧自是以来，心中常如有重负，不能释然。今得郎君到此，完此公案，老僧此生无事矣。①"李君道："向来但知先人客死，宦囊无踪，不知却寄在老师这里。然此事无个证见，非老师高谊在古人之上，怎肯不昧其事，反加意寻访？重劳记念，此德难忘。"主僧道："老僧世外之人，要钱何用？何况他人之财，岂可没为己有，自增罪业？老僧只怕受托不终，致负夙债，贻累来生。今幸得了此心事，魂梦皆安②。老僧看郎君行况萧条，明日但留下文书一纸，做个执照，尽数辇去为旅邸之资，尽可营生，尊翁长官之目也瞑了。"李君悲喜交集，悲则悲着父亲遗念，喜则喜着顿得多钱。称谢主僧不尽，又自念仙书之验如此，真希有事也。

青龙寺主古人徒，受托钱财谊不诬。

贫子衣珠虽故在，若非仙诀可能符？

是晚主僧留住安宿，殷勤相待。次日，尽将原镪二千贯发出，交明与李君。李君写个收领文字，遂雇骡驮载，珍重而别。

李君从此买宅长安，顿成富家。李君一向门阀清贵，只因生计无定，连妻

---

① 眉批：好僧家！李公所托得人，识鉴可知。

② 眉批：弥见其高，不止有义。

子也不娶得。今长安中大家见他富盛起来，又是旧家门望，就有媒人来说亲与他。他娶下成婚，作久住之计。又应过两次举，只是不第，年纪看看长了。亲戚朋友仆从等多劝他：“且图一官，以为终身之计，如何被科名骗老了？”李君自恃才高，且家有余资，不愁衣食，自道：“只争得此一步，差好多光景，怎肯甘心就住，让那才不如我的得意了，做尽天气[①]？且索再守他次把做处。”本年又应一举，仍复不第，连前却满十次了。心里虽是不伏气，却是递年“打毷氉”，也觉得不耐烦了。说话的，如何叫得“打毷氉”？看官听说：唐时榜发后，与不第的举子吃解闷酒，浑名“打毷氉”。此样酒席，可是吃得十来番起的[②]？

李君要住住手，又割舍不得，要宽心再等，不但撺掇的人多，自家也觉争气不出了。况且妻子又未免图他一官半职荣贵，耳边日常把些不入机的话来激聒，一发不知怎地好，竟自没了主意[③]，念着一眶眼泪道：“一歇了手，终身是个不第举子。就侥幸官职高贵[④]，也说不响了。”踌躇不定几时，猛然想道：“我仙兄有书道‘急时可开’，此时虽无非常急事，却是住与不住，是我一生了当的事，关头所差不小，何不开他第二封一看，以为行止？”主意定了，又斋戒沐浴。次日清旦，启开外封，只见里面写道：“某年月日，以将罢举，开第二封。”李君大喜道：“元来原该是今日开的，既然开得不差，里面必有决断，吾终身可定了。”忙又开了小封看时，也不多几个字，写着：“可西市鞦辔行头坐。”李君看了道：“这又怎么解？我只道明明说个还该应举不应举，却又是哑谜。当日青龙寺，须有个寺僧欠钱；这下西市鞦辔行头，难道有人欠我及第的债不成[⑤]？但是仙兄说话不曾差了一些，只索依他走去，看是甚么缘故。却其实有些好笑。”自言自语了一回，只得依言一直走去。

---

① 旁批：可伤。

② 眉批：还有不止十来番者。

③ 眉批：失路英雄，异世同感。

④ 旁批：今世并此不可望。

⑤ 旁批：也说不定。

走到那里，自想道："可在那处坐好？"一眼望去一个去处，但见：

望子高挑，埕头广架。门前对子，强斯文带醉歪题；壁上诗篇，村过客乘忙诌下。入门一阵腥膻气，案上原少佳肴；到坐几番吆喝声，面前未来供馔。谩说闻香须下马，枉夸知味且停骖。无非行路救饥，或是邀人议事。

元来是一个大酒店。李君独坐无聊，想道："我且沽一壶，吃着坐看。"步进店来。店主人见是个士人，便拱道："楼上有洁净坐头，请官人上楼去。"李君上楼坐定，看那楼上的东首尽处，有间洁净小阁子，门儿掩着，像有人在里边坐下的，寂寂嘿嘿在里头。李君这付座底下，却是店主人的房，楼板上有个穿眼，眼里偷窥下去，是直见的。李君一个在楼上，还未见小二送酒菜上来，独坐着闲不过，听得脚底下房里头低低说话，他却在地板眼里张看。只见一个人将要走动身，一个拍着肩叮嘱，听得落尾两句说道："交他家郎君明日平明必要到此相会。若是苦没有钱，即说元是且未要钱的，不要挫过。迟一日就无及了①。"去的那人道："他还疑心不的确，未肯就来怎好？"

李君听得这几句话有些古怪，便想道："仙兄之言莫非应着此间人的事体么？即忙奔下楼来，却好与那两个人撞个劈面，乃是店主人与一个蓦生人。李君扯住店主人问道："你们适才讲的是甚么话？"店主人道："侍郎的郎君有件紧要事干，要一千贯钱来用，托某等寻觅，故此商量寻个头主。"李君道："一千贯钱不是小事，那里来这个大财主好借用？"店主道："不是借用，说得事成时，竟要了他这一千贯钱也还算是相应的。"李君再三要问其事备细。店主人道："与你何干！何必定要说破？"只见那要去的人，立定了脚，看他问得急切，回身来道："何不把实话对他说？总是那边未见得成，或者另绊得头主，大家商量商量也好。"店主人方才附着李君耳朵说道："是营谋来岁及第的事。"李君正斗着肚子里事，又合着仙兄之机，吃了一惊，忙问道："此事虚实如

① 眉批：正是卖的没处卖，买的没处买。

何？”店主人道：“侍郎郎君见在楼上房内，怎的不实？”李君道：“方才听见你们说话，还是要去寻那个的是？”店主人道：“有个举人要做此事，约定昨日来成的，直等到晚，竟不见来。不知为凑钱不起，不知为疑心不真？却是郎君元未要钱，直等及第了才交足，只怕他为无钱不来，故此又要这位做事的朋友去约他。若明日不来，郎君便自去了，只可惜了这好机会。”李君道：“好教两位得知，某也是举人。要钱时某也有，便就等某见一见郎君，做了此事，可使得否？”店主人道：“官人是实话么？”李君道：“怎么不实？”店主人道：“这事原不拣人的[①]。若实实要做，有何不可！”那个人道：“从古道‘有奶便为娘’，我们见钟不打，倒去敛铜？官人若果要做，我也不到那边去，再走坏这样闲步了。”店主人道：“既如此，可就请上楼与郎君相见面议，何如？”

两个人拉了李君一同走到楼上来。那个人走去东首阁子里，说了一会话，只见一个人踱将出来，看他怎生模样：

白胖面庞，痴肥身体。行动许多珍重，周旋颇少谦恭。抬眼看人，常带几分蒙昧；出言对众，时牵数字含糊。顶着祖父现成家，享这儿孙自在福[②]。

这人走出阁来，店主人忙引李君上前，指与李君道：“此侍郎郎君也，可小心拜见。”李君施礼已毕，叙坐了。郎君举手道：“公是举子么？[③]”李君通了姓名，道：“适才店主人所说来岁之事，万望扶持。”郎君点头未答，且目视店主人与那个人，做个手势道：“此话如何？”店主人道：“数目已经讲过，昨有个人约着不来，推道无钱。今此间李官人有钱，情愿成约。故此，特地引他谒见郎君。”郎君道：“咱要钱不多，如何今日才有主？[④]”店主人道：“举子多贫，一时间斗不着。”郎君道：“拣那富的拉一个来罢了。”店主人道：“富的要是

---

① 眉批：着意种花花不活，无心插柳柳成荫。

② 眉批：白肚公子像赞。

③ 旁批：做态。

④ 旁批：不知痛痒话。眉批：俱是不知稼穑艰难气质。

要，又撞不见这样方便。”郎君又拱着李君问店主人道：“此间如何?”李君不等店主人回话，便道：“某寄籍长安，家业多在此，只求事成，千贯易处，不敢相负。”郎君道：“甚妙，甚妙！明年主司侍郎乃吾亲叔父也，必不误先辈之事。今日也未就要交钱，只立一约，待及第之后，即命这边主人走领，料也不怕少了的。”李君见说得有根因，又且是应着仙书，晓得其事必成，放胆做着，再无疑虑，即袖中取出两贯钱来，央店主人备酒来吃。一面饮酒，一面立约，只等来年成事交银。当下李君又将两贯钱谢了店主人与那一个人，各各欢喜而别①。

到明年应举，李君果得这个关节之力，榜下及第。及第后，将着一千贯完那前约，自不必说。眼见得仙兄第二封书指点成了他一生之事。

真才屡挫误前程，不若黄金立可成。

今看仙书能指引，方知铜臭亦天生。

李君得第授官，自念富贵功名，皆出仙兄秘授谜诀之力，思欲会见一面，以谢恩德，又要细问终身之事②。差人到了华阴西岳，各处探访，并无一个晓得这白衣人的下落。只得罢了。以后仕宦得意，并无什么急事可问，这第三封书无因得开。

官至江陵副使，在任时，一日忽患心痛，少顷之间，晕绝了数次，危迫特甚，方转念起第三封书来，对妻子道：“今日性命俄顷，可谓至急，仙兄第三封书可以开看，必然有救法在内了。”自己起床不得，就叫妻子灌洗了，虔诚代开。开了外封，也是与前两番一样的家数，写在里面道：“某年月日，江陵副使忽患心痛，开第三封。”妻子也喜道：“不要说时日相合，连病多晓得在先了，毕竟有解救之法。”连忙开了小封，急急看时，只叫得苦。元来比先前两封的字越少了，刚刚止得五字道：“可处置家事。”妻子看罢，晓得不济事了，放声大

① 眉批：钱神有灵，并才士亦须之。彼才而贫者何处生活?

② 旁批：不必。

哭。李君笑道："仙兄数已定矣，哭他何干[1]？吾贫，仙兄能指点富吾；吾贱，仙兄能指点贵吾；今吾死，仙兄岂不能指点活吾？盖因是数去不得了。就是当初富吾、贵吾，也元是吾命中所有之物。前数分明，止是仙兄前知，费得一番引路。我今思之：一生应举，真才却不能一第，直待时节到来，还要遇巧，假手于人，方得成名，可不是数已前定？天下事大约强求不得的。而今官位至此，仙兄判断已决，我岂复不知止足，尚怀遗恨哉？"遂将家事一面处置了当，隔两日，含笑而卒。

这回书叫做《三拆仙书》，奉劝世人看取：数皆前定如此，不必多生妄想。那有才不遇时之人，也只索引命自安，不必郁抑不快了[2]。

人生自合有穷时，纵是仙家讵得私？

富贵只缘乘巧凑，应知难改盖棺期。

---

① 眉批：李君亦达，然不达亦何益！

② 眉批：本旨。